ROYCE BUCKINGHAM
Der Wille des Königs

ROYCE BUCKINGHAM

Roman

Aus dem Englischen
von Michael Pfingstl

blanvalet

Verlagsgruppe Random House FSC® N001967
Das für dieses Buch verwendete
FSC®-zertifizierte Papier *Super Snowbright*
liefert Hellefoss AS, Hokksund, Norwegen.

1. Auflage
Oktober 2014 bei Blanvalet, einem Unternehmen
der Verlagsgruppe Random House GmbH, München.
Copyright © der Originalausgabe 2014 by Royce Buckingham
Published in agreement with the author, Baror International, Inc.,
Armonk, New York, U.S.A.
Copyright © der deutschsprachigen Ausgabe 2014
by Blanvalet Verlag, in der Verlagsgruppe Random House GmbH
Umschlaggestaltung: Max Meinzold, München
Umschlagillustration: © Max Meinzold, München
Karte: © Jürgen Speh
Redaktion: Alexander Groß
Lektorat: Holger Kappel
Herstellung: sam
Satz: Uhl + Massopust, Aalen
Druck und Einband: GGP Media GmbH, Pößneck
Printed in Germany
ISBN: 978-3-442-26939-6

www.blanvalet.de

Prolog

Petrich liebte die Dunkelheit. Nicht nur wegen ihrer Reinheit und Schönheit, sondern weil sie seine vertraute Begleiterin war. Andere fürchteten das Dunkel und die Schatten, verabscheuten sie und verfluchten sie still, als könnte die Finsternis ihre Worte hören und sie bestrafen. Nicht so Petrich Krysalis aus den Hügeln Artungs. Er schritt die Steinstufen hinunter, die schon seit Jahrhunderten vergessen waren, tauchte ein in die Finsternis und fühlte sich sicher, geborgen vor der Welt des Lichts, die so hart, grausam und manchmal schlichtweg böse war.

Seit seinem fünften Lebensjahr war das Dunkel seine treueste Freundin. Damals hatte der Talklan in einer mondlosen Sommernacht alle Männer seines Bergdorfes getötet. Aber die Dunkelheit hatte ihn vor ihren eisernen Äxten verborgen. Dorthin hatte er sich verkrochen, ins Innere eines von der Fäulnis ausgehöhlten Baumstamms, in dem er noch am Morgen desselben Tages mit seinen Vettern gespielt hatte. Der erste Trupp der blutrünstigen Krieger war so dicht an seinem Versteck vorbeigekommen, dass er ihre stinkenden und verschwitzten Tierhäute riechen konnte und hörte, wie die Hauer der Keiler, die sie an Schnüren um den Hals trugen, bei jedem Schritt gegen ihre Lederharnische schlugen. Grunzend wie Schweine brachten die bärtigen Krieger jeden Mann im Dorf um, den sie nur finden konnten. Ihre Äxte schmatzten, wenn sie die Schädeldecke durchschlugen, und das grausame Grinsen auf ihren Gesichtern, die im Licht der flackernden Fackeln aufblitzten, war weit grauenhafter als alles, was sich im Schwarz der Nacht verbergen mochte.

Diese Nacht hatte ihn zutiefst verändert und ebenso seinen Klan. Nicht ein Mann aus seinem Dorf hatte überlebt, und jede Frau seines Klans trug nun das kreisförmige Brandmal der Sklaven auf der Stirn. Nur er, der kleine Petrich, war entkommen. Seine Freundin, die Dunkelheit, hatte sich über ihn gelegt wie ein schützender Schleier. Als die Talbewohner vor seinem Versteck kauerten und mit ihren Fackeln hineinleuchteten, wünschte er, das Licht möge verschwinden, und die Dunkelheit erhörte seine Bitte. Sie widersetzte sich dem Licht, ihrem natürlichen Feind, hüllte Petrich in Schatten, kämpfte für ihn und schlug das Licht zurück. Die bärtigen Männer waren schnaubend wieder verschwunden, zu blind oder zu dumm, um etwas zu bemerken.

Petrich hatte sich selbst beschmutzt vor Angst. Eine unsägliche Schande für einen Spross des Bergklans, selbst im Angesicht des Todes. Sein Vater hätte ihn dafür mit einer Rute verprügelt, aber sein Vater war tot, sein Kopf von einer Axt gespalten. Aber Petrich lebte. *Wie durch ein Wunder.* Seine Verbündete, die Dunkelheit, hatte ihm das Leben geschenkt, und noch während er eingekeilt in dem fauligen Baumstamm lag und die Bisse der Rüsselkäfer und Mückenlarven in seinen Ohren und an den Handgelenken ertrug, schwor er, sich eines Tages zu bedanken.

Jetzt, als dreiundzwanzigjähriger Mann, bewegte er sich durch die Straßen einer längst vergessenen Stadt jenseits des Meeres, weit entfernt von seiner Heimat. »Die Täler« nannten die Einheimischen sie. Schon in die zweite Flucht aus Steinstufen drang kein Licht mehr, und als er die dritte erreichte, tastete er sich nur noch mit den Fingern voran, immer tiefer hinein in die Erde. Als Zeichen der Freundschaft trug Petrich keine Fackel bei sich. Die Finsternis scheute das Licht, und solange er sich nicht mit der verhassten Sonne verbündete, würde die Dunkelheit ihn mit offenen Armen empfangen, ihm vielleicht ihre Geheimnisse preisgeben.

Weit über ihm erstreckten sich die Ruinen einer einstmals prächtigen Stadt, doch die Zeit ihrer Blüte lag lange zurück. *Mehr als nur Jahrhunderte*, dachte Petrich. Die steinernen Bauten waren längst verfallen. Wie geborstene Felsnadeln ragten sie auf, klagten Regen und Sonne an, die weiter an ihnen fraßen, und sangen ihr nimmer endendes Totenlied. Die Menschen, die hier gelebt hatten, mussten auf einem weit höheren Entwicklungsstand gewesen sein als die Höhlenbewohner und Nomaden, die jetzt diesen Landstrich bevölkerten. Was sie einst zu Fall gebracht hatte, war für Petrich genauso rätselhaft wie die riesigen Statuen, die sie als Wächter vor der Treppe errichtet hatten.

Die Augen vermochten ihm hier keine Dienste zu leisten, aber Petrichs andere Sinne waren aufs Äußerste geschärft, und er spürte eher, als dass er sah, wie die Stufen sich zu einem großen Raum öffneten. Die Luft war dick und schwer, kein Hauch regte sich. Der Widerhall seiner Schritte wurde lauter, die Wand, an der er sich entlanggetastet hatte, verschwand, und es roch auch anders. Der stechende Geruch von etwas Lebendigem hing in der Luft, durchsetzt mit dem Gestank von Exkrementen und Tod.

Petrich hielt inne und lauschte. Er hörte ein Tropfen – und Atemgeräusche, ganz leise und flach. Kein Höhlenbär also. *Ein weiteres demütiges Geschöpf wie ich selbst, das in der Dunkelheit Zuflucht sucht*, dachte Petrich und betrat die unterirdische Kammer.

»Vergib mir mein Eindringen«, flüsterte er dem unsichtbaren Wesen zu. »Hier drinnen ist genug Finsternis für uns beide.«

Wie als Antwort ertönten ein hohes Kichern zu seiner Linken und ein Schlurfen zu seiner Rechten. Klauen, die über Stein schabten. Wer oder was auch immer diese Geräusche verursachte, es waren mindestens zwei. Dann hörte er ein Wimmern, wie er es noch nie von einem lebenden Geschöpf vernommen hatte, und ein eiskalter Schauer lief ihm über den Rücken. Petrich kämpfte den unbändigen Drang zur Flucht in sich nieder und spannte die Hinterbacken an, damit sein Darm sich nicht entleerte. *Die Dun-*

kelheit ist deine Freundin, rief er sich ins Gedächtnis. Einen Moment lang blieb er stehen, dann tastete er sich weiter, befühlte den steinernen Boden mit den schwieligen Sohlen seiner nackten Füße, als wären sie Hände.

Hätte Petrich behauptet, er wüsste, wonach er suchte, hätte er gelogen. Etwas zog ihn hierher, das war alles. Er würde es merken, wenn er es fand. Aber was es war und wozu er es vielleicht gebrauchen konnte, wusste er nicht.

»Was tue ich hier?«, fragte er sich laut.

Vorgeblich war er im Auftrag des Königs hier. Er sollte neue Ländereien für die Krone beanspruchen. König Schwarzwasser hatte den Klanskriegen ein Ende gemacht, und dann waren auf seinen Befehl hin die Gefangenen ausgetauscht worden. Petrichs Schwester Rachee war auch unter ihnen gewesen. Sie kehrte zurück, körperlich und seelisch gezeichnet, aber am Leben. Dann waren sie beide in die Hügel zu entfernten Verwandten ihres Klans geschickt worden, die in den höheren Lagen der heimischen Rostigen Berge lebten. Dort wuchsen sie auf, wiedervereint, aber ohne Eltern, und die Bande zwischen ihnen wurden während der nächsten sieben Jahre umso enger, bis Rachee mit Petrichs Zustimmung an einen entfernten Cousin verheiratet wurde. Aus Dankbarkeit, dass er seine geliebte Schwester gerettet hatte, hatte Petrich dem König ewige Treue geschworen. Nicht nur mit Worten, sondern aus tiefstem Herzen, denn ohne Rachee wäre Petrich mutterseelenallein gewesen auf der Welt. Er sorgte sich sogar mehr um ihr Leben als um sein eigenes. Nur die überraschende Intervention des Königs hatte ihn davon abgehalten, selbst einen Befreiungsversuch zu unternehmen. Petrich hatte sich einen schlauen Plan zurechtgelegt, und manchmal bedauerte er es beinahe, dass er nicht dazu gekommen war, ihn durchzuführen. Vielleicht wäre er ein Held geworden.

Dennoch war es nicht seine Loyalität gegenüber dem König, die ihn hierhergeführt hatte. Während die anderen ein gutes Stück entfernt von den Ruinen im Lager schliefen, hatte die Dunkelheit ihre Fühler ausgestreckt und ihn zu sich gerufen.

Dem Echo seiner Schritte nach zu urteilen, hatte er nach etwa zehn Schritten die Mitte des Raums erreicht. Die scharrenden Geräusche um ihn herum wurden jetzt hektischer. Er hörte ein leises Klatschen, Schweiß oder Geifer, der zu Boden tropfte. Noch hielten sie Abstand, aber wie lange noch? Petrich war ganz nahe dran. Ob sie das Geheimnis bewachten? Das wäre bedauernswert, denn er war nicht gekommen, um zu kämpfen. Im Gegensatz zu den anderen Klansmännern, die sich von den Ruinen fernhielten, weil die Geschichten, die sie darüber gehört hatten, ihnen Angst machten, war Petrich kein Krieger. Aber ebendiese Krieger glaubten, dieser Ort sei verflucht. Selbst wenn er sie hätte überzeugen können, ihn zu begleiten, wären sie niemals ohne Fackeln hier heruntergekommen. Und dann wäre die Dunkelheit geflohen, hätte sich verkrochen und ihr Geheimnis niemals enthüllt.

Petrich tastete nach seinem Dolch. Er konnte zwar nichts sehen, aber genauso wenig würden seine Angreifer die Klinge sehen, die so scharf war, dass sie selbst die dicke Haut eines Ebers durchstechen konnte.

Er war jetzt in der Mitte angekommen und schlich weiter zur gegenüberliegenden Wand, von der er wusste, dass sie da sein musste. Alles wurde still. Die Geschöpfe liefen jetzt nicht mehr auf und ab. Sie pirschten sich an und würden sich jeden Moment auf ihn stürzen.

Aber die Dunkelheit ist meine Freundin.

Er hörte ein leises Einatmen, eine letzte Vorbereitung...

Petrich ging blitzschnell in die Knie und stieß den Dolch nach oben. Die Bestie schnellte über ihn hinweg und schlitzte sich im Sprung den Bauch an Petrichs Klinge auf. Warmes, klebriges Blut spritzte auf ihn herab, besprenkelte den Boden, und Petrich spürte, wie die Dunkelheit sich veränderte. Sie verdichtete sich, wurde schwärzer.

Sie will Blut. Das ist es, was sie braucht.

Der Gedanke, dass sie ihn gerufen haben könnte, weil sie *sein* Blut wollte, kam Petrich gar nicht erst in den Sinn. Die Finsternis war seine Verbündete.

Er hörte, wie die Kreatur auf den steinernen Boden schlug und zuckend in ihrem eigenen Blut liegen blieb.

Eine noch.

Sabbernd folgte die andere Kreatur dem Winseln ihres Artgenossen und dem Geruch von Blut. Offensichtlich glaubte sie, es wäre Petrich, der dort am Boden lag. Er konnte jetzt alles spüren, was sich in der Kammer befand: den steinernen Altar zu seiner Rechten, die tiefe Grube zu seiner Linken, in die er beinahe gestürzt wäre, die er aber instinktiv umgangen hatte – und den Aufenthaltsort der zweiten Kreatur. Das alles verriet ihm die Dunkelheit. Sie gab ihm Mut, mehr noch: Sie gab ihm Macht, verbarg ihn vor seinen Feinden und verbarg auch seinen eigenen Gegenangriff.

Die unsichtbare Bestie lief an ihm vorbei und beschnüffelte den Kadaver auf dem Boden. Zu spät merkte sie, dass es sich dabei nicht um Petrich handelte, denn der stürzte sich bereits auf sie, frisch erstarkt und mit einem Mal genauso grimmig wie der wildeste Krieger seines Klans. Er schlang einen Arm um die Stelle, die der Hals der Bestie sein musste, und stieß zu, wieder und immer wieder, nährte die Dunkelheit mit Blut. Petrich war in diesem Moment kein Mensch mehr, er war ein Tier geworden, das ums nackte Überleben kämpfte.

Als die Kreatur reglos liegen blieb, stand Petrich auf, und das Dunkel zog sich um ihn herum zusammen. Vielleicht kam es auch wegen des Blutes, mit dem er vom Scheitel bis zur Sohle beschmiert war. Seine Verbündete legte sich über ihn wie eine wärmende Decke. Petrichs dickes Lederwams hing in Fetzen. Die Klauen des Geschöpfes hatten es zerrissen wie Papier. Es war ein Wunder, dass er noch lebte. Sein Gegner war gefährlicher gewesen, als er gedacht hatte, aber die Dunkelheit hatte ihn umhüllt und beschützt wie eine Rüstung.

Die meisten Klansmänner häuteten ihre Beute und gaben mit der Haut vor ihren Kameraden an. Petrich hingegen verspürte kein Bedürfnis, einen Schrecken ans Tageslicht zu zerren, dessen Anblick ihn wahrscheinlich nur entsetzt hätte.

Sollen die Schatten sie behalten.

Er hatte bereits gefunden, weshalb er gekommen war: eine noch tiefere Dunkelheit, als er sie je gekannt hatte. Wie ein Schleier hüllte sie ihn ein. Petrich öffnete seinen Beutel und schöpfte das undurchdringliche Schwarz mit vollen Händen hinein. Es war dick und zähflüssig wie Tinte. Als der Beutel prall und schwer war von seinem Gewicht, verschloss er ihn mit einem Riemen, steckte ihn in einen weiteren Beutel und den wiederum in einen Sack, den er unter seinen Mantel stopfte, sodass kein Licht je hineingelangen konnte. Dann wandte er sich zur Treppe.

Es war ein langer Weg nach oben, und als Petrich ins grelle Mondlicht trat, nahm er die Dunkelheit mit sich.

Buch 1

1

»Eine ein Volk, und es wird dich lieben. Erobere es, und es wird dich hassen.«

Ian Krystals Vater, der Drottin seines Hügelkuppenklans, hatte diese Worte zu ihm gesagt. Monate lag das jetzt zurück. Unter einem wie mit Diamanten gesprenkelten Nachthimmel hatten sie zu Hause in Artung allein vor dem herunterbrennenden Feuer gesessen – auf der anderen Seite des Ozeans, der Ians Heimat von diesem seltsamen Land namens Abrogan trennte.

Die Worte hallten in der friedlichen Stille wider, die er nur unter Wasser fand. Ian wartete, bis er es nicht länger aushielt, dann riss er den Kopf aus dem Fass, streckte die nackten Arme der Sonne entgegen und saugte die frische Morgenluft in seine Lunge, während er sich das Wasser aus dem schulterlangen flachsblonden Haar schüttelte. Hier in Abrogan war er der Drottin, und die anderen mussten warten, bis er fertig war, bevor auch sie sich die Haare waschen konnten.

Ian war froh, dass sie die unheimlichen Ruinen der Täler hinter sich gelassen hatten. Sie waren auf dem Weg nach Südosten und durchquerten das tief gelegene Ackerland von Plynth. Die Plynther waren ebenso seltsam wie das Land selbst. Statt in Betten schliefen sie auf Traumgras, das sie eigens in ihren Hütten anpflanzten, und sie beteten zu Katzen. Seltsam, so wie das gesamte Land. Die Menschen hier schienen keinen Herrscher zu haben. Sie lebten einfach nebeneinanderher, jedes Volk noch verschrobener und abgeschiedener als das andere, denn in dem riesigen, dünn besiedelten Land, kamen sie kaum miteinander in Kontakt. Außerdem gab es hier Tiere, wie Ian sie noch nie gesehen hatte: Hasen mit Hörnern auf dem Kopf und Vögel, die die Sprache der Menschen nachahmen konnten. Selbst die Bäume waren anders. Bei manchen Arten schienen sich die Stämme regelrecht ineinander zu verknoten, bevor sie nach oben Richtung Sonne wuchsen. Und trotz all dieser Eigenheiten – oder vielleicht gerade deswegen – hatte Ian das Gefühl, Abrogan könnte genau der richtige Ort für ihn sein. Immerhin war er als zweitgeborener Sohn eines einfachen Klansanführers hier angekommen, und jetzt befehligte er bereits ein kleines Heer.

Er ließ den Blick über die herumliegenden Wolfsfelle, Säcke und eisernen Gerätschaften schweifen, die sie ihr »Lager« nannten. Die meisten wachten gerade erst auf, nur Ians älterer Bruder Dano war bereits auf den Beinen. Wie ein schlecht gelaunter Eber schlurfte er durch die Reihen und riss die Männer aus dem Schlaf.

»H-H-Handtuch, Herr?«

Ian fuhr herum und tastete instinktiv nach seinem Schwert, aber er hatte Obry noch nicht einmal umgegürtet.

Die Gestalt, die bedrohlich nahe hinter ihm stand, streckte ihm ein ausgefranstes Stück Leinen entgegen.

Ian fuchtelte mit der Hand. »Ich lasse meine Mähne lieber an der Sonne trocknen.«

»Wie Ihr w-w-wünscht.«

Ian musste über seine eigene Schreckhaftigkeit lachen. Der Junge mit dem Handtuch konnte kaum älter als neun sein und trieb sich schon hier herum, seit sie ihr Lager aufgeschlagen hatten. Fasziniert von den Speeren und Soldaten, saugte er in atemberaubendem Tempo Wörter und ganze Sätze ihrer Sprache in sich auf. Nur beim Aussprechen hatte er Schwierigkeiten: Entweder blieben ihm die Worte im Hals stecken, oder sie purzelten viel zu schnell heraus. Die meisten seiner Männer lachten schon, sobald der Kleine nur den Mund öffnete, und Ians jüngerer Bruder Kerr ahmte ihn oft nach, wenn er den griesgrämigen Dano ein wenig aufheitern wollte. Dennoch war der Knabe als Dolmetscher unverzichtbar, wenn sie mit den Plynthern verhandelten. Aber Ian schien der Einzige zu sein, der das begriffen hatte.

»Wir machen dich neugierig, Kleiner, oder?«, fragte er schließlich.

Der Junge nickte. Er erinnerte Ian an Kerr, der als Kind ständig die Nase in die Angelegenheiten der Älteren gesteckt hatte.

»Wissen deine Eltern, wo du bist?«

»N-N-Nein. Aber sie h-h-haben noch andere K-Kinder mit gesunden Z-Z-Zungen und verm-missen mich nicht.«

»Was für eine Schande«, sagte Ian, um den Jungen zu trösten, aber die Worte klangen selbst in seinen eigenen Ohren hohl. Für jemanden, der unerwünscht war – noch dazu als Kind –, gab es keinen Trost. »Mein Vater hat mich hierhergeschickt«, fügte er schließlich hinzu.

»W-Warum?«

»Weil unser König es so will, und um einen Weg in dieser Welt für mich zu finden. Was hältst du davon?«

»Die b-b-bekannten Wege zu verlassen, ist g-g-gefährlich.«

Ian lachte. »Gute Antwort.«

»K-K-Kommt Ihr als E-E-Eroberer?«

»Bei den Göttern, nein. Haben meine Männer dir das erzählt?«

»Sie haben mir n-n-nur g-g-ganz wenig erzählt.«

Ian nickte und bedeutete dem Jungen, sich zu ihm zu setzen. Der Kleine würde höchstwahrscheinlich jedes einzelne Wort im Dorf verbreiten, das er hier im Lager aufschnappte, und Gerüchte konnten gefährlich sein – aber auch von Nutzen, wenn es nur die richtigen Gerüchte waren.

»In Artung und Fretwitt, jenseits des großen Meeres im Süden, wissen wir erst seit einer Generation, dass es dieses Land gibt.

Mein Vater war zwanzig, als er mit seinem Schiff das Lebende Riff durchfuhr und hierherkam. Er blieb fünfzehn Jahre und hat das Land westlich von hier erforscht. Dann kehrte er zurück nach Artung, hat mich und meine beiden Brüder gezeugt und erzählte die erstaunlichsten Dinge von diesem Land.«

Der Junge deutete auf einen Speer, der an einem Fass lehnte. »War er ein K-K-Krieger?«

»Wenn er musste, ja. Jetzt ist er der Drottin meines Klans in Artung.«

»Ein K-K-König?«

»Nein, ein Drottin. Er hat mein Volk in den Klanskriegen angeführt. Er ist ein großer Mann.«

»Euer V-V-Vater ist also kein König?«

»Nein«, wiederholte Ian geduldig. »Prestan Schwarzwasser ist unser König. Mein Vater ist Drottin.«

»D-Dient Euer Vater dem K-K-König?«

Ian runzelte die Stirn. Der Junge war einfach noch zu klein, um zu begreifen, weshalb sie hier waren, aber er versuchte es trotzdem.

»Vor acht Jahren hat mein Vater dem König und dessen Fürsten – den durchlauchten Herrschaften des benachbarten Fretwitt mit all seinen Burgen und Städten – Gefolgschaft geschworen. Im Gegenzug entsandte Schwarzwasser sein Heer nach Artung und beendete die Klanskriege, die unser Volk einen hohen Blutzoll gekostet haben.«

»Und dann hat der K-K-König Euch hierhergeschickt.«

»Ja.«

»Damit w-w-wir auch einen Eid sch-schwören.«

Gar nicht mal so dumm, der Kleine, dachte Ian, schüttelte aber den Kopf. »Nein, nein. Er hat uns hergeschickt, weil er mit diesem Land Handel treiben will. Und Straßen bauen. Sag das den Leuten in deinem Dorf. Straßen sind etwas Gutes. Für jeden. Wir wollen keinen Krieg.«

Der Junge lächelte. Ians offene Art schien ihm zu gefallen, und er konnte sehen, wie der Kleine seine Worte unablässig wiederholte, als er sich auf den Heimweg machte.

Ian stand auf und blickte versonnen auf das spiegelglatte Wasser in dem Fass. Ihr Auszug aus Artung war mit das Beeindruckendste gewesen, was er mit seinen einundzwanzig Jahren je erlebt hatte. Alle neun Klans waren an die Küste gekommen, jeder mit seinem eigenen Kontingent an Männern für die Reise. Noch nie hatte er ein so großes Lager gesehen. Unter der Aufsicht der Ingenatoren des Königs hatten die Klans aus Planken und Eisennieten zwölf riesige Langschiffe zusammengezimmert. Als sie fertig waren, wurde noch ein letztes Mal gefeiert, gerauft, gespeist und geweint, und am nächsten Morgen legten sie ab.

Und dann waren sie plötzlich auf offener See gewesen.

Ian schauderte, wenn er an die schrecklichen Wochen dachte, die folgten. Zu vierzigst waren sie an Bord der in den Wellen stampfenden Schiffe zusammengepfercht gewesen, und fast jedes davon hatte gleich zu Anfang mindestens einen Mann an das Lebende Riff vor der Nordküste verloren. Die Seefahrer hatten das Riff immer gemieden. Den »Friedhof des Ozeans« nannten sie es.

Als sie das Riff endlich passiert hatten, waren sie in frenetischen Jubel ausgebrochen, doch die Freude währte nicht lange, denn auf dem offenen Meer starben weitere Männer. Eines der Schiffe war nicht stabil genug gebaut, und der Rumpf hielt dem beständigen Ansturm der Wellen nicht stand. Ian war nicht überrascht gewesen; der Talklan war berüchtigt für seine Wildheit in der Schlacht, nicht für Sorgfalt und Geschick. Glücklicherweise fuhr jeder Klan mit dem Schiff, das er selbst gebaut hatte. So waren die Opfer zumindest selbst daran schuld, als das Wasser die Planken so plötzlich auseinanderriss, dass die Ruderer nicht einmal Zeit hatten, von ihren Riemen aufzuspringen, bevor der Ozean sie verschlang. Petrich vergoss nicht eine einzige Träne, als sie später lediglich drei von den fünfzig Mann Besatzung aus den Wellen zogen.

Ein weiteres Schiff war während des zweiten der beiden Stürme, die sie hatten überstehen müssen, einfach verschwunden. Es war kleiner gewesen, aber Ians Meinung nach der weit größere Verlust. Zwanzig tatkräftige und tapfere Männer aus den Flachlanden segelten nun entweder ziellos übers Meer oder waren ertrunken.

Ein drittes Schiff war von etwas Monströsem in die Tiefe gezogen worden. Sie hatten es kaum zu Gesicht bekommen und sprachen noch viel weniger darüber. Die Besatzung hatte aus Fretwittern bestanden, die in der Frühlingswald-Garnison an der Grenze zu Artung stationiert gewesen waren.

Ians eigene Leute hatten es alle sicher bis Buchtend geschafft. Seekrank, aber am Leben, erbrachen sie die letzte Ration Haferschleim ins stinkende Hafenbecken, als sie endlich einliefen: vierzig Hügelbewohner, unter ihnen auch Petrich, der als einer der wenigen Überlebenden seines einst mächtigen Bergstammes bei Ians Klan aufgewachsen war.

Auch Ians Brüder gehörten zu dem Kontingent. Dano, der grüblerische ältere der beiden, war dreiundzwanzig Jahre alt, groß und stark wie ein Bär und ebenso stur. Ians sorgloser siebzehnjähriger Bruder Kerr war Danos genaues Gegenteil: vertrauensselig, von durchschnittlicher Körpergröße und bei allen beliebt.

Ian war zu einem kräftigen jungen Mann herangewachsen, nicht so bullig wie Dano, aber auf seine ganz eigene Art stark. Er war flink und geschickt, konnte hervorragend mit Speer und Schwert umgehen und vereinte – zumindest meistens – die besten Eigenschaften seiner Brüder in sich. Das war auch der Grund, warum er Obry, das Schwert seines Vaters Kellen Krystal, bekommen hatte. Und wer Obry hatte, war Drottin. Wie Kellen ihm anvertraut hatte, war das Schwert ein guter Ratgeber, er müsse nur richtig hinhören. Eine ganze Nacht lang hatte Ian wach gelegen, ein Ohr auf den Knauf gepresst, ohne auch nur ein Flüstern zu hören. Als Kerr ihn dann auch noch fragte, ob er vorhabe, das Schwert zu begatten, gab er es schließlich auf. Die Klinge war aus Stahl und so lang wie Ians Arm. Der Griff bestand aus geschmiedetem Kupfer und stellte die Miniatur eines Mannes dar: Obry. Die Arme dienten als Parierstange, der Rumpf bildete den Griff und die seitlich abgespreizten Beine den Knauf am Ende. Wenn Ian das Schwert in der Hand hielt, befand sich Obrys Gesicht genau über seinem Daumen und Zeigefinger und schien ihn erwartungsvoll anzustarren.

Dano hatte sich keine Verbitterung über den Entschluss seines Vaters anmerken lassen. »Der Drottin kann zu seinem Nachfolger bestimmen, wen immer er will«, hatte er gesagt, und es gehöre sich nicht, den Entschluss des Drottin infrage zu stellen. Auch nicht für den ältesten Sohn. Außerdem, so hatte er etwas steif hinzugefügt, konnte Kellen seine Entscheidung immer noch ändern.

Ians entfernter Vetter Petrich war ebenfalls dabei. Er war ein seltsamer Kerl, über den die anderen sich oft lustig machten, aber Petrich war Ian in bedingungsloser Treue ergeben. Außerdem rechtfertigte das bittere Schicksal, das ihm widerfahren war, zumindest in Ians Augen Petrichs Eigenarten.

Das Geräusch von Schritten riss Ian aus seinen Gedanken. Er hob den Blick und sah seinen Bruder Dano zum Waschtrog kommen. Als Starke Hand des Drottin war er als Nächster an der Reihe, seine verfilzte Mähne zu säubern. Alle anderen mussten warten, und wer als Letzter von den vierzig Mann dran war, konnte sich die Mühe ohnehin sparen.

»Sei gegrüßt, Bruder«, rief Ian ihm mit einem Lächeln zu; in neun von zehn Fällen übertrug sich die morgendliche Laune des Anführers auf seine Gefolgsleute und hielt dann für den Rest des Tages an, wie sein Vater immer sagte. »Was für ein herrlicher Morgen!«

Dano runzelte die Stirn. »Ja, Drottin, aber in einem absonderlichen Land.« Er bestand darauf, stets Ians offiziellen Titel zu benutzen, was natürlich ein Zeichen seines Respekts war. Doch gleichzeitig erinnerte es Ian immer wieder daran, wie unwohl sich sein Bruder mit dieser neuen Hierarchie fühlte.

Kerr, der sich gerade erst aus seiner Bettrolle geschält hatte, folgte Dano direkt auf den Fersen. Ian wusste sofort, dass das nichts Gutes bedeuten konnte. Kerr, der statt der wild vom Kopf abstehenden hellen Locken des Vaters das seidige dunkle Haar ihrer Mutter geerbt hatte, war immer darauf erpicht, einer der Ersten am Waschzuber zu sein. Drei Schritte bevor Dano den Zuber erreichte, hatte Kerr ihn eingeholt.

»Morgen, Starke Hand«, sagte der jüngste der drei Krystals. »Oder sollte ich lieber ›Stinkende Achsel‹ sagen?« Jedes andere Klansmitglied hätte für diese Beleidigung eins über den Schädel bekommen, aber Kerrs unschuldiges Grinsen schützte ihn wie so oft vor dem Zorn seines Bruders.

»Warte, bis du dran bist«, brummte Dano nur. Sein Haar war braun von Staub und Schweiß. *Er wird den ganzen Zuber verdrecken,* dachte Ian, und Kerr war anscheinend derselbe Gedanke gekommen.

»War nur ein Scherz, Bruder. Du siehst blendend aus«, trällerte Kerr. »So blitzsauber, dass du auch noch einen Tag warten könntest, während mein armer Kopf die Waschung dringend nötig hat.«

»Spar dir die Worte. Ich kann nicht zulassen, dass meine jüngeren Brüder beide vor mir an der Reihe sind. Die Männer würden mich für einen Schwächling halten.«

»Seltsam«, erwiderte Kerr und rieb sich das Kinn. »So was Ähnliches haben Tuck und Glatz auch gerade gesagt.«

Dano stutzte. »Tatsächlich?«

»Ja. Gerade eben, als ich an der Feuerstelle vorbeikam.« Kerr deutete auf eine Ansammlung von Männern in der Mitte des Lagers.

»Sie haben mich einen Schwächling genannt?«

»Ich könnte mich auch verhört haben, aber dein Name ist gefallen, und dann haben sie gelacht.« Kerr zögerte. »Wenn ich's mir recht überlege, hätte ich ihnen das nicht durchgehen lassen dürfen«, sagte er schließlich schuldbewusst.

Dano klopfte ihm auf die Schulter. »Nein. Du hast recht, damit zu mir zu kommen, Bruder. Ich werde die Angelegenheit selbst regeln.«

Dano stapfte los und schleuderte den beiden Männern einen wilden Fluch entgegen, während Kerr sich auf das Fass stürzte und seinen Kopf hineinsteckte.

»Du machst dich über ihn lustig«, bemerkte Ian, als Kerr den tropfnassen Schädel aus dem Wasser zog.

»Ab und zu tut ihm das ganz gut«, erwiderte Kerr und wrang sich das lange Haar aus.

Wenige Momente später kam Dano von der Feuerstelle zurück. »Die beiden werden nie wieder an meiner Stärke zweifeln«, erklärte er zufrieden und betrachtete dann verdutzt Kerrs nasses Haar.

»Da hast du wohl recht, Bruder«, warf Ian ein. »Das nächste Mal wird es deine Intelligenz sein, die sie anzweifeln.«

Kerr war nicht nur der kleinste der drei Krystals, er war auch der schnellste Läufer des gesamten Klans. Diese Eigenschaft hatte ihm schon mehrmals das Leben gerettet und tat es auch jetzt, als Dano ihn kreuz und quer durch das Labyrinth aus Zelten jagte.

Ian schaute den beiden eine Weile kopfschüttelnd zu, dann entdeckte er einen kleinen schwarzen Fleck am Himmel, der sich rasch näherte. Es war ein Vogel, und er kam von Westen. Als er über dem Lager war, begann er immer tiefer zu kreisen.

»Esst, wascht euch und brecht die Zelte ab, Männer!«, rief Ian. »Wie es scheint, bekommen wir neue Befehle.«

Der Papagei hielt zielstrebig auf Kerr zu und landete direkt auf seinem Kopf.

Sofort versammelten sich alle neugierig um den bunt gefiederten Vogel, der sprechen konnte wie ein Mensch.

»Auf der Pelikanstraße verschwinden immer wieder Menschen«, verkündete der Papagei. »Führe deine Männer in den Sumpf. Finde die Schuldigen und richte an meiner statt.«

»Wie kommt es, dass dieser vorlaute Vogel uns erzählen kann, was wir zu tun haben?«, brummte der einarmige Schagan. Der verstümmelte Klansmann konnte weder kämpfen noch rudern oder schwere Lasten tragen, aber hervorragend kochen, was auch der Grund war, weshalb Ian ihn mitgenommen hatte.

Ian stellte sich auf einen Baumstumpf und erhob die Stimme: »Dieser Vogel gehört Fürst Hox aus den Fluren. Sein Schiff ist vor Kurzem in Abrogan angekommen, um die Grüne Kompanie zu befehligen. Uns wird die Ehre zuteil, ihm zu dienen.«

»Zur Abwechslung mal geschmorten Hasen mit Steckrüben und Pflaumensauce kochen zu können, wäre mir eine viel größere Ehre«, kommentierte Schagan, und nicht wenige lachten oder nickten zumindest.

»Sei still, Schmortopf«, fuhr Dano ihn mit feuerrotem Gesicht an. »Du kannst froh sein, dass der Drottin dich überhaupt mitgenommen hat. Also sperr die Ohren auf oder verschwinde.«

»Hüte deine Zunge, Hitzkopf. Immerhin hab ich dir deine Ziegenmilch warm gemacht, als du noch ein schreiendes Bündel in einem Weidenkorb warst!«

Ian legte seinem wütenden Bruder eine Hand auf die verkrampfte Schulter – eine Geste des Danks und gleichzeitig eine Ermahnung, Ruhe zu bewahren –, dann sprach er weiter: »Hox untersteht direkt Schwarzwassers Neffen, Fürst Bryss, der der Stellvertreter des Königs hier in Abrogan ist.«

Aufgeregtes Gemurmel erhob sich unter den Männern.

»Schwarzwassers Sohn ist vor einigen Jahren gestorben«, meldete sich Petrich zu Wort. »Hat er Bryss zu seinem Erben ernannt?«

Ian zuckte die Achseln. »Das ist eine gute Frage.« *Mehr als gut,* dachte er. *Du bist schlauer, als dein Alter vermuten lässt, Vetter.*

Die Regelung der Thronfolge in Fretwitt war eine wichtige Angelegenheit für die Klans, denn ein neuer König ließ seine Fürsten und Vasallen zuerst ihre Eide erneuern. Die Klans hatten zwar ihre Ländereien behalten dürfen, aber sie gehörten nicht zur Oberschicht und hatten bei Weitem nicht die Macht der Fürsten. Sie dienten dem König, zahlten Steuern und mussten in den Krieg ziehen, wenn er es befahl, aber keiner von ihnen war je in den Adelsstand erhoben worden. So gesehen gehörten sie zur untersten Gesellschaftsklasse, fand Ian. Falls Bryss die Thronfolge übernahm und Ian seine Aufgabe zu dessen Zufriedenheit erledigte, konnte er vielleicht mehr für sich und die Seinen herausholen...

Bryss war stellvertretender Oberbefehlshaber über Schwarzwassers Truppen hier in Abrogan. Ganz wie ein König residierte er auf dem Berg Skye und befehligte fast ein Dutzend Kompanien Klankrieger – darunter auch Ians Männer –, dazu noch über hundert Bewaffnete des königlichen Heeres, die nach Abrogan entsandt worden waren: die Rote, die Blaue und die Grüne Kompanie. Ians Krieger waren der Grünen Kompanie unterstellt, die wiederum unter Hox' Befehl stand. Hox war ein hochnäsiger Baron, der in seiner Burg hoch über dem Großen Fluss in den Fluren Fretwitts residierte und saftige Zölle erhob. Ian hatte ihn noch nie zu Gesicht bekommen, nur seinen Papagei, aber er mochte ihn schon jetzt nicht.

»Wie bitte, Ian Krystal kommt erst an vierter Stelle?«, rief Kerr. »Zuerst der König, dann sein durchlauchter Neffe, dann der schon weniger durchlauchte Hox und dann erst unser allmächtiger Drottin?«

Die Männer lachten, wie sie es immer taten, wenn Kerr seine Scherze riss, aber sie spürten die Schmach genauso stark wie Ian. Sie waren einmal ein freies Volk gewesen, doch der Pakt, den Ians

Vater mit Schwarzwasser geschlossen hatte, um die Klanskriege zu beenden, hatte sie zu Vasallen gemacht.

»Sieht ganz so aus«, sagte Ian.

Der Befehl, die Sümpfe zu durchkämmen, war eine Art Beförderung. Die Aufgabe, die Schwarzwasser ihnen ursprünglich zugeteilt hatte, war, die Erste Straße auszubauen. Niedere Arbeit. Stolze Männer voll Tatendrang dazu erniedrigt, von Sonnenauf- bis Sonnenuntergang mit Schaufel und Hacke eine Wegstunde Straße so zu verbreitern, dass ein Eselskarren darauf fahren konnte. Nicht zu vergleichen mit dem, was Ians Vater als Drottin hier in Abrogan erlebt hatte. Kellen Krystal war ein freier Mann gewesen, und er war weit gereist. Er hatte unglaubliche Dinge gesehen, fremdländische Völker kennengelernt, hatte zweimal den Ozean überquert und war alt genug geworden, um seine Abenteuer im Klansbuch niederzuschreiben. Der Sohn hingegen, den er zu seinem Nachfolger ernannt hatte, war zum Straßenbauarbeiter degradiert worden, musste Bäume fällen und Erde schaufeln. »Die Aufgabe ist von größter Wichtigkeit«, war ihnen erklärt worden. Die weiten Flachlande, die sich nördlich von Buchtend erstreckten, stiegen zu den Rauchhöhen hin immer weiter an. Die Wälder dort waren dicht, es gab nur zerfurchte und von Wurzeln durchzogene Trampelpfade. Kein Karren und schon gar keine Kutsche konnte dort fahren. Die fretischen Ingenatoren aber ließen nicht locker, sie wollten befestigte Straßen für den Handel mit den weit abgelegenen Dörfern Abrogans. *Oder für Schwarzwassers Heer*, dachte Ian. Straßen machten ein Land gleich viel kleiner und leichter zu regieren.

In Abrogan schien es kein stehendes Heer zu geben. Die Menschen hier verspürten offensichtlich kein Bedürfnis, ihr Land zu verteidigen. Bisher waren Schwarzwassers Soldaten nur auf armselige Dorfmilizen gestoßen, die mit feuergehärteten Holzspießen versuchten, die Banditen von ihren Feldern und Weilern fernzuhalten. Es gab keinen König, keine Armee, nicht einmal

Verträge zwischen den weit verstreut lebenden Völkern. Abrogan schien reif, geeint zu werden, und Ians Klan wurde nun ausgesandt, um den Weg dafür zu bereiten. Erst vor Kurzem war ihnen einer von zwölf Botenvögeln zugeteilt worden, die Schwarzwassers Befehle überbrachten. Allerdings hatte Ians schmuddelige Taube weder eine so klare Stimme wie Hox' Papagei, noch war sie auch nur annähernd so hübsch.

Bryss hatte das gesamte Hochland um den spektakulär aus den fruchtbaren Graskuppen aufragenden Berg Skye in Besitz genommen. Dort, nicht allzu weit von der Meeresküste im Süden, versammelten sich die eingeschifften Klansleute und Soldaten aus Fretwitt: in der Bergfestung des Königs und zukünftigen Hauptstadt Skye.

Bryss hatte vor, das neue Reich bis jenseits der dichten Wälder im Norden auszudehnen, wo sich ein unzugänglicher Gebirgszug erstreckte, den die Einheimischen Rauchhöhen nannten. Also waren Ian und seine Krieger nach Norden entsandt worden, um Straßen zu bauen. Immerhin ließen sich die Blätter der Schaufeln abnehmen, sodass der Schaft als Spieß verwendet werden konnte. Nur wenige seiner Männer hatten Schwerter, doch fast alle trugen einen Brustharnisch aus gesottenem Leder und eine dicke Wolfshaut über den Schultern.

Die Erste Straße so umzuleiten, dass sie direkt nach Norden verlief, statt sich durch dichte und gefährliche Wälder zu schlängeln, war harte, aber einfache Arbeit: hauptsächlich graben und Bäume fällen. Um die geschlagenen Schneisen zu befestigen, waren allerdings erfahrenere Hände nötig. Ein fretischer Ingenator kam mit einer ganzen Karawane von Wagen, die mit Asche und gemahlenem Ton beladen waren. Seine Gehilfen bestreuten den unbefestigten Boden mit der Mixtur und machten sie feucht, dann breiteten sie Farnwedel darüber und zündeten sie an, sodass das Ganze zu einer harten Fläche austrocknete.

Jenor war der Einzige, der sich für das Werk des Ingenatoren interessierte. Die anderen Klansleute konnten weder mit Straßenbau noch mit Alchemie etwas anfangen. Sie waren Kämpfer, geboren für die Schlacht und aufgewachsen während der Klanskriege in den Hügeln von Artung. Deshalb hatte es ihnen auch keine Schwierigkeiten bereitet, die marodierenden Banditen entlang der Ersten Straße abzuwehren. Fürst Bryss war das anscheinend aufgefallen, und jetzt betraute er sie mit einer neuen Aufgabe, die eher ihren Fähigkeiten entsprach.

»Der minderjährige Kronprinz will, dass wir die Sümpfe für ihn erobern?«, fragte Barsch, ein Hüne von einem Krieger, der Danos Zwillingsbruder hätte sein können, nur dass er älter war, noch grimmiger und – falls das überhaupt möglich war – bulliger.

»Wir sollen sie säubern, nicht erobern«, widersprach Ian. »Wir kommen nicht als Eroberer. In diesen Sümpfen gibt es anscheinend Wilde, die immer wieder die Pelikanstraße überfallen, die gerade von Buchtend aus entlang der Küste gebaut wird.«

»Kannibalen«, flüsterte einer der Männer angewidert.

»Das behaupten nur die plynthischen Bauern, die das Moor nie betreten.«

»Eine schöne Belohnung für unsere Dienste«, knurrte Barsch. »Zwanzig Banditen haben wir beim Bau der Ersten Straße schon den Garaus gemacht!«

»Es waren fünf, die anderen sind geflohen«, murmelte Petrich.

»Wir sind gekommen, um dieses Land zu erschließen«, erklärte Ian, »und der Sumpf ist zumindest ein Anfang.«

»Ich will keine Sümpfe erschließen«, beschwerte sich Frehman.

»Dieses Land bietet uns vollkommen neue Möglichkeiten, Männer«, versuchte Ian es noch einmal. »Der Thronerbe ist auf uns aufmerksam geworden. Und wer den Gipfel erklimmen will, muss zuerst das Tal durchwandern, wie wir in den Hügeln sagen.«

»Oder den Sumpf«, witzelte Kerr.

In diesem Moment kam ein Mann mit Priestertunika und einem aus Gräsern geflochtenen Spitzhut ins Lager gestürmt. Über seinen Schultern lag eine gelangweilt dreinschauende blaue Katze. An der Hand zog er eine junge Frau hinter sich her.

Ian runzelte die Stirn. Mit aufgebrachten Dörflern konnte er umgehen, aber diese bunten Katzen machten ihn nervös. Manchmal hatte er beinahe den Eindruck, als wären die pelzigen kleinen Biester hochintelligent und würden Besitz von den Menschen hier ergreifen. Außerdem war es weitaus einfacher, den Gesichtsausdruck eines Menschen zu deuten als den einer Katze.

Der Bauer-Priester sprudelte in seiner Sprache drauflos und deutete dabei abwechselnd auf den jungen Fregger und das Mädchen, das er am Handgelenk hinter sich herschleifte.

Kurz darauf kam auch der stotternde Junge hinzu. »Unser P-P-Priester sagt, dieser M-M-Mann hat seine Tochter zur Frau genommen«, übersetzte er.

Ian schaute ihn verständnislos an. »Du redest Unsinn. Niemand hat geheiratet.«

Der Junge deutete auf Fregger. »D-D-Doch. Der da h-h-hat sich mit ihr verheiratet.« Sein Zeigefinger wanderte zu dem Mädchen mit dem spitzen Gesicht.

»Fregger, erklär mir das.«

Fregger war ein einfacher Mann, gutherzig, aber nicht besonders klug. »Ich habe niemanden geheiratet«, sagte er nur.

»Kennst du sie?«

Er blickte das Mädchen schuldbewusst an. »Ja. Aber ich habe sie nicht geheiratet. Wenn ich um die Hand einer Frau angehalten hätte, wüsste ich das wohl. Ich weiß nicht, was dieser Katzenbeschwörer von mir will.«

»Junge, sag dem Priester, dass hier ein Missverständnis vorliegt. Vielleicht liegt es an unserer Sprache, vielleicht auch an deinem Gestammel. Wir müssen unser Lager noch heute abbrechen, und ich habe jetzt keine Zeit für ihn.«

»Einen Moment«, sagte Petrich. »Wie heiratet man bei euch eine Frau, Junge?«

»S-S-So, wie es auch die T-T-Tiere tun«, antwortete der Kleine.

»Ich verstehe«, murmelte Petrich und wechselte einen kurzen Blick mit Ian.

»Gibt es keine Zeremonie?«, fragte Ian.

»B-B-Braucht es denn eine?«

»Solange sie nicht schwanger ist, spielt das alles doch keine Rolle«, mischte Fregger sich ein.

Diesmal sprach der Junge etwas länger mit dem Priester, bevor er antwortete. »Ob ein K-K-Kind kommt oder nicht, die b-b-beiden sind miteinander verbunden«, sagte er schließlich.

»Ich habe keine Zeit für so was!«, wiederholte Ian gereizt, doch der Junge ließ nicht locker.

»Und der P-P-Priester sagt, wenn Euer Mann k-keine Ehre hat, dann wird er die Ehre seiner T-T-Tochter eben selbst verteidigen.«

Der Priester trat einen Schritt vor und hob die Fäuste.

Ian verdrehte die Augen. Der Mann war alt und ausgemergelt. Gegen einen jungen Krieger wie Fregger hatte er nicht den Hauch einer Chance.

»Womit will er denn kämpfen? Mit der Katze? Selbst wenn er ein Schwert hätte, würde Fregger ihn im Staub zertreten. Das kann ich nicht zulassen. Wir sind hier, um den Menschen Schwarzwassers Schutz angedeihen zu lassen, nicht um ihre Frauen zu rauben und die zukünftigen Handelspartner des Königs zu erschlagen.«

Petrich beugte sich an Ians Ohr, und sie flüsterten eine Weile miteinander. Die Debatte dauerte so lange, dass Fregger versuchte, sich zu verdrücken, aber Ian pfiff ihn zurück. Schließlich holte er tief Luft und wandte sich mit einem gezwungenen Lächeln an Fregger. »Du kannst dich glücklich schätzen, diese Plyntherin zur Frau zu haben, Klansmann«, erklärte er. »Wir ziehen heute weiter, aber du wirst bleiben und eine Familie mit ihr gründen.«

Fregger wurde blass. »Ich will sie nicht heiraten!«

»Du vielleicht nicht, aber die Wünschelrute zwischen deinen Beinen will es so.«

»Ich bin kein Bauer, sondern Klansmann. Ich will in die Welt hinausziehen und mir einen Namen als Krieger machen!«

»Und ich bin der Drottin der Hügel! Ich kann nicht ein ganzes Dorf gegen uns aufbringen, nur weil du deine Wünschelrute nicht im Griff hast!«

Fregger sah, dass alles Bitten nichts nützte, und ließ den Kopf hängen.

Ian nahm ihn an den Schultern und führte ihn ein Stück von den anderen weg. »Hier bieten sich viele Möglichkeiten für dich, Fregger«, flüsterte er. »Du bist hier der größte Krieger weit und breit, vielleicht kannst du sie ausbilden. Vielleicht machen sie dich sogar zur Starken Hand des Dorfes. Du wärst eine Berühmtheit.«

»Ich gehöre nicht zu ihnen, sondern zu euch, meinem Klan.«

»Wir werden dich besuchen. Du bist unser Botschafter hier. Du wirst ihnen unsere Sprache beibringen und Freundschaften schließen, damit wir willkommen sind, wenn wir zurückkehren. Außerdem kannst du ab jetzt in aller Offenheit mit deiner Frau tun, was du bisher immer heimlich tun musstest. Bleib. Erfreue dich an ihr. Sei ein guter Ehemann. Mach dir einen Namen als Krieger und Ehrenmann.« Mit diesen Worten stieß er Fregger sanft in Richtung des Priesters. »Fregger wird fortan als unser Gesandter in diesem Dorf leben und Blutsbande zwischen Plynth und dem Hügelkuppenklan schmieden!«, rief er den anderen zu, und der ganze Klan jubelte und grölte. »Junge, sag dem Priester, dass wir einen Ersatz für unseren tüchtigen Soldaten brauchen. Einen jungen Mann, der die Lücke ausfüllt, die er hinterlässt.«

Der Junge übersetzte, und der Priester blickte verdrossen drein.

Es dauerte eine Weile, bis er antworte, und Ian wurde bereits ungeduldig.

»Es wäre sehr h-h-hart für uns, so k-kurz vor der Ernte einen F-F-Feldarbeiter zu verlieren«, brachte der Junge schließlich heraus. »Und unser P-P-Priester will wissen, w-w-wen Ihr als Ersatz haben wollt.«

»Das kann ich ihm sagen«, erwiderte Ian ohne Zögern.

»W-W-Wen?«, fragte der Junge kleinlaut.

Ian grinste. »Dich.«

2

Die Rinde der Bäume war vollkommen glatt. Sie wuchsen etwa drei Meter senkrecht in die Höhe, dann neigten sie sich zur Seite, bis sie in ungefähr fünf Metern Entfernung wieder den Boden berührten. Wie ein Säulengang wölbten sie sich über den grünlich braunen Trampelpfad, auf dem Ian, Dano, Kerr und Petrich vorausmarschierten. Der Morast war nicht tief, trotzdem machte er das Laufen beschwerlich. Die ledernen Panzerplatten an den Beinen der Männer waren tropfnass und schwer.

Dano runzelte die Stirn. »Ich begreife nicht, weshalb du Fregger gegen diesen mickrigen Jungen eingetauscht hast. Wir haben einen guten Soldaten in unseren Reihen weniger und dafür einen Dolmetscher, der nicht sprechen kann.«

»Wir haben einen Idioten weniger in unseren Reihen«, murmelte Petrich.

»Und einen Führer, der sich in diesem Land auskennt«, fügte Ian hinzu. »Wie heißt dieser Ort, Junge?«

»T-T-Totenmoor, der g-g-große Sumpf.«

Kerr lachte. »Hört, hört! T-T-Tod und S-S-Sumpf.«

»Ich sehe nichts als Schlamm«, knurrte Dano.

»Fürchte dich nicht, Starke Hand«, zog Kerr ihn auf. »Ich bin da und beschütz dich.«

»Ich fürchte mich nicht vor Schlamm, aber er geht mir auf die Nerven. Genauso wie du.«

Da kam Rall herangestapft. Sein Bart war verklebt von dem Saft einer faustgroßen Frucht, die er bereits zur Hälfte verspeist hatte. »Seht mal, was wir gefunden haben«, sagte er mit einem Grinsen. »Blaue Zuckerkugeln.«

Der junge Plynther zupfte Ian am Ärmel. »D-D-Die b-b-blaue Frucht nicht essen.«

»Pah! Das Obst ist so reif wie nur was«, polterte Rall. »Schmeckt ganz süß.«

»Warum soll er sie nicht essen?«, fragte Petrich.

Der Junge versuchte es zu erklären, aber das Stottern machte alles nur noch schlimmer.

Rall lachte. »Der kleine Narr hört sich an, als hätte er selbst das Maul voll davon.«

Der Junge verstummte mitten im Satz und versteckte sich zwischen Ian und Dano. Sie hatten ihn »Flosse« getauft, weil seine Ohren immer zitterten wie Fischflossen, wenn er aufgeregt war. Außerdem konnten sie seinen plynthischen Namen nicht aussprechen. Der Kleine schien ohnehin nicht sonderlich daran gehangen zu haben, und Ian hatte ihn bereits vergessen.

»Deine Ohren zittern, Flosse. Hast du was gesehen?«

»I-I-Ich weiß nicht, aber...«

Ein Ächzen ertönte zwischen den Bäumen zu ihrer Rechten. Ians Männer rissen die Speere hoch und gingen in Kampfstellung. Petrich hingegen breitete die Arme aus und riss alle um ihn herum mit zu Boden. Nur Flosse stand wie gelähmt da, als der riesige, an Lianen befestigte Baumstamm von rechts heranraste und genau über die Stelle hinwegfegte, wo zuvor noch die Köpfe der Männer gewesen waren. Als er wieder zurückschwang, kam er weniger als eine Armeslänge über Flosses zitternden Ohren zum Stehen, und alle sahen die scharfen Dornen, die über die gesamte Länge aus dem Holz ragten.

»Eine Falle!«, rief Dano zornig und sprang auf die Beine.

Ian spuckte den Schlamm aus, den er geschluckt hatte, und packte seinen Bruder. »Runter, alle! Außer ihr wollt euch aufspießen lassen.«

Sie rotteten sich zu einem dichten Haufen zusammen und kauerten sich in den knietiefen Morast. Die Speere und Streitäxte streckten sie in die Luft wie ein waffenstarrender Igel und blickten sich argwöhnisch um. Keiner wagte sich zu rühren.

»Siehst du sie, dort drüben zwischen den Bäumen?«, flüsterte Petrich.

»Ja.« Ian hatte scharfe Augen und war geübt darin, Feinde zu erspähen, selbst wenn sie nahezu mit dem Gelände verschmolzen.

»Einer hat einen Speer, aber keinen besonders gefährlichen. Sieht eher aus wie ein Spieß, den sie zur Froschjagd benutzen.«

»K-K-Kannibalen!«, keuchte Flosse mit klappernden Zähnen.

Kerr legte ihm eine Hand auf die Schulter – weniger um ihn zu beruhigen, als um ihn zum Schweigen zu bringen.

Petrich beäugte ihre Beobachter neugierig. »Ihre Haut ist eigenartig grün und braun gefleckt. Zuerst dachte ich, sie hätten sich mit Schlamm und Blättern beschmiert, aber jetzt bin ich mir da nicht mehr so sicher...«

»Ich sehe sie immer noch nicht«, flüsterte Dano.

»Halte nach ihren Augen Ausschau, sie heben sich hell vom Rest des Waldes ab«, flüsterte Petrich zurück.

»Sie greifen nicht an«, bemerkte Kerr, während Dano angestrengt in den Wald spähte.

»Weil wir zu stark sind«, erwiderte Dano stolz. »Sie haben Angst vor uns.«

»Oder sie warten, bis ihre nächste Falle zuschnappt«, sagte Ian, der in einiger Entfernung noch weitere an Lianen aufgehängte Baumstämme entdeckt hatte. Mit einer Handbewegung signalisierte er seinen Männern, in Deckung zu bleiben. Dann stand er zum Entsetzen aller auf, sprang aber sofort hinter dem Baumstamm, der bereits ausgelöst worden war, in Deckung. »Flosse, ich möchte mit ihnen reden. Kannst du für mich übersetzen?«

Flosse zitterte immer noch am ganzen Leib und rührte sich nicht von der Stelle, bis Kerr ihn vorwärtsschob.

37

»Komm schon, Junge!«, rief Ian.

Flosse lief zu dem dornenbewehrten Baumstamm und stellte sich neben Ian. »Ich k-kann es m-m-mit meiner eigenen Sprache v-v-versuchen.«

»Dann sag was zu ihnen.«

»Aber w-w-was?«

»Irgendwas. Ich will sehen, ob sie reagieren. Begrüße sie einfach.«

Flosse tat, wie ihm geheißen, brachte aber nicht viel mehr heraus als ein verängstigtes Quieken. Es kam keine Antwort.

»Sag ihnen, dass wir wissen, dass sie hier sind«, sprach Ian weiter. »Sag ihnen, dass ich sie sehen kann, den einen hier drüben zum Beispiel, den auf dem zweiten Ast des großen Baums da.«

Ian deutete in die entsprechende Richtung, und Flosse übersetzte.

Wieder blieb alles still, bis sich plötzlich eine dunkle Gestalt aus dem Gebüsch direkt vor ihnen schälte – viel näher, als Ian für möglich gehalten hätte. Er tat sein Bestes, Ruhe zu bewahren, während die grün-braune Kreatur aus ihrem Versteck kam.

Flosse wurde totenbleich, als der Waldmensch ein paar kehlige Laute ausstieß. »E-E-Er spricht!«

»Mach's nicht so spannend. Was sagt er?«

»Es k-klingt wie p-p-plynthisch. Er s-s-sagt, wenn Ihr einen von E-E-Euch dalasst, lässt er die anderen g-g-gehen.«

»Wozu soll ich ihm einen von meinen Männern geben?«

»Sie haben H-H-Hunger.«

Ian unterdrückte die Übelkeit, die in ihm aufstieg, und nickte, als wäre das der erste vernünftige Vorschlag, den er an diesem Tag gehört hatte.

»Sag ihm, ich kann ihm keinen von meinen Männern geben.«

»D-D-Dann werden sie uns alle t-t-töten.«

»Sag ihm, dass ich seine Zweifel spüre. Wenn sie so sieges-

sicher wären, hätten sie uns längst angegriffen. Ich möchte verhandeln.«
»V-V-Verhandeln?«
»Genau. Frag ihn, was sie wollen.«
»Sie w-w-wollen uns essen.«
»Sagt er das oder du?«
»I-I-Ich sage das. Ich w-w-weiß es. Das sind K-K-Kannibalen.«
»Deine Aufgabe ist es zu übersetzen, nicht mir Ratschläge zu erteilen. Frag ihn.«
»Er b-bleibt dabei. Er w-w-will einen Mann.«
»Aha, aber es muss nicht unbedingt einer *meiner* Männer sein. Irgendeiner tut es auch, richtig?«
Flosse übersetzte nur widerwillig, als fürchtete er, er wäre derjenige, den Ian zurücklassen wollte.
»Ja. I-I-Irgendeiner tut's auch. Er w-will nicht k-k-kämpfen, aber er warnt Euch, dass seine L-L-Leute den Sumpf kennen und Eure nicht.«
»Wohl wahr. Aber wir sind besser bewaffnet, und meine Männer sind Krieger, die besten ihres Klans. Wir sind keine leichte Beute. Sag ihm das.«
»Er s-s-sagt, sie n-n-nehmen nur deshalb lebende Menschen, weil die T-T-Toten nicht mehr in den Sumpf gebracht werden.«
»Schwarzwasser hat es verboten«, flüsterte Petrich aus ein paar Metern Entfernung. »Er hat verfügt, dass ab jetzt in Plynth und Buchtend nur noch ordentliche Begräbnisse stattfinden dürfen.«
»Ah.« Ian nickte. »Flosse, sag unserem schlammfarbenen Freund, dass meine Männer sich nicht gerne bei lebendigem Leib fressen lassen, wir aber gewillt sind zu verhandeln.«
»Er s-s-sagt, Ihr sprecht offen und ehrlich, und er w-w-wird verhandeln.« Flosse begann wieder zu zittern. »A-Aber Ihr werdet ihm nicht wirklich einen M-M-Menschen zum F-Fressen geben, oder?«

»Nein. Nicht einen, sondern viele. Sag ihm, ich werde ihm alle sieben Tage einen bringen, wenn er und seine Leute in Zukunft die Finger von denen lassen, die durch dieses Moor kommen.«

Flosse starrte ihn entsetzt an.

»Sag es ihm, Junge, wenn du nicht willst, dass es hier gleich Tote gibt.«

Flosse übersetzte.

»Er f-f-fragt, wie Ihr das m-m-machen wollt.«

»Banditen und Straßenräuber werden gehenkt. Das passiert alle sieben Tage mindestens einmal. Diebe müssen nicht ordentlich beerdigt werden. Wir werden die Leichen hierherbringen, dann können sie mit ihnen machen, was sie wollen. Im Austausch garantiert er mir, dass seine Leute sich von den Straßen fernhalten. Andernfalls kommen beim nächsten Mal nicht vierzig Soldaten, sondern vierhundert.«

Flosses Stimme zitterte heftig, während er sprach, aber die Botschaft schien verstanden worden zu sein, denn die grünliche Kreatur kam nun mit einem Lächeln auf sie zu.

Ian stand auf. Das Herz schlug ihm beinahe bis zum Hals.

Flosse schrie entsetzt. »E-E-Er kommt!«

»Das sehe ich, Junge. Und jetzt geh ein Stück beiseite, übersetz aber weiter.«

Der Moormensch sagte etwas.

»Er will die A-A-Abmachung mit B-B-Blut besiegeln«, erklärte Flosse.

»Ich werde mein Blut nicht mit dem seinen vermischen, aber ich kann etwas von meinem vergießen, wenn er es wünscht.«

»J-Ja, das g-g-genügt.«

Der Kannibale stand mittlerweile direkt vor Ian. Er war klein gewachsen und roch wie faulige Algen in Brackwasser. Er streckte einen Arm aus und stach sich mit seinem dünnen Speer in die Handfläche.

Ian zog sein Schwert, fuhr sich mit der Klinge über den Unterarm und ließ sein Blut auf die schlammige Erde tropfen.

Sein Gegenüber fing das Blut blitzschnell mit der Hand auf und trank es.

Seine Männer schnaubten angewidert, aber Ian gebot ihnen zu schweigen.

Schließlich streckte der Kannibale seine blutende Hand aus.

Ian schüttelte den Kopf. »Ich bin es zufrieden. Ich brauche nicht zu trinken. Sag ihm, bei uns ist es Brauch, lediglich die Waffen zu kreuzen.« Mit diesen Worten streckte er sein Schwert vor. Einen Moment lang war er versucht, es auch zu benutzen, doch der Moment ging schnell vorüber.

Als Flosse übersetzte, beäugte der Moormensch beeindruckt Ians Schwert. Sein eigener, im Feuer gehärteter Holzspeer war nichts im Vergleich zu der stählernen Klinge. Er befühlte sie ehrfürchtig, klopfte mit seinem dünnen Holzstecken einmal dagegen und hielt dann sieben ausgestreckte Finger hoch.

»Er sagt, Ihr habt sieben T-T-Tage Zeit, die erste Leiche zu übergeben«, erklärte Flosse. »D-D-Danach fangen sie wieder an, d-d-die Reisenden zu fressen.«

Ian rief Schagan herbei und ließ sich eine in Sackleinen gehüllte Rinderkeule aus ihrem Proviant geben. Er wickelte die Keule aus und hielt sie hoch.

»Ein Geschenk, damit ihr bis zu unserer Rückkehr euren Hunger stillen könnt«, sagte er.

Schagan beobachtete mit traurigem Blick, wie das saftige Stück Fleisch den Besitzer wechselte, widersetzte sich seinem Drottin aber nicht.

»Und sag ihm, sie sollen ihre Fallen entschärfen, bis wir aus diesem gottverdammten Wald draußen sind. Das ›Gottverdammt‹ lass lieber weg.«

»Er v-v-verspricht es«, erwiderte Flosse.

»Eine letzte Frage noch: Wie heißt er?«

»Sein Name ist B-B-Brak.«

»Auf bald, Brak«, sagte Ian.

Nachdem die Verhandlungen beendet waren, zog sich der freundliche Kannibale mit seiner Beute zurück und verschwand im Unterholz. Auch von seinen Kumpanen war nichts mehr zu sehen.

Ian und seine Krieger waren wieder allein. Wie vom Donner gerührt kauerten sie immer noch im Morast und wagten endlich wieder zu atmen.

3

»Unser Bruder ist verrückt«, schimpfte Dano.
»Oder genial«, entgegnete Kerr.
»Vielleicht etwas von beidem«, warf Petrich ein. Er saß neben ihnen auf einem umgestürzten Baumstamm, die durchnässte Hose und das Hemd hatte er zum Trocknen darauf ausgebreitet. Bis auf den kleinen Lederbeutel, der mit einem Riemen um seine Hüfte befestigt war und der direkt neben seinen Genitalien baumelte, war er splitternackt.

Sein Schatz, dachte Ian.

Der Rest des Klans hatte sich über eine Wiese verteilt. Wie zottige Schafe rekelten sie sich in der Sonne, genossen die Wärme und die wohlverdiente Ruhepause und aßen sich, so gut es ging, ohne Rinderkeule satt, bevor sie nach Buchtend weitermarschierten, um Fürst Hox von den erfolgreichen Verhandlungen im Totenmoor zu berichten. Die anderen beiden Kompanien waren nach Norden und Westen entsandt worden, um Kontakt zu den an den Seen gelegenen Städten und den Fischerdörfern an der Küste aufzunehmen.

Ian hingegen hatte keine Zeit, sich auszuruhen. Er ging mit Schagans jüngerem Bruder Schy noch einmal die Ausrüstung durch. Schy war dreizehn und hielt die Waffen instand. Wenn sie marschierten, zog er auf einem Gestell die Ersatzausrüstung hinter sich her, und seine Beine waren genauso stark wie die der erwachsenen Männer.

»Ich habe alle rostigen Spitzen poliert und die Splitter an den Schäften abgeschliffen, Drottin. Zweimal.«

»Dann mach es noch mal, Schy. Hox ist sehr eigen, wie ich gehört habe. Anscheinend legt er mehr Wert darauf, wie ein Soldat aussieht, als auf seine Kampfkraft.«

»Dann ist er eben dumm.«

»Das wissen wir noch nicht. Lernen wir ihn erst mal kennen«, erwiderte Ian. »Hast du in letzter Zeit in dem Buch gelesen, Schy?«

Schy blickte zu Boden. Hatte er nicht. Unter der Ausrüstung, die er auf dem Gestell transportierte, befand sich auch das Klansbuch, ein dicker Wälzer mit den Überlieferungen ihrer Vorfahren. Alles, was ein Spross der Hügelkuppen wissen musste, stand darin. Es war ein Stein von einem Buch. Der Einband bestand aus zwei mit dickem Leder bezogenen Holztafeln, und auf den Seiten dazwischen fand sich zu jedem Bereich des Klanslebens etwas: Zahlen, Gleichnisse, Ackerbau, Metallbearbeitung, Ingenation, Kochrezepte, die Geschichte des Klans und noch vieles mehr. Es gab nur zwei Exemplare. Sie waren so kostbar, dass Ian seinen Vater hatte anflehen müssen, eines davon mitnehmen zu dürfen. Er wollte, dass seine Männer regelmäßig darin lasen – auch, wenn sie in Abrogan waren. Ian hatte es zweimal gelesen, und Petrich konnte es praktisch auswendig. Viele der anderen waren erst bei der Hälfte, obwohl sie schon zwanzig oder älter waren, und wieder andere beschäftigten sich überhaupt nicht damit. Sie gaben sich lieber mit Halbwahrheiten und den Gerüchten zufrieden, die man sich in den Dörfern erzählte.

»Du musst darin lesen, wann immer du kannst, Schy«, erklärte Ian. »Die Menschen aus der Stadt und den Palästen spucken auf alle, die nicht rechnen oder lesen können.«

»Die Spitze meines Speers wird ihnen die Spucke schon wegbleiben lassen.«

Ian lachte. »Das mag stimmen, aber in ihrer Achtung wirst du deshalb nicht steigen. Dass wir kämpfen können, wissen sie bereits. Aber ungebildete Krieger müssen immer nach der Pfeife derer tanzen, die lesen können. Und für sie sterben. Vergiss das nicht.«

Die Straße vom Totenmoor nach Buchtend war nicht lang, aber die Lande darum herum waren immer noch wild und ungezähmt. Deshalb war Ian auch nicht überrascht, als sie einen umgestürzten Pritschenwagen und mehrere Leichen entdeckten. Die Opfer waren ein Händler, sein Gehilfe, zwei Diener und ein Bewaffneter in Rüstung, der sie offensichtlich nicht hatte beschützen können. Der bärtige Kaufmann saß immer noch auf dem Kutschbock. Der primitive Speer, der aus seinem Bauch ragte, hatte ihn dort festgenagelt, und Ian fragte sich unwillkürlich, warum der Besitzer die Waffe nicht wieder mitgenommen hatte.

Mit achtunddreißig Klanskriegern im Rücken schätzte er die Gefahr für sich eher gering ein. Außerdem musste er daran denken, dass Vorfälle wie dieser der Grund für ihre Anwesenheit hier waren. *Um dieses wilde Land zu zähmen.* Es war ein hehrer Zweck.

»Es war wahrscheinlich nur eine Handvoll Banditen, die das angerichtet hat«, dachte Ian laut.

»Und ein schlecht beschützter Kaufmann«, fügte Dano verächtlich hinzu.

»Eine wie füreinander geschaffene Paarung«, ergänzte Kerr.

Während alle noch dastanden und das Blutbad betrachteten, erhob sich hinter dem Wagen ein leises Knurren. Nachdem ihr Drottin gerade erst um ein Haar von einem Baumstamm erschlagen worden wäre, war die Aufmerksamkeit der Männer aufs Höchste geschärft. Sie reagierten auf jedes ungewöhnliche Geräusch und hoben sofort die Speere.

Ian zog Obry aus der Scheide und machte Anstalten, sich vorsichtig einen Weg an den Leichen vorbei zu bahnen, doch Dano hielt ihn zurück.

»Ich bin deine Starke Hand, Drottin. Ich gehe.«

»Wir sind Brüder. Du musst nicht ...«, begann Ian, aber als er

Danos wild entschlossenes Gesicht sah, wusste er, dass es zwecklos war.

Dano war einer der wenigen, die wie Ian ein Schwert besaßen, aber er ließ es in der Scheide stecken und nahm stattdessen seinen Speer, denn der hatte die größere Reichweite, falls einer der Banditen noch irgendwo auf der Lauer lag.

Kerr folgte ihm wortlos und deckte seinem Bruder den Rücken. Die anderen hoben die Speere, bereit zum Wurf, während Dano um den Pritschenwagen schlich und plötzlich wie angewurzelt stehen blieb.

»Beim Bart des Wächters!«, rief er über die Schulter. »Seht euch das an.«

Ian eilte an Danos Seite und wurde von markerschütterndem Bellen empfangen: Eine vierbeinige Bestie mit riesigem Brustkorb und schlanker Taille lag auf drei toten Banditen. Ihre Schnauze war blutverschmiert. Sie sah aus wie ein Hund oder ein Wildschwein, schien aber fast so groß zu sein wie ein Pferd. Ian konnte es nicht genau sagen wegen all der grotesk verrenkten Leichenteile um das Ding herum.

Dano winkte die Männer heran, und sie versammelten sich um den Haufen. Sobald aber einer von ihnen auch nur versuchte, ein Stückchen näher zu kommen, folgte eine weitere wilde Bellsalve, also blieben sie auf Abstand. Das Tier war offensichtlich verletzt, denn es bewegte sich kaum, aber es war immer noch gefährlich. Wie gefährlich, zeigten die Leichen der unglückseligen Straßenräuber eindrucksvoll: Zweien hatte es die Kehle durchgebissen, einem fehlte der Arm, und ein vierter lag ein kurzes Stück entfernt im Unterholz. Eine Blutspur führte quer über die Aschenstraße zu der Stelle. Sie endete an seinem zerfleischten Bein, unter dem sich eine Lache gebildet hatte. Er war verblutet, bevor er fliehen konnte.

Als Dano versuchte, die Bestie mit dem stumpfen Ende seines Speers anzustupsen, riss sie den Kopf hoch und schlug die Zähne in den Schaft der Waffe. Dano zog, aber da war das dicke Holz schon durchgebissen.

Kerr kicherte. »Oho! Schweinebacke lässt sich anscheinend nichts gefallen, auch nicht von dir!«

Alle lachten über den Namen, den Kerr dem Biest gegeben hatte – außer Dano, von dessen Lieblingsspeer nun kaum mehr übrig war als ein Zahnstocher. Kerr hatte Tiere schon als Kind gemocht, vor allem verletzte. Mit einem aus dem Nest gefallenen Vogel hatte es angefangen, dann kam ein Pferd und schließlich ein fettes Wildschwein. Am Ende hatte sein Vater ihn gezwungen, es zu töten, um Kerr härter zu machen. Gebracht hatte es allerdings nichts.

Der Hund versuchte sich aufzurichten, schaffte es aber nicht. Einer der Kadaver kullerte von dem Haufen, und darunter kam ein weiterer toter Soldat zum Vorschein. Er trug ein Kettenhemd, und neben ihm lag ein großes Falchion – verlockende Schätze für einen Haufen armer Klanskrieger, die nur Lederrüstungen und Holzspeere hatten.

»Bei den Göttern«, keuchte Dano. »Ein Kurzschwert und ein Kettenhemd! Gebt mir einen neuen Speer, damit ich dem Köter ein Ende machen und sie holen kann.«

Ein Speer wurde durch die Reihen nach vorne gereicht, und Ian sah, wie das Biest den Kopf hob. Dann schleppte es sich mit zuckenden Muskeln auf den toten Soldaten und winselte beinahe, als es versuchte, die Leiche mit dem eigenen Körper zu schützen. *Der Soldat war also sein Herr*, dachte Ian. Der Hund, oder was auch immer es war, hatte ihn zwar nicht retten können, aber bei dem Versuch vier der Wegelagerer getötet. Vier! Und jetzt beschützte es ihn sogar noch im Tode. Ian legte die Hand ans Kinn und überlegte, während Dano mit dem Speer zum Wurf ausholte.

»Warte, Bruder«, sagte der Drottin. »Was ist deiner Meinung nach das Wertvollste hier?«

»Das Kettenhemd«, antwortete Dano ohne Zögern.
»Nein, das Schwert«, brummte Barsch von hinten.
»Gut möglich, dass sie Gold in ihren Börsen haben!«, rief Tuck dazwischen.
»Der Karren wäre praktisch«, sagte Schy in der Hoffnung, endlich das Gestell loszuwerden, das er seit ihrer Ankunft hinter sich her schleppte.
Ian schüttelte den Kopf. »Kerr, sag du uns, was hier das Wertvollste ist.«
Ians jüngerer Bruder legte seinen Speer ab und ging seelenruhig vor dem Leichenhaufen in die Hocke.
Der Hund hörte auf zu bellen und beäugte ihn neugierig.
»Schweinebacke«, sagte Kerr.

Die Bergung dauerte weniger als eine halbe Stunde. Ian stieß die Leiche eines der Räuber an, um sicherzugehen, dass er tot war, und winkte drei Männer heran.
»Tragt sie in den Wald und werft sie ins Totenmoor. Damit leisten wir unsere erste Zahlung an Brak sogar früher als vereinbart. Beeilt euch und schließt dann auf der Straße wieder zu uns auf. Aber lange werdet ihr ohnehin nicht dortbleiben wollen...«
Da hatte Ian wohl recht. Das Totenmoor war schon bei Tag unheimlich, und die Abenddämmerung zog bereits herauf.
Die anderen Leichen stapelten sie auf dem Pritschenwagen und legten ihre Besitztümer daneben, damit sie den Angehörigen zurückgegeben werden konnten. Ian hatte darauf bestanden. Ihr Blut sammelte sich zu einer Pfütze auf der Ladefläche und tropfte durch einen Spalt zwischen den Brettern auf die Straße. Wie ein roter Faden zog sich die Spur Richtung Buchtend, wo Ian bald auf Fürst Hox treffen würde.
Der Hund fuhr ebenfalls auf dem Wagen mit. Es hatte drei Männer gebraucht, um ihn mit einer Schlinge um den Brustkorb auf die Ladefläche zu hieven. Seinen toten Herrn hatten

sie direkt neben ihn legen müssen, und Kerr redete ihm die ganze Zeit über gut zu, um ihn zu beruhigen. Flosse stammelte unterdessen die ganze Zeit etwas von einem »K-K-Kriegshund«, aber was wusste der Junge schon? Er hatte noch nie einen richtigen Krieg gesehen. Abrogan war das Land der Bauern und Fischer, nicht der Heere und Schlachten. Flosse ließ sich jedoch nicht beirren, wiederholte unablässig, was für eine gefährliche Waffe Kriegshunde seien, und fragte sich mit zitternder Stimme, ob Schweinebackes Herr vielleicht ein Ritter aus der Großen Küstenstadt gewesen war, die angeblich irgendwo jenseits der Verstreuten Hügel lag.

Fixe Ideen eines kleinen Jungen, dachte Ian und blickte ein letztes Mal zurück zum Sumpf. Das Moor war echt, und er konnte von Glück sagen, dort keinen seiner Männer verloren zu haben. Dahinter lagen die Verstreuten Hügel mit ihren Räuberhöhlen. *Und diese Hügel müssen gezähmt werden, wenn wir hinter sie blicken wollen.*

4

Den langen Federkiel in der einen Hand, die andere schützend über den Beutel voll Dunkelheit gelegt, saß Petrich in Kniehosen da und schrieb ins Klansbuch. Beflissen füllte er Seite um Seite mit den bisherigen Ereignissen. Er schrieb über die Stadt Plynth und seine Bewohner, widmete dem Totenmoor ein ganzes Kapitel und erwähnte auch den gemeuchelten Kaufmann sowie den außergewöhnlichen Hund, den sie auf der Straße nach Buchtend aufgelesen hatten. Er dokumentierte die Landschaft, die Kulturen und die Erfahrungen, die sie machten, alles in seiner gestochen scharfen Handschrift, wobei er besonders auf die Abmachung einging, die Ian mit Brak getroffen hatte. Er beschrieb Körperbau und Verhalten des Kriegshunds, erzählte von dem Traumgras der Plynther, das der Legende nach Visionen heraufbeschwor, wenn man darauf schlief. Dass der Katzenpriester ihn eingeladen hatte, es einmal selbst zu probieren, und Petrich in dieser Nacht tatsächlich ungewöhnlich geträumt hatte, verschwieg er allerdings.

Wundervolle, dunkle Träume.

Das Schreiben war eine mühevolle Aufgabe, aber Petrich genoss die Stunden der Abgeschiedenheit, die es ihm ermöglichte. Zu Hause in den Hügeln war es eine goldene Regel, den Schreiber nicht bei der Arbeit zu stören, und Petrich war ein guter Schreiber. In seinem Geist konnte er die Vergangenheit wiederaufleben lassen, und das ohne die Angst, die ihn fast immer plagte, wenn die Ereignisse sich zutrugen. Was vergangen war, war vorbei, und so beängstigend die Geschehnisse, von denen er schrieb, auch gewesen sein mochten, sie waren gekommen und wieder gegangen, ohne ihm Schaden zuzufügen. Mit der Zukunft war das anders. Sie war ungewiss. Abrogan war so wild und gesetzlos, wie Artung es zur Zeit der Klanskriege gewesen war. Doch der König gab ihnen Hoffnung. Schwarzwasser hatte den Kriegen in Artung ein Ende gemacht und Petrichs Schwester aus der Gefangenschaft befreit. *Er ist ein guter Mann, ein ehrenhafter Mann.* Ian war aus demselben Holz geschnitzt. Auch er war ein Friedensstifter. *Er hat sogar mit einem Menschenfresser verhandelt!* Ians Vater hatte eine weise Entscheidung getroffen, als er Ian zum Drottin machte. Ian war die bessere Wahl. *Dano kämpft lieber, anstatt zu verhandeln.* Außerdem war Ian der Einzige gewesen, der Petrich beinahe wie einen Bruder behandelt hatte, als er als fünfjährige Waise in die Hügel gekommen war. Ganz anders als Dano, der sich ständig beschwerte, dass Petrich da war, und Kerr, der ihn immer hänselte, oder irgendeiner der anderen, die immer tuschelten, sobald sie Petrich sahen. *Er ist ein guter Mann*, dachte Petrich. Ian verdiente seine Treue, genauso wie Schwarzwasser sie verdiente. *Ich schulde ihm meine Bruderliebe. Sogar mein Leben, sollte es dazu kommen.* Petrich beschloss, unter allen Umständen den Frieden in Abrogan zu schützen, den Ian und Schwarzwasser herzustellen versuchten. Er griff mit beiden Händen unter den Bund seiner Hose und schwor bei seinem Beutel. Dann riss er die Seite heraus, die er soeben vollgeschrieben hatte, und fing noch einmal von vorne an. Diesmal schilderte er die Ereignisse noch ein klein wenig dramatischer und Ians Rolle dabei noch etwas heldenhafter.

Diesen Trick hatte er von dem wandernden Minnesänger Barbo gelernt. Die Hügel waren bekannt für ihre Gastfreundschaft, der lange Aufstieg lohnte sich für die Reisenden, vor allem wenn sie dadurch dem Talklan aus dem Weg gehen konnten, der einen Wandernden eher ausraubte, als ihm ein Dach über dem Kopf anzubieten. Barbo war von der Frühlingswald-Garnison im Westen nach Schloss Grünsee im Osten unterwegs gewesen, und in jener Nacht sang er als Gegenleistung für ein Dach überm Kopf und eine Mahlzeit für den gesamten Klan an Drottin Kellens Feuer. Das Lied erzählte von der Schlacht im Verborgenen Meer. In der ursprünglichen Version versteckte Fürst Halbglück seine Flotte in einem Sumpfgebiet nahe der Küste. Fürst Prunkwinde, der Halbglücks Hauptrivale auf den fretischen Thron war, segelte mit seinen Schiffen an der Mündung des Sumpfes vorbei und wollte an der sandigen Küste anlanden, um in die scheinbar unverteidigt daliegende Stadt Asch einzumarschieren. Doch Prunkwindes Flotte hatte den Küstensumpf kaum passiert, als Halbglücks Schiffe auch schon angerudert kamen und dem Feind in den Rücken fielen. Die Schlacht war entschieden, noch bevor sie richtig begonnen hatte.

Der junge Petrich hatte aufmerksam gelauscht, auf den Text genauso wie auf die Noten. Er war ein guter Zuhörer, aber er wurde das Gefühl nicht los, dass Barbos Version sich von der unterschied, die er als kleines Kind gehört hatte. Ihm fielen Abweichungen auf, die niemand sonst zu bemerken schien. Mehr als das: Ihn *interessierten* Dinge, die allen anderen egal waren.

Er war ein neugieriger kleiner Junge, aber schüchtern. Also schlich er sich zu Barbos Hütte, begierig darauf zu erfahren, weshalb das Lied so anders war, wagte aber nicht, sich zu zeigen. Doch Barbo hatte ihn längst entdeckt. Er war ein freundlicher Mann, der die Kinder gerne mit seinen Scherzen unterhielt und immer etwas Zucker dabeihatte. So kam es, dass Barbo und der kleine Petrich schließlich in der strohgedeckten Hütte beisammensaßen. Der Sänger gab ihm etwas von seinem kostbaren Zucker ab, und schließlich fragte Petrich ihn nach der Schlacht im Verborgenen Meer.

Jahrelang, so erzählte Barbo, hatte er von Halbglücks Feigheit gesungen, der weder offen angegriffen noch die Schiffe seines Rivalen ehrenhaft geentert hatte. Stattdessen hatte er Prunkwindes Flotte aus dem Hinterhalt mit langen Rammspornen versenkt, hatte sie mit Mann und Maus dem Ertrinken überlassen und die gesamte kostbare Flotte einfach dem Meer überantwortet. Der Sieg mochte klug errungen gewesen sein, aber er brachte Schande über den Sieger.

»Das Lied war damals sehr beliebt«, erklärte Barbo unbekümmert. Doch als Halbglück den Thron bestieg und seinen Namen in Schwarzwasser änderte, ließ er Barbo zu sich bringen. Drei Soldaten kamen und holten den Minnesänger noch während einer Darbietung von der Bühne. »Ich dachte, mein Leben würde nun am Galgen enden«, sagte er zu dem kleinen Petrich, legte den Kopf zur Seite, verdrehte die Augen und zog den Kragen seines Hemds nach oben wie eine Schlinge. »Aber statt mich töten zu lassen, bat der König mich lediglich, das Lied umzuschreiben.« Er wollte eine überarbeitete Version, in der er bereits Schwarzwasser hieß und seine Männer Prunkwindes Flotte frontal angriffen. Bug an Bug sollten sie kämpfen und die Besiegten ehrenhaft vor dem Ertrinken retten. Nun, die ursprüngliche Version war besser«, warf Barbo mit einem Anflug von Bedauern ein, »aber jetzt singe ich für Schwarzwasser und bin glücklich damit. Ich bin schließlich nur ein Schauspieler; die Rolle ist nicht so wichtig.«

Und dann offenbarte er Petrich etwas, das der junge Schreiber sein Leben lang nicht mehr vergessen sollte: »An jenem Tag sagte der König zu mir: Es kommt nicht darauf an, wie eine Geschichte passiert ist, sondern darauf, wie sie erzählt wird.«

Mit diesem Gedanken im Hinterkopf begann Petrich den Bericht über Ians Taten noch einmal von vorn, schrieb von noch größeren Abenteuern und noch größerem Heldenmut.

5

Als sie Buchtend erreichten, waren Ians Männer so verdreckt, wie er sie selten gesehen hatte. Und wie sie erst stanken! Bevor er sie Fürst Hox präsentieren konnte, mussten sie sich unbedingt waschen. Neben dem Hund, einem Kettenhemd und ein paar brauchbaren Waffen hatten sie auch noch einige Silbermünzen bei den toten Banditen gefunden. Welche davon dem Kaufmann gehört hatten und welche anderen Raubzügen entstammten und somit niemandem mehr gehörten, war kaum festzustellen. Schließlich teilte Ian sie einfach auf: Die eine Hälfte legte er für Übernachtung und Verpflegung seiner Männer zur Seite, die andere, so schwor er sich, sollte die Familie des Kaufmanns bekommen, der jetzt, da er tot war, die Armut drohte. Barsch nannte ihn einen Narren und sagte, das Silber gehöre einzig und allein ihnen. Aber sie waren nicht mehr in der Wildnis von Artung. Die Erwartungen an sie waren größer geworden. Sie brauchten nicht auf ewig die ungewaschenen, tumben Klansleute zu bleiben, als die die Fretwitter sie sahen, und diese Gelegenheit wollte Ian nutzen. Sie waren stolze Männer aus den Hügeln, keine Barbaren aus dem Talklan oder Angehörige des primitiven Schattenvolks.

Buchtend roch kaum besser als Ians Krieger. Der Fluss Stinker floss direkt an der Hafenstadt vorbei und brachte den Abfall der Königsresidenz Skye mit, die wie Buchtend gerade erst im Entstehen war. Die Stadtmauer, die vom Hafen Richtung Norden erweitert wurde, als könnte sie die Bewohner genauso vor Gestank schützen wie vor Piraten, änderte daran auch nichts. *Dieser Ort wird auf ewig die Müllhalde Skyes bleiben.*

Vor dem Nordtor liefen mehrere Straßen zusammen und mündeten in eine gepflasterte Durchgangsstraße, die ebenfalls noch im Bau war. In den letzten Monaten waren dort viele kleine Gasthäuser und Tavernen entstanden, die jetzt den Weg zum Stadtzentrum mit dem lebendigen Marktplatz säumten. Marktschreier in langen Kapuzenmänteln priesen ihre Ware an, Seeleute warfen sich scherzend oder auch im Ernst wilde Flüche an den Kopf, und ständig kamen neue Schiffe an. Ian entdeckte Bootstypen, die er noch nie gesehen hatte, sah seekranke Männer von Bord schwanken, die Arbeit suchten oder auch nur Abenteuer. Er sah harte Männer, ehrgeizige Männer und verzweifelte Männer. Den Unterschied erkannte er in ihren Augen und Gesichtern, und er schwor sich, nur die ehrgeizigen zu nehmen, sollte er seine Reihen eines Tages wieder auffüllen müssen. Doch da er und seine Klansmänner jetzt eine Kampftruppe waren, war das lediglich eine Frage der Zeit...

Zuerst wollte Ian jedoch herausfinden, wo sich der Fürst aufhielt.

»Ich suche Fürst Hox«, sagte er zu dem Ersten, der so aussah, als könnte er es vielleicht wissen, dann zum Nächsten und immer so weiter, bis ein bärtiger Matrose ihm antwortete:

»Dort hinten am Ende des Kais ist die beste Absteige, die es in diesem stinkenden Misthaufen von Stadt gibt.«

»Vielen Dank auch«, erwiderte Ian und führte seine Männer in die entgegengesetzte Richtung.

Als sie außer Hörweite waren, tippte Dano ihm auf die Schulter. »Es liegt mir fern, deinen Ratschluss anzuzweifeln, Drottin, aber ich glaube, wir gehen in die falsche Richtung.«

»Ich habe nach Hox gefragt, damit wir ihm aus dem Weg gehen können«, erklärte Ian. »Ich kann nicht zulassen, dass er uns so sieht... oder riecht. Alle sollen sich waschen, und sie brauchen frische Kleider, bevor wir...«

»Wie ich höre, suchst du nach mir!« Ein feister Mann, von Kopf bis Fuß in grünes Seidentuch gehüllt, stand auf dem Vordach einer Fleischerei und rief zu ihnen herunter. An seinem Gürtel hing ein Zierschwert, das zu dünn und zerbrechlich fürs Kämpfen war und zu teuer für einen Klansmann – das Schwert eines Adligen.

Ian stöhnte innerlich. Offensichtlich verbreiteten sich Neuigkeiten in einer Hafenstadt schneller, als er es aus den Hügeln gewohnt war.

»Fürst Hox?«, rief er mit einem gezwungenen Lächeln zurück.

»Der und kein anderer. Und ihr seid meine Männer von den Hügelkuppen?«

»Ja, die sind wir«, antwortete Ian, und der Fürst verzog das Gesicht, genau wie Ian es erwartet hatte.

»Sei auf der Hut bei dem Kerl«, flüsterte Petrich ihm ins Ohr. »Wir sind ein hungriges Volk, und ein Wohlgenährter wie der da weiß nicht einmal, was Hunger ist.«

»Weise Worte, Vetter. Ich werde deinen Rat beherzigen.«

Hox bedeutete Ian einzutreten, während seine Männer draußen warten sollten wie Pferde. Ian gehorchte, tat allerdings mehr, als lediglich Petrichs Rat zu beherzigen, und nahm seinen Vetter mit nach drinnen. Das tat er, weil er einerseits Petrichs Klugheit schätzte, und andererseits, weil Petrich im Gegensatz zu Ians Brüdern wenigstens seine Kleider getrocknet hatte.

Hox kam über eine Leiter von dem Vordach heruntergeklettert, und Ian streckte ihm die Hand hin. »Seid gegrüßt, Fürst Hox. So lernen wir einander endlich kennen.«

Als Hox Ians schmutzige Finger sah, bedeckte er seine Hand mit einem Taschentuch. »Ihr dürft mir die Hand reichen, als Zeichen Eurer Lehnspflicht.«

»Als Zeichen unseres Bündnisses.«

»Du willst wohl sehen, wie weit du gehen kannst, wie?«, schnaubte Hox. »Aber ich verstehe dich. Ich habe vom Stolz der

Klans gehört. Ihr wart eure eigenen Herren, bevor wir eingriffen, um euch davon abzuhalten, euch gegenseitig zu vernichten. Doch jetzt ist König Schwarzwasser euer Herr.«

»Und dafür halten wir dem König die Treue, wie mein Vater es geschworen hat.«

»Stolz ist etwas Gutes, Klansmann, aber ein stolzer Mann sollte auf seine Erscheinung achten.«

»Wir sind gerade erst von einem langen Marsch hier angelangt. Wir haben die Erste Straße erweitert, gegen Räuber gekämpft und ein Moor durchwandert, alles innerhalb der letzten drei Tage.«

»Ja, ich entsinne mich. Es heißt, ihr wärt gute Krieger, trotz eurer primitiven Speere und klobigen Lederrüstungen. Weshalb dein zerlumpter Haufen ja auch vom Straßenbautrupp zu einer kämpfenden Einheit befördert wurde. Ich denke, ein Glückwunsch ist angebracht, nicht?«

Ian bedankte sich mit einem Nicken für das halbherzige Kompliment.

»Aber ihr stinkt immer noch wie ungewaschene Waldschrate, und ich bin euer neuer Kommandant.«

Ian ließ die Worte des Fürsten über sich ergehen und stellte sich vor, er stünde mit ihm in einem Kampfkreis, wo Hox ein kaum zu verfehlendes Ziel bieten würde. Es war eine angenehme Vorstellung.

»Ich verstehe, was Ihr meint, und wir sind bereit, Euch zu folgen«, sagte er schließlich.

»Erzähl mir von diesem Sumpf.«

Ian schilderte ihren Vorstoß ins Totenmoor, und Hox hörte zu, nickte brummend oder legte die fettige Stirn in Falten, wurde aber zusehends unruhiger, je länger er zuhörte. Bei dem Wort »Kannibalen« wurde er kreidebleich, und als Ian dann noch von der Vereinbarung berichtete, die er mit Brak getroffen hatte, schnitt er ihm abrupt das Wort ab.

»Nein, nein, nein! Das ist ganz und gar unmöglich«, tadelte der Fürst. Sein Blick schien Verachtung und Mitleid zugleich zum Ausdruck zu bringen. »Hügelbewohner, ich weiß, dass deine primitive Religion dergleichen gestatten mag, aber du und deine Wilden, ihr steht jetzt in den Diensten des Königs!«

»Ihr missversteht mich: Nicht wir essen diese Leichen, und außerdem würde ich meinen, dass mehr von meinen ›Wilden‹ lesen können als von Euren Soldaten.«

Hox seufzte. »Euer heidnischer Gott mag derlei Abscheulichkeiten tolerieren, aber Tote an die Lebenden zu verfüttern, ist eine Lästerung, die ein zivilisiertes Volk nicht dulden kann. Diese Sumpfbewohner sind Menschen, oder etwa nicht?«

»Sie sehen aus und sprechen wie Menschen. Ihre Haut ist ein bisschen grün, aber sie haben Arme und Beine wie wir.«

»Eben. Und deshalb können wir eine derartige Barbarei nicht erlauben.«

»Was sollen wir also mit ihnen tun?«

»Sie töten.«

Ian warf Petrich einen kurzen Blick zu. Sein Vetter zog eine Augenbraue nach oben, sagte aber nichts. Mit seinem Schweigen riet er Ian, ebenfalls den Mund zu halten, und genau das tat er.

Hox stand mühsam auf. »Ich werde Fürst Bryss sogleich informieren. Meine Soldaten werden sich unterdessen um diesen Sumpf kümmern. Sorge dich nicht, Hügelbewohner. Bryss ist mein persönlicher Freund. Ich werde ihm nichts von deiner abscheulichen kleinen Abmachung berichten. Es wäre mir ein Gräuel, als dein Oberbefehlshaber die Verantwortung dafür tragen zu müssen. Ich werde ihn lediglich wissen lassen, dass es dir nicht gelungen ist, die Straße zu sichern.«

Aber wir haben die Straße gesichert, dachte Ian.

Hox schnippte mit seinen pummeligen Fingern, und ein blässlicher Junge kam mit dem bunten Papagei herbeigeeilt. Der Fürst massierte dem Knaben vertraulich die Schultern, während er mit sanfter und unterwürfiger Stimme auf den Vogel einredete. Als er zu Ende gesprochen hatte, befahl er seinem Diener, den Papagei das soeben Gesagte wiederholen zu lassen, und beide gehorchten.

Ian konnte es nicht glauben: Der Vogel sprach in demselben honigsüßen Tonfall wie sein Herr, und die Imitation war so gut, dass er mit verbundenen Augen das Federvieh wahrscheinlich nicht einmal von Hox hätte unterscheiden können.

Mit einem triumphierenden Lächeln streichelte der Fürst Diener und Papagei und erklärte: »Bryss gab mir den schnellsten und sprachgewandtesten seiner Vögel. Das sagt wohl genug über meinen Rang hier aus!«

Das Tier war in der Tat schön anzusehen: roter Rumpf, grüner Kopf und leuchtend bunte Flügel von zwei Armlängen Spannweite. *Ein hübsches, nicht zu verfehlendes Ziel, genau wie du,* dachte Ian. Und genauso beredsam. Ians Taube sah im Vergleich dazu aus, als käme sie direkt aus der Schlacht. Ihr Gefieder war von einem stumpfen Blaugrün, und um die Augen hatte sie einen schwarzen Streifen, der aussah wie eine Räubermaske, weshalb Ian sich jedes Mal aufs Neue fragte, inwieweit er dem Vieh überhaupt trauen konnte. Außerdem war es mit seinem Gekrächze gerade einmal imstande, die Sprechgeschwindigkeit seines Herrn zu imitieren. Alle Feinheiten gingen vollständig verloren.

»Offensichtlich will er alles, was Ihr zu sagen habt, möglichst schnell und möglichst genau erfahren«, kommentierte Ian schließlich.

»In der Tat. Grün wird hier in Abrogan die Farbe des Neids sein. Du kannst dich glücklich schätzen, dich meiner Kompanie anschließen zu dürfen. Die Rote muss sich mit den übel riechenden Fischerdörfern herumschlagen, die Blaue dringt nach Norden in die wilden Wälder vor, wo es nichts von Interesse zu geben scheint, während wir uns um das fruchtbare Ackerland und die Straßen des neuen Reichs kümmern.«

»Und um einen Sumpf.«

Hox' triumphierendes Lächeln verschwand. »Ja. Und um diesen Sumpf. Wasche deine Krieger, Hügelbewohner. Dein schmutziger Haufen wird uns begleiten, wenn meine Männer in dieses Moor ziehen und die Angelegenheit in Ordnung bringen. Seht gut hin, dann könnt ihr etwas lernen.«

Ian war in etwa so erpicht darauf, Hox ins Totenmoor zu begleiten, wie er an den Füßen hinter einem Ochsen hergezogen werden wollte, sagte aber nichts. Er verabschiedete sich lediglich mit einem Nicken und versprach, seine Krieger bis zum Morgen in einen vorzeigbaren Zustand zu versetzen.

Petrich nickte ebenfalls und schaute Hox dabei so lange und durchdringend an, bis der Fürst betreten zu Boden blickte. Dann folgte er Ian erhobenen Hauptes nach draußen.

Dass Adlige und Stadtbewohner die Klansleute für Wilde hielten, war nichts Neues, und manche Klans taten ihr Bestes, um dieses Vorurteil zu bestätigen. Das Schattenvolk und der Talklan waren berüchtigt für ihre unfassbare Ignoranz. In den Hügelkuppen hingegen bestanden die Drottins schon seit fünf Generationen darauf, dass jedes Kind das Klansbuch studierte. Nachdem Ian eines der beiden Exemplare mitgenommen hatte, wurde von den drei Schreibern in Artung sogar eine weitere Kopie des Buches angefertigt, das immerhin so hoch und breit war wie die Schultern eines erwachsenen Mannes. Legte man es auf den Boden, reichte es bis zu den Knien, so dick war es. Es war so groß wie eine Schatztruhe, eine Schatztruhe voll Wissen.

»Was hältst du von diesem Hox, Vetter?«, fragte Ian.

Petrich legte die Stirn in Falten, was sein normaler Gesichtsausdruck war und nichts darüber verriet, was in ihm vorging. »Er ist so arrogant, wie ich es erwartet hatte. Aber in einem fremden Land kann das gefährlich werden.«

»Wohl wahr. Und er hält uns für Heiden. Mit dem Wächter wird er sich kaum befassen.«

»Gib acht, was du tust, denn der Wächter wacht über dich«, rezitierte Petrich.

»W-W-Was b-b-bedeutet das?«

Ian drehte sich um und stellte fest, dass Flosse direkt hinter ihnen stand. Der Junge hatte sich angeschlichen und durch einen Spalt in der Wand das Gespräch mit Hox belauscht.

»Wenn du etwas Böses tust, könnte der Wächter es merken und dich bestrafen, das bedeutet es. Tust du etwas Gutes, merkt er es auch und belohnt dich vielleicht. Aber dieser Hox tut nur, was ihm gefällt.« Die Religion der Klans kam nicht gut an bei der Stadtbevölkerung und den Adligen. Ihrer Meinung nach war sie nichts als Unsinn, und die Kleriker hielten sie gar für Gotteslästerung.

»Wer ist dieser W-W-Wächter?«

Ian legte dem Jungen die Hände auf die Schultern, gab aber acht, ihn nicht zu streicheln, wie Hox es bei seinem Diener gemacht hatte. »Jeder könnte der Wächter sein: der Sklave, den du schlägst, der König, dem du dienst, oder auch dein kleines Brüderlein.«

»Ist das ein K-K-Kinderreim?«

»Mein Vater hat ihn mir beigebracht, als ich noch klein war, damit ich mir den Sinn besser merken kann. Jeder, dem du begegnest, könnte unser Gott sein, der über dich richtet, nur eben in Verkleidung. Die Worte sind eine Ermahnung, jeden Menschen gerecht zu behandeln.«

»Ein A-A-Aberglaube also.«

»Besser als Katzen anzubeten«, brummte Ian und versetzte Flosse einen Klaps – fest genug, damit er in Zukunft besser auf seine Worte achtete, aber nicht so fest, dass es ihm wirklich wehtat. Schließlich konnte auch er der Wächter sein.

6

Schagan machte ein billiges Gasthaus mit zwei Scheunen voll Heu zum Schlafen und einer schlichten Halle zum Essen ausfindig. Die Scheunen rochen nach Pferdedung, und die Ratten dort waren so groß und frech, dass sie sich nicht einmal versteckten, als die Klansmänner kamen. Aber Schagan hatte einen Riecher für gutes Essen, und sie wurden nicht enttäuscht – die vollbusige Wirtin Peretta kochte gut und reichlich. Für einen Abend Arbeit bekamen sie eine Übernachtung und drei Mahlzeiten, und Peretta war so begeistert davon, wie die neununddreißig Männer zupackten, dass sie ihnen für später – nachdem sie sich gewaschen hatten – etwas von ihrem Bier versprach und vielleicht auch noch mehr...

Waschen im Stinker kam nicht infrage. Man brauchte nur in die Nähe zu kommen, und schon roch man die Exkremente, die er aus der Stadt Skye mitbrachte, also badeten die Männer stattdessen im Meer. Von Peretta erfuhr Ian, dass erst vor einer Woche ein mürrischer Vertreter der Seifenmachergilde in Buchtend angelandet war, der, da er keine Konkurrenz hatte, seine Seifen zu einem völlig überhöhten Preis verkaufte. Ian schickte Flosse mit ein paar Kupfermünzen los, und als der Junge mit leeren Händen zurückkehrte, schickte er Barsch.

Die vier großen Stücke Salzwasserseife leisteten gute Dienste. Als Ians Männer zurück an den Strand kamen, waren sie kaum wiederzuerkennen. Da Klansmänner sich nie die Haare schnitten, verbrachten sie nun einige Zeit damit, die dicken Knoten aus ihren langen Locken zu entfernen – und die Läuse. Dazu tauchten sie das hüftlange Haar so tief in einen Kessel mit kochendem Wasser, wie sie es gerade noch aushielten, bissen die Zähne zusammen und warteten, wer als Erstes aufgab: sie oder die Parasiten. Bald war das Wasser weiß wegen all der toten Läuse, die darin trieben, und der langsam genesende Kriegshund durfte sich auf einen herzhaften Eintopf freuen. Nur Glatz, der kein einziges Haar mehr auf dem Kopf hatte, machte einen weiten Bogen um den Kessel und polierte seinen kahlen Schädel mit einem Stück Tuch, statt ihn weich zu kochen. Als endlich alle fertig waren, marschierten sie zurück in die Stadt, bereit für Frauen und Bier.

Frauen waren rar, Bier hingegen nicht. Es schmeckte zwar nicht besonders, aber das spielte keine Rolle, solange es nur genug davon gab. Perettas Fass reichte kaum für das Abendessen, und sie allein war nicht Frau genug, um einen ganzen Haufen Klansmänner einen Abend lang bei Laune zu halten. Zehn Lieder lang tanzte sie zu der Musik, die Kerr auf seiner Flöte spielte, dann musste sie sich auf Schagans Schoß ausruhen. Schagan legte ihr den einen Arm um die Schulter, der ihm geblieben war, und keiner der Jüngeren machte sie ihm streitig. Ian hielt es nicht für unwahrscheinlich, dass die beiden sich bald in Perettas Dachkämmerchen zurückziehen würden, und beschloss, seinen Koch noch einmal daran zu erinnern, wie es Fregger ergangen war, bevor Schagan zu betrunken war.

Vier seiner Männer zogen los, um ein neues Fass zu besorgen, was schnell erledigt war, nur Frauen hatten sie keine auftreiben können. Es kamen weit mehr Männer mit den Schiffen an als Vertreter des weiblichen Geschlechts, und die wenigen Bauernmädchen aus den umliegenden Dörfern, die sich nach Buchtend wagten, verstanden die Sprache kaum. Die meisten von ihnen waren ohnehin verheiratet, und die wenigen, die noch zu haben zu sein schienen, waren so unansehnlich, dass Ians Männer selbst angetrunken nichts von ihnen wissen wollten.

Wie es hieß, zogen die schönen Frauen alle in die Stadt, die

Fürst Bryss auf dem Gipfel des Berges Skye errichten ließ, aber das frische Bier bescherte ihnen auch so einen äußerst vergnüglichen Abend. Perettas gebratene Ente mit wilden Kräutern und Frühkartoffeln war eine wohlverdiente Belohnung für einen ganzen Monat Straßenbau, ein Scharmützel mit Räubern und die unheimliche Begegnung im Totenmoor.

Vielleicht hätten wir gewonnen, wenn es zum Kampf gekommen wäre, dachte Ian, *vielleicht auch nicht.* Die Sumpfbewohner kannten das Gelände, und er hätte bestimmt ein paar gute Männer verloren.

»Ich halte Hox' Vorhaben für dumm«, sagte er schließlich während des zweiten Biers zu Dano.

Dano rührte mit dem Zeigefinger in seinem Krug. »Ich hätte nichts gegen einen Kampf einzuwenden. Diese grünen Kreaturen machen mir eine Gänsehaut.«

»Vater würde nur zu den Waffen greifen, wenn uns der Sieg sicher ist. Ist er aber nicht.«

»Vater hat uns die Fremdherrschaft eines Königs aufgehalst. War das in deinen Augen klug?«

»Zumindest leben wir noch.«

»Das schon. Aber jetzt müssen wir tun, was immer Schwarzwasser uns befiehlt. Wir sind Sklaven. Manchmal muss man für seine Freiheit kämpfen.«

»Diesen Streit hatten wir schon hundertmal. Nicht schon wieder.«

»Wir sind Leibeigene. Du bist der Drottin von neununddreißig Leibeigenen in der Verbannung. Unser Klan hat seine Freiheit hergegeben im Austausch für einen vergifteten Frieden und ein paar Geiseln, die nicht einmal zu uns gehören!«

»Diese Geiseln waren unsere Vettern und Cousinen aus den Hügeln. Nur weil unser Dorf ein wenig höher gelegen ist, als Petrichs es war, macht uns das noch lange nicht besser als sie. Und was glaubst du, wie viele Tote es bei einer offenen Schlacht mit dem Talklan gegeben hätte?«

»Kein Einziger von ihnen hätte überlebt.«
»Und die meisten von uns auch nicht.«
»Pah!«
»Du mich auch...«
Beide grollten eine Weile, doch schließlich musste Ian grinsen.
»Das ist das schlechteste Bier, das wir je getrunken haben, findest du nicht?«
Dano lächelte nicht. Das war nicht seine Art. Aber zumindest hob er seinen Krug und dachte über Ians Worte nach. Die eilig aus dem Boden gestampften Brauereien von Buchtend verwendeten das falsche Getreide und panschten daraus eine dünne bräunliche Brühe, die nach Moschus roch.
»Zumindest darin bin ich mit dir einer Meinung«, sagte Dano schließlich. »Aber nach Wochen auf See und Monaten in der Wildnis schmeckt es geradezu göttlich. Noch eins...?«

Die Männer streckten sich in der Scheune aus und holten sich neue Flöhe, nachdem sie die alten eben erst abgewaschen hatten. Kerr hatte einen Arm um Schweinebacke gelegt, der schnarchte und furzte wie eine Kuh. Ian war nicht sicher, ob Kerr in seinem Zustand den Hund mit einer Frau verwechselte oder ob er das Tier einfach liebgewonnen hatte. Alle schliefen, als gäbe es nichts Schöneres für sie als eine ungestörte Nacht auf einem Bett aus Stroh, verbunden mit der Aussicht auf ein Frühstück am nächsten Tag.
Nur Ian lag wach. Ihm war schwindlig vom Bier, und er machte sich Sorgen wegen des anstehenden Marsches ins Totenmoor. Hox sprach vom Töten wie jemand, der selbst noch nie getötet hatte. Er mochte schon oft den Befehl dazu gegeben haben, aber die Gefahr, der er seine Soldaten aussetzte, schien ihn nicht zu kümmern. Ians Krieger waren seine Brüder, Vettern und Freunde. Sie in Gefahr zu bringen war seine Hauptsorge. Er hatte keine Angst – kein aufrechter Klansmann schreckte vor etwas zurück,

das ihm Furcht einflößte. Der Wächter achtete und belohnte einen ehrenvollen Tod in der Schlacht – falls er gerade hinsah –, aber grundlos in den Tod zu gehen war töricht. Wenn die Zeit kam und die Gründe triftig waren würde er seine Männer in die Schlacht führen. Nein, er hatte keine Angst. Aber er machte sich Sorgen. Gegen Sumpfbewohner zu kämpfen, die sich mit ein bisschen Aas friedlich stimmen ließen, war schlichtweg dumm.

Der Morgen kam viel zu schnell, und als Dano das Scheunentor aufriss, wurde er von allen Seiten mit wilden Flüchen überschüttet.

»Du Hundesohn!«, stöhnte Frehman.

»Überleg dir, was du sagst. Immerhin ist meine Mutter die Schwester von deiner, närrischer Vetter«, konterte Dano.

»Wenigstens hält dein jüngerer Bruder die Familienehre noch hoch«, meldete Garman sich zu Wort und deutete auf Kerr, der sich gerade verdutzt von Schweinebacke losmachte.

Den einarmigen Schagan fanden sie schlafend auf der Holzbank in der Halle. Offensichtlich hatte er es doch nicht bis in Perettas Dachkammer geschafft. Die Wirtin selbst war gerade damit beschäftigt, in einer Eisenpfanne von der Größe eines mittleren Fasses Gemüse zu braten, das sie noch nie zuvor gesehen hatten. Das Fett brutzelte und spritzte, und dicker Rauch erhob sich von der Feuerstelle und zog durch das Kaminloch in der Mitte der Decke. Eine Leiter am Ende der Halle führte hinauf zur Schlafstatt ihrer stämmigen Wirtin. Die Dachkammer selbst bestand aus nicht mehr als einer kleinen Holzterrasse, die nur mit einem Segeltuchvorhang vom Rest des Raums abgetrennt war.

»Hol deine verschlafenen Lockenköpfe, Drottin Ian Krystal«, rief Peretta und deutete auf ihre Pfanne. »Ich habe hier was für sie.«

»Du bist sehr gütig zu uns«, erwiderte Ian.

»Weniger gütig als geschäftstüchtig. Bring deine Leute mit,

wenn du das nächste Mal in der Stadt bist. Ich möchte expandieren. Sobald ich das Geld habe, einen Ingenator zu bezahlen, könnt ihr hier umsonst schlafen und essen, wenn ihr mir im Gegenzug mein Gasthaus ausbaut. Ich will eine Schlafterrasse, eine Brauerei und einen gemauerten Ofen so groß wie ein Pferdewagen.«

Ian nickte. »Gern. Aber ich bezweifle, dass wir in naher Zukunft dazu kommen werden, Häuser zu bauen. Wir wurden gerade erst vom Straßenbau entlassen und ziehen jetzt in den Kampf.«

»Draußen in den Wäldern könnt ihr von mir aus Krieg spielen, solange ihr wollt, aber für mich seid ihr brave Bauarbeiter. Ihr habt bereits gezeigt, was ihr könnt, als ihr das Feuerholz aufgefüllt und die Scheune repariert habt. Gibt es einen Ingenator unter euch?«

»Jenor ist unser Ingenator. Er ist noch jung, aber sehr neugierig und fleißig. Ich werde ihn bei einem Baumeister in die Lehre geben, sobald wir hier in Abrogan ein Plätzchen für uns gefunden haben.«

»Dann werde ich wohl erst was von seinen Fähigkeiten haben, wenn ich alt bin und ein Gestell brauche, mit dem ich meine schmerzenden Knochen spazieren fahren kann. Ha! Kommt her und esst.«

Und das taten sie. Der Kater, der unweigerlich auf eine durchzechte Nacht folgte, schien ihrem Hunger keinen Abbruch zu tun, und das frische Quellwasser, das Peretta ihnen ausschenkte, machte ihren Kopf schnell wieder klar. Bald waren alle putzmunter, lachten und scherzten, bis Ian vor versammelter Mannschaft auf den Tisch kletterte. Zu warten, bis sie von selbst ruhig wurden, war zwecklos, also rief er: »Einen aufrichtigen Dank an unsere großzügige Wirtin!«

Alle johlten und klapperten mit ihren Holzbechern.

Peretta wurde feuerrot, was ihr aber nicht das Geringste auszumachen schien. »Beim nächsten Mal«, erwiderte sie, »schafft es einer von euch stämmigen Kerlen ja vielleicht, sich angemessen bei mir zu bedanken!«

Mit einem strafenden Blick schwenkte sie ihre üppige Oberweite in Richtung Schagan, und die Männer brüllten vor Lachen. Frehman klopfte Schagan so fest auf den Rücken, dass er seinen letzten Schluck Wasser über die Bodendielen verteilte.

Als Ian vergeblich versuchte, für Ruhe zu sorgen, stand Dano auf und blickte grimmig in die Runde. Sofort hielten alle den Mund.

»Wir werden uns heute Fürst Hox' Soldaten anschließen. Ich habe sie noch nicht kennengelernt, nur ihren Anführer. Er ist reich, und wahrscheinlich haben seine Männer Schwerter, vielleicht sogar Rüstungen. Aber sie sind weder schlauer, als ihr es seid, noch sind sie stärker oder tapferer. Denkt stets daran, aber behaltet es für euch. Ich möchte keine Raufereien. Wenn sie euren Stolz verletzen, nehmt es hin. Wenn sie sich über euch lustig machen, nehmt es hin. Verstanden?«

Alle nickten murrend.

»Falls sie aber die Hand gegen euch erheben«, fügte Ian hinzu, »dürft ihr gerne jeden einzelnen Finger daran brechen. Verstanden?«

Seine Worte wurden mit lautem Jubel beantwortet.

7

Drei Reihen zu je zehn grimmig dreinblickenden Soldaten in glänzenden grünen Kettenhemden warteten auf der gepflasterten Straße oberhalb des Piers; dahinter ragten die verwaisten Pfähle eines nie fertiggestellten Docks aus der Bucht wie die Rippen eines ertrunkenen Riesen. Jeder trug ein Schwert aus glänzendem Stahl an der Hüfte, und unter ihren Helmen lugte nicht eine einzige Haarsträhne hervor. Über den Kettenhemden trugen sie grüne Harnische, und die Schienbeine wurden von grünen Metallplatten geschützt. Kerzengerade standen sie da und schauten stur geradeaus – dreißig hoch disziplinierte und gut bewaffnete Soldaten.

So viel teure Ausrüstung auf einem Fleck hatten Ians Männer in ihrem ganzen Leben noch nicht gesehen. Schon ein einziges Paar der hervorragend gearbeiteten Lederstiefel, die Hox' Soldaten trugen, kostete wahrscheinlich mehr als alles, was Ian je besessen hatte. In seinem Kettenhemd, das sie Schweinebackes ehemaligem Herrn abgenommen hatten, klaffte auf der linken Seite ein Loch, eine hässliche, ausgefranste Linie aus geborstenen Gliedern, die am Rand immer noch rot waren. Einen Helm hatte er nicht, und er trug auch keine Schienbeinschützer. Das Einzige, was seine herausragende Stellung verriet, war das Schwert Obry, doch der Wert der kunstvoll geschmiedeten Waffe war für das bloße Auge nicht ohne Weiteres zu erkennen.

Ians Männer trugen ihre abgewetzten Lederharnische und folgten ihrem Drottin in loser Formation, die Speere locker über die Schulter gelegt. Als sie Hox' Soldaten erblickten, blieben sie wie vom Donner gerührt stehen und staunten mit offen stehenden Mündern.

»Sie sind keinen Deut besser als ihr«, zischte Ian ihnen zu. »Denkt daran.«

»Meine Männer sind besser als deine, Hügelbewohner!«, rief Hox ihm im selben Moment entgegen. »Aber gräme dich nicht. Heute kämpfen wir auf derselben Seite.« Als wollte er seine Überlegenheit noch weiter unterstreichen, schnippte Hox mit den Fingern und ließ sich von seinem jungen Diener ein Pferd bringen. Er würde also hoch zu Ross reiten, während alle anderen marschierten.

Sein Papagei war inzwischen zurückgekehrt. Er saß auf der Schulter des Dieners.

»Wie lautet die Antwort des Fürsten?«, fragte Ian.

»Der Thronerbe beugt sich meinem Ratschluss. Willst du es in seinen eigenen Worten hören?« Hox wartete nicht auf eine Antwort und gab dem Jungen ein Zeichen.

Ian und seine Männer hörten aufmerksam zu. Es war das erste Mal, dass sie die Stimme von Schwarzwassers Thronerben hörten, wenn auch nur von einem Papagei wiedergegeben.

»Fürst Hox, ich habe Eure Nachricht erhalten. Es kümmert mich nicht im Geringsten, was dieses widerwärtige Sumpfvolk treibt oder wovon es sich ernährt, solange die Straßen frei sind. Verfahrt mit ihnen, wie Ihr wollt, aber sorgt dafür, dass mir keine Kosten oder weiterer Ärger entstehen. Das wäre alles.«

Ian warf Petrich einen kurzen Blick zu. Sein Vetter schüttelte den Kopf, aber Ian konnte den Mund einfach nicht halten. »Für mich klingt das, als würde der Thronerbe diese Leute gern in Ruhe lassen.«

»Unsinn!«, blaffte Hox. »Er sagte, ich könne mit ihnen tun, was immer ich will. Und ich will unser Moor von ihnen befreien.«

»Es ist weder unser Moor, noch sollten wir es dazu machen.«

»Es liegt an unserer Straße, bei deren Bau du geholfen hast, bevor du über deine Fähigkeiten hinaus befördert wurdest, wenn ich dich daran erinnern darf.«

Petrich legte Ian die Hand auf die Schulter als Zeichen, dass es an der Zeit war, den Mund zu halten.

»Ihr braucht mich nicht daran zu erinnern«, erwiderte Ian. »Wir stehen zu Euren Diensten. Ich bedaure lediglich, dass die von uns ausgehandelte Abmachung nicht zufriedenstellend ist.«

Hox nickte erfreut. »Du bist gar nicht so dumm, wie du auf den ersten Blick aussiehst. Ein Heide zwar, aber nicht dumm. Ich höre es an deinen erstaunlich gut gewählten Worten. Schließe dich mir an. Rede weniger und höre mehr zu. Lerne. Ich werde versuchen, dir und deinem Pöbel etwas Kultur beizubringen.«

»Dann geht es jetzt ans Töten?«

»Ja. Folgt mir.«

Hox hievte sich in den Sattel und trabte los, und seine Soldaten marschierten in Reih und Glied hinterdrein. Ians Krieger folgten ohne erkennbare Ordnung, während der Drottin selbst zu dem Fürsten aufschloss.

Zumindest in einer Beziehung hatte Hox recht: zuhören, um zu lernen, konnte nicht schaden. Nicht umsonst schrieb sein Klan alles in einem Buch nieder. Wenn ein Klansmann oder eine Klansfrau die Lande jenseits der heimischen Hügel bereiste, brachten sie das Wissen, das sie unterwegs aufgeschnappt hatten, mit nach Hause: Wie man den üblen Geruch aus einem frisch abgezogenen Fell vertreibt, wie man gegen die Flut aufs offene Meer hinausrudert, wie ein Geldverleiher seine Zinsen berechnet, neue Wörter und vieles mehr. Alles wurde aufgeschrieben, und diese neu gewonnenen Informationen waren oft wertvoller als Gold. Also hörte Ian gut zu, als Hox vom Leben der Adligen und der Etikette bei Hof schwadronierte. Petrich lauschte ebenfalls aus einiger Entfernung für den Fall, dass Ian etwas entging oder er den heutigen Tag nicht überleben sollte ...

»Erzähl mir, Hügelbewohner«, sagte Hox, als der Boden unter den Hufen seines Pferdes bereits weich und das Gestrüpp um sie herum immer dichter wurde, »mit wie vielen von diesen Moormännern haben wir zu rechnen?«

»Das weiß ich nicht.«

»Du warst dort. Du hast sie gesehen.«

»Gesehen habe ich vier oder fünf.«

Hox lachte. »Ach ja? Vier oder fünf kleingewachsene grüne Männlein haben also vierzig deiner wackeren Krieger in die Flucht geschlagen?«

»Ich bin sicher, dass es mehr sind. Der Rest hielt sich lediglich versteckt.«

»Wie waren sie bewaffnet?«

»Mit Spießen.«

»Nur Spieße, sonst nichts?«

»Ja. Aus Holz, mit im Feuer gehärteten Spitzen.«

»Wie rührend. Rüstung?«

»Nein.«

»Keine?«

»Keine.«

»Dann waren es also Wilde.«

»Keine Primitiven, wie Ihr sie kennt. Sie hatten eine Sprache, und mein Dolmetscher konnte sie übersetzen.«

»Es bereitet mir ein wenig Bauchschmerzen, dass dein grimmiger Klan sich von rückständigen und schlecht ausgerüsteten Kannibalen in die Flucht schlagen ließ. Diese Neuigkeit ist für mich schwer zu verdauen.« Hox hielt kurz inne und lachte über sein Wortspiel, während Ian innerlich schäumte. »Immerhin wurdet ihr für Tapferkeit vor dem Feind befördert. War es ihr gottloser Speiseplan, der euch derart in Angst und Schrecken versetzt hat? Oder wart ihr nur so milde, weil ihr glaubtet, einer von ihnen könnte eine Inkarnation eures Gottes sein, der euch mal wieder auf die Probe stellt?«

»Wir sind nicht geflohen. Wir haben verhandelt, und Ihr seid mit dem Ergebnis dieser Verhandlungen nicht einverstanden. Das ist, in kurzer Zusammenfassung, der Stand der Dinge.«
»Irgendwie mag ich dich, Hügelbewohner.«
»Mein Name ist Ian Krystal.«
»Ich mag dich, Ian Krystal. Aber wir sind hier, um Handelsrouten einzurichten. Das ist Schwarzwassers oberstes Ziel, und König Schwarzwasser handelt nicht mit Aasfleisch. War das verständlich genug?«
»Ich verstehe durchaus. Ich führe diese Diskussion nur, um Euch über alle Details in Kenntnis zu setzen. Es war nicht meine Absicht, Euch zu widersprechen.«
»Hört nur, diese Wortwahl! Du überraschst mich immer wieder aufs Neue, Krystal!«
»Bei uns in den Hügeln gibt es ein Sprichwort, das Euch vielleicht ebenso sehr überraschen wird: Die Weisheit liegt in Worten, nicht im Kampf.«
Ihre Stiefel begannen immer tiefer im Morast einzusinken, und schließlich musste Hox absteigen. Die Zügel übergab er seinem Diener. Der bunte Papagei saß nach wie vor auf dessen Schulter, während Ians hässliche Taube in ihrem Käfig umherstakste, der auf Schys neuem Karren untergebracht war. Dem Botenvogel schien das allerdings nichts auszumachen, denn der Käfig bedeutete Sicherheit. Außerdem konnte er mit dem Schnabel die Klappe öffnen, wann immer er wollte.
»Dürfte ich Euch noch ein paar Dinge sagen, bevor wir zu tief in den Sumpf vordringen?«, fragte Ian.
»Ich weiß bereits alles, was ich wissen muss, möchte ich meinen. Aber wenn du es für wichtig hältst, darfst du sprechen.«
»Sie werden mit uns reden wollen, und dafür haben wir Flosse.«
»Was meinst du mit Flosse?«
»Meinen plynthischen Übersetzer.« Ian rief Flosse zu sich.

Hox beäugte den dürren Jungen missmutig. »Ein Katzenanbeter?«

»Ja«, antwortete Ian. »Aber sehr geschickt, was Sprachen angeht.«

»Welche Sprache sprechen diese Moormänner, Junge?«

»A-A-Anscheinend dieselbe wie wir in P-P-Plynth.«

Hox hob eine Augenbraue. »Bei den Göttern, Krystal, ich verstehe ja jetzt schon kaum, was dieser Zwerg sagt.«

»Seine Zunge funktioniert nicht richtig, aber er ist ein schlaues Kerlchen«, entgegnete Ian.

»Wir werden ihm ein paar rot glühende Steine in den Mund legen, wenn wir wieder zurück sind. Das wird ihn heilen«, verkündete Hox, und Flosse warf Ian einen entsetzten Blick zu. Er wollte etwas erwidern, aber seine Stimme versagte.

»Darüber sollten wir vielleicht erst noch einmal nachdenken«, erklärte Ian und legte seinem Dolmetscher vorsichtshalber eine Hand über den Mund. »Flosse möchte sich auf jeden Fall für Euren Vorschlag bedanken.«

Bald darauf erreichten sie die ersten dieser eigenartigen Bäume, deren Stämme sich wie Torbögen über den Pfad spannten.

»Unglaublich«, staunte Petrich aufs Neue beim Anblick dieses botanischen Wunders.

»Gibt es hier Blutegel?« Hox hatte alle Mühe, sich auf dem halbflüssigen Untergrund fortzubewegen. Sein Pferd musste die Hufe bei jedem Schritt weit anheben, um überhaupt noch vorwärtszukommen, und den Soldaten machten die Beinschienen zu schaffen, an denen der schwere Schlamm klebte wie Pech.

»Wenn Ihr welche findet, hebt sie für mich auf«, rief Petrich. »Ich habe gute Verwendung für sie.«

»Da«, sagte Kerr und deutete voraus.

Zwei kleine grüne Männer standen in der Mitte des Pfades und blickten Ian an. Brak war nicht dabei, aber es sah ganz so aus, als würden sie Ian wiedererkennen.

»Späher«, sagte Hox und wandte sich an den Anführer seines Trupps. »Lasst sie nicht entkommen. Sie werden die anderen warnen.«

»Wir können mit ihnen verhandeln«, schlug Ian vor.

»Ja. Sag ihnen, sie sollen herkommen«, erwiderte Hox.

Flosse trat vor und rief stotternd einige Worte. Die beiden gingen auf Ian zu, schienen aber beunruhigt wegen Hox und seiner Bewaffneten. Zu Recht, dachte Ian. Sie kannten den Fürsten nicht und hatten keinen Grund, ihm zu vertrauen. *Und das sollten sie auch nicht.*

Zwei Soldaten lockerten unterdessen ihre Schwerter.

»Ich habe eine Abmachung mit diesen Leuten«, flüsterte Ian.

»Du meinst wohl: einen Pakt mit dem Teufel.«

Die beiden Sumpfbewohner waren inzwischen herangetreten und hießen Ian mit einem Lächeln willkommen.

Als Ian sah, wie Hox' Soldaten ihre Schwerter zogen und zuschlugen, zerriss es ihm das Herz. Der Erste ging sofort zu Boden, sein Hals war bis zum Knochen aufgeschlitzt. Sein Begleiter wirbelte herum, doch der andere Soldat sprang vor und stieß ihm das Schwert von hinten so heftig in den Rücken, dass die Spitze vorn an der Brust wieder herauskam. Das einzige Geräusch des ungleichen Kampfes war das gedämpfte *Plopp*, mit dem ihre leblosen Körper in den Morast fielen.

»Gut gemacht!«, rief Hox.

Ian zuckte zusammen und blickte hinüber zu den Bäumen, wo sie ihnen schon einmal aufgelauert hatten, während seine Krieger entsetzt aufkeuchten und sich auf einen Angriff vorbereiteten, der dann doch nicht kam.

»Wie du siehst«, sagte Hox und drehte eine der Leichen mit dem Stiefel herum, »wird das hier schnell erledigt sein.« Dann stapfte er weiter, und seine Männer folgten.

Diesmal sahen sie die Falle sofort. Sie hatten den Eingang des ersten Baumtunnels gerade erreicht, da entdeckten sie fünfzehn

Schritte voraus einen Stamm, der an dicken Seilen aufgehängt nicht ganz in Kopfhöhe über dem Boden hing.

Hox räusperte sich. »Ich bin überrascht, wie ihr eine dieser Fallen übersehen konntet, als ihr hier durchkamt.«

»Sie war gut versteckt«, erwiderte Ian.

»Das war sie in der Tat«, bestätigte Petrich und legte die Stirn in tiefe Falten, wie er es so oft tat.

»Oder ihr seht sie auch diesmal nur, weil ihr wisst, dass sie da ist«, ergänzte Hox und befahl zwei seiner Männer nach vorn. »Enoch und Koser, dieser stachelige Baumstamm soll uns anscheinend verstümmeln oder gar töten. Schneidet ihn ab.«

Ian konnte kaum sagen, wer von den beiden Enoch war und welcher Koser. Mit ihren identischen Rüstungen und den starren Gesichtern waren sie kaum voneinander zu unterscheiden, und wegen des Helms bot auch die Haarfarbe keine Unterscheidungsmöglichkeit. Als sie bei der Falle waren, reichte ihnen der Morast bis zu den Knien.

Petrich verfolgte unterdessen mit dem Finger den Weg der Seile, an denen der Baumstamm befestigt war. »Neben dem Pfad stehen zwei Bäume aufrecht«, sagte er schließlich.

»Na und?«, fragte Hox ungehalten.

»In den Wäldern, die wir von zu Hause kennen, ist das normal, aber hier nicht. Alle Bäume in diesem Sumpf wachsen in einem Bogen wieder bis hinunter zum Boden.«

»Und...?«

»Die Seile, die Eure Männer durchschneiden wollen, führen direkt zu diesen senkrecht aufragenden Bäumen.«

Jetzt mischte auch Ian sich ein. »Petrich hat ein gutes Gespür, wenn etwas nicht stimmt. Sagt Enoch und Koser, sie sollen noch warten.«

»Und weshalb bereiten dir diese Bäume Sorge, Petrich?«, fragte Hox ungeduldig.

»Ich bin noch nicht ganz sicher.«

»Ha! Falls gleich noch mehr dieser Moormänner aus dem Dickicht springen sollten – meine Männer sind gut bewaffnet und durchaus in der Lage, sie in Schach zu halten. Mach dir also keine Sorgen.« Er gab Enoch und Koser ein Zeichen. »Schneidet sie los!«

Die beiden schlugen mit ihren Schwertern die Seile durch, und der Baumstamm fiel zu Boden.

»Da habt ihr's!«, sagte Hox triumphierend.

Unterdessen schnellten die Seile nach oben und verschwanden zwischen den Ästen, als würden sie von einem unsichtbaren Gegengewicht gezogen. Raschelnd sausten sie weiter, änderten plötzlich die Richtung schräg nach unten, umrundeten einen Baumstumpf und schossen schließlich noch einmal quer über den Pfad, wo sie zuvor im Schlamm verborgen gelegen hatten. Ein lautes Ächzen hallte durch den Wald.

Enoch und Koser drehten die Köpfe und suchten nach dem Ursprung des Geräuschs.

Ian folgte Petrichs Blickrichtung. An den oberen Ästen der aufrechten Bäume hingen dicke Erdklumpen; auch ihre Kronen waren bis vor Kurzem noch im Morast gesteckt.

Petrich wandte sich seinem Drottin zu. »Diese Bäume waren genauso krumm wie die anderen. Sie wurden mit Gewalt gerade gebogen.«

Enoch und Koser blickten genau in dem Moment auf, als die durchtrennten Seile ihren Zickzackkurs beendeten und die beiden durch ihre Zugkraft aufgerichteten Bäume freigaben. Wie zwei gigantische Hämmer rasten die Kronen zurück Richtung Erde und schlugen genau dort auf, wo Enoch und Koser mit offen stehenden Mündern beobachteten, wie die Falle über ihnen zuschnappte. Sie wurden zerquetscht wie Käfer.

Hox taumelte mehrere Schritte zurück gegen die erste Reihe seiner Männer, und die Soldaten hatten alle Mühe, ihn vor einem Sturz zu bewahren.

»Habt ihr ... das gesehen?«, stammelte er.

Dämliche Frage, dachte Ian. Jeder hatte das gesehen.

Hox schüttelte aufgebracht seine Männer ab. »Diese Wilden haben zwei meiner Soldaten getötet!«

Ian hielt sich nicht damit auf, Hox' Wutausbruch zu besänftigen, sondern signalisierte seinen Männern, zwischen den Bäumen nach Spähern Ausschau zu halten. Der Frieden, den er ausgehandelt hatte, war nach diesem Gewaltausbruch null und nichtig. Vielleicht hatten sie ja eine Chance, wenn die Sumpfmenschen direkt angriffen. Das heißt, falls ihre Feinde nicht zu stark in der Überzahl waren und Hox' Soldaten die geschlossene Formation hielten und auf dem Pfad blieben, statt in den Wald auszuschwärmen.

»In den Wald!«, brüllte Hox. »Findet sie! Tötet sie!«

Die Soldaten führten den Befehl umgehend aus und preschten in drei Abteilungen los: ein Voraustrupp links, einer rechts und einer in der Mitte. Ian und seine achtunddreißig Klanskrieger bildeten die Mitte und die Nachhut.

Die Soldaten in Rüstung waren mutig, das musste Ian ihnen lassen, doch der Fürst griff nicht mit ihnen an. Er führte seine Männer von der Nachhut aus und brüllte ihnen seine Kommandos hinterher, während sie sich vorne durch den immer tiefer werdenden Morast kämpften. Eine völlig hoffnungslose Taktik, wie Ian von seinem Vater wusste.

Falls er die Sumpfmenschen wissen lassen will, wer hier das Kommando hat und wen sie als Erstes töten sollten, macht er seine Sache wirklich gut.

Ian befahl seinen Männern, Hox in ihre Mitte zu nehmen.

Wie Wachttürme gingen Dano und Barsch links und rechts neben ihm in Position, während Petrich Ian zuflüsterte, was er sah. »In den Bäumen sind sie nicht«, wisperte er.

»Sie haben nur diese beiden Späher geschickt?«

»Das glaube ich kaum. Ich bin absolut sicher, sie wissen, dass wir hier sind.«

»Aber wo sind sie dann?«

Die Antwort folgte nur einen Wimpernschlag später, als ein Dutzend grünbraune Gestalten aus dem sumpfigen Boden zwischen den Klanskriegern und Hox' vorauspreschenden Soldaten brach.

»Im Morast! Sie haben sich unter dem Morast versteckt!«, rief Ian.

Hox' Männer begannen zu fallen. In jedem Voraustrupp wurde ein Soldat von gierigen Händen erbarmungslos zu Boden gerissen. Als seine Kameraden ihm zu Hilfe eilen wollten, schossen noch mehr Arme aus dem Morast und packten auch sie.

»Lasst euch nicht zu Boden ziehen! Stecht in den Morast!«

Die Soldaten schlugen wie wild auf das sumpfige Wasser ein, während immer mehr von den Beinen gerissen wurden und im Schlamm mit unsichtbaren Gegnern rangen. Die Hälfte war bereits gestürzt. Sie rollten umher, krochen, kämpften um ihr Leben. Ihre glänzenden Harnische waren braun verschmiert, sodass die Soldaten kaum noch vom Untergrund zu unterscheiden waren. Ihre Schwerter waren in dem dicken, schweren Schlamm nicht zu gebrauchen. Die Sumpfbewohner hingegen stießen mit kleinen Holzmessern nach Hälsen, Leisten und Kniekehlen der Soldaten. Die, die noch auf den Beinen waren, rotteten sich schließlich so dicht zusammen, dass sie nicht mehr von unter Wasser angegriffen werden konnten, und überließen die vom Trupp getrennten Kameraden ihrem Schicksal.

Obry war bereits in Ians Hand, obwohl er sich nicht erinnern konnte, das Schwert gezogen zu haben. Die Klinge zeigte auf das Scharmützel, zog ihn in die Richtung, wo der Morast tiefer war und das Unterholz dichter.

Kerr sah seinen Drottin mit dem Schwert deuten und hob seinen Speer. »Sollen wir zu ihnen stoßen?«

»Nein«, antwortete Ian und zwang das kampflustige Schwert zurück in die Scheide. »Keiner geht noch tiefer in den Sumpf. Ruft die Überlebenden zurück, Hox.«

»Sie ... sind mitten in der Schlacht«, stammelte der Fürst mit weit aufgerissenen Augen.

»Und sie verlieren. Ruft sie zurück!«

Hox zögerte. Er war ein Adliger, der nur offene Feldschlachten kannte. Ian sah, wie er verzweifelt zu begreifen versuchte, was sich hier abspielte.

Aufgeschreckt vom Keuchen und Stöhnen der sterbenden Männer erhob sich Hox' schillernder Botenvogel unvermittelt in die Luft.

Der Diener sprang bereits hinterher, um ihn einzufangen. Er kam jedoch nur fünf Schritte weit, dann war er verschwunden, gepackt von einem Schatten, den Ian erst sah, als er mit dem Jungen unterm Arm zwischen den Bäumen verschwand.

Der Papagei drehte ein paar Kreise über dem Gemetzel und ging dann plötzlich im Sturzflug zu Boden, wo er klatschend aufschlug. Ein matter Holzschaft ragte aus seinem bunten Gefieder. Wie eine Stabpuppe, deren Spieler ihrer überdrüssig geworden war, lag er reglos da.

Ian hatte keine Zeit mehr zu verlieren. »Zu mir!«, brüllte er. »Zu mir, Grüne Kompanie!«

Erleichtert traten Hox' Soldaten sofort den Rückzug an. Sie waren gut ausgebildet und diszipliniert, hielten die Schwerter weiter kampfbereit und blieben in enger Formation. Vom linken Voraustrupp waren noch sechs auf den Beinen, vom mittleren fünf, aber von dem rechten waren nur noch drei übrig; weniger als die Hälfte der ursprünglichen Zahl.

»Verrat!«, kreischte Hox. »Geht zurück und kämpft!«

Auf ein Handzeichen von Ian packten Dano und Barsch den übergewichtigen Fürsten an den Armen und zogen ihn hinter die Linien, wo seine Männer ihn nicht mehr hören konnten.

Die überlebenden Soldaten kamen schnell näher und schlossen sich der Speerformationen von Ians Kriegern an. Sorgsam darauf bedacht, den Stellen, wo der Morast tiefer war, und dem dichten

Unterholz fernzubleiben, zogen sie sich in einer dicht geschlossenen Traube zurück. Auf freiem Feld waren sie den Sumpfmenschen überlegen, und ihr Feind schien das zu wissen, denn die Angriffe hörten auf. Als sie schließlich das Ende des Moores erreicht hatten, liefen sie los, und das so schnell, wie es nur Männer können, die um ihr Leben rennen.

In sicherer Entfernung sammelten sie sich auf einem Hügel, von dem aus sie einen guten Blick auf den Sumpf hatten, und Ian zählte durch: Achtunddreißig Klansmänner, also hatten es alle geschafft. Von den Soldaten der Grünen waren nur noch vierzehn übrig und Fürst Hox selbst. *Weniger als die Hälfte, und einer wird bald an seinen Verletzungen sterben.* Hox' Diener sowie den Papagei hatte Ian mit eigenen Augen fallen sehen, und das Pferd war ebenfalls verschwunden.

»Du hast dich meinen Befehlen widersetzt und das Kommando über meine Männer an dich gerissen«, keuchte Hox und wischte sich mit einem Seidentuch den Schlamm von der Stiefelhose.

»Nur über die Hälfte Eurer Männer«, erwiderte Ian. »Die anderen vierzehn waren bereits tot.«

»Ich werde meinen Freund Fürst Bryss hiervon unterrichten. Ja, das werde ich.«

»Von meinem Verrat?«

»Ja, von deinem Verrat...«

»Wie wollt Ihr das anstellen? Euer Botenvogel ist tot.«

»Ich werde einen Mann vorausschicken.«

»Ohne Pferd wird er kaum früher ankommen als wir.«

Kerr stellte sich neben Ian. »Wir könnten unseren eigenen Botenvogel schicken, Bruder«, schlug er vor.

»Ja, richtig«, stimmte Ian zu. »Dann wird unsere Version der Dinge lange vor der Euren ankommen, Fürst.«

Hox zögerte.

»Aber seid unbesorgt«, sprach Ian weiter. »Ich werde dem Thronerben nicht verraten, dass Ihr das freie Feld verlassen und Eure Soldaten in unübersichtliches Feindesland geschickt habt, wo der Gegner deutlich überlegen war, was übrigens einer der schwersten taktischen Fehler ist, die man in einer Schlacht überhaupt machen kann. Ich werde einfach erklären, Ihr hättet versagt.«

Hox dachte über Ians Drohung nach. Schließlich zwang er sich zu einem Lächeln und erwiderte: »Mag sein, dass ich etwas übereilt gehandelt habe. Das liegt an der Erregung, die der Krieg hervorruft. Er bringt das Blut in Wallung. Wir sollten gemeinsam zum Berg Skye gehen, mein Freund. Schließlich sind wir alle Soldaten der Grünen und sollten zusammenhalten, im Krieg genauso wie im Audienzzimmer des Kronprinzen. So können wir gemeinsam das Unglück erklären, das über uns gekommen ist.«

»Ich fürchte, daran wird wohl kein Weg vorbeiführen.«

8

Der Lederbeutel pulsierte im Rhythmus der Schlacht. Jedes Mal, wenn einer der Männer zu Boden ging, pochte er und erzitterte, wenn das Blut spritzte. Petrich musste ihn mit der Hand festhalten, und die Berührung beruhigte ihn ebenso, wie sie die Dunkelheit in dem Beutel zu besänftigen schien. Krieg macht Petrich Angst. Er war kein Feigling, aber ein Kampf schritt für seinen akribischen Verstand zu schnell voran. Petrich verlor den Überblick, und das Chaos blieb so lange in seinem Kopf, bis er Zeit und Ruhe fand, es zu ordnen. Doch eines wurde ihm klar, noch während er den Kampf aus sicherer Entfernung beobachtete: Hox' Soldaten waren am Verlieren. Nur wenige verloren eine Schlacht und überlebten, um das Gefühl der Niederlage kennenzulernen, wie Petrich es kennengelernt hatte. Die Empfindung drang bis tief ins Innerste eines Menschen. Petrichs Wunsch, sich in seinem Beutel zu verkriechen, war überwältigend. Das Dunkel darin bot eine Rückzugsmöglichkeit, einen Ort, an dem seine Freundin ihn beschützen würde. Aber Petrich war kein selbstsüchtiger Mensch; er hätte seine Kameraden mitgenommen und sie ebenfalls in Sicherheit gebracht, wenn er gekonnt hätte.

Aber das war natürlich unmöglich.

Noch im Moor hatte er an dem Lederbändchen gezupft, wollte den Beutel öffnen, doch bevor Petrich die Dunkelheit freisetzen konnte, hatte sein Drottin sie alle gerettet, die Klanskrieger ebenso wie die überlebenden Soldaten, und das nicht durch eine törichte Heldentat, sondern durch eine simple, richtige Entscheidung. Hox hätte seine Männer weiter ins Verderben geschickt, die Lebenden ihren toten Kameraden ins Grab folgen lassen, bis die Schlacht entweder gewonnen war oder alle Soldaten gefallen waren. Ian hingegen war das Schicksal der Jungen und Männer, die ihm anvertraut waren, nicht egal. Statt das Schlachten noch zu verschlimmern, hatte er es beendet. Er ist ein guter Mann, sagte sich Petrich, und auch ohne Adelstitel weit vornehmer als Hox.

Petrich war glücklich, noch am Leben zu sein. Je weiter das Totenmoor hinter ihnen lag, desto besser. Das Marschieren war beruhigend. Die Schritte der Männer trommelten gleichmäßig im Takt, es war beinahe wie ein Musikstück. Einige von Hox' Soldaten waren verletzt und schleppten sich stöhnend dahin, während ihr Fürst aufgeregt von den Bauarbeiten auf dem Gipfel des Berges Skye plapperte, als hätten sie nicht eben erst ums nackte Überleben gekämpft. Als hätte nicht soeben die Hälfte seiner Männer den Tod gefunden. Eigenartigerweise sprang die Begeisterung des Fürsten für die dicken Mauern und die in den Himmel schießenden Türme auch auf die anderen über, und bald schon blickten sie alle wie staunende Kinder hinauf zu der neu entstehenden Stadt. Nicht einer der Klansmänner war je in einer richtigen Stadt gewesen. Die Frühlingswald-Garnison war die größte menschliche Ansiedlung, die sie je gesehen hatten. Die Residenz des Thronerben würde eine spektakuläre Beschreibung im Klansbuch abgeben, aber erst nachdem Petrich das weise Vorgehen seines Drottin entsprechend gewürdigt hatte – natürlich ohne dabei das Wort »Verrat« zu erwähnen.

Es lagen noch mehrere Tagesmärsche vor ihnen, und Petrich merkte, dass er mindestens so begierig darauf war, seine Freundin wieder zu besuchen, wie die prächtige Stadt zu sehen. Er befühlte seinen Beutel. Er hatte die Dunkelheit darin immer wieder freigelassen, aber nur nachts und in aller Heimlichkeit. Wenn er die Kordel des letzten der drei Säckchen öffnete, krochen die Schatten vorsichtig heraus und hinaus ins fahle Mondlicht. Beim ersten Mal hatte Petrich noch Angst gehabt, denn die Dunkelheit dehnte sich aus und wanderte umher, sickerte in Risse und Spalten, hinter Felsen und ins Unterholz, versteckte sich. Petrich hatte geglaubt, sie würde vielleicht nicht zurückkommen, doch seine Befürchtungen waren unberechtigt gewesen. Sie kehrte jedes Mal zurück.

Er hatte auch angefangen, sie zu nähren. Sie schien hungrig, Petrich konnte ihren Hunger spüren, wusste aber nicht, womit er sie füttern sollte. Vielleicht mit gar nichts. Nachdem Schagan eines Abends mit einem gezielten Schlag mit dem Kochlöffel eine abgemagerte Ratte getötet hatte, die sich in ihrem Proviant versteckt hatte, versuchte Petrich sein Glück. Er ließ den toten Nager einfach in den Beutel fallen, und der Kadaver wurde sofort verschlungen. Eigenartigerweise fühlte sich das Säckchen danach nicht schwerer an als vorher. Petrich wartete, bis es dunkel war, dann drehte er den Beutel um, und die Ratte fiel wieder heraus. Die Dunkelheit hatte weder Fleisch noch Knochen verzehrt, aber der Kadaver war vollkommen ausgetrocknet und verschrumpelt. Bei dem Anblick fielen Petrich die Täler wieder ein und die Ruinen, die er durchstreift hatte. Auch dort hatte die Dunkelheit das Blut der erlegten Tiere aufgesogen, das Elixier des Lebens. Also beschloss Petrich, ab jetzt jede Nacht ein kleines Tier in den Beutel zu werfen oder seinen Finger aufzuschneiden, wenn er keines finden konnte.

Er erzählte niemandem von seiner Freundin. Für die anderen war er auch so schon ein Sonderling. Selbst jetzt, da sie alle erwachsen waren, starrten sie ihn immer wieder an und tuschelten miteinander. Es war unnatürlich, dass er als Einziger seines Klans das Schlachten überlebt hatte, flüsterten sie. Und das war es in der Tat, sagte er sich. Trotzdem liebte Petrich sie, jedes einzelne Mitglied seines neuen Klans. Selbst die, die ihn als Kind verspottet hatten. Seine Vettern aus den Hügelkuppen hatten ihn aufgenommen, genauso wie die Dunkelheit ihn aufgenommen hatte.

Sie hatten ihn beschützt und für ihn gekämpft, waren sogar für ihn gestorben. Dann hatte Drottin Kellen die Freiheit seines Klans aufgegeben, hatte sie eingetauscht, damit Petrichs geliebte Schwester Rachee und die anderen Frauen freikamen. *Sie sind ein gutes und gerechtes Volk, meine Hügelbewohner.* Dass sie untereinander flüsterten und Witze über »Petrich den Seltsamen« machten, war dagegen eine Nichtigkeit. Sie akzeptierten ihn. Petrich mochte ein Sonderling sein, aber er gehörte zu ihnen, und das war alles, was zählte; es war mehr als einer, der nicht imstande gewesen war, seine eigene Familie zu verteidigen, verdient hatte.

Als Fünfjähriger hättest du nur ebenso den Tod gefunden wie alle anderen, rief Petrich sich ins Gedächtnis.

Trotzdem wusste er, dass es seinem Vater so lieber gewesen wäre, und die Enttäuschung, die sein Erzeuger noch im Tod verspüren musste, ließ Petrich nicht los.

»Heda, Vetter«, rief Ian und riss ihn aus seinen Gedanken. »Du siehst aus, als wärst du mal wieder am Grübeln. Hast du einen Rat für mich?«

Petrich tat, als müsste er einen Moment lang überlegen, dann sagte er: »Bleib bei deinem Kurs.«

»Und wie sieht dieser Kurs aus?«, fragte Ian lachend. »Ich hoffe, du kannst es mir sagen, denn nicht selten habe ich das Gefühl, als würde der Zufall genauso über unser Geschick bestimmen wie meine Entscheidungen.«

»Nun ja, der Weg mag verschlungen sein oder faulig«, antwortete Petrich und deutete auf den Stinker, der neben der Straße floss, »aber solange dein Geist rein ist, wirst du dein Ziel erreichen.«

»Deine Rätselsprüche sind ja ganz unterhaltsam, aber im Moment wäre es mir lieber, wenn du freiheraus mit mir sprechen würdest.«

»Lass deine Hingabe für das Wohl des Königs, das Wohl des Klans und das des Landes deine Entscheidungen leiten.«

»Schön und gut, aber was ist, wenn der Tag kommt, an dem dieses Wohl für jeden dieser drei anders aussieht? Was dann?«

Petrich rümpfte die Nase. Diese Möglichkeit war ihm noch nicht in den Sinn gekommen, und er dachte einen Moment lang darüber nach. »Frag mich, wenn es so weit ist«, sagte er schließlich.

Hox' laute Stimme drang zu ihnen herüber. Der geschwätzige Fürst fuchtelte mit den dicken Armen und quasselte jedem, der zuhörte, die Ohren von seinen hochgestellten Freunden voll. »... der mächtige Baron der Schluchtburg ist einer meiner engsten Verbündeten. Ich habe bei seiner Brautwerbung etwas nachgeholfen, wenn ihr versteht, was ich meine. Ob er mir dafür immer noch dankbar ist, ist allerdings eine andere Frage, ha! Aber wie dem auch sei: Seine Festung ist aus den Wänden der Schlucht selbst gehauen, und da sitzt er bis heute, hoch über dem Großen Strom auf einem Thron aus feinstem Marmor.«

»Oder du bittest einen weisen fretischen Fürsten um Rat«, flüsterte Petrich. »Schließlich bin ich nur ein einfacher Klansmann aus den Hügeln.«

Ian grinste, und Petrich strahlte. Nichts bereitete ihm größere Freude, als seinen Drottin zufriedenzustellen... außer vielleicht, seinem König zu dienen.

9

Der Berg Skye erhob sich vom Saum der Ersten Straße, als hätten die Götter einen gigantischen Felsen vom Himmel geschleudert, mitten hinein in eine weite Ebene, und als hätte die Wucht des Aufschlags das umliegende Land zu kleinen Hügeln aufgeworfen. Seine breite Ostflanke stieg sanft von den Niederfluren her an, die West-, Nord- und Südseite hingegen waren steil abfallende Felswände. Der Gipfel war somit ausgezeichnet zu verteidigen, denn er konnte nur aus einer Richtung angegriffen werden. Ein gutes Stück östlich lagen Buchtend mit seinem Hafen und das Entenfußdelta, wo der Stinker sich in drei kleinere Flüsse auffächerte, bevor er sein übelriechendes Wasser ins Südliche Meer ergoss.

Ian und seine Klansmänner hatten den Berg schon einmal gesehen, waren aber nicht hinaufgestiegen. Die Bauarbeiten an der Stadt auf dem Gipfel dauerten nun schon fast ein Jahr, und die Veränderung war unglaublich. Riesige Schneisen waren geschlagen worden, und aus dem Holz an den unteren Hängen wurden Häuser für die zukünftigen Bürger gebaut. Der Gipfel selbst war in einen Steinbruch verwandelt und zu einem riesigen Plateau abgeflacht worden. Maultiere zogen ganze Wagen voll frisch gebrochener Steine den Berg hinauf, ein beständiger Strom an Baumaterial für den Palast und die hinter einer Ringmauer entstehende Stadt. Doch die Königsresidenz Skye wuchs und gedieh nicht über die Jahrzehnte, wie es bei einer normalen Stadt der Fall war, sie wurde aus dem Boden gestampft für Bürger, die noch nicht einmal im Land waren. Leer stehende Wohnhäuser und Geschäfte warteten auf Bewohner sowie auf weitere Steinmetze, Maurer und Ingenatoren, die jetzt, da die Schiffe immer sicherer wurden und das Lebende Riff gut kartografiert war, jeden Tag aufs Neue im Hafen anlandeten.

Je näher sie dem Berg kamen, desto voller wurde die Straße.

Als sie sich schließlich an den Aufstieg machten, waren sie umgeben von Hunderten von Arbeitern, die sich in langen Kolonnen mit Äxten, Hämmern und Schaufeln über den Schultern und Schubkarren voll Gerät die Steigung hinaufmühten.

»Sieh dir das an, Bruder«, witzelte Kerr. »Das ist gar keine Stadt, sondern ein Ameisenhaufen!«

Die Klanskrieger starrten mit weit aufgerissenen Augen. Das einzige Mal, dass sie so viele Menschen auf einmal gesehen hatten, war zu Hause in Artung gewesen, kurz bevor sie von den Strudeltöpfen aus nach Abrogan aufbrachen. Aber das hier war kein weit verstreutes Lager von einfachen Klansleuten mit Umhängen aus Tierhäuten, sondern ein regelrechter Strom aus Menschen, die alle demselben Ziel entgegenmarschierten. Manche der Fretwitter transportierten erlesene Möbel auf ihren Karren, und sie selbst trugen Gewänder aus Tuch und Seide und elegante Schuhe. Spitze Schnabelschuhe hatte Ian schon einmal gesehen, aber er entdeckte noch andere, zusammengenäht aus fremdländisch anmutenden Stoffen, reich bestickt und von eigentümlichen Schnürbändern zusammengehalten.

»Es sind viele Adlige unter ihnen«, sagte er zu Hox.

Der Fürst schnaubte. »Das sind gewöhnliche Bürger, Klansmann. Nicht einmal die Ärmsten der Armen in Fretwitt tragen noch Tierhäute.« Dann erklärte er ihnen, was die vornehm gekleidete Frau trug, die in einer Kutsche an den verblüfften Klansleuten vorbeifuhr.

»Ihr wisst nicht, was das ist? Ein Kleid mit Korsett!«, sagte er und lachte herzlich über das Erstaunen der Männer und ihre kaum zu bändigende Neugier. »Aber seht nicht zu lange hin. Diese Frau steht gesellschaftlich weit über euch. Sie ist nichts für euch Wilde. Aber vielleicht lassen sich ja ein paar unverheiratete Landschnepfen für euch auftreiben.«

»Landschnepfen?«, wiederholte Ian.

Petrich beugte sich ans Ohr seines verwirrten Drottin. »Ich glaube, das Wort ist eine beleidigende Bezeichnung für einfache Frauen, die nicht in der Stadt leben.«

Dass es hier fretische Frauen geben würde, die für die Klansmänner nicht infrage kamen, war keine Überraschung. Trotzdem bezweifelte Ian, ob Hox die Frau in der Kutsche richtig eingeschätzt hatte. Er hätte schwören können, gesehen zu haben, wie sie noch ein zweites Mal hinschaute, als sie Kerr und dessen seidige dunkle Mähne erblickte. Außerdem war er der Meinung, dass der Fürst besser seine Zunge hüten sollte. Wenn Hox dergleichen zu einem Krieger des Talklans sagte, würde der ihn auf der Stelle erschlagen und sich dann die Frau nehmen.

Schweinebacke knurrte und winselte ununterbrochen. Es wurde so viel durcheinandergeschrien, gedrängt und geschubst, dass sich der Pilgerstrom für den Hund anfühlen musste wie der Aufmarsch vor einer Schlacht. Die unzähligen Gerüche, die auf ihn einstürmten, verwirrten ihn zusätzlich, und er schüttelte gereizt den Kopf. Glücklicherweise machten die Fremden freiwillig einen großen Bogen um den grimmigen Kriegshund, und Kerr kraulte ihm besänftigend den Kopf.

Ian war jedes Mal aufs Neue erstaunt über das riesige Vieh. Jenor hatte einen kleinen Karren gebaut, auf dem das Tier mit seinen verletzten Hinterläufen saß. Mit hängender Zunge zog Schweinbacke sich nur mit den Vorderbeinen vorwärts und schien ansonsten erstaunlich schnell zu genesen. Noch vor wenigen Tagen hatte der Hund sich kaum bewegen können und war so gut wie tot gewesen. Mittlerweile hatte sich die Wunde in seiner Flanke vollkommen geschlossen und begann bereits zu vernarben.

»Ein Ameisenhaufen und ein ganzer Sack voll Steinflöhe, die diesen prächtigen Berg zu Staub zerkauen«, raunte Dano Kerr zu und betrachtete argwöhnisch die Verwüstungen an Wald und Wiesen. »Als er noch unberührt war, war er bestimmt schöner.«
»Und er wird wieder schön sein«, erwiderte Ian. »Wenn unsere Stadt fertig ist.«
Petrich räusperte sich und tastete nachdenklich nach seinem Lederbeutel. »Was bringt dich auf den Gedanken, dass es *unsere* Stadt wird, Vetter?«

Hox schwitzte, prustete und gluckste unterdessen in einem fort, während er sich den Berg hinaufschleppte und den Männern von einer Prinzessin Fuchsfeld erzählte, die er angeblich beinahe geheiratet hätte.

Wenigstens ist er gesellig, dachte Ian. Seine Fette Lordschaft hatte unbestreitbar ein Talent zum Unterhalter – eher als für den Krieg jedenfalls. Doch nach den vielen Wegstunden, die sie gemeinsam zurückgelegt hatten, merkte Ian auch, dass er den Fürsten tatsächlich mochte. Die Niederlage hatte seiner Überheblichkeit einen gehörigen Dämpfer versetzt, und obwohl Hox immer noch Ians Vorgesetzter war und den Drottin als weit unter ihm stehend betrachtete, würden sie während der bevorstehenden Audienz bei Bryss am selben Strang ziehen. Doch bis dahin lag noch ein ganzes Stück Aufstieg vor ihnen, der Hox an die Grenze seiner körperlichen Kräfte brachte. Ab und zu mussten seine verbliebenen Soldaten ihn sogar stützen.

Als sie endlich oben waren, stand Ian vor dem größten von Menschen geschaffenen Bauwerk, das er je gesehen hatte.
»Das ist die Ringmauer«, erklärte Hox den staunenden Klansleuten mit Begeisterung. Die riesigen Blöcke, aus denen sie bestand, waren aus massivem Fels gehauen. Sie war noch nicht einmal fertig und trotzdem schon über zwei Mann hoch und erstreckte sich zu beiden Seiten so weit, wie Ians Augen reichten. Überall kletterten die Arbeiter darauf herum und setzten weitere Blöcke ein.

Jenor zeigte reges Interesse an dem Sand, mit dem die Maurer die Spalten zwischen den Steinen auffüllten. Schließlich ging er so nahe heran, dass der Vorarbeiter, der allen geschäftig Befehle zubrüllte, ihn nicht länger ignorieren konnte.

Der Mann drehte sich um und nickte Hox respektvoll zu.

»Mein Gefährte hier ist neugierig«, erklärte Ian.

Der Vorarbeiter schien verunsichert, wie er reagieren sollte, wenn ein niederer Klansmann einfach das Wort an ihn richtete, aber Hox stand direkt neben Ian, also antwortete er.

»Der Sand wird in einem Fass mit Teer vermischt«, erläuterte der bärtige Ingenator.

»Dann müsst ihr ihn schnell verarbeiten, oder?«, erwiderte Jenor.

»Das Gemisch bleibt einen halben Tag lang flüssig. Das ist genug Zeit, um es in die Spalten zu schmieren.«

»Wird es brüchig, sobald es trocken ist?«, fragte Jenor weiter.

»Wir sollten diesen Leuten nicht länger ein Loch in den Bauch fragen. Sie haben zu arbeiten«, warf Hox ungehalten ein.

»Aber nein. Das ist eine gute Frage«, widersprach der Ingenator und wandte sich nun direkt an Jenor. »Teer lässt sich verstreichen und sogar biegen, ohne zu brechen. Je nachdem wie viel Sand man beimischt, wird er hart und spröde oder bleibt weich und geschmeidig. Oder man erhält die goldene Mitte zwischen beidem. Kommt auf das Können des Baumeisters an.« Bei den letzten Worten ließ er vielsagend die Augenbrauen tanzen.

Jenor befühlte eine der aufgefüllten Spalten mit dem Finger.

»Aber Teer kann schmelzen, oder nicht?«

»Ganz recht, aber hier oben auf dem Berg wird es dazu nicht heiß genug.«

»Noch nicht. Habt ihr hier oben schon einmal einen Sommer erlebt?«

»Nein.« Der Mann musterte Jenor nachdenklich. »Du kommst aus den Hügeln, richtig?«

»Richtig.«
»Wie heiß wird es denn bei euch im Sommer?«
»Unglaublich heiß. Wir sind näher an der Sonne. Sobald der Winter vorbei ist, kommt die Hitze aus den Tälern zu uns heraufgekrochen und kocht uns, bis wir rot sind wie die Radieschen!« Jenor kletterte auf die Mauer. »Das ist ziemlich viel Gewicht, das da auf eurem Teergemisch lastet. Wenn es in der Sommerhitze weich wird, könnte die Mauer nachgeben.«
»Oder in einem strengen Winter Sprünge bekommen, wenn es zu hart wird. Beides wahr. Fällt dir eine Lösung für das Problem ein?«

Bald tauschten die beiden in einer solchen Geschwindigkeit Ideen aus, dass Ian nicht mehr folgen konnte. Er verstand weder die Worte, die sie verwendeten, noch die Gedanken, die dahinterstanden. Aber als Drottin sah er eine perfekte Gelegenheit für seinen jungen Ingenator und beschloss, Jenor vorübergehend in der Obhut des Mannes zu lassen, damit er lernte, so viel er nur konnte, bevor er sich ihnen wieder anschloss.

Schließlich gingen sie weiter und folgten der Mauer, bis sie zu einer Öffnung gelangten, die so breit war, dass gut und gerne vier Pferdewagen nebeneinander hindurchpassten. *Das Stadttor von Skye*, dachte Ian staunend.

Die Tore fehlten noch, und mehrere Soldaten in grauen Rüstungen, die das gähnende Loch bewachten, traten ihnen entgegen. In scharfem Kontrast zu Ians Klanskriegern waren sie alle glatt rasiert und trugen das Haar stoppelig kurz. Sie waren von schmalerem Wuchs als die stämmigen Hügelbewohner, aber die Rüstungen schienen ihnen Selbstvertrauen zu geben, und sie wackelten mit ihren Hellebarden, als könnten sie es kaum erwarten, sie zu benutzen. Dem Anschein nach waren sie aus der altehrwürdigen Stadt Asch in Fretwitt, und die Gefühle, die sich auf ihren Gesichtern widerspiegelten, als Ian mit seinen Männern herankam, reichten von Belustigung bis zu Abscheu.

»Heda!«, rief Hox wichtigtuerisch. »Hox, Kommandant der Grünen, bittet, die verbündeten Krieger der Hügelkuppen in die Stadt einzulassen.«

Die Wachsoldaten flüsterten erstaunt miteinander, und einer blies eine Pfeife.

Kurz darauf trat ihr Hauptmann aus seinem Zelt, und zum wiederholten Mal an diesem Tag traute Ian seinen Augen kaum: Der Offizier war beinahe so groß wie Barsch und hatte einen sogar noch breiteren Brustkorb. Bis auf seine graue Rüstung war er blass wie eine Leiche, seine Haut so hell und durchscheinend, dass die Muskeln und Adern darunter deutlich zu sehen waren. Die bunten Federn an seinem Helm waren der einzige Farbklecks.

»Sitzt da ein Vogel auf dem Kopf dieses Gespensts?«, flüsterte Kerr Hox zu.

»Bring mich jetzt bloß nicht zum Lachen«, flüsterte Hox zurück. »Das ist Render de Terbia von der Leibgarde des Königs. Einem Kaufmann hat er einmal für eine weit weniger intelligente Beleidigung die Zunge herausgeschnitten. Aber keine Angst: Natürlich ist auch er ein guter Freund von mir.«

Ian kannte den Namen. Alle sprachen ihn voll Ehrfurcht aus, denn Render de Terbia war weithin gefürchtet. Er hatte zwei Kriege überlebt und in Fretwitt angeblich in drei Gottesentscheiden als Recke des Königs gekämpft. Sein Schwert trug er ohne Scheide am Gürtel, und Ian sah die vielen Kerben in der geschwärzten Klinge. Auch von der Waffe hatte er schon einmal gehört. Sie war nach dem Mann benannt, den Render getötet hatte, um sie zu bekommen: Freimanns Tod. Wie es hieß, war er ein wahrer Meister im Umgang damit.

»Rend, alter Krieger!«, begrüßte Hox den grimmigen Krieger betont locker.

»Fürst Hox.« Das Lächeln wurde nicht erwidert, aber Render sah auch nicht aus wie jemand, der oft lächelte. »Der Thronerbe erwartet Euren Bericht. Wir hatten eigentlich damit gerechnet, dass Ihr Euren Papagei schicken würdet...«

»Ja, selbstverständlich, aber es gab unerwartete Schwierigkeiten mit dem Papagei.«

»Der Thronerbe schätzt Schwierigkeiten nicht.« Render spuckte aus, gerade so weit von Hox' Füßen entfernt, dass unklar blieb, ob es als Beleidigung gemeint war oder nicht. »Und da wir gerade von Schwierigkeiten sprechen: Wie ich sehe, habt Ihr die Barbaren mitgebracht, von denen wir so viel gehört haben.«

Die Kunde war ihnen also vorausgeeilt. Klanskrieger waren keine ordentlichen Soldaten des Königs. Als Straßenarbeiter taugten sie, aber nicht zu mehr. Zum Gehilfen eines Baumeisters vielleicht, wenn einer unter ihnen sich als besonders schlau herausstellte, aber Rang und Namen hatte keiner von ihnen je erlangt – bis zu jenem Tag, an dem Ians Männer der Grünen zugeteilt worden waren.

Worüber offensichtlich nicht alle erfreut sind, dachte Ian.

»Ach, solche Barbaren, wie ich immer gedacht habe, sind sie gar nicht«, erwiderte Hox. »Man muss sie nur ein bisschen besser kennenlernen.«

»Nicht nötig. Ich kann sie bis hier riechen.« Render deutete durch den Torbogen. »Die Ställe sind gleich dahinten.«

Ian legte Dano eine Hand auf die Schulter, bevor sein Bruder auf die Stichelei reagieren konnte, und spürte die Anspannung in den harten Muskeln. »Sie kennen uns nicht, Bruder«, sagte er leise. »Aber vielleicht kennen sie den Talklan. Dann ist es kein Wunder, wenn sie uns alle für Barbaren halten.« Zu Render sagte er: »Es ist unser Ehrgeiz, zu lernen und uns ständig zu verbessern.«

Das war die demütigste Antwort, die er vor seinen Männern, die Stärke von ihrem Drottin erwarteten, zu geben wagte. Außerdem stimmte, was er sagte. Wenn Render so dumm war, dass er seine Soldaten für etwas Besseres hielt, sollte es Ian nicht weiter kümmern.

Render nickte knapp, aber mehr als dieses Nicken bekam wahrscheinlich niemand von dem hünenhaften Offizier, und für den Moment reichte das. Schließlich trat er zur Seite, um sie passieren zu lassen.

Ian war erleichtert, dass seine Männer – allen voran Dano – den Mund gehalten und ihm das Reden überlassen hatten.

Mit schwelender Wut im Bauch schritten sie hoch erhobenen Hauptes an Render vorbei durchs Tor, doch dann sah Render den verletzten Hund in seinem Karren.

»Was haben wir denn da? Ein halb totes Mastschwein?«, spöttelte er, schnappte sich eine Hellebarde von einem seiner Soldaten und versetzte dem Karren mit dem stumpfen Ende einen so heftigen Stoß, dass Schweinebacke herausfiel und zappelnd auf dem Rücken landete. Zum ersten Mal umspielte so etwas wie ein Lächeln Render de Terbias Lippen. »Holt schon mal den Grillspieß«, rief er. »Die Sau hier ist reif zum Schlachten!«

Renders Soldaten lachten pflichtschuldig. Sie wussten, was von ihnen erwartet wurde, und wagten es nicht, sich ihrem Kommandanten zu widersetzen.

Kerr eilte Schweinebacke zu Hilfe. Er hatte alle Mühe, das erschrockene Tier aufzurichten. Als der hilflos strampelnde Hund ihn mit sich zu Boden riss, lachten die Soldaten noch lauter.

»Jetzt haben wir schon zwei Säue!«, höhnte einer der Grauen.

»Und das abgemagerte scheint mitten in der Rausche zu sein!«, fügte ein anderer hinzu.

Der Soldat sackte unter Danos Faust zu Boden wie ein nasser Kartoffelsack. Sofort warfen die Grauen und Ians Krieger ihre Waffen weg und machten sich bereit für eine wilde Keilerei – alle außer Render, der nur den Griff seines Schwertes streichelte und gar nicht daran dachte, seine Männer zurückzupfeifen.

Es war Hox, der einschritt. Mit seinem großen Bauch stieß er Dano zurück und stellte sich zwischen die Klansmänner und die Graue Garde.

»Grüne, ihr untersteht meinem Kommando! Geht durch das Tor und dreht euch nicht mehr um. Keiner bleibt hier stehen. Wir haben keine Zeit für so etwas. Der Kronprinz wartet auf uns!«
»Wir sind in der Überzahl«, knurrte Dano.
»Narr! Sie brauchen nur zu pfeifen, dann sind sie euch dreifach überlegen. Weiter mit euch, habe ich gesagt!«
»Weiter«, wiederholte Ian.

Die Klanskrieger hoben zögernd ihre Speere auf, und Ian bildete mit Hox die Nachhut, damit keiner der Grünen im Vorbeigehen doch noch einen letzten Hieb austeilte.

Render trat unterdessen auf den am Boden liegenden Soldaten ein, bis er auf allen vieren davonkroch.

Er bestraft ihn, weil er sich hat überrumpeln lassen. Zu Hox sagte er, als sie endlich außer Hörweite waren: »Danke.«

»Du hast keinen Grund, dich bei mir zu bedanken«, blaffte Hox. »Ich habe lediglich in meinem Interesse gehandelt. Denk daran: Du und deine Männer untersteht meinem Kommando. Ihr seid jetzt *meine* Soldaten.«

»Ich verstehe und entschuldige mich.«

»Dann benimm dich auch so. Euer Stolz nützt niemandem etwas, am allerwenigsten mir.«

10

Ians Männer und Hox' verbliebene Soldaten versammelten sich im westlichen Vorhof eines halb fertigen Turms an der östlichen Steilklippe des Berges. Offiziell hieß der Turm »Smaragd-Donjon«, aber die grünen Steine, aus denen er erbaut war, setzten auf der Wetterseite bereits Moos an, weshalb die wenigen Bürger ihm den Spitznamen »Moderturm« gegeben hatten. Im Vorbeigehen hörten sie einen der Arbeiter sogar etwas von »Schleimwarte« murmeln.

Ein mürrisch dreinblickender Wachsoldat führte Ian mit seinen Brüdern, Petrich und Fürst Hox nach drinnen. Wie Render trug er eine graue Rüstung, gehörte also weder der Roten noch der Blauen oder Grünen an. Er war kein Wehrpflichtiger, sondern ein Palastsoldat, einer aus des Königs eigenen Reihen. Seine Nase war verbogen, die Ohren knotig wie Blumenkohl, und im Gesicht hatte er neben drei riesigen Narben viele kleine, die zwar schon lange verheilt, aber so zahlreich waren, dass seine Haut aussah wie gedengeltes Metall. Ian wusste sofort, woher die Narben stammten. Im Klansbuch hatte er von diesen Männern gelesen: Sie wurden von Kindesbeinen an täglich geprügelt. Vom jahrelangen Gebrauch schwerer Waffen waren ihre Armmuskeln an ungewöhnlichen Stellen besonders ausgeprägt, und sie wurden zu einem einzigen Zweck geboren: zum Kämpfen. Mit dem Knüppel wurden sie auf dem Kasernenhof erzogen und ausgebildet. Wenn diese Männer ihre Jugend in der Kaserne überlebten, bekamen sie Äxte, Schwerter und Spieße aus Holz zum Üben, dann stumpfe Waffen aus Metall, bis sie schließlich so weit waren, mit echten Waffen auf der Bühne gegeneinander anzutreten. Nur wenige überlebten diese letzte Phase, und die, die es schafften, waren umso gefährlicher. Sie lernten nicht den aufrichtigen Kampf wie Hox' Grüne oder Render de Terbia. Der Mann, dem sie gegenüberstanden, war zum rücksichtslosen Einzelkämpfer ausgebildet, der seine Gegner mit einer seltsamen Mischung aus Verschlagenheit und Effekthascherei unter dem Beifall der Zuschauer zur Strecke brachte.

»Ist das einer von diesen berüchtigten Bühnenschlächtern?«, fragte Kerr neugierig. »Als wir noch Kinder waren, hat unser Drottin-Vater uns immer von ihnen erzählt, wenn er uns Angst machen wollte.«

Der grimmige Wächter warf Kerr einen eiskalten Blick zu.

»Seine Ohren mögen schlimm zugerichtet sein, Klansmann, aber hören kann er trotzdem«, wies Hox ihn zurecht. »Außerdem nennt man sie ›Spieler‹.«

»Wie einen Theaterdarsteller«, fügte Petrich hinzu.

»Richtig. Auch wenn die Tode, die sie auf der Bühne inszenieren, ganz und gar echt sind.«

Der Mann nickte, als er die Worte des Fürsten hörte, führte sie unter den halb fertigen Mörderlöchern hindurch in das noch provisorische Torhaus und durch einen kleinen Tunnel zu einem Seidenvorhang, den er wortlos öffnete und dann zur Seite trat. Hinter dem Vorhang erstreckte sich ein runder Saal. Ian wusste, der Mann konnte nicht sprechen. Spielern wurde schon kurz nach der Geburt die Zunge herausgeschnitten, um sie gefügig zu machen. Außerdem erforderten die Darbietungen, für die sie ausgebildet wurden, keine Worte.

Hox schritt wichtigtuerisch in die Halle, und Ian eilte hinterher. Er wollte jedes einzelne Wort mitbekommen, das der Fürst an den Thronerben richtete.

Außer einer Bank, neben der ein Jüngling in einer leuchtend

gelben Leinenrobe stand, befanden sich so gut wie keine Möbel in dem Saal. *Allein die Farbe für diesen Rock muss ein Vermögen gekostet haben*, dachte Ian, als er den vielleicht siebzehn Jahre alten Burschen sah. Er stand in der Mitte, neben ihm zwei kichernde Mädchen, die leicht bis gar nicht bekleidet waren. Mit einer der beiden warf der Jüngling einen kleinen Lederball hin und her. Es ging darum, den Ball mit dem Mund aufzufangen, ohne dabei den Wein in den Kelchen zu verschütten, die sie alle in der Hand hielten. Das musste Fürst Bryss sein, der Neffe des Königs und Kronprinz Abrogans. Ian runzelte die Stirn: Der zukünftige König und Oberbefehlshaber der Roten, Blauen und Grünen Kompanie war also nicht älter als Kerr.

Bryss blickte auf. »Ah, Hox! Ich hatte gar nicht mit Euch gerechnet.« Dann wandte er sich den Mädchen zu. »Der edle Hox hat mir immer den Hintern ausgewischt, als ich noch ein Kind war!«

Die beiden Mädchen schüttelten sich vor Lachen.

»Und Euch einen Klaps auf selbigen versetzt, wenn Ihr so gesprochen habt«, erwiderte Hox.

Bryss breitete die Arme aus, und Hox eilte ihm erfreut entgegen.

»Ach, Ihr seid wie ein Bruder für mich«, sagte der fette Fürst so laut, dass alle es hören konnten.

Bryss zuckte die Achseln. »Wohl eher ein entfernter Vetter, um bei der Wahrheit zu bleiben.«

Ian wartete darauf, dass das Wort an ihn gerichtet wurde. Er hatte noch nie einem Thronerben gegenübergestanden. Doch konnte er nirgendwo einen Thron entdecken, und der Junge vor ihm sah nicht viel anders aus als irgendein anderer Siebzehnjähriger. *Nur ist seine Robe allein wahrscheinlich schon mehr wert als das Leben meines gesamten Klans.*

»Wen habt Ihr denn da mitgebracht, Hox? Vier Klansmänner, wenn ich die langen Haare so betrachte. Wer ist ihr Anführer?«

»Dies ist Krystal, Drottin der Hügelkuppen«, verkündete Hox und klopfte Ian auf die Schulter.

Bryss klatschte in die Hände. »Ah! Meine wilden Krieger. Es heißt, du und deine Männer, ihr hättet zwanzig Räuber erschlagen!«

»Es waren fünf, und die anderen sind geflohen.«

Der Kronprinz lachte. »Ein ehrlicher Wilder also. Du solltest die Geschichte etwas ausschmücken, Klansmann. Bei Räubern zählt sowieso niemand nach.« Bryss nahm einen großen Schluck aus seinem Kelch. »Ich sage, es waren zwanzig, und du wirst in Zukunft dasselbe sagen, Ian Krystal. Ich möchte nicht, dass irgendjemand meinen Entschluss, dich zum Soldaten meines Heeres zu machen, in Zweifel zieht.«

»Ich ziehe sie jeden Tag in Zweifel«, murmelte Kerr, zu Ians größtem Bedauern allerdings etwas zu laut.

Doch Bryss lachte nur. Der Thronerbe hatte Kerr anscheinend schon jetzt ins Herz geschlossen. Ian sah es deutlich, und es war auch nicht das erste Mal, dass dergleichen geschah. Alle liebten Kerr. Obwohl sein jüngerer Bruder eigentlich eine Ohrfeige verdient hatte, weil er bei Hof ungefragt gesprochen hatte, profitierten sie sogar noch von seinem vorlauten Mundwerk.

»Hox, sagt mir, sind sie immer so amüsant?«, fragte Bryss.

Hox nahm die weinselige Stimmung des Kronprinzen sofort auf. »Und ob«, erwiderte er. »Wie ich festgestellt habe, sind diese Wilden gar nicht so wild. Wusstet Ihr, dass sie lesen können?«

»Aber nein! Habt ihr das gehört, Mädchen?«

Die Mädchen kicherten und versteckten sich hinter Bryss.

Ian konnte kaum den Blick von ihnen abwenden. Seit sie aufgebrochen waren, hatte er nur selten eine Frau zu Gesicht bekommen, und diese hier waren jung und hübsch, ihre gertenschlanken Körper das genaue Gegenteil ihrer stattlichen Wirtin Peretta. Ihr Haar war zu kunstvollen Zöpfen geflochten, und bei dem bisschen, was sie am Leib hatten, musste es sich wohl um Nachtgewänder aus der Palastgarderobe handeln. Über der Brust trugen sie lediglich eine Seidenschärpe, Hüfte und Hintern waren mehr schlecht als recht von einem hauchdünnen Tuch verdeckt.

Bryss bemerkte Ians Blick. »Gefallen sie dir, Klansmann?«

»Sie sind schön anzusehen«, antwortete er ausweichend.

»Das auf jeden Fall, aber sind sie auch zum *Anfassen*?«, warf Kerr ein.

Ian zuckte innerlich zusammen, aber Bryss spuckte vor Lachen seinen Wein aus. Kerr hätte wahrscheinlich noch mehr gesagt, doch Danos riesige Hand über seinem Mund verhinderte jedes weitere Wort.

»Keine Sorge. Sie werden es dir nicht übel nehmen... sie sind schließlich nur Bauernmägde!«, prustete Bryss. »Überrascht? Wenn man sie wäscht und ihnen die richtigen Kleider gibt, wären sie glatt eines Blaublütigen würdig. Eines niederen Blaublütigen zumindest, oder, Hox? Leider sprechen sie kaum ein Wort Fretisch. Aber das müssen sie auch nicht, denn die universelle Sprache verstehen sie perfekt.«

Hox grinste vergnügt, nur Ian verstand nicht, was so lustig war. *Die universelle Sprache? Meint er die Liebe?*

»Gold!«, gackerte Bryss. »Silber oder Kupfer tut's auch. Steck ihnen ein paar Münzen zu, dann kannst du ihnen anziehen, was du willst... oder sie eben *ausziehen*.« Er schlug einem der Mädchen lachend auf den Hintern. »Fort mit euch, meine in Seide gepackten Gespielinnen. Wir haben Herrschaftsangelegenheiten zu besprechen.« Daraufhin leerte er seinen Kelch und schenkte sich aus einer Karaffe nach, die er sodann vor Hox und den Klansmännern – vor allem Kerr – schwenkte. »Trinkt jemand mit mir...?«

Es war tatsächlich eine Bitte und kein Befehl. Für Ian wirkte Bryss wie ein einsames Kind auf der Suche nach Spielkameraden. Aber der Kronprinz goss natürlich nicht selbst ein – das war unter seiner Würde. Stattdessen deutete er auf Kerr, der der Jüngste von allen war, dann auf die leeren Becher, und Kerr schenkte ein. Hox als Erstem, wie es sich gehörte, dann Ian, Dano und sich selbst.

Ian hatte noch nie Wein getrunken. Er schmeckte süß und zugleich scharf und kräftig, ganz anders als das schwere dunkle Klansbier aus den Hügeln Artungs oder das dünne Gebräu, das Peretta ihnen spendiert hatte.

Bryss ließ sich einstweilen auf die Holzbank sinken. Sie war die einzige Sitzgelegenheit im Saal, ein darüber gebreitetes Leinentuch diente als Polster. Den anderen bedeutete er, vor ihm auf dem nackten Steinboden Platz zu nehmen. Hox setzte sich nur widerwillig auf seinen feisten Hintern, aber Ian und seine Brüder hatten schon unbequemere Sitzgelegenheiten gehabt.

»Dann sprechen wir einmal über Eure Fortschritte, Fürst Hox«, begann Bryss. »Ich habe euch meine Grünen gegeben und Euch gebeten, die Lande im Osten zugänglich zu machen. Die Rote und die Blaue kommen im Norden und Westen schnell voran. Wart Ihr ebenso erfolgreich? Ich muss meinem Onkel bald einen dieser vermaledeiten Botenvögel senden.«

Hox räusperte sich. »Wir haben Plynth und seine weiten fruchtbaren Felder gesichert. Meine Grünen haben gehörig Eindruck gemacht, und die Bauern haben im Handumdrehen den Lehnseid geschworen.«

»Ihr sprecht von den Katzenanbetern. Das ist weder etwas Neues noch Euer Verdienst. Sie gehören uns schon seit Monaten.«

»Wir waren auch in einem sehr interessanten kleinen Dorf namens Haselzahn«, versuchte es Hox weiter. »Diese Waldbewohner sind ein wenig widerspenstig, aber sie leisteten keinen echten Widerstand.«

»Was haben sie zu bieten?«

»Holz.«

Bryss rümpfte die Nase. »Holz gibt es in diesem Land im

Übermaß. Sonst noch etwas, irgendwas Nützliches oder Unterhaltsames?«

»Sie haben unglaublich viele verschiedene Hölzer, Euer Hoheit, jedes für einen anderen Zweck!«

Ian sah den Nutzen sofort: weiches Holz für Schnitzarbeiten, hartes zum Bauen und die besonders festen für Schiffe. Manche davon gaben auch ein gutes Schmiedefeuer ab.

Aber Bryss wedelte nur gelangweilt mit der Hand.

»... und sie haben Läufer«, fügte Hox hinzu.

»Läufer?« Bryss setzte sich ein Stück auf. »Für Wettkämpfe? Halten sie Turniere ab, gibt es Schlachttheater?«

»Nein. Sie durchstreifen die Wälder.«

Bryss sank wieder in sich zusammen und schürzte die Lippen.

»Und wozu?«

»Sie erkunden das Gebiet, wie Späher, und fangen die Banditen ab. Hinter Haselzahn liegen die Verstreuten Hügel, in denen es nur so von Räubern wimmelt. Vertriebene, Diebe und Mörder. Sie sind eine Bedrohung für unsere Straßen.«

»Das ist mir zu Ohren gekommen. Wir werden sie ausräuchern und hängen. Gibt es auch irgendetwas von Wert in diesen Hügeln?«

»Nein, nicht soweit ich gehört habe. Der Boden dort ist offenbar unfruchtbar. Aber die plynthischen Dörfer mit ihren Ackerfrüchten und ihrem Reichtum an Holz sind äußerst profitversprechend. Dort gibt es Geflügel, das Eier legt, die so groß sind wie Eure Faust!«

»Und habt Ihr einen Eurer Männer dort gelassen, einen Botschafter, der unsere Interessen vor Ort vertritt?«, fragte Bryss.

Hox zuckte zusammen. »Ähm, in dieser frühen Phase unserer Streifzüge hielt ich es noch nicht für notwendig...«

Ian sah, wie der Kronprinz skeptisch die Stirn runzelte, und flüsterte Hox hastig etwas ins Ohr.

Der Fürst nickte und korrigierte sich: »Ach, was sage ich?

Selbstverständlich haben wir einen Botschafter in Plynth. Ich ließ einen Klansmann dort namens...«

»...Fregger«, fügte Ian hinzu.

»Gut«, erwiderte Bryss. »Aber ein zivilisierter Mann wäre mir lieber gewesen. Jeden Tag landen neue Bürger hier an. Sie werden bald die gesamte Stadt bevölkern, die Fronk für uns baut.«

»Wie wollt Ihr sie alle ernähren?«, stellte Ian laut die Frage, die ihm sofort in den Sinn kam.

Hox biss sich auf die Lippe, und Ian merkte, dass es sich für einen Klansmann wohl nicht geziemte, einem Kronprinzen Fragen zu stellen, selbst wenn der Prinz noch sehr jung war. Doch Bryss hob nur kurz eine Augenbraue; er schien es amüsant zu finden, einen so wissbegierigen Wilden vor sich zu haben.

»Mit Fisch!«, platzte er heraus. »Meine Roten haben die gesamte Westküste besetzt, jedes einzelne Fischerdorf. Ein kurzer blutiger Kampf, mehr brauchte es dazu nicht. Ein einziges Dorf setzte sich zur Wehr, aber Zinnober hat den Widerstand rasch gebrochen, und die anderen waren sehr kooperativ, wurde mir berichtet. Er hat nur fünf Soldaten verloren. Hervorragende Arbeit, findet Ihr nicht, Hox?«

Hox nickte und wurde ein wenig blass.

Derart ermuntert, fragte Ian ohne Aufforderung weiter. »Wurden viele der Dorfbewohner getötet?«

»Nur die Männer, aber es wurden bereits Siedler hingeschickt, um die erschlagenen Gatten und Väter zu ersetzen. Jeder zehnte Neuankömmling wird dorthin entsandt, damit sie genug Männer zum Fischen haben. Jeden Tag kommen ganze Wagen voll Seezungenfilet, getrocknetem Acki und Seeaalen hier an. Sie haben auch ein Rezept für Algensalat, aber der ist nicht für jeden etwas. Ich hingegen mag das Exotische. Ich lasse ihn mir in Birkenholzkisten bringen.« Bryss blickte in die Ferne, als sehe er vor seinem inneren Auge schon das nächste Festbankett. »Und aus dem Norden bekommen wir Obst... pralle und saftige Früchte in den unterschiedlichsten Farben. Den Saft verwenden sie hier zum Süßen von Grillfleisch. Ich habe noch nicht herausgefunden, woher genau sie stammen. Bis jetzt konnten wir sie nur bei diesem schwer zu greifenden Flussvolk eintauschen, aber ich werde die Quelle bald finden. Sie muss irgendwo zwischen dem Gebiet der Blauen und dem Euren liegen, Hox. Wenn Ihr Glück habt, entsende ich Euch demnächst dorthin.«

Hox leckte sich über die wohlgenährten Lippen, und selbst Ian lief beim Gedanken an so herrliches Obst das Wasser im Mund zusammen. Doch er hatte noch weitere Fragen.

»Ich habe die Häuser gesehen, die hier gerade gebaut werden. Die Arbeiter und Ingenatoren sind fleißig wie Ameisen. Alles ist neu, alles ist sauber. Gibt es hier tatsächlich überhaupt kein Elend?«

»Elend?« Bryss lächelte. »Für einen Klansmann hast du einen beeindruckend großen Wortschatz, Klansmann. Aber ja, im Moment sind die Häuser noch alle neu und sauber. Doch wie mein Onkel sagt, erschaffen die Menschen das Elend selbst an Orten, wo keines sein sollte. Wir werden allen, die kommen, ein solides Haus geben, auch wenn manche von ihnen es in eine armselige Hütte verwandeln werden. Das ist es, was den einen Menschen vom anderen unterscheidet – so spricht der König. Und wenn wir allen in ihrer neuen Heimat die gleiche Ausgangsbasis geben, haben die, die nicht auf eigenen Beinen stehen können, hinterher kein Recht, sich zu beschweren.«

»Ganz recht«, sagte Hox und nickte unterwürfig.

Bryss nahmen wieder einen großen Schluck Wein. »Nun denn. Die Rote hat die Küste gesichert, die Blaue baut die Erste Straße Richtung Norden aus, und Ihr seid hier, um mir zu sagen, dass die Straße nun auch bis jenseits des Moors sicher ist? Ist das die gute Nachricht, die Ihr mir überbringen wollt?«

Hox wand sich. »Noch... nicht ganz.«

Bryss stellte seinen Kelch ab. »Noch... nicht ganz?«

Ian hörte die Missbilligung in den Worten des Kronprinzen. Seine Stimme wurde eine ganze Oktave höher, was das eindeutige Erkennungsmerkmal eines Mannes war, bei dem das Haar gerade erst angefangen hatte, auch an anderen Stellen als auf der Kopfhaut zu wachsen. Ein guter Moment zum Schweigen, sagte sich Ian. Schließlich war es nicht er gewesen, der im Sumpf versagt hatte, sondern Hox.

Bryss erhob sich von der Bank und ging auf und ab. »Ich erhielt einen Vogel von Euch. Ihr sagtet, Ihr würdet mit dem Klansmann noch einmal zurückkehren, um die Aufgabe zu Ende zu bringen.«

»Ja, wir waren dort, aber die Aufgabe ist noch nicht erledigt.«

»Was tut Ihr dann hier?«

»Ich habe nicht genug Männer, um das gesamte Totenmoor zu erobern.«

»Aber Ihr hattet vierzig langhaarige Wilde und dazu dreißig bestens ausgebildete Soldaten.«

Ian war erstaunt, wie schnell er vom beeindruckend gebildeten Klansmann zum langhaarigen Wilden degradiert worden war. Außerdem fiel ihm auf, wie wenig es brauchte, um die Stimmung des Kronprinzen ins Gegenteil zu verkehren. *Eine gefährliche Charaktereigenschaft.*

»Die Sumpfbewohner haben uns aufgelauert«, rechtfertigte sich Hox. »Sie sind vollkommen skrupellos und mordlüstern. Ich verlor ein paar Männer.«

»Ein paar?«

»Zehn. Vielleicht ein paar mehr.«

»Zehn?«

»Vielleicht mehr.«

»Verloren an einen Stamm, der in einem Sumpf haust? Meine Roten haben ganze Dörfer erobert und dabei gerade mal einen Mann verloren.«

Plötzlich waren also auch die Verlustzahlen der Roten geschrumpft. Jede Erzählung veränderte sich im Lauf der Zeit. Das war ganz normal, wie Ian mittlerweile wusste, aber während dieser Unterredung war kaum Zeit vergangen. *Diese Lordschaften verbiegen die Wahrheit, wie es ihnen gerade passt. Ich muss Petrich daran erinnern, das ins Klansbuch zu schreiben.*

»Scheint, als könnte ich mich auf die Roten verlassen«, sprach Bryss weiter. »Soll ich Euch durch Fürst Zinnober ersetzen?«

Hox begann sichtlich zu schwitzen. »Nein, Euer Hoheit.«

»Warum erfahre ich überhaupt erst jetzt davon?«

»Ich kam, so schnell ich konnte.«

Bryss deutete mit dem Finger auf Hox. »Wo ist mein Papagei?«

Der wird wahrscheinlich gerade über einem Feuer geröstet, dachte Ian.

»I-I-Ich ließ ihn fliegen«, stotterte Hox beinahe genauso stark wie Flosse. »Hat er Euch nicht erreicht?«

»Nein!« Bryss versetzte seinem Kelch einen so harten Tritt, dass er weiter flog, als der Papagei im Sumpf gekommen war, bevor ihn der Spieß durchbohrte.

Bryss blickte düster drein und murmelte vor sich hin, während Hox hilflos die Hände rang. Schließlich hielt der Fürst es nicht länger aus. »Der Klansmann hat gute Beziehungen zu ihnen... zu den Sumpfmenschen. Sie waren mit ihm befreundet, bevor ich mit meinen tapferen Männern in das Moor zog. Aber dann haben sie plötzlich verrückt gespielt und uns angegriffen.«

Bryss dachte über Hox' Worte nach. »Aha. Die Wilden verstehen sich also untereinander.«

»Ja«, sagte Hox mit neuer Hoffnung. »Vielleicht kann mein Klansmann eine Einigung mit ihnen herbeiführen.«

Ian wollte gerade entsetzt widersprechen, doch Bryss nickte bereits.

»Ein sehr kluger Vorschlag, Hox. Ja, das ist die Lösung. Schicken wir den Klansmann noch einmal hin.«

11

Ian und Flosse wateten durch den Schlamm. Sie waren allein und hatten keine Waffen. Es war nicht leicht gewesen, Dano und die anderen davon zu überzeugen, in Skye auszuharren. Kerr war auf Bryss' Befehl hin in der Stadt geblieben, um die Mädchen bei Laune zu halten. Doch Ian war der Drottin, und als solcher hatte er Dano und dem Rest befohlen, ebenfalls zu bleiben. Vor dem Aufbruch ernannte er Dano noch zu seinem Nachfolger, falls er im Sumpf gefressen werden sollte.

»Ich g-g-glaube nicht, dass wir d-d-das ü-ü-überleben«, stammelte Flosse und spähte mit weit aufgerissenen Augen in das tropfende Blattwerk ringsum.

»Ich verstehe kaum, was du sagst, Flosse. Atme einmal kräftig durch und denk an etwas Lustiges. Wenn du ruhiger bist, stotterst du weniger«, erwiderte Ian missmutig.

Als die Kannibalen sie gefangen nahmen, leisteten sie keinen Widerstand. Regungslos standen sie auf dem schlammigen Trampelpfad und ließen sich die Augen verbinden. Ians rechtes Bein wurde an Flosses linkes gefesselt, sodass sie im Gleichschritt gehen mussten und nicht fliehen konnten. Dann wurden sie halb weitergezerrt, halb geschubst, immer tiefer hinein ins Totenmoor.

Eine Weile schlurften sie wortlos dahin, und Ian spürte, wie der Boden sich allmählich veränderte. Er wurde dichter, weniger nachgiebig, als der Schlamm es gewesen war. *Fühlt sich an wie Kriechpflanzen, die von unzähligen Füßen niedergetrampelt wurden*, dachte Ian, während ihm weiche Blätter übers Gesicht strichen. Sie rochen angenehm, wie süßer Puder, ganz anders als der Gestank des Moores von vorhin.

Farne. Oder die Geister der Toten, die uns in ihrem Reich willkommen heißen.

Alles war eigenartig ruhig und friedlich.

»W-W-Wollt Ihr wissen, w-was sie sagen?«, flüsterte Flosse.

»Was?«

»N-N-Nichts.«

Im ersten Moment war Ian verärgert, dann fiel ihm wieder ein, wie er dem Jungen gesagt hatte, er solle sich etwas Lustiges ausdenken, und er konnte sich trotz der misslichen Lage ein kleines Lächeln nicht verkneifen.

Sie marschierten zügig, bogen oft ab, und irgendwann gingen sie bergauf. Als ihnen die Augenbinden abgenommen wurden, fand sich Ian vor einem riesigen gebogenen Baum wieder, in dessen Stamm ein Hohlraum mit einem Sessel darin gehauen war. Und auf diesem hölzernen Thron saß Brak. Reihen grüner Sumpfmänner flankierten den Baum. In den Ästen kauerten noch mehr, stumm wie lauernde Katzen. Es waren Hunderte, viel mehr, als Ian je für möglich gehalten hätte. Alle hatten Speere und funkelten ihn und Flosse böse an.

Das fängt gar nicht gut an.

Der Boden zu ihren Füßen bestand aus fester, mit frischem Gras bewachsener Erde. Sie befanden sich auf einer Art Dorfplatz, der von den Hütten der Sumpfmenschen gesäumt war, die aber so gut mit den Bäumen und dem Unterholz verschmolzen, dass Ian sie erst nach einer Weile bemerkte. Das Blätterdach über ihnen war so dicht, dass nur hier und da ein paar Lichtstrahlen hindurchdrangen, und in der Mitte des Platzes sprudelte eine mannshohe Fontäne glasklaren Quellwassers, das in schmalen Kanälen in die Hütten weitergeleitet wurde.

Brak bedachte Ian mit einem Blick, den er nicht recht deuten konnte. Die Haut um Braks Augen schien faltig, der Mund hingegen war ein langer dünner Strich. Er sprach, und Flosse übersetzte.

»Ich trauere«, begann Brak. »Ich habe einen Neffen verloren und einen guten Freund, und zwei weitere liegen im Sterben. Und das alles wegen Eurer Metallmänner.«

»Meine Männer tragen kein Metall, und sie haben Euch auch nicht angegriffen«, erwiderte Ian. »Meine Klanskrieger tragen Felle und langes Haar. Die Männer, die Euch angriffen, waren nicht meine. Sie sind die Soldaten des fetten Mannes. Das Einzige, was ich getan habe, war, sie wegzuholen. Ihr habt es gesehen. Ich weiß, dass Ihr es gesehen habt.«

»Ja. Ich habe es gesehen.« Der Kannibale gab ein Zeichen, und zwei seiner Männer schleiften einen von Hox' Soldaten auf den Platz. Er war gefesselt, aber am Leben. Nur Waffen und Rüstung hatten sie ihm abgenommen. Der Mann war blond und vielleicht neunzehn Jahre alt. Ohne den Brustpanzer und die Beinschienen sah er erstaunlich jung und schmächtig aus.

Brak beugte sich nach vorn. »Dann macht es Euch nichts aus, wenn wir einen von ihnen essen?«

Flosse schluckte und stotterte heftig, aber er übersetzte weiter.

Ein Sumpfmensch, der eine Halskette mit aus Holz geschnitzten Blumen trug, hielt dem Soldaten sein Messer an die Kehle. Der Soldat wimmerte und starrte Ian mit flehenden Augen an. Die Anwesenheit des Drottin schien ihm neue Hoffnung zu geben.

Ian warf dem Soldaten einen gelangweilten Blick zu. »Nein«, sagte er.

Brak nickte, und der Sumpfmensch zog dem Gefangenen die Klinge über die Kehle. Rotes Blut besudelte das saftige Gras, und Ian musste sich mit aller Macht zusammenreißen, als der junge Mann reglos zu Boden fiel. Er wusste, dass Brak ihn genau beobachtete. Als Ian nicht reagierte, kamen drei Frauen und trugen die Leiche fort.

Ian schaute dem Toten nicht hinterher. »Ich habe mich an die Abmachung gehalten«, erklärte er. »Ich kann für Euch mit diesen Metallmännern verhandeln.«

»Ihr habt für Euer eigenes Volk einen Frieden mit ihnen ausgehandelt?«

»So ist es. Und ich habe sie von hier fortgebracht, als sie ungerechtfertigterweise Eure Männer angriffen. Ihr habt es gesehen.«

»Wohl wahr. Ich habe es gesehen.« Brak trommelte mit den Fingern auf sein Knie und dachte nach. »Warum haben sie uns angegriffen?«

»Sie fürchten das Moor. Sie glauben, dass es hier spukt, und ihr seid die Geister.« An dieser Stelle hielt Ian den Atem an. Es war ein gefährliches Spiel. *Vielleicht nimmt er es als Beleidigung und lässt mir als Nächstem die Kehle durchschneiden.*

Doch Brak nickte nur erfreut. »Sehr gut! Es ist gut, wenn sie Angst haben. Wenn sie diesen Ort hier entdecken, würden sie ihn nur für sich haben wollen.«

Ian blickte sich um. Das Dorf war erstaunlich groß. Es befand sich irgendwo auf einer Anhöhe tief im Herzen des Totenmoors. Die wundersame Quelle sorgte für frisches Trinkwasser, und der Sumpf bildete eine natürliche Grenze zur Außenwelt. Ihre abgelegene Heimat war gut zu verteidigen. *Ein sicherer Rückzugsort.*

Das Einzige, woran es fehlte, war ausreichend Nahrung.

»Dies hier ist in der Tat ein wundervoller Ort«, sagte Ian schließlich.

»Du wirst eine Nacht hierbleiben, als unser Gast, und ihn noch besser kennenlernen. Und morgen wirst du zu den Metallmännern zurückkehren und ihnen eine Nachricht von mir überbringen.«

Ian versuchte, seine grenzenlose Erleichterung zu verbergen; Flosse hingegen gab sich keinerlei Mühe und weinte haltlos, übersetzte aber tapfer weiter. *Den Jungen gegen Fregger einzutauschen war die beste Entscheidung, die ich bisher in diesem Land getroffen habe.*

Ihre Fesseln wurden aufgeschnitten, und im Anschluss wurden sie zu einer zwischen den krummen Bäumen eingebetteten Hütte geführt. Brak hatte drei Frauen und Dutzende Kinder, mit denen er lachte und scherzte, als sie an ihnen vorbeigingen. Die Frauen und Kinder wiederum schauten Ian mit großen Augen an, und eine der Töchter streckte den Arm aus, um sein langes Haar zu berühren.

Flosse erschrak über das so offen bekundete Interesse und drängte sich ganz dicht an Ian heran. »Sie wird es d-d-doch nicht f-f-fressen wollen, oder?«, flüsterte er.

Schließlich setzten sie sich von vier Männern bewacht mit Brak um den Baumstumpf in der Mitte der Hütte. In einem Kanal floss frisches Wasser herein und am anderen Ende mit dem Abfall wieder hinaus.

Der Kannibalenkönig erläuterte Ian mit großem Ernst die Botschaft, die er Fürst Bryss überbringen sollte. Brak war sich der Bedeutung der Verhandlungen vollauf bewusst. *Die Welt um ihn herum verändert sich, und er versucht, sein Volk hinüberzuretten in das neue Zeitalter*, dachte Ian und trat mit dem Selbstbewusstsein eines Botschafters auf, nicht mit dem eines Gefangenen. Das war kein leichtes Unterfangen, denn Ian wollte den Eindruck erwecken, unabhängig von Fürst Hox zu handeln, während er gleichzeitig versuchen musste, einen Vorteil für seinen Herrn herauszuschlagen.

Brak war sehr erzürnt wegen Hox' Überfall und verhandelte hart, und während die beiden noch feilschten, stieß Flosse Ian sanft an.

»Was ist?«
»W-W-Werden sie uns Essen g-g-geben?«, flüsterte Flosse.
»Ich vermute es.«
»Aber wir w-w-werden doch nicht H-Hox' S-S-Soldaten essen müssen?«

Direkt vor der Hütte stand eine Schlachtbank, und Ian hörte, wie dort gerade mit einer Axt Fleisch zerteilt wurde. Beim Gedanken an das Auseinandernehmen drehte sich ihm der Magen um.

»Ich weiß es nicht. Nimm deinen Mut zusammen und frag unseren Gastgeber.« Ian nickte Brak zu und deutete auf Flosse.

Flosse wurde leichenblass, schaffte es aber, seine Frage zu stellen.

Brak lachte. »Nun, wenn es euch nach Fleisch gelüstet: Heute Abend gibt es genug für alle. Aber wir haben auch Gräser, Moos, Wurzeln, Beeren und einen bunten Vogel.«

»Wir danken Euch für Eure Großzügigkeit«, erwiderte Ian, dem der Appetit endgültig vergangen war. »Aber wir brauchen heute kein Fleisch mehr.«

»Mag sein, doch ab und zu muss ein Mann Fleisch essen, nicht wahr?«

»Ja«, murmelte Ian.

Das Sumpfgemüse schmeckte bitter und war nicht besonders sättigend, aber Ian ahnte, dass die Menge, die ihm und Flosse aufgetischt wurde, dem entsprach, was eine Familie an einem ganzen Tag aß, und er bedankte sich herzlich bei Braks Frauen. Die holzigen Pflanzen, die in dem Brackwasser unterhalb des Hügels gediehen, schmeckten faulig, Fische oder Frösche gab es überhaupt keine und daher auch kaum Vögel. Ian konnte durchaus nachvollziehen, weshalb die Sumpfbewohner eine zusätzliche Nahrungsquelle brauchten. Hox' großer Papagei war wie ein Geschenk des Himmels für sie, und Ian probierte davon, um seinen guten Willen zu zeigen, auch wenn er beim Kauen ein schlechtes Gewissen hatte; es war wirklich ein sehr schöner Vogel gewesen.

Brak streute kleine rote Käfer über sein Gemüse und kaute zufrieden. »Für den Geschmack«, sagte er lächelnd zwischen seinen schiefen Zähnen hindurch.

Als Bett diente weiches Gras, und eine von Braks Töchtern bot an, selbiges mit Ian zu teilen. Ihre Haut war von einem tiefen Grünbraun, ihr Körper gertenschlank. Sie kam Ian vor wie eine Waldelfe aus einer Kindergeschichte, nur eben etwas dunkler und in den feuchten Sümpfen beheimatet. Alles an ihr war wohlgeformt und an der richtigen Stelle, und Ian dachte kurz über ihr Angebot nach, aber die Konsequenzen, die es haben könnte, wenn er das Bett mit der Tochter des Anführers teilte, waren vielfältig und durchaus ernst. Er wollte auf keinen Fall so enden wie Fregger. Außerdem: Schönheit hin oder her, die Frau war eine Kannibalin. Also ließ er Flosse höflich erklären, dass es nicht seine Art sei, mit einer Frau zu schlafen, die er nicht zuvor durch angemessene Brautwerbung für sich gewonnen hatte. Als die Verschmähte sich daraufhin dem Jungen anbot, geriet Flosse derart ins Stottern, dass er kein einziges Wort herausbrachte.

»In ein paar Jahren vielleicht«, sagte Ian und legte Flosse eine Hand auf den Kopf wie ein Vater, der seinen Sohn beschützt. Dann lachten sie beide herzlich auf Kosten des verstörten Jungen.

Es war eine kühle und ruhige Nacht und eigenartigerweise auch die friedlichste, seit Ian mit dem Schiff nach Abrogan gekommen war. Es wurde dunkel, fürsorgliche Eltern scheuchten ihre Kinder in die Hütten, Nachbarn unterhielten sich mit klickenden Lauten, holten Wasser und erledigten die Hausarbeit. Das Sumpfvolk ging den täglichen Aufgaben nach wie jedes andere Volk auch, das seit Generationen in einer sicheren Heimat lebte. Abgesehen von der Hautfarbe und dem Speiseplan der Bewohner war dieser verborgene Hügel inmitten des Totenmoors einem Klansdorf gar nicht so unähnlich.

Am nächsten Morgen bekamen Ian und Flosse wieder die Augen verbunden, dann führte Brak sie persönlich zurück zu dem Baumtunnel. Ian blieb eine Weile stehen und bestaunte die geschmeidig geschwungenen, majestätischen Stämme.

»Dieser Ort ist wie ein Wunder«, sagte er. »Und ich dachte, er wäre nur ein Sumpf.«

Brak schüttelte Ian zum Abschied die Hand, um ihre Abmachung noch ein letztes Mal zu bekräftigen, dann ließ er Flosse übersetzen: »Er ist ein Wunder, ja, und er ist unsere Heimat. Und jetzt geh und erzähl deinen Leuten, dass du nichts weiter gefunden hast als einen unwirtlichen Sumpf.«

12

Petrich stieß auf der Straße zu ihnen. Er tauchte wie aus dem Nichts auf und hatte die Nacht offensichtlich im Freien verbracht. Ian verstand nicht, weshalb er sich und die wertvollen Pferde dieser Gefahr ausgesetzt hatte, und noch viel weniger, wie er die Nacht unbeschadet überstanden hatte. Aber er wollte es auch gar nicht wissen. Manchmal schien es fast, als könnte sein verschrobener Vetter sich unsichtbar machen und als würden die anderen Klansmitglieder nicht umsonst hinter seinem Rücken tuscheln.

»Du lebst!«, rief Petrich lachend, was äußerst selten bei ihm war.

»Hast du etwa daran gezweifelt, Vetter?«

»Selbstverständlich nicht. Schließlich hast du all das Glück, das ich nie hatte.«

»Ein Mann ist seines eigenen Glückes Schmied, wie mein Drottin-Vater immer sagt. Und jetzt lass uns schnell zum Palast zurückkehren.«

»Im Moment ist es noch eher ein Bauhof als ein Palast.«

»Lass deine Fantasie spielen, Vetter. Blicke in die Zukunft. Das wird der größte Palast, den du je gesehen hast.«

»Du meinst, der einzige, den *du* je gesehen hast.«

»Und deshalb auch der größte.«

Ian schickte Flosse nach Buchtend, um einen Ochsenwagen zu besorgen, und ließ die Botentaube, die Petrich mitgebracht hatte, eine Kurzversion des ausgehandelten Vertrags überbringen. Als kurz darauf der Wagen samt Kutscher vorfuhr, bezahlte Ian auf Kredit des Kronprinzen und ließ sie alle drei zum Fuß des Berges fahren.

Krieger aus den Hügelkuppen waren keine Reiter. Die felsigen Hochlande Artungs waren nicht für Pferde geeignet. Im Lauf der Jahre hatte der Klan jedoch durch Tauschhandel den ein oder anderen Klepper erworben, und Ian hatte sich als Kind im Reiten versucht. Hier in Abrogan war er ab und zu auf einem Esel geritten und hatte seine Reitkünste ein wenig verbessern können, aber die angeblichen Vorzüge dieser schwerfälligen Tiere hatten ihm einfach nicht einleuchten wollen. Zu Fuß war er immer noch schneller. Das Pferd hingegen, das Fürst Bryss ihm auf halbem Weg entgegenschickte, war alles andere als ein lahmer Klepper. Ian stieg auf und peitschte den Hengst so schnell hinauf nach Skye, dass er schwor, sich und seinen Männern Pferde zu besorgen – und zwar gute Pferde. Außer den wunden Oberschenkeln und dem roten Hintern war Reiten ein unglaubliches Erlebnis.

Ich muss einen Pferdemeister ausfindig machen, von dem wir lernen können, und dann schreiben wir alles, was er sagt, ins Buch!

Zu Ians Erleichterung war Render de Terbia diesmal nicht am Stadttor, und sie wurden ohne weitere Verzögerung zu ihren Unterkünften gebracht, wo sie sich wuschen und von den Knappen der Grünen neu eingekleidet wurden. Als Ian um etwas zu essen bat, wurde ihnen in warmen Kupferkesseln Schwein mit rotem Wurzelgemüse gebracht. Ian und Flosse fielen mit ihrem Holzbesteck sofort über die Speisen her, während Petrich in dem Fleisch herumstocherte, bis er die Knochen freigelegt hatte, aus denen er das Mark saugte.

Er ist schon ein seltsamer Kerl, dachte Ian.

Anschließend wurden sie zum Smaragd-Donjon eskortiert. Im Gegensatz zu vor ein paar Tagen standen nun mehrere Bänke in dem Saal, und die Wände waren mit Teppichen behängt – im Gelb des Kronprinzen und nicht schwarz, was die Farbe des Königs war, wie Petrich ihnen erklärte. Ian war entsetzt, als er all die vornehmen Herrschaften erblickte, die seine Ankunft bereits erwarteten. Sogar mehrere Damen waren dabei. Einige trugen bizarr anmutende Kopfbedeckungen: Spitzhüte mit Flügeln oder Hörnern daran. Die Zöpfe einer besonders dünnen Frau waren auf dem Kopf aufgetürmt wie eine aufgerollte Schlange. Ian fand es eher unheimlich als schön. Auch die Frau mit Korsettkleid, die sie in der Kutsche gesehen hatten, war da, diesmal jedoch in ein gelbes Gewand gehüllt.

Anscheinend hat während unserer Abwesenheit ein ganzes Schiff voll Adliger angelegt.

Bryss befand sich im Zentrum der Menschenansammlung und leitete den großen Empfang. Hox hingegen wartete strahlend am Eingang des Saals und klatschte in die Hände, als wäre er höchst erfreut, Ian zu sehen.

Höchst erfreut, dass ich die Sache für dich geradegebogen habe...

Als sich zu seiner Linken lauter Jubel erhob, sah Ian, dass auch seine Brüder zu dem Begrüßungskomitee gehörten. Unerklärlicherweise standen sie ganz vorne bei Bryss. Ian wollte schon auf sie zustürmen und sie in eine herzhafte Umarmung schließen, aber der Thronerbe erwartete sicherlich, dass er als Erstes begrüßt wurde. Er stand neben einem hölzernen Sessel auf einem kleinen Podium und grinste mit einer nach oben gezogenen Augenbraue in seine Richtung.

»Gut gemacht, Klansmann! Wie du siehst, hat dein Vogel deine Ankunft rechtzeitig angekündigt, sodass ich meinen Gästen die frohe Kunde bereits überbringen konnte.« Er wandte sich an die versammelten Damen und Lordschaften. »Dies ist der Klansmann, von dem ich Euch erzählte. Siegreich kehrt er zurück von einem Stelldichein mit dem Tod und einer Begegnung mit den unmenschlichen Kreaturen, die im Totenmoor hausen! Sein Klan hat erst vor Kurzem dreißig Räuber niedergemacht, und er kann lesen! Er hat so wenig von einem ungewaschenen Stammesangehörigen, dass ich ihn, wären da nicht die ungezähmten Locken, nicht einmal als solchen erkannt hätte.«

Gelächter, sowohl höflich als auch ehrlich, erhob sich in Bryss' Zuhörerschaft. Die Stimmung im Saal war mithilfe der Weinvorräte des Kronprinzen zusätzlich angeheizt, und alle fixierten Ian, als er sich einen Weg durch die Menge bahnte, tuschelten und deuteten auf ihn. Ian war gar nicht mehr so wohl zumute bei all der Aufmerksamkeit, und er wischte sich nervös das Haar aus dem Gesicht – eine schlechte Angewohnheit aus seiner Jugend, die seinen Drottin-Vater in den Wahnsinn getrieben hatte. »Ein echter Klansmann aus den Hügeln sieht durch sein Haar hindurch«, hatte er immer gesagt. Ian versuchte, stur geradeaus zu schauen und sich die Worte für seinen Bericht zurechtzulegen. Er hatte erwartet, unter vier Augen empfangen zu werden, und als er endlich mit Flosse im Schlepptau vor dem Podest stand, befürchtete er schon, der Druck all der Blicke, die auf ihm lasteten, könnte seine Zunge genauso zittern lassen, wie die seines jungen Übersetzers es immer tat.

»Klansmann!«

»Ian Krystal, Euer Hoheit. Ich kehre zurück von...«

»Ich weiß, wer du bist und wo du gerade warst. Unterhalte uns mit den Abenteuern, die du dort erlebt hast!«

»Ich wurde gefangen genommen und in ihr Dorf gebracht.«

»In die Höhle des Löwen! War es nicht schrecklich dort?«

Ian überlegte einen Moment, dachte an Braks Bedingungen und die Bitte, die er so dringlich gestellt hatte. »Oh ja. Ganz und gar schrecklich. Sie trinken Brackwasser und schlafen auf Betten aus feuchten Nachtschattengewächsen. Aus dem Nichts tauchen sie auf und verschlingen das Fleisch der Lebenden, wie Geister und Ghule. Dann kämpfen sie mit Moskitos, die so groß sind wie Euer Zeh, um das Blut ihrer Opfer.«

Flosse warf ihm einen fragenden Blick zu, und Ian musste ihn mit einer Handbewegung zum Schweigen bringen.

»Oho!«, rief Bryss und schlug sich auf den Oberschenkel,

während sich unter den Zuhörern aufgeregtes Gemurmel erhob. Der junge Fürst wollte den versammelten Adligen etwas bieten und stachelte Ian weiter an. »Und doch hast du überlebt, um von den Abenteuern zu berichten. Wie?«

Bryss' amüsierter Tonfall ärgerte Ian. Offensichtlich hatte dieser Halbwüchsige nicht damit gerechnet, dass er lebend aus dem Totenmoor zurückkehren würde. Wäre Bryss nicht der Thronerbe Fretwitts und Artungs gewesen, Ian hätte ihn übers Knie gelegt und ihm eine ordentliche Tracht Prügel verpasst. »Ich habe einen neuen Vertrag ausgehandelt«, antwortete er trocken.

»Einen Pakt mit den Moordämonen. Faszinierend, unerhört! Und zu welchen Bedingungen?«

Ian drehte sich nach Petrich um, der noch am Eingang stand, und Petrich winkte den Ochsenkarren heran, den Flosse aus Buchtend herbeigeholt hatte.

Drei Knappen zogen das Gefährt in die Mitte des Saals und schlugen das Tuch zurück, das über die darauf gestapelten grünen Rüstungen gebreitet war. Den versammelten Adligen klappten die Kinnladen herunter.

»Erstens: Rückgabe des königlichen Eigentums...«

Die Menge überschlug sich beinahe vor Begeisterung. Fünfzehn komplette Rüstungen waren ein kleines Vermögen wert.

»...sowie der Männer, die sie in Eurem Namen getragen haben.«

Die zehn Überlebenden von Hox' Kontingent kamen mit zahlreichen Verbänden am Körper und hängenden Köpfen herein, beschämt, aber nicht gefressen. Jedem von ihnen waren die Daumen gebrochen worden, damit sie keinen Gebrauch von ihren Waffen machen konnten. Ein lautes Keuchen hallte durch den Saal.

»Eure verloren geglaubten Grünen, Herr. Bis auf die vier, die im Kampf starben, und einen, der gefressen wurde.«

»Wie hast du sie den hungrigen Mäulern dieser Monster entrissen?«, fragte Bryss.

»Wie ich bereits sagte, ich habe verhandelt. Außerdem wurde uns freies Geleit zugesichert, solange wir uns ebenfalls an die Vereinbarungen halten.«

»Und was verlangen die dämonischen Geschöpfe als Gegenleistung? Doch nicht etwa unsere Seelen, hoffe ich!«

Wieder lachten die Zuhörer. *Seine jugendliche Exzellenz hat ihre Zunge nicht im Griff,* dachte Ian. Bryss gab sich hemmungslos jedem kindischen Impuls hin, und diese menschenverachtenden Blaublütigen liebten ihn auch noch dafür. Bryss trank, scherzte und hurte, unterhielt seine Gäste mit Witz und Klatsch und herrschte gleichzeitig über sie. Darin lag eine Lektion verborgen, ob gut oder schlecht, konnte Ian nicht sagen, aber er beschloss, Petrich alles aufschreiben zu lassen, sobald er es herausgefunden hatte.

»Ich versprach ihnen Müll«, antwortete Ian.

»Asyl?«

In gewissem Sinne ja. »Verzeiht, Euer Hoheit. Ich habe undeutlich gesprochen. Was ich meinte, war Müll, den wir nicht mehr brauchen.«

»Du hast ihnen unseren Abfall versprochen?«

»Ja. Die Leichname gehenkter Diebe und Verbrecher. Zwei alle sieben Tage.«

Die anwesenden Männer und Frauen schauten gleichermaßen entsetzt drein, nicht aber Bryss, der lediglich kicherte.

Hox kicherte ebenfalls. Gut gelaunt schlug er seinem Nebenmann auf den Rücken, einem ernst wirkenden Mann mit blauem Umhang und einem großen terbischen Falken auf dem Arm.

Der Kommandant der Blauen, begriff Ian. *Und er lacht nicht.* Er befehligte die Soldaten im Norden und war von dort weitaus erfolgreicher zurückgekehrt als Hox aus dem Totenmoor. Neben ihm stand ein Mann in Rot. Der Befehlshaber im Westen. Ein Helm bedeckte den Großteil seines Gesichts, was ungewöhnlich war, denn immerhin befanden sie sich nicht auf dem Schlachtfeld, sondern im Audienzsaal des Kronprinzen. Eine groß gewachsene, etwa zwanzig Jahre jüngere Frau mit scharf geschnittenem Gesicht war seine Begleiterin. Damit waren alle drei Truppenkommandanten anwesend. *Eine gute Gelegenheit.*

»Erinnert mich daran, mich mit diesem Mann auf keinen Handel einzulassen«, sagte Bryss und brachte die weinselige Menge erneut zum Lachen. »Er hat alles zurückerobert, was der Feind uns abgeluchst hat, und das zum Preis von einer wöchentlichen Gabe etwas menschlichen Abfalls.«

»... und eines Lebenden«, sagte Ian in den Trubel hinein.

Bryss sorgte mit erhobener Hand für Ruhe. »Was hast du gesagt?«

»Und eines Lebenden.«

Die Zuhörer schnappten nach Luft.

»Jede Woche?«

»Nein. Nur einen. Einen ganz bestimmten.«

Der Fürst überlegte. »Und welchen?«

Ian atmete einmal kräftig durch. »Den Fetten«, antwortete er.

Das Gelächter brach abrupt ab, und sogar Bryss hörte auf zu kichern. Nur die Frau mit dem spitzen Gesicht lächelte. Alle Köpfe drehten sich in Hox' Richtung, dessen schwammiges Gesicht zusehends fahler wurde.

Bryss kratzte sich kurz am Kopf und zuckte schließlich die Achseln. »Abgemacht.«

13

Die Dunkelheit hatte ihn verborgen. *Wie immer*, dachte Petrich. Und die Pferde, da sie im Moment so etwas wie seine Freunde waren, ebenfalls. Die Straße war ein gefährlicher Ort, und der schmale Graben hatte nicht viel Deckung geboten. Doch Petrich hatte seinen Beutel geöffnet, die Dunkelheit war herausgekrochen und hatte die Lücken zwischen den Bäumen gefüllt. Dann hatten sie geschlafen, Petrich und die drei großen Tiere, dicht zusammengedrängt unter einem schwarzen Schleier, der sie vor allen Augen verbarg.

Als er Ian am nächsten Tag aus dem Moor zurückkehren sah, war er unendlich erleichtert gewesen. Er hatte geglaubt, sein Vetter sei tot, und war entsprechend beeindruckt von ihm. Beeindruckter denn je. Ian hatte das Glück des Wächters, ein sicheres Zeichen, dass er ein guter und gerechter Mann war. Wenn er gekonnt hätte, hätte Petrich ihn im Sumpf mit seiner Dunkelheit beschützt. Ganz bestimmt würde er es tun, wenn sich die Gelegenheit dazu bot. Er hoffte lediglich, dass sein Drottin nicht schon vorher den Tod fand oder die Gefahr in den hell ausgeleuchteten Hallen des Palasts von Skye lauerte, wo die Schatten ihn nicht verbergen konnten.

Fürst Hox schwebte jetzt in einer solchen Gefahr. Eine faszinierende Entwicklung, eine komplexe und interessante Wendung, über die es viel zu schreiben geben würde, überlegte Petrich.

14

Hox wurde von drei hünenhaften Wachen in grauer Rüstung aus dem Saal geschleift, unter ihnen auch Render und der Bühnenschlächter, der ständig Richtung Publikum grimassierte. Hox' Grüne waren unbewaffnet und mussten tatenlos zusehen. Nur einer erhob die Stimme, offensichtlich ein Familienmitglied, der Ähnlichkeit im Gesicht nach zu urteilen. Er versuchte, die Anwesenden dazu zu bewegen, dem Fürsten zu helfen, doch Render schlug ihm mit der flachen Seite seines Schwerts so hart gegen den Wangenknochen, dass dieser mit einem hörbaren Knacken brach und dem Geschlagenen ein Augapfel aus der Höhle sprang. Dann wurde auch er fortgeschleppt. Weitere Proteste gab es nicht.

»Wohlan«, sagte Bryss, nachdem das schmutzige Geschäft erledigt war. »Es sieht so aus, als bräuchte ich einen neuen Kommandanten für meine Grünen.«

Auf das Drängen der Frau, die zuvor gelächelt hatte, trat der Befehlshaber der Roten vor. Ian fiel auf, dass er hinkte.

»Euer Hoheit«, sagte er mit von seinem Helm gedämpfter Stimme, »die Rote könnte die Soldaten der Grünen in ihren Reihen aufnehmen.«

Der Mann mit dem blauen Umhang hob eine Augenbraue, sagte aber nichts.

»Aber nein, mein lieber Fürst Zinnober«, erwiderte Bryss. »Die Rote ist im Westen, die Grüne im Osten. Ihr könnt nicht in beiden Himmelsrichtungen zugleich sein, außer Ihr könnt hexen. Seid Ihr ein Hexer?«

Die Zuhörerschaft hatte schon begierig darauf gewartet, mit dem nächsten Lacher die unangenehme Anspannung abzuschütteln, die nach Hox' abruptem Abgang entstanden war, und packte die Gelegenheit dankbar beim Schopf.

»Bin ich nicht«, antwortete der Fürst prompt, als hätte er Angst, er könnte andernfalls auf dem Scheiterhaufen landen.

Bryss trommelte mit den Fingern auf die Lehne seines Sessels und ließ den Blick durch den Saal schweifen. Drei der anwesenden Fürsten waren so verängstigt, dass sie sofort wegsahen – keine Feldherren also. Zwei hoben den Kopf, begierig darauf, die Aufmerksamkeit des Kronprinzen auf sich zu ziehen, und vollkommen gleichgültig gegenüber Hox' Schicksal. Etwas weiter hinten stand ein klein gewachsener Mann in voller Lederrüstung. Bis auf die bronzenen Nieten war die Rüstung durch und durch schwarz. *Ein beeindruckender Anblick, diese Rüstung, wenn auch der Träger etwas klein geraten sein mag*, dachte Ian. Der Mann drängte sich weder in den Vordergrund, noch versteckte er sich. *Ich würde ihn nehmen.* Doch König Schwarzwassers Thronerbe schien unzufrieden.

»Ich kann keinen unter den Anwesenden entdecken, der mir geeignet erscheinen würde. Wären Fürst Doggett und Fürst Oburon hier, würde mir die Entscheidung leichter fallen. Beide sind erfahrene Kriegsherren, beide waren bei der Belagerung des Verräters Illian Welter bei der Welterfeste am Schwarzen See dabei. Sie haben die Festung mit nur fünfundsiebzig Mann in weniger als einer Woche erobert, Welter an den Mauern seiner eigenen Burg bei den Füßen aufgehängt und ihn von den Habichten fressen lassen. Grausame und fähige Männer.« Bryss hielt inne. »Wenn ich's mir recht überlege, bin ich vielleicht doch ganz froh, dass sie nicht hier sind. Ungesellige Zeitgenossen, die zwei.« Er schaute lachend zu Kerr hinüber und hob seinen Kelch.

Kerr lächelte und nickte.

Sie sind also bereits Freunde, dachte Ian. *Natürlich. Alle, die auch nur eine Stunde mit Kerr verbringen, lieben ihn.* Wahrscheinlich hatten er und

Bryss die ganze Nacht mit den Bauernmägden im Palast herumgetollt, während Ian bei den Menschenfressern zu Gast war. Er beschloss, seinen Bruder später danach zu fragen.

»Was ist mit dir, Hügelbewohner?«, rief Bryss und riss Ian aus seinen Gedanken.

Ian zögerte. »Ich wüsste nicht, wen ich wählen sollte«, sagte er, obwohl er es ganz genau wusste. *Den Kerl mit der nietenbesetzten Lederrüstung.* »Doch werde ich jedem Mann folgen, den Ihr bestimmt.«

»Ich habe dich nicht nach deinem Rat gefragt, sondern ob du einen guten Kommandanten abgeben würdest.«

Das verblüffte Schweigen im Saal sagte Ian, dass soeben etwas Außergewöhnliches geschehen war. In einem einzigen Moment hatten eine spontane Idee und die unbesonnenen Worte eines weinseligen Jünglings die Welt verändert. Ian spürte die Ablehnung des versammelten Hochadels deutlich, vor allem die der beiden Fürsten, die damit gerechnet hatten, Hox selbst zu beerben. Sie gaben sich nicht einmal die Mühe, ihre Bestürzung zu verbergen. Selbst der Kommandant der Blauen wirkte entsetzt, und er war eindeutig ein Mann, der sich nicht leicht aus der Ruhe bringen ließ.

»Ich? Euer Hoheit, ich...«

Bryss wandte sich an Kerr. »Was sagst du dazu? Ist dein Bruder ein fähiger Anführer?«

In Anbetracht der Schwere dieser Angelegenheit hätte Kerr in Ians Richtung schauen, ihn um Rat oder wenigstens ein Signal bitten sollen, aber er war einfach zu jung und die Vorstellung zu aufregend: ein Klansmann, ein *Wilder*, der einen Titel übertragen bekam, der selbst bei Fürsten hochbegehrt war. Ohne nachzudenken, tat Kerr seine Begeisterung kund wie ein kleiner Junge, der über den Streich seines Freundes lacht. »Aber ja! Eine ganz hervorragende Idee. Darauf müssen wir trinken!«

»Ja«, fiel Bryss mit ein, »das müssen wir!«

Allerdings waren die beiden die Einzigen, die ihre Kelche hoben.

»Damit ist es beschlossen«, verkündete Bryss. »Du bist mein neuer Kommandant der Grünen, Klansmann Krystal. Du wirst hingehen und im Namen des Königs die östlichen Lande Abrogans erkunden.«

Im ganzen Saal erhoben sich aufgeregte Stimmen, während Bryss durch die Menge schritt wie ein Bräutigam nach der Hochzeit. Ian begab sich in eine etwas ruhigere Ecke in der Nähe des Podests, wo Dano ihn in eine kräftige Umarmung schloss. Keiner der Blaublütigen richtete das Wort an sie, aber Ian wusste auch so, dass sie bestimmt *über* ihn sprachen. Es war seltsam, wie in einem Traum. Über die Schulter seines Bruders blickte er in den Saal und fragte sich, was das alles zu bedeuten hatte.

Auf den grau gefleckten Steinfliesen hinter dem Thron war der Falke des Blauen Fürsten gerade damit beschäftigt, eine ebenso grau gefleckte Ratte auszuweiden, die er kurz zuvor erlegt hatte.

Ians zerzauste blaue Raubtaube hüpfte unruhig in ihrem Käfig hin und her, der zu Kerrs Füßen stand. Die schwarzen Augen hatte sie starr auf den eleganten Falken gerichtet oder genauer gesagt auf die Ratte. Nachdem er seine Nachricht an Bryss überbracht hatte, war der sprechende Vogel in Kerrs Obhut übergeben worden, der sich um ihn kümmern sollte, bis Schy ihn wieder übernehmen konnte. Ian sah, wie die Taube vorsichtig den Riegel anhob, die Käfigtür aufdrückte und ins Freie hüpfte. Der Falke bemerkte es erst, als sie zu dem Blauen Fürsten hinüberflog und sich auf dessen Schulter setzte.

Der grimmige Adlige zuckte zusammen und versuchte, den kleinen Vogel zu verscheuchen, aber der hüpfte einfach auf die andere Schulter.

Der Falke war außer sich und erhob sich wütend in die Luft. Er war so groß, dass die Lordschaften unter dem Schlag seiner mächtigen Schwingen die Köpfe einzogen. Aber seine Größe machte ihn auch etwas träge, und als er herannahte, schoss die Taube auf eins der noch unverglasten Fenster zu. Der Falke nahm unterdessen weiter Geschwindigkeit auf.

»Komm zu mir!«, brüllte Kerr dem Vogel hinterher.

»Zu spät, Junge«, sagte der Blaue Fürst nicht ohne Genugtuung. »Gleich bekommen wir was zu sehen!«

Kerr rannte der Taube noch hinterher, aber umsonst: Sie verschwand durchs Fenster, der Falke dicht hinter ihr.

Das wilde Geflatter hatte die Menge zum Schweigen gebracht. Die einen verteilten sich an verschiedene Fenster des kreisrunden Saals und spähten nach draußen, die anderen blieben, wo sie waren, und warteten darauf, dass die Vögel zu ihren Herren zurückkehrten. Ian hingegen erwartete nichts anderes, als lediglich den Falken mit dem Schnabel voll blauer Federn zurückkehren zu sehen. Was er jedoch sah, war ein blaues Etwas, das wie ein Pfeil durch einen schmalen Schlitz im Mauerwerk hereinschoss. Kurz darauf folgte ein dumpfer Knall – der Falke war zu groß, um durch den Schlitz zu passen, und der Knall war nichts anderes gewesen als der Aufprall des Raubvogels an der Außenmauer des Turms.

Ians schmuddelige Taube landete flatternd neben der Ratte, packte den Kadaver mit ihren kleinen Krallen und zerrte ihn in ihren Käfig. Drinnen angekommen, legte sie den Riegel wieder vor, nur einen Moment bevor der Falke, der mittlerweile eine Fensteröffnung gefunden hatte, die groß genug für ihn war, ebenfalls hereinschoss und gegen die hölzernen Gitterstäbe krachte. Gut geschützt vor den Klauen ihres Widersachers begann sie seelenruhig ihr Mahl, während der Raubvogel kreischend mit seinen Flügeln auf den Käfig einschlug.

Kerr versuchte gerade, ihn mit einem Holzschild zu vertreiben, als der Blaue Fürst schimpfend angestapft kam, ihn zur Seite stieß und den aufgebrachten Vogel mit seinem dicken Lederhandschuh an den Klauen packte.

Ian atmete erleichtert auf. Die kleine Verfolgungsjagd war eine willkommene Ablenkung von dem Aufruhr, den seine unerwartete Beförderung ausgelöst hatte. Er war nicht sicher, ob er stolz sein sollte oder auf der Hut. Die Welt veränderte sich, und er hatte über vieles nachzudenken. Im Saal war es unterdessen wieder laut geworden, und im Zentrum des Tumults stand Bryss, grinsend wie ein Dorftrottel.

Der Blaue Fürst schritt in Richtung Ausgang, ohne sich um das hirnlose Geplapper der anderen zu kümmern. Auf dem Weg dorthin kam er an Ian vorbei, der erwartete, dass er ihn genauso ignorieren würde wie den Rest der Anwesenden. *Soll mir nur recht sein. Der Kerl ist gefährlich.*

Als der Blaue jedoch auf gleicher Höhe war, sagte er aus dem Mundwinkel: »Ich sehe keine Moskitostiche an dir, Klansmann.«

15

Ian saß in der Baumeisterschenke mit Petrich und Dano allein an einem Tisch. Bei einem Krug Bier hielten sie so etwas wie eine taktische Besprechung ab. Die schmucklose Halle war größer als Perettas Taverne, gebaut für die Steinmetze und Ingenatoren, die in den Baracken gleich nebenan untergebracht waren. Wie der Wirt ihnen erzählt hatte, war das Gasthaus mit zugehöriger Brauerei das erste Gebäude, das in der neu entstehenden Stadt Skye fertiggestellt worden war. Da Ian nun beim Kronprinzen Kredit hatte, konnte er kaufen, was immer er wollte. Er brauchte nur die grüne Schärpe vorzuzeigen, die eine der Palastwachen Hox entrissen hatte, also bestellte er Bier und Schinken mit Honigsoße. Bryss hatte darauf bestanden, dass Kerr im Smaragd-Donjon blieb, um sich mit den Damen und Lordschaften zu amüsieren, aber das machte nichts. Kerr war ohnehin mehr ein Mann fürs Feiern als ein Stratege, und wenn Bryss sich so gerne mit ihm umgab, war das umso besser für den Klan.

»Ein seltsames Willkommen, nicht wahr?«, sagte Petrich trocken.

»Seltsam?«, wiederholte Ian und schüttelte den Kopf. »Es war entsetzlich, geradezu absurd.«

Dano hingegen grinste. »Wurde mein kleiner Bruder, der Drottin, nicht soeben zum Kommandanten befördert?«

Ian konnte sich nicht erinnern, Dano je so erfreut gesehen zu haben. Er platzte beinahe vor Stolz. *Mach dir keine allzu großen Hoffnungen deswegen, Bruder.*

»Ich weiß nicht«, erwiderte Ian. »Hox hatte keine Gelegenheit, mir zu erklären, was von einem Kommandanten erwartet wird.«

»Und ich sage, jetzt bist du einer, Bruder!«, verkündete Dano so laut, dass einige der anderen Gäste in ihre Richtung schauten.

»Es geht hier um Politik, meine Vettern«, sagte Ian mit warnendem Unterton. »Diese Wasser sind genauso gefährlich wie das Lebende Riff.«

»Fürst Krystal, Kommandant der Grünen!« Dano schlug Ian herzhaft auf den Rücken. »Welchen Rang bekleide ich dann jetzt? Wir müssen unserem Vater gleich mit dem nächsten Schiff eine Nachricht zukommen lassen. Beim Wächter, wir können auch einen Vogel schicken, und zwar sofort. Schließlich haben wir jetzt Zugang zur königlichen Voliere!«

Petrich schien weniger begeistert. »Es waren echte Adlige im Saal. Manche unter ihnen schienen alles andere als glücklich, und einige von denen werden im Rat des Kronprinzen sitzen. Außerdem sollten wir nicht vergessen, dass Seine Hoheit den letzten Kommandanten der Grünen den Kannibalen zum Fraß vorwerfen ließ.«

»Konntest du die Namen von irgendwelchen der Anwesenden herausfinden?«, fragte Ian. Er war so erschüttert gewesen, dass er sich nicht an einen einzigen erinnern konnte. Namen waren wichtig, und sie zu vergessen war der erste Fehler, den er als Kommandant der Grünen begangen hatte.

»Ja«, antwortete Petrich zu seiner Erleichterung.

»Welche?«

»Alle.«

Ian nickte. Petrich übertrieb nicht. Er war in mancherlei Hinsicht ein bemerkenswerter Mann, manchmal sogar beängstigend. »Wer war der Kerl mit der nietenbesetzten Lederrüstung?«, wollte Ian als Erstes wissen.

»Fürst Damon, ein Fretwitter aus den Fluren. Er ist ein schlauer Geschäftsmann und kontrolliert alle wichtigen Knotenpunkte im Reich, weshalb er bei Schwarzwasser in Missgunst gefallen ist. Damons Straßen wurden zu den wichtigsten Handelsrouten im Reich, seine Besitztümer zu groß und seine Leute zu zahlreich. Sein Familiensitz bei Carte war kurz davor, der altehrwürdigen Stadt Asch den Rang abzulaufen; außerdem hat er in aller Heimlichkeit angefangen, seine Stadtwache zu einem kleinen Heer auszubauen. So etwas lässt sich allerdings nicht lange geheim halten, und schließlich hat Schwarzwasser ihn hierher versetzt, damit er seine Macht nicht noch weiter ausbaut. Damon ist nicht gerade glücklich darüber, wie ich gehört habe.«

»Die Kommandanten der Roten und der Blauen sind respekteinflößende Männer. Fürsten und Feldherren zugleich.«

»Der Rote ist Fürst Zinnober. Eigenartigerweise hat er kein einziges Wort gesagt, ohne sich zuvor mit der rattengesichtigen Frau an seiner Seite zu beraten. Außerdem verbirgt er sein Gesicht unter einem Helm, und das, obwohl es nicht gerade kühl war im Saal. Ist dir das aufgefallen?«

»Der Helm, ja, aber ich dachte mir nichts dabei. Ich schätze, du wirst mich gleich darüber aufklären, was das alles zu bedeuten hat.«

»Schwer zu sagen, aber seltsam ist es. Ich werde dir mehr erzählen, sobald ich das Rätsel gelöst habe. Der Blaue ist Morgan de Terbia. Sein in die Jahre gekommener kränklicher Vater herrscht über den Zugang zu den terbischen Marschen. Das Gebiet ist reich an Muscheln und Krebsen. Morgan hat einen Zwillingsbruder, der nur kurz vor ihm geboren wurde. Ein Streit um das Erbe ihres Vaters ist somit mehr als wahrscheinlich. Es heißt, Schwarzwasser hätte ihn zum Kommandanten der Blauen in Abrogan ernannt, weil er die Truppen seines Vaters gegen die widerspenstigen Küstenklans geführt hat, als Schwarzwasser die Klanskriege beendete. Doch in Wahrheit ist es nur eine Maßnahme, um Morgan aus dem Verkehr zu ziehen, bis sein Vater tot und die Erbfolge im fernen Fretwitt ohne ihn geregelt ist. Morgan wartet einstweilen ab und beobachtet. Er ist ein Mann, der seine Schritte stets mit Bedacht wählt.«

Ian drehte sich schon jetzt der Kopf. »Diese Ränkespiele sind zu hoch für mich. Ich spüre es förmlich am ganzen Körper, wie wenig ich davon verstehe. Die hochnäsigen Blaublütigen begehren zu viel und haben zu viel Zeit, Intrigen zu spinnen, mit denen sie sich verschaffen können, wonach immer ihnen gelüstet. Sie sind nicht wie wir.«

»Und danke dem Wächter dafür«, brummte Dano.

»Vielleicht könnten wir ein wenig Hilfe gebrauchen?«, schlug Petrich vor.

»Du hast jetzt ein Kommando, Bruder«, erklärte Dano. »Du kannst einfach jemandem befehlen, uns zu helfen.«

»Aber wem können wir vertrauen?«, entgegnete Petrich.

Ian dachte nach. »Du musst ein Treffen für mich einberufen, Vetter«, sagte er schließlich. »Es soll stattfinden, gleich nachdem ich mit dem Kronprinzen gesprochen habe. Und halte es geheim.«

Petrich brauchte nichts darauf zu antworten. Ian wusste auch so, dass sein Vetter verschwiegen war wie ein Grab.

In diesem Moment kam ein Klansmann mit schneeweißem Haar in die Schenke gepoltert und hastete an ihren Tisch. Es war Weylon, ihr Ältester. Die langen Locken klebten ihm schweißnass an den Schultern.

»Kommt mit, schnell«, keuchte Weylon. »Rall ist tot!«

Ians Herz setzte einen Schlag lang aus. Weder auf dem Schiff noch während all der Monate, die sie bereits hier waren, hatte er auch nur einen einzigen Mann verloren. Sie hatten Glück gehabt, und Ian hatte gewusst, dass dieses Glück nicht ewig anhalten konnte. Aber das machte es auch nicht leichter, den Kloß zu schlucken, den er im Hals spürte.

Ian folgte Weylon dicht auf den Fersen durch die halb fertigen Straßen der Stadt Skye, die sich mit atemberaubender Geschwindigkeit immer höher gen Himmel reckte. Überall um sie herum wurde gehämmert, geschleppt und gemauert. Arbeiter lachten und fluchten, und mittlerweile gab es auch immer mehr Frauen. Neugierige Mägde kamen aus den umliegenden Dörfern und beobachteten fasziniert, wie der Berggipfel abgetragen und neu errichtet wurde, fretische Kunsthandwerkerinnen eilten mit Karren voll Stoffballen und allerlei Flechtwaren durch die Straßen.

Doch all das nahm Ian kaum wahr, während er hinter Weylon hereilte. Er war ihr Heiler, ein stoischer Mann von über vierzig Jahren und damit der Älteste, der die Reise über die mörderische See angetreten hatte. Wegen seines Alters war er auch ihr zweiter Schreiber und griff immer dann zum Kiel, wenn Petrich sich gerade nicht am Klansbuch zu schaffen machte. Mit dem Speer konnte er jedoch nicht mehr besonders gut umgehen.

»Rall hatte Bauchschmerzen, als er sich schlafen legte«, erklärte Weylon. »Aber du weißt ja, wie er ständig am Jammern war. Wir haben ihn ignoriert und ihn den ganzen Tag im Bett gelassen. Dann, als ich ihn vor einer Stunde anstieß, rührte er sich nicht mehr. Mausetot.«

»Hat er faulende Wunden?«, fragte Petrich.

»Bei den Göttern, nein! Nicht das geringste Anzeichen von Fäule. Die gesamte Stadt hätte die Flucht ergriffen, sobald jemand offene Stellen an seinem Gesicht oder den Händen entdeckt hätte.«

Sie erreichten eine lang gestreckte Holzbaracke, vor der ein großes grünes Banner wehte. Ian spähte nach drinnen und ließ den Blick über die Reihen der Betten schweifen. Es waren tatsächlich richtige Betten mit Schaffelldecken, doch im Moment war nur das letzte besetzt – von Ralls Leichnam. Noch bevor Weylon ihn aufhalten konnte, stürmte er hinein.

Ian hörte noch ein tiefes Knurren, da wurde er auch schon zu Boden gerissen. Er spürte ein mächtiges Gewicht auf der Brust, das ihm alle Luft aus der Lunge presste, und aus dem Augenwinkel sah er eine lange Schnauze mit Fangzähnen. Speichelfäden tropften auf sein Gesicht.

»Schweinebacke?«, röchelte Ian.

»Verzeihung!«, rief Weylon. »Der Hund bewacht die Baracken. Er macht das ganz von allein. Wir mussten es ihm nicht einmal beibringen.«

»Wie wär's, wenn du ihm befehlen würdest, von mir runterzugehen?«

»Tut mir leid, Drottin. Das Biest hört nur auf Kerr.«

»Kerr ist im Smaragd-Donjon«, keuchte Ian.

»Im Moderturm?«

»Ja. Geh!«

Ian ließ sich geduldig von Schweinebacke beschnüffeln, während er darauf wartete, dass Weylon mit Kerr vom Turm zurückkam, und hielt sich ganz still. Die Zeit drängte nicht. Noch toter konnte Rall nicht werden, egal wie lange es dauerte, den verdammten Kriegsköter von ihm herunterzubekommen. Viel wichtiger war, dass der Hund ihn nicht anknabberte; seine Zähne waren so lang und dick wie Ians Finger. Außerdem stand er jetzt wieder sicher auf allen vier Beinen, keine Spur mehr von seinen Verletzungen. Innerhalb weniger Tage hatte er sich komplett erholt. *Kein Wunder, dass sie diese Rasse für den Krieg abrichten.*

Lange Zeit lag Ian so da und hatte Mühe, Luft zu bekommen. Das Vieh war unfassbar schwer. Zu Dano und Petrich sagte er, sie sollten bloß nicht versuchen, den Hund von ihm herunterzubekommen. Erstens war er ohnehin nicht sicher, ob sie es schaffen würden, und zweitens knurrte Schweinebacke jedes Mal, wenn sie sich auch nur bewegten. Besser, sie ließen ihn in Ruhe. Vielleicht konnte er ja das Vertrauen des Tieres gewinnen, wenn er sich ganz still verhielt, überlegte Ian. Also wartete er geduldig, bis Weylon mit Kerr wiederkam und sein jüngerer Bruder die Bestie mit einem einzigen Wort dazu bewegte, von seinem Drottin abzulassen.

»Komm«, sagte er, und schon lief der Hund ihm entgegen.

Ian stand auf und klopfte sich den Staub ab. »Es freut mich ja, dass dein Schoßtier so wachsam ist, aber wenn du es behalten willst, wirst du ihm beibringen müssen, uns Klansleute zu erkennen.«

»Ich könnte es ja mit einer Holzpuppe mit einem Wischmopp als Perücke versuchen«, lallte Kerr durch vom Wein violett verfärbte Zähne.

Schweinebacke war ein mehr als brauchbarer Wachhund, aber er war auch gefährlich. Wenn Kerr sich mit den Adligen betrank, vergaß er allzu leicht seine Pflichten. Sein jüngerer Bruder hatte noch viel zu lernen. *Ich werde mit Dano sprechen. Vielleicht erreichen wir mit vereinten Kräften mehr bei Kerr.*

Ian ging mit Weylon zu Ralls Bett, während Kerr zurückblieb. Eine Fleischfäule hatte die Klans heimgesucht, noch bevor ihr Drottin-Vater geboren worden war. Die Schauergeschichten erzählten bis heute davon. Ganze Klans hatten tot und verfault in ihren Betten gelegen, hieß es. Andere Klans waren Hals über Kopf aus den Dörfern geflohen, in denen sie seit Generationen lebten, und hatten die Kranken zurückgelassen. Seither stellten sich jedem Klansmann bei mysteriösen Todesfällen die Nackenhaare auf, denn es könnte ja das Werk der gefürchteten Fleischfäule sein oder – schlimmer noch – von Schwarzer Magie.

Rall war ein lärmender Zeitgenosse gewesen. Er hatte einmal eine Frau gehabt, aber die Streitereien zwischen ihm und Garda waren bald schon überall in den Hügeln zu hören gewesen. Sie hatte es satt, noch bevor die gemeinsame Hütte überhaupt fertig gebaut war. Es ging die Geschichte, sie habe sich einfach davongemacht, als Rall gerade einen schweren Dachbalken hievte, den sie verankern sollte, sodass er ihr nicht hinterherlaufen konnte und um Hilfe rufen musste. Als sein Bruder ihn fand, stand er da, eingezwängt unter dem schweren Bergkiefernbalken, und verfluchte ihren Namen. Das war Ralls Ruf zu Lebzeiten gewesen. Doch er war auch der Erste, der anderen in der Not zu Hilfe eilte. So hatte er die Kinder seiner Brüder vor dem großen Feuer gerettet, das vor zehn Jahren in den Hügeln wütete. Immer wieder war er zurück in den Wald gerannt, bis er alle an den Amboßsee und in Sicherheit gebracht hatte. Selbst jetzt, da er tot vor Ian lag, waren die Brandnarben an Gesicht und Händen noch deutlich zu sehen.

»Was hat ihn umgebracht?«

»Ich habe ihn noch nicht angerührt und ließ ihn so, wie ich ihn fand.«

Ian überlegte. Es gab Regeln, wie man Tote zu berühren hatte – und Konsequenzen. Rall hatte sich schlecht gefühlt, deshalb fürchteten alle, er könnte einer Krankheit zum Opfer gefallen sein. Selbst Weylon, der als Heiler schon viele Leichen angefasst hatte, zögerte, einen Toten zu berühren, der möglicherweise ansteckend war.

»Schlag die Decke zurück, ohne an seine Haut zu kommen«, sagte Ian schließlich.

Weylon tat, wie ihm geheißen, und Ian zuckte zusammen: Die untere Hälfte von Ralls Wollhemd war blutdurchtränkt.

»Das war keine Seuche, Weylon. Er hat eine Bauchwunde.«

»Ja.« Weylon zog dem toten Rall das Hemd über den Kopf. Der Stoff machte ein schmatzendes Geräusch, als er sich von der Haut löste. Dann wischte der Heiler das Blut von Ralls Bauch, und was darunter zum Vorschein kam, war nicht eine, sondern Hunderte Bauchwunden, die alle in etwa den Durchmesser eines Federkiels hatten.

»Er ist vollkommen durchlöchert!«, keuchte Weylon und zog die Augenbrauen zusammen, dass sie sich beinahe ineinander verknoteten.

»Beim Wächter!«, polterte Dano. »Er sieht aus, als hätte ein Rudel Dornenschweine ihn mit seinen Schwänzen zu Tode gepeitscht. Was in aller Welt kann ihn so zugerichtet haben?«

»Ein Rudel Dornenschweine vielleicht?«, rief Kerr von der Tür.

»In seinem Bett?«

Ian rieb sich das Kinn. »Ein Verrückter mit zehn Schreibkielen in jeder Hand. Oder eine Waffe mit hundert dünnen Stacheln.«

»Du meinst so eine Art Morgenstern?«, hakte Dano nach.

Weylon strich mit dem Finger über eins der Löcher. »Aber die Wunden wölben sich nach außen.«

Ian schüttelte den Kopf. »Vielleicht hat sich die Haut nach außen gewölbt, als der Mörder nach jedem Schlag die Waffe wieder aus seinem Bauch gezogen hat. Aber wie kann so etwas hier in der Baracke passieren?«

»Überhaupt nicht«, antwortete Weylon. »Ein paar von uns waren wach. Sie haben ihn stöhnen gehört. Und der Hund lag neben der Tür. Niemand konnte hier rein. Du hast selbst gesehen, was er mit jedem macht, der es versucht.«

»Dann war es also einer von uns?«, überlegte Ian laut. »Rall konnte so unangenehm sein wie ein Dachs, den man beim Mittagsschlaf stört.«

»Keiner von uns hat eine solche Waffe. Außerdem hätten wir etwas gehört... die Schläge oder einen Kampf. Und er hat keine einzige gebrochene Rippe, soweit ich es ertasten kann. Unerklärlich...« Weylon hob die Hände. »Der Wächter hat ihm dieses Schicksal gesandt.«

Ian nickte, auch wenn er nicht so schnell bereit war, den Tod eines Mannes ihrem Gott zuzuschieben. Der Wächter sah, und der Wächter richtete, aber die Schicksale, die er sandte, gehorchten den Regeln dieser Welt. Es musste eine Erklärung für das hier geben.

»Wissen es die Männer schon?«

»Nein. Sie glaubten, er würde noch schlafen oder wäre vielleicht betrunken. Als ich ihn wach rütteln wollte und er sich nicht bewegt hat, bin ich direkt zu dir gekommen.«

»Ruft den Klan zusammen. Ich muss es ihnen sagen.«

Weylon informierte alle, die er finden konnte, und schickte sie aus, um auch die anderen herbeizuholen. Es dauert nicht lange, bis die meisten Klansmitglieder in der Baracke versammelt waren. Drei waren losgezogen, um die Stadt zu erkunden, also schickte Ian die Knappen der Grünen aus, um sie zu suchen. Von zweien fehlte jede Spur. Wahrscheinlich saßen sie irgendwo in dem Labyrinth aus frisch gebrochenen Steinen hinter den Baracken der Blauen beim Würfeln. Oder sie waren bei einer Hure.

»Unser Bruder ist tot«, begann Ian die Trauerrede mit den traditionellen Worten. »Wir sahen ihn leben, und wir sahen ihn sterben, und auch in kommenden Tagen werden wir ihn von den Hügeln aus sehen, wie der Wächter uns alle sieht.«

»Ihn gekannt zu haben ist eine Ehre!«, erwiderten die anderen im Chor.

Dann weinten und klagten sie, scheuten genauso wenig vor ihren Gefühlen zurück wie vor einem angreifenden Feind. Selbst die trüben Augen des alten Weylon waren feucht. Und all das, obwohl Rall nicht unbedingt beliebt gewesen war. Nur Petrich wirkte ungerührt, aber ihn schien nichts aus der Fassung zu bringen *außer* einem angreifenden Feind.

Nachdem sich die Wogen ein wenig geglättet hatten, gingen die Männer in der Baracke auf und ab und erzählten einander Geschichten von Rall. Schließlich drängte sich Flosse durch die trauernde Menge und riskierte einen Blick auf den Leichnam.

»Ist d-d-das der Mann, der die b-b-blaue Frucht gegessen hat?«

»Ja«, antwortete Ian.

Mit einem Mal schien auch Petrich interessiert. »Ja, das ist er. Hat sonst noch jemand davon gegessen?«

Ian beachtete den Kommentar zunächst nicht, aber als Petrich nicht aufhörte, den Jungen danach zu fragen, dämmerte es ihm. »Männer!«, rief er. »Hat sonst noch jemand von den blauen Sumpffrüchten gegessen?«

Die Klansleute zuckten die Achseln und blickten einander an, bis schließlich einer die Hand hob. Es war Schy, Schagans kleiner Bruder und gleichzeitig der Jüngste von ihnen allen, der sich um die Tiere kümmerte.

»Wann?«, fragte Ian mit dringlichem Unterton.

»Einen Tag, nachdem ich sie am Wegrand gefunden hatte. Ich halte immer Ausschau nach Essbarem. Ich hab zwei eingesteckt und eine davon Omy gegeben. Rall hat gesagt, sie schmecken gut…« Der Dreizehnjährige verstummte und starrte die Leiche an.

Schagan packte ihn an den Schultern. »Was hast du getan, kleiner Bruder?!«

»Nichts. Ich habe nur Obst gegessen.«

»Noch jemand?«, fragte Ian in die Runde.

»Nur Omy«, quiekte Schy. »Er hat die andere gegessen.«

Ian sah sich um. Omy war einer von den fünf, die fehlten.

Petrich deutete auf Flosse. »Kurz bevor uns diese Baumstammfalle um ein Haar den Schädel zertrümmert hätte, sagte der Junge, wir sollten die Früchte nicht anrühren.«

»Warum hast du das gesagt, Flosse?«, bohrte Ian nach.

»A-A-Alle in meinem D-Dorf sagen das.«

»Rall hat von ihnen gegessen.« Ian zog Flosse näher ans Bett, direkt vor den Leichnam. »Ist es das, was dann passiert?«

Alle starrten den Toten an. Ralls Bauch war so flach wie ein aufgestochener Wasserschlauch. Die kleinen Löcher ließen ihn aussehen wie ein Stück Rotschmierkäse, das zu lange in der Sonne gelegen hatte.

»Ich will keine Löcher in meinem Bauch!«, wimmerte Schy.

Ian nahm Schagan beiseite. »Gib gut acht auf deinen Bruder heute Nacht. Ich werde Männer losschicken, um jeden in der Stadt nach dieser Frucht zu fragen. Dano soll mit Flosse zu meinem Freund Brak reiten. Er weiß, was man in diesem Moor essen kann und was nicht.«

»Du willst nicht selbst hin?«

»Ich habe etwas mit Bryss und den anderen zu besprechen.«

»Aber Schy ist der einzige Bruder, den ich von zu Hause mitgenommen habe!«

»G-G-Genau«, stammelte Flosse, offenkundig entsetzt darüber, schon wieder ins Totenmoor zu müssen. »W-W-Warum geht Ihr nicht?«

»Ich habe eine Unterredung mit dem Kronprinzen, die ich nicht versäumen darf. Er und seinesgleichen haben auch so schon kaum Respekt vor uns. Schagan, du weißt, Dano ist ein guter Mann. Zu Pferd sind sie wahrscheinlich in ein oder zwei Tagen zurück.«

»Und was mache ich bis dahin mit Schy?«

»Wir wissen nicht, ob es wirklich das Obst war. Tröste ihn, erzähl ihm Geschichten. Lach mit ihm. Und halt dich an das, was Weylon dir rät.«

»Pah! Wenn etwas nicht von selbst wieder heilt, wirft Weylon doch nur die Hände in die Luft und sagt, es wäre der Wille des Wächters.«

»Er ist hier unser einziger Heiler. Mein Drottin-Vater hat Yiger in den Hügeln behalten, wie es sein gutes Recht ist.«

»Dann soll ich das Schicksal meines Bruders also in die Hände eines Kannibalen und eines alten Narren legen. Ist das deine Art, uns zu führen, Drottin? Ha! Geh nur. Geh zu deiner Unterredung, und möge der Wächter ein Auge auf dich haben!«

Ian ließ die Beschimpfung über sich ergehen, ohne Schagan zu maßregeln. Er sah keinen Grund, ihn für seinen Ausbruch zu bestrafen. Es war nur recht und billig, wenn Schagan Angst um seinen Bruder hatte. Außerdem bedeutete, den Wächter auf jemanden herabzuwünschen lediglich, dass der Wächter ihn sehen und für seine Taten richten sollte. Und Ian war absolut sicher, das Richtige für seinen Klan zu tun. Dano würde es schon bis zum Moor – und wieder zurück – schaffen. Hoffte er zumindest. Aber von Ians Unterredung mit dem Thronerben hing womöglich das Schicksal des gesamten Klans ab.

16

»Die Banditen im Osten«, sagte Bryss und rekelte sich in seinem aus einem einzigen Stück Fels gehauenen Badezuber, während eine Magd ihm den Rücken schrubbte. »Sie überfallen die Bauern, mit denen wir Handel treiben, und machen die Straßen unsicher. Sie müssen beseitigt werden.«
Ein Badezuber ist ein seltsamer Ort, um Männer zum Tode zu verurteilen, dachte Ian. Er fragte sich, ob der Kronprinz je versucht hatte, jemanden mit den eigenen Händen zu »beseitigen«. Das war gar nicht so einfach, denn im Allgemeinen ließen Menschen sich nicht gerne beseitigen. Sie kämpften um ihr Leben und taten alles, um stattdessen ihren potenziellen Mörder ins Jenseits zu befördern. Der Tod war nicht wählerisch, und nicht selten ereilte er beide. Andererseits war noch nie einem Klansmann ein Kommando über eine Kompanie verliehen worden. Der Auftrag war also eine Ehre. Außerdem hatte Bryss nichts davon gesagt, er solle sie alle töten. *Zumindest nicht direkt.*

Bryss gab ihm über siebzig Soldaten der Grünen, bessere Ausrüstung für alle seine Männer, als er selbst je gehabt hatte, und einen klaren Auftrag: Sie sollten den Haufen Halsabschneider aufspüren, der sich hartnäckig in den Verstreuten Hügeln versteckt hielt. Laut Bryss war ein Unhold namens Langzunge ihr Anführer, ein gerissener Kerl, geboren in Abrogan und bekannt dafür, den eigenen Hals durch geschickte Manipulation immer wieder aus der Schlinge zu ziehen. Mindestens viermal war er bereits aus der Gefangenschaft entwischt, hieß es. Einmal hatte er seine Häscher angeblich davon überzeugen können, selbst das Entführungsopfer zu sein und nicht der Entführer. Als Sohn eines Bauern, der zum Banditen geworden war, und einer entführten Mutter war Langzunge sozusagen in das Leben als Dieb und Mörder hineingeboren worden und hatte die Verstoßenen von sechs verschiedenen Sippen zu einer großen Bande vereint. Ian wog die Informationen sorgsam ab. Sie stammten von den Bauern der umliegenden Dörfer und waren somit nicht wirklich verlässlich. Wahrscheinlich stimmte das meiste, aber ebenso wahrscheinlich war alles auch ein wenig ausgeschmückt.

»So soll es geschehen«, hatte er dem Kronprinzen versichert, auch wenn er noch keine Ahnung hatte, *wie* es geschehen sollte.

Die Pferde des Königs grasten an der Südflanke des Berges Skye. Mit zwei von den dreien, die Ian bereits bekommen hatte, waren Dano und Flosse ins Totenmoor geritten, und Ian zog nun los, um weitere zu besorgen. Nachdem er die Ringmauer passiert hatte, waren keine Soldaten mehr zu sehen; nur die Bürgerlichen hielten sich außerhalb der Stadt auf. Die Atmosphäre war weniger emsig als oben in Skye, wo die Geschäftsleute ihrer Arbeit nachgingen und Aufseher an den vielen Baustellen lauthals Anweisungen brüllten. Es war eher wie auf einem Markt, entspannt und lebhaft zugleich. Bauern priesen Feldfrüchte an und Tiere, die frei umherliefen. Auch frisches Essen gab es zu kaufen: Zappelnde Fische und Fleischspieße vom Huhn oder Schwein warteten darauf, von den Käufern über dem Feuer gleich neben den Ständen gebraten zu werden. Das meiste Fleisch wurde roh verkauft, denn so konnte man leichter erkennen, um was für ein Tier es sich handelte, und bekam keine Ratte untergeschoben. Es wurde hauptsächlich gegen Naturalien getauscht, denn Schwarzwassers Bezahlsystem mit Gold-, Silber- und Kupfermünzen vertrauten die Abroganer nicht, und sie verstanden es auch nicht. Noch nicht.

Neben den Essensständen boten andere Händler ihre Waren feil. Ein Kerzenmacher mit kaum noch Haaren auf dem Kopf schnitzte hölzerne Gussformen zu teils schönen, teils grotesken Formen: wächserne Enten mit besonders langen Hälsen zu Ehren der Hafenstadt Buchtend, große Kegel mit abgeschnittener Spitze, die den Berg Skye darstellten, Engelsfrauen, bei denen das schmelzende Wachs das Haar bildete, und Dämonenfratzen, die immer noch furchterregender wurden, je weiter der Docht heruntergebrannte. Neben ihm saß ein Schuster auf einem Hocker und nähte Stiefel zusammen – etwas, das jeder Klansmann selbst erledigte –, und es gab sogar geschnitztes Spielzeug.

Für jeden Bedarf etwas.

Ian entdeckte einen Bauersmann, der kleine Becherchen mit ausgefallenen Samen anpries. Als er ihn nach der blauen Frucht fragte, stellte sich leider heraus, dass der Mann kein Wort Fretisch sprach – ohne Flosse war nichts zu machen.

Gleich daneben feilschte ein schmalschultriger Rattenfänger mit einem bärtigen Kürschner, dessen Frau einen Hut aus Rattenfell trug. Die seltsam anmutende Kopfbedeckung änderte je nach Lichteinfall die Farbe, während sie zwischen den Ständen hin und her ging. Die Ratten hier in Abrogan waren große Biester, und Ian war bereits aufgefallen, wie sich ihr Fell farblich der Umgebung anpasste.

»Kannst du einen Kapuzenumhang ganz aus Rattenfell machen?«, fragte er den Kürschner.

Die roten Barthaare an den Mundwinkeln des Mannes zuckten. »Könnte ich, aber niemand würde so was kaufen. Das Fell ist viel zu derb, und außerdem würde es Tage dauern, so viele Felle zusammenzunähen. Da würde ich lieber gleich eine Ziegenhaut nehmen. Davon braucht man nur zwei pro Mantel. Außerdem ist Rattenfell weder sonderlich warm, noch perlt das Wasser daran ab wie an dem eines Seehunds. Es gibt bessere Materialien.«

»Deine Frau trägt einen Hut aus Rattenfell.«

»Frauen legen nicht so viel Wert auf Praktisches, und manchen ist es sogar vollkommen egal...« Er verdrehte die Augen. »Der Hut gefällt ihr eben.«

Ian klopfte dem Mann mitfühlend auf die Schulter. »Und mir auch. So sehr, dass ich hiermit einen ganzen Umhang aus ebendiesem Fell bestelle. Kannst du ihn innerhalb eines Tages fertigstellen, auf Kredit des Kronprinzen?« Er zeigte ihm die grüne Schärpe.

Die Augen des Mannes blitzten. »Abgemacht! Wir werden die ganze Nacht durcharbeiten. Frau, hol unsere Töchter!«

Ian nannte dem Kürschner seinen Namen und erklärte ihm, wo sich die Baracken der Grünen befanden, dann ging er weiter. Der Markt erinnerte ihn an seine Kindheit. Immer zum Jahreszeitenwechsel waren mehrere Klans zusammengekommen, um Lebensmittel zu tauschen, die Ian noch nie gegessen hatte, und Werkzeuge, die er noch nie gesehen hatte. Bis zu den Klanskriegen war das so gewesen. Aber dieser Markt hier war anders. Die Klanstreffen hatte es seit Generationen gegeben, und sie waren auf die Hügel beschränkt, während hier, vor den Toren der noch nicht einmal fertigen Stadt, Menschen aus den verschiedensten Ländern zusammenkamen. Wer etwas Gutes anzubieten hatte, konnte ein Vermögen machen.

Ian trug jetzt die Rüstung der Grünen, nicht den Ganzkörperpanzer, sondern nur den von Lederriemen zusammengehaltenen Brustharnisch – einen Kürass, wie die fretischen Adligen es nannten. Keinen Helm. Ian mochte es nicht, wie er bei jeder Kopfbewegung an seinen Haaren zog, und außerdem behinderte er die Sicht. Der Kürass musste genügen.

Ein paar Schreiner, die gerade eine einfache Holzhütte zusammenzimmerten, richteten sich auf und grüßten respektvoll, als er an ihnen vorbeiging. *Oder aus Furcht.* Ian wusste nicht, was von beidem zutraf. Einheimische Frauen deuteten mit dem Finger, wenn sie ihn sahen, aber nicht die Freterinnen. Die drehten sich weg, sobald sie Ian als Klansmann erkannten – nur eine nicht. Sie war älter als er, und das weiße Kleid, das sie trug, sagte Ian, dass sie noch unverheiratet war. Hox hatte ihm das beigebracht.

Ian genoss die Aufmerksamkeit, die er von beiderlei Geschlecht auf sich zog. Offensichtlich wusste man noch nicht, was man von einem Klansmann in Rüstung halten sollte. Einen Krieger aus den Hügelkuppen mit einem fein gearbeiteten Brustharnisch, der Schärpe des Königs und einem Botenvogel auf der Schulter hatten weder Freter noch Abroganer je gesehen. *Gut. Denn solange sie noch nicht wissen, was sie von uns halten sollen, kann ich etwas daran ändern.*

Auf einem gefällten Baumstamm saß ein Mann mit strähnigem schwarzem Haar und langem Umhang. Er hatte keinen Tisch oder Stand, trotzdem wirkte er, als wollte er etwas verkaufen, leckte sich ständig über die Lippen und beobachtete das Treiben wie die anderen Händler auch. Als er Ian sah, winkte er ihn heran.

Ian wurde neugierig und trat näher. »Womit handelst du? Ich sehe keine Waren. Und keine Käufer.«

»Meine Kundschaft besteht aus hochgestellten Persönlichkeiten, aber sie kommt sehr unregelmäßig. Ich handle mit Informationen, und Informationen sind bekanntlich die wichtigste Ware überhaupt.«

Ian nickte. »Wo ist dein Buch?«

»Ich bewahre die Informationen in meinem Kopf auf. So können sie nicht gestohlen werden.«

»Mein Klan hat ein Buch, in dem wir alles aufschreiben, was wir wissen.«

Der Mann merkte auf. »Dieses Buch würde ich gerne einmal sehen, um seine Geheimnisse kennenzulernen.«

»Es stehen keine Geheimnisse drin. Jeder darf darin lesen.«

»Schade. Eine Information ist umso wertvoller, je weniger Zugang zu ihr haben.«

»Und welche Art von Informationen hast du?«

»Was wollt Ihr wissen, Freund?« Er deutete auf einen jungen Schweinehirten. »Diesem Knaben habe ich gestern gesagt, wie man aus Rüben Zucker gewinnt. Ich habe hungrigen Männern gezeigt, wo sie ihre Muskelkraft gegen eine Mahlzeit eintauschen können. Und der hässlichen Frau dort drüben habe ich enthüllt, wo ihr Mann vor zwei Nächten war.«

»Du bist ein Tratschmaul.«

»Unter anderem.« Der Mann betrachtete Ians smaragdgrünen Kürass. »Fürst Hox habe ich jede Woche darüber informiert, wie viele Schiffe im Hafen ankamen und wer an Bord war.«

»Hox war dein Kunde?«

»Aufgrund der jüngsten Entwicklungen bin ich nicht länger verpflichtet, seine Besuche geheim zu halten – was übrigens extra kostet.«

»Was weißt du sonst noch?«

»Ich bin hier geboren und reise viel umher. Ich weiß, wie viele Schweine die Plynther in ihren Ställen haben und wie viel Kabeljau sie jeden Morgen in Dredhafen fangen. An den Kais von Buchtend liegen heute fünfzehn Schiffe, plus der vor den Klippen gesunkenen *Dame von Garroth*, wenn Ihr sie mitzählen wollt. Diese Information gebe ich Euch umsonst.«

Ian überlegte kurz. »Weißt du, wie viele Banditen sich in den Verstreuten Hügeln aufhalten?«

Das Gesicht des Mannes wurde ernst, und er leckte sich wieder über die Lippen. »Oho! Eine wichtige Frage. Warum wollt Ihr das wissen, frage ich mich.« Er musterte Ian. »Das Leben Eurer Männer hängt davon ab, nicht wahr? Vielleicht sogar das eines Bruders.«

»Woher weißt du, dass ich Brüder habe?«

»Aha! Und jetzt weiß ich sogar, dass Ihr mehr als einen habt.«

»Genug mit den Spielchen. Hast du eine Antwort auf meine Frage oder nicht?«

»Ich werde Eure Antwort finden. Der Preis dafür sind zwei

Silberlinge und etwas, das Ihr wisst, was nur wenige andere wissen. Zahlbar sofort.«

Ian hatte einen Beutel voll Münzen bekommen, genug, um kleinere Einkäufe zu bezahlen, die nicht der Autorisierung durch den Kronprinzen bedurften. Er gab dem Mann zwei Silberlinge, einen für die Antwort auf seine Frage und einen dafür, dass er Ians Besuch geheim hielt.

»Ich glaube zwar, dass ich hier beschwindelt werde, aber die zwei Silberlinge kann ich mir leisten.«

»Ihr tut mir unrecht. Ich werde Euch eine Zahl nennen. Wie ist Euer Name, und wo kann ich Euch finden?«

»Ian Krystal. Frag einfach nach dem Kommandanten der Grünen.« Ian genoss die Überraschung, die sich auf dem Gesicht des Mannes widerspiegelte. »Das hast du nicht gewusst, wie?«

»In der Tat«, erwiderte sein Gegenüber lachend. »Nun denn, Ian Krystal. Mein Name ist Viktor. Ich werde Eure Antwort finden und dann Euch.«

»Schick sie zu den Baracken der Grünen«, sagte Ian. »Ich brauche die Information innerhalb eines Tages, danach findest du mich auf der Ersten Straße nach Plynth. Ich werde dich nicht vergessen. Wenn du nicht lieferst, komme ich wieder und hole mir meine Silberlinge zurück.« Dann vertraute er Viktor ein Geheimnis an, das nur wenige kannten, und ging weiter.

Nach zehn Schritten drehte er sich abrupt um und rannte zurück. »Warte! Ich habe noch eine Frage zu diesen blauen Sumpffrüchten!«

Doch Viktor war nicht mehr da.

Die Herde des Kronprinzen lief frei zwischen den Vorhügeln des geköpften Berges umher. Ian war überrascht. Er hatte noch nie ein Pferd gesehen, das nicht entweder geritten wurde oder irgendwo festgebunden war, und doch konnte er nur einen einzigen Reiter bei der Herde erkennen. Die anderen Tiere grasten oder galoppierten umher, entfernten sich aber nie aus der Sichtweite ihres Herrn.

Unglaublich, diese Disziplin. Der Pferdemeister scheint sein Handwerk zu verstehen.

Ian zog sein Schwert und hielt es in die Sonne. Der polierte Stahl glänzte im grellen Licht, und das Blinken erregte schließlich die Aufmerksamkeit des Pferdemeisters. Er hielt sein Pferd an, schaute in Ians Richtung und ritt schließlich auf ihn zu. Ian steckte Obry zurück in die Scheide.

Das Ross des Pferdemeisters war beeindruckend. Ian wusste nur wenig über Pferde, aber das Tier gefiel ihm sehr. Leichtfüßig und elegant kam es heran, geboren, um geritten zu werden, und nicht als Lasttier. Reiter und Pferd fegten über die Hügel auf ihn zu, als wären sie eins. Die Muskeln des Pferdes arbeiteten, während der Reiter es mit scheinbar müheloser Verlagerung seines Körpergewichts steuerte – Kraft und Eleganz verschmolzen zu einer perfekten Einheit wie bei ibirqischen Seelöwen, die in der Brandung ritten. Ian bedauerte beinahe, Ross und Reiter voneinander trennen zu müssen.

Er holte seine Taube aus dem Käfig und setzte sie sich auf die Schulter. Kurz darauf kam das Pferd über die Kuppe direkt vor ihn gepresscht und verdeckte einen Moment lang die Sonne. In vollem Galopp raste es auf ihn zu, bremste abrupt ab und kam nur wenige Schritte vor ihm zum Stehen. Erde und Dung flogen unter den Hufen auf, prasselten auf Ians grünen Harnisch, und er musste sich die Hände vors Gesicht halten.

Der Reiter sprang ab und landete, federleicht wie ein Vogel, im Gras. Selbst Ians Taube konnte sich nicht so elegant bewegen.

Er ließ die Hände wieder sinken und erschrak beinahe, als er vor sich eine von Kopf bis Fuß in Leder gekleidete Frau sah. So überrascht war er, dass er sich sofort fragte, ob sie nicht vielleicht der Wächter war, und seine Zunge entsprechend zügelte.

»Kümmerst du dich um diese Pferde, Frau?«

»Ich kümmere mich um sie und sie sich um mich, Fremder.«
Auf einen Pfiff von ihr blickten die Tiere auf. Nach Ians Zählung waren es mindestens neunzehn. Sie beschrieb mit dem Finger einen Kreis in der Luft, und die Pferde trabten heran.
»Ich brauche Reittiere«, sagte Ian.
Die Frau musterte ihn kühl. »Ich gebe meine Lieblinge nicht in die Hände irgendeines Mannes, nur weil er ein Metallkorsett trägt.«
»Ich bin nicht irgendein Mann, und das hier ist kein Korsett.« Ian kannte das Wort erst seit Kurzem und war nicht ganz sicher, ob die Frau ihn soeben beleidigt hatte. »Ich bin Kommandant der Grünen.«
Sein Gegenüber machte ein Geräusch, das ein Husten oder auch ein Lachen hätte sein können. »Du trägst deine Haare lang. Ein Klansmann also, wenn ich mich nicht täusche. Artungier? Oder eher ein desertierter Rekrut in einem gestohlenen Kürass. Du hast übrigens nur die Hälfte der Rüstung geklaut.«
Die Pferde waren inzwischen herangekommen und umzingelten Ian. Sie scharrten mit den Hufen und schauten ihn genauso misstrauisch an wie ihre Herrin. Aus der Nähe wirkten sie unfassbar groß und stark. Eines davon konnte er vielleicht mit einem Schwerthieb erledigen, bevor die anderen ihn niedertrampelten, überlegte er und konnte sich kaum vorstellen, dass sie bald alle ihm gehören sollten. Sein Drottin-Vater hatte nie eine Reiterei gehabt. Wahrscheinlich kostete nur eines dieser Pferde mehr, als sein gesamter Klan bezahlen konnte. Ian wollte sie unbedingt haben.
»Die Rüstung ist unbequem«, erwiderte er, »und als Kommandant trage ich so viel oder wenig davon, wie es mir gefällt.«
»Du wirst mir schon mehr geben müssen als nur dein Wort, Kommandant in grüner Halbrüstung, wenn du ein Pferd von mir kaufen willst.«
Ian streckte den Arm aus, und die Pferde wurden sofort unru-

hig. Die Raubtaube hüpfte auf seinen Handschuh, öffnete den Schnabel, und eine kratzige, verzerrte Version von Bryss' Stimme ertönte. Ian schüttelte sich innerlich und hoffte, die schlechte Imitation würde der Frau genügen.

»Die Krone verbürgt sich für ihren Offizier Ian Krystal. Vorbehaltlich der Prüfung und Billigung durch mich ist ihm auszuhändigen, wonach immer er verlangt«, krächzte die Taube und hüpfte zurück auf Ians Schulter.

»Und was ich brauche, sind Pferde«, sagte Ian selbstgefällig.

Die Frau blickte zu Boden und trat einen Pferdeapfel quer über die Wiese. Schließlich seufzte sie. »Die Stimme ist ja kaum zu erkennen«, kommentierte sie die Worte der Taube.

Ian zeigte ihr seine grüne Schärpe.

Die Frau fluchte leise. »Wie viele? Zwei? Drei?«

»Alle.«

Sie brauchte einen Moment, um das Ausmaß der Forderung zu begreifen, und Ian glaubte, Tränen in ihren Augen zu sehen.

»Wenn ich euch Raubeinen meine Lieblinge gebe, sehe ich sie nie wieder. Ihr wisst nicht, wie man sie pflegt. Morgan de Terbia von der Blauen hat sich erst fünf geholt, dann kam er wieder und nahm noch einmal fünf, weil die anderen bereits tot waren. Und du bist nicht einmal ein Reiter.«

Ian sah die Frau prüfend an. Offensichtlich liebte sie ihre Pferde, und er nahm sie ihr weg. »Dann wirst du mir eben helfen«, sagte er.

»Dir helfen? Ich denke eher nicht.«

»Ja, du scheinst in der Tat nicht nachzudenken. Wenn ich sie alle mitnehme, wirst du kein Auskommen mehr haben, und dir wird nichts anderes übrig bleiben, als Steine für die Stadtmauer hinauf nach Skye zu schleppen, um dir deinen Lebensunterhalt zu verdienen. Vielleicht lassen sie dich ja auch eins der Maultiere führen...«

»Du klingst nicht wie ein Klansmann.«

Ian gefiel die Verzweiflung in ihrem Blick nicht. Sie passte nicht zu ihrem stolzen Wesen. Trotzdem nutzte er sie. »Die Steineschlepper stehen immer als Letzte in der Schlange und hoffen, dass noch genug Suppe übrig ist, wenn sie endlich dran sind. Genauso wird es dir ergehen, außer ...«

Er ließ sie eine Weile über seine Worte nachdenken und streichelte das Fell des herrlichen Tieres, das nun ihm gehörte.

»Was muss ich tun?«, fragte sie schließlich.

»Mit uns kommen.«

Ian eilte durch die Gassen direkt zurück zu den Baracken, um nach Schy zu sehen. Auf dem Weg dorthin traf er zufällig auf Jenor.

Der junge Ingenator konnte kaum an sich halten, während er neben Ian herlief. »Ich bin ihm begegnet!«, sprudelte es aus ihm heraus.

»Wem?«

»Fronk, dem Baumeister. Er kam zur Mauer, um ihre Festigkeit zu überprüfen. Er ist unfassbar klug. Er baut die ganze Stadt, noch bevor die Menschen, die darin leben werden, überhaupt hier sind, und lässt sich von den unterschiedlichsten Dingen inspirieren: von den Straßen Aschs, von den mächtigen Befestigungsmauern Garroths, ja selbst von den verwinkelten Treppen der Türme am Fluss Pilund.«

»Du hast keinen dieser Orte je gesehen.«

»Nein, aber er. Die Mauern bekommen eine Brustwehr, hinter der man bequem stehen und hin und her gehen kann. Hohe Zinnen mit Scharten dazwischen, durch die man Speere und Steine schleudern kann, hat er gesagt.«

»Eine Brustwehr und Zinnen? Nie gehört.«

»Ich lerne so viel!«

»Genau das ist deine Gabe. Scheint, als stehe dir ein langer Abend mit Petrich und dem Buch bevor.«

Jenor seufzte. Er war offenbar nicht gerade erpicht darauf, den ganzen Abend mit Petrich zu verbringen, aber seiner Begeisterung für Ingenation tat das keinen Abbruch. »Der Smaragd-Donjon soll genauso hoch werden wie der Einsame Turm im Nasswald, und Skye bekommt drei geschlossene Mauerringe. Der erste wird den gesamten Berggipfel umfassen und alle Häuser, den Markt und die Stadt. Der zweite schützt den Palast und der letzte den Smaragd-Donjon.«

»Ah, die Schleimwarte.«

Als Jenor auf diesen Kommentar hin ein wenig gekränkt schien, blieb Ian stehen. »Das hier wird bestimmt eine beeindruckende Stadt, aber es gibt weder genug Menschen, um sie zu bevölkern, noch genug Männer, um sie zu verteidigen. Außer die Arbeiter tauschen ihre Schaufeln gegen Schwerter...«

Jenor dachte einen Moment lang nach und nickte schließlich. »Wohl wahr...«

»Skye ist ein Handelsposten. In Abrogan gibt es fast nur Bauern und Fischer. Wer, glaubt Fronk, sollte diese Stadt je angreifen?«

17

Der gesamte Klan hatte sich bei den Baracken versammelt und wartete auf die Rückkehr von Dano und Flosse. Als Kommandant der Grünen hatte Ian nun Zugang zum sogenannten Nest, drei dicht beieinanderstehenden hohen Bäumen direkt an der ersten Ringmauer, von wo aus er die gesamten umliegenden Lande überblicken konnte. Er hatte die Felder gesehen, die sich bis zum Horizont erstreckten; sogar Buchtend war als kleiner dunkler Fleck direkt an der Küste erkennbar gewesen und das tiefgrüne, etwas nördlich und dahinter gelegene Totenmoor. Er verfluchte sich, weil er Dano die Botentaube nicht mitgegeben hatte. Er war es einfach nicht gewohnt, derlei Dinge zur Verfügung zu haben, und kam erst jetzt auf die Idee, da Dano bereits außer Sichtweite war. Dennoch machte er sich keine allzu großen Sorgen um seinen kräftigen Bruder. Als Zeichen des guten Willens hatten sie ihm zwei Leichen für Brak mitgegeben: einen gehenkten Dieb, der eine Adlige bestohlen hatte, und einen namenlosen Seemann, der vor der Küste ertrunken und im Treibsand des Entenfußdeltas angespült worden war. Die Leiche roch zwar etwas streng, war aber noch nicht allzu aufgequollen.

Schagan wich Schy nicht von der Seite. Der kleine Bruder des Kochs wiederholte unterdessen hartnäckig, dass ihm nichts fehlte, und beschwerte sich lauthals, Schagan solle ihn endlich in Ruhe lassen. Die Stunden vergingen, es wurde Nacht, und Schy zeigte immer noch keine Anzeichen, dass er krank werden könnte.

Vielleicht passiert auch gar nichts, dachte Ian, *und wir grämen uns umsonst.*

Vielleicht hatte Ralls grässlicher Tod gar nichts mit der blauen Frucht zu tun. Vielleicht hatte der Wächter den lauten Klansmann mit einem einzigartigen Schicksal bedacht, denn der Gott der Klansmänner gab jedem genau das, was er verdiente.

Vielleicht hatte Weylon recht. Wenigstens dieses eine Mal.

Von Omy fehlte nach wie vor jede Spur. Wahrscheinlich trieb er sich irgendwo herum, war betrunken oder bei einer Frau. Er war ein schöner, kraftstrotzender Mann mit prächtigem Haar, das nur von Kerrs Mähne noch übertroffen wurde. Seine seidenweiche Stimme war wie gemacht zum Singen und zum Verführen junger Frauen.

Schagan schien nicht in der Stimmung, Befehle auszuführen, also schickte Ian Garman und Frehman, um Proviant zu besorgen. Dem Rest der Männer trug er auf, sich mit den neuen Rüstungen vertraut zu machen. Anfangs waren seine Klanskrieger ganz aufgeregt wegen der prächtigen Harnische, taten aber schon bald lautstark ihren Unmut darüber kund, wie unbequem und beengend der Metallpanzer war.

»Alle Mann in die Betten«, befahl Ian schließlich. »Morgen brechen wir in die Verstreuten Hügel auf.«

Die Grüne Kompanie würde sie begleiten – Soldaten des Kronprinzen, denen es kaum gefallen dürfte, nun einen Klansmann als Kommandanten zu haben. Ian überlegte, wie er am besten vorgehen sollte, mit Härte oder Milde. Es war eine wichtige Entscheidung, denn wenn er sie zu hart anfasste, würden sie sich vielleicht gegen ihn auflehnen, doch einem zu sanftmütigen Drottin brachten die Männer keinen Respekt entgegen, wie sein Vater ihn gewarnt hatte. Ian lag noch lange wach, drehte und wendete die Sorgen eines Anführers in seinem Kopf, so wie Schy sich in seiner zu großen Rüstung hin und her wälzte. Der Junge war so stolz gewesen, dass er sie selbst im Bett anbehalten hatte.

Wieder hörte Ian sie laut klappern. Er fuhr mit einem Ruck hoch und sah Schy zitternd in seinem Bett liegen.

»Schagan! Wach auf!«, zischte er und stellte sich neben das Bett ihres Jüngsten; Schagan folgte wenige Momente später.

Schy drehte sich zappelnd von einer Seite auf die andere und wieder zurück, schrie aber nicht. Schließlich rüttelte sein Bruder ihn wach.

»Hast du Schmerzen?«

»Nein«, sagte Schy. »Aber irgendwas stimmt nicht. Mein Bauch…«

Gemeinsam rissen sie den Harnisch von Schys Schultern und hatten den Jungen splitternackt ausgezogen, noch bevor Weylon zu ihnen stieß.

Der Bauch des spindeldürren Jungen war aufgebläht wie eine Melone und mit kleinen roten Flecken übersät.

»Die Fäule!«, keuchte Weylon und taumelte zurück.

Ian und Schagan ignorierten ihn. Rall war nicht von der Fäule geholt worden.

Sie hatten sich kaum neben Schy gekniet, als der erste Wurm zum Vorschein kam, und es war Schagan, der schrie, nicht Schy. Der Wurm war weiß wie eine Made und so dick wie ein Federkiel. Schagan packte den wackelnden Kopf und zog den Wurm heraus, doch in dem Loch, das er hinterlassen hatte, tauchte sofort der nächste auf. Immer mehr der roten Punkte platzten auf, und immer neue Würmer schlängelten sich aus den Wunden. Schagan zerquetschte sie mit bloßen Händen, packte den nächsten, dann noch einen und noch einen und weinte hemmungslos, während Ian Schys Kopf festhielt, damit er nicht hinsah.

»Was ist los?«, fragte Schy und versuchte, sich aufzusetzen.

»Schau nicht hin. Hast du Schmerzen?«

»Nein. Aber es fühlt sich an, als wäre irgendetwas ganz entsetzlich falsch.«

Ian nickte. Wie bei Moskitos und Blutegeln schien das Opfer den Biss der widerlichen Kreaturen nicht zu spüren, aber die Austrittswunden waren grässlich anzusehen, und es waren viele. Schagan hatte die Hände ausgebreitet und presste sie auf Schys Bauch, als könnte er die Würmer zurückhalten, aber es war zwecklos. Sie wanden sich zwischen seinen Fingern hindurch, und als er die Hände hob, hatten sich mehrere Würmer bereits darin verbissen.

Weylon sah zitternd und tatenlos zu. Die anderen waren inzwischen aufgewacht. Mit offen stehenden Mündern hatten sie sich um das Bett versammelt und zertraten jeden Wurm zu Brei, der es lebend bis zum Boden schaffte.

Schagan hüpfte auf und ab wie ein Derwisch, zerstampfte blindwütig das Gewürm, das sich in einem endlosen Strom aus dem Bauch seines Bruders ergoss.

Schy fasste Ian am Arm. »Mein Bruder weint«, sagte er ganz ruhig. »Muss ich sterben?«

Ian kämpfte selbst mit den Tränen. Er war der Drottin. Er durfte den Jungen nicht belügen. »Rall ist gestorben«, erwiderte er tonlos.

Schagan hörte auf mit dem Gestampfe und sank verzweifelt auf die Knie, unfähig, seinen Schmerz zu verbergen.

Sein dreizehnjähriger Bruder allerdings weigerte sich hartnäckig, vor den Augen des versammelten Klans auch nur ein Anzeichen von Angst zu zeigen. »Dann wird mit mir wohl dasselbe passieren«, sagte er und atmete mit einiger Mühe ein. »Zu schade. Die neue Rüstung hat mir so gut gefallen.«

Es war ein trauriges Frühstück. Gewässertes Brot mit einer geschmackslosen Fleischfüllung unbestimmter Herkunft. Garman hatte es gemacht, und es schmeckte nicht halb so gut, als wenn Schagan es zubereitet hätte. Ian schluckte gerade lustlos den letzten Bissen hinunter, als von draußen ein Ruf ertönte.

»Dano ist zurück!«

Ian sprang auf und rannte seinem Bruder entgegen, um ihn zu begrüßen.

Dano riss mit aller Gewalt an den Zügeln. Er war kein begabter Reiter und arbeitete eher gegen das Pferd als mit ihm. Schließlich kletterte er umständlich von seinem Rücken herunter und kam dann schwankend zum Stehen. Flosse hatte noch mehr Mühe und war weit abgeschlagen. In der Ferne sahen sie ihn sein Pferd antreiben.

Ian spannte seinen Bruder nicht erst auf die Folter. »Es ist zu spät«, sagte er. »Schy ist tot.«

Dano schnaubte verbittert, verzog aber keine Miene. »Was ist mit Omy?«

»Liegt wahrscheinlich irgendwo im Rinnstein, genauso tot wie Rall und Schy.«

»Ich habe versagt.«

»Habt ihr es bis zum Totenmoor geschafft?«

»Wir sind den größten Teil des gestrigen Tages kreuz und quer durch den Sumpf gewandert, aber nicht eins von diesen Gespenstern hat sich blicken lassen. Am Ende sind wir unverrichteter Dinge wieder raus aus dem Wald. Als wir heute Morgen zurückkehrten, waren unsere Freunde schon aufgeschlossener. Wahrscheinlich wollten sie ihre grausige Mahlzeit nicht noch einmal davonreiten sehen.«

»Niemand macht dir einen Vorwurf. Außer Schagan vielleicht, aber der ist außer sich vor Trauer. Wusste Brak ein Heilmittel?«

»Mehr oder weniger. Der Kannibalenkönig hat uns eine Methode gezeigt. Sie ist ... barbarisch.«

»Immer noch besser als der Tod.«

»Aber nicht viel.«

Die Klansmänner versammelten sich in halber Rüstung. Nur die Harnische, den Rest nahmen sie in einem Karren mit. Auf ihrem Weg durch die Stadt zogen sie einige Blicke auf sich, denn eine Gruppe von über dreißig Langhaarigen in grünen Brustharnischen sah man nicht alle Tage. »Bryss' Narretei«, flüsterten die Händler einander zu, während andere, vor allem Mägde von den umliegenden Weilern, innehielten und die sehnigen Krieger aus den Hügeln unverhohlen bestaunten.

Ian war stolz, aber auch auf der Hut. Es tat ihm gut, Skye zu verlassen. Der neue Status seines Klans konnte sich schnell wieder ins Gegenteil verkehren, und der Tod zweier seiner Männer lag wie ein Schatten über den Tagen, die er hier verbracht hatte.

Mehrmals machten sie auf ihrem Weg zum Fuß des Berges Station. Der erste Halt verlief kurz und sachlich. Beim zweiten holte Ian seinen Rattenfellumhang ab, der hässlich und kratzig war, wie der Kürschner gesagt hatte. Der dritte führte sie zu einer lang gestreckten Hütte an der Stadtmauer. Davor wehte das gleiche grüne Banner wie auch vor ihrer eigenen Baracke. Ian brachte den Tross zum Stehen und atmete einmal tief durch. Dann nahm er Dano und einen weiteren Mann, stieß die Tür auf und trat über die Schwelle.

»Heda! Ich bin Ian Krystal, von Fürst Bryss, dem Thronerben König Schwarzwassers, zum neuen Kommandanten der Grünen ernannt.«

Schweigen senkte sich über den Raum voller Soldaten, und ein Mann mit Narben auf beiden Wangen trat vor. Offensichtlich hatten sie Ian bereits erwartet.

Ian musterte den vernarbten Kerl. Er war schon etwas älter und zweifellos sein Leben lang Soldat gewesen, strahlte die zähe Kraft und Geisteshaltung eines hartgesottenen Kämpfers aus. Die Füße schulterbreit auseinander und die Knie leicht gebeugt stand er da, bereit, jeden Moment loszuschlagen. Er sprach mit starkem südfretischem Akzent.

»Wir wissen, wer du bist, und wir brauchen dich nicht. Der dauertrunkene Kronprinz hat einen Fehler gemacht.«

»Ihr weigert euch, mir zu folgen?«

»Bist du ein Fürst?«

Die Soldaten lachten leise.

»Fürst Langhaar«, murmelte einer.

»He, der sieht ja aus wie ein Mädchen«, kicherte ein anderer. Das Gelächter wurde lauter, und Ian presste Dano eine Hand auf die Brust, um ihn zurückzuhalten. Der vernarbte Anführer sonnte sich in seinem Erfolg, nickte den Männern zu und lachte mit ihnen. Ian sah neun der Männer, die er aus dem Totenmoor gerettet hatte, aber sie waren neu in dieser Kompanie und in der Unterzahl, also blieben sie stumm und blickten beschämt zu Boden.

»Wir lassen uns nicht von einem zotteligen Klansmann in den Tod schicken«, erklärte der Vernarbte.

»Ich hatte gehofft, einen von euch zu meinem Hauptmann ernennen zu können – dich zum Beispiel, Narbengesicht. Aber wie es scheint, zwingst du mich, auf jemand anderen zurückzugreifen.«

»Und wer wäre das?«, höhnte der Soldat. »Der verkrüppelte Hund vielleicht? Der wäre uns immer noch lieber als du.«

»Nein«, sagte Ian vollkommen ruhig, drehte sich um und holte einen Mann in nietenbesetzter Lederrüstung und smaragdgrünem Umhang hinzu.

Als die Soldaten Fürst Damon erblickten, den zweitmächtigsten Mann Fretwitts, kehrte sofort Totenstille ein.

»Dann wird euer räudiger Haufen eben für mich in den Tod gehen«, sagte Damon und deutete auf das Narbengesicht. »Und du als Erstes. Du wirst als Späher die Hügel erkunden und nach Räubern Ausschau halten.« Er bedachte die andere mit einem eiskalten Blick. »Und ihr anderen Hunde macht euch sofort marschbereit. Wer als Letzter hier draußen ist, wird unseren neuen Späher auf seinen Erkundungen begleiten!«

Als die Soldaten der Grünen nur halb angezogen aus der Baracke hasteten, fanden sie draußen keine zotteligen Wilden vor, sondern bestens ausgerüstete Klanskrieger in sauberer Formation.

Schweinebacke, der so groß war, dass er dem Narbengesicht direkt in die Augen sehen konnte, lief vor Kerr auf und ab und hinkte kaum noch. Seine enormen Muskeln spielten bei jedem Schritt, und unter den leicht nach oben gezogenen Lefzen blitzten die langen Fangzähne hervor, scharf und spitz wie die neuen Schwerter an den Gürteln der Klansmänner.

Damon inspizierte die Soldaten aus der Baracke flüchtig, dann schickte er sie wieder nach drinnen, um ihre Ausrüstung zu holen.

»Sie werden mir folgen«, sagte er zufrieden.

»Wie wir es vereinbart haben«, erwiderte Ian. »Ich habe meine Männer, Ihr habt Eure. Sobald wir auf der Ersten Straße sind, werde ich Bryss meinen Vogel senden und ihn davon unterrichten, dass ihr gemeinsam mit mir die Stadt verlassen habt.«

»Seinem Onkel wird das nicht gefallen.«

»Schwarzwasser möchte wohl nicht, dass Ihr ein Kommando habt, oder?«

»Ganz bestimmt nicht. Offensichtlich hat er gehofft, dass mein Schiff die Überfahrt gar nicht erst schafft und mit mir auf dem Grund des Lebenden Riffs bleibt.«

Ian nickte. Ein gedungener Mörder konnte Schwarzwassers enttäuschte Hoffnung auch jetzt noch wahr werden lassen, und das wusste Damon. Ians Angebot, ihn aus der Stadt zu bringen, war zu verlockend gewesen. Und Ian brauchte Damon, um die arroganten Soldaten der Grünen zu disziplinieren.

»Aber ich werde keine Befehle von dir entgegennehmen«, sagte Damon.

»Abgemacht. Ich gebe Euch Schutz und treue Männer. Im Gegenzug gebt Ihr meinem Klan Euren Titel. Wir sind Partner.« Ian streckte den Arm aus, um die Abmachung mit einem Handschlag zu bekräftigen.

»Aber nicht Gleichgestellte«, erinnerte ihn Damon und ignorierte Ians Hand.

»Das stimmt«, erwiderte Ian. »Ich stehe höher in der Gunst der Krone als Ihr.«

Kurz darauf marschierten die beiden Kompanien hangabwärts

Richtung Buchtend. Der Stinker führte wenig Wasser; der Dreck der wachsenden Stadt auf dem Berg trieb träge dahin und besudelte die Ufer. Es würde einen kräftigen Regen brauchen, um das alles wegzuwaschen. Kurz bevor sie Buchtend erreichten, würden sie sich nach Norden in Richtung der Verstreuten Hügel wenden und unterwegs durch Plynth kommen. *Eine gute Gelegenheit, Fregger wiederzusehen*, dachte Ian. Der gesellige und liebenswerte Klansmann hatte sich mittlerweile bestimmt gut eingelebt.

Seraphina erwartete sie bereits am Rand der Graskuppen. Sie selbst ritt das prächtigste ihrer Rösser, einen Courser, wie Ian mittlerweile wusste. Ihr haselnussbraunes Haar flatterte im Wind, und sie rutschte unter den Blicken der Soldaten unbehaglich im Sattel hin und her.

»Das ist unser Pferdemeister?«, fragte Dano.

Kerr grinste. »Unsere Pferdemeister*in*.«

Die eine Hälfte der Männer bestaunte die wunderschönen Pferde, die andere deren Herrin. Erst jetzt merkte Ian, wie schön sie war. In der Tat sah sie in ihrer ledernen Reitmontur derart umwerfend aus, dass er sich fragte, wie es ihm hatte entgehen können. Er war wohl zu sehr auf seine Pflichten konzentriert gewesen, zu abgelenkt von seinen Sorgen und den Intrigen der Lordschaften. Was ihm jedoch nicht entgangen war, waren ihre perfekten Zähne, glänzend weiß und genau die richtige Größe für ihren Mund, ganz anders als die gelben Hauer ihrer Pferde. Zu Hause bei den Klans war eine Frau mit schönen Zähnen eine Seltenheit.

»Ich bin beeindruckt, Klansmann«, sagte Fürst Damon und deutete auf einen Hengst. »Ich nehme diesen hier.«

»Wir teilen die Pferde unter unseren Männern auf. Zehn für Eure, zehn für meine.« Ian wandte sich an Seraphina. »Du wirst neben mir reiten und mir die Reitkunst beibringen.«

Kerr stieß ihn mit dem Ellbogen an. »Und die Kunst der Liebe.«

Ian wurde rot und machte sich eilig daran, den Männern, denen er am ehesten zutraute, dass sie ein Gefühl für die Tiere entwickelten, Pferde zuzuweisen. Seine Wahl fiel unter anderem auf Schagan – jedoch einzig und allein deswegen, weil dieser soeben seinen Bruder verloren hatte.

»Du nimmst dieses Pferd«, sagte Ian.

»Ich gehe lieber zu Fuß. Oder ich lege mich gleich zum Sterben hin.«

»Das Leben geht weiter, Schagan. Mit der Zeit wirst du über deinen Schmerz hinwegkommen.«

»Du hast leicht reden. Deine Brüder leben ja noch.«

»Niemand konnte ahnen, dass es so kommen würde. Er hat etwas gegessen, was er nicht hätte essen sollen. Es war nicht deine Schuld.«

»Doch. Ich bin verantwortlich für unser Essen!«

Ian widmete Schagan so viel Zeit, wie es brauchte, und half ihm sogar beim Aufsteigen.

»Du bist zu weich«, sagte Dano im Vorübergehen zu ihm. »Glatz hätte den besseren Reiter abgegeben.«

»Sollen wir an jeder Weggabelung auf Schagan warten? Wir können es uns nicht leisten, dass er in seiner Trauer ständig hinterherhinkt. Er würde uns nur aufhalten.« Das war zwar bloß die halbe Wahrheit, aber genug, um die Debatte zu beenden.

Seraphina kümmerte sich unterdessen um die anderen Klansmänner, und ein paar Stürze und einen gebrochenen Finger später waren alle so weit. Sie waren kaum aufgebrochen, da schickte die Nachhut einen Boten nach vorn: Ein Mann folgte ihnen.

Ian wendete mit einiger Mühe sein temperamentvolles Pferd, trabte ans Ende des Trosses und auf ihren Verfolger zu. Dano und Kerr schlossen sich ihm an.

»Omy!«, rief Kerr erfreut, als sie nahe genug heran waren.

Omy fiel in Laufschritt, während die drei Brüder von ihren Pferden sprangen und ihm entgegenrannten. Der Nachzügler lachte schuldbewusst und machte Anstalten, sich wortreich für seine Verspätung zu entschuldigen. »Mein Drottin, ich bitte um Vergeb…« Dano warf ihn zu Boden, noch bevor er den Satz zu Ende gesprochen hatte, und hielt ihn gemeinsam mit Kerr fest, während Ian Flosse herbeirief.

Der stotternde Junge kam mit einem langen Schilfrohr unterm Arm angelaufen, und Schagan wurde angewiesen, in einem kleinen Kupferkessel Wasser heiß zu machen.

»Vergebung«, wimmerte Omy. »Was immer ich getan habe, ich bereue!«

Sie pressten ihm ein Stück Holz zwischen die Kiefer, damit er Dano nicht beißen konnte, dann schob Dano ihm die Hand in den Mund und tief in den Rachen hinunter. Omys Frühstück ergoss sich in einer Fontäne übers Gras und mit ihm ein Dutzend kleiner brauner Eier. Sie brachen bereits auf, und die ersten Würmer reckten die zahnbewehrten Mäuler aus den Schalen.

»Er ist befallen!«, rief Dano. »Flosse, gib mir das Schilfrohr. Schnell!«

Diesmal steckte er das Schilfrohr in Omys Rachen. Es war innen hohl, biegsam, so dick wie ein Finger und so lang, dass es bis hinab in Omys Magen reichte. Omy wehrte sich nach Leibeskräften, aber Ian eilte seinen Brüdern zu Hilfe, und zu dritt waren sie einfach zu stark für ihn.

»Rein damit!«, befahl Ian.

Die Soldaten beobachteten entsetzt, wie Flosse sich Lederhandschuhe überstreifte, den Kupferkessel vom Feuer nahm und das kochende Wasser in das Schilfrohr goss.

Omys Augen traten beinahe aus den Höhlen. Er stöhnte und zappelte, während das Wasser seine Speiseröhre hinablief und den Inhalt seines Magens kochte. Die Klansmänner wussten, weshalb, aber die Soldaten aus der Stadt wussten es nicht und wanden sich beinahe genauso wie Omy. Damon musste sie sogar davon abhalten dazwischenzugehen.

»Wird er es überleben?«, flüsterte Ian.

»B-B-Brak sagte, m-manche schaffen es«, erwiderte Flosse.

»Wenn alles gut geht, kackt er die restlichen Würmer einfach tot aus«, erklärte Dano.

»Aber er w-w-wird nie wieder was anderes essen k-k-können als Suppe. F-F-Falls er überlebt.«

Sie zogen das Schilfrohr heraus, und Omy blieb wimmernd liegen, beide Hände auf den Bauch gepresst. Während Ian Omy versicherte, dass sie ihm soeben das Leben gerettet hatten, wies Dano zwei Klansmänner an, ihn auf den Proviantwagen zu legen.

In einiger Entfernung flüsterten Damons Soldaten entsetzt miteinander. Kerr ging so dicht an ihnen vorbei, dass sie ihn auf jeden Fall hören würden, dann sagte er laut zu Tuck und Glatz: »Ab jetzt wird sich keiner mehr verspäten, was?«

18

König Schwarzwasser nahm die Botenvögel stets allein in seinem Turm in Empfang. Sie legten die Reise in wenigen Tagen zurück und waren damit weit schneller als die Schiffe, die Wochen brauchten, um in dem erst vor Kurzem nordöstlich von Artung entdeckten Kanal das Lebende Riff zu umfahren. Die Vögel steuerten direkt Schwarzwassers Turm an, wie sie es gelernt hatten, und überbrachten ihre Botschaft, um dann die Belohnung in Form von Insekten, jungen Karotten oder anderen Leckerbissen zu verspeisen. Jedes Tier war anders. Dieses hier war ein großer terbischer Falke. Schwarzwasser streifte einen dicken Lederhandschuh über, zog eine lebende Ratte aus einem Käfig und knotete sie mit ihrem eigenen Schwanz an der Vogelstange in der Fensteröffnung fest. Der Falke kam hereingebraust, breitete die Schwingen aus, um seinen Schwung abzubremsen, machte kehrt und landete auf der Stange.

»Sprich«, befahl Schwarzwasser.

»Eure königliche Exzellenz...«, begann der Vogel.

Er gab Fürst Morgan de Terbias Worte nahezu perfekt wider. Sie klangen vollkommen anders als der jugendlich hohe und stets leicht angetrunkene Singsang seines unreifen Neffen. Schwarzwasser hörte sofort heraus, wenn jemand ein Trunkenbold war. Am Hof gab es genug davon. Sein Thronerbe durfte sich in aller Freiheit in der neuen Welt versuchen und versagte kläglich. Zu viel Wein, zu viele Bauernmädchen, zu viele Affronts gegen die Tradition und den Glauben. In Schwarzwassers neuer Stadt gab

es sogar Katzenanbeter, die in aller Öffentlichkeit ihren lästerlichen Praktiken nachgingen.
Und jetzt werfen sie Kannibalen Menschen zum Fraß vor!
Ausschweifungen hatten ihren Sinn. Männer waren nun einmal Männer, und Aberglaube besänftigte die Bauern, wenn die Ernte schlecht ausfiel oder ein Krieg um sie herum tobte. Aber solche Sittenlosigkeit konnte die Krone nicht tolerieren. Außerdem redeten die Vögel des Kronprinzen ihn mit »Onkel Schwarzwasser« an, statt mit »Euer königliche Exzellenz«. Eine weitere Übertretung.

Geboren als Prestan Halbglück legte Schwarzwasser seinen unglückseligen Nachnamen noch am selben Tag ab, als er in Asch den Thron von Fretwitt bestieg. Fortan nannte er sich nach dem berühmtesten Bauwerk im ganzen Land, Schloss Schwarzwasser, das inmitten des Schwarzsees lag, damit der König für immer mit der altehrwürdigen Festung in Verbindung gebracht wurde: stark, unverrückbar, ewig. Zusätzlich ließ er seine Barden Geschichten verbreiten, die sich im Lauf der Zeit im Gedächtnis der Bevölkerung einbrennen würden, bis sie eines Tages tatsächlich glaubten, das Schloss sei nach ihm benannt. Als König von Fretwitt und rechtmäßiger Anführer der artungischen Klans lautete sein Titel nun »Eure königliche Exzellenz König Schwarzwasser«. Sein Neffe hingegen war immer noch nur ein Halbglück.

Und ein Schwachkopf, seinen Vogelnachrichten nach zu urteilen.

Bryss als Herrscher über die neuen Ländereien zu entsenden hatte anfangs wie eine kluge Entscheidung ausgesehen. Er war noch ein Junge, unerfahren und ohne Ehrgeiz, leicht zu kontrollieren. Und falls er auf der Fahrt übers Riff den Tod gefunden hätte, wäre es kein großer Verlust gewesen.

Aber jetzt...

Das neue Land stellte sich als fruchtbar heraus. Jeder Vogel brachte Nachricht von noch mehr Ackerland, von Hölzern und reichen Fischgründen. Es gab sogar einen brauchbaren Hafen, und mittlerweile kamen die ersten Schiffe mit Gütern zurück. Die Ackerfrüchte sowie die exotisch gewürzten Fleischwaren schmeckten hervorragend, die bunten, weichen Pelze waren eine Kostbarkeit, und im selben Berg, auf dem Schwarzwassers neue Stadt entstand, hatten seine Leute Gold gefunden und bauten es bereits ab.

Er blickte aus dem Fenster hinüber nach Asch. Der Schwarzsee und das Nördliche Meer bewegten sich unaufhaltsam aufeinander zu und nahmen die altehrwürdige Stadt in die Zange. Die salzige Brandung hatte die nördliche Stadtmauer überspült, und der große Tempel war bereits in den Fluten versunken. Der Anblick der aus dem See ragenden heiligen Kuppel und des Steinhaufens, der noch vor zwei Jahren eine stolze Ringmauer gewesen war, ließ Schwarzwasser die Stirn runzeln. Bald würden Meer und See sich vereinigen und die Stadt verschlingen. Fronk hatte schon vor zehn Jahren gewarnt, dass die ruhmreichen Zeiten bald für immer vorbei sein würden. Städte wie Carte, der Familiensitz dieses Emporkömmlings Damon, sicher im Herzen Fretwitts gelegen, oder das beeindruckende Ronna weiter unten an der Küste schwangen sich zu nie gekannter Macht auf. Er war Herrscher über eine sterbende Stadt, die dem einzigartigen Schloss Schwarzwasser nicht mehr würdig war. Das Schloss und die Insel, auf der es stand, würden selbstverständlich weiterbestehen, aber dem König einer im Meer versunkenen Stadt würden die Fretwitter keinen Gehorsam leisten. *Ich wäre ein ohnmächtiger Herrscher in einem vereinsamten Turm.*

Als der Falke zu Ende gesprochen hatte, überantwortete Schwarzwasser die Ratte, die immer noch zitternd an der Stange baumelte, ihrem Schicksal. Dann ging er zur Tür und ließ seinen persönlichen Berater herein: Graf Klein, einen schmächtigen, stets gut gekleideten Mann mit einem Eichelhut aus teurer Seide als Kopfbedeckung.

»Mein Neffe hat einem Klansmann das Kommando über

meine Grünen übertragen«, murmelte Schwarzwasser, als spreche er mit sich selbst.

»Die Aufgabe eines Ehrenmannes. Ich bin schockiert, Euer königliche Exzellenz.«

»Er ist ein trunksüchtiges Kind. Ich sollte mich in aller Öffentlichkeit auspeitschen lassen dafür, dass ich ihn geschickt habe. Wer war es noch, der mir zu dieser Entscheidung geraten hat?«

»Nicht ich!«, quiekte Klein. »Ich schlug den Sohn von Fürst Grille von den Fluren vor. Wer konnte schon wissen, dass er auf See den Tod finden würde?«

Ich *wusste es*, dachte Schwarzwasser. Laut sagte er: »Pah! Der Sohn dieses Schweinehirten wäre noch schlimmer gewesen. Der Ehrgeizling hätte sich aufgeführt, als gehörten die neuen Ländereien ihm. Innerhalb kürzester Zeit hätte ich meine Steuereinnahmen zweimal nachzählen und mir die Armeen seines Sohnes vom Leib halten müssen. Bryss war meine eigene Torheit.«

»Aber wenn Ihr einen legitimen Erben hättet…«

Gerade er weiß, dass ich nicht imstande bin, einen zu zeugen. Aber er leugnet es, um mich nicht zu kränken. »Erst muss sich eine Frau finden, die Cora das Wasser reichen kann.«

»Selbstverständlich. Möge sie auf ewig in Euren Träumen weiterleben. Dennoch könnte ich für Euch nach potenziellen Kandidatinnen Ausschau halten. Edelfrauen. Oder Frauen, die wir leicht zu solchen machen können.«

»Nein. Die Brautschau ist alleinige Aufgabe des Königs. Beizeiten werde ich eine Frau finden.« *Oder einen geeigneteren Neffen.*

Damit beendete Schwarzwasser das Thema. Er hoffte inständig, Cora würde *nicht* auf ewig in seinen Träumen weiterleben. Seine Träume waren ein weiterer Grund, warum er Asch verlassen wollte. Vielleicht würde eine örtliche Veränderung diesen Träumen ein Ende machen, und er könnte sich eine andere Braut nehmen. Schwarzwasser war jedoch nicht zuversichtlich, was das betraf. Er wollte nicht mehr lieben. Cora war ein Fehler gewesen. Eine junge ibirqische Schönheit, bezaubernd und charmant, haltlos verliebt in ihn und sich der Gefahren, die der hochgestellte Rang ihres Gatten mit sich brachte, vollkommen unbewusst. Noch immer konnte er spüren, wie schwach sie ihn gemacht hatte, wie verwundbar er wegen seiner Zuneigung und des Verlangens nach ihr gewesen war. Falls es noch einmal eine Frau in seinem Leben geben sollte, dann bestimmt keine, die er liebte. Vielleicht gelang das Unterfangen. Er konnte heiraten, ohne zu lieben, aber er würde mit Sicherheit kein weiteres Kind mehr haben. Der Schmerz über den Verlust seines Sohnes war noch zu lebendig und fraß an seinem Herzen wie die Fäule. Er wollte keine leiblichen Kinder mehr. Neffen waren besser. Falls einer starb, ernannte er einfach einen anderen zu seinem Erben. Außerdem konnte er so seine drei Brüder besser unter Kontrolle halten, die alle hofften, Schwarzwasser würde vielleicht einen ihrer eigenen Nachkommen als Thronfolger einsetzen.

»Ich reise nach Abrogan, Klein«, sagte er unvermittelt.

Klein schnappte nach Luft. »Aber Euer königliche Exzellenz, ist das nicht zu gefährlich?«

»Das Riff ist keine Gefahr mehr, wie ich gehört habe. Mein Bruder Helfrich wird unter der Auflage, keinen Anspruch auf den Thron zu erheben, während meiner Abwesenheit regieren. Ich möchte nicht, dass er Ambitionen entwickelt, während ich fort bin. Sollte ich sterben, fällt der Thron dem Neffen zu, dessen Namen ich in dieser versiegelten Schatulle hinterlegt habe. Sie ist im Falle meines Ablebens zu öffnen, und nur dann.«

»Was ist mit mir?«

»Du kommst natürlich mit.« Schwarzwasser beobachtete Kleins Reaktion genau. Dieser fühlte sich wohl hier am Hof. Schwarzwassers Entscheidung konnte ihm gar nicht gefallen. Doch er war auch ein erfahrener Politiker, und als solcher verbarg er seine Gefühle und Gedanken perfekt.

»Ich fühle mich geehrt und werde sofort alles Nötige in die

Wege leiten. Was ist der Zweck Eures Besuchs, und wie lange soll er dauern?«

Für immer, dachte Schwarzwasser. »Hast du es jetzt schon eilig mit deiner Rückkehr?«

»Nein, nein. Ich muss es nur wissen, wegen der Vorbereitungen, Euer königliche Exzellenz.«

Er hat Angst. »So lange wie nötig. Ich bin nicht einverstanden mit der Art, wie mein neues Reich regiert wird. Wir werden Bryss von seiner Last befreien und die Dinge wieder ins Lot bringen. Der erste Schritt auf diesem Weg wird sein, uns dieses Klansmanns zu entledigen.«

19

»Karten«, sagte Fürst Damon, der neben Ian auf der Straße nach Plynth durch die Felder und Höfe der Niederfluren ritt. Er war ein stolzer Mann und begierig darauf, sein Wissen zu zeigen. »Mit Karten finden die Menschen die Dinge dieser Welt. Meine eigene Stadt lasse ich von meinen Kunsthandwerkern auf jeder Landkarte und jedem Gemälde am größten darstellen. Wurde eine Karte von jemand anderem angefertigt, lasse ich sie überarbeiten und Carte so groß abbilden wie nur irgend möglich. Selbst wenn Carte überhaupt nicht darauf verzeichnet ist, lasse ich einen Pfeil anbringen, der die Richtung dorthin weist. *So macht man sich zum Handelszentrum der Welt.*«

Damon schwadronierte weiter, und Ian nahm sich vor, Petrich alles aufschreiben zu lassen.

»Außerdem braucht eine Handelsmacht Straßen. Ihr Klansleute habt keine Straßen in euren Hügeln, was neben der Erziehung einer der Gründe ist, weshalb ihr, politisch betrachtet, ein primitiver Stamm geblieben seid, während wir prosperierten. Denkt man bei euch je über derlei Dinge nach, Klansmann?«

»Ich werde es ab jetzt tun. Und ich danke Euch, dass Ihr Euer Wissen mit mir teilt.«

»Du hast gute Umgangsformen für einen Klansmann.«

»Es gibt eine Straße, die nach Artung hineinführt. Sie hat zwei Gabelungen: Die eine führt ins Tal, die andere in die Hügel. Die meisten Reisenden besuchen die Hügel, und wir heißen sie willkommen. Auf diese Weise lernen wir von ihnen.«

»Fürwahr, Straßen! Wieder einmal habe ich recht, wie sich zeigt. Wenn ich nach Carte zurückkehre, werde ich die Straße zu euren Hügeln in die Karte einzeichnen lassen. Dann werdet ihr dreimal so viele Besucher haben!« Damon lächelte wie ein zufriedener Lehrer. Er war doppelt so alt wie Ian, und Ian hatte das Gefühl, als vermisse der Fürst den Unterricht, den er zu Hause seinen drei jungen Söhnen und der älteren Tochter erteilte. Es war auch das erste Mal, dass er ein Lächeln auf dem Gesicht des Fürsten sah, und Ian war stolz, es ihm entlockt zu haben.

Die Jagd auf Langzunge sollte in Plynth beginnen, dem größten der Bauerndörfer entlang der Straße in die Verstreuten Hügel. Die Bauern dort hatten bestimmt eine Menge Geschichten über den Banditenführer zu erzählen. Auf Geschichten war zwar kein Verlass, wie Ians Vater sagte, aber es steckte immer ein Körnchen Wahrheit in ihnen. Falls Ian seinen Auftrag erfüllte, würde das seine Position bei Bryss stärken. Dennoch wurde er das Gefühl nicht los, dass seine Beförderung zum Kommandanten nur ein schlechter Scherz war, und mit diesem Gefühl war er nicht allein. Wenn er und seine Männer allerdings mit dem Kopf des Mannes zurückkehrten, der die brave Bevölkerung Abrogans schon seit Jahrzehnten tyrannisierte, konnte niemand mehr sagen, er hätte sein Kommando nicht verdient.

Jenseits von Plynth lag Haselzahn, das weniger ein Dorf war als eine Art Stützpunkt der Waldläufer, die in den weiten Wäldern zwischen den Gehöften der Niederfluren und den Verstreuten Hügeln nach Wild und wertvollen Hölzern suchten. Sie waren harte Burschen, konnten besser kämpfen als die Bauern und hatten kein Vieh, das man ihnen stehlen konnte. Sie bekamen die Banditen kaum zu Gesicht und falls doch, hatten sie ihnen mehr entgegenzusetzen.

Ian und seine Grünen kamen kurz darauf in Plynth an, wo Fregger – ganz wie Ian erwartet hatte – mittlerweile perfekt in die Dorfgemeinschaft integriert war. Er wohnte im Haus seiner jungen Frau, das die beiden mit über einem Dutzend Katzen teilten, und ihr Priester-Vater schien sehr glücklich über Freggers beständige Anstrengungen, ihn zum Großvater zu machen.

Es wurde eine Versammlung einberufen, bei der Flosse übersetzen sollte. Fünf Männer, deren Namen allesamt zu kompliziert waren, um sie auszusprechen, kamen als Vertreter der wichtigsten Familien der Stadt zum Hauptplatz. Aber auch anderes Volk eilte neugierig herbei, denn alle wollten wissen, was siebzig Soldaten in Rüstung nach Plynth führte.

Für Aufregung sorgte der kleine Zwischenfall, als Schweinebacke auf den Platz getrabt kam. Der Schwanz einer heiligen gelben Katze hing zwischen seinen Zähnen hervor. Drei Männer, darunter auch Barsch, schafften es nicht, dem Hund die Kiefer auseinanderzudrücken. Schließlich gelang es Kerr mit einem rohen Stück Fleisch. Glücklicherweise hatte Schweinebacke die Katze mit einem einzigen Happs in sein Maul befördert, und sie war unverletzt geblieben. Wie ein Pfeil schoss sie zwischen seinen Zähnen hervor und troff nur so vor Speichel. Hätte Schweinebacke der Katze auch nur ein Haar gekrümmt, wären die Konsequenzen unabsehbar gewesen.

Schließlich erklärten Ian und Damon die Versammlung für eröffnet und verkündeten ihre Absicht, Langzunge zu finden. Die Plynther nickten und riefen aufgeregt durcheinander. Die Banditen waren eine Plage, und entsprechend glücklich waren die Bürger über Ians Vorhaben.

»Meistens kommen sie zur Ernte und stehlen von unseren Feldern«, sagte ein knorriger alter Mann, dessen Haut vom Wetter so gegerbt war, dass Kerr ihn »Falte« nannte. »Die Frecheren stehlen sogar unsere Söhne und das Vieh aus den Ställen.«

»Im Frühling streifen die jungen Räuber umher und versuchen, unsere Töchter zu entführen«, fügte ein anderer hinzu.

»Wenigstens geben sie die Mädchen wieder zurück. Unsere Söhne und das Vieh dagegen sehen wir nie wieder«, ergänzte Falte.

»Und die Läufer warnen uns jedes Mal, bevor sie kommen«, erklärte der Priester.

»Läufer?«, wiederholte Ian.

»Die Männer, die die gefährlichen Wälder im Norden durchstreifen. Wir nennen sie Läufer. Auf lange Distanzen sind die schneller als jedes Tier.«

»Wo finde ich diese Läufer?«

»In Haselzahn und jenseits davon. Sie sind ein stolzes, freies Volk. Sagt ihnen besser nicht, dass Ihr vorhabt, über dieses Gebiet zu herrschen.«

»Tief im Herzen sehnen sich alle Menschen danach, beherrscht zu werden«, sagte Fürst Damon so leise, dass nur Ian es hören konnte. »Es kommt nur darauf an, von wem.«

»Wie viele Banditen treiben sich in den Hügeln herum?«, fragte Ian, um das Thema zu wechseln.

»Fünfhundert«, erwiderte Falte.

»Stimmt nicht. Es sind mindestens tausend!«, rief jemand aus der Menge.

»Oder noch mehr!«, brüllte ein Dritter, und die Menge nickte murmelnd.

»Dreihundertfünfzig Männer«, erklärte eine Stimme von hinten. »Vielleicht fünf oder zehn weniger, die seit der letzten Zählung gestorben oder fortgegangen sind. Dazu noch einmal halb so viele Frauen. Die Leute behaupten immer, es wären mehr, aber in Wahrheit sind es weniger. Alles nur Gerüchte und Geschichten. Und sie sind genauso verstreut wie die Hügel, in denen sie hausen. Nie findet man mehr als zwanzig von ihnen auf einem Fleck.«

Die Stimme klang vertraut, und sie sprach Fretisch. Die Menge teilte sich, und der Mann betrat den Versammlungsplatz.

»Viktor!«, rief Ian.

»Du kennst diesen Mann?«, fragte Damon mit einer nach oben gezogenen Augenbraue.

»Ja. Ich habe eine Abmachung mit ihm.«

»Eine Abmachung mit dem Teufel«, murmelte Damon. »Der Mann ist ein Betrüger und Halsabschneider von niederer Geburt.«

Ich bin von niederer Geburt, dachte Ian und ging Viktor entgegen. »Wenn du diesen Weg auf dich genommen hast, um deine Schuld zu begleichen, bin ich zutiefst überrascht.«

»Dann seid überrascht, denn hier bin ich! Ich musste Euch erwischen, bevor Ihr in die Hügel verschwindet. Ihr sagtet, auf dieser Straße würde ich Euch finden.«

»Das sagte ich wohl, aber wie bist du an diese Zahlen gekommen?«

»Ein plynthischer Bauer wollte wissen, welche Feldfrüchte sich auf dem Markt von Skye am besten verkaufen. Er kannte einen Läufer, der wissen wollte, wie viele Soldaten die Blaue Kompanie hat. Der Läufer kannte einen Dieb aus den Hügeln, der im Kerker saß und wissen musste, wie er seine Familie über seine bevorstehende Exekution unterrichten kann. Sie alle wussten etwas und wollten etwas wissen. Ich habe das Wissen nur neu verteilt.«

»Und alle haben bezahlt.«

»Man sagt, jeder Mensch sei nur sechs Fragen von jeder Information entfernt, die es auf der Welt gibt. Mein Lebenszweck ist, dieses Sprichwort auf seinen Wahrheitsgehalt zu überprüfen.«

»Du solltest niederschreiben, was du herausfindest, damit jeder darauf zugreifen kann.«

»Ich teile es mündlich mit.«

»Und verlangst einen Preis dafür.«

»Aber einen sehr vernünftigen. Findet Ihr nicht?«

Fürst Damon erklärte die Versammlung inzwischen für beendet. Er war ein wortgewandter Mann, und es gefiel ihm nicht, wie Flosse seine Worte stotternd übersetzte. Die Menge bejubelte ihn trotzdem, und Damon genoss die Begeisterung sichtlich.

Er ist eitel, aber nicht ohne Grund. Er hat Umgangsformen und eine natürliche Autorität, wie ich sie nicht habe, dachte Ian.

»Seid euch unseres Dankes sicher«, sagte Damon zu den plynthischen Abgesandten, während die ersten sich bereits entfernten. »Wir werden euch beschützen, und wenn unsere Aufgabe beendet ist, werde ich dieses Dorf auf meiner Karte verzeichnen.«

»Damon ist ein weiser Mann, und er mag dich nicht«, flüsterte Ian Viktor zu. »Das beunruhigt mich.«

Viktor leckte sich über die Lippen. »Ich habe eine Information, die ich für ihn beschafft hatte, an einen aus Bryss' Gefolge weiterverkauft. Deshalb ist er wütend auf mich. Macht Euch keine Sorgen. Er hat den Aufpreis dafür, dass ich seine Frage geheim halte, nicht bezahlt. Ihr schon.«

Die Plynther taten alles, um es den Soldaten der Grünen so gut gehen zu lassen wie möglich, und sie machten keinen Unterschied zwischen den Fretern und Ians Klansmännern. Wer Grün trug, wurde bedient. Sie brachten Essen auf riesigen Holztellern und zapften frische Fässer Apfelwein an wie an einem Festtag, und dabei hatten sie die Banditen noch nicht einmal gefunden, geschweige denn vertrieben.

Ian freute es trotzdem. *Voller Vertrauen begeben sich diese freundlichen Bauern und verschrobenen Katzenanbeter in meine Obhut.* Er und seine Klansmänner waren jetzt schon Helden. Ian wünschte, er könnte seinem Vater einen Botenvogel schicken, aber die Raubtaube kannte den Weg nach Artung nicht. Außerdem brauchte er sie in seiner Nähe. Ian blickte hinüber zu dem Käfig, in dem sie gerade döste und im Schlaf alte Nachrichten vor sich hin murmelte. Schweinebacke war angeleint und lag direkt daneben. Er mochte es nicht, an der Leine zu sein, und der Klang einer – wenn auch schlecht wiedergegebenen – menschlichen Stimme schien ihn zu beruhigen.

Die Nacht würden sie draußen auf dem Platz verbringen. Das Wetter war mild, und Ian hielt es für besser, die Soldaten von den Häusern fernzuhalten. Die einfachen Bürger hatten immer Angst um ihre Söhne und Töchter, wenn junge Soldaten in der Nähe waren. Angst vor Streitereien und Frivolitäten. *Und das zu Recht.*

Es gab zwei voneinander getrennte Lager, und jedes hatte seine eigene Feuerstelle. Das eine war für Damon und seine Männer, das andere für Ian und die Klanskrieger. Die Stadtsoldaten nannten ihn Stammeshäuptling statt Drottin, und Ian hatte den Verdacht, dass sie ihn damit unterschwellig beleidigen wollten, aber das machte nichts: Wenn sie in Hörweite waren, benutzte er selbst diesen Titel und machte den Scherz damit zunichte. Damons Soldaten waren ein schwieriger Haufen. Sie grollten, weil ein Klansmann nun ihr Vorgesetzter war, und gleichzeitig sehnten sie sich nach nichts mehr als nach einem Anführer, wie Damon gesagt hatte. Ian sah es deutlich: Sie brauchten Führung wie jeder, der seinem Leben selbst keine Richtung geben konnte, und solange Damon da war, konnten sie wenigstens glauben, sie stünden unter dem Kommando eines stolzen fretischen Fürsten. Das war genug, um sie bei der Stange zu halten.

»Hast du sie zu uns eingeladen?«, fragte er Garman, der sich – sehr zum Missfallen der Männer – immer noch statt Schagan ums Essen kümmerte.

»Ihr Koch sagte, da würden sie noch lieber mit den Pferden essen, aber ich habe keinen Streit angefangen, ganz wie du befohlen hast.«

»Weiter so. Irgendwann werden sie schon merken, dass wir alle von dieser Allianz profitieren.«

»Sie vielleicht, aber ich wahrscheinlich nicht.«

Bei Einbruch der Dämmerung kamen die Bauern mit ihren Familien noch einmal auf den Platz. Auch der Priester war dabei. Er stimmte einen kurzen Gesang an und verstreute klein gehackten Fisch auf einem Fleckchen Wiese zwischen den beiden Lagerfeuern.

Dann kamen die Katzen.

Wie in der Paarung vereinte Libellen tauchten ihre gelben Augen am Rand des Feuerscheins auf und kamen schnell näher.

Die Plynther deuteten aufgeregt, riefen die Namen der Tiere und bestaunten das bunte Treiben der spielenden und fressenden Katzen.

Ian fragte sich, was außer den ungewöhnlichen Farben so besonders an den Tieren sein sollte. Sie jagten einander, schnappten nach Glühwürmchen oder gähnten gelangweilt, wie ganz normale Katzen es nun einmal taten.

Als der Fisch restlos verspeist war, wurde die Szene allerdings noch bizarrer. Die Plynther legten Seidenkissen aus, auf denen die Vierbeiner es sich gemütlich machten. Dann holten sie ihre Kühe und molken die Milch direkt in die weit aufgesperrten Mäuler der Katzen. Selbst der Priester ließ es sich nicht nehmen, eigenhändig ein paar Tropfen aus einem Euter zu quetschen.

»Ein seltsames Volk, diese Katzenanbeter«, sagte Dano und schüttelte den Kopf. »Wozu sind Katzen gut, außer dass sie die Mäuse von den Ställen fernhalten?«

»Im Palast könnten sie welche gebrauchen«, erwiderte Ian. »Die Ratten dort sind fett und zahlreich.«

»Bei der Belagerung des Argpasses haben die Verteidiger alle ihre Katzen verspeist«, warf Damon ein, der zugehört hatte.

»Laut der Religion der Felis bringt so etwas entsetzliches Unglück«, sagte Ian.

Damon zuckte die Achseln. »Nun ja, die Belagerten haben verloren.«

Beide lachten, dann wandte Ian sich seinen Männern zu. »Schlaft, wenn ihr könnt. Morgen brechen wir auf und jagen den Schurken Langzunge. So lautet der Wille des Königs!«

20

Petrich konnte nichts mit Katzen anfangen, aber sie hatten viel Blut und waren leicht zu erwischen. Nachdem er die gelbe mit einem Knüppel erschlagen hatte, blätterte er im Klansbuch zu der Stelle, an der beschrieben war, wie man kleine Tiere ausblutete. Die tote Katze war weit größer als eine Maus oder Ratte und sollte genügen, um die Dunkelheit zufriedenzustellen. Er schnitt dem Tier die Kehle durch und ließ das Blut direkt in den innersten Beutel laufen. Der Beutel war schwerer als sonst, aber nicht wegen des frischen Blutes.

Meine Freundin wächst; sie wird kräftiger.

Petrich beendete die Fütterung, dann ließ er die Dunkelheit ein wenig hinaus zum Spielen. Sie waberte auf der Stelle, ein tiefschwarzer Klumpen Leere, dann dehnte sie sich aus, teilte sich auf in dünne Schwaden, als ginge sie auf die Pirsch. Petrich sah zufrieden zu und dachte nach, über seinen Lebenszweck und den des Klans, wie er es immer tat. *Ein Mann braucht einen Sinn im Leben.* Die Geschichten, die die Bauern über ihre entführten Töchter erzählt hatten, berührten ihn. Diese Leute brauchten den Schutz des Königs, deshalb hatten sie Damon zugejubelt. *Das ist unser Daseinszweck: diese Menschen zu beschützen.* Die Art von Schutz, die auch Petrichs Dorf gebraucht hätte, als es vom Talklan überfallen wurde. Jetzt hatte Petrich endlich die Gelegenheit, zu dem Helden zu werden, der er damals hätte sein sollen. Die Plynther würden ihren Kindern Geschichten darüber erzählen, und Petrich würde sie alle ins Buch schreiben. Aber Petrich war kein Held und würde nie einer sein. Wie jedes Kind hatte er die Helden bewundert, deren Sagen man am Feuer erzählte, die Geschichten von Klanskriegern wie Malodor, von fretischen Rittern wie Rigley Killian oder von Prinzessin Lemone, der Eisernen Jungfrau. Aber diese Geschichten waren alt.

Kellen Krystal war es, der Petrich gerettet hatte, und König Schwarzwasser höchstpersönlich hatte Petrichs Schwester durch seine Friedensverträge und die damit verbundene Fremdherrschaft gerettet. Er war der Held in der Ferne.

Damit schulde ich diesem Helden schon zwei Leben, dachte Petrich. *Mindestens.* Glücklicherweise hatte er jetzt Gelegenheit, mehr als nur zwei Leben zurückzugeben, denn als Soldat der Grünen war es seine Aufgabe, seinem Drottin dabei zu helfen, die Töchter Plynths zu beschützen. In seinen Augen war es ihre heilige Pflicht, *alle* guten und gerechten Menschen Abrogans zu beschützen. Und als die Dunkelheit zurück in den Beutel glitt, fand Petrich, dass es mehr war als eine Pflicht.

»Doch, ich *werde* ein Held sein«, sagte er zu seinem gestaltlosen Freund.

21

»Er m-m-möchte sich bei Euch für Euren Schutz b-b-bedanken«, sagte Flosse zu Ian. Neben ihm stand der alte Felis-Priester und grinste dümmlich vor sich hin.

Die Sonne war bereits aufgegangen. Ian hatte keine Zeit für Freundlichkeiten, aber im Klansbuch stand, dass ein Gast sich nie unhöflich verabschieden sollte, falls er beim nächsten Mal wieder willkommen sein wollte.

»Danke.«

»Er hat ein G-G-Geschenk.«

»Sag ihm, dass ich es annehme«, erwiderte Ian knapp. »Was ist es?«

Der Priester lächelte und hielt eine rote Katze hoch.

»Oh nein! Das geht nicht.«

»I-I-Ihr habt bereits ang-g-genommen. Es ist ein sehr g-g-großzügiges Geschenk.«

»Es ist eine Katze.«

»Eine b-besondere Katze.«

»Eine besonders hässliche Katze.«

»Sie b-bringt Glück. Er m-m-möchte unbedingt, dass Euer Unternehmen gelingt.«

»Gut. Gib sie Kerr. Er soll sich um sie kümmern. Aber wenn uns unterwegs das Essen ausgeht, landet das verdammte Vieh im Kessel.«

»W-W-Wird gemacht«, erklärte Flosse. »Aber d-den letzten Teil soll ich wohl eher n-n-nicht übersetzen, oder…?«

Nach ein paar Tagen endete die befestigte Straße. Die Steinmännchen am Rand, auf denen die Entfernung von Skye in Wegstunden angegeben war, hatten ab hier eine andere Farbe. Königliche Straßenarbeiter waren weit und breit keine zu sehen.

»Sie sind schwarz. Das bedeutet, ab hier ist die Straße nicht mehr sicher«, merkte Petrich an.

»Nicht für Händler oder Bauern«, trällerte Kerr. »Aber für die Grüne Kompanie...« Er ließ seinen Speer durch die Luft wirbeln und tat so, als würde er vom Pferd aus einen Banditen erstechen.

Ian runzelte die Stirn. »Haselzahn ist noch ein ganzes Stück weit weg.«

»Dann ist Haselzahn wahrscheinlich auch nicht sicher«, kommentierte Petrich.

Damon kam auf seinem Pferd heran. Er kannte sich mit Straßenbau aus, auch wenn er kaum je eine Schaufel zur Hand nahm, wie die Klansmänner es in der Vergangenheit getan hatten. »Diese schwarzen Steine sind eine Warnung«, bestätigte er. »Wer auch immer sie aufgestellt hat, hat es mit den Banditen zu tun bekommen oder zumindest Anzeichen von ihnen gesehen.«

»Es müssen Hox' Männer gewesen sein«, bemerkte Ian. »Das hier ist das Gebiet der Grünen. Die Steinmännchen auf dem Weg hierher waren alle grün.«

»Was wusste Hox schon von Gefahr?«, feixte Kerr.

»Genug, um an dieser Stelle schwarze Steine zu hinterlassen«, erwiderte Ian.

»Weiter als bis hier ist er bestimmt nicht gekommen«, fuhr Kerr fort. »Ich schätze, er hat ein Rascheln im Gebüsch gehört, die Markierung hinterlassen und ist dann schnellstmöglich zum Palast zurückgekehrt, um das Mittagessen nicht zu verpassen.«

»Er war kein Feigling«, widersprach Ian. »Ignorant, aber nicht verzagt. Er hat uns ins Totenmoor geführt, wo sich kaum jemand hintraut, und einen Angriff befohlen. Wir waren diejenigen, die geflohen sind. Als sie ihn aus dem Palast geschleppt haben, hat er sich nach Leibeskräften gewehrt, statt um sein Leben zu betteln. Sei dankbar für diese Markierung, kleiner Bruder, und halte die Augen offen.«

In diesem Moment ertönte ein Geräusch aus dem Unterholz, und alle, die es gehört hatten, zuckten zusammen – vor allem Kerr. Doch was da aus dem Gebüsch kam, war gerade einmal kniehoch und damit kaum größer als die rote Katze, die mit einem mächtigen Satz auf den Rücken von Kerrs Pferd sprang.

Ein Nager oder ein kleiner Wildhund, dachte Ian.

Das Tier schoss auf Traber zu, Seraphinas Pferd.

»Hat jemand Hunger? Hier wäre ein kleiner Mittagsimbiss«, scherzte Kerr, und die Soldaten lachten.

Schweinebacke machte sich bereit zum Sprung, aber das kleine Biest schnappte nur kurz nach Trabers Hinterlauf und verschwand dann wieder zwischen den Bäumen.

Traber wieherte kurz und schlug aus, aber der Biss schien nicht schlimmer zu sein als der Stich einer Nadelfliege, und sie ritten weiter.

Wie angekündigt hatte Damon Klayt, den vernarbten Rädelsführer der Grünen, zum Späher erkoren und vorausgeschickt. Mit einem weiteren Soldaten erkundete er das Gelände. Ian, dessen Brüder, Seraphina und die anderen Berittenen folgten hinter ihnen. Die Fußsoldaten bildeten die Nachhut.

Sie waren noch keine Furchenlänge weit gekommen, als Ian merkte, wie die Falten auf Petrichs Stirn immer tiefer wurden. Dazu musste er nicht einmal hinsehen, sondern spürte die Besorgnis seines Vetters, wie ein Vogel einen Sturm heraufziehen spürt.

»Was ist, Vetter?«

»Das kleine Biest folgt uns.«

Ian zuckte die Achseln. »Und wenn schon. Es ist klein.«

»Es ist nicht allein.«

»Sind die anderen genauso klein?«

»Genauso klein, aber es sind Dutzende.«

»Wahrscheinlich warten sie darauf, dass etwas Essbares aus unseren Proviantbeuteln fällt.«

»Sie warten, aber worauf, ist die Frage.«

Petrich hatte kaum zu Ende gesprochen, als Traber so heftig stolperte, dass Seraphina in hohem Bogen über den Kopf des Pferdes flog. Wie durch ein Wunder landete sie auf ihren Füßen, verstauchte sich aber den Knöchel.

Die Kompanie kam zum Stehen, und alle sahen, wie das Pferd sich schwankend weiterschleppte, als würde es gleich zusammenbrechen.

»Traber! Was ist mit dir?«, rief Seraphina und humpelte hinter ihrem Pferd her.

Traber taumelte weiter, als hätte er sie nicht gehört. Wie betrunken krachte er schließlich gegen Danos Pferd, und das so heftig, dass Dano sich mit beiden Armen am Hals seines Reittieres festklammern musste.

»Was ist mit deinem Ross, Pferdemeisterin?«, fragte Ian.

»Wenn ich es wüsste, würde ich ihm nicht hinterherlaufen wie eine Idiotin«, fauchte Seraphina.

Dann gaben Trabers Beine endgültig nach. Mit einem scharfen Knacken schlugen seine Knie auf den steinigen Untergrund.

»Nein!«

Selbst Ian wusste, dass es nichts Gutes bedeutete, wenn ein Pferd einfach zu Boden ging. Petrich dirigierte sein Reittier neben Ian und Damon und flüsterte: »Unser Verfolger ist wieder da.«

Ian drehte den Kopf und sah, wie die Mischung aus Ratte und Hund die spitze Schnauze aus dem Unterholz reckte. Doch diesmal war das Vieh nicht allein: An die zehn weitere schnupperten gierig in der Luft.

»Verscheuch sie«, befahl Damon einem seiner Männer, einem jungen Kerl aus dem Nasswald westlich der Stadt Asch, der am Rand der Straße mit seinem Speer bereitstand.

Seraphina kauerte neben Traber. Sie hatte die Hände auf die Vorderknie des Tieres gelegt, aber Ian konnte deutlich sehen, dass das Problem weit über die Beine hinausging: Der Courser war bewusstlos.

Er stieg ab und legte ihr eine Hand auf die Schulter in dem Glauben, die Geste könnte sie vielleicht etwas milder stimmen.

Seraphina sprang auf und verpasste ihm eine schallende Ohrfeige. »Siehst du!? Wir sind noch nicht einmal drei Tage unterwegs, und schon...« Seraphina stockte. Sie konnte sich nicht erklären, was geschehen war. »Und schon passiert so etwas!«

Ian blickte sich um. Die Männer beobachteten ihn, seine eigenen genauso wie die Freter. Alle hatten die Ohrfeige gesehen.

»Wir sind nicht in der Schlacht«, sagte er ruhig. »Ich habe das Leben des Tieres nicht aufs Spiel gesetzt, und ich habe dich mitgenommen, damit du dich um sie kümmern kannst. Du magst zornig sein, aber du kannst mir keine Schuld geben. Schon gar nicht als Mitglied dieser Kompanie. Du wirst dich angemessen bei deinem Kommandanten entschuldigen. Sofort.«

Seraphina musterte die umstehenden Soldaten, und die Soldaten starrten zurück. Alle warteten gespannt, ob Seraphina den Befehl befolgen würde. Schließlich seufzte sie. »Ich bereue mein Verhalten«, murmelte sie. Dann spuckte sie aus. »Ich bereue, dass ich dir meine Lieblinge überhaupt anvertraut habe!«

Damon beugte sich an Ians Ohr. »Willst du zulassen, dass sie sich dir vor den Männern widersetzt? Vor *meinen* Männern?«

Ian konnte die Situation nicht ignorieren. Damons Grüne würde niemals einem Mann folgen, der sich von einer Frau ohrfeigen ließ. Er verzog das Gesicht, und sein Magen krampfte sich zusammen, doch er hatte keine andere Wahl.

»Züchtigt sie«, sagte er.

Damon nickte, und Kerr hob die Augenbrauen, aber niemand protestierte. Der Befehl wurde akzeptiert. Als Starke Hand des Drottin fiel die Aufgabe Dano zu, und er stieg ab.

Seraphina machte keine Anstalten zu fliehen, sie zuckte nicht einmal. »Wenn du ein Mann bist, tust du es selbst«, sagte sie und deutete auf Ian, während zwei Klansmänner sie an den Armen packten.

Ian verzweifelte innerlich. Seraphina würde ihn nicht so leicht davonkommen lassen, wie es schien. »Geh zur Seite, Dano«, sagte er und zog sein Schwert. Die flache Seite der Klinge würde verdammt wehtun, ohne die Frau ernsthaft zu verletzen. *Nicht ins Gesicht*, dachte Ian. Es war zu schön, um es mit Prellungen zu verunstalten. *Nicht auf den Hintern.* Das war zu obszön. Die Männer würden nur anzüglich grölen. *Auf den Rücken*, entschied er schließlich.

Die beiden Männer hielten sie fest, Dano schob das Rückenteil ihres Hemdes hoch, und Ian zögerte keinen Augenblick. Mit einem mächtigen Schlag ließ er Obry auf ihre nackte Haut niederfahren, dass Seraphina nach Luft schnappte.

Offensichtlich war der Schmerz größer, als sie erwartet hatte. Sie biss die Zähne zusammen, und aus ihren Augenwinkeln quollen Tränen.

Gut. Vielleicht ist dir das eine Lehre.

Hätte sie sich vor Fürst Zinnober von der Roten oder Morgan de Terbia von der Blauen so respektlos gezeigt, die beiden hätten ihr ein Ohr abgeschnitten. *Und selbst das wäre laut Gesetz nicht zu viel.*

Schlag sie noch einmal!, flüsterte eine ungeduldige Stimme. Ian war nicht sicher, wer die Worte gesprochen hatte, aber sie duldeten keinen Widerspruch. Er verspürte tatsächlich das Bedürfnis, noch einmal auszuholen.

»Ich bin noch nicht fertig«, sagte er und hob Obry ein zweites Mal.

Ja! Ja! Weiter!

»Herr...«

Ian blickte auf. Der Soldat, dem Damon befohlen hatte, die Rattenhunde zu verscheuchen, starrte Ian mit leerem Blick an.

»Was?«, erwiderte Ian.

»Sie haben mich gebissen«, sagte der Jüngling aus dem Nasswald und fiel vornüber.

Mehr als ein Dutzend der Tiere kam aus dem Unterholz gerannt und stürzte sich auf den reglosen Körper.

»Spießt sie auf!«, brüllte Damon.

Die Männer befolgten den Befehl umgehend, traten, stachen und hackten, doch die Nager waren schwer zu erwischen, bissen noch weitere Soldaten und zogen sich wieder zurück. Nur eines der Tiere war tot, in der Mitte entzweigehauen von einem Schwert.

»Hebt ihn auf«, befahl Ian und deutete auf den gestrauchelten Soldaten. »Legt ihn auf ein Pferd.«

Die Rattenhunde machten sich inzwischen über Traber her, der reglos am Boden lag. Mit spitzen Zähnen begannen sie, die dicke Haut des Pferdes aufzubeißen, und Dano musste Seraphina nach Leibeskräften zurückhalten.

»Lass!«, knurrte er. »Das Tier ist tot.«

Die Kompanie hatte sich gerade erst wieder auf den Weg gemacht, da tauchten noch mehr der kleinen Biester auf. Es waren an die hundert, und sie griffen unverdrossen an, schnappten aber lediglich nach den Knöcheln der Männer und wandten sich dann gleich wieder zur Flucht.

Ein weiterer Soldat begann zu taumeln. Er packte die Schultern seines Nebenmanns, um sich auf den Beinen zu halten, doch als mehrere der Kreaturen sich auf die beiden stürzten, ließ der andere seinen Kameraden zu Boden fallen und versuchte, die Angreifer mit dem Schwert zu verscheuchen.

Eins der Tiere sprang hoch und biss ihm in die Schwerthand, dann flohen sie wieder ins Unterholz.

In diesem Augenblick löste sich eine Gestalt in einem laubgrünen Rock aus den Bäumen vor ihnen und trat auf die Straße.

»Hoya! Entro!«

Ian wirbelte herum. Er verstand kein Wort, aber der Mann schien zumindest kein Bandit zu sein. »Flosse, was sagt er?«

Flosse lauschte. »Er s-s-sagt, wir sind N-N-Narren.«

»Weshalb?«

»Das sind Sch-Schlafhunde. L-L-Lauft!«

Weitere Männer brachen zusammen. Wie Dominosteine fielen alle, die gebissen worden waren.

»Wir müssen hier weg!«, brüllte Damon, während sein Pferd hochstieg, um sich der angreifenden Nager zu erwehren. »Alle Mann vorwärts!«

Zwei weitere Pferde stürzten, und die Reiter wurden sofort gebissen, als sie versuchten, wieder auf die Beine zu kommen. Überall warfen Soldaten sich bewusstlose Kameraden über die Schulter, nur um im Laufen selbst gebissen zu werden.

»Rennt!«, schrie Ian. »Rennt, rennt, rennt!«

»Ihr B-B-Biss ist g-g-giftig!«, kreischte Flosse.

»Was du nicht sagst!«, rief Dano und schlug fünf mit einem gezielten Speerstreich zur Seite.

Am Ende des Trosses lag einer der Stadtsoldaten auf dem Boden. Mindestens zwanzig Schlafhunde machten sich bereits über ihn her und nagten an seinen Weichteilen; dem Mann war nicht mehr zu helfen. Die übrigen rannten um ihr Leben.

»L-L-Langsamer!«, übersetzte Flosse die Worte des Fremden.

»Bei allen Göttern, was ist denn nun schon wieder?!«, brüllte Dano den Mann im grünen Rock an.

»Ihr d-dürft Euch n-nicht verausgaben!«, erwiderte Flosse, nachdem er den wütenden Ausruf übersetzt hatte. »Wir müssen noch fast eine g-g-ganze W-Wegstunde laufen, bevor sie aufhören, uns zu v-v-verfolgen.«

Die hinterhältigen Tiere waren nicht besonders schnell, aber hartnäckig. Sie hielten ein wenig Abstand und lauerten. Sobald einer der Männer strauchelte, rannten sie los. Wenn die anderen Soldaten versuchten, sie zu verscheuchen, schnappten sie so lange, bis sie einen von ihnen erwischt hatten, und verstreuten sich wieder.

Die Berittenen, die auf ihren Pferden nicht so leicht zu erreichen waren, ließen die Fußsoldaten schnell hinter sich. Sie waren eigentlich schon in Sicherheit, als Ian ihnen befahl kehrtzumachen. Klansmänner wie Stadtsoldaten schleppten bewusstlose Kameraden mit. Sie hatten schon allein wegen des zusätzlichen Gewichts alle Mühe, auf den Beinen zu bleiben, und keuchten sich die Lunge aus dem Leib. Dabei lagen noch mehrere Furchenlängen zwischen ihnen und den Pferden, wo sie ihre Last ablegen konnten.

Der Mann aus den Wäldern lief unterdessen in Windeseile auf und ab, immer wieder von der Spitze zum Ende des Trosses, und das so schnell, dass die Schlafhunde ihn nie erwischten. Er schien kein bisschen müde zu werden. Nachdem sie etwa eine halbe Wegstunde zurückgelegt hatten, bekamen Ian Klansmänner kaum noch Luft, schlugen sich aber ein klein wenig besser als die Stadtsoldaten, von denen sich ein paar bereits übergaben. Andere waren so erschöpft, dass sie keinen Schritt mehr weiterkonnten. Sie blieben einfach stehen und stemmten sich mit gezogenem Schwert den anbrandenden pelzigen Fleischfressern entgegen. Da begriff Ian, wie wichtig es war, über längere Strecken laufen zu können, ohne müde zu werden. Wer es konnte, überlebte. Wer es nicht konnte, starb.

Schließlich sagte der Mann aus dem Wald, sie könnten jetzt stehen bleiben. Sie hatten zwar eine ganze Weile keins der kleinen Biester mehr gesehen, doch zur Sicherheit schleppten sie sich noch eine halbe Furchenlänge weiter. Dann brachen sie zusammen. Keiner der Fußsoldaten hätte auch nur das Schwert erheben können, um sich zu verteidigen.

Der Blutzoll war hoch, drei Pferde und fünf Männer – der junge Nasswälder, der als Erster gebissen worden war, einer aus der Nachhut und drei beleibtere Männer, die zu schnell müde geworden waren. Ihre Rüstungen waren ebenfalls verloren, außer Ian sandte später einen Berittenen aus, um sie aufzusammeln.

Kerr war klug genug gewesen, Schweinebacke von den Nagern fernzuhalten. Er hatte sofort begriffen, dass der Kriegshund sich mitten ins Gewühl gestürzt hätte, nur um selbst gebissen zu werden. Kerrs Pferd war gerade stark genug gewesen, um Schweinebacke ein Stück wegzuziehen, während Kerr dem Hund gut zuredete. Nicht auszudenken, was passiert wäre, wenn Schweinebacke sich seinem neuen Herrn widersetzt hätte. Höchstwahrscheinlich hätten alle drei für dieses Tauziehen mit dem Leben bezahlt.

Seraphina weinte haltlos. Sie hatte schließlich eingesehen, dass es das Beste war, mit auf Danos Pferd zu springen. Ians Angebot hatte sie rigoros abgelehnt, nachdem er sie geschlagen hatte – was sich als glückliche Wendung erwies, denn so konnte sie Dano helfen, sein Pferd zu beruhigen. Seraphina schluchzte, während sie zwischen den verbliebenen Pferden hin und her lief und ihre Beine auf Bissspuren überprüfte.

Die nächste halbe Wegstunde legten sie wieder in normalem Tempo zurück. Nach und nach kamen die Bewusstlosen zu sich. Sie waren wacklig auf den Beinen, hatten ansonsten aber keine bleibenden Schäden davongetragen. Nachdem sich alle beruhigt hatten, saßen Ian und Damon ab und gingen zu dem Mann, der die Soldaten der stolzen Grünen Kompanie vor der sicheren Vernichtung durch einen Haufen Nagetiere gerettet hatte.

Der Mann blickte sie gelassen an. Er keuchte nicht einmal vom Laufen. Er stand einfach da und wartete schweigend auf das, was die beiden zu sagen hatten.

»Wer ist unser teurer Ratgeber?«, fragte Fürst Damon an Flosse gewandt und musterte den Mann im grünen Rock aus dem Augenwinkel. »Ein Büttel? Ein Mitglied der Dorfwache?«

»N-n-nein«, stotterte Flosse. »Er ist ein Wald-l-l-läufer.«

22

Die *Wahnsinn* kämpfte sich mit stampfendem Bug durch das schäumende Meer. Mal zeigte er gen Himmel, dann wieder steil abwärts ins Wellental, während das Schiff sich langsam, aber stetig Richtung Norden bewegte und das Lebende Riff allmählich hinter sich ließ. Einst hatte das Schiff *Cora* geheißen, aber wegen des neu entdeckten Landes, in dem er noch einmal neu anfangen wollte, hatte Schwarzwasser befohlen, das Schiff neu zu streichen und seine einstige Identität ein für alle Mal auszulöschen. Den Namen *Wahnsinn* hatte er gewählt, nachdem seine Berater gesagt hatten, die Reise nach Abrogan sei genau das. »Fretwitt ist sicher«, hatten sie gesagt. Schwarzwassers Rivalen waren unter Kontrolle, genauso die Bauern, und die Ernte stand kurz bevor. »Eine angenehme Zeit«, hatten sie gesagt. Zeit, es sich gut gehen zu lassen, statt sein Leben zu riskieren. Aber Schwarzwasser mochte angenehme Zeiten nicht. Sie waren ihm zu ruhig. *Zu viel Zeit zum Nachdenken.* Zu viel Zeit, sich daran zu erinnern, welchen Preis er für seinen nun leeren Thron bezahlt hatte. Die Erinnerung daran hielt ihn nachts wach oder, schlimmer noch, ließ ihn nicht aus seinen Albträumen erwachen, in denen sich alles wieder von vorn abspielte wie in einem endlosen, unerträglichen Bühnenstück. Die Toten sprachen zu ihm, wenn er allein in seinem Schloss war, flüsterten ihm hinter Ecken und Türen versteckt zu. Mehr als einmal war er in den Salon geeilt, um zu sehen, ob es tatsächlich Cora war, die ihn rief, oder das Lachen der Kinder, die mit der Dienerschaft in der Bibliothek Hai und Karpfen spielten. Aber sie waren es nicht. Sie waren tot, und Schwarzwasser verfiel Stück für Stück dem Wahnsinn. Insofern war der neue Name des Schiffes gleich doppelt passend. Außerdem hatte er es getan, um Graf Klein zu ärgern – ein Zeitvertreib, dessen er nie überdrüssig wurde.

Die Ruderer kämpften verbissen gegen die Wellen an, Elle um Elle. Wenn sie erschöpft waren, übernahm die zweite Mannschaft, während die anderen sich das Salzwasser von den Leibern wuschen und sich ausruhten. Wenn Wind aufkam, wurde das rechteckige Segel gehisst, und der Sternengucker überprüfte jede Nacht, wie viel Strecke sie bereits zurückgelegt hatten. Jetzt, da sie auf dem offenen Meer waren, fuhr die *Wahnsinn* allein. Im Kanal, in den tückischen Gewässern des Lebenden Riffs, war auf beiden Seiten ein anderes Schiff festgemacht gewesen, und neben den Pollern hatten Männer mit Äxten im Anschlag bereitgestanden. Wäre die *Wahnsinn* auf das Riff gelaufen, hätte man den König eilig auf eins der anderen Schiffe gebracht, die Halteseile durchgeschlagen und die *Wahnsinn* ihrem Schicksal überlassen. Doch das war nicht geschehen. Stattdessen war der Rumpf der *Sichelmond* aufgeschlitzt worden. Sie hatte sich sofort zur Seite geneigt, die Seile hatten sich gespannt, und dann hatte das Schiff ein tiefes Stöhnen ausgestoßen, als der mächtige Kiel sich unter dem Ansturm der Wellen durchbog, die es seitwärts auf die gezackten Unterwasserfelsen drückten. Die Äxte fielen und machten die *Wahnsinn* los, bevor sie mit aufs Riff gezogen werden konnte. Kaum war die *Sichelmond* frei, gab ihr Kiel nach und brach nach ein paar letzten Todeszuckungen mit einem lauten Krachen in der Mitte auseinander. Männer und Ruder wurden wie Spielzeug über Bord geschleudert. Manche hielten sich noch eine Zeit lang an den zerschmetterten Planken fest, aber keins der anderen Schiffe wagte sich auch nur in die Nähe der tückischen Felsen, um sie zu retten. Soldaten wie Ruderer trieben im Wasser, dann streckte das Riff seine Tentakel aus und zog sie langsam nach unten. Es war ein grausiger Tod, und Schwarzwasser beobachtete die

Szene neugierig. Klein dagegen brach in nackte Panik aus. Er lief an die Deckswand, drehte sich entsetzt weg, nur um sofort wieder hinzuschauen, brabbelte und gestikulierte. »Es hätte genauso gut uns erwischen können!«

»Hat es aber nicht«, erwiderte Schwarzwasser. »Beruhige dich. Wenn das dort auf dem Riff die *Wahnsinn* wäre, hätte die Flotte kehrtgemacht, um mich zu retten.«

»Ja, selbstverständlich, Euer königliche Exzellenz.« Aber Klein hatte sich *nicht* beruhigt. Er glotzte und schüttelte immer wieder den Kopf, bis er schließlich die letzte Mahlzeit über die Seite der *Wahnsinn* erbrach und in das nächste Schiff hinein, das bereits steuerbord festgemacht wurde, um während des Rests der gefährlichen Passage durch den Kanal die *Sichelmond* zu ersetzen.

Jetzt, auf dem offenen Meer, war er nicht mehr ganz so außer sich, aber immer noch genauso seekrank. Er hatte den Ozean kaum je befahren, und selbst auf den Schwarzsee wagte er sich nicht hinaus, wenn der Wind blies. Seine Seidengewänder klebten an ihm und troffen vor Salzwasser. Er sah aus wie ein begossener Pudel.

»Fürst Hox' Tod ist zwar bedauerlich, aber so kann er wenigstens keine Vögel mit umstürzlerischen Botschaften nach Fretwitt senden, solange Ihr fort seid«, sagte Klein in dem offensichtlichen Versuch, sich selbst ein wenig aufzuheitern.

»Fürst Damon, Morgan de Terbia und Zinnober haben die Überfahrt ebenfalls überlebt«, bemerkte Schwarzwasser. »Morgan ist loyal und Zinnober zumindest gehorsam. Damon bleibt ein Problem.«

»Seine Leute werden sich ruhig verhalten, solange sie nur wissen, dass er wohlauf ist.«

»Zumindest wissen sie, dass wir ihn noch nicht umgebracht haben. Ich habe mit seinem Bruder gesprochen. Er genießt es sichtlich, in terbischen Federbetten zu schlafen, und außerdem liebt er die Kunst in Ronna und die Schwanenfleischpastete am

Hof. Er wird in Carte alles so lassen, wie es ist, und in vollen Zügen auskosten, was sein älterer Bruder geschaffen hat.«

Unliebsame Lordschaften nach jenseits des Meeres zu schicken war Kleins Idee gewesen. In solchen Dingen war er sehr geschickt und hatte eigens eine Liste angefertigt. Die zehn aufrührerischsten Adligen Fretwitts waren eingeladen worden, nach Abrogan zu gehen und sich an den neuen Handelswegen zu bereichern. Einige waren der Einladung begeistert gefolgt, unwissend, dass sie ins Exil geschickt wurden, doch andere hatten den Plan durchschaut. Damon beispielsweise. Er war genauso gerissen wie Graf Klein, aber weitaus kühner. Eigentlich ein guter Mann. Er hatte es geschafft, aus Carte eine ernsthafte Konkurrentin Aschs zu machen, und war dabei, den Wettlauf zu gewinnen. *Aber er ist zu ehrgeizig.* Schwarzwasser hatte lieber viele rückgratlose Gefolgsleute an seiner Seite als einen einzigen starken Konkurrenten. Während Klein damit zufrieden war, so lange an der Tafel auszuharren, bis etwas für ihn abfiel, war Damon dreist genug, geradewegs in die Palastküche zu marschieren und dort sein eigenes Süppchen zu kochen.

Um Morgan, Zinnober und Hox auf die Schiffe zu bekommen, hatte es genügt, sie zu Kommandanten über eine Kompanie zu machen. Bei Damon war es schwieriger gewesen. Schwarzwasser wollte ihm kein Kommando übertragen, nicht einmal über eines der kleinen Kontingente, die nach Abrogan verlegt worden waren. Der Fürst hatte ein Talent dafür, aus wenigem viel zu machen, seien es Münzen, Soldaten oder Vasallen. In Damons Fall hatte erst eine kaum verhüllte Drohung für Abhilfe gesorgt. Schwarzwasser hatte vorgeschlagen, Damons Tochter Mittchen mit dem Sohn seines Bruders, Regan Halbglück, zu verheiraten. Als Mittchen dann nach Hochfels am Ufer des Schwarzsees umgezogen war, hatte er Damon nahegelegt, sein Glück doch in Abrogan zu versuchen. Schwarzwasser hatte Damon mit Mittchen gesehen und sofort gewusst, wie sehr der Fürst seine Tochter liebte. Eine fatale Schwäche. Mittchens Leben in Hochfels konnte sich angenehm entwickeln oder auch schwierig, und jung verheiratete Paare gingen nicht selten auf den hohen Klippen spazieren. Mehr als eine unliebsame Ehefrau war dort schon zu Tode gestürzt, und nie hatte es Beweise für ein Verbrechen gegeben. Schließlich sah Damon ein, dass es für das Wohl seiner Tochter das Beste war, wenn auch er nach Abrogan ging, und Schwarzwasser hatte sich des aufmüpfigen Fürsten endlich entledigt.

Und jetzt habe ich es sogar geschafft, mich meiner selbst zu entledigen.

»Bryss hat den Palast so weit vorbereitet, dass er für uns angemessen ist«, sagte Klein. »Und wie es heißt, ist Fronk ein wahrer Meister der Baukunst. Es wird ganz und gar aufregend sein zu sehen, was er für Euch erschaffen hat.«

»Hm. Er wird noch schneller arbeiten müssen. Gibt es eine Möglichkeit, noch mehr Steineschlepper aufzutreiben? Gibt es Eingeborene, die wir zur Arbeit heranziehen können?«

»Bauern und Fischer. Aber die sind zufrieden mit dem, was sie haben. Sie werden keinen Grund sehen außer der Neugierde, nach Skye zu kommen.«

»Wir könnten ihnen einen Grund geben.«

»Oder sie gegeneinander aufhetzen, bis sie Euch als Schlichter herbeirufen, wie wir es auch bei den Klans getan haben.«

»Für ein so langwieriges Vorgehen fehlt mir die Geduld.« Schwarzwasser blickte düster auf die Wellen hinaus. »Ich bin nicht mehr jung. Sobald wir ankommen, rufst du meine Kommandanten an der königlichen Tafel zusammen. Wir müssen die Dinge etwas beschleunigen. Entweder wir schließen Bündnisse mit den Anführern der Eingeborenen und sie geben uns die Arbeiter, die wir brauchen, oder wir ersetzen sie.«

»Ein guter Plan«, erwiderte Klein und duckte sich unter der Gischt weg. Als er sich wieder aufrichtete, rümpfte er die Nase. »Soll der Klansmann auch einen Platz an der Tafel bekommen?«

»Selbstverständlich nicht.«

23

»Ein Waldläufer?«
»G-G-Genau.«
»Sag ihm, wir sind die Grüne Kompanie König Schwarzwassers und gekommen, um dieses Land für ihn in Besitz zu nehmen«, wies Damon ihren stotternden Übersetzer an.
»Sag das nicht, Flosse«, unterbrach Ian. »Sag ihm, wir sind wegen der Bauern von Plynth hier, zum Wohl der gesamten Niederfluren, und jagen Banditen.«
Damon räusperte sich verärgert.
»Erklärt euch genauer«, ließ der Fremde Flosse antworten.
»Manche sind am einen Tag Banditen und am nächsten Bauern. Manche werden nur in einem Jahr mit einer schlechten Ernte zu Banditen. Und dann gibt es noch Banditen, die behaupten, sie wären hier, um Banditen zu jagen.«
»Unerhört«, sagte Damon. »Das ist es, was passiert, wenn man sich als Legitimation auf das gemeine Volk beruft.«
»Wir suchen nach Langzunge«, sprach Ian unbeirrt weiter.
»Aha«, erwiderte der Läufer. »Das ist schon besser. Langzunge ist nicht besonders beliebt hier. Kommt. Es ist nicht mehr weit bis Haselzahn. Dort können eure Männer sich ausruhen.«
Sie marschierten noch eine halbe Wegstunde weit und erreichten dann ein Fort auf der Kuppe eines steilen Hügels mit einem Turm in der Mitte. Der Hügel war aus Erdreich aufgeschüttet und befand sich im innersten von drei Pfahlzäunen, von denen jeder höher war als der davor. Ian sah, wie die Wachen auf der Pa-

lisade aufmerksam unter ihren Helmen hervorspähten und zwischen den angespitzten Pfählen hindurch die Neuankömmlinge musterten.

Am Fuß des Hügels erstreckte sich eine kleine, von einem weiteren Zaun umfasste Ansammlung einfacher kleiner Holzhäuser. Der Waldläufer bedeutete ihnen, durch das Tor zu treten, hinter dem das Vieh frei herumlief. Ian sah eine Baracke für die Wachposten, aber keine Wohnhäuser.

»Das hier ist Haselzahn?«, fragte er.

»Haselzahn besteht aus allen Gehöften in zehn Wegstunden Umkreis. Jedes davon hat ein Signalfeuer, und wenn Gefahr im Verzug ist, kommen die Bewohner hierher. Natürlich hat jedes Gehöft auch einen Läufer.«

»Gibt es hier einen Anführer?«

»Wir sind frei, aber wir haben einen Ältesten, und der wird schon darauf brennen zu erfahren, was eine so beeindruckende Streitmacht hierherführt.«

»Unsere erste Schlacht haben wir verloren, und zwar gegen einen Haufen Nager. Ich bezweifle, dass euer Ältester davon beeindruckt sein wird.«

»Unterschätze die Schlafhunde nicht«, erwiderte der Waldläufer. »Sie sind zahlreich und hartnäckig. Wahrscheinlich sind sie jetzt bereits am äußeren Wall. Aber sie kommen nicht rein. Sie hassen Umzäunungen, aus denen sie nicht jederzeit fliehen können.«

Ian schauderte. *Die widerwärtigen Biester sind uns den ganzen Weg gefolgt.*

»Vor Generationen kam ein Hunderte Mann starkes Heer aus der Großen Küstenstadt im Osten hierher. Sie marschierten schnurstracks in die Verstreuten Hügel. Ihre Zahl war zu groß, als dass die Banditen sich an sie herangetraut hätten, und dann, eines Tages, waren die Soldaten plötzlich verschwunden. Keine leichte Aufgabe, ein so großes Heer einfach vom Erdboden verschwinden zu lassen, findest du nicht? Tage später hat einer unserer Läufer sie nicht weit von hier gefunden. Es waren nur noch Knochen übrig. Ein riesengroßer Haufen, vollkommen blank genagt. Ein paar, die rechtzeitig begriffen hatten, was passierte, fanden wir in den Wäldern verstreut. So wie euch jetzt. Die Schlafhunde haben sich so vollgefressen, dass sie über ein Jahr in eine Art Winterschlaf fielen. Sie sollten öfter mal ein ganzes Heer zu fressen bekommen.«

»Was wollten die vielen Soldaten hier?«

»Banditen jagen.«

Der Name des Läufers war Quist. Die Kompanie musste bei den Baracken warten, während Quist Ian, Damon und ein paar Auserwählte an den Palisaden vorbei den steilen Hügel hinauf zum Wachturm führte. An jedem der drei Zäune befanden sich Speerlöcher und Wurfplattformen, und der Anstieg war fast so steil wie eine Leiter, sodass Ian die Hände benutzen musste, um ihn zu erklimmen.

Hervorragende Verteidigungsanlagen, dachte er. Wer hier hinauf will, muss erst einmal sein Schwert einstecken und einen Hagel von Steinen, Speeren und anderen Geschossen über sich ergehen lassen. *Wahrscheinlich lernt Jenor gerade, wie man so etwas baut.*

Der Turm hatte drei Stockwerke. Über eine Leiter brachte Quist sie bis zum zweiten, wo in der Mitte eine große halbkreisförmige Bank stand. Sie war aus dem Stamm eines mächtigen Baumes geschnitten, und auf ihr saß ein drahtiger Mann mit ergrauendem Haar und einer Decke über dem Schoß.

Quist ließ sie hinein und trat dann zur Seite, ohne die Gäste oder den Gastgeber vorzustellen.

»Bist du der Kommandant hier?«, ließ Ian Flosse fragen.

»Ich bin jemand. Nennt mich, wie ihr wollt. Die anderen Läufer nennen mich Schatten.«

»Wieso Schatten?«, fragte Ian. Wenn jemand einen anderen Namen trug als den, mit dem er geboren wurde, war es nicht schlecht zu wissen, woher dieser Name kam. Oftmals sagte er viel über den Betreffenden aus.

»Weil ich hier schön gemütlich im Schatten dieses Turms sitze, statt draußen durch die Wälder zu streifen. Wie nennt man dich?«

»Ian Krystal, Drottin des Hügelkuppenklans und Kommandant der Grünen«, erwiderte Ian und blickte kurz zu Damon hinüber. »Der Hälfte der Grünen zumindest.«

»Und ich bin Fürst Damon«, mischte sich Damon ein.

»*Fürst* Damon?«, wiederholte Schatten. »Fürst von was?«

»Carte. Eine große Stadt und ein wichtiges Handelszentrum Fretwitts.«

»Wo liegt sie?«

»Jenseits des Nördlichen Meeres.« Er überlegte kurz. »Des Südlichen Meeres, wie ihr es hier nennt.«

Schatten dachte kurz über das Gesagte nach. »Ein halber Kommandant und der Fürst einer Stadt jenseits des Meeres mit ungewissem Namen. Beeindruckend.«

»Dein Ton gefällt mir nicht«, brummte Damon.

»Ihr müsst verzeihen, wenn wir nicht gerade glücklich sind, euch hier zu sehen.«

»Wir sind gekommen, um zu helfen«, erklärte Ian. »Unser Auftrag lautet, Langzunge aus den Verstreuten Hügeln zu entfernen.«

»Richtig. Wir mögen ihn auch nicht. Aber wer in ein Wespennest sticht, ohne das Nest zu zerstören, macht die Dinge nur schlimmer. Außerdem: Wer sagt, dass eure Medizin nicht schlimmer ist als die Krankheit?«

»Wir sind nicht gekommen, um über euch zu herrschen.«

»Sagt der Mann, dessen Soldaten draußen warten.«

»Die Grüne Kompanie untersteht König Schwarzwasser. Wir bauen Straßen, und die Straßen dienen allen.«

»Dann seid ihr gekommen, um uns zu dienen?«

»Euch und allen rechtschaffenen Menschen der Niederfluren.«

»Deine Mildtätigkeit ist erstaunlich. Habt ihr euren Eid gegenüber den rechtschaffenen Menschen der Niederfluren geschworen oder gegenüber diesem König jenseits des Nord-Süd-Meeres, den wir seit über einem Jahr noch nicht einmal zu Gesicht bekommen haben?«

»Du stellst mich auf die Probe, aber ich verstehe dich. Mein Volk war ebenso frei wie deines, aber dann erkannten wir, dass es auch Vorteile haben kann, einem König die Treue zu schwören.«

»Und die wären?«

»Frieden.«

»Wir leben bereits in Frieden, und dafür mussten wir niemandem die Treue schwören.« Schatten setzte sich ein Stück auf.

»Wir haben nicht genug Vorräte, um so viele hungrige Mägen zu füllen.«

»In Ordnung. Wir sind lediglich auf der Durchreise. Dürfen wir einen Mann hierlassen, während wir tiefer in die Hügel vorstoßen?«

»Wenn er laufen kann.«

»Einen hätten wir.« Ian deutete auf Kerr.

Sein jüngerer Bruder runzelte die Stirn. »Aber...«

»Stell meine Autorität nicht vor diesen Anführern infrage«, warnte Ian ihn leise. »Ich erklär's dir später.«

Es war die richtige Entscheidung. Kerr war sympathisch, und er war ein guter Läufer, also würden die Waldmenschen ihn respektieren. Daraus könnte durchaus eine neue Allianz entstehen, und das ganz ohne Einschüchterungsversuche. Ohne Flosse dürfte Kerr zwar Verständigungsprobleme haben, aber er würde schon zurechtkommen. Das tat er immer. Wenn er etwas Neues lernte, umso besser für ihn. Umso besser für alle.

»Nun gut«, sagte Schatten. »Aber der Weg, der vor euch liegt, ist gefährlich. Gut möglich, dass ihr nicht zurückkommt.«

»Wir sind in der Überzahl.«

»Langzunge ist nicht euer einziges Problem. Die Hügel selbst gehören zum Verteidigungssystem der Banditen. Wer nicht weißt, wo er Wasser findet, ist schnell verdurstet. Und es gibt wilde Tiere. Nur, wer sonst nirgendwohin kann, geht freiwillig in die Hügel. Unsere Läufer kennen die Pfade dort, aber sie bleiben nie über Nacht, und beim ersten Anzeichen von Gefahr suchen sie das Weite.«

»Ein Haufen Feiglinge, wenn ihr mich fragt«, schnaubte Dano.

»Ganz meine Meinung«, stimmte Damon zu, der allmählich ärgerlich wurde, weil Ian die Verhandlungen ohne ihn führte. *Aber er hat nicht die Vollmacht des Kronprinzen, sondern ich. Damons Kommando und sogar sein Leben hängen an einem seidenen Faden. Das weiß er, auch wenn er es nicht zugeben will.*

»Feiglinge?« Schatten hob den Blick. »Wir Läufer warnen die Bauern, wenn die Banditen kommen. Wir wachen über den Wald, in dem es andernfalls genauso von dem Pack wimmeln würde wie in den Verstreuten Hügeln. Ich habe mit eigenen Augen gesehen, wie diese ›Feiglinge‹ kleine Kinder gerettet haben, eins auf jeder Schulter, während die Eltern in ihren Häusern von Plünderern erschlagen wurden. Hätten sie bleiben sollen und kämpfen, den armen Bengeln Gelegenheit geben, gemeinsam mit ihren Müttern und Vätern zu sterben? Nennt ihr das in Carte mutig? Wir haben ein anderes Wort dafür: närrisch. Hier in den Wäldern bedeutet laufen überleben. Die Läufer, die diese Kinder gerettet haben, haben sie auch aufgezogen, weil niemand mehr da war, der es sonst hätte tun können. Nennt ihr das feige?«

»Ich habe keine Kinder gesehen, als wir herkamen«, erwiderte Damon tonlos.

»Tatsächlich? Quist, euer Führer, ist eins von ihnen.« Schatten ließ die Worte eine Weile wirken, dann sprach er weiter. »Und wenn ich mich nicht irre, musste er euch vor einem Haufen Nager retten.«

Ian hatte das Gefühl, er sollte jetzt besser wieder übernehmen und Damon vor seinem eigenen Stolz retten. »Wir haben uns getäuscht und entschuldigen uns dafür. Wir stehen zutiefst in Quists Schuld.«

»Ich wollte euch nicht zu nahetreten«, murmelte Damon. »Unser Ansinnen ist ehrenhaft.«

»Quist wird mit euch kommen und aufpassen, dass ihr keine Dummheiten macht. Betrachtet es als eine Art Geiselaustausch. Falls ihr zurückkehrt, erwarte ich, dass auch Quist dabei und wohlauf ist. Im Gegenzug garantiere ich inzwischen für Kerrs Sicherheit.«

Schattens Angebot war gleichzeitig eine Warnung, aber Ian protestierte nicht. »Abgemacht. Wo sind die anderen Läufer? Die Wehrzäune sind nur dünn besetzt.«

»Unterwegs. Nur wenn die Leuchtfeuer entzündet werden, kommen wir alle zusammen. Wir mögen es nicht, zwischen Mauern eingesperrt zu sein, und seien es welche aus Holz.«

»Wozu dann dieses Fort?«

Schatten zog die Decke von seinem Schoß, und Ian sah seine Beinstümpfe, die knapp unter der Hüfte endeten. Er war einmal ein Läufer gewesen, doch jetzt nicht mehr.

»Langzunge hat mir das angetan, das eine Mal, als ich nicht geflohen bin. Er sandte mich in einem Karren zurück. Am Leben, als abschreckendes Beispiel. Er dachte, damit wäre er uns ein für alle Mal los, doch als ich zurückkehrte, verstümmelt und gedemütigt, bauten die freien Menschen des Waldes, für die ich mein ganzes Leben lang gelaufen war, gemeinsam mit den anderen Läufern dieses Fort.«

»Sie haben das alles nur für dich gebaut?«

»Man liebt mich hier. Ich und meine Läufer teilen diese Zuflucht mit den freien Menschen des Waldes, wenn sie in Not sind, und wir warnen sie vor Gefahren wie Langzunge. Und euch.«

24

Schatten verbrachte einen Tag und eine Nacht mit Ian und Damon, um ihnen die letzten Erkenntnisse zu Stärke und Bewegungen der Räuberbanden mitzuteilen sowie die glaubwürdigsten der Gerüchte, die ihm zu Ohren gekommen waren. Das meiste davon war jedoch vage und unvollständig. Dann scheuchte er Ian und seine Kompanie davon.

Sie bekamen keinen Proviant. Schatten wollte nicht, dass die Gesandten irgendeines fremden Königs sich allzu wohl in Haselzahn fühlten, was Ian nur zu gut verstehen konnte. Sein Klan hatte sich Schwarzwassers Herrschaft unterworfen, weil es nötig gewesen war, und Ians Drottin-Vater wäre beinahe gemeuchelt worden, weil er den Vertrag abgeschlossen hatte. In jedem Klan hatten sich einige gegen die Übereinkunft gewehrt – das Schattenvolk und der Buchtklan hatten sogar geschlossen dagegen rebelliert –, aber Schwarzwassers Heer hatte sie zur Strecke gebracht. Der Talklan, so dumm seine Mitglieder auch waren, hatte rechtzeitig begriffen, dass sie in einem Kampf gegen die Armeen Fretwitts mit den Hügelbewohnern als Verbündeten nicht bestehen konnten. Also wechselten sie rechtzeitig die Seiten und halfen den Soldaten des Königs, ihre eigenen Leute zu jagen und töten.

Ihnen stand noch ein zweitägiger Ritt durch die Wälder bevor, bis sie die Hügel erreichen würden, und das letzte Stück des Weges war kaum mehr als ein Wildpfad. Die Pferde kamen damit zurecht, aber die Karren und Wagen mussten zurückbleiben.

Also packten sie Proviant und Ausrüstung in Säcke, die sie auf dem Rücken ihrer Pferde befestigten.

Seraphina besänftigte die Tiere, wenn sie bockten, redete ihnen gut zu und zeigte den Soldaten, wie sie besser mit ihnen zurechtkamen. Ihre Stimme klang dabei so sanft und melodiös, dass Ian allein vom Zuhören aus der Ferne verzaubert war.

Schließlich lenkte er sein Pferd neben Seraphinas. »Du machst deine Sache gut.«

»Das haben mir bereits drei andere gesagt. Wenn du dich von ihnen unterscheiden willst, musst du dir schon etwas Ausgefalleneres ausdenken.«

Sie ist ziemlich direkt. Und genau deshalb bin ich interessiert an ihr.

»Ich habe Interesse an dir«, verkündete er also.

»Daran, mich zu schlagen?«

»Nein. Das war nur eine Disziplinarmaßnahme für einen Soldaten, der sich mir widersetzt hat.«

»Ach ja? Dann bin ich jetzt Soldat?«

»Du bist Mitglied dieser Kompanie wie die anderen Soldaten auch.«

»Ich sehe aber keine weiblichen Soldaten.«

»Ich bin für dich verantwortlich wie für einen Soldaten.«

»Schlägst du alle Soldaten, für die du verantwortlich bist?«

Eine berechtigte Frage. Schagan hatte er nicht geschlagen, als der einarmige Koch den Wächter auf ihn herabwünschte, aber da hatten auch die Stadtsoldaten nicht direkt daneben gestanden.

Ian runzelte die Stirn. »Drottin zu sein ist nicht einfach.«

»Dann lass mich dir etwas erklären, das ganz und gar einfach ist, Klansmann: Du bist ein langhaariger Barbar, der Frauen mit dem Schwert schlägt. Du bist der mittlere von drei Brüdern, der ältere ist größer und stärker als du, der jüngere hübscher. In den Augen einer Frau bist du also nur dritte Wahl. Du befiehlst über deine grunzenden Klanskrieger, während der gebildete Fürst an deiner Seite eine Kompanie von disziplinierten Soldaten anführt und nebenbei noch über eine ganze Stadt herrscht. Hast du auch eine Stadt zu bieten? Oder wenigstens ein schäbiges kleines Dorf irgendwo? Selbst wenn ich deinem überwältigenden Charme erliegen sollte und du mich dorthin bringst, wäre dein Vater dort der Anführer und nicht du. Stimmt's?«

»Damon? Du ziehst Damon vor?« Zu den anderen Dingen sagte Ian erst gar nichts, denn Seraphina hatte in allen Punkten recht.

»Ich ziehe niemanden vor.«

»Der Fürst kann dich nicht mit nach Carte nehmen.«

»So, so. Weil der langhaarige Kommandant es verbietet?«

»Er kann nicht zurück in seine Heimat.«

»Warum nicht?«

»Er wurde hierher verbannt. Es sollte aussehen wie eine Belohnung für große Verdienste, aber...« Ian biss sich auf die Zunge. Er hatte schon zu viel gesagt. »Außerdem hat er eine Frau dort.«

»Oh.« Seraphina zog eine Augenbraue hoch. »Aber wenn er ohnehin hierbleiben muss, spielt das wohl kaum eine Rolle.«

»Er hätte dich auch geschlagen.«

»Hat er aber nicht.«

»Er ist zu alt.«

»Du bist zu jung.«

»Er ist zu eitel.«

»Und du bist zu eifersüchtig. Dabei gehöre ich nicht mal dir.«

»Ich bin nicht eifersüchtig, nur interessiert.«

»Ist das die Art, wie ihr Klansmänner euer Interesse an einer Frau kundtut? Herangetrabt kommen, das Haar in den Nacken werfen und sagen: ›Ich bin interessiert?‹«

»Ich werfe mein Haar nicht in den Nacken. Ich schiebe es mit der Hand zur Seite.«

»Kein Wunder, wenn dir keine Frau widerstehen kann...«

»Ich weiß, dass du mich nicht verachtest, ganz egal wie scharfzüngig du dich gibst.«

»Ach ja? Und woher?«

»Weil du immer noch mit mir sprichst.«

Seraphina warf ihm einen kurzen Blick zu, dann tippte sie ihrem Pferd mit den Fingern auf den Hals und schoss durch die Bäume davon.

Ian konnte sich ein Grinsen nicht verkneifen. Allerdings konnte er ihr auch nicht folgen, und sein Grinsen verschwand. Das war alles andere als gut gelaufen. Wie jede begehrenswerte Frau, die keine Konkurrenz hat, hatte Seraphina ein Auge auf den mächtigsten unter den zur Verfügung stehenden Männern geworfen, und damit nicht auf Ian. Verdrossen dirigierte er sein Pferd zurück zu seinen Männern, lauschte ihren rauen Stimmen und dem kehligen Gelächter.

Sie grunzen tatsächlich.

Nachdem Kerr nicht mehr auf die Tiere aufpassen konnte, fiel die Aufgabe nun Garman zu, dem Ersatzkoch, und der fluchte ausgiebig über seine neue Funktion. Garman war älter als die meisten, nicht besonders schlau, aber pflichtbewusst, und er hatte zwei verschieden lange Beine. Außerdem war er ein Onkel zweiten Grades. Ians Drottin-Vater hatte ihn mitgeschickt, weil er unverheiratet war. Er trug den Käfig der Raubtaube auf dem Rücken, und die Taube hatte nichts Besseres zu tun, als ihn mit dem alten Reim »Die stammelnden Wilden Artungs« zu foppen, den die Vogelmeister des Königs gern benutzten, um den Botentieren Fretisch beizubringen. Garman hätte schwören können, dass die Taube genau wusste, was sie sagte…

»Stell dich nicht noch dümmer, als du bist«, sagte Barsch, der selbst nicht besonders schlau war. »Das ist eine Taube, die nur wiederholt, was ihr gesagt wird. Nicht mehr.«

»Das verdammte Vieh ist kaum besser als die Räuber, hinter denen wir her sind!«

Schweinebacke schien damit zufrieden, statt neben Kerr nun

neben Garman herzutrotten, ließ aber keine Gelegenheit aus, sich davonzumachen und die Gegend zu erkunden. Die rote Katze ging dem Kriegshund aus dem Weg, was nur natürlich war. Seltsam aber war, wie schnell Garman die Katze ins Herz schloss. Manchmal saß das arrogante Tier sogar auf seiner Schulter und schlug mit der Pfote nach dem Taubenkäfig auf Garmans Rücken, als wollte es überprüfen, wie fest die Gitter waren.

»Die Hügel!«

Ian hörte Klayts Schrei nur wenige Augenblicke, bevor er mit seinem Pferd zwischen den Bäumen hervorbrach. Der Wald endete abrupt, die Stechfichten und Riesenkiefern blieben zurück, und vor ihm öffnete sich eine weite Ebene. Ian wurde beinahe geblendet vom grellen Sonnenlicht.

Die Hügel waren beeindruckend hoch. Es würde bestimmt einen Viertelteil dauern, nur einen davon zu erklimmen. Außerdem standen sie in perfekt regelmäßigen Abständen zueinander und sahen beinahe gleich aus mit ihrem dunkelgrünen und genauso dichten wie niedrigen Blätterbewuchs. Die flachen Täler dazwischen waren hingegen vollkommen braun und kahl. *Bizarr*, dachte Ian. Als hätten die Götter grüne Schüsseln auf den Kopf gestellt und auf einer braunen Tafel verteilt.

»Sie sind alle genau gleich«, murmelte er schließlich.

»In der Tat«, ließ Quist von Flosse übersetzen. »Fremde verirren sich hier nur allzu leicht.«

»Es sind Dutzende.«

»Hunderte.«

Petrich runzelte die Stirn. »Etwas stimmt hier nicht.«

»Weshalb?«, fragte Ian, der immer an Petrichs Meinung interessiert war, egal wie verschroben sie manchmal sein mochte.

»Das Regenwasser müsste an den Hügelflanken hinablaufen und sich in den Tälern sammeln. Dort unten sollten die Pflanzen gedeihen, nicht oben.«

»Die Hügel saugen das Wasser auf«, erklärte Quist. »Sie trinken es, bevor es nach unten gelangen kann. Selbst aus der Ebene hier ziehen sie das Wasser. Deshalb gibt es weder Felder noch Bauern, keine Bäume und daher auch keine Forstmänner.«

Ian blickte in die Ferne. »Nur Diebe und Mörder.«

»Ja. Sie halten sich im dichten Unterholz der Hügel versteckt und überfallen Reisende, die nichtsahnend die Täler durchqueren.«

»Wenn wir auf dem Pfad bleiben, sehen sie uns, aber wir sie nicht. Ein heimtückischer Ort.«

»In der Tat.«

»Wie lautet dein Rat, Läufer?«

»Auf offenem Gelände bin ich zu schnell für sie, und wenn ich sie doch nicht abschütteln kann, schlage ich mich ins Gebüsch. Ich lege mir immer schon vorher eine Fluchtroute zurecht.«

»Das glaube ich gern«, knurrte Dano.

»Aber ich war noch nie mit einem ganzen Heer hier. Ich schlüpfe schnell hinein und schnell wieder hinaus. So viele Männer und Pferde lassen sich nicht so einfach verbergen. Vielleicht wissen sie sogar schon, dass wir hier sind.«

»Wie sollen wir sie in diesen Hügeln jemals finden?«

»Das ist genau der Grund, weshalb sie sich hier verstecken.«

An dieser Stelle tat Flosse unvermittelt seine eigene Meinung kund. »D-D-Der Hund.«

Ian wandte sich dem Jungen zu. »Was ist mit ihm?«

»Der H-H-Hund«, wiederholte Flosse. »Kann er sie nicht w-w-wittern?«

»Keine Ahnung.« Ian blickte Garman an.

»Wenn er einen Hasen riecht, holt er ihn sich«, sagte Garman mit einem Achselzucken.

»Gib dem Hund etwas, an dem er schnuppern kann.«

Garman zerrte Schweinebacke zurück in den Wald und ließ ihn an Glatz' Stiefel schnüffeln. Dann befahl Ian Glatz, sich auf dem Hügel direkt voraus zu verstecken. Garman hielt Schweinebacke noch einmal den Stiefel unter die Nase und bugsierte ihn an die Stelle, an der Glatz losgelaufen war. Zwei der kräftigsten Klansmänner hielten den Hund an einem dicken Seil fest. Schweinebackes Nüstern bebten zwar leicht, aber ansonsten schaute er Garman nur verständnislos an.

»Such!«, rief Garman, »Los!« und »Fass!«, aber nichts geschah. »Er macht es einfach nicht«, sagte er schließlich.

»Vielleicht kann er gar keine Fährten suchen«, überlegte Ian.

»Alle Hunde in Fretwitt können das«, beharrte Damon, wusste aber auch nicht, wie man es ihnen beibrachte.

Alle blickten Seraphina an, doch die schüttelte den Kopf. »Ich kenne mich nur mit Pferden aus, und Pferde sind keine Fährtensucher.«

Garman versuchte es noch mit ein paar weiteren Befehlen, aber es war zwecklos. »Er versteht mich wohl nicht.«

Flosse bedachte ihn mit einem kurzen Blick und ging neben Schweinebacke in die Knie. Er deutete in Richtung der Hügel und sagte etwas auf Plynthisch.

Schweinebacke zog die Lefzen hoch und preschte los. Die beiden Männer, die das Seil hielten, hatten nicht den Hauch einer Chance, ihn zurückzuhalten.

Als sie den riesigen Hund eingeholt hatten, stand er knurrend unter einer gefährlich niedrigen Weide, die langen Fangzähne bedrohlich gefletscht. Glatz hing zitternd an einem der obersten Äste.

Flosse rief etwas, und Schweinebacke kam sofort an seine Seite getrabt, als hätte er sich nie für den verängstigten Klansmann auf dem Baum interessiert.

»Er spricht Eure S-S-Sprache nicht«, erklärte Flosse.

»Dann bring Garman die deine bei«, erwiderte Ian. »Zumindest die Worte, auf die der Hund hört.« Er rief Quist zu sich. »Jetzt müssen wir nur noch Langzunges Fährte finden. Kannst du uns zu einem der Pfade bringen, die er benutzt?«

»Das kann ich.«

25

Es dauerte Tage, bis sie eine Fährte gefunden hatten, und sie brauchten eine ganze Woche, um den ersten Räuber aufzuspüren. Er flüchtete sich auf einen Hügel, aber der Kriegshund hatte ihn bald gestellt. Er ergab sich ohne Widerstand und warf seinen rostigen Dolch weit von sich. Sein brauner Kapuzenumhang stank fürchterlich. Offensichtlich hatte er sich seit Monaten nicht gewaschen. Vielleicht war das der Grund, warum Schweinebacke sich nur knurrend vor ihm aufgebaut hatte, statt die langen Zähne in seinem Fleisch zu vergraben.

»Bring uns zu Langzunge, dann wirst du ein gerechtes Verfahren bekommen für die Verbrechen, die du an den rechtschaffenen Menschen dieses Landes begangen hast«, ließ Ian Flosse übersetzen.

Als der Mann nicht reagierte, schlug Dano ihm die Kapuze zurück.

Der Gefangene zuckte im grellen Sonnenlicht regelrecht zusammen. Sein Gesicht war von offenen Stellen übersät, aus denen eine durchsichtige Flüssigkeit troff. Löcher in Wangen und Nase gewährten unliebsame Einblicke in seinen Kopf. Die beiden Männer, die ihn hielten, sprangen entsetzt zur Seite, und auch die restlichen Soldaten taumelten einen Schritt nach hinten. »Er fault!«

Der Bandit kauerte sich auf den Boden und blickte wild um sich wie ein gefangenes Tier.

»Er ist krank«, bemerkte Petrich.

»Deshalb ist er auch allein«, überlegte Damon. »Tötet ihn und verbrennt die Leiche.«

Ian musterte den Mann. Damon hatte recht: Das Beste war, ihn auf der Stelle zu töten und zu verbrennen. »Willst du weiterleben?«

»Ja«, antwortete Flosse anstelle des Mannes.

»Wir säubern diese Hügel von Banditen.«

»Ich habe nichts Unrechtes getan.« Der Mann zitterte vor Angst, als säße ihm der Tod nicht schon längst im Nacken. »Bitte schickt mich nicht zum Berg.«

Flosse hörte auf zu übersetzen und erklärte: »M-M-Manche, die F-F-Fleischfäule haben, gehen f-f-freiwillig weg. Es heißt, in den R-R-Rauchhöhen im Norden gibt es eine ganze K-K-Kolonie von ihnen.«

»Hilf uns, Langzunge zu finden, dann lassen wir dich deine Tage allein und in Frieden zu Ende leben.«

Damon schüttelte den Kopf. »Er kann nicht bei uns bleiben.«

»Natürlich nicht, aber er kann vorauslaufen, und wir können uns zunutze machen, was er weiß, bevor wir ihn gehen lassen.«

»Gehen lassen? Woher willst du wissen, dass er uns nicht verrät?«

»Gehörst du zu Langzunges Gefolgsmännern?«, ließ Ian Flosse fragen.

»Nein. Ich bin aus meinem Dorf geflohen, als die Fäule ausgebrochen ist. Eine Zeit lang habe ich mich ihm angeschlossen. Bei den Räubern war ich in Sicherheit, und es gab zu essen. Aber als sie meine Krankheit sahen, haben sie mich weggejagt.«

»Du wirst vor uns hergehen. Wenn du versuchst zu fliehen, holt der Hund dich ein. Wenn du uns verrätst, übernimmt mein Speer diese Aufgabe.«

»Ich werde Euch nicht verraten. Danke. Ihr seid sehr gütig.«

Der Mann trat auf ihn zu, aber Ian hob die Hand. »Bleib mir vom Leib. Du bist ansteckend. Und du stinkst.«

»Ich würde mich ja waschen, aber meine Haut löst sich ab, sobald ich es versuche.«

»Genug jetzt. Geh. Bring uns zu Langzunge.«

Weitere Tage vergingen, während derer der langsam dahinsiechende Mann sie auf einem verschlungenen Pfad immer tiefer in die Verstreuten Hügel führte. Er hielt sein Wort und blieb auf Abstand. Wenn er etwas mitzuteilen hatte, schrie er. Auf dem trockenen braunen Boden in den schmalen Tälern marschierte es sich gut, und sie kamen schnell voran. Sobald sie jedoch einen der Hügel erklimmen mussten, kamen sie im dichten Gehölz kaum noch vom Fleck.

Schagan übernahm wieder das Kochen, um nicht vollends in seiner Trauer zu versinken und weil er, wie er sagte, »Garmans Fraß« nicht länger ertragen konnte. Alle waren erleichtert, ab sofort von Garmans wässrigen Eintöpfen mit Grillfleisch verschont zu bleiben, das er entweder zu Kohle verbrannte oder so gut wie roh servierte. Schagan hatte da einen weit höheren Anspruch und außerdem eine ungewöhnlich feine Nase für wilde Kräuter. Oft verschwand er in dem dichten Gestrüpp am Wegesrand und kam nach einer Weile mit einer Handvoll duftender Blätter zurück. Er verwendete Beeren als Gewürz, und wenn er irgendwo ein Nest mit Eiern fand, die er mit dem Mehl aus ihren Vorräten vermischen konnte, machte er sogar Soßen. Das Fleisch der gehörnten Hasen grillte er so zart, dass es sich wie von selbst von den Knochen löste, sobald die hungrigen Klansmänner es in die Finger bekamen. Selbst die Stadtsoldaten, die ihren eigenen Koch hatten, schauten mit wässrigen Mündern von ihrem Feuer herüber. Schagan hatte eine Menge Rezepte ins Klansbuch geschrieben, in denen genau nachzulesen war, was gekocht und was gegrillt am besten schmeckte, aber Garman hatte sich nicht darum geschert und stets alles in einen Schmorkessel geworfen.

Eines Abends, nach einer herzhaften, mit Fretpfeffer und Engelbeeren verfeinerten Wildpastete, setzte heftiger Regen ein. Das

Wasser sammelte sich auf der trockenen Erde, und alle staunten, als die Pfützen sich wie von selbst zu kleinen Bächen sammelten und bergauf in die umliegenden Hügel strömten. Im silbrigen Licht des Mondes, der nach dem Sturm hinter den Wolken zum Vorschein kam, widersetzte das Wasser sich allen Regeln und floss nach oben statt unten, folgte dem Ruf der durstigen Hügel. Es war ein seltsames Land, aber voller Wunder und überreich an Dingen, die Petrich ins Klansbuch schreiben konnte.

Am vierten Tag führte der Mann sie zu einem Vorratslager mit Schaufeln, Harken, Picken und dergleichen mehr. Endlich hatten sie Langzunges Fährte. Die eisernen Werkzeuge lagen unter Ästen und Blattwerk versteckt und vor den heftigen Regenfällen geschützt. Außerdem zeigte der Gefangene ihnen einen Pfad, den Langzunges Bande oft benutzte.

Garman ließ Schweinebacke an einer Decke schnüffeln, die der Räuberführer laut Auskunft des Mannes oft benutzte, dann wollten sie ihn freilassen, wie Ian es versprochen hatte. Damon beharrte immer noch darauf, dass sie ihn besser töten sollten. Sie täten ihm damit nur einen Gefallen, sagte er, und es sei auch besser für ihre eigene Sicherheit. Ian stimmte den Argumenten zwar grundsätzlich zu, aber er hatte dem Mann sein Wort gegeben und weigerte sich, es zu brechen. Er würde ihn laufen lassen, damit er sein Leben in der Abgeschiedenheit der Hügel aushauchen konnte, solange er nur schwor, sich von Haselzahn und den anderen Siedlungen fernzuhalten.

Schließlich nahmen sie Langzunges Spur auf. Ian entsandte die Raubtaube zum Palast von Skye mit der Nachricht, dass sie dem Banditenführer nun dicht auf den Fersen waren. Ein paar Tage später kehrte der Vogel zurück und sagte mit Bryss' zittriger Stimme: »Mein Onkel ist in Buchtend angelandet.«

Nur diesen einen Satz und kein Wort mehr.

Und wieder verändert sich die Welt. Ian wusste nicht genau, wie, aber er war sicher, dass seine Aufgabe in dieser neuen Welt sich ebenfalls bald ändern würde. Der nächste Botenvogel würde neue Befehle bringen, die dann nicht mehr von einem betrunkenen Jüngling und Möchtegern-Kronprinzen kamen, der Ian aus einer Weinlaune heraus zum Kommandanten über die Grüne Kompanie ernannt hatte. Die nächsten Befehle würden direkt von demselben grimmigen König kommen, dem sein Vater die Ländereien ihrer Vorfahren überschrieben hatte.

Die Taube hatte kaum zu Ende gesprochen, da sahen Damons Augen schon aus, als wollten sie aus den Höhlen treten. »Er wird mich umbringen lassen«, sagte der Fürst der Landkarten zu Ian, Dano und Petrich. »In Fretwitt konnte er es nicht, denn mein Volk hätte einen Aufstand angezettelt. Hier jedoch kann er mich einfach beseitigen und zu Hause eine gut ausgedachte Geschichte verbreiten lassen. Du musst mich beschützen, Klansmann!«

Damons Überheblichkeit ärgerte Ian immer noch. Er forderte seinen Schutz einfach ein, statt darum zu bitten. Andererseits war der Fürst schon ein wenig sanfter geworden, jetzt, da er Ian und seine Männer besser kannte. Er aß sogar gelegentlich mit ihnen, seit Schagan das Kochen wieder übernommen hatte. Damon kannte sich gut mit Geld und Handel aus, war schlau und ein wertvoller Verbündeter, wenn er in der richtigen Stimmung war. Ian mochte ihn beinahe.

»Ich bin mir gar nicht so sicher, ob mein Stand gegenüber dem König so viel besser ist als Eurer«, erwiderte er. »Und auf jeden Fall müsst Ihr Euren Soldaten beibringen, mich zu respektieren und mir zu folgen, wenn ich Euch beschützen soll.«

»Du verlangst viel. Ich bin von edler Geburt und nicht dazu gemacht, einem Klansmann zu folgen.«

»Meine Männer wurden für die Schlacht geboren. Ich war fünfzehn, als ich sie zum ersten Mal in den Kampf führte. Wen habt Ihr je angeführt? Ein Heer von Kaufleuten, die einen Marktplatz stürmen? Ihr könnt mir getrost in der Schlacht folgen, ohne Eurem Stolz damit Abbruch zu tun. Wenn wir aber von Kaufleuten angegriffen werden, die uns mit ihren Bestandslisten bewerfen, trete ich gern zur Seite und überlasse Euch das Kommando.«

»Hüte deine Zunge, ich könnte dir deine Worte übelnehmen.«

»Solltet Ihr aber nicht. Wir befinden uns hier mitten in den Hügeln, und wir werden es mit gefährlichen Gegnern zu tun bekommen. Das hier ist meine Aufgabe, und Eure Überlebenschancen stehen besser, wenn Ihr Euch mir unterstellt. Wenn wir auf eine Handelskarawane treffen oder einen Kartografen, übernehmt Ihr wieder die Führung, aber nicht jetzt.« Ian hielt kurz inne. Er konnte förmlich sehen, wie Damon fieberhaft nachdachte, und er hoffte, die Intelligenz des weltgewandten Fürsten von Carte möge sich gegen seinen Stolz durchsetzen. »In den Hügeln gibt es ein Sprichwort«, fuhr er schließlich fort. »Es wurde in mindestens drei Sprachen übersetzt, aber auf Artungisch funktioniert es am besten: Ein Mann, der nur seine Schwächen kennt, ist zu furchtsam. Ein Mann, der nur seine Stärken kennt, ist zu überheblich. Nur ein Mann, der beides kennt, ist wirklich weise.«

»Kluge Worte«, stimmte Damon zu.

Zu mehr würde der Fürst sich nicht hinreißen lassen, aber er hatte offensichtlich verstanden, selbst wenn es ihm nicht behagte. Ian seufzte erleichtert. Wenn sie am nächsten Morgen angriffen, würde er allein die gesamte Grüne Kompanie befehligen.

26

»Ich bin enttäuscht, Neffe«, sagte Schwarzwasser, und mehr brauchte er fürs Erste auch nicht zu sagen.

Bryss wurde so weiß wie der Fisch, den er seit über einem Jahr so gerne in sich hineinstopfte. Als er den Mund zu einer Erwiderung öffnete, klang seine Stimme angestrengt und undeutlich. »Aber ich habe Euren Einflussbereich erweitert. Von Buchtend bis Fischgrund im Westen und bis hinter die Täler im Norden. Während wir hier sprechen, sichern meine Grünen die Lande im Osten bis in die Verstreuten Hügel hinein.«

»*Meine* Grünen. *Meine* Soldaten sichern den Osten.«

»Ja, Onkel. Eure Soldaten, selbstverständlich.«

»Es heißt: Ja, Euer königliche Exzellenz.«

Bryss senkte zitternd den Kopf. »Ich habe mein Bestes getan, Euer königliche Exzellenz.«

»Dein Bestes, wie? Als ich gestern hier ankam, musste ich feststellen, dass du dich von leicht bekleideten Bauernmägden beraten lässt und die Toten an Kannibalen verfütterst. Unsere neuen Untertanen beten sogar Katzen an. In aller Öffentlichkeit. Katzen! Und ein Barbar aus der Wildnis Artungs hat das Kommando über eine *meiner* Kompanien! Das nennst du dein Bestes?«

Schwarzwasser begann auf und ab zu gehen. »Es gibt hier nicht einmal ein feindliches Heer, das sich dir entgegenstellen könnte. Ist dieses Land so gefährlich, dass du dich mit diesem üblen Geschmeiß verbünden musstest, um es zu erobern? Habe ich dir nicht genug Männer und Waffen gegeben? Sind deine Soldaten solche Versager, dass du in den Hügeln Artungs nach einem fähigen Anführer für sie suchen musstest? Oder bist du einfach nur betrunken?«

Bryss fiel nichts ein, was er auf diese vernichtende Analyse erwidern konnte. »Ja«, sagte er tonlos. »Ich bin betrunken.«

»Und wo steckt Fürst Damon? Irgendwo, wo ich schnell an ihn herankomme, hoffe ich doch. Oder tot, gestorben aufgrund eines Fehlers, den er selbst zu verantworten hatte.«

Bryss rutschte nervös auf seinem Stuhl hin und her, dann brach er vollends unter dem funkelnden Blick seines Onkels zusammen. »Er ist mit der Grünen nach Osten aufgebrochen.«

»Du hast ihm ein Kommando übertragen?!«

»Aber nein. Der Klansmann hat ihn mitgenommen. Ich habe es erst bemerkt, als sie schon fort waren.«

»Der Klansmann hat also direkt vor deiner Nase einen meiner Fürsten entwendet. Vielleicht taugt er mehr, als ich ihm zugetraut hätte. Oder *du* noch weniger.«

Nach ein paar weiteren grollenden Worten beschloss Schwarzwasser, dass er seinen Neffen genug zusammengestaucht hatte. Immerhin war er noch jung und ein Mitglied der Familie. Bryss würde Schwarzwasser nicht viel nutzen, solange er zitterte wie Espenlaub. »Wo sind die beiden von mir ernannten Kommandanten?«

»Zinnober ist hier in der Stadt. Morgan ist auf der Ersten Straße nach Norden unterwegs.«

»Ich will Zinnober unverzüglich sehen. Sende Morgan einen Vogel und lass ihn wissen, dass ich hier bin.«

»Die Nachricht ist bereits seit heute Morgen unterwegs, Euer königliche Exzellenz.«

»Ah, du kannst also auch was richtig machen. Noch gibt es Hoffnung für dich.«

Bryss richtete sich ein Stück auf. Gut so. Schwarzwasser musste den Jungen wieder auf Kurs bringen. So unreif er auch sein mochte, eine gesicherte Thronfolge war die beste Lebensversicherung für einen König. Er würde Bryss weiterhin als seinen Kronprinzen ausgeben und daran arbeiten, den Jungen für die Aufgabe vorzubereiten. Immerhin machte er nur die gleichen Fehler, die alle halbwüchsigen Adligen machten.

»Mit Fronk habe ich auch zu sprechen. Ich bin mit seiner Kanalisation nicht zufrieden. Auf dem ganzen Weg von Buchtend bis hierher konnte ich sie riechen.«

»Ich arrangiere das. Sofort.«

»Und ruf alle Lordschaften, die Dorfpriester, Bürgermeister und Stadtvorsteher in drei Tagesreisen Umkreis zusammen. Ich will sie kennenlernen. Wir werden zu Ehren meiner Ankunft ein Gelage für sie geben und ihnen erklären, wie der Hase läuft, jetzt, da ich hier bin. Ich gehe doch recht in der Annahme, dass Gelage ganz nach deinem Geschmack sind?«

»Oh ja, sehr sogar.«

»Nun, dieses wirst du dir *ohne* Wein schmecken lassen.«

Bryss verzog das Gesicht. »Ja, Euer königliche Exzellenz. Selbstverständlich.«

Zinnober kam in Begleitung seiner Tochter Sienna. Sie war noch ein Kind gewesen, als er sie das letzte Mal gesehen hatte. Jetzt war sie eine Frau, verschlossen, immer leicht schmollend, der Blick undurchdringlich. *Kalt.* Nichtsdestotrotz eine beeindruckende Erscheinung mit ihrem scharf geschnittenen Kinn und der spitzen Nase, sogar schön, wäre da nicht diese unnahbare Art. Außerdem war sie unnatürlich blass unter ihrem prunkvollen Kleid und dürr wie ein Storch. *Keine gute Mutter.* Sie sah sich ständig im Spiegel an, niemals aber die Männer, derentwegen sie offensichtlich ihr Aussehen überprüfte. Die anwesenden Männer wiederum scheuten vor ihr zurück und stoben auseinander wie armselige Käfer, wenn sie kam, vermieden jeden Blickkontakt, als hätten sie Angst, ihr Vater könnte es übelnehmen.

»Zinnober!«, polterte Schwarzwasser. »Wie gefällt es Euch hier?«

»Gut. Sehr gut sogar«, sagte der Fürst unter seinem Helm hervor und schluckte einen Mundvoll Speichel hinunter. »Der Schellfisch ist hervorragend.«

»Ganz recht. Ich selbst habe in der Tat so viel Gutes gehört, dass ich beschloss, herzukommen und es mir selbst anzusehen. Trinkt einen Becher Wein mit mir.« Schwarzwasser bedeutete Bryss, ihnen den Wein aufzutragen, und machte mit einem scharfen Blick klar, dass der Kronprinz selbst gefälligst abstinent bleiben sollte. Als sein Neffe der Aufforderung nachgekommen war, deutete Schwarzwasser auf Zinnobers Tochter. »Bryss, zeig der Dame Sienna den Palast.«

Zinnober sah seine Tochter an, die den Blick kalt erwiderte. *Das gefällt ihr gar nicht*, dachte Schwarzwasser amüsiert. *Und Zinnober auch nicht.*

»Klein, einen Stuhl für Fürst Zinnober. Bryss, den *ganzen* Palast. Du magst doch die Gesellschaft von Damen, nicht wahr?«

»Ja, Euer königliche Exzellenz.« Bryss verließ mit der kalten Hand der Dame Zinnober auf seinem Arm den Saal, und Sienna blickte den gesamten Weg bis zur Tür über die Schulter zurück zu ihrem Vater.

Zinnober ging zu dem Stuhl, den Klein umständlich für ihn hervorgezerrt hatte.

Er hinkte, wie Schwarzwasser auffiel. »Ihr dürft Euren Helm jetzt abnehmen, Fürst«, sagte der König. »Es geziemt sich nicht, eine Kopfbedeckung zu tragen, wenn Euer König zugegen ist und wir nicht im Feld sind.«

»Aber wir sind im Feld, Eure exzellente Königlichkeit.«

Anscheinend wird er langsam senil. Macht nichts. »Ts-ts-ts. Runter mit dem Helm. Ihr wollt doch nicht, dass mein Scharfrichter Euch dabei zur Hand geht«, scherzte Schwarzwasser.

Zinnober warf ihm einen verwirrten Blick zu, gehorchte aber

und hob die Metallkappe an. Das Lederfutter, das den Großteil seines Gesichts bedeckte, blieb kleben, aber nicht lange. Sich Schwarzwassers Befehl offen zu widersetzen kam nicht infrage, also löste Zinnober den Riemen und zog auch die abgewetzte Ledermaske vom Kopf. Sie hatte Schweißflecken und gab die Haut darunter nur widerwillig preis.

Er nimmt sie so gut wie nie ab.

Als Klein Zinnobers unverhülltes Gesicht sah, schnappte er nach Luft. Der Rote Fürst hatte keine Oberlippe mehr, sodass die vorderen Schneidezähne, hätte er noch welche gehabt, ihm entgegengegrinst hätten wie die eines Totenschädels. Aber auch sie fehlten, waren direkt über den Wurzeln abgebrochen und gaben den Blick auf den Gaumen bis nach hinten zum Zäpfchen frei, das rosafarben und feucht in der Luft hing. Zinnober musste ständig die Spucke hinunterschlucken, die sich in seinem Mund sammelte, damit sie nicht aus den Mundwinkeln troff.

Doch Schwarzwasser sah, dass der Rote Fürst noch mehr Verletzungen davongetragen hatte als nur einen Keulenschlag mitten ins Gesicht. Seine Stirn war schartig wie ein Hackstock, die Narben darauf teilweise erstaunlich frisch. Zinnober war nicht älter als Schwarzwasser selbst, und doch sah er aus wie ein Dorfgreis, den man schon bald zum Sterben hinaus auf die Felder tragen würde. Sein Haar war dünn und schütter, an einigen Stellen wuchs überhaupt keines mehr. Nachdem Zinnober sich umständlich vor dem Stuhl in Position gebracht hatte, ließ er sich hineinfallen wie ein Steinschlepper nach einem harten Arbeitstag und starrte in dem Versuch, seinem König höflich in die Augen zu blicken, knapp über Schwarzwassers linke Schulter hinweg ins Leere.

»Großer Gott, Fürst, Ihr habt schwere Wunden davongetragen.«

»Nicht der Rede wert«, erwiderte Zinnober mit dünner, stockender Stimme.

»Und ob es der Rede wert ist. Ein Heiler sollte sich um Euch kümmern. Klein, bring einen Heiler.«

Klein sprang auf und eilte davon. Nun waren sie allein.

»Für Schlachtwunden braucht sich niemand in meinem Reich zu schämen«, sagte Schwarzwasser. *Er will nicht, dass man merkt, wie gebrechlich er ist. Verständlich. Vernünftig sogar.*

»Eine Schlacht, ja. Auf dem Räuberkamm. Herzog Pettibon und seine tausend gegen fünfhundert der unseren. Aber wir hielten den Kamm.«

Die Schlacht auf dem Räuberkamm lag Jahrzehnte zurück. Schwarzwasser erinnerte sich genau. Zinnober musste sich die frischen Narben woanders zugezogen haben. Außerdem war Herzog Pettibon nicht über den Kamm marschiert, sondern mit seinen Schiffen in Ronna gelandet. Graf Ethelbert hatte die Truppen in das Verhängnis auf dem Gebirgspass geführt. Zinnober redete wirres Zeug. Schwarzwasser gewann sogar den Eindruck, als wüsste der Rote Fürst kaum, wo er war.

Es ist seine Tochter, die ihn noch im Amt hält. Es konnte nicht mehr lange dauern, bis er als Herrscher der Roten Stadt abgelöst wurde. *Und er ist nur noch ihr Handlanger.* Sienna konnte ihren Vater nicht beerben, weil es da noch diesen Sohn gab, der stellvertretend auf Zinnobers Thron saß und die Herrschaft übernehmen würde, sobald der Fürst selbst nicht mehr dazu in der Lage war. Sienna hielt ihren Vater mit dem Griff ihrer langen spitzen Fingernägel eisern im Amt, und Schwarzwasser fragte sich, ob sie sich wohl mit ihrem Bruder überworfen hatte.

Es spielte jedoch kaum eine Rolle. Die Gerüchte, die Rote Stadt wolle sich von Asch lossagen, die Schwarzwasser dazu bewogen hatten, den Fürsten aus Fretwitt zu entfernen, waren nicht mehr von Belang. *Zinnober ist keine Bedrohung. Ich werde ihn nach Hause schicken. Falls er die Reise übersteht, sorge ich dafür, dass er seine Tage in Würde und Luxus zu Ende leben kann. Er war einmal ein tapferer und fähiger Mann. Sein Volk wird es mir hoch anrechnen, wenn ich mich für seine Dienste dankbar erweise.*

Klein kehrte im selben Moment mit dem Heiler zurück, als Bryss den Palastrundgang mit Sienna beendete. Die Hand der Fürstentochter lag nicht mehr auf dem Arm des Kronprinzen, was Bryss nur recht zu sein schien.

Schwarzwasser winkte alle vier zu sich. Es war eigenartig, nicht von einem angemessenen Thron aus zu regieren. Der musste erst noch gebaut werden, aber das Podest dafür war bald fertig, hieß es.

Der Heiler ging direkt zu Zinnober und begann unter Siennas argwöhnischen Blicken mit seiner Arbeit. Sie stellte sich hinter ihren Vater, und ihr Gesicht sah dabei sogar noch spitzer aus, falls das überhaupt möglich war.

»Ich habe mich gut mit Eurem Vater unterhalten, junge Dame Zinnober«, sagte Schwarzwasser.

»Habt Ihr?« Siennas Augen waren schmal und abweisend.

»Und ob. Er hat mir hier gute Dienste erwiesen. Ich werde ihn nach Hause schicken.«

Der Blick der jungen Adligen hellte sich sofort auf, und Schwarzwasser beobachtete ihre Reaktion genau. Sie schien eher erleichtert als dankbar.

»Danke, Euer königliche Exzellenz, dass Ihr den Fürsten an den Platz zurückkehren lasst, der ihm gebührt.«

»Klein wird unverzüglich alle notwendigen Vorbereitungen treffen. Euer Vater bekommt das sicherste Schiff, das wir haben.«

Klein nickte. Er hatte verstanden. Zinnober sollte während der Überfahrt nichts geschehen.

Sienna wich ihrem Vater nicht von der Seite. Ihr Blick sprang zwischen dem Heiler und König Schwarzwasser hin und her. Sie hatte sich zwar bei ihm bedankt, doch in ihrer Stimme lag eine schneidende Kälte. »Ich werde dafür Sorge tragen, dass die Herrschaft meines Vaters in unserer Heimat nicht noch einmal unterbrochen wird«, erklärte sie schließlich.

Schwarzwasser dachte erneut an die Gerüchte über eine Abspaltung der Roten Stadt. Der gebrochene Mann in dem Stuhl gegenüber gab wenig Anlass zur Besorgnis, aber irgendwoher mussten die Gerüchte schließlich gekommen sein.

»Nein«, sagte er zu Sienna. »Euer Bruder wird dafür Sorge tragen. Ihr bleibt hier.«

27

Die Grüne Kompanie hatte sich in einem großen Ring um den Fuß des Hügels verteilt, und Schweinebacke folgte unterdessen einer Fährte hinauf ins Dickicht. Die Räuber mussten die Soldaten mittlerweile bemerkt haben, und sobald sie auch nur die kleinste Lücke ließen, würden die Banditen herunterstürmen und den Ring genau an dieser Stelle durchbrechen. Ian hatte den Männern befohlen, sich so aufzustellen, dass auf einen Stadtsoldaten immer ein Klanskrieger folgte, und Damon hatte dafür gesorgt, dass seine Männer auch gehorchten. Der Fürst saß hoch zu Ross und gab sich nach wie vor ganz wie der Anführer der Kompanie, schärfte seinen Soldaten jedoch ein, die Anweisungen des jungen, aber im Hügelkampf sehr erfahrenen Drottin genau zu befolgen. Als einer der Soldaten leise »Wilder« sagte, nachdem er sie instruiert hatte, ließ Damon ihn aus dem Glied zerren, und einer seiner Kameraden musste ihm mit dem Messer einen langen Schnitt auf der Zunge beibringen. Auf diese Weise würde es mindestens eine Woche dauern, bis er den Drottin erneut verhöhnen konnte. Nichtsdestotrotz erinnerte sich Ian nur zu gut, dass auch Damon das Wort des Öfteren gebrauchte, wenn er von den Klansmännern sprach. Nur leider gab es niemanden, der ihm dafür die Zunge aufgeschnitten hätte.

Hinter dem Ring patrouillierte Seraphina mit vierzehn Berittenen, um jeden niederzureiten, der den Ring durchbrach.

»Drottin, sieh! Rauch!«, rief Dano.

Eine dünne schwarzbraune Säule erhob sich aus dem Blattwerk

gleich unterhalb der Hügelkuppe, und noch im selben Moment hörte Ian den Schrei. Es war der Schrei eines Menschen, und er kam von dem Signalfeuer. *Entweder ein Warnruf oder ein Schmerzensschrei, schwer zu sagen.* Ian trieb sein Pferd darauf zu.

»Haltet euch bereit!«, rief er seinen Soldaten zu, und der Befehl wurde reihum weitergegeben.

Niemand sprach ein Wort. Die Klansmänner packten ihre Speere noch fester, die Hände feucht von Schweiß, die Gesichter entschlossen, die Beine unruhig in der Erwartung, jeden Moment loszupreschen. Die Stadtsoldaten hingegen standen reglos da. Ihre Stiefel im Sand verankert wie das Podest einer Säule, machten sie sich bereit, für was auch immer kommen mochte.

Ians Herzschlag beschleunigte sich, doch er wartete. In den letzten Momenten vor der Schlacht schien die Welt zusammenzuschrumpfen. Es war ein eigenartiges Gefühl. Ian sah nur noch die Spitze seines Speers und den Gegner, den sie gleich durchbohren würde. Alles andere zählte nicht mehr, nichts anderes existierte während der kurzen, aber umso intensiveren Auseinandersetzung mit dem Feind. Der tödliche Tanz zweier Krieger war etwas sehr Persönliches, beinahe Intimes, das Leben während dieser wenigen Momente viel dichter als all die Jahre davor. Sobald Ian seinen Speer geworfen hatte oder der Angreifer zu nahe herangekommen war, zog er Obry, und das Schwert wurde zu einer Verlängerung seines Arms. Selbst jetzt spürte er, wie es ihn drängte, ihm zuflüsterte: *Benutz mich, kämpfe, töte!*

Ian schüttelte den Kopf, um seine Gedanken wieder klar zu bekommen. Ein Kampf war wahrscheinlich, aber nicht unausweichlich. Das Leben seiner Männer stand auf dem Spiel, und er würde verhandeln, falls möglich. Töten war nur die letzte Möglichkeit, wenn alles andere gescheitert war.

Eine Weile blieb alles still, dann kam Schweinebacke unvermittelt und offenbar sehr zufrieden mit sich selbst zurück zum Fuß des Hügels getrabt.

»Dein zu groß geratener Schoßhund hat sich ein Stöckchen geholt, Garman«, witzelte Glatz.

Die nervöse Anspannung der Männer wurde einen Moment lang von dem Anblick des riesigen Hundes überlagert, der wie ein verspielter Welpe auf dem bald schon blutgetränkten Boden herumtollte.

Garman verstand nicht, was daran so lustig war. »He, halt den Mund, Glatz. Das ist nicht mein Hund. Ich füttere ihn nur.«

Auch Glatz' Bruder Tuck fiel mit ein. »Sag mal, was hast du ihm eigentlich beigebracht? Räuber aufspüren oder Stöckchen holen?«

Petrich musterte den Kriegshund. »Das ist kein Stock«, murmelte er.

Das längliche Ding, das zwischen Schweinebacke Kiefern hervorlugte, tropfte rot und wackelte bei jedem Schritt. *Fleisch.*

»Ein Arm!«

In diesem Moment griffen die schreienden Horden an. Doch kamen sie nicht von dem Hügel, den Ian und seine Soldaten umzingelt hatten, sondern von den umgebenden Hügeln hinter ihnen. Sie waren auf einen Köder hereingefallen. Schweinebacke war einem einzelnen Banditen gefolgt, während seine Komplizen schon in einem Hinterhalt auf der Lauer lagen.

Ian riss sein Pferd herum. »Es sind nicht mehr als zwanzig!«, rief er seinen Männern die Information ins Gedächtnis, die Viktor ihm überbracht hatte.

Es waren tatsächlich genau zwanzig, aber auf *jedem* der vier Hügel in ihrem Rücken. Viermal so viele, wie Ian erwartet hatte. Diesem Ansturm konnten sie vermutlich nicht standhalten. Schon bei der ersten Angriffswelle würde er die Hälfte seiner Männer verlieren.

»Formiert euch!«, brüllte Damon in dem Versuch, seine Männer in eine geschlossenere Stellung zu bringen, die leichter zu verteidigen war, bevor die Banditen sie erreichten. »Formiert euch! Formiert euch!«

Seraphina stieß einen Pfiff aus und rief die Pferde zu sich. Ihre Reiter konnten nichts dagegen tun, und als sie begriffen, was Seraphina vorhatte, versuchten sie es erst gar nicht. Die Herde schloss sich zu einem Kreis um den Ring aus Soldaten und nahm Geschwindigkeit auf. Fünfzehn mächtige Pferde in vollem Galopp waren ein respekteinflößender Anblick. Ian beobachtete, wie Seraphina ihre Reiterei auf den ersten Haufen Banditen hetzte, nicht wie einen Keil mitten in sie hinein, sondern in breiter Front auf sie zu, sodass den Angreifern nichts anderes übrig blieb, als stehen zu bleiben und sich gegen die hämmernden Hufe zu schützen. Dann drehte Seraphina ab, ließ die perplexen Räuber hinter sich zurück und preschte der nächsten Angriffswelle entgegen.

Nur eine der vier Gruppen konnte sie nicht rechtzeitig aufhalten. Äxte und Dolche schwingend, rannten die Banditen an der Nordflanke des Hügels gegen die Reihen der Grünen an, und Ian eilte ihnen mit zehn Männern zu Hilfe. Drei seiner Krieger sah er fallen, und jeder ihrer Todesschreie versetzte ihm einen Stich ins Herz. Sie waren Freunde gewesen und Familienangehörige. Doch während der Schlacht war keine Zeit für Trauer, auch nicht um einen Klansmann. Ian schleuderte dem am nächsten stehenden Banditen seinen Speer in den Rücken, dann sprang er aus dem Sattel und stürzte sich ins Getümmel. Obry war schon in seiner Hand, noch bevor er wieder festen Boden unter den Füßen hatte.

Kämpfe! Töte! Vorwärts!

Die Grünen zogen sich um den Mob an der Nordflanke zusammen, und zwei Räuber wurden getötet, bevor sie sich wieder zwischen die Bäume zurückziehen konnten.

Damons Männer hatten inzwischen die Zeit genutzt, die Seraphinas Scheinangriff ihnen verschafft hatte, und sich formiert. In geschlossener Schlachtreihe traten sie ihren Feinden auf dem offenen Feld entgegen. Nun war der Vorteil auf ihrer Seite, denn sie hatten Rüstungen und die besseren Waffen. Ihre langen Speere trafen, noch bevor die Räuber mit ihren improvisierten Äxten überhaupt ausholen konnten, und die Reichweite ihrer Schwerter war weit größer als die der Dolche. Seraphina hatte den Überraschungsangriff ins Stocken gebracht, und die geschlossenen Reihen der Stadtsoldaten pflügten durch den unorganisierten Haufen wie eine Sense durch überreifes Getreide. Viele der Räuber waren klein gewachsen und konnten kaum mit ihren Waffen umgehen, wie Ian auffiel. Ohne die Wucht ihres Ansturms und des Überraschungseffekts beraubt, waren sie verloren. Die Hügelflanken ringsum hallten wider vom Schmatzen grüner Klingen, die sich durch Lederkleidung und Fleisch schnitten. Schreie von Verstümmelten und Sterbenden zerrissen die Luft. Das alles dauerte nur wenige Momente, dann zerstreute sich der Feind und wandte sich zur Flucht.

Das war der Punkt, an dem die Klansmänner übernahmen. Wie Hasen flohen die Angreifer, doch Ians Krieger setzten ihnen nach, überrannten sie von hinten und durchbohrten sie mit ihren Speeren. Wer nicht schon mit einem Holzschaft im Rücken tot am Boden lag, wurde niedergerungen und mit den Worten, die Flosse jedem Soldaten der Grünen beigebracht hatte, aufgefordert, sich zu ergeben. Doch der Schrecken der Verstreuten Hügel war uneins, wie sich herausstellte. Einige ergaben sich, andere kämpften, und wer kämpfte, starb. Offensichtlich gingen die meisten davon aus, dass sie ohnehin am Galgen enden würden. Die anderen wurden entwaffnet und gefesselt.

Als der von dem Kampf aufgewirbelte Staub sich wieder gelegt hatte, waren sieben von Ians siebzig tot – zwei Stadtsoldaten und fünf seiner eigenen Männer. Die Zeit der Trauer würde schwer werden, aber fürs Erste musste er alle Gedanken an die mutigen Gefallenen aus seinem Kopf verbannen, denn es waren noch zu viele Feinde übrig. *Außerdem haben wir Gefangene gemacht.* Die Klanskrieger hatten mehr Feinde getötet als Damons Soldaten, aber sie hatten einen hohen Preis dafür bezahlt. *Also gibt es doch etwas, das wir von diesen Palastschnöseln lernen können,* dachte Ian und

beschloss, genau zu analysieren, wie ihre Taktik ausgesehen hatte und wie viel Rüstung seine Krieger ab jetzt tragen sollten. Die Männer der Hügelkuppen waren all das Metall am Körper nicht gewohnt und hatten das meiste davon weggelassen. Entsprechend ungeschützt waren sie gewesen. *Petrich wird einige Stunden beschäftigt sein, all diese neuen Erkenntnisse aufzuschreiben.*
Trotz ihrer Verluste war der Tag siegreich verlaufen. Zwanzig Banditen lagen tot im Staub. Zwanzig weitere waren verletzt, aber noch am Leben. Und weitere zwanzig, die sich ergeben hatten, waren unverletzt gefangen worden. Der Rest hatte sich im Unterholz des Hügels verkrochen, den sie ursprünglich umstellt hatten. Ian befahl seinen Männern, wenn auch zögernd, sie erneut einzukreisen, dann ließ er die Gefangenen bringen.

Die Banditen waren ein wild gemischter Haufen, stattliche, grimmige Männer, abgemagerte Diebe und – überraschenderweise – mehrere Halbwüchsige, beinahe Kinder. Gut die Hälfte der Gruppe war jünger als Ian. Die meisten trugen schlichte Kleidung, nur ein paar der Älteren hatten Seide oder Pelze am Leib, die offensichtlich gestohlen waren. *Wahrscheinlich von einem schlecht bewaffneten Reisenden wie Schweinebackes einstigem Herrn.*

»Ist einer von euch Langzunge?«, fragte er laut.

Keine Antwort. Nur einer der Banditen spuckte demonstrativ aus. Damons Späher Klayt sah es und ließ seine Axt auf den Fuß des Mannes niederfahren. Sie schnitt durch das dünne Stiefelleder und trennte alle fünf Zehen ab. Der Mann krümmte sich vor Schmerz, und Klayt ließ ihn hinüber zu den anderen Verletzten schleifen.

Ian verzog das Gesicht, ließ sich aber ansonsten nichts anmerken. Klayt war grausam, aber was er getan hatte, war richtig. Er musste diesen Schuften sofort zeigen, woher der Wind wehte.

»Langzunge! Wo ist er?«

»Er ist nicht mehr bei uns!«, wimmerte einer der Jungen.

Ian legte Klayt eine Hand auf die Schulter. Er glaubte dem

Jungen. Außerdem zählten ihre Gefangenen vierzig Mann, während zwanzig weitere Diebe irgendwo auf dem Hügel lauerten, und von den Grünen waren kaum mehr als sechzig übrig. Wenn Ian nicht irgendeine Form von Gnade zeigte, konnte es leicht passieren, dass noch mehr der Seinen starben, falls der Feind beschloss, erneut zu kämpfen. *Noch mehr tote Vettern und Brüder.*

»Wer sich ergibt, wird begnadigt, solange kein Blut von Unschuldigen an seinen Händen klebt.«

Die Gefangenen tauschten hektische Blicke aus. Sie wussten, wer von ihnen ein Mörder war. Einer der Älteren sprang auf und rannte los.

Damon gab ein Zeichen, und der Mann wurde durch einen Speerwurf niedergestreckt.

»Will noch jemand auf diese Weise gestehen?«, bellte Ian.

Flosse übersetzte, und es schien, als hätte der Rest verstanden. Sie sanken auf die Knie und umfassten als Zeichen der Unterwerfung ihre Fußknöchel.

»Hält er sich auf einem dieser Hügel versteckt?«, fragte Ian den Knaben, der zuvor gesprochen hatte.

Der Junge war etwa in Flosses Alter und sprach beinahe genauso stockend. »Er ist schon vor Wochen weg. Kam noch mal kurz wieder und verschwand. Hat uns gewarnt, dass ihr kommt, und uns gesagt, wie und wo wir euch auflauern sollen. Es war nicht unsere Idee, eine Kompanie Soldaten anzugreifen, aber ihr habt uns in die Enge getrieben. Wir hatten Angst.«

Ian runzelte die Stirn. Als sie brüllend die Hügel heruntergestürmt waren, hatten sie alles andere als verängstigt ausgesehen. Andererseits waren viele von ihnen noch sehr jung und ließen sich leicht vom Überschwang des Moments mitreißen. Jetzt sahen sie durchaus verängstigt aus.

»Darüber sprechen wir, wenn wir mit euren Kumpanen dort auf dem Hügel fertig sind. Wenn sie sich ergeben, lassen wir sie leben. Wer hilft uns dabei?«

Alle Gefangenen schauten den Jungen an. In ihren Augen war er schon jetzt ein Verräter.

»Guter Mann. Komm her«, sagte Ian und führte den Knaben weg.

Dano bellte Befehle. »Lasst die Verwundeten sich um ihre Verletzungen kümmern und fesselt die anderen. Lehman, zeig diesen Stadtbewohnern, was ein richtiger Knoten ist!«

Wie Ian zu seiner Verärgerung erfuhr, hatte Schweinebacke nicht mitgekämpft. Garman war ebenso unglücklich darüber, denn er hatte dem Hund mehrmals befohlen anzugreifen, als die Banditen über sie herfielen. Stattdessen hatte Schweinebacke nur gebellt und war aufgeregt umhergehüpft. Schlimmer noch: Jedes Mal, wenn einer der Räuber auch nur in Garmans Nähe kam, hatte er ihn angeknurrt und in die Flucht geschlagen, aber nicht verfolgt. Das Ergebnis war, dass Garman in der Schlacht vergeblich versuchte, an der Seite der anderen zu kämpfen. Für sie hatte es wiederum ausgesehen, als ginge er dem Kampf aus dem Weg, und »Feigling« war in den Hügeln das schlimmste aller Schimpfworte.

Umso eifriger beharrte Garman gegenüber Ian darauf, dass er sich nicht absichtlich aus dem Kampf herausgehalten hatte. »Der Hund hat sie alle vertrieben, aber nicht einen einzigen gebissen!«

Ian hatte gehofft, den Hund noch einmal ins Dickicht schicken zu können, von wo er vielleicht erneut mit einem Arm oder Bein im Maul zurückkommen würde, und dachte nach. Schließlich ließ er nach Flosse rufen.

»Flosse, wie sagt man ›Fass!‹ auf Plynthisch?«

Flosse gab leise drei mögliche Übersetzungen wieder, Ian reichte sie weiter an Garman, der sich wiederum an Schweinebacke wandte und auf den Hügel deutete.

»Udine!«, rief er. »Farthness! Thax!«

Beim dritten Wort rannte Schweinebacke wie vom Katapult

geschossen los, die Zähne zu einem breiten Grinsen gefletscht. Beunruhigend nahe verlangsamte er sein Tempo und begann laut zu knurren.

Ian sah, wie Schweinebacke weniger als einen Speerwurf entfernt an einem kleinen Baum hochsprang und eine perfekt getarnte Gestalt aus ihrem Versteck zwischen den Ästen scheuchte. Kurz darauf zerrte der Hund einen bärtigen Mann hinter sich her, die Kiefer fest um dessen Bein geschlossen. Als der gefangene Räuber mit einer Keule nach Schweinebackes Schädel schlug, ließ der Hund das Bein kurz los und riss mit dem Maul so heftig an dem Keulenarm, dass er aus dem Gelenk sprang. Dann zerrte er seine wimmernde Beute weiter.

»Es scheint, als wäre *thax* das richtige Wort«, sagte Petrich.

Ian verhörte den Späher, aber diesmal ohne Klayts Unterstützung. Alles, was es brauchte, war Garman, der mit Schweinebacke danebenstand, bereit, jederzeit »Thax!« zu rufen, falls der Gefangene sich widerspenstig zeigte. Die Methode stellte sich als äußerst effektiv heraus.

Ein Dieb wechselt bereitwillig die Seiten, wenn er nur einen Vorteil davon hat, hatte Ians Vater einmal gesagt.

Die Banditen versteckten sich, und sie hatten Angst. In der Rückschau wurde Ian klar, wie verzweifelt ihr Angriff gewesen war. Doch jetzt hatten sie sich bis ins dichteste Unterholz verkrochen, wo sie Ians Männer aus dem Hinterhalt niederstechen konnten und alle Vorteile auf ihrer Seite waren, denn auf dem beengten Terrain waren ihre kurzen Messer den langen Schwertern und Speeren weit überlegen, die dort nur schwer zu gebrauchen waren. Außerdem hatten sie Gruben mit Essensvorräten und konnten lange ausharren, wie der gefangen genommene Junge Ian anvertraut hatte. Im Moment war es also eine Pattsituation.

»Kein einziger Klansmann wird heute mehr sterben«, sagte Ian schließlich zu Damon.

Damon blickte ihn ernst an. »Langzunge könnte sich dort oben verstecken. Wenn wir abziehen, war alles umsonst.«

»Wir könnten sie ausräuchern«, schlug Dano vor.

Petrich schüttelte den Kopf. »Die Hügel sind feucht. Sie brennen nicht.«

»Schweinebacke könnte sie ja einen nach dem anderen zu uns herunterscheuchen«, überlegte Ian laut, halb scherzhaft und halb im Ernst.

»Wir überrennen sie mit einem einzigen entschlossenen Angriff«, sagte Dano.

Damon schnaubte. »Sehen die Pfade auf diesem Hügel aus, als ob man auf ihnen rennen könnte? Nein. Es gibt nämlich keine Pfade.«

»Und unter den Blättern dort ist es dunkel«, fügte Petrich hinzu. »Kämpfst du gern im Dunkeln?«

»Außerdem müssen zwei Dutzend Männer hierbleiben und die vierzig Gefangenen bewachen, die wir jetzt am Hals haben«, klagte Schagan.

»Ich werde mit ihnen verhandeln«, beschloss Ian.

»Mit Räubern und Halsabschneidern?« Damon schnaubte erneut. »Mit denen verhandelt man nicht. Man hängt sie.«

»Wir können nicht einfach vierzig Mann hängen, die sich ergeben haben. Die Hälfte von ihnen sind noch nicht einmal erwachsene Männer. Wir brauchen ein Tribunal. Sie müssen vor den König.«

»Oder den Drottin«, warf Dano ein. »Wenn wir in Artung wären, würden sie vor den Drottin kommen.«

»Ich diene dem hiesigen König, vergiss das nicht, Starke Hand.«

»Du hast gesagt, du dienst den rechtschaffenen Leuten«, widersprach Dano. »Dann tu es, jetzt, und richte sie hier. Wir werden das Urteil vollstrecken.«

»Ich verhandle mit ihnen, und zwar um Langzunge. So lautet meine Entscheidung. Werdet Ihr mich unterstützen, Damon?«

Damon nickte, aber ihm blieb auch nicht viel anderes übrig, und das gefiel ihm nicht.

»Dein Zögern ist gefährlich«, sagte Dano zu seinem Bruder. »Man muss den Feind vernichten, solange man die Gelegenheit dazu hat. Du lässt unseren Gegnern zu viel Zeit.«

Ian legte ihm eine Hand auf die Schulter. »Kannst du in diesem fremden und seltsamen Land wirklich sicher sein, wer unsere Feinde sind, Bruder?«

Dano gab nach und fügte sich seinem jüngeren Bruder, wenn auch nur mit zusammengebissenen Zähnen. »Merk dir meine Worte: Eines Tages verhandelst du uns alle noch zu Tode, Drottin.«

»G-G-Geht Ihr also h-h-hinauf?«, fragte Flosse.

»Ja«, antwortete Ian.

Mit einem Seufzen ergab sich Flosse in sein Schicksal als Übersetzer des Drottin. »I-I-Ich hole nur m-m-meine Sachen.«

Kurz darauf verschwand Ian mit Schweinebacke, dem Banditen mit der ausgekugelten Schulter und Flosse im Dickicht.

Eine Stunde später kam er mit siebzehn Räubern zurück. Sie legten ihre Waffen nieder und gesellten sich ohne Widerstand zu den anderen Gefangenen.

»Was hast du ihnen versprochen, Bruder?«, knurrte Dano.

»Ein gerechtes Tribunal. Nichts weiter.«

Haselzahn war zu weit weg, um es mit knapp sechzig Gefangenen bis dorthin zu schaffen. Also schlugen die Soldaten der Grünen ein Lager auf und zimmerten aus Blättern und Ästen einen Richterstuhl für Ian. Das Tribunal dauerte drei Tage.

Das erste Urteil betraf knapp ein Drittel der Gefangenen. Langzunge füllte seine Reihen immer wieder mit Kindersoldaten auf, überfiel Bauernhöfe und entführte junge Männer von den Feldern, wenn ihre Eltern nicht gut genug aufpassten. Knaben waren leicht auszubilden, leicht zu kontrollieren und stellten keine Gefahr für ihn als Anführer dar. Und wenn sie starben, konnte er sich leicht neue besorgen.

»Jeder von euch, der sich noch nicht rasiert, kehrt zu seinen Eltern zurück«, verkündete Ian vor allen Gefangenen. Das war nicht nur ein Zeichen seiner Gnade, sondern auch eine Maßnahme, um einen reibungslosen Ablauf des Tribunals zu gewährleisten – denn es gab den anderen Angeklagten Hoffnung.

Als dann die Erwachsenen an der Reihe waren, behaupteten sie natürlich, auch sie seien als Kinder entführt worden.

»Wenn Langzunge dich entführt hätte, als du noch ein Kind warst, wäre er jetzt ein hundertjähriger Greis«, sagte Ian zu einem der Älteren.

Klayt schnitt ihm für seine Lüge die Zunge heraus, und zwar so, dass alle es sehen konnten. Keiner protestierte. Es war eine genauso angemessene wie passende Strafe für das Vergehen und obendrein sehr effektiv als Ermunterung für die anderen, die Wahrheit zu sagen.

Das Entführungsargument zählte nicht für die noch verbliebenen Männer. In Ians Augen waren sie zu alt, zu sehr in ihr Banditentum hineingewachsen, um noch unschuldig zu sein. Entweder waren sie freiwillig dabei oder hatten so lange gesetzlos gelebt, dass der Schurke in ihnen sich nicht einfach abstreifen ließ wie ein altes Gewand. Also ließ er sie einen nach dem anderen vor seinen Stuhl bringen, wie auch sein Vater es tat, wenn es in den Hügelkuppen Streit zwischen Nachbarn zu schlichten gab.

»Sag mir die Verbrechen eines jeden Einzelnen aus diesem Haufen«, forderte er die Gefangenen dann auf. Sich selbst stellten sie sich natürlich als möglichst unschuldig dar, aber die Vergehen ihrer Kameraden zählten sie bereitwillig auf. Was sie über sich selbst sagten, ignorierte Ian, die Beschuldigungen gegenüber den anderen jedoch ließ er Petrich aufschreiben. Genauer gesagt die Zahl, wie oft jeder von ihnen des Diebstahls und des Mordes bezichtigt wurde. Es war ein langwieriges Verfahren, in dessen Verlauf viel gezetert und gebettelt wurde und tatsächlich auch ein wenig geprahlt. Ian achtete genau darauf, keinen zu beschuldigen, den er gerade verhörte; außerdem fragte er jeden nach Langzunges Verbleib. Quist hatte inzwischen bestätigt, dass der Räuberhauptmann nicht unter den Gefangenen war, und die Worte, die seine einstigen Gefolgsleute über ihn zu sagen hatten, waren stets die gleichen und stets gleich bitter: Er habe sich schon vor Wochen aus dem Staub gemacht. Die Übereinstimmung war so groß, dass Ian ihnen schließlich glaubte. Zum Schluss fragte er noch, wo sie ihre Vorräte und das Diebesgut versteckt hatten. Als Belohnung für eine wahrheitsgemäße Antwort stellte er ihnen Gnade in Aussicht, als Strafe für Lügen eine herausgeschnittene Zunge. Nachdem er sämtliche Zeugen einzelnen vernommen hatte, hatte er genug Informationen, um sich ein klares Bild vom Leben der Banditen in den Verstreuten Hügeln zu machen.

Die Diebe bildeten lockere Verbände, die auf der Suche nach Wasser und Beute oft den Ort wechselten. Die Hügel hielten das Wasser wie ein Meeresschwamm, und mit ein bisschen Graben stieß man dort auf unterirdische Reservoirs, mit denen sich die Verbände ein oder zwei Wochen versorgen konnten. Im Schutz der Vegetation tummelten sich außerdem allerlei kleine Tiere, hauptsächlich Eichhörnchen und Vögel. Ab und zu sah man auch Rotwild zwischen den Büschen – genug Fleisch also, um zu überleben, aber nicht genug, um die Banditen von den Feldern der Plynther fernzuhalten. Mehr schlecht als recht versteckten sie ihre Ausrüstung, erbeutete Schätze und anderes Diebesgut im Unterholz, und das hauptsächlich voreinander, denn Fremde kamen hier selten durch. Vor ein paar Jahren hatte Langzunge sie vereint. Seit der Ankunft der Freter tauchten immer wieder reiche Händler in den Hügeln auf, und Langzunge gab seinen »Jungs« jedes Mal Nachricht, wenn ein vielversprechender Kandidat auf dem Weg war. Der Anführer war wortgewandt und schien instinktiv zu wissen, wo es etwas zu holen gab. Auf

Langzunges Weisung hin nahmen sie nur so viel, dass die Straßen nicht komplett aufgegeben wurden. Nahrung, Kleidung und anderes, was sie zum täglichen Leben brauchten, holten sie sich von den Bauern. Auf diese Weise hatte Langzunge aus einem Haufen vagabundierender Krimineller ein organisiertes Räuberheer gemacht. Immer wieder hörte Ian während der Vernehmungen diese Darstellung: Nach Jahren der Vereinzelung, als sie ziellos durch die Hügel gestreift waren, hatte ein Mann sie alle vereint. Außer der Tatsache, dass sie Langzunge folgten, gab es wenig Kameradschaft unter ihnen. Die Menschen sehnten sich danach, geführt zu werden, hatte Damon gesagt, und wieder einmal erwies sich der Ausspruch als wahr. Für einen Drottin war das eine interessante Erkenntnis, und Ian beschloss, sie von Petrich ins Buch schreiben zu lassen.

Als das Tribunal zu Ende war, ließ Ian die Gefangenen zusammentreiben, die Bartlosen in einer Gruppe, die mit Bart in drei weiteren, von denen eine aus drei Männern bestand, die andere aus zwölf, und die letzte zählte beinahe fünfundzwanzig.

Es war eigenartig, derjenige zu sein, der das Urteil über sie verkündete. Ian war noch jung, und normalerweise fiel die Aufgabe dem Klansältesten zu. Ihm wurde bewusst, dass er bisher nur vor seinen eigenen Männern gesprochen hatte, nie vor Fremden. Und schon gar nicht hatte er außerhalb des Schlachtfelds über das Schicksal anderer Menschen bestimmt. Gericht zu halten wie ein König war schwieriger, als er sich vorgestellt hatte. Er konnte die Blicke förmlich spüren, die auf ihm ruhten, genauso den bangen Herzschlag der Männer, die auf sein Urteil warteten – nicht nur den der Angeklagten, sondern auch den seiner Krieger, die der Gerechtigkeit Genüge getan sehen wollten. Der Druck der Verantwortung lastete schwer auf ihm. Einige würden ihn lieben, andere hassen. *Und manche beides zugleich.* Es war frustrierend und gleichzeitig berauschend. Verführerisch und gefährlich.

»Ihr seid Verlorene«, begann er. »Ich bin hier im Namen

des Königs, dem ich diene, seiner königlichen Exzellenz König Schwarzwasser, und ich handle in seinem Namen. Sein Kronprinz befahl, euch alle zu hängen.« Ian ließ die Worte eine Weile wirken. »Doch ihr seid Männer dieses Landes. Als solchen werde ich euch und diesem Land Gerechtigkeit geben statt Rache. Ihr bekamt ein Verfahren, konntet für euch selbst sprechen, und ich habe zugehört, sowohl mit Mitleid als auch mit Zorn. Mehr noch: Ich habe versucht, Gerechtigkeit walten zu lassen. Statt selbst über euch zu urteilen, gab ich euch Gelegenheit, einander zu richten.«

Gemurmel erhob sich – sowohl unter den Gefangenen als auch unter den Soldaten. Ians Methode war mehr als ungewöhnlich, und er hoffte inständig, sie würde funktionieren.

»Drei unter euch wurden von keinem auch nur eines einzigen Verbrechens bezichtigt.« Ian deutete auf die Dreiergruppe. »Sechzig Zeugen und nicht eine einzige Anklage. Nehmt eure Habseligkeiten und bringt die Jungen nach Hause. Seht zu, dass sie sicher in ihre Dörfer und Gehöfte gelangen. Ein Läufer wird überprüfen, ob ihr eure Aufgabe erfüllt habt. Habt ihr das getan, seid ihr begnadigt und frei.«

Das Gemurmel wurde so laut, dass die Soldaten der Grünen für Ruhe sorgen mussten, bevor er weitersprechen konnte. Die drei Begnadigten konnten ihr Glück kaum fassen.

»Geht!«, befahl Dano. »Bevor ich dafür sorge, dass er seine Meinung ändert.«

Die drei nahmen ihre abgewetzten Messer und ein Beil von dem Stapel der beschlagnahmten Waffen und entfernten sich vorsichtig, offensichtlich in der Erwartung, jeden Moment einen Speer in den Rücken zu bekommen. Als das nicht geschah, fielen sie in Laufschritt, begannen Ians Namen zu preisen und rannten schließlich zu den Knaben.

»Ihr seid Diebe«, sprach Ian weiter und deutete auf die Fünfundzwanzig-Mann-Gruppe, die verdutzt ihren freien Kameraden hinterherschaute.«Ihr werdet uns zu euren versteckten Lagern führen, zu euren Vorräten und unrechtmäßig erworbenem Besitz. All dieser Dinge werden wir euch entledigen, so wie ihr es mit den einstigen Eigentümern gemacht habt. Eure Waffen behalten wir, und ich empfehle euch, euch ein anderes Gewerbe zu suchen. Ich glaube kaum, dass der König so viel Milde hätte walten lassen.«

»Ihr meint, ihr lasst uns gehen?«, fragte einer der Banditen.

»Genau das. Aber jeweils mit einem Mittelfinger weniger, damit alle euch als Diebe erkennen. Ist das gerecht?«

Einige wurden blass bei dem Gedanken, einen Finger zu verlieren, aber alle stimmten darin überein, dass es gerecht war. Manche fielen beinahe in Ohnmacht vor Erleichterung, während andere losstürmten und versuchten, Ian auf Stirn und Hände zu küssen.

Dano und Barsch versperrten ihnen mit ihren Speeren den Weg.

»Niemand nähert sich dem Drottin«, knurrte Dano. »Schon gar nicht ihr stinkenden Diebe. Ich an seiner Stelle hätte euch gehängt.«

Es brauchte eine Weile, bis die Gefangenen sich wieder beruhigt hatten. Schließlich setzten sie sich, um die noch ausstehenden Urteile zu hören.

»Ihr zwölf«, sagte Ian mit steinerner Miene, »wurdet von euren eigenen Kameraden als Mörder entlarvt.«

»Eine Lüge!«, rief einer der Gefesselten. »Die haben versucht, uns ihre eigenen Verbrechen unterzuschieben, um ihre Haut zu retten.«

»Jeder von euch wurde von mindestens drei anderen beschuldigt«, sprach Ian weiter und schaute hinüber zu Petrich. Sein Vetter warf einen Blick auf seine Strichliste und nickte. »Also müssten drei Kameraden unabhängig voneinander gelogen haben. Das halte ich für unwahrscheinlich.«

»Gnade!«, brüllte der Mann.

»Zehn von euch werden gehenkt«, erklärte Ian, der alle Gnade bereits für die aufgewendet hatte, die sie auch verdienten.

»Und die anderen beiden?«, fragte der Mann hoffnungsvoll.

»Wurden auch noch der Folter beschuldigt. Sie wird ein unangenehmerer Tod ereilen.«

28

Schwarzwasser nahm an der bescheidenen Kieferntafel im halb leeren Audienzsaal des Moderturms Platz. Außer ihm waren Graf Klein, der königliche Botschafter Lune und Flottenadmiral Saavedra zugegen. Die Maurer hatten die Arbeit schon vor Stunden beendet, aber der Geruch nach Teer und Staub hing immer noch in der Luft. Am anderen Ende der Tafel saß der missmutige Kronprinz. Er hatte strikte Anweisung, gut zuzuhören, aber unter keinen Umständen etwas zu sagen.

»Lagebericht«, verlangte Schwarzwasser, nachdem alle Platz genommen hatten.

»Lasst mich Euch zunächst willkommen heißen, Euer königliche...«, begann Botschafter Lune.

»Schon gut, schon gut. Ich bin hier«, fuhr Schwarzwasser ihm über den Mund. »Zur Sache.«

Lune nickte. Er war ein umsichtiger Mann mit geschliffenen Manieren, trug einen Mantel aus gelber Seide und einen akkurat gestutzten, rechteckigen Bart. Als Bryss' Botschafter war er die Stimme des Kronprinzen gewesen, wann immer dieser vor Trunkenheit nicht mehr sprechen konnte. In der Tat hatte er die Regierungsgeschäfte besser geführt als der junge Fürst selbst.

»Nun denn. Als Erstes möchte ich Euch Ran Akram vorstellen und über die Handelsinteressen der Krone sprechen.«

»Ich kenne Graf Akram bereits«, erwiderte Schwarzwasser.

Akram war Terbier, geboren in Ibirq, wo Betrügen zum guten Ton gehörte. Entsprechend gering war Schwarzwassers Vertrauen, aber der Mann verstand sich auf das, was er tat, und zahlte genug Steuern, um über die hinwegzusehen, die er hinterzog. Lächelnd saß er dem König gegenüber.

»Die Geschäfte gedeihen«, erklärte Akram, »und Eure Stadt zieht immer noch mehr Geld an!« Er breitete theatralisch die Arme aus. »Aus dem ganzen Land kommen die Menschen zusammen, um Euren Himmelspalast zu sehen. Sie arbeiten hart und bringen erlesene Güter, um sie hier auf dem Markt einzutauschen: ganze Wagenladungen voll leuchtend gelben Getreides, die Säfte reifer Früchte sowie Pelze, so weich, dass man ein Neugeborenes hineinlegen könnte. All das ist von größtem Vorteil für Euch, denn sie kennen den Wert ihrer Waren noch nicht und bestaunen im Hafen selbst den nutzlosesten Plunder, den die Schiffe aus Fretwitt bringen. Seit ich hier bin, habe ich Tag für Tag die profitabelsten Geschäfte abgeschlossen. Und einen entsprechenden Anteil an die Krone abgeführt, selbstverständlich.«

Schwarzwasser schnaubte. Sein Interesse am Handel war eher oberflächlich, die Details überließ er größtenteils seinen Buchhaltern. Die Zeiten, zu denen er das Geld zusammengekratzt hatte, wo es nur ging, waren vorbei. In der ersten Hälfte im Leben eines Königs lautete die Aufgabe, den Thron zu übernehmen und zu sichern. Damals war Geld noch knapp und kostbar gewesen. Entsprechend größer war auch Schwarzwassers Interesse daran gewesen. Eine schlichte Notwendigkeit. In der zweiten Hälfte jedoch ging es darum, den eigenen Platz in der Geschichte zu sichern. Die Schatzkammern in Asch waren gefüllt, und Schwarzwassers Beamte sorgten dafür, dass die Provinzen ihre Steuern bezahlten. Nur selten war ein militärisches Einschreiten nötig. Außerdem wurde schon jetzt neues Gold abgebaut, hier in diesem Berg, auf dem sein Palast entstand. Schwarzwasser war nicht wie Akram. Geld war ein Mittel zum Zweck, aber es durfte nicht zum Selbstzweck werden. Er wollte als tüchtiger König in Erinnerung bleiben, nicht als Raffzahn.

»Und wir sind an der gesamten Westküste entlanggesegelt«, blökte Admiral Saavedra, der es, seinem Temperament entsprechend, gar nicht erwarten konnte, seine eigenen Erfolge kundzutun. Auch er stammte aus Terbia, jedoch nicht aus Ibirq, sondern aus Shazdac, einer Küstenstadt ganz in der Nähe.

Ich bin umgeben von Terbiern. Wenn ich nicht aufpasse, ziehen die beiden mich bis auf die Unterhose aus.

»Dazu kommen wir noch«, unterbrach Lune. Der Botschafter war am längsten von allen Anwesenden in Abrogan, und sein Amt war höher als Akrams. »Die plynthischen Bauern sind uns freundlich gesinnt und treiben regen Handel, seit die ersten Artungier hier vor einer halben Generation anlandeten. Sie lieben fretische Stoffe und Gewürze, die wir gegen ihre hervorragenden Ackerbauprodukte und frisches Ziegen- sowie Schweinefleisch eintauschen. Unerklärlicherweise gibt es keine Rinder, dafür werden ihre Schweine unfassbar groß. Außerdem sind sie ein sehr fruchtbares Volk, bei Weitem das zahlreichste, dem wir bisher begegnet sind. Ihre Eingliederung in das Reich ist – neben den Handelsbeziehungen – von größter Wichtigkeit.«

»Wer ist ihr Oberhaupt?«, fragte Schwarzwasser. »Könnt Ihr ihn zu unserer Marionette machen?«

»Der Katzenpriester ist ihr geistlicher Anführer, doch ein Adelstitel würde ihm zu viel Macht geben. Seine Tochter hat erst kürzlich geheiratet. Vielleicht könnten wir seinen Schwiegersohn zu einem Grafen machen.«

»Bietet es ihm an«, sagte Schwarzwasser. »Gebt ihm einen Titel, Ländereien an der Ostflanke des Berges und eine Audienz beim König. Ich habe ihm Dinge zu sagen, die wichtig sind für sein Volk.«

»Die Plynther bewohnen bereits das gesamte Gebiet östlich des Berges.«

»Dann überschreibt sie ihm eben offiziell. Setzt eine Urkunde auf. Und bietet ihm ein kleines Stück der westlichen Lande an.«

»Ich bin nicht sicher, ob sie lesen können«, erwiderte Lune.

»Das dürfte es umso einfacher machen, die Urkunde aufzusetzen.«

»Ja, selbstverständlich.«

»Wie mir zu Ohren kam, ist der Schwiegersohn des Lesens mächtig«, warf Klein hilfsbereit ein.

»Umso besser. Dann ist es also abgemacht. Der Schwiegersohn des Priesters wird Graf von Plynth. Nun, Saavedra, berichtet mir von den Fischerdörfern.« Schwarzwasser lächelte. Allmählich schritten die Dinge voran. Mit jedem Befehl, den er erteilte, wuchs das neue Reich. *Es ist nicht weit übers Meer,* dachte er. Lediglich ein paar Wochen. Er könnte seinen Amtssitz hierher verlegen. Noch einmal neu beginnen. *Ein König, der sein Herrschaftsgebiet erweitert, gibt eine gute Vorlage für Lieder und Gedichte ab.*

Die Fischerdörfer interessierten ihn ganz besonders. Ackerbau war schön und gut, notwendig sogar, aber Schwarzwassers Liebe galt dem Fisch. Seine Kinder Marlin und Tetra hatte er sogar nach seinen Lieblingsarten benannt.

Hör auf, dauernd an sie zu denken!, ermahnte er sich selbst.

»Die Küste ist gesichert«, antwortete Admiral Saavedra. »Ich habe die Flotte direkt vor ihren Stränden festmachen lassen. Unsere Schiffe sind die größten, die sie je gesehen haben, und die Eingeborenen waren zutiefst beeindruckt. Das eine Dorf, das Widerstand leistete, wurde von der Roten zur Räson gebracht. Die anderen wurden ein wenig eingeschüchtert, nur um sicherzugehen.«

»Vom furchteinflößenden Zinnober?« Schwarzwasser hob eine Augenbraue. Er konnte sich kaum vorstellen, wie Zinnober, humpelnd und versteckt unter seinem Helm wie eine verwundete Krabbe, irgendjemandem Respekt einflößen sollte. »Wie hat er es angestellt?«

»Nach allen Regeln der Kunst. Er entschied schnell, gab präzise Befehle und verhandelte persönlich mit den Dorfhäuptlingen.«

Eigenartig. »Und im Norden?«

»Im Norden zieht Morgan mit knapp fünfzig unserer Soldaten zu Felde, unterstützt von vierzig Klansmännern. Wilde aus den Tälern, wie ich glaube.«

Schwarzwasser schnalzte mit der Zunge. »Vierzig Mann, fünfzig Mann, pah! Mein Heer hier ist verflucht klein.«

»Wir könnten neue Truppen ausheben«, schlug Klein vor.

»Bauern und Fischer? Sollen sie mit Maiskolben und gesalzenem Schellfisch in den Kampf ziehen? Welche Rüstung sollen sie tragen? Sollen unsere wenigen Schmiede in der Feuerhalle für diese ach so grimmigen Kartoffelpflücker und Netzflicker arbeiten?« Niemand wagte eine Antwort zu geben. »Schickt einen Vogel nach Asch. Ich will einen Flottenverband voll echter Soldaten samt Ausrüstung. Sobald wie möglich. Es sollen so viele entsandt werden, dass mindestens fünfhundert die Überfahrt überleben. Ich will die Erschließung Abrogans so schnell wie möglich vorantreiben.« *Und hierbleiben, falls sich die Dinge interessant genug entwickeln.*

»Eine Invasion, Euer Majestät?«, fragte Lune. Seine Stimme ließ keine Wertung erkennen. Er stellte lediglich die Frage, die die anderen nicht auszusprechen wagten.

Schwarzwasser musterte ihn. *Ein mutiger Mann. Jedenfalls kein Kriecher wie Klein, so viel ist sicher.*

»Ich verfolge meine Regierungsgeschäfte, das ist alles.«

»Auf Eure durch den Kronprinzen übermittelte Anweisung hin ließen wir die Leute in dem Glauben – die Plynther wie die Fischer –, dass wir hier sind, um Handel zu treiben, dass wir lediglich einen Handelsvorposten in Abrogan einrichten.«

Schwarzwasser stand auf und deutete auf die mächtigen Mauern des Smaragd-Donjons. »Sieht das hier aus wie ein Handelsvorposten?«

»Nein, Euer Majestät.«

»Genau. Ganz und gar nicht. Dies ist kein Vorposten, sondern mein neues Zuhause. Der Ort, von dem aus ich von jetzt an regieren werde.«

Schwarzwasser gefiel der Anblick der zutiefst erstaunten Gesichter. Die Stille im Saal sagte ihm, dass sie alle davon ausgegangen waren, sein Besuch sei nur vorübergehend. Er war ja selbst noch dieser Meinung gewesen, als er an Bord der *Wahnsinn* ging. Doch falls die Berichte der Wahrheit entsprachen und Abrogan tatsächlich so groß und schutzlos war, wie es schien, konnte Schwarzwasser mit der Unterwerfung dieses jenseits des Meeres gelegenen Landes seine Macht verdoppeln. Das unzivilisierte Artung hatte er bereits unter seine Knute gebracht, und noch während sie hier versammelt waren, ruderten, ritten und marschierten seine Kompanien, um die nächste überreife Frucht zu pflücken.

29

Wie Pendel in Menschengestalt schwangen die Gehenkten in der Brise. Ohne Angst ging Petrich zwischen ihnen umher. Die Dunkelheit war seine Freundin, und es war Zeit, seine Freundin zu füttern. Sie war die Einzige, die sich um ihn kümmerte – außer seiner Schwester, die zu Hause in Artung sicher bei ihrer Familie war. *Und Ian.* Ian vertraute ihm, bat ihn um Rat und hielt ihn nicht auf Abstand wie die anderen. Selbst Dano und Kerr beargwöhnten ihn, genauso wie die übrigen Klansleute. Sie fanden ihn seltsam, fürchteten sich vor ihm, doch Ian war sein Freund. *Ian und die Dunkelheit.*

Während er mit der einen Hand die Leichen untersuchte, befühlte er mit der anderen seinen Beutel. Er war noch schwerer geworden, doch Petrich trug diese Last nur zu gerne. Außerdem gab sie ihm Rückhalt. Er zog das kleine Messer hervor, mit dem er die Seiten im Buch zurechtschnitt. Die Toten waren noch frisch, ihr Blut noch flüssig. Das Buch – die Seiten über das Metzgerhandwerk – sagte ihm, wie und wo er schneiden musste. Hätte es sich bei den Kadavern um Schweine gehandelt, hätten sie kopfüber gehangen, und die anstehende Aufgabe wäre rasch erledigt gewesen. *Ein schneller Schnitt durch die Halsschlagader.* Doch so, wie die Dinge lagen, musste er nach einer geeigneten Stelle am Bein suchen.

Sie hatten keine Bäume finden können, die hoch genug gewesen wären. Also hatten sie den Delinquenten die Beine hochgebunden und einen schweren Stein um die Hüfte befestigt, damit sie einen schnellen, gnädigen Tod starben. Petrich stach einem der Gehenkten, der noch etwas Farbe hatte, ins Bein und öffnete den Beutel. Das Blut war etwas zäh; zunächst tropfte es nur, dann floss es tief hinein in die Dunkelheit und verschwand. Petrich hoffte, die Boshaftigkeit des Mannes würde sich nicht mit seinem Blut übertragen. Es war das erste Mal, dass er es mit Menschenblut versuchte, und er wollte seine gute Freundin, die Dunkelheit, nicht verunreinigen.

Es ist nur Blut, sagte er sich. *Nahrung, so gewöhnlich wie Schweinefleisch für uns Menschen.* Sicher sein konnte er sich jedoch nicht. Es war ein Experiment, und Petrich hoffte, dass er recht behalten würde.

30

Die Männer waren erleichtert, als sie endlich den Wald erreichten, und überglücklich, als sie den See erblickten. »Toter Bärensee«, hatte Quist ihn genannt, und Ian hatte sich gefragt, woher der Name wohl kam.

Es war unmöglich zu sagen, wie groß der See war. Dazu hätte man ihn umrunden müssen, denn er stand voller Bäume, die direkt aus dem Wasser wuchsen und die Sicht zum anderen Ufer verdeckten. Dennoch war es kein Sumpf. Der eisige Gebirgsfluss, der ihn am Nordende speiste, kam rauschend durch eine schmale, tiefe Schlucht, hier am Südende hingegen war das Wasser ruhig und glatt wie poliertes Silber. Trotz der Kälte stürzten die Klanskrieger sich sofort hinein. Begierig darauf, sich all den Staub von Körper, Haar und Seele zu waschen, tranken sie das klare Nass in großen Schlucken. Wochenlang waren sie dazu verdammt gewesen, unter Quists Anleitung an fleischigen Blättern zu saugen und in den nassen Hügeln Erdlöcher zu graben, um aus den Klumpen mühsam ein paar Tropfen Wasser herauszuquetschen. Ihre Lippen waren trocken und aufgesprungen, die Zähne braun und voller Sand. Im ersten Moment waren Damons Männer überrascht, als sie die nackten Barbaren geradewegs ins Wasser stürmen sahen, aber kurz darauf planschten auch sie fröhlich im kalten See. Keiner wollte sich unterstellen lassen, er wäre zu verweichlicht, um die Kälte zu ertragen.

Ian trocknete sich ab und beobachtete erfreut, wie seine und Damons Soldaten sich gemeinsam im Wasser vergnügten. Damon kam gerade selbst tropfnass wieder heraus und gesellte sich zu ihm ans Ufer. Für einen Mann von seinem Rang und Alter war er gut in Form, ganz im Gegensatz zu dem fetten Hox und dem ausgemergelten Zinnober. Er war kein gestählter Kämpfer wie Morgan de Terbia, aber die zurückliegenden harten Wochen hatten ihm offensichtlich gutgetan. Die lederne Uniform hatte er abgelegt, das Untergewand jedoch nicht; ein bisschen von dem steifen Stadtfürsten steckte eben doch noch in ihm.

»Wie mir scheint, ist es an der Zeit, Euer Haar zu schneiden«, sagte Ian.

»Ich denke, ich werde es stehen lassen«, erwiderte Damon lachend. »Ich bin ein Klansmann in Verkleidung.«

»Wenn Ihr es zu lange wachsen lasst, werdet Ihr am Ende noch einer.«

»Oder wir schneiden das deine und machen dich zum Fürsten. Den entsprechenden militärischen Rang hast du ja bereits.«

Das Wild am Ufer des Toten Bärensees war zahlreich. Zum Abendessen röstete Schagan über einem großen Feuer einen Hirsch und mehrere gehörnte Hasen, die er mit Knoblauch eingerieben hatte. Garman ließ ihren Botenvogel im Käfig bei den Pferden, und Schweinebacke hatte er an einem jungen Baum daneben festgebunden. Seine geliebte rote Katze nahm er mit ans Feuer, wo sie nun auf seinem Schoß saß. Ian mochte das Tier nicht. Er wusste selbst nicht, weshalb, aber er merkte, wie er sie im Auge behielt, wann immer er konnte. Außerdem machte er sich Sorgen wegen Garmans überraschender Zuneigung zu dem kleinen Pelztier. Es war ein verschlagenes Geschöpf, das immer und überall umherschlich. Selbst jetzt stahl es sich aus dem Feuerschein zu dem unbewachten Käfig und machte sich an der kleinen Tür zu schaffen.

Ian stand auf. Er konnte es sich nicht leisten, das Leben des Vogels zu riskieren. Doch es war bereits zu spät: Als die Raubtaube aus dem Schlaf hochschreckte, war die Käfigtür schon offen, und die Katze versuchte, ihr mit den Krallen zu Leibe zu rücken. Die Taube hackte mit dem Schnabel nach der Tatze, und die Katze zog sich mit einem Jaulen zurück. Eilig verschloss der Vogel die Käfigtür und hüpfte weg von den Stäben und damit außerhalb der Reichweite der Krallen.

Kluges Tier, dachte Ian und setzte sich wieder hin.

Die Katze jedoch holte wütend aus und durchtrennte mit einem einzigen Schlag das Lederband, mit dem der Käfig an Garmans Rucksack befestigt war. Die scharfen Krallen schnitten durch das Leder wie ein Messer durch warme Butter, der Käfig fiel zu Boden, die Tür sprang auf, und die Taube fiel heraus wie der Dotter aus einem aufgeschlagenen Ei. Die Katze hatte sie gepackt, noch bevor der Vogel fliehen konnte, und Ian wünschte, er hätte das Vieh gleich beim ersten Mal verscheucht.

»Thax!«, ertönte Garmans Stimme.

Der Kriegshund erhob sich hinter der Katze wie der Schatten eines Riesen. Er schnüffelte in der Luft und hielt Ausschau nach Garman, der jedoch nirgendwo zu sehen war.

»Thax! Thax!«, rief die Stimme erneut.

Da begriff Ian. *Es ist der Vogel! Er imitiert Garmans Stimme. Der Vogel befiehlt dem Hund anzugreifen.*

Diesmal gehorchte Schweinebacke. Er sprang vor und biss mit einem einzigen Happs den Schwanz der Katze durch.

Die Katze sprang vor Schmerz in die Luft. Den Rücken hatte sie wie zu einem Hufeisen durchgebogen und fauchte so laut, dass es klang, als würde glühendes Eisen in ein Wasserfass getaucht, dann verschwand sie in der Nacht.

Schweinebacke setzte ihr nach, der kleine Baum wurde aus dem Boden gerissen, und der Hund verschwand ebenfalls in der Dunkelheit.

Ian war endlich zur Stelle und steckte die Taube zurück in ihren Käfig. Der Vogel war verstört, aber unverletzt. Die Katze hatte weit mehr abbekommen.

»Garman! Kümmer dich gefälligst um die Tiere!«

Garman kam verwirrt angelaufen. »Was ist passiert?«

»Deine Katze hat es auf unseren Botenvogel abgesehen! Das verfluchte Vieh macht uns nichts als Ärger, aber die Taube ist von größter Wichtigkeit. Sie überbringt die Befehle des Kronprinzen, und sie ist möglicherweise unsere Rettung, wenn wir schnell Hilfe brauchen. Ich habe sie dir anvertraut, ihr Leben obliegt deiner Verantwortung. Also werd endlich diese Katze los!«

Garman zuckte zusammen. »Sie ist heilig«, gab er zu bedenken.

»Aber nicht uns! Wessen Götter beleidigen wir, wenn wir ihr ein Ende machen? Flosses vielleicht? Nicht einer der Grünen, weder Freter noch Klansmann, schert sich einen Dreck um das kleine Miststück.«

Garman schaute ihn verdutzt an. Im flackernden Feuerschein war es schwer zu erkennen, aber Ian hätte schwören können, dass er Tränen in den Augen seines Ersatzkochs sah.

»Ich werde die Katze ab jetzt strikt von dem Vogel fernhalten, Drottin«, versprach Garman. »Am Tag ist er sowieso bei mir und in Sicherheit, und von nun an wird er auch neben mir schlafen.«

Ian seufzte. »Und verstärk den verdammten Riegel an der Käfigtür.«

»Das werde ich.«

»Außerdem holst du den Hund zurück. Wenn die Katze verschwunden bleibt, umso besser.«

»Ich gehe sie sofort suchen«, sagte Garman, als hätte er den Befehl genau andersherum verstanden, und rannte los, bevor sein Drottin es sich anders überlegte.

Ian schüttelte den Kopf und ging zurück zu dem kleineren Feuer, wo er sich mit seinen Beratern Dano, Petrich und Damon zusammensetzte. Quist war ebenfalls dabei, aber er setzte sich nicht. Das tat er nie.

»Viktor hat sich getäuscht«, sagte Ian.

»Ich bin schockiert«, kommentierte Damon trocken. »Wo er doch einen so ehrenhaften Eindruck macht...«

»Er sagte, man würde höchstens zwanzig auf einmal antreffen, nicht eine ganze Horde von achtzig. Gute Männer mussten wegen dieser Fehlinformation ihr Leben lassen.«

»Es waren nur sieben«, gab Damon zu bedenken. »Ein kleiner Preis für einen so überwältigenden Sieg, auch wenn ich immer noch nicht damit einverstanden bin, dass du sie hast gehen lassen.«

»Zwölf gehen nirgendwo mehr hin«, sagte Dano. »Und zehn davon baumeln an den Weiden, als Warnung für alle anderen.«

»Und zwanzig unschuldige Knaben können zu ihren Müttern zurückkehren«, fügte Ian hinzu.

»Knaben und *Diebe*«, spottete Damon. »Ihre Mütter werden alle Hände voll zu tun haben, sie vom Stehlen abzuhalten.«

»Eine Mutter, die alle Hände voll zu tun hat, ist besser als eine, deren Söhne tot sind«, entgegnete Ian. Er stand auf und warf die abgenagten Knochen seines Hasen ins Feuer, wie Schagan es immer machte. Auf diese Weise konnte er später den Schädel wieder herausholen und bequem am Geweih festhalten, während er mit einem Löffel das Gehirn ausschabte.

»Die sieben sind im Kampf gestorben, Bruder«, sagte Dano feierlich. »Den Tod eines Kriegers. Und sie wurden den Riten gemäß bestattet. Ein Mann aus den Hügelkuppen kann sich nichts Besseres wünschen.«

»Was waren das für eigentümliche Rituale, die ihr dort in den Hügeln ausgeführt habt?«, fragte Damon interessiert. »Es ist kein Priester unter euch, und euer Gott ist ein Wanderer. Wenn er nicht übers Meer gerudert ist, dürfte er mehrere hundert Wegstunden entfernt sein.«

Ian lächelte höflich über den Scherz und antwortete geduldig: »Wir haben unsere fünf Toten mit dem Gesicht nach oben auf den höchsten Punkt des Hügels gelegt, damit ihre Körper zu den

Tieren und der Erde zurückkehren können und ihre Seelen sich zu den Wolken erheben. Möge der Wächter über sie wachen.«

Damon nickte nachdenklich. »Hier in der Wildnis klingt das sogar vernünftig.«

»Ihr habt Eure zwei Gefallenen in ein Loch gelegt und Erde auf sie geworfen?«

»Ja. Bilosch stammt aus Asch und ist Priester. Er hat die Riten durchgeführt, die Kants und Holsons Glauben verlangt.«

Ian hatte bereits von Erdbestattungen gehört. Seiner Meinung nach waren sie jedoch weit eigentümlicher als die Bräuche der Hügelkuppen.

»Was wirst du als Nächstes tun, Klansmann?«, fragte Damon.

»Wir müssen den König von unserem Versagen unterrichten. Langzunge ist noch am Leben.«

»Das willst du dem König mitteilen?«

»Es ist die Wahrheit.«

»Mit der Wahrheit magst du dich auskennen, Klansmann, aber nicht mit Politik. Warum sagen wir Seiner königlichen Majestät nicht, dass wir Langzunges Räuberhaufen zerschlagen, dreißig Wegelagerer in einer blutigen Schlacht getötet und zwanzig unschuldige Kinder aus den Klauen von Verbrechern befreit haben? Das ist ebenso die Wahrheit und klingt weit besser als die Nachricht von einem Versagen.«

Ians Blick wanderte zwischen Dano und Petrich hin und her. Beide schienen beeindruckt, und selbst Ian musste zugeben, dass Damons Version sich weit besser anhörte. »Eure Erfahrung bei Hofe ist sehr wertvoll, Fürst Damon.«

»Ich weiß in der Tat, mich im Audienzsaal zurechtzufinden, aber auch nicht besser als Hox, und du hast mit eigenen Augen gesehen, was ihm widerfahren ist. Ich empfehle dir, dich vom Hof fernzuhalten, Klansmann. Du bist aufrecht und geradeheraus. Intrigen und Ränkespiele sind nichts für dich.«

»Dann sollte man diese Laster vielleicht vom Hofe verbannen.«

»Ganz recht, doch Lügen und Paläste haben eine lange gemeinsame Geschichte.« Damon blicke Ian ernst an. »Du weißt, dass ich nicht mit dir gehen kann, wenn du zum Smaragdturm zurückkehrst.«

»Soll ich Schwarzwasser berichten, dass Ihr auf dem Schlachtfeld den Tod gefunden habt?«

»Bei den Göttern, nein! Mein Bruder würde den Thron in Carte an sich reißen, und das Einzige, was er kann, ist faul sein. Außerdem, wenn du Schwarzwasser belügst, kann er dich töten lassen.« Damon überlegte kurz. »Wenn ich es irgendwie zurück nach Fretwitt schaffen könnte, wäre ich vermutlich in Sicherheit, jetzt, da Schwarzwasser hier in Abrogan ist. Er wird es nicht wagen, mich in meiner Heimat töten zu lassen, während er selbst nicht im Land ist. Er würde Carte gegen sich aufbringen und einen Krieg riskieren. Einen Krieg, den er aus der Ferne nicht kontrollieren kann.«

»Wir könnten Euch nach Buchtend schmuggeln und auf ein Schiff bringen.«

»Niemand kann mich unbemerkt in eine Stadt schmuggeln, in der es von Königstreuen nur so wimmelt. Zu viele kennen mein Gesicht. Obendrein ist die Verlockung für die Schiffseigner zu groß, sich beim König beliebt zu machen, indem sie mich auf dem Meer über Bord gehen lassen.«

»Dann vielleicht Fischgrund oder Dredhafen. Dort gibt es kleine Fischerhäfen und außerdem Schiffe, die nicht dem König unterstehen. Ich denke, so weit im Norden würde ein geschäftstüchtiger Kapitän Euer Geld genauso bereitwillig nehmen wie das des Königs. Wäre es nicht verlockend, die Heimat wiederzusehen?«

»Bei den Göttern, ja«, antwortete Damon mit einem tiefen Seufzen. »Meine Söhne, meine Tochter Mittchen... und Isadora.«

Seine Frau. Damons bewundernder Tonfall sagte Ian deutlich, dass der Fürst ihm Seraphina niemals streitig machen würde.

»Aber dem König dürfte keiner dieser Pläne gefallen«, sprach der Fürst weiter. »Vielmehr grenzen sie alle an Hochverrat. Weshalb willst du das für mich tun?«

Ian lachte. »Ich habe mit Euch gekämpft und geblutet. Seit Wochen sind wir gemeinsam im Feld und essen aus demselben rostigen Topf. Wir befehligen zusammen diese tapferen Männer aus zwei verschiedenen Ländern. Anfangs haben sie einander misstraut, aber seht sie Euch jetzt an.«

Damon blickte über die Schulter. Die Stadtsoldaten der Grünen saßen mit Ians Klansmännern am anderen Feuer und lachten mit ihnen. Alle tropften noch vom Bad im See und erzählten in den schillerndsten Farben von ihren Heldentaten. »Aber du dienst dem König.«

»Ich bin dem König nie begegnet. Aber Euch.« Ian blickte Damon fest in die Augen – sein Vater hatte ihm beigebracht, das zu tun, wenn es darum ging, jemandes Vertrauen zu gewinnen. »Und wir sind Freunde geworden, oder etwa nicht?«

Damon warf einen Stock ins Feuer und wich einen Moment lang den Blicken der anderen aus. Er schien tatsächlich weich zu werden, und Ian glaubte sogar, eine Träne in den dunklen Augen des Fürsten zu sehen.

»Es wird dich in Gefahr bringen«, sagte er schließlich. »Schwarzwasser wird sich fragen, warum du mir geholfen hast.«

»Seine Ränke gegen Euch sind geheim, oder? Woher soll ich also wissen, dass er nicht wollte, dass Ihr mit mir kommt? Und wieso sollte ich versuchen, Euch aufzuhalten, wenn Ihr zurück nach Carte geht? Ich bin nur ein einfacher Klansmann, und Ihr seid ein hochwohlgeborener Fürst!«

Damon lächelte kurz, dann lachte er aus vollem Hals. Ian und Dano fielen mit ein und ebenso Quist. Nur Petrich lachte nicht, aber das war nichts Ungewöhnliches.

»Wie weit ist es bis nach Fischgrund, Läufer?«, fragte Ian.

»Nicht weiter als bis zum Palast von Skye, woher ihr gekommen seid«, ließ Quist Flosse antworten. »Das Terrain am Fuß der Rauchhöhen ist gut passierbar, und mit etwas Glück begegnen wir am See von Furtheim den Flussmenschen. Dann können wir das letzte Stück der Strecke bequem auf dem Fluss zurücklegen.«

»Dann ist es also beschlossen. Beim ersten Morgenlicht brechen wir auf zur Küste!«

»Der Hund hat etwas den Baum hochgetrieben!«, verkündete Garman. Es war zwei Tage her, seit Ians Tiermeister hinter der Katze und dem Hund in der Dunkelheit verschwunden war. Ian hatte schon befürchtet, dass ihm etwas zugestoßen war. Die Kompanie war seiner Spur nach Osten gefolgt. Quist hatte ihnen versichert, er würde Garman finden, aber nach ein paar Tagen hatte er Ian gewarnt, sie sollten kehrtmachen. Die Waldläufer wagten sich niemals so nahe an die Rauchhöhen heran, und das gleich aus mehreren Gründen. Manche davon klangen nach purem Aberglauben, andere jagten Ian einen eisigen Schauer über den Rücken. Von »unmenschlichen Kreaturen« hatte Quist gesprochen, aber der Drottin hatte darauf bestanden, dass sie Garmans Spur weiterverfolgten. Er weigerte sich, einen seiner Männer zurückzulassen, und bei Anbruch des dritten Tages schleppte Garman sich mit eingefallenen Augen und der Katze auf dem Arm schließlich ins Lager der Grünen. Von Schweinebacke keine Spur.

Dano brachte ihn vor den Drottin, um sich zu erklären. Die rote Katze rollte sich in Garmans Ellbogenbeuge zusammen und funkelte Ian an, als wäre er es, dem sie den blutverkrusteten Stumpf zu verdanken hatte, der einmal ihr buschiger Schwanz gewesen war.

Ian lächelte verhalten. »Er hat also was den Baum hochgetrieben... Eine rote Katze vielleicht?«

»Nein, Drottin. Die Katze ist hier bei mir«, antwortete Garman etwas verwirrt. »Im Dunkeln konnte ich nicht weit genug nach oben sehen, aber es war etwas Großes.«

Sie brachen das Lager ab. Laut Garman befand sich der Hund in der gleichen Richtung wie Fischgrund und Dredhafen, also folgten sie ihm, bis sie das Ende des dichten Waldes erreichten und hinaus auf eine weite Ebene stolperten. Der Himmel öffnete sich, und vor ihnen erhoben sich in nördlicher Richtung die majestätischen Rauchhöhen. Es waren die größten Berge, die Ian je gesehen hatte. Sie ragten sogar noch höher auf als die Felsspitzen zwischen Artung und Fretwitt, so hoch, dass es beinahe aussah, als würden die scharfzackigen Gipfel an den Wolken kratzen. Noch erstaunlicher war jedoch das, was mitten aus der Ebene vor ihnen aufragte.

»Bei den Göttern«, keuchte Ian. »Ein Baum, so groß wie ein Berg!«

Die Grünen strömten auf das freie Feld und glotzten mit offen stehenden Mündern. Der Baum war etwa eine halbe Wegstunde entfernt, und trotzdem versperrte er den Blick auf den Horizont. Sein Stamm hatte den Durchmesser einer Burg, die Wurzeln wölbten sich höher als jede Stadtmauer aus dem Boden. Über mehrere Furchenlängen fächerten sie sich in alle Richtungen auf wie die Tentakel eines Riesenkraken. Der Baum hatte keine eigentliche Krone, sondern mehrere Ebenen, und auf jeder sahen die Blätter anders aus, als würden verschiedene Bäume aus dem Mutterbaum wachsen. Tatsächlich war jeder der mächtigen Äste so dick wie der Stamm einer ausgewachsenen Stechfichte. Der Hauptstamm war in sich gewunden wie ineinander verschlungene Schlangen. In den Furchen und Rissen, deren Tiefen kein Sonnenlicht erreichte, wuchsen grünlich graue und gelbe Flechten. Eine leichte Brise trieb einen intensiven Moosduft zu ihnen herüber. *Der Baum ist alt*, dachte Ian. *Jahrhundertealt, dem Geruch nach zu urteilen.* Selbst im Vergleich zum Lebenden Riff, den Watenden Bergen und den Weiten der Terbischen Wüste war dieser Baum das größte Naturwunder, das er je gesehen hatte.

»Petrich«, sagte der junge Drottin, ohne den Blick von dem Baum abzuwenden. »Hol das Buch.«

Es dauerte den halben Vormittag, bis Ian und seine Grünen den Baum zur Hälfte umrundet hatten. Über sechzig Mann marschierten und starrten ehrfürchtig nach oben, bis sie Schweinebacke wie eine einsame Wächterstatue am Fuß des unglaublichen Stammes sitzen sahen, der in fünf verschiedene Richtungen wuchs. Nach oben ging nur ein Ausläufer, die anderen zeigten nach Norden, Süden, Osten und Westen. *Von oben muss er aussehen wie ein grünes Kreuz*, dachte Ian. Die gigantischen Wurzeln gruben sich tief in die Erde, markierten und verteidigten das Territorium des eigenartigen Gewächses, das ganz allein auf weiter Flur stand.

»He, Schweinebacke!«, rief Dano, als der Hund in Hörweite war. »Was hast du da ins Geäst gejagt?«

Seraphina runzelte die Stirn. »Ein diebisches Eichhörnchen vielleicht?«

»Du magst wohl keine Hunde?«, fragte Ian.

»Sie sind so unelegant. Alles, was sie können, ist bellen, beißen und sabbern. Genau wie Männer.«

Schweinebacke hatte den Kopf starr nach oben gerichtet, und Speichel tropfte von seinen langen Zähnen. Von der langen Wache hatte sich eine Pfütze um seine Vorderpfoten gebildet.

Der Hund war die ganze Nacht wach, dachte Ian. Laut sagte er: »Aber sie sind treu und pflichtbewusst, findest du nicht?«

»Was ist das bloß da oben?«, mischte sich Schagan ein. »Kann man es kochen?«

»Wir wissen es noch nicht«, antwortete Quist. »Der Baum ist so riesig, eine ganze Herde könnte sich in ihm verstecken. Wie groß ist es, hast du gesagt, Garman?«

»Ich habe nur einen Schatten gesehen.« Er deutete nach oben. »Wie ein Bär vielleicht.«

»Wahrscheinlich ist es einer dieser berüchtigten Baumelche«, kicherte Damon.

»Es war da! Ich habe es gesehen, ich schwöre es!«

Ian klopfte ihm auf die Schulter. »Niemand bezweifelt, dass du etwas gesehen hast, Garman. Nur jetzt können wir es leider nicht sehen.«

»Wenn es etwas Großes wäre«, warf Damon ein, »wüsste der Läufer, was es ist.«

Quist plapperte unvermittelt so schnell drauflos, dass Ian nicht ein einziges Wort davon verstand.

»Er s-s-sagt, er war noch nie h-h-hier. Sie kommen nie so weit nach N-N-Norden. Es gibt W-W-Wesen dort in den Bergen. K-K-Kreaturen mit Klauen und Z-Z-Zähnen.«

Ian verstand nicht ganz, warum der Läufer sich vor wildem Vieh fürchtete, aber in eine Kolonie, in der die Fleischfäule wütete, wollte er auch nicht hineinstolpern. Nicht umsonst hatten sie ihren befallenen Führer fortgeschickt, sobald er sie auf Langzunges Fährte gesetzt hatte. »Kreaturen mit Klauen und Zähnen« klang ebenfalls nicht gerade angenehm, und jetzt, da sie Schweinebacke wiederhatten, war ihre Aufgabe hier erledigt. Er sah keinen Grund, den Marsch nach Fischgrund und Dredhafen gefährlicher zu machen, als er war.

»Ruf den Hund«, befahl Ian, »und dann wenden wir uns wieder nach Süden.«

Garman zog an Schweinebackes Leine, aber der Kriegshund rührte sich nicht von der Stelle. »Etwas ist immer noch da oben, ich sag's doch! Der Köter bewegt sich nicht. Er wittert es ...«

»Lass es bleiben, Freund«, brummte Schagan.

»Würd ich ja gern, aber der Hund nicht. Sag du's ihm doch.«

»Dann schicken wir einen Mann nach oben«, schlug Ian vor.

»Genau«, stimmte Schagan zu. »Wir könnten das Fleisch gut gebrauchen, und falls er nichts findet, ist wenigstens mit dem Rätselraten Schluss, und wir können weiter.«

Alle waren einverstanden. Der Vorschlag war zumindest besser, als für den Rest des Tages am Fuß des Baumes auszuharren und zu streiten.

Ian wandte sich an den plynthischen Bauernjungen. »Flosse…?«

Sein Übersetzer verdrehte die Augen. »Ja, ich k-kann k-k-klettern.«

Ein junger Mann aus den Hügelkuppen namens Dunkan begleitete Flosse. Dunkan verstand sich vor allem aufs Felsklettern, aber er stellte sich auch auf Bäumen recht geschickt an und folgte Flosse flink. Die anderen warteten, lehnten sich auf ihre Gepäckrollen und scherzten. Eine Zeit lang hörten sie aus dem Baum nichts als das Rascheln der Eichhörnchen und Gezwitscher der Vögel.

Ian ging ein Stück weit hinaus in die Ebene, bis er den gesamten Baum sehen konnte. Mit seinen vier Ausläufern bedeckte er so viel Fläche wie eine ganze Stadt. Aus der Entfernung erkannte er, dass die Rinde an der Nordseite tiefe Furchen hatte. Sie erinnerten ihn an die Bäume in den Hügeln, an denen die jungen Hirsche den Flaum von ihrem Geweih schabten. Er ging näher heran, um sich die Stellen genauer anzusehen. Hirsche können das nicht gewesen sein, sagte er sich. Die Furchen waren mehr als eine Armlänge breit und reichten bis weit über seinen Kopf.

Ein Schrei ertönte aus dem Blätterdach und endete genauso abrupt, wie er begonnen hatte. Alle Soldaten sprangen auf die Beine, versammelten sich vor dem Baumstamm und spähten nach oben. Kurz darauf kam Flosse so schnell heruntergeklettert, dass es beinahe aussah, als würde er fallen.

»G-G-Groß!«, rief er noch im Klettern. »Es ist r-r-riesig!«

Was er in der einen Hand hielt, war in der Tat riesig. Es war flach und sah auf den ersten Blick aus wie eine übergroße Decke oder vielleicht ein Teppich. Schließlich ließ Flosse es ins Gras fallen und sprang hinterher.

»H-Hier!«, sagte er und stellte sich stolz daneben.

»Was ist das?«, fragte Damon.

»Ein Geflecht aus Palmblättern?«, riet Schagan.

Ian bückte sich und hob eine Ecke hoch. Es war fest und erstaunlich leicht, kaum schwerer als Pergament. Die Kanten waren ausgefranst, als wäre es von einem größeren Stück abgerissen worden. Es maß mehr als zwei Schritt in der Breite, mindestens genauso viel in der Höhe und war so dick wie ein Pelz, wenn auch nicht so schwer. Die eine Seite war moosfarben und hatte ein symmetrisches Muster, das tatsächlich aussah wie geflochten, wie Schagan gesagt hatte. Die andere war bräunlich wie dickes, ungegerbtes Leder. Dem Anschein nach ließ es sich rollen, aber nicht falten. Alle starrten es verwundert an. Alle außer Petrich.

»Da kommt noch etwas vom Baum gefallen«, sagte der Klansschreiber nüchtern.

Etwas Rundes purzelte durchs Geäst, etwa auf dem Weg, den auch Flosse genommen hatte. Es fiel vor Ians Füße und besprenkelte ihn mit einer warmen Flüssigkeit. Haare sprossen aus der Kugel, rot und verklebt, und darunter starrten glasige Augen den Drottin an.

»Ein Kopf!« Ian sprang einen Schritt zurück, und als er genauer hinsah, dankte er dem Wächter, dass es nicht Dunkans Kopf war.

»Stinkauge«, sagte Petrich, der ein gutes Namensgedächtnis hatte. Erst vor ein paar Tagen hatte er ihn ins Klansbuch geschrieben. »Ein recht blumiger Name für einen Banditen. Du hast ihn in den Verstreuten Hügeln freigelassen.«

»Dunkan, Freund!«, schrie Dano. »Ist bei dir alles in Ordnung?«

»Tut mir leid!«, schallte Dunkans Stimme zurück. »Ich habe ihn fallen lassen, als ich sah, was es ist.«

»E-E-Es ist noch mehr d-d-da oben«, erklärte Flosse. »Eine Art N-Nest oder so. Bis oben hin voll mit allem m-möglichen Z-Z-Zeug und Plunder. So groß wie ein H-Haus!«

»Da seht ihr's!«, rief Garman. »Genau wie ich gesagt habe. Was Großes.«

»Kannst du das Nest vom Baum werfen?«, rief Ian Dunkan zu.

»Es ist zu stabil!«

»Jenor, geh du nach oben und versuch, ob du es losbekommst.«

»Ich brauche Helfer, die mir einen Speer nach oben bringen, eine Ronnische Natter und ein zehn Schritt langes Seil«, erwiderte Jenor.

Ian nickte. »Flosse...?«

»Schon gut, D-D-Drottin. Ich g-g-geh ja schon.«

Ian beauftragte Glatz, Stinkauges Kopf zu entsorgen, während Jenor mit Flosse oben auf dem Baum war, dann breitete er den eigenartigen Teppich auf dem Boden aus. Seine Berater sammelten sich um ihn, aber die Pferde scheuten zurück. Schweinebacke schnüffelte an dem Fund, dann trottete er davon und urinierte unter jedem der vier Ausläufer des Baums.

»Er hat seinen Auftrag erfüllt«, merkte Garman an, »und jetzt markiert er die Fundstelle. Er muss dieses Ding hier gewittert haben.«

»Brise mag den Geruch nicht«, warf Seraphina ein und beruhigte Ians Pferd mit sanftem Streicheln. »Vielleicht stammt es von einem fleischfressenden Tier.«

Ian dachte über ihre Worte nach. Es sah in der Tat aus wie eine Tierhaut und gleichzeitig auch wieder nicht. Diese grünen Überlappungen auf der einen Seite waren keine Blätter. Sie waren hart wie Stein und trotzdem leicht wie Federn und fest mit dem lederartigen Material darunter verwachsen. »Von was für einer Sorte Fleischfresser könnte es stammen?«, fragte er.

»Weiß nicht«, stieß Quist in stockendem Fretisch hervor. »So was noch nie gesehen. Ich nicht laufe so weit Norden. Menschen hier verschwinden.«

»Das Vieh muss riesig sein«, meldete Schagan sich zu Wort.

»Das Stück hier allein ist schon größer als ein Bärenfell, und es sind nicht mal Beine, ein Schwanzende oder ein Kopf dran. Stellt euch vor, wie groß dann erst das ganze Tier ist.«

Petrich schob sich an Dano vorbei und berührte die Haut. Dutzende Männer folgten seinem Beispiel und bestaunten die gleichzeitig so feste wie geschmeidige Beschaffenheit.

»Was fangen wir nun mit diesem vorzüglichen Stück Leder an?«, fragte Ian. »Sollen wir ein Banner für unsere Kompanie daraus machen? Grün ist es ja schon.«

»Einen Ledersack«, sagte Petrich und befühlte die Schuppen. »Es hat etwas Geheimnisvolles, das mir...«

Dano entriss ihm die Haut. »Sie ist fest und geschmeidig. Wir könnten mehrere große Schilde damit bespannen!«

»Stiefel«, sagte Quist. »Reicht bestimmt für sechs Paar.«

Die Männer beäugten einander. Jeder wartete darauf, dass einer der anderen seinen Vorschlag als den besten befand. Ian fiel auf, dass nur einer seiner Berater sich noch nicht geäußert hatte.

»Fürst Damon?«, fragte er. »Was würdet Ihr daraus machen?«

Damon lächelte. »Ich? Eine Karte natürlich.«

Buch 2

31

Jenor hebelte das Nest aus, und eine Wolke aus Bruchstücken und anderem Zeug prasselte zu Boden. Dann kam er eilig heruntergeklettert, um zu schildern, wie er sein Werk vollbracht hatte. Er schien weit stolzer auf seine Arbeit zu sein als auf das, was er mit dem Nest vom Baum geholt hatte.

»Ich habe das Seil an der Hauptverankerung angebracht und gespannt, damit eine Scherbelastung auf das Fundament wirkt. Dann habe ich den Speer darunter angesetzt und das Nest ein Stück weit aus der Astgabel gehebelt, in der es verkeilt war. Dann noch ein paar Umdrehungen mit der Natter, fertig!«

Ian tat gar nicht erst so, als hätte er auch nur ein Wort verstanden. »Gute Arbeit«, sagte er lediglich, fasste Jenor als Zeichen seiner Anerkennung fest bei den Schultern und wandte sich den Gegenständen zu, die heruntergefallen waren.

Jenor strahlte. »Danke, Drottin.«

Es war alles Müll. Die Haut war mit Abstand das Wertvollste. Ein paar Steine glitzerten immerhin, sodass man sie vielleicht schleifen und zu Schmuck verarbeiten konnte. Diamanten oder Mondkristalle waren allerdings keine darunter. Verschiedene Knochen lagen herum, manche davon beängstigend groß, manche beängstigend menschlich. Der Schädel von etwas, das einmal ein Stier gewesen sein mochte – wären da nicht die unglaublich langen und spitzen Zähne gewesen –, grinste Ian höhnisch an.

»Das Nest eines Aasvogels«, riet Dunkan. »Eines großen Aasvogels, offensichtlich.«

Jenor schüttelte den Kopf. »Nein. Das Nest war randvoll und als Rückzugsort für den Erbauer nicht geeignet. Was immer es war, muss woanders genistet haben.«

»Ein Aasvogel, der frisch abgetrennte Menschenköpfe sammelt?«, murmelte Petrich.

Dano hob den Stierschädel auf und drehte ihn hin und her. Die mehrere Finger dicke Stirnplatte war zersplittert. »Sie wurde durchgebissen.«

»Aber was für einem Tier hat der Kopf einmal gehört?«, fragte Ian.

»Eindeutig einem Rind«, erklärte Tuck, der in den Hügeln Artungs Hirte war.

»Sieh dir die Zähne an«, brummte Barsch. »Das war ein Bär.«

»Normalerweise würde ich dem Wort eines Hirten ja glauben«, erwiderte Dano, »aber diese Hauer…«

»Vielleicht keins von beidem«, überlegte Ian. »Dies ist ein seltsames Land, und es wird immer noch seltsamer, je weiter wir nach Norden vordringen. Flosse?«

»Ich habe so was n-n-noch nie gesehen. Aber ich habe P-P-Plynth auch noch nie v-verlassen.«

»Läufer?«

Quist schüttelte den Kopf, aber sein betroffener Gesichtsausdruck verriet, dass ihm bei dem Anblick des Vogelhortes nichts Gutes schwante. Ian beschloss, ihn später darauf anzusprechen. Manche Männer rückten erst unter vier Augen damit heraus, was wirklich in ihnen vorging.

Der Rest war vollkommen wertlos: zwei verrostete Werkzeuge, Stöcke und Steine, ein kugelrunder Lehmklumpen von der Größe einer Melone, den die Sonne hart gebacken hatte.

»Es ist Zeit, die Taube nach Skye zu senden«, sagte Ian zu Fürst Damon. »Aber die Nachricht muss gut formuliert sein. Noch heute Abend werde ich den Baum beschreiben und den Vogel losschicken.«

»Im Palast wird man glauben, du übertreibst.«

»Ich werde die Wahrheit sagen. Sollen sie glauben, was sie wollen.« Der Drottin wandte sich Quist und den Männern zu. »Wir brechen auf! Läufer, führe uns.«

Ian sprang auf sein Pferd. Seine Reitkünste wurden immer besser, wie er fand, und er blickte verstohlen hinüber zu Seraphina, um zu sehen, ob sie ihn beobachtete. Sie tat es tatsächlich. Ian wollte sie, wusste aber nicht, wie er sie bekommen konnte. Sein Vater hatte ihn gelehrt, niemals eine Frau zu umwerben, die glaubte, etwas Besseres verdient zu haben. Selbst wenn sie sich auf ihn einließ, würde sie sich später nur fragen, ob sie sich nicht zu billig verkauft hatte. Ian überlegte, ob sein Vater auch mit seinen Brüdern über solche Dinge sprach. Er schien nie in Redelaune, wenn alle drei Söhne um ihn waren, aber Ian machte ihm keinen Vorwurf daraus. Dano fing immer Streit an oder beharrte darauf, dass er bereits alles wisse, was sein Vater ihn zu lehren versuchte. Kerr riss seine Witze und ließ sich leicht ablenken. Nur Ian setzte sich und hörte zu, und nur dann schob sich sein Vater das silberne Haar aus dem Gesicht, senkte die Stimme und erzählte ihm Dinge, die nicht im Klansbuch standen.

Die berittenen Späher wurden vorausgeschickt. Wegen seiner überraschend guten Dienste hatte Damon Klayt angeboten, ihn von seinem Strafdienst zu befreien, doch Klayt hatte nichts davon wissen wollen. Mittlerweile war der grimmige Soldat stolz auf seine gefährliche Aufgabe – und auf das Privileg, als Späher ein Pferd reiten zu dürfen.

Der Rest der Kompanie ging zu Fuß. Quist war sichtlich unzufrieden mit ihrer Marschgeschwindigkeit, aber sie trugen Rüstung und mussten jetzt, da sie die Wagen zurückgelassen hatten, viel Ausrüstung mitschleppen. Niemand konnte erwarten, dass sie genauso schnell liefen wie er. In dem Banditenhort hatten sie einen ganzen Stapel wertvoller Pelze gefunden und so viele mitgenommen, wie auf die Rücken der Pferde passten. Jenor hatte angeboten, aus den Ästen des Riesenbaums einen Karren zu bauen, aber Ian wollte den Abmarsch nicht länger aufschieben. Er hatte es eilig, das eigenartige Gewächs so weit wie möglich hinter sich zu lassen. Die Tierhaut, die diversen Knochen und Stinkauges noch blutiger Schädel waren beunruhigende Funde. Je schneller sie hier verschwanden, desto besser, sagte er sich.

Der Marsch war mühsam. Die verlassenen Lande zwischen den Verstreuten Hügeln waren karg und öde gewesen, aber wenigstens waren sie dort gut vorangekommen. Doch hier machten Windbruch und Hartriegel-Gestrüpp die Pfade schwer passierbar. Immer wieder mussten sie absteigen und ihre Pferde führen. Der Weg war so schmal, dass sie maximal zu zweit nebeneinander gehen konnten, schlängelte sich bergauf und bergab, mal nach links, mal nach rechts, und nicht selten konnte Ian, der ganz vorn ritt, das Ende des Trosses nicht mehr sehen.

»Darf ich mit dir reiten?«

Ian blickte überrascht auf. Seraphina hatte ihr Pferd neben seines gelenkt. Wie ein Kind rutschte sie verlegen im Sattel hin und her.

»Eine freie Frau kann reiten, wo immer sie will.«

»Dann bist du also nicht mehr mein vorgesetzter Offizier?«, erwiderte sie mit einem Lächeln, das Ian nicht deuten konnte.

»Die Hierarchie war dir von Anfang an zuwider. Du hast mich beschimpft und bespuckt und dann wieder beschimpft, nachdem ich dich fürs Schimpfen und Spucken bestraft hatte. Ich habe kaum das Gefühl, dein Vorgesetzter zu sein.«

»Und ich habe dir verziehen.«

Ian ritt schweigend weiter und überlegte, was sie wohl vorhatte. »Du musst mir nicht folgen und gehorchen wie ein Soldat.«

»Ich habe dich beobachtet«, erwiderte Seraphina. »Ich habe deine Taten gesehen, und ich weiß jetzt, dass du ein gutes Herz hast.«

Ian spürte, wie seine Wangen heiß wurden. Seraphinas Worte schmeichelten ihm, und gleichzeitig beschämten sie ihn. *Sie ist auf einmal so freundlich. Was bezweckt sie damit?*
»Und wie lauten deine nächsten Befehle?« Seraphina lächelte wieder, und diesmal verstand Ian, was sie vorhatte.
»Kümmer dich um die Pferde.«
»Und...«
»Spuck mich nicht an.«
»Und...«
»Mach nach dem Mittagsmahl einen kleinen Spaziergang mit mir.«
»Ganz wie du befiehlst.« Sie zwinkerte ihm zu und trieb ihren Hengst ein Stück voran, weil der Pfad wieder schmaler wurde.
Ian blickte ihr hinterher. Das lange kastanienbraune Haar hatte sie mit einem Lederband zu einem Zopf gebunden, der im selben Rhythmus wie der Schwanz ihres Pferdes hin und her wippte. Ian drehte sich zu seiner Kompanie um. »Grüne! Es ist Zeit, für das Mittagsmahl haltzumachen!«

Petrich ging zu Garman, um die Raubtaube auf die Reise nach Skye zu schicken. Als sie beim Riesenbaum waren, hatte Ian noch darauf bestanden, die Nachricht genauestens auszuarbeiten, aber gerade eben hatte er lediglich ein paar kurze Anweisungen gegeben und war dann mit der Pferdemeisterin zu einem Spaziergang verschwunden.
Er ist noch jung, dachte Petrich und begann, die Worte zu wiederholen, die dem König überbracht werden sollten. Es war eine Ehre, eine Nachricht direkt an König Schwarzwasser zu senden, und Petrich bebte regelrecht vor Aufregung. Vielleicht sollte er die Gelegenheit am Schopf ergreifen und sich vorstellen oder Seiner königlichen Majestät dafür danken, dass er Petrichs Schwester gerettet hatte. *Nein. Das wäre zu viel.* Er beschloss, sich strikt an Ians Anweisung zu halten. Sein Drottin war weise und gütig

und hatte ihm ausreichend genau erklärt, was er sagen sollte. Petrich hatte einen Eid geschworen, sich an Ians Befehle zu halten. Außerdem verdankte er den Krystals sein Leben. Sie hatten ihn gerettet. *Aber der König*... Schwarzwasser hatte die jahrzehntelangen Klanskriege mit einem Machtwort beendet und damit Hunderten von Kindern Petrichs Schicksal erspart. Was konnte man in einem Menschenleben mehr erreichen?

Garman hielt den Vogelkäfig hoch. Die rote Katze lag unterdessen um seinen Hals geschlungen, ganz wie die blaue es bei dem plynthischen Dorfpriester gemacht hatte. Nachts fütterte er seine Katze mit Fisch, den er unter größten Anstrengungen in den Bächen fing, an denen sie vorbeikamen, und wenn sie schnurrte, durchlief ihn ein wohliger Schauer, als würde ein ibirqisches Freudenmädchen ihm den Rücken massieren.

Petrich öffnete den Käfig, und die Raubtaube hüpfte auf seinen Finger. *Wie klein sie ist,* dachte er. *Nicht viel Blut in so einem kleinen Körper.* In der anderen Hand hatte Petrich einen Käfer. Zwischen Daumen und Zeigefinger hielt er ihn an einem Bein fest und streckte den Arm aus.

Die rot geränderten schwarzen Augen des Vogels folgten der Bewegung, und sein Kopf zuckte von links nach rechts, als schätze er die Entfernung der potenziellen Mahlzeit ab.

Petrich brach den Käfer auseinander und hielt die eine Hälfte der Taube hin, die sie sofort von seiner Hand pickte. Dann stieß er einen kurzen Pfiff aus als Zeichen, dass nun die Nachricht begann. Als er zu Ende gesprochen hatte, pfiff er erneut, und der Vogel wiederholte die Worte fehlerlos, auch wenn Petrichs Stimme kaum zu erkennen war. Schließlich gab er der Taube die zweite Hälfte des Käfers.

»Eine schreckliche Stimme hat dieser hässliche Vogel«, stöhnte Garman.

»Richtig, aber er ist klug, und Klugheit ist wichtiger als Schönheit«, erwiderte Petrich.

Seraphinas Lippen waren warm und feucht. Sie vergrub die Hände in Ians Haar, sprang an ihm hoch und schlang die Beine um sein Becken. Seraphina war kräftig, hatte einen breiten Rücken und volle, runde Hüften. Die Taille hingegen war schmal, was ihrem muskulösen Körper eine anziehende Grazie verlieh.

Ian wollte sie sogar noch mehr, als er geglaubt hatte, und Seraphina dachte nicht daran, ihn zurückzuhalten. Sie war nicht gerade leicht, aber auch nicht schwer. Mit seinen starken Armen trug er sie ohne Anstrengung über die Lichtung und legte sie auf einem Fleckchen ab, wo das Gras dicht und weich war. Sie waren ein Stück von der Kompanie weg in den Wald geritten, und als sie abstiegen, tat keiner der beiden so, als hätte er noch vor, einen Spaziergang zu machen. Nicht der Weg war das Ziel, sondern genau der Ort, an dem sie jetzt waren und an dem Ian sie so sanft ablegte wie ein Kristallornament.

Seraphina hingegen war alles andere als sanft. »Liebe mich, Klansmann«, keuchte sie und zog ihn an den Haaren zu sich herunter.

Die Pferde grasten gleich neben ihnen. Ihr Stampfen und Schnauben machte Ian nervös, aber Seraphina schien die Nähe der Tiere zu genießen. Er hatte beinahe das Gefühl, als würde die Kraft der Pferde durch ihren Körper strömen, während sie auf ihm ritt, ihn »mein Drottin« nannte, »mein Offizier« und – in einem besonders delikaten Moment – ihren »wilden Klansmann«.

Ian verschwendete keinen Gedanken daran, ob er im Moment ihr Drottin war oder nicht, und liebte sie, wie ein Klansmann aus den Hügeln eben liebte: mit wilden Küssen und starken Händen, aber auch mit der Zurückhaltung eines Mannes, der Verantwortung trug und ein Kommando innehatte. Ian war keine Eroberer. Er wollte sich mit Seraphina verbinden, wie er es mit diesem Land und seinen Menschen getan hatte.

Andererseits, so schien es, hatte sie es ganz gern, wenn er sie nahm wie ein Eroberer.

Als sie fertig waren, streckte Ian sich im Gras aus, blickte hinauf in den runden Himmelsausschnitt zwischen den hochgewachsenen Pinien und dachte über die stürmische Entwicklung nach, die sein junges Leben genommen hatte. Er war zum Kommandanten über eine Kompanie befördert worden. Er hatte Bauern, Klansleute und Soldaten miteinander versöhnt. *Sogar Kannibalen.* Er hatte eine Räuberhorde besiegt und Kinder befreit. Und dann gab es noch diese wunderschöne Frau, die jetzt neben ihm lag und den Kopf auf seine Brust gelegt hatte wie eine verschmuste Katze. *Eine Frau, die mich meinem stärkeren Bruder, meinem hübscheren Bruder und einem Adligen vorgezogen hat, der über eine ganze Stadt herrscht!* Ian hatte seinen Platz in Abrogan gefunden. Er konnte sich nicht erinnern, je so glücklich gewesen zu sein.

32

»Wir erhielten heute Morgen einen Vogel von der Grünen«, sagte Botschafter Lune vor der Tür des königlichen Schlafgemachs. Schwarzwasser kleidete sich an. Die jungen Frauen, die zuvor um Einlass gebeten hatten, hatte er fortgescheucht. Er war nicht wie sein Neffe, hatte keinen Sinn für ihre Schmeicheleien und das Gekicher. Auch diese neumodische Unterbekleidung mochte er nicht. Der grobe Leinenkittel, den er unter seiner Robe trug, war rau und kratzig, aber das war ihm lieber als diese schlüpfrig-glatte Seide. Es fühlte sich bodenständiger an, aufrichtiger, nach Arbeit. Und nach einer angemessenen Strafe für sein Versagen.
»Ah, Neuigkeiten aus dem Osten«, erwiderte er und streifte die grau-schwarze Robe über. »Und von dem Wilden, möchte ich wetten. Tretet ein. Ich will sie hören.«
Lune drückte die schwere Wurzelholztür auf und kam herein. »Wie es scheint, sind sie eher im Norden als im Osten und haben dort einen großen Baum entdeckt.«
»Einen Baum...?«
»Einen *großen* Baum.«
»Ich hoffe, groß genug, dass er die Entsendung eines Botenvogels rechtfertigt.«
»Oh ja, beeindruckend, den Worten der schäbigen Taube nach zu urteilen.«
Schwarzwasser horchte auf. »So groß wie ein Feuerbaum?« Aus dem Stamm eines solchen Baums konnte man den Kiel eines großen Schiffes in einem einzigen Stück herausschneiden. Tore

aus dem Material waren so dick und widerstandsfähig wie Steinmauern. Ihr Holz war wertvoller als Silber und beim Bauen weit nützlicher.

»Euer königliche Exzellenz, wie es scheint, ist der Baum so groß wie ein Berg.«

König Schwarzwasser war selten überrascht, und noch seltener zeigte er seine Überraschung. Doch war er ziemlich sicher, dass sein Mund weit offen stand, als er versuchte, sich einen Baum vorzustellen, der die Größe eines Berges hatte.

»So groß wie ein Berg, sagt Ihr?« Ein eigenartiges Bild. »Ein Berg so groß wie dieser hier?«

»So hat der Vogel die Worte des Klansmanns übermittelt.«

»Ihr kennt Euch mit Fremden aus, Lune. Übertreiben die Klansleute?«

»Manche. Die aus den Tälern sind ein Haufen Lügner, und die Flachländer erzählen gern Geschichten, die gar nicht wahr sein *können*. Aber diese Hügelbewohner sind schon fast lächerlich ehrlich. Der Kommandant Eurer Grünen ist der Sohn von Kellen Krystal, der sein Volk durch einen Eid an Euch gebunden hat.«

»Ich habe ihn nicht zum Kommandanten ernannt. Mein Neffe war es, aus einer Weinlaune heraus. Wenn Ihr den Vogel zurücksendet, soll er den Befehl überbringen, dass dieser Krystal seines Amtes wieder enthoben wird.«

»Er hat den Vertrag mit den Kannibalen ausgehandelt.«

»Und...?«

»Es gab keine weiteren Überfälle mehr auf der Pelikanstraße, und bei den Plynthern ist er sehr beliebt. Außerdem liegen Berichte vor, dass er ein blutiges Scharmützel mit einer Banditenhorde für uns entscheiden konnte. Die Niederträchtigen hat er gehenkt und den anderen einen Finger abgeschnitten.«

Schwarzwasser runzelte die Stirn.

»Ebenso ist es ihm gelungen, die misstrauischen Waldläufer zu besänftigen«, fuhr Lune fort. »Etwas, das wir nie geschafft haben. Kinder, die von den Banditen entführt wurden, kehren nun zu ihren Familien zurück. Ich fürchte, er ist so etwas wie ein Held.«

»Genug! Als Nächstes ratet Ihr mir noch, ihn statt Eurer zu meinem Botschafter zu ernennen.«

»Aber nein, Euer Majestät. Ich rate Euch lediglich, ihn nicht zu degradieren.«

»Verflucht! Kann ich mir diesen Kerl nicht einfach in Ruhe vom Hals schaffen?«

»Verzeiht, aber weshalb glaubt Ihr, dass überhaupt die Notwendigkeit besteht, ihn Euch vom Hals zu schaffen?«

Schwarzwasser warf Lune einen scharfen Blick zu. Die Direktheit des Botschafters erzürnte ihn. Er sprach, als würde er seinen König verhören.

»Vielleicht könnte ich besser dabei helfen, wenn ich es verstehe«, fügte Lune eilig hinzu.

»Wir sind neu in diesem Land«, erklärte Schwarzwasser. »Wir schaffen hier einen Präzedenzfall. Noch nie wurde jemandem, der kein Adliger ist, ein Kommando übertragen. Sollen wir den Ehrgeiz der Niedriggeborenen auch noch anstacheln oder sie auf den Platz verweisen, der ihnen gebührt? Wollt Ihr die Bauern aus ihren Schweineställen in unsere Hallen holen? So etwas schafft nur Aufruhr und Unzufriedenheit, es facht rebellische Gedanken an! Bald werden alle glauben, sie hätten etwas Besseres verdient, und versuchen, die über ihnen zu verdrängen. Ich kann keinen Krieg im Innern gebrauchen.«

»Ein Krieg ist äußerst unwahrscheinlich.«

»Ach ja? Denkt Ihr so gering von den Menschen? Gebt ihnen Hoffnung, eine Gelegenheit, und dann seht, ob sie sie nicht ergreifen. Soll ich Euer Amt zur Verfügung stellen für jemanden – egal ob adlig oder nicht –, der es besser ausfüllt?«

»Nein. Ich habe verstanden. Euer Argument hat mich überzeugt.«

»Dann werdet Ihr auch verstehen, dass Ihr diesen Klansmann nicht nur ersetzen, sondern ihm auch zeigen müsst, dass er seiner Aufgabe von Anfang an nicht gewachsen war.«

»Ja, Euer Majestät.«

»Nun denn. Kommen wir zurück zu diesem Baum.«

»Laut dem Botenvogel ist die Grüne Kompanie weit nach Norden vorgedrungen.«

»Eigenartig. Wo wollen sie hin?«

»Der Weg durch die Hügel war gefährlich, sagte der Vogel. Sie wollen sie umgehen.«

»Und doch sind die Kinder auf genau diesem Weg in ihre Heimatdörfer zurückgekehrt.« Schwarzwasser überlegte. Für einen König war Misstrauen eine der wichtigsten Tugenden. Am Hof und in der Politik gab es ständig Intrigen. Immerhin verfolgte Schwarzwasser selbst unausgesprochene Pläne. »Wenn der Baum so groß ist, wie diese Wilden behaupten, ist er ein Wunder. Ganz Fretwitt wird von ihm sprechen. Ich muss ihn in Besitz nehmen.«

»In Besitz nehmen? Wir haben kein Besitzrecht auf die Lande, die zwischen hier und diesem Baum liegen. Nüchtern betrachtet haben wir auf kein einziges Fleckchen hier ein Besitzrecht. Wir können von Glück reden, dass niemand uns daran hindert, diese Stadt zu errichten, die wir offiziell einen Handelsvorposten nennen. Die Beziehungen zu den Einheimischen sind bereits jetzt angespannt, vor allem nachdem die Rote ein ganzes Fischerdorf ausradiert hat. Nur die Grüne konnte Verbündete gewinnen. Meine Aufgabe als Botschafter war nicht gerade einfach in letzter Zeit…«

»So ist das nun mal als Botschafter, oder wollt Ihr das Amt vielleicht an Klein abtreten?« Schwarzwasser sah mit Genugtuung, wie Lune den Blick senkte.

»Nein, Euer Majestät. Aber wie soll ich erklären, dass wir einen Baum in Besitz nehmen, der sich fünfzig Wegstunden entfernt im Herzen eines Landes befindet, das nicht einmal uns gehört?«

»Der Baum wird eben unser Vorposten im Norden. Der größte, der je errichtet wurde. Geht. Bringt mir Fronk.«

Klein schnaufte, als sei er zu spät, obwohl er es gar nicht war. *Amüsant*, dachte Schwarzwasser. *Und überaus nützlich.* Klein war gefügig wie ein Schoßhund.

»Ich habe einen Auftrag für dich, Klein«, sagte der König.

»Ja, Euer königliche Exzellenz?«

»Magst du schöne Frauen?«

Klein grinste. »Sogar sehr.«

»Ich habe ein Interesse an der jungen Dame Zinnober entwickelt. Ein Interesse an der Roten Stadt, genauer gesagt, auf die sie nach ihrem Bruder das Erbrecht hat.«

Schwarzwasser sah, wie Klein in Gedanken die tiefere Bedeutung der Worte erforschte. Schließlich nickte sein Berater. »Wenn Ihr sie heiratet, würde der Anspruch des Bruders auf Euch übergehen.«

»Wenn ich mich recht an das Gesetz entsinne, ja.«

»Nach dem Ableben Fürst Zinnobers wäre die Rote Stadt ein überaus geeigneter Amtssitz.«

»Und dieser Fall dürfte bald eintreten.«

Klein nickte. Die Idee gefiel ihm immer besser. »Sie ist alt und ein wenig baufällig, aber beinahe ebenso geschichtsträchtig wie Asch.«

»Straßen und Gebäude kann man reparieren. Die Rote Stadt ist in jedem Fall besser als ein schon bald überflutetes Asch. Und nahe genug, dass ich von Schloss Schwarzwasser aus regieren kann.«

»In der Tat! Außerdem ist es ein guter Grund, umgehend zurückzukehren. Doch welche Aufgabe habt Ihr mir dabei zugedacht?«

»Probier sie für mich aus.«

»Euer Majestät...?«

281

»Umwirb sie. Beschlaf sie. Mach mit ihr, was du willst, aber unterrichte mich über alles, was du herausfindest. Wenn alles gut geht, werde ich sie mir nehmen. Falls nicht, kannst du sie behalten.«

Klein zögerte. »Selbstverständlich, aber...«

»Sie ist doch eine schöne Frau, oder etwa nicht?«

»Ja. Wenn auch etwas dünn. Kann sie Kinder bekommen?«

»Probier es aus. Ich war bereits einmal verheiratet. Eine schüchterne Jungfrau kann ich nicht gebrauchen.« Klein schien immer noch nicht besonders begeistert. »Noch irgendwelche anderen Bedenken?«

»Sie lächelt nie. Das verunsichert mich.«

»Das überlasse ich dir. Ein Mann, der schöne Frauen mag, sollte auch in der Lage sein, sie zum Lächeln zu bringen.«

33

»Siehst du das?«, flüsterte Damon und deutete durch das Geäst. Klayt stand direkt neben ihm und platzte beinahe vor Stolz auf seine Entdeckung. Ian spähte durch das Gestrüpp, das ein bisschen zu ordentlich zwischen den in etwas zu regelmäßigen Abständen stehenden Bärengrassträuchern wuchs. Der verborgene Obsthain glitzerte wie ein Juwel. Reihe um Reihe von Bäumen voll reifer gelber und roter Früchte erstreckte sich vor seinem Auge. *Keine einzige blaue.*

»Die Bäume wurden angepflanzt und werden gut gepflegt«, sagte Ian.

»Eindeutig«, erwiderte Damon. »Aber von wem?«

»Schwer zu sagen aus dieser Entfernung. Hol die Männer, Klayt«, befahl Ian. »Leise. Sie sollen die Lichtung umstellen.«

Klayt nickte und schlich davon. Für Ian war es eine besondere Freude zu sehen, wie der Mann, der ihn anfangs so verachtet hatte, nun kommentarlos und unverzüglich jeden Befehl ausführte.

»Kein Blutvergießen, wenn möglich«, sagte er zu Damon.

»Wenn möglich«, wiederholte der Fürst.

Die Soldaten kamen heran, und Ian fiel auf, dass Klayt ihnen befohlen hatte, die Rüstung abzulegen, damit sie sich lautlos bewegen konnten. *Schlau. Vielleicht ist dieser Klayt doch nicht so dumm, wie ich anfangs dachte.* Ian hob die Hand, und als alle in Position waren, winkte er sie vorwärts.

Sechzig Mann brachen durch Distelgestrüpp und Bärengrassträucher und tauchten wie aus dem Nichts zwischen den Obstbäumen auf, die Schwerter und Speere bereit.

Die fünf Angehörigen des Kleinen Volks, die gerade mit der Ernte beschäftigt waren, wandten sich sofort zur Flucht, blieben aber gleich wieder stehen, als sie sahen, dass sie umzingelt waren. Der größte unter ihnen reichte Ian nicht einmal bis zur Brust. Wären nicht der muskulöse Körperbau und die Bärte gewesen, Ian hätte sie für Kinder gehalten. Auf der Hose des einen breitete sich ein dunkler Fleck aus. Er konnte sein Wasser nicht mehr halten.

»Haltet ein!«, befahl der Drottin. »Sie haben Angst.«

»Waffen?«, rief Damon.

»Nur einer mit einer Keule, mein Fürst«, antwortete Klayt.

»Soll ich ihn töten?«

»Das ist eine Stange zum Obstpflücken, du Schwachkopf!«, bellte Schagan.

Ian überdachte seine Meinung zu Klayt noch einmal. *Er kann ziemlich dumm sein, wenn er nur Gelegenheit dazu hat.*

»Niemand wird getötet!«, brüllte Ian so laut, dass keiner seiner Männer auf die Idee kommen konnte, einen dieser wehrlosen Zwerge zu massakrieren. Obry bebte vor Blutdurst, und Ian gab acht, die Hand nicht in die Nähe des Schwertes zu bringen aus Angst, es könnte ihn zwingen, seinen eigenen Befehl zu missachten. »Treibt sie zusammen! Haltet Ausschau, ob irgendwo noch mehr von ihnen sind. Quist, zu mir!«

Der Läufer kam herbei.

»Wer sind diese Obstbauern?«

»Kleines Volk.«

»Das sagt mir nichts. Was hat es mit ihnen auf sich?«

»Diesen Hain ich noch nie gesehen. Wir ...«

»... dringen nie so weit nach Norden vor, ich weiß.« Ian schritt in die Mitte der Lichtung, wo seine Soldaten zehn Zwerge zusammengetrieben hatten. Sie standen vornübergebeugt, denn die

Soldaten hatten sie angewiesen, ihre Fußknöchel mit den Händen zu umfassen. In dieser Haltung harrten sie gehorsam aus, während Ian die mehr als zehn Reihen gleichmäßig angepflanzter und von dem Gestrüpp um die Lichtung gut verborgener Bäume bewunderte. *Sie scheinen ihr Handwerk zu verstehen.*

»Erhebt euch«, ließ er Flosse sagen. Die Zwerge verstanden die Anweisung, sahen aber immer noch völlig verängstigt aus. »Wer von euch führt hier das Wort?«

Ein Mann wurde nach vorne geschubst und humpelte auf Ian zu. Er mochte fünfunddreißig Jahre alt sein und hatte ein verkrüppeltes Bein. Auch die anderen waren mindestens zwanzig, manche noch viel älter. Es war keine einzige Frau dabei und auch kein Kind. *Bei diesem Volk scheinen die Männer sich um die Ernte zu kümmern.*

»Wir werden euch weder etwas zuleide tun noch eure Ernte stehlen«, sagte Ian.

Der Mann blickte erleichtert auf. »Wir können Euch Obst geben, wenn Ihr uns gehen lasst. Wir haben genug für Euch alle.«

»Ich nehme dein großzügiges Geschenk an. Meine Männer sind hungrig vom Marschieren. Habt ihr eine Herberge für uns?«

Der Mann runzelte die Stirn. »Nicht für Leute, die so groß sind.«

»Verstanden«, erwiderte Ian, auch wenn er seine Zweifel hatte, ob er und seine Männer wirklich zu groß waren oder eher zu viele. »Sag den Leuten, dass wir hier sind, um Handel zu treiben.«

Der Sprecher gab Ians Worte an die anderen weiter, und sie wurden etwas ruhiger.

»Sie s-sind froh, dass wir keine D-D-Düsterlinge sind«, flüsterte Flosse.

»Düsterlinge?«

»Ungeheuer, die aussehen wie Menschen«, erläuterte Quist.

»Erzähl mir mehr.«

Quist schüttelte den Kopf. »Nie welche gesehen. Sollen in den Rauchhöhen leben, aber wir kommen...«

»...nie so weit nach Norden. Schon verstanden.« Ian verdrehte die Augen. »Für mich hört sich die Geschichte von diesen Düsterlingen eher nach einem Märchen an, das man sich am Lagerfeuer erzählt.« Zu dem Zwerg sagte er: »Wir suchen das Flussvolk. Wir sind nach Westen unterwegs, in Richtung der untergehenden Sonne. Wird dieser Weg uns zu ihnen führen?«

»Ja«, ließ der Mann Flosse antworten. »Folgt den Bächen am Fuß der Berge. Sie bringen Euch zu dem See, an dem sie sich aufhalten, wenn sie nicht die Flüsse befahren. Brecht Ihr sofort auf?«

»Sobald du mir das Obst gegeben hast. Und ich möchte mich noch einmal bei dir bedanken. Von jetzt an werden die Grünen dich als Freund behandeln. Wie ist dein Name?«

»Plapper. Wie ist Eurer?«

In diesem Moment rief einer der Älteren aus der Gruppe ihrem hinkenden Sprecher etwas zu, und Plapper blickte Ian fragend an.

»Geh und hör dir an, was er zu sagen hat«, sagte Ian.

Damon und Quist beobachteten die Szene aufmerksam. Dano hielt mit Klayt und zwei anderen bei den Sträuchern Wache für den Fall, dass noch mehr von dem Kleinen Volk auftauchten, eventuell mit Waffen. Der Alte sprach unterdessen im Flüsterton mit Plapper, doch der Zorn in seinen Worten war auch so zu erkennen.

»Sie werden wütend«, sagte Damon und legte instinktiv die Hand auf den Griff seines Schwertes.

»Vielleicht haben sie doch nicht genug Obst«, überlegte Ian.

Quist verstand ein paar Brocken der Zwergenunterredung. »Sie kennen dich«, sagte er.

»Woher?«

»Die Kunde von deinen Taten eilt dir voraus, wie es scheint«, frotzelte Damon.

»Nein«, widersprach Quist. »Der Alte dich kennen von vor über zwanzig Jahren. Er sicher.«

Ian rief Plapper zu: »Was ist das Problem, Freund?«

»Keines. Wir pflücken nur das Obst, dann könnt Ihr aufbrechen. Wir machen schnell«, rief Plapper zurück, und der zornige Alte spuckte aus.

Der Alte ist wohl nicht unser Freund, dachte Ian. »Komm her, Väterchen. Tritt vor und sag, was du zu sagen hast.«

»Nein«, widersprach Plapper entschieden. »Er hat nichts zu sagen. Er ist ein verbitterter alter Igel, nichts weiter. Lasst uns das Obst holen.«

Es war zu spät. Dano zerrte den Greis bereits nach vorn.

Der Alte schaute Ian aus runzligen Augen an und zeigte kein bisschen Angst. Aufrecht und trotzig stand er da wie ein Mann, der sein Leben bereits gelebt hatte und den es nicht kümmerte, wenn es hier und jetzt ein gewaltsames Ende fand.

Ian wählte seine Worte mit Bedacht. Er wollte den Zwerg nicht unnötig provozieren. »Du kennst mich also?«, ließ er Flosse fragen.

Der Greis legte die Stirn in noch tiefere Falten und sagte mit schwerem Akzent etwas, das keiner Übersetzung bedurfte:

»Kris-tell.«

Ian saß lange mit Plapper und dem Alten zusammen. Er hieß Runkel. Den Namen hatte er bekommen, weil seine Hände noch im Babyalter zu schrumpeligen Klauen verkümmert waren, die zu nichts zu gebrauchen waren.

»Wie lange ist es jetzt her, dass dein Volk hier wegging?«, fragte Ian.

»Zwanzig Jahre und noch mehr«, brummte Runkel, der nach wie vor verstimmt war.

Plapper hatte ihm die Hand auf die Schulter gelegt, um ihn zu besänftigen – oder um ihn davon abzuhalten, Ian einen Faustschlag zu verpassen. Beides schien durchaus möglich. Runkels Zorn und Verachtung waren offensichtlich, weshalb Dano ihn gründlich nach Waffen durchsucht hatte. Plapper hingegen war nicht wütend, aber er hatte wieder Angst vor Ian – anscheinend sogar noch mehr als vor den geheimnisvollen Düsterlingen.

»Aber sie sind nicht einfach weggegangen«, sprach Runkel weiter. »Dein Vater hat sie vertrieben! Genauso wie das Flussvolk und alle, die von der Fleischfäule befallen waren. Ich war damals noch jung, aber ich kann mich noch gut an die langen Haare erinnern!«

»Trotzdem bist du im Hain geblieben.«

»Die Täler, so heißen sie bei uns«, korrigierte Plapper.

»Das ist der Name der Totenstadt«, merkte Ian an.

»Es ist der Name unseres geliebten Tals!«, fauchte Runkel. »Dein Volk war es, das ihn auf die verfluchten Ruinen südlich von hier übertragen hat.«

»Warum seid ihr geblieben?«

»Weil ich den anderen nur eine Last gewesen wäre auf dem Marsch über die Berge... mit diesen Händen. Plapper ist lahm. Damals konnte er nicht mal gehen. Und Schweiger hatte den Husten. Er hätte die Kälte auf den Gipfeln nicht überlebt.«

»Es waren insgesamt dreißig, die nicht wegkonnten«, erklärte Plapper. »Also blieben wir, als Hüter des Hains.«

»Ihr seid insgesamt dreißig?«

»Waren wir einmal. Ohne Frauen sterben wir langsam aus.«

»Erzählt mir von dem Besuch meines Vaters.«

»Besuch?«, höhnte Runkel und fuhr sich mit der verkrüppelten Hand über die Stirn. »Am Anfang war er noch ganz freundlich. ›Händler‹ hat er sich genannt, genau wie du. Aber als sie auf den Geschmack gekommen waren, an unserem Obst und unseren Frauen, haben sie schnell aufgehört zu handeln und nur noch genommen.«

Ians Blick wanderte zu Plapper, und der nickte zustimmend. Runkel war also nicht der Einzige, der seinen Vater beschuldigte.

»Ich hör mir das nicht länger an!«, bellte Dano.
»Dann geh Äpfel pflücken oder was auch immer an diesen Bäumen wächst.« Als sein Bruder sich nicht rührte, wiederholte Ian: »Geh!«
Damon und Quist schickte er ebenfalls weg. Diese Geschichte war nicht für ihre Ohren bestimmt. Nur Petrich blieb.
»Mein Drottin-Vater war hier«, flüsterte Ian Petrich zu. »An diesem Ort. Es gibt keinen Zweifel.«
»Das können wir nicht beurteilen.«
»Mein Vater trug ein weißes Wolfsfell, genau wie sie gesagt haben. Genau wie die, die auch wir tragen.«
»Auch andere Völker tragen Tierfelle.«
»Bring mir das Buch, Vetter.«
»Ich glaube kaum, dass ...«
»Das Buch!«
Petrich ging zu seinem Pferd und hievte das schwere Ding aus einer der Packtaschen.

Ian hatte die entsprechenden Stellen schon in seiner Jugend gelesen, kannte sie beinahe auswendig, aber er musste einfach noch einmal nachsehen.

»Die Beschreibung meines Vaters passt nicht zu dem, was diese Leute sagen«, erklärte er schließlich.
»Dann lügen sie eben«, erwiderte Petrich.
»Oder das Buch lügt.«
Es war ein seltsames Gefühl für Ian, das zu sagen. Der Klan stellte das Buch nie infrage. Es enthielt nicht nur ihr gesammeltes Wissen, sondern auch die gesamte Geschichte des Klans. Alle wichtigen Ereignisse waren darin festgehalten. Die Passagen, die sein Vater über Abrogan geschrieben hatte, waren nicht sehr detailliert, aber das Kleine Volk hätte zumindest darin auftauchen müssen.
»Es steht nichts über sie hier drinnen. Und über das Flussvolk auch nicht. Nur von der Vertreibung der Kranken ist die Rede.«

Petrich nickte. »Manchmal hat ein Schreiber eben nicht genug Zeit, alles...«

»Nichts steht hier drinnen! Ein ganzes Volk, einfach verschwiegen. Ein Volk, das uns zutiefst hasst.« Da fielen Ian die Worte seines Vaters wieder ein: *Erobere ein Volk, und es wird dich hassen.*

»Petrich, ist es möglich, dass das Buch umgeschrieben wurde?«

Petrich schaute weg. »Etwas Derartiges kann ich mir nicht vorstellen.«

»Könnte etwas weggelassen worden sein?«

»Unwahrscheinlich. Meine Meinung dazu lautet, dass nichts von alledem passiert ist.«

»Es ist passiert! Mein Vater war hier. Er hat ihre Frauen genommen und die Gesunden vertrieben. Nur die, die nicht über die Berge konnten, sind noch hier. Zehn gebrochene Männer, denen nichts geblieben ist außer ihrem Obsthain und einem abgrundtiefen Hass auf uns.«

»Dann sind es auch nur zehn, die uns hassen.«

»Jenseits der Berge gibt es noch mehr. Und was ist mit den Toten, die keine Stimme mehr haben?«

»Wer keine Stimme hat, wird auch nicht gehört. Und schreiben können die Toten auch nicht. Wenn diese zehn hier ebenfalls tot wären, würde auch sie keiner mehr hören...«

»Morden und Plündern sind nicht das, was mein Vater mir beigebracht hat.«

»Dein Vater hat mich gerettet. Er hat meine Schwester gerettet. Er ist ein guter Mann, ein gerechter Mann, so wie du einer bist.«

»Wenn das, was diese klein gewachsenen Obstbauern sagen, stimmt, hat er ihnen das Gleiche angetan wie der Talklan dem deinen.«

Ian sah, wie sein Vetter mit dem grässlichen Gedanken kämpfte. Es war schwer für Petrich. Sein Gesicht verzog sich zu einem Schlachtfeld aus Grübchen und Falten, während der innere Kampf tobte, doch irgendwann musste es einen Sieger geben. Petrich brauchte einen Sieger.

»Ich weigere mich, schlecht von Drottin Kellen zu denken«, erklärte er. »Was diese Halbmänner sagen, hat nichts mit unserer Geschichte zu tun. Was in dem Buch steht, ist unsere Geschichte. Das Kleine Volk und was es erzählt wird sterben, aber das Buch bleibt, und das Buch sagt, dass Kellen Krystal ein Held ist.«

34

Gegen den Einspruch so gut wie aller seiner Berater ließ Ian den Zwergen zwei Pferde und drei Äxte als Geschenk da. Nur Petrich hielt sich zurück. Allein die Pferde waren mehr wert als die Ernte eines ganzen Jahres und die drei Äxte beinahe ebenso viel. Damon nannte ihn einen Narren, und Seraphina murrte, dass die Zwerge bestimmt nicht mit ihren Schützlingen umzugehen wüssten.

»Wahrscheinlich machen sie Ackergäule aus ihnen«, klagte sie.

»Eine ausgezeichnete Verwendung«, erwiderte Ian mit einer Bestimmtheit, die keinen Widerspruch duldete.

Ian spürte die Schuld ganz deutlich. Obwohl er diesen Männern nichts getan hatte, fühlte er sich verantwortlich für die Schuld seines Vaters. Runkel hatte ihm nicht verziehen und würde es nie tun. Plapper war als kleiner Junge mit einem lahmen Bein zurückgelassen worden und damals noch zu jung gewesen, um so großen Groll zu verspüren. Ians Großzügigkeit verwirrte den Zwerg, aber die Geschenke nahm er an. Äxte von dieser Qualität hätten sie selbst niemals herstellen können, und die Pferde waren weit kostbarer als alles, was sie je besessen hatten. Entsprechend aufmerksam hörten sie Seraphina zu, als die Pferdemeisterin ihnen unter Tränen erklärte, wie die Tiere zu pflegen waren.

»Sie hängt zu sehr an ihnen«, sagte Ian.

»Mehr als sie je an einem Mann hängen wird«, fügte Damon hinzu, und Ian fragte sich, ob er nicht recht hatte.

Die Soldaten halfen, die Früchte zusammenzutragen. Es waren

so viele, dass sie sich eine ganze Woche davon ernähren konnten. Dennoch war es nur ein Bruchteil der gesamten Ernte. Schagan war fasziniert von dem Hain, der laut seinen Besitzern nie ganz abgeerntet werden durfte. Die Hälfte der Früchte musste an den Bäumen bleiben, bis sie von selbst zu Boden fielen und dort verfaulten. Das nährte den Boden und verteilte neue Samen, hatte Plapper ihm erklärt. Wenn sie nichts an den Ästen ließen, blieben die Bäume kahl und würden schließlich absterben. Eigenartigerweise trugen sie zu jeder Ernte andere Früchte. Im Moment waren es Äpfel. Falls Ian wissen wollte, was als Nächstes kam, müsse er eben wiederkommen, sagte Plapper.

»Ich würde gern wiederkommen«, erwiderte Ian. »Dann könnte ich noch mehr Werkzeug mitbringen.«

Flosse übersetzte, und Plapper schaute Ian verdutzt an.

»Er s-s-sagt, er versteht Euch n-n-nicht«, erklärte Flosse.

»Versuch's noch mal.«

»N-Nein, nein. Er versteht, was die Worte b-b-bedeuten, aber nicht, weshalb Ihr ihm Dinge schenkt, d-d-die weit wertvoller sind als das O-O-Obst, das er Euch gegeben hat.«

Ian dachte lange nach, bevor er antwortete. »Sag ihm, ich bin hier, um eine alte Schuld zu begleichen.«

Der Weg am Fuß der Rauchhöhen entlang stellte sich als gut passierbar, ja sogar angenehm heraus. Die Gewässer waren reich an Fischen, und es gab mehr als genug Wild. Die Kompanie folgte dem Bach, der das meiste Wasser führte, bis er schließlich auf die Größe eines Flusses anwuchs, und schon am Abend des nächsten Tages stieß die Raubtaube wieder zu ihnen, als sie gerade im hohen Ufergras ihr Lager aufschlugen. Der Vogel hielt zunächst auf Garman zu, doch als er die rote Katze auf dessen Schulter sah, drehte er ab und setzte sich stattdessen auf Schweinebackes Rücken.

Ian rief den Kriegshund in der Sprache Abrogans zu sich und

ließ den Botenvogel auf seine Hand hüpfen. Er sprach mit Botschafter Lunes Stimme, der auch »des Königs Stimme in Abrogan« genannt wurde. Die Nachricht war kurz und einfach: »Fürst Damon und Klansmann Krystal, kehrt mit König Schwarzwassers Grünen, allen Pferden, Rüstung und Waffen zum Palast von Skye zurück. Ehre und Belohnung harren Eurer.«

Ian lächelte. »Ihr habt Euch getäuscht. Der König will uns belohnen, nicht bestrafen.«

Damon ließ den Blick über den Himmel schweifen. »›Mit König Schwarzwassers Grünen‹ waren Lunes Worte und nicht ›mit *Euren* Männern‹. Fürst und Klansmann hat er uns genannt. Weder dich noch mich hat er als Kommandanten der Grünen Kompanie angesprochen. Das verheißt nichts Gutes.«

»Ein Versehen?«, überlegte Ian.

Dano setzte sich zu ihnen. »Ha! Was das heißt, ist, dass es der hochwohlgeborenen Zunge des Botschafters nicht passt, wenn ein Klansmann Rang und Namen hat.«

»Lune wägt jedes Wort, das über seine Lippen kommt, mit größter Sorgfalt ab«, sagte Damon. »Er hat uns befohlen, mit allen Pferden, Rüstung und Waffen zurückzukehren. Was glaubt ihr, hat *das* wohl zu bedeuten?«

»Dass er vorhat, uns auf den nächsten Feldzug zu entsenden«, antwortete Ian voller Überzeugung.

»Er wird uns Kommando und Waffen wegnehmen, das bedeutet es.«

»Wir sind des Königs starker Arm im Osten«, beharrte Dano wie ein schmollendes Kind. »Bryss selbst hat uns im Namen des Königs dazu ernannt. Vielleicht seid Ihr es, der nicht gerne unter dem Kommando eines Klansmannes steht, Nietenfürst.«

»Ich stehe nicht unter seinem Kommando«, knurrte Damon.

»Kein Grund zu streiten«, warf Ian ein. »Wir haben unsere Sache gut gemacht, und der Ruf unserer Taten eilt uns voraus. Ich sage, wir marschieren auf der Ersten Straße Richtung Süden und holen unsere Belohnung ab, bevor wir doch noch in Ungnade fallen.«

Während sie debattierten, rief Petrich die Taube zu sich. Sie hüpfte flatternd auf seinen Finger, und Petrich hielt ihr einen saftigen Käfer vor den Schnabel. Dann stieß er einen Pfiff aus, der etwas anders klang als der, mit dem Ian Lunes Nachricht abgerufen hatte. Der Vogel begann zu sprechen, und die beiden Kommandanten der Grünen drehten erstaunt die Köpfe.

»Das ist die Stimme des Königs, mit der die Taube da spricht«, murmelte Damon.

»Die Nachricht geht noch weiter?«, fragte Ian.

»Nein.«

Die Taube wechselte nun ständig die Tonlage, als streite sie mit sich selbst. Tatsächlich wiederholte sie die Diskussion zwischen Lune und Schwarzwasser.

»Das gehört nicht mehr zur Nachricht des Botschafters. Der Vogel wiederholt, was danach noch gesprochen wurde!«

Petrich nickte zufrieden, doch Ian fiel die Kinnlade herunter.

»Was hast du getan, Vetter?«

»Unsere Taube ist ein kluges Tier«, antwortete Petrich nur.

»Wir belauschen eine private Unterhaltung des Königs«, zischte Ian und blickte über die Schulter, um zu sehen, ob einer der Männer in Hörweite war.

»Wenn wir entdeckt werden, kostet uns das den Kopf!«, sagte Dano.

Keiner widersprach, aber es unternahm auch keiner etwas, um den Botenvogel zum Schweigen zu bringen. Stattdessen hörten sie aufmerksam zu.

»... die Klansmänner sollen weiter Straßen bauen. Kein Grund, die Kraft ihrer starken Hände nicht zu nutzen. Aber mit Damon ist die Sache komplizierter. Er ist aus der Stadt geflohen, weil er Verdacht geschöpft hat. Ich möchte nicht, dass er frei herumläuft. Render soll ihn sofort zu mir bringen, wenn er ankommt.«

Als er den Namen des grimmigen Hauptmanns der Stadtwache hörte, holte Ian scharf Luft. Der Vogel sprach weiter, aber die Unterhaltung wandte sich unwichtigen Nebensächlichkeiten zu, sodass Petrich der Raubtaube mit einem letzten Pfiff signalisierte, dass es genug war. Er gab ihr den Käfer und schickte sie dann in ihren Käfig, wo sie sich selbst einschloss.

»Dann marschieren wir eben doch weiter nach Fischgrund«, erklärte Ian.

»Du kannst dich dem Befehl nicht widersetzen«, sagte Damon. »Gegen dich führt Schwarzwasser nichts im Schilde. Er scheint dich für ungefährlich zu halten.«

Ian fragte sich, was schlimmer war: bei einem Herrscher in Ungnade zu fallen oder zu gehorchen wie ein Hund.

»Dir droht keine Gefahr, wenn du zurückkehrst«, sprach Damon weiter. »Falls du dich dem Befehl aber widersetzt, hat er eine Entschuldigung, dich vor allen Adligen zum Verräter zu erklären, und Render wird ihm dafür deinen Kopf bringen. Du musst zurück.«

Ian nickte bedächtig. »Wohl wahr. Ich werde zurückkehren. Allerdings sehe ich keinen Grund, den kürzesten Weg zu nehmen. Jenor! Wo sind wir?«

Der junge Ingenator kam herbeigeeilt. »Westlich der Ersten Straße«, sagte er nach einem kurzen Blick zum Himmel.

»Ich habe gesagt, wir bringen Euch zur Küste, Fürst Damon, und das werden wir. Dann marschieren wir auf der Küstenstraße zurück nach Skye.«

»Laut der wenigen und mehr als einfachen Karten, die wir haben, ist der Weg mindestens eine Woche länger«, gab Damon zu bedenken.

»Auf halbem Weg schicken wir die Taube wieder los und erklären die Verspätung.«

»Wir sind verspätet?«, fragte Dano.

»Noch nicht, aber bald.«

»Wie kannst du das jetzt schon wissen?«

»Zerbrich dir darüber nicht den Kopf, Starke Hand. Sieh lieber nach den Wachen. In letzter Zeit haben manche von ihnen die schlechte Angewohnheit entwickelt, einfach einzuschlafen.«

»Dem werde ich sofort ein Ende machen«, erklärte Dano und stapfte davon.

Eine angespannte Stille senkte sich herab. Ian wusste nicht, was er sagen sollte. *Mein Vater wüsste es.*

Glücklicherweise fiel Damon etwas ein. »Ich denke, ich werde mit meiner Karte anfangen«, sagte er und tätschelte die aufgerollte Tierhaut. »Dieses Land muss dringend kartografiert werden, und ich brauche eine Ablenkung von diesen schlechten Neuigkeiten.«

»Wie wollt Ihr die Entfernungen und Richtungen genau genug abschätzen, ohne das Land zu vermessen?«, fragte Jenor.

»Ich habe ein angeborenes Talent dazu. Ich habe jede größere Stadt in Fretwitt bereist und die Entfernung zweimal überprüft, einmal auf dem Hinweg und einmal auf dem Weg zurück. Von Asch bis zur Frühlingswald-Garnison, von Garroth bis Terbia. Ich habe Kapitänen den richtigen Kurs gewiesen, wenn sie selbst nicht mehr weiterwussten. Sogar das Schiff, auf dem ich übergesetzt bin, habe ich über dem Lebenden Riff vor dem sicheren Untergang gerettet. Und ich kann die Sterne ebenso gut lesen wie du. Wahrscheinlich sogar besser.«

Jenor neigte interessiert den Kopf. »Welche Strecke, würdet Ihr sagen, haben wir bisher zurückgelegt?«

»Siebzig Wegstunden.«

»Ich habe fünfundsiebzig gezählt.«

»Womit du nur um fünf Wegstunden danebenliegst. Beeindruckend, junger Klansmann.«

Jenor wollte widersprechen, aber Ian bedeutete ihm, sich zu entfernen. »Was braucht Ihr, Fürst?«

»Tinte. Ich könnte welche herstellen, wenn wir irgendwo Stachelbeeren finden. Ansonsten brauche ich nur Mörser und Stößel sowie ein Gefäß, in dem die Tinte ein oder zwei Tage eindicken kann.«

»Das ist zu lang. Außerdem haben wir kein geeignetes Gefäß.«

»Vielleicht kann ich aushelfen«, sagte Petrich leise. »Ich habe Tinte.«

Ians Vetter sprach immer leise, und trotzdem hörten sie ihn so klar und deutlich, als hätte er geschrien. *Seine Stimme schneidet durch alles wie ein Schwert.*

»Natürlich!« Ian schlug sich mit der Hand gegen die Stirn.

»Mehrere Beutel voll. Ich kann Euch etwas davon abgeben.«

»Ganz hervorragend«, sagte Damon. »Ich werde noch heute Nacht anfangen. Welche Farbe hat deine Tinte, Schreiber?«

»Rot.«

»Läufer!«, ertönte ein Schrei von den Wachposten.

»Ein Läufer, so weit im Norden?« Damon blickte Quist fragend an, doch der zuckte nur mit den Schultern.

Dano kam zu ihnen gerannt. »Wir haben ihn am Fuß der Hügel entdeckt. Er ist durch den Wald gesprungen, als wäre ein Bär hinter ihm her, aber da ist weit und breit kein Bär. Nur ein Waldläufer rennt ohne Grund so schnell. Die Wachen werden ihn herbringen.«

Sie blieben beim Feuer und warteten. Ian fragte sich, wie der Läufer sie wohl gefunden hatte. Laut Quist befanden sie sich weit jenseits des Gebiets, in das er und die Seinen normalerweise vordrangen. Eine Traube bildete sich um den Neuankömmling, und alle riefen aufgeregt durcheinander.

Was geht da vor?

Laute Stimmen schallten über den Lagerplatz, und als der unerwartete Gast den Rand des Feuerscheins erreichte, sah Ian den typischen Waldläuferumhang und die leichten Lederstiefel. Die Kapuze hatte der Läufer zurückgeschlagen. Er lachte herzhaft mit Schagan, der nicht mehr gelächelt hatte, seit sein jüngerer Bruder tot war. Als Ian schließlich das prächtige lange Haar ihres Gastes erblickte, begann auch er zu lachen. »Kerr!«

Nach viel Gejohle und Schulterklopfen saß Ian allein mit seinen Brüdern unter dem mondlosen Himmel Abrogans. Insekten schwirrten im Gestrüpp umher, die Sterne blinkten, allen irdischen Sorgen entrückt, am weiten Firmament, und mit der Nacht senkte sich eine beißende Kälte über die Vorhügel der Rauchhöhen, die Ian an seine Heimat erinnerte.

Gemeinsam berichteten sie ihrem jüngeren Bruder von dem Gefecht mit den Banditen. Dano schilderte, wie er einen der Angreifer zur Strecke gebracht hatte, indem er mit einem einzigen Schwertstreich zuerst dessen Speer zerschlug und dann den Hals durchbohrte. Ian hatte zwei Gegner kampfunfähig gemacht, nachdem er vom Pferd gesprungen war und mit Obry nach deren ungeschützten Beinen geschlagen hatte. Dano schäumte innerlich, als Ian hinzufügte, dass die Stadtsoldaten besser mit ihren Waffen umgehen konnten und disziplinierter waren.

»Wir können von ihnen lernen«, sagte Ian. »Ich habe Petrich all ihre Taktiken ins Klansbuch schreiben lassen.«

»Wer wild und entschlossen ist, braucht keine Taktik«, brummte Dano.

»Ein angreifender Bär ist wild und entschlossen«, entgegnete Ian, »aber auch leicht zu erledigen, wenn man weiß, wie.«

Kerr lachte. »Genau. Wie damals, als du auf der Suche nach Gwenna in Alms Hütte gestürmt bist. Wir haben dir einfach einen Sack über den Kopf gestülpt und dich in den See geworfen.«

»Ihr wart zu fünft«, rief Dano ihm ins Gedächtnis.

Es wurde geprahlt, gefrotzelt und gestritten, wie Brüder es nun einmal tun, und es fühlte sich gut und richtig an. Ian erzählte vom Toten Bärensee, der zwar groß war, aber so zugewachsen, dass man ihn erst sah, wenn man beinahe schon drinnen stand.

»Mitten im See wachsen Bäume, direkt vom Grund. Du kannst dich kopfüber von einem Ast hängen lassen und dir die Haare waschen!«

Dano versuchte, den Riesenbaum zu beschreiben, den sie entdeckt hatten, aber ihm fehlten die richtigen Worte, um der Erhabenheit des Baumes gerecht zu werden. »Er ist riesig«, sagte er nur. »So dick und hoch, dass es kaum zu fassen ist!«

»Du meinst also richtig groß?«, feixte Kerr, der Dano kein Wort glaubte.

»Größer als alles, was du je gesehen hast«, beharrte Dano.

Schließlich mischte Ian sich ein. »Denk an die größte Stechfichte, die du je gesehen hast, und verkleinere sie dann auf die Größe eines Spielzeugboots. Wenn du das Gleiche mit dem Baum machst, ist er immer noch so groß wie ein Langschiff«, sagte er, und Kerr verstand.

Sie schilderten ihm alle Ereignisse der letzten Wochen, lachten über die Possen der Raubtaube und der Katze, beweinten die toten Klansmitglieder und sprachen über die schwierigen Entscheidungen, die Ian während des Banditen-Tribunals zu treffen hatte. Dann erklärte ihnen Kerr, wie die Gemeinschaft der Waldläufer funktionierte. Sein Aufenthalt im Fort von Haselzahn hatte sich gelohnt: Er war jetzt einer von ihnen, ein guter Läufer, und sie vertrauten ihm. Schatten hatte ihm eine Route zugewiesen, auf der er die abgelegenen Gehöfte mit Nachrichten versorgen musste. Kerr war jeden Tag gelaufen, und zwar den ganzen Tag. Am Anfang war es hart gewesen, und er hatte sich oft übergeben. Aber nach zwei Wochen hatte er sich daran gewöhnt, und von da an fühlte es sich ganz normal an. Er wachte auf und rannte los, der Wind spielte in seinen Haaren, und wenn er müde war, schlief er. Wenn er Hunger hatte, aß er, und die restliche Zeit lief er. Außer, er begegnete unterwegs einem Mädchen, dessen Eltern gerade nicht in der Nähe waren, dann war es ausnahmsweise mal nicht der Wind, der in seinen Haaren spielte ...

Kerr war dünn geworden, aber nicht mager. *Zäh*, dachte Ian. *Nur noch Sehnen und Muskeln.* »Wie hast du uns so schnell eingeholt?«, fragte er.

»Die Erste Straße ist erweitert worden. Sie endet jetzt weniger als fünf Wegstunden von hier. Auf der Straße lässt es sich gut laufen, und Essen gab es unterwegs auch genug. Die Straßenarbeiter und Ingenatoren sind dankbar für jede Neuigkeit, die ich von der einen Gruppe zur nächsten weitertrage. Das ist unsere Aufgabe und gleichzeitig die Art, wie wir unser Brot verdienen.«

»Dann bist du also gar kein Klansmann mehr, sondern eine Botentaube«, scherzte Ian.

»Nur ohne Flügel«, ergänzte Dano.

»Meine Beine sind meine Flügel.« Kerr hielt seine nackten Füße hoch. Sie waren feuerrot vom Laufen, mit Blasen übersät, und die Sohlen waren von knotiger Hornhaut überzogen. Zwei Zehennägel fehlten.

»Die sind ja genauso hässlich wie unsere Taube«, kommentierte Ian.

»Bestimmt, und trotzdem bist du froh, einen Botenvogel zu haben, nicht wahr?« Kerr grinste.

Nachdem Dano sich schlafen gelegt hatte, erzählte Ian seinem jüngeren Bruder, was er von den Zwergen über ihren Vater erfahren hatte. Im ersten Moment hielt Kerr alles für einen Scherz, aber Ian ließ nicht locker: »Er hat dieses Volk von Winzlingen regelrecht ausgeplündert, Bruder.«

»Winzig, aber gefährlich?«

»Sie sind keine Krieger. Es war durch und durch unehrenhaft. Er hat sogar ihre Frauen genommen.«

»Und sie dann wieder zurückgegeben, oder?«

»Diese Sache ist ernst, Kerr.«

Kerrs Lächeln verblasste. »Selbst wenn es stimmt, ist es lange her, und es ist weit weg von zu Hause passiert.«

»Ich habe sie kennengelernt, Kerr. Sie haben einen Obsthain, weniger als drei Tagesmärsche westlich von hier. Das ist *nicht* weit weg, und für sie ist es auch nicht lange her. Die Narben tragen sie immer noch mit sich herum und genauso ihren Hass auf uns.«

Kerr schwieg eine Weile, als denke er über das Gesagte nach, aber nachdem – seiner Meinung nach – genug Zeit verstrichen war, lachte er schon wieder. »Was ist mit der Pferdemeisterin? Wart ihr reiten?«

Er weicht aus. Läuft einfach vor einer Tatsache davon, die ihm nicht passt. Dennoch sah er, wie unangenehm Kerr die Verbrechen ihres Vaters waren. Sein jüngerer Bruder hatte ein heiteres Gemüt. Die nüchterne und harte Wahrheit machte ihm keinen Spaß. Ian seufzte. Dano hatte die Geschichte sofort von der Hand gewiesen, und selbst Petrich wollte nichts davon hören. Wie es schien, musste Ian die Last allein auf seinen Schultern tragen, und er beschloss, das Thema zu wechseln. »Selbst wenn, würde ich es dir nicht erzählen«, antwortete er.

»Aha! Dann habt ihr es also getan.«

»Wie kommst du darauf?«

»Weil du auch nicht sagst, dass ihr's nicht getan habt.«

Ian biss die Zähne zusammen und hoffte, dass er nicht rot wurde. »Du wirst keine Gerüchte über sie in die Welt setzen. Sie ist kein Spielzeug für deine frivolen Gedanken.«

»Ich hoffe, du glaubst jetzt nicht, sie gehört dir. Am liebsten würde sie ihre Pferde heiraten und sonst niemanden.«

»Genug.«

»Du musst zugeben, dass die Hengste da, wo es drauf ankommt, wesentlich besser ausgestattet sind als du.«

»Du bist immer noch genauso ungehobelt und kindisch wie vor ein paar Wochen, als ich versucht habe, dich endlich loszuwerden!«

»Na ja, zumindest die Mähne ist bei dir länger.«

35

Schwarzwasser stand da und wartete geduldig auf den bärtigen Mann, der den Westhof des Smaragd-Donjons betrat. Der Mann trug einen einfachen grauen Kittel, der vor Staub und Dreck nur so starrte. Obwohl der König ihn erwartete, ging er umher, nickte den Steinmetzen zu, die Sand und Kiesel in den Mörtel für die Mauern mischten, begutachtete stirnrunzelnd ihre Arbeit, blieb stehen und gestikulierte zornig in Richtung zweier Männer, die den Tretkran antrieben, mit dem die Steine für den Turm gehoben wurden – und die ganze Zeit über wartete der König.

»Fronk!«, rief Schwarzwasser schließlich. »Komm. Berichte mir von meiner herrlichen neuen Stadt.«

»Pah!«, brummte Fronk. »Der Boden unter dem östlichen Wachturm ist so weich, dass die Wände des Torhauses sich bereits neigen. Die Felswand dort ist nicht stabil. Und die Aufseher für den Steinbruch, die Ihr mir zugewiesen habt, sind weit mehr daran interessiert, Goldadern zu finden, als anständige Blöcke aus dem weichen Kalkstein für mich zu schneiden. Die einheimischen Fischer und Bauern sind faul und werden zu schnell müde. Außerdem gibt es zu wenig Pferde, Maultiere und Esel in diesem verfluchten Land.« Er blickte missmutig den Smaragd-Donjon hinauf. »Und dieser verflixte Turm sieht in der Tat modrig aus! Ich begreife nicht, wie Ihr von mir erwarten könnt, mit diesen lausigen Arbeitern, noch lausigerem Werkzeug und begrenztem Material eine Stadt zu bauen, die meinen Fähigkeiten entspricht.«

Schwarzwasser lächelte dünnlippig. »Kein anderer meiner Untertanen darf so mit mir sprechen und meinen Titel einfach übergehen. Wie kommt es, dass ich dich noch nicht habe hängen lassen?«

»Weil ich ein Genie bin und recht habe, Euer königliche Exzellenz.«

Der eigensinnige Baumeister verwendete Schwarzwassers Titel immer mit einer Spur Sarkasmus in der Stimme wie ein aufsässiger Halbwüchsiger. Er gebrauchte ihn nur, wenn er unzufrieden war. Das fiel Schwarzwasser nicht zum ersten Mal auf. Seite an Seite verließen sie den westlichen Vorhof des Donjons und betraten den großen Hauptplatz. *Aber er hat recht*, dachte Schwarzwasser. *Wenn Fronk kein Genie wäre und das, was er sagt, nicht stimmen würde, hätte ich ihn schon längst für seine Impertinenz köpfen lassen. Oder ihm zumindest die Zunge herausgeschnitten.*

»Die Holzhäuser an den unteren Hängen waren schnell fertiggestellt«, berichtete Fronk. »In dieser Hinsicht habe ich also keine Klagen, und genug Holz gibt es auch. Die Innenstadt und der Palast werden länger dauern. Zehn Jahre scheinen mir nicht unrealistisch.«

»Ich gebe dir zwei.«

»Mit angemessenen Ressourcen könnte ich es in sechs schaffen.«

»Tyco sagt, er schafft es in zwei.«

»Tyco?«

»Ich habe bereits einen Vogel von ihm erhalten. Er kann es gar nicht erwarten zu kommen.«

»Aber er sitzt im Schuldnerturm in Flurstadt. Er ist ein zügelloser Spieler mit einem ebenso zügellosen Appetit.«

»Ich habe seinen Gläubigern eine Vorauszahlung auf sein zukünftiges Gehalt überbringen lassen. Schon in wenigen Wochen wird er hier sein, falls sein Schiff die Überfahrt übersteht.«

»Pah. Tyco ist ein Pfuscher. Ich sehe nicht, wie er mir helfen könnte.«

»Die Fundamente sind gelegt, mit den Mauern hast du bereits angefangen, und die Pläne für die Türme sind ebenfalls fertig. Die Vision ist vollständig. Alles, was er tun muss, ist, sie in Stein Wirklichkeit werden zu lassen.«

»Arr! Ihr begreift die Komplexität der Baumeisterkunst nicht. Für den Uneingeweihten mag es aussehen wie stumpfsinnige Schwerarbeit, aber die Vorbereitungen, die Ausrichtung benötigen Sorgfalt und Präzision. Man muss genau wissen, was man tut, damit die Konstruktion auch hält. Die dickste Mauer kann in sich zusammenfallen, wenn sie falsch gebaut wurde. Außerdem sind Tycos Bauwerke hässlich. Ihr habt die Fischgrund-Türme mit eigenen Augen gesehen.«

»Das habe ich. Er hat sie innerhalb eines Jahres gebaut. Alle fünf.«

»Vier. Einer ist eingestürzt«, brummte Fronk. »Außerdem treibt er seine Arbeiter an wie Sklaven, um den unmenschlichen Zeitplan einzuhalten. Sie brechen sich die Finger und das Kreuz. Nicht wenige sterben. Alle paar Monate müssen die Kolonnen ersetzt werden.«

»Dieses neue Land ist voll potenzieller Arbeiter. Sie sind also durchaus ersetzbar.«

Fronk grummelte noch etwas vor sich hin, und Schwarzwasser tolerierte es. Schließlich seufzte der Ingenator. »Da das Fundament der Ringmauer bereits steht, dürfte er sie nicht mehr verpfuschen können. Das Maurerhandwerk ist genauso simpel wie Tyco selbst, also mag er sie für mich fertig bauen. Aber die Schießscharten und Zinnen müssen unter meiner Weisung erstellt werden. Unter dieser Bedingung, und unter dieser Bedingung allein, akzeptiere ich ihn als meinen Gehilfen.«

»Ich lasse ihn nicht als deinen Gehilfen herbringen«, entgegnete Schwarzwasser. »Ich werde dich von hier abziehen. Tyco baut die Stadt zu Ende.«

Fronk blieb wie angewurzelt stehen. Sie waren auf der Götterallee und standen vor einem großen Rohbau mit rundem Turm, der gerade für das Aufsetzen der Kuppel vorbereitet wurde. Das Gebäude sollte ein Tempel für die Adligen aus dem südlichen Garroth und deren Götter werden. Gegenüber stand der schlichtere, aber größere Schrein des Morah mit der Halle der Kinder. Morah war die Hauptgottheit im unübersichtlichen Pantheon der Freter. Durch die nackten Fensteröffnungen, deren teure Vorhänge erst in einem Jahr aufgehängt würden, funkelten die Gebäude einander über die Götterallee hinweg an wie rivalisierende Freier.

»Warum wollt Ihr ihn überhaupt herbringen lassen? Ich bin Ingenator, ein Künstler, Tyco hingegen ist nicht mehr als ein zu Unrecht verklärter Steinestapler!«

»Hast du je ein Haus in einem Baum errichtet, Fronk?«

Fronk blickte Schwarzwasser verwirrt an. »Als kleiner Junge, ja. Es war das Erste, was ich je gebaut habe, und so stabil und elegant, dass mein Vater es als Gästeunterkunft benutzte.«

»Kannst du auch eine ganze Stadt in einem Baum errichten?«

Fronk runzelte die Stirn. »Ihr solltet mein Genie anerkennen und preisen, statt Euch darüber lustig zu machen. Ich dulde diese Rede nicht!«

Er denkt, ich nehme ihn auf den Arm. »Es gibt viele Berge und beinahe ebenso viele Burgen und Schlösser auf deren Gipfeln, doch gibt es – falls die Berichte zutreffend sind – nur einen Baum, der diesem Berg hier gleichkommt: nördlich von hier, der größte Baum, den die Welt je gesehen hat. Ich möchte, dass du eine Stadt in seinen Ästen errichtest, und ich glaube, du möchtest es auch.«

»Wie kommt Ihr auf die lächerliche Idee, Euer königliche Exzellenz?«

»Weil niemand zuvor etwas Derartiges vollbracht hat.«

Klein hatte einen riesigen Bluterguss über dem linken Auge, der sich bereits violett verfärbte.

»Bei den Göttern, hat dich ein Pferd ins Gesicht getreten?«, fragte Schwarzwasser. Sie waren in den königlichen Gärten nördlich der inneren Mauer. Noch ragte die Anlage direkt über der Stadt auf, sollte aber bald ihre eigene Außenmauer bekommen. Eine Verschwendung von Baumaterial, wie Schwarzwasser fand, und eine Verschandelung der sonst so symmetrischen Verteidigungsanlagen. Aber auch das Nest stand hier und musste durch eine weitere Mauer geschützt werden. Außerdem hatten die Priester auf einen Rückzugsort bestanden, an dem sie außerhalb ihrer dunklen Tempel beten und meditieren konnten; der Name »königliche Gärten« war lediglich eine Konzession an ihn. Schwarzwasser wünschte beinahe, er hätte sie nicht mit den Ingenatoren vorausgeschickt, denn jetzt war er wieder von genau denselben Priestern umgeben, die er in Fretwitt hatte loswerden wollen.

Klein berührte seine verunstaltete Stirn, rückte seinen Gürtel zurecht und zwang sich zu einem Lächeln. »Nur ein Kratzer«, sagte er mit geschwellter Brust. »Von einem Kampf. Ich war auf dem Übungsplatz. Mit den Soldaten.«

»Oho! Von einem Kampf also. Ich bin überrascht, Klein. Ich habe dich kein Holzschwert mehr schwingen sehen, seit der junge Armin dich wegen dieses Mädchens von den Großen Muschelinseln grün und blau geschlagen hat.«

Kleins Miene verfinsterte sich. Schwarzwasser wusste ganz genau, wie schmerzhaft die Erinnerung an jenen Tag für seinen schmächtigen Berater war. Klein hatte weder Kraft, noch war er schnell oder geschickt. Armin Yount, Sohn eines Ratsmitglieds und von geringerem Rang als Klein, hatte ihn ordentlich verprügelt, nachdem Klein ihn wegen eines Tanzes mit einem bedeutungslosen Mädchen auf einem ebenso bedeutungslosen Fest in Ronna herausgefordert hatte. Die gesamte Abendgesellschaft war zusammengelaufen, um dem Duell der beiden Halbwüchsigen beizuwohnen. Armin hatte nur darauf gewartet, dass Klein auf sein Adelsprivileg verzichtete und ihn zum Zweikampf herausforderte. Mit einem Tritt gegen das Knie brachte er den jungen Grafen mühelos zu Fall und drosch dann erbarmungslos auf dessen Schädel ein. Klein wollte aufgeben, aber Armin tanzte um ihn herum, verhöhnte ihn und schlug ihm jedes Mal die Hände weg, wenn Klein versuchte, das Zeichen der Unterwerfung zu machen. Das Desaster endete erst, als das Mädchen dazwischenging und Armin anflehte aufzuhören. Ihr Mitleid machte jedoch alles nur noch schlimmer, denn Armin stellte die Bedingung, dass sie ihn vor Klein küsste, und zwar noch während er am Boden lag. Und Armin setzte sich durch: Vor der versammelten Gesellschaft küsste er das Mädchen mit all seiner ronnischen Leidenschaft auf den Mund, während Klein sich zu ihren Füßen vor Schmerzen krümmte. In Schwarzwassers Augen war das Traurigste an der Geschichte, dass Klein, obwohl er mittlerweile Mitglied des königlichen Rates war, immer noch jedes Mal zusammenzuckte, wenn Yount sich in Asch aufhielt und er ihm zufällig begegnete.

Klein zuckte die Achseln, als mache es ihm nichts aus, an die alte Geschichte erinnert zu werden. »Ja, in der Tat, ein oder zwei Niederlagen sind kein Weltuntergang. Auf dem Übungsplatz, meine ich. Manchmal muss ein Mann eben ein Mann sein.«

Schwarzwasser lachte. »Da wir gerade davon sprechen, wie geht es mit der jungen Dame Zinnober voran?«

»Nicht besser und nicht schlechter, als es zu erwarten war«, antwortete Klein.

»Irgendwelche Neuigkeiten von Interesse?«

»Sienna ist schön anzusehen, und sie ist eine starke Frau.«

»Stark also? Hast du herausgefunden, weshalb sie so mager ist?«

»Ihr Magen macht ihr zu schaffen.«

»Und sie ist trotzdem stark?«

Klein schaute weg. »Sehr stark.«

»Ich wünsche keine kranke Frau.« *Außer sie stirbt bald und vermacht mir eine ganze Stadt.*

»Sie ist nicht krank.«
»Warst du mit ihr im Bett?«
Der Graf zögerte. »Ich... habe es versucht.«
»Dann versuch es noch einmal. Und sag mir, wie es war.«
»Das werde ich.«
»Ich bin neugierig, und aus Neugierde wird schnell Ungeduld. Manchmal muss ein Mann eben ein Mann sein, nicht wahr?«
»Jawohl.« Klein setzte das eingeübte Lächeln auf, das er auch bei Hofe stets zur Schau stellte, dann wurde er plötzlich ernst. »Ich habe ein Ersuchen an Euch. Die Dame Zinnober wünscht sich Vorhänge für ihr Gemach. Die Nächte sind zwar noch nicht besonders kalt, doch sie glaubt, die Bürgerlichen könnten sie durchs Fenster begaffen. Sie ist sehr sittsam und zurückhaltend, was diese Dinge angeht.«
»Hat sie dich mit dieser Bitte zu mir geschickt?«
»Nein, nein. Ich komme aus freien Stücken. Ich bin es, der bittet.«
Schwarzwasser neigte den Kopf. Kleins Worte kamen ihm seltsam vor. »Gewährt. Aber belästige mich in Zukunft nicht mehr mit solchen Belanglosigkeiten.«
»Der Schneider hat auf Eure Bewilligung bestanden.«
»Aus welchem Grund? Seine Stofftruhen sind bis oben hin voll. Sieht er sich nicht imstande, selbst zu entscheiden, was richtig und notwendig ist?«
»Die Dame Zinnober möchte auch neue Decken und eine angemessene Garderobe, jetzt, da Ihr sie gebeten habt zu bleiben.«
»Gewährt.«
»Sie möchte alles in Rot haben.«
Schwarzwasser schnaubte. Rote Farbe war schwer zu bekommen, und sie war teuer. »Hätte sie die Trauben hier im Garten auch gerne in Rot?«
»Nein. Nur die Stoffe.«
Klein war der Sarkasmus in Schwarzwassers Bemerkung ent-

gangen. *Ungewöhnlich. Normalerweise ist sein Verstand in diesen Dingen messerscharf.* Irgendetwas schien seinen gewieften Berater abzulenken, und Schwarzwasser fragte sich, ob Klein nur auf dem Trainingsplatz gewesen war, um Sienna zu beeindrucken. *Kann dieses junge Ding wirklich derart bezaubernd sein?*

»Ist sie die Ausgaben wert, Klein?«

Der Graf presste die Lippen zusammen, als sitze er mit Verstopfung auf dem Abort. »Ja, Euer königliche Exzellenz«, sagte er. »Voll und ganz.«

Schwarzwasser lächelte zufrieden, dann schickte er Klein weg und schlenderte hinüber zu den drei Bäumen, genannt das Nest. Die wacklige Seilbrücke zu erklimmen, die zu den Kronen der mächtigen Bäume führte, war keine leichte Aufgabe für einen Mann seines Alters, doch Schwarzwasser spürte eine überraschende, jugendliche Abenteuerlust in sich. Außerdem war der Ausblick die Mühe wert, hieß es. Er winkte die Wachen beiseite und machte sich an den Aufstieg. Nach der Hälfte des Weges musste er eine Pause einlegen, doch die Anstrengung beflügelte ihn. Nachdem er wieder zu Atem gekommen war, schleppte er sich mit einem verzückten Grinsen im Gesicht immer weiter hinauf, und als er endlich oben angelangt war, ließ er den Blick über seine neuen Besitzungen schweifen.

Stein für Stein wuchs die Ringmauer unaufhaltsam in die Höhe. Hier und da zeigte sich ein Vorgeschmack auf das, wie die innere Stadt einmal aussehen würde. Zwei Wohnhäuser waren bereits fertig, bei dem Tempel fehlte nur noch das Dach, die Stallungen hatten noch keine Umzäunung, aber der halb fertige Smaragdturm wurde von Tag zu Tag höher. Die gezackte oberste Reihe ließ den Turm aus der Entfernung aussehen wie eine übergroße, ausgefranste grüne Pergamentrolle, die die Götter in den Boden gesteckt hatten. Bereits ausgehobene Gruben und Stapel von Baumaterial kennzeichneten die Stellen, wo sich in naher Zukunft weitere Gebäude erheben würden. *Die Zukunft,* dachte

Schwarzwasser. Nach Jahren, die er von Schuld gebeugt durch die leeren Gänge und Hallen in dem langsam verfallenden Schloss Schwarzwasser geschlurft war und machtlos zugesehen hatte, wie Asch im Wasser versank, hatten sich die Dinge nun doch noch geändert. Skye versank nicht, es schraubte sich in den Himmel. Schwarzwassers Macht wuchs wieder, statt zu vergehen. Seine Verzweiflung war auf wundersame Weise verschwunden. *In Fretwitt gab es keine Zukunft mehr, nur noch eine Vergangenheit. Doch hier...*
Jenseits der Ringmauer ergossen sich die Baracken der Arbeiter und Bauern den Hang hinab wie ein Fluss aus braunen Häusern. Klein und schmutzig sahen seine Untertanen aus in ihren einfachen, verdreckten Kitteln. *Wie ein menschliches Spiegelbild des Stinkers. Genauso unschön wie notwendig, wenn man eine neue Zivilisation erschaffen will.* Doch jenseits dieser ärmlichen Baracken erstreckte sich ein jungfräuliches Land, auf das niemand Anspruch erhob außer jenen, die dort lebten. Es war ein neuer Anfang, und wie viele Könige bekamen schon eine solche Gelegenheit?

Das waren frohe Gedanken, und Schwarzwasser konnte sich nicht erinnern, wann er zum letzten Mal so glücklich gewesen war.

36

Petrich suchte sich ein ruhiges Fleckchen und tauchte den Kiel in den Beutel, den er in den Verstreuten Hügeln mit dem Blut der Gehenkten gefüllt hatte. Neben ihm hatte Damon das riesige Stück Tierhaut ausgebreitet und begann mit seiner Karte. Beide benutzten denselben Beutel, beugten sich schützend über ihre Arbeit, auf dass der andere ihm nicht über die Schulter schauen konnte, und gelegentlich begegneten sich ihre Blicke. Petrich hatte nicht gesagt, woher die Tinte kam, und Damon schien zufrieden mit der Qualität. Der Kartenfürst lobte sogar ausdrücklich die Konsistenz und kräftige Farbe, und Petrich war froh, dass er nicht nachfragte. Er bekam genug schiefe Blicke von den Mitgliedern seines Klans, musste oft genug das Getuschel der Fußsoldaten aus der Stadt ertragen. Da brauchte er nicht auch noch einen naserümpfenden Fürsten an seiner Seite.

Die Begegnung mit dem Kleinen Volk musste dokumentiert werden. Er konnte sie nicht weglassen, wie es sein Vorgänger offensichtlich getan hatte. Ian würde sich die Zeilen schon am nächsten Morgen ansehen, andere ebenso, und das machte die Aufgabe nicht gerade einfacher. Runkels Anschuldigungen wogen schwer, doch die Klagen eines verbitterten alten Mannes waren kein Grund, eine neue Geschichtsschreibung über die Feindschaft zweier Sippen im Klansbuch zu verewigen. Ian war ein Verfechter der Wahrheit, aber auch wenn es die Wahrheit war, musste sie nicht so lückenlos wiedergegeben werden, dass Drottin Kellen und der gesamte Hügelkuppenklan aussahen wie Barbaren.

Die Kunst bestand darin, die Worte so zu wählen, dass Ian all die Ungerechtigkeiten darin wiederfand, die seine Seele plagten, während Außenstehende etwas ganz anderes darin lesen konnten. *Eher eine Heldengeschichte.* Beides war möglich, fand Petrich, und als er sich schließlich an die Arbeit machte, schrieb er das Kapitel in einem einzigen Zug nieder:

»Wir befinden uns vier Tagesmärsche westlich des baumbewachsenen Toten Bärensees, wo wir auf zehn kleingewachsene Männer trafen, die in einem ebenso gut verborgenen wie gepflegten Hain die köstlichsten Früchte anbauen. Sie akzeptierten unser Kommen und waren erfreut zu sehen, dass wir Handel im Sinn haben, nicht Zank. Es gab gewisse Vorbehalte, weil ein Besuch des ehrwürdigen Drottin Kellen vor langer, langer Zeit weniger erfreulich verlaufen war. Damals hatte es einen Konflikt gegeben, und die Kleingewachsenen waren unterlegen. Bei dieser neuerlichen Begegnung trugen sie uns ihre Beschwerden vor, und Drottin Ian begegnete ihnen mit Großzügigkeit, gab ihnen Pferde und Werkzeuge als Geschenk. Ihr Unterhändler war zufrieden. Drottin Ians sanfte Hand bildete das Gegengewicht zu Drottin Kellens eiserner Stärke, und so respektieren die Gärtner des Kleinen Volks uns nun nicht nur als Krieger, sondern auch als Freunde.«

Zufrieden mit seiner Arbeit setzte Petrich noch eine kleine Verzierung unter den Abschnitt.

»Wie geht es voran?«, fragte Damon, der gerade die Tinte auf seiner Karte trocknen ließ und versuchte, einen Blick an Petrichs Rücken vorbei zu erhaschen.

Petrich streckte die vom langen Sitzen steifen Muskeln. Er war so in seiner Arbeit aufgegangen, dass er gar nicht bemerkt hatte, wie die Zeit verstrichen war.

»Ich bin bereits fertig«, antwortete er. »Ihr könnt es lesen.«

Der Fürst nickte. »Willst du sehen, wie ich inzwischen vorangekommen bin? Ich denke, der Anfang, den ich gemacht habe, ist so weit, dass ich ihn zeigen kann.«

»Ihr wollt mich die Karte als Ersten sehen lassen?« Petrich versuchte, den Stolz niederzukämpfen, den er in sich aufsteigen spürte. Stolz war gefährlich, denn seine Kehrseite war die Verachtung, die andere demjenigen entgegenbrachten, der allzu stolz auf sich war.

»Aber sicher darfst du sie als Erster sehen. Ich denke, du weißt meine Meisterschaft am ehesten zu schätzen. Du kannst lesen und schreiben, du hast einen wachen Geist, und das, obwohl du in der Wildnis der Hügel aufgewachsen bist! Du hättest einen feinen Gelehrten abgegeben, wärst du nur am richtigen Ort geboren und entsprechend erzogen worden.«

»Meine Erziehung hätte besser sein können«, stimmte Petrich zu. Damon konnte nicht wissen, welche Qualen Petrich durchlitten hatte, noch konnte er ahnen, wie gut die Worte des Fürsten ihm taten.

»Wärst du nur in einer anständigen fretischen Stadt aufgewachsen statt in diesen Hügeln.«

»Das hätte mir zweifellos gefallen.«

»Bestimmt, aber genug geredet. Komm und sieh, was ich gezeichnet habe. Ich spüre eine Kraft in dieser Karte, beinahe als wäre sie lebendig!«

Petrich kniete sich neben die Tierhaut. Damon hatte im Süden angefangen, mit der Küstenlinie. Das Entenfußdelta bei Buchtend war unverkennbar. Die geschwungenen Linien gaben perfekt wieder, wie sich der Stinker auffächerte, bevor er sich ins Südliche Meer ergoss. Gestochen scharfe Pfeile deuteten nach Fretwitt und Artung und, natürlich, Carte. Das Totenmoor hatte Damon mit Schraffuren dargestellt, die Petrich sofort an Sumpf und Schilf denken ließen. Wie weit es sich erstreckte, wussten sie noch nicht, deshalb hatte Damon die Grenzen auch auf der Karte offen gelassen. Auf einer schier endlosen Fläche waren zwischen Hunderten winziger Bäume die Gehöfte der plynthischen Bauern und die Straße nach Haselzahn zu erkennen. Petrich konnte sich nicht vorstellen, wie Damon das alles in so kurzer Zeit hatte zeichnen können. Die einzige größere Freifläche in dem Meer aus Miniaturbäumen war der Hintergrund für das Wort »Abrogan«, das in geschwungener Schrift inmitten des Waldes prangte. Östlich davon erhoben sich die Verstreuten Hügel, dazwischen die kahlen, unfruchtbaren Ebenen, im Westen stellte eine gepunktete Linie die Erste Straße dar. Außerdem fiel Petrich auf, dass Damon bereits begonnen hatte, einen See zu zeichnen – in einem Gebiet, in dem sie noch gar nicht gewesen waren. *Seltsam.*

Petrich blickte erstaunt auf. »Das alles habt Ihr heute gezeichnet?«

Damon lehnte sich lächelnd zurück. »Kein schlechter Anfang, nicht wahr?«

»Ein hervorragender Anfang! Aber Ihr habt mit einem See begonnen, an dem wir noch gar nicht waren.«

Damon wirkte ertappt. »Ich gebe zu, dass es töricht war, einen Ort zu zeichnen, den ich noch nicht einmal gesehen habe. Dergleichen habe ich noch nie getan. Aber als ich den Federkiel ansetzte, fühlte es sich an, als hätte ich das Wasser und die Felsen am Ufer direkt vor Augen.«

»Und der Baum ist in Eurer Darstellung sogar noch größer als in Wirklichkeit.«

»Das ist beim Kartografieren nichts Ungewöhnliches. Markante Punkte werden entsprechend hervorgehoben.«

Petrich fuhr mit dem Finger über die roten Linien. »Ihr schafft es, unsere Reise vor den Augen des Betrachters lebendig werden zu lassen«, staunte er. »Ich fühle mich beinahe wie ein Vogel, der von oben auf uns und dieses Land herabschaut.«

Damon lachte. »So habe ich noch nie jemanden eine Karte beschreiben hören, aber es gefällt mir. Ich werde es mir merken. Aus der Vogelschau. Ha!«

Petrich nickte, dann wanderte sein Blick zu den Zeilen, die er ins Klansbuch geschrieben hatte. Damon wartete höflich, bis er wieder etwas sagte, und als er es tat, kamen die Worte unsicher und zögerlich. »Wollt Ihr auch meine Arbeit sehen?«

»Deine Aufgabe ist es, unsere Abenteuer zu dokumentieren, richtig?«

»Richtig.«

»Dann gib mir das Buch, Schreiber Petrich. Ich liebe gute Abenteuergeschichten.«

Als Damon den Abschnitt über das Kleine Volk zu Ende gelesen hatte, hielt Petrich den Atem an. Es machte ihn nervös, seine Arbeit einem mächtigen Fürsten zu zeigen, aber auf eigenartige Weise auch glücklich.

»Du hast alle Facetten der vertrackten Situation berücksichtigt«, begann Damon. »Du beschuldigst niemanden und lügst nicht, zumindest nicht direkt. Alle Beteiligten erscheinen in einem Licht der Vernunft. Du hast ein Talent zur Diplomatie.«

Der Fürst reichte das Buch zurück. »Ich selbst hätte es nicht besser machen können.« Ohne Scheu klopfte er Petrich auf die Schulter. »Wir sind verwandte Seelen. Ich arbeite mit Karten, du mit Worten. Beide erschaffen wir unsere Vergangenheit. Du bist ein fähiger Mann, Petrich. Lass dich und deine Aufgabe in dieser Kompanie von niemandem schlechtmachen. Was wir erschaffen, überdauert sie alle. Darin liegt Macht, aber auch Pflicht und Verantwortung. Die Vergangenheit eines Volkes in Bild und Schrift zu verteidigen ist genauso wichtig und ehrenvoll, wie mit dem Schwert für seine Gegenwart zu kämpfen. Den Umgang mit dem Schwert jedoch können viele lernen, den mit dem Federkiel nur wenige.«

Das Blut war inzwischen getrocknet. Damon rollte mit einem Nicken die Karte zusammen und schritt davon.

Petrich klappte das Klansbuch zu und zog es an die Brust. Er hatte immer gewusst, dass er auf irgendeine Weise wichtig war. *Etwas Besonderes.* Wie Drottin Ian, König Schwarzwasser... und Damon. Aber er war kein Anführer. *Ein zukünftiger Held vielleicht? Ja!*

Noch nicht, aber bald. Mit einem Federkiel und etwas Blut konnte er die Welt verändern, wie Damon sie mit seinen Karten veränderte. Wenn er allerdings zu wahrem Ruhm gelangen wollte, würde er etwas Heldenhafteres und Unmittelbareres vollbringen müssen, als geschickt den Federkiel zu schwingen. Petrichs Zeit würde kommen. Er hatte seinen Mut schon einmal bewiesen, in den Ruinen der Täler, unterhalb der verlassenen Stadt. Er hatte Tapferkeit gezeigt, Entschlossenheit, und so zu seiner Kraft gefunden. Als die Plynther Damon zugejubelt hatten, hatte sich etwas in Petrich geregt. Etwas in seiner Seele hatte auf die Bewunderung dieser friedfertigen Bauern reagiert, auf ihren verzweifelten Wunsch nach Schutz. Doch seine Brüder und Vettern konnten die Kraft nicht sehen, die in ihm schlummerte. Sie war zu dunkel. Damon hingegen hatte die Saat in ihm erkannt, die schon bald erblühen würde, sodass Petrich sie vor allen zeigen konnte. Mit der einen Hand hielt er das Buch umklammert, mit der anderen den Beutel mit seinem dunklen Geheimnis. Er konnte sich nicht erinnern, je so glücklich gewesen zu sein.

Es sollte noch mehrere Tage dauern, bis sie den See erreichten. An einem davon regnete es so heftig, dass das Wasser, das von den Bäumen tropfte, sich in kleinen Bächen sammelte und mitten durch ihr Lager strömte. Es goss die ganze Nacht hindurch, dann endete der Wolkenbruch genauso plötzlich, wie er begonnen hatte. Am nächsten Morgen waren alle nass bis auf die Knochen, außer Petrich, der es irgendwie geschafft hatte, trocken zu bleiben. So machten sie sich tropfend auf den Weg und warteten, bis die Sonne hoch genug stand, um sie zu trocknen.

Ian ritt neben Damon. Allmählich begann er sich auf seiner Stute richtig wohlzufühlen. Seraphina hatte ihr den Namen »Süße« gegeben. Ian hatte versucht, sie in »Schrulle« umzutaufen, aber die Stute gehorchte seinen Kommandos nicht, wenn er sie so nannte, und so kam es, dass Ian sich weit öfter »Brav,

Süße« und »Gut gemacht, Süße« sagen hörte, als ihm lieb war. Anfangs hatte sein Reittier sich widerspenstig gezeigt, doch je mehr er lernte, zu bitten statt zu fordern, desto fügsamer wurde es. Mittlerweile fühlte es sich beinahe an, als wäre das Pferd ein Teil von ihm.

Damon konnte schon seit frühester Kindheit reiten. Von Geburt an waren ihm die fürstlichen Stallungen zur Verfügung gestanden, und er hatte von einem Pferdemeister aus den Fluren Reitunterricht bekommen. Seraphina stammte ebenfalls von dort. Flurstadt, ihr Geburtsort, lag auf halbem Weg zwischen den Fischgründen und Carte. Auf den Straßen, die von dort zur Küste führten, waren ständig Pferde unterwegs. In der Wildnis Artungs, in der Ian aufgewachsen war, hatten nur die Flachländer Pferde in nennenswerter Zahl, und selbst dort hatten lediglich die wichtigsten Klansmitglieder ein eigenes.

»Ich habe den Hain nicht auf meiner Karte verzeichnet, ganz wie du gebeten hast«, sagte Damon. »Dennoch muss ich dich noch einmal fragen, weshalb.«

»Runkel sagte mir, dass mein Vater damals die gesamte Ernte mitgenommen hat. ›Wie Heuschrecken‹, waren seine Worte. Sie brauchten Jahre, um die Bäume wieder so weit zu bringen, dass sie Früchte trugen. Ich möchte nicht, dass irgendjemand diesen Hain findet.«

»Früher oder später wird er so oder so gefunden.«

»Mag sein. Aber nicht durch meine Schuld.«

Damon musterte ihn. »Du verschweigst mir etwas«, sagte er schließlich.

»Ich habe Eure Frage beantwortet.«

»Aber nicht vollständig. Du vergisst, dass es ein Gefallen von mir war, den Hain wegzulassen. Ich unterstehe nicht deinem Kommando, und normalerweise verzeichne ich jede Nahrungsquelle auf meinen Karten. Revanchiere dich, indem du mir deine Gründe nennst.«

»Ich versuche nur mein Bestes, wiedergutzumachen, was mein Vater angerichtet hat.«

»Offensichtlich. Eine noble Absicht, aber wenn sie dich und die deinen so sehr hassen, werden zwei Pferde und ein paar Äxte kaum genügen, um sie zu versöhnen. Geschweige denn, die Vertreibung wiedergutzumachen.«

»Nein, aber wenn ich die Vertriebenen zurückholen kann...«

Damons Augenbrauen schossen nach oben. »Du bist ein außergewöhnlicher Mann, Ian Krystal, überhaupt auf so eine Idee zu kommen. Du möchtest also ein Volk wiederbeleben, das dein Vater beinahe ausgelöscht hat. Ich bin noch nie einem Anführer begegnet, der so etwas versucht hat. Ich nehme an, du weißt bereits, wie du es anstellen wirst.«

»Ich schicke einfach einen Boten über diese von Ungeheuern verseuchten, unpassierbaren Berge, der den Vertriebenen erklärt, dass ich sie gerne nach Hause holen würde«, antwortete Ian sarkastisch. Er hatte nicht die geringste Ahnung, wie er es anstellen sollte.

Damon verzog keine Miene, sondern schaute Ian nur nachdenklich an. »Ein Läufer«, sagte er schließlich. »Sie können in kurzer Zeit enorme Strecken zurücklegen, und sie sprechen ihre Sprache. Außerdem fürchtet das Kleine Volk sie nicht. Du müsstest sie nur überzeugen, ihr Patrouillengebiet ein wenig zu erweitern. Und jetzt, da dein Bruder einer von ihnen ist...«

Ian nickte. Es war eine brillante Idee. »Und Ihr sagt, *ich* sei ein außergewöhnlicher Mann?«

»Du bist ein Idealist, Krystal. Die Menschen mögen dich, und sie vertrauen dir. Ich bin eher praktisch veranlagt und setze mich durch, wenn es sein muss. Das Volk respektiert beides. Wir sind ein perfektes Gespann.«

Es freute Ian, diese Worte aus Damons Mund zu hören. Noch vor wenigen Wochen hatte der Fürst darauf bestanden, dass sie *nicht* auf einer Stufe miteinander standen. »Ganz recht. Unser gemeinsames Kommando scheint gut zu funktionieren. Doch wie wir in den Hügeln sagen: Die Ernte war gut, aber der Winter steht erst noch bevor.«

Der Pfad öffnete sich wie die Tür zu einem Saal und gab den Blick auf einen großen See am Fuß der Rauchhöhen frei. Anders als am Toten Bärensee wuchsen die Bäume hier nicht direkt aus dem Wasser – es gab überhaupt keine. Das Ufer war vollkommen kahl. Am südwestlichen Ende ergoss sich ein breiter Fluss in den See, das Nordufer war von dunklem Sand bedeckt, und im Westen ragte eine steile Felswand auf, in der auf Höhe des Wassers mannshohe Löcher gähnten.

»Woher stammen wohl diese Löcher?«, überlegte Damon laut, während sie näher kamen. Der Kartenfürst vertrieb sich und den anderen die Zeit gerne mit Rätselspielen. Manche seiner Rätsel waren durchaus interessant, und manchmal fanden sie sogar eine Lösung. Wenn das passierte, wurde der, der zuerst darauf gekommen war, zum Gewinner erklärt, und Ian wies Petrich an, die Antwort ins Klansbuch zu schreiben.

»Das könnten Bergbautunnel von einem Volk sein, das einmal hier gelebt hat«, sagte Ian. »Vielleicht von den verschwundenen Bewohnern der Täler.« Es war eine durchaus vernünftige Theorie, und Ian rechnete sich gute Gewinnchancen aus.

»Ein guter Ort für die Dunkelheit«, überlegte Petrich, jedoch so leise, dass wahrscheinlich nur Ian ihn hörte.

»Felsläuse!«, rief Kerr mit gespielter Überzeugung, und alle lachten, aber niemand schloss sich seiner Meinung an.

»Der Fels ist wahrscheinlich sehr weich«, schlug Jenor vor, der neben den Pferden herging.

»Was sagst du, Sternengucker?«, fragte Damon.

»Ich glaube, das Wasser hat diese Löcher in den Fels gefressen.«

»Du meinst, Wasser könnte Stein aushöhlen?«

»Ich bin nicht sicher, ob wirklich Stein in diesen Löchern war. Vielleicht war es Erde oder Ton.«

»Oder vielleicht besteht ja die ganze Wand aus löchrigem

Käse?«, prustete Dano und wartete vergeblich darauf, dass andere in sein Gelächter einstimmten.

»Die Götter haben diese Löcher gemacht«, murmelte Garman und streichelte gedankenverloren die schwanzlose rote Katze auf seiner Schulter. »Ihre Wege sind unergründlich.«

»Ich bleibe dabei: Es war das Wasser«, erwiderte Jenor trotzig. »Schließlich gräbt es ganze Flussbetten in Stein und schleift die Felsen ab, die darin herumliegen.«

»Aber das hier ist ein See und kein Fluss«, gab Seraphina zu bedenken.

»Ist nur meine Meinung. Es muss sich niemand anschließen.«

Damon allerdings tat genau das, ebenso Ian, obwohl er anfangs so überzeugt von seiner eigenen Idee gewesen war. Schagan und Flosse stimmten ebenfalls zu, auch wenn die Stimme des Jungen gar nicht zählte. Und Jenor behielt wie immer recht.

Sie erreichten den Fuß der Klippen im Westen. Ein mit niedrigen Gräsern bewachsener Hang führte von der dem See abgewandten Seite bis ganz hinauf. Der Aufstieg war einfach, und sie waren in kurzer Zeit oben.

»Welch hervorragender Ausblick«, sagte Damon. »Von hier sieht man jedes Unwetter und jeden Angreifer sofort kommen.« Er breitete die Arme aus. »Und die Stadt würde ich gleich dort am Südufer errichten, wo man guten Zugang zum Fluss hat.«

Quist deutete nach unten, und Flosse übersetzte.

»Da k-k-kommen unsere T-T-Transportmittel.«

Etwa zwölf Boote schoben sich aus den Höhlen hinaus auf den See. Wie Bienen, die ihren Stock verlassen, kamen sie hervorgekrochen. Die Insassen stießen die Gefährte mit langen Stangen von der Felswand ab, und als sie das offene Wasser erreichten, begannen sie zu rudern. *Also ist das Wasser unterhalb dieser Klippen tief*, dachte Ian. Jedes der Schiffe sah anders aus. Das eine brauchte nur einen Ruderer, ein anderes ein halbes Dutzend, und schon bald sahen sie zwanzig verschiedene Boote unter sich.

Ian staunte. Bisher hatte er nur die Kanus der Klans und die Langschiffe der Freter gekannt. Natürlich hatte er gehört, dass es auch andere Schiffstypen gab, Skiffs und Barken und dergleichen, aber die, die in Buchtend festgemacht hatten, waren stets zu weit entfernt gewesen, um Genaueres zu erkennen.
»Das Flussvolk«, ließ Quist Flosse erklären.
»Seht nur, die vielen verschiedenen Schiffstypen!«, rief Jenor mit leuchtenden Augen.
»Zu viele verschiedene«, brummte Dano. »Ich verstehe nicht, wie die alle schwimmen können.«
»Ich auch nicht«, stimmte Jenor zu. »Aber das werde ich bald.«
»Sollen wir uns zu erkennen geben?«, fragte Ian den Waldläufer.
»Sie wissen b-b-bereits, dass wir hier sind«, übersetzte Flosse die Antwort.
Quist trat an die Felskante und gab mit dem Arm ein Signal. Mehrere der Bootsinsassen winkten zurück.
»W-W-Wir werden e-e-empfangen.«
Inzwischen winkten sie fast alle. Sie trugen weite Pumphosen und einfache, dünne Hemden, manche auch gar keines, und Ian fiel auf, dass sowohl Frauen als auch Männer an den Rudern saßen.
»Sie wirken recht freundlich«, sagte er.
»Sie sind H-Händler und freuen sich auf k-k-kommende Geschäfte«, erklärte Flosse.
Tatsächlich standen in diesem Moment alle von ihren Rudern auf und winkten den Neuankömmlingen so freundlich zu, dass der Funke auch auf Ians Männer übersprang. Die herzliche Begrüßung war ein willkommener Gegensatz zu den misstrauischen Waldläufern, den gewalttätigen Banditen und dem verängstigten Kleinen Volk.
Quist sagte, sie sollten das Flussvolk unten am Ufer begrüßen, wo das Wasser seicht war, und Damon zog Ian beiseite, um die

bevorstehende Begegnung zu planen – was gesagt werden sollte und von wem. Er hatte vor, einen möglichst herrschaftlichen Eindruck zu machen. Schließlich rief Ian die Kompanie zusammen, und Damon befahl den Soldaten, sich in Dreierreihen aufzustellen und in geschlossener Formation nach unten zu marschieren, die Reiterei voran.

Alle gehorchten außer Kerr, der einfach über die Kante sprang.

37

Der Vorstoß nach Norden würde beinahe genauso viel Vorbereitung brauchen wie der Umzug nach Abrogan. Und Gold. Das Gold, das aus dem Herzen des Berges geschnitten wurde. Schiffe, vollbeladen mit Erzeugnissen aus seinem neuen Reich, fuhren nach Fretwitt und kamen mit Schmieden und Zimmerern wieder zurück. Wenn die Handwerker in Buchtend anlandeten, waren sie nach der gefährlichen Überfahrt dankbar für Essen und ein Bett. Für die einfacheren Aufgaben lockte Schwarzwasser weitere Plynther und Fischer aus ihren Dörfern, indem er ihnen Unterkunft und Güter aus Fretwitt versprach. Neuankömmlinge, die kein Handwerk gelernt hatten, wurden einfach zum Straßenbau abgestellt: für die Ozeanstraße zu den Fischerdörfern im Westen, für die Pelikanstraße, die am Totenmoor vorbeiführte, und, am wichtigsten, für die Erste Straße nach Norden. Sie musste ausgebaut werden, sowohl was die Länge betraf als auch die Breite, damit zwei Gespanne nebeneinander fahren konnten. Jede Wegstunde wurde ein großer Meilenstein aufgestellt, der nicht so leicht umzustürzen war und auf dem man die Entfernung zum Palast von Skye ablesen konnte. Einfache Arbeit. Jeder Mann konnte mit einer Axt einen Baum fällen oder mit einer Schaufel eine Straße bauen. Ausreichend Werkzeug gab es, seit Schwarzwasser seine Waffenschmiede angewiesen hatte, bis auf Weiteres Äxte und Schaufeln herzustellen.

Schwarzwasser schritt durch die rauchverhangene Feuerhalle der königlichen Schmiede; Botschafter Lune, Akram, Saavedra und Bryss liefen hintendrein. Klein war genauso auffälliger- wie ärgerlicherweise nicht dabei. Jedes Mal, wenn Schwarzwasser an einem der Öfen vorbeikam, spürte er die enorme Hitze der Schmiedefeuer. Für ihn roch das geschmolzene Eisen wie frisches Blut. Es erinnerte ihn an die Vorbereitungen auf einen Krieg, nur dass der Krieg diesmal mit Axt und Schaufel gegen die riesigen Wälder Abrogans gefochten wurde. Der Gesang der Schmiede und das Klingen der Hämmer waren so laut, dass sie frei sprechen konnten, ohne Angst haben zu müssen, dass jemand sie belauschte.

»Diese Stadt, die Ihr im Norden bauen wollt«, fragte Akram, während Schwarzwasser schwitzend vor dem größten Ofen stand, den die Schmiede den Dämonenschlund nannten, »soll sie wirklich in einem Baum entstehen?«

»Es gibt keine Städte in Bäumen«, sagte Lune.

»Noch nicht«, erwiderte Schwarzwasser.

»Fürst Damon wäre für die Aufgabe gut geeignet«, erklärte Lune. »Er ist ein Genie, was Erschließungen angeht.«

»Und diese Männer aus den Hügeln waren hervorragende Arbeiter«, fügte Akram hinzu und klopfte sich auf die Brust. »Jung und stark.«

»Lobt sie nicht zu sehr«, brummte Schwarzwasser. »Sie sind verschollen. In der Vogelnachricht, die sie mir sandten, gingen sie mit keinem Wort auf meinen Befehl ein, unverzüglich nach Skye zurückzukehren.«

Akram zwirbelte seinen Schnurrbart. »Nicht besonders gehorsam, diese Wilden, wie es scheint.«

»Es ist Damon«, sagte Schwarzwasser. »Irgendetwas ist im Gange, und der Fürst von Carte steckt mit größter Sicherheit mittendrin.«

»Genau wie in Fretwitt«, stimmte Lune zu. »Immer im Zentrum.«

Schwarzwassers Blick verfinsterte sich. »Das ist ja das Problem:

Er ist zu ehrgeizig. Zu Hause hat er Asch die Schau gestohlen und seine eigene Stadt zum Handelszentrum gemacht. Hier wird er dasselbe versuchen, wenn man ihn lässt. Wie ich gehört habe, hat dieser Klansmann ihm das Kommando über die Hälfte meiner Grünen übertragen! Wenn ich nicht aufpasse, benennt Damon noch die Meilensteine auf meinen neuen Straßen nach seinen Kindern und Vettern. Das ist eine Form der Rebellion. Er muss dafür geradestehen.«

»Wir können ihm keine Gewalt antun«, warf Lune eilig ein. »Er ist zu beliebt bei seinem Volk.«

»Zumindest nicht ohne Grund, da stimme ich zu. Das ist das Heimtückische an seinem Verrat: Er bricht nicht offen das Gesetz, sodass auch die einfachen Leute sein Verbrechen sehen würden. Er schwört uns Treue, und gleichzeitig hintergeht er uns. Akram, ich bin sicher, Ihr wisst, was ich meine. Es ist, als würde er zehn Wagenladungen stehlen und sich dann als Held hinstellen für die drei, die er der Krone zurückgibt.«

Akram nickte pflichtschuldig. »Ja. Er ist ein kluger Mann, Euer Majestät.«

»Ich hatte nicht vor, ihn auch noch zu loben für das, was er tut! Dieser Damon hält sich wohl für ein Genie. Wenn wir ihn aber dazu bringen, sich meinem Befehl offen zu widersetzen, sodass ein Richter ihn mit Adligen als Zeugen verurteilen kann, könnten wir ihn aus dem Weg schaffen, nicht wahr?«

An Lunes Gesicht sah Schwarzwasser, wie sehr der Gedanke seinem Botschafter widerstrebte. Manche Männer waren eben zu empfindlich. Klein war da schon folgsamer.

Saavedra ergriff das Wort. »Was ist mit diesem Hügelbewohner? Die Hafenarbeiter und Matrosen in Buchtend sprechen mit größter Bewunderung von ihm und erzählen jedem Neuankömmling die Geschichte von dem Wilden, der zum Offizier wurde.«

Schwarzwasser schüttelte den Kopf. »Diese Klansleute kennen keinen Ehrgeiz. Sie sind stark, das ist alles. Greifen an, wie, wo und wann man es ihnen befiehlt. Wie ein blindes Schlachtross. Die Bürgerlichen sind beeindruckt von seinem Aufstieg. Und überrascht. So wie ich es war.« Er warf Bryss einen finsteren Blick zu. »Aber seine Geschichte ist nicht mehr als eines dieser Märchen, wie sie bei den Niedriggeborenen beliebt sind. Sobald ich ihn des Kommandos über die Grünen enthoben habe, wird er wieder in der Bedeutungslosigkeit verschwinden.«

»Ein *sehr* beliebtes Märchen«, gab Lune zu bedenken.

Schwarzwasser brummte verärgert. Der junge Botschafter hatte ein Talent dafür, seinem König auf die Nerven zu gehen. Allmählich bereute Schwarzwasser, dass er alle unliebsamen Elemente nach Abrogan geschickt hatte. *Dabei hatte die Idee so verlockend geklungen, als Klein sie vorbrachte.*

Schließlich inspizierten sie die Öfen und Schmieden, die im Moment keine einzige Waffe herstellten. Schaufeln waren jetzt wichtiger als Schwerter, außerdem Kochtöpfe und Äxte für die Massen an Arbeitern, die bald nach Norden aufbrechen würden.

»Wir brauchen bestimmt keine Waffen«, bestätigte Akram. »In diesem Land gibt es nichts niederzuhauen außer Bäume.«

Nur ein einziges Fischerdorf hatte Widerstand geleistet. In Plynth waren die Freter willkommen gewesen, und selbst das Flussvolk hatte die neuen Handelspartner mit offenen Armen empfangen, auch wenn sie nichts als ein Haufen Lügner und Schwindler waren. Die Banditen waren von den Klanskriegern und der Grünen ausgeräuchert worden. Irgendwo östlich hinter den Verstreuten Hügeln gab es zwar eine Stadt namens Parth, und noch weiter östlich lag die Große Küstenstadt, doch noch marschierte kein Heer von dort gegen Schwarzwasser. Er hatte Saavedra ausdrücklich verboten, in diese Gegenden vorzustoßen und womöglich einen schlafenden Riesen zu wecken. Nicht einmal ein Unterhändler war bisher aufgetaucht, und jetzt, da Tyco bald die Leitung der Bauarbeiten übernahm, wären die Mauern von Skye fertig, noch bevor irgendein Feind mit Belagerungsmaschinen vor den massiven Toren der Stadt auftauchen konnte. Die drei kleinen Kontingente der Roten, Grünen und Blauen sollten also genügen. *Für den Moment.* Schwarzwasser nahm eine Axt und testete die Klinge an einem Hackstock. Er hoffte, die Schwerter und Rüstungen der Grünen bald wieder zu seiner Verfügung zu haben, wenn erst dieser langhaarige Kommandant seines Ranges enthoben war. So viele Rüstungen zu ersetzen war unmöglich. Die Schmiede, die hier in der Feuerhalle an Schaufeln und Picken arbeiteten, waren keine Waffenmeister. Schwerter waren kompliziert. *Eine Kunst.* Schwarzwasser verfügte nur über einen begrenzten Vorrat an guten Schwertern und fand es beunruhigend, ein Drittel davon in den Händen eines ehrgeizigen Rivalen zu wissen. Denn es war bestimmt Damon, der in Wahrheit das Kommando über die Grünen führte.

»Warst du wieder auf dem Kampfplatz, Klein?« Schwarzwasser drehte seinem Berater den Kopf zur Seite und begutachtete die frische Wunde. Kleins Lippe war bis hinauf zur Nase aufgeplatzt, und die vorderen Schneidezähne lugten durch den Schlitz. Sein Gesicht sah aus wie ein Totenschädel, wenn er den Mund öffnete, was ihm nur mit großer Mühe gelang.

Klein wand sich vor Schmerz. »Ein Pferd«, lispelte er durch die klaffende Wunde. »Ich wurde abgeworfen. Und getreten.«

»Du reitest? Noch etwas, was ich dich nie habe tun sehen.«

»Daher ja der Sturz.« Klein zwang sich zu einem grotesken Lächeln.

Schwarzwasser schüttelte den Kopf. Sein persönlicher Berater war schon immer langsam und ungeschickt gewesen, hatte aber stets genug Verstand bewiesen, Aufgaben aus dem Weg zu gehen, die eher etwas für beherztere Naturen waren. *Er macht diesen Unsinn nur, um sie zu beeindrucken.* »Diese Frau bringt dich noch ins Grab.«

»Nein, nein«, widersprach Klein beinahe panisch. »Ganz bestimmt nicht.«

»Wenn du es sagst. Aber vielleicht solltest du aufhören, dich mit Pferden, Schwertern und anderen soldatischen Dingen zu beschäftigen. Wir sind nicht im Krieg, und du bist kein Kämpfer.«

»Nein, Euer Majestät. Bin ich nicht.«

»Finde einen anderen Weg, um sie für dich zu gewinnen. Du hast doch früher einmal die Laute gespielt. Ich kann mich noch erinnern, wie deine Mutter an den Feiertagen immer mit dir ankam und du für uns zwischen dem Fisch- und dem Fleischgang gespielt hast. Richtig herausgeputzt hatte sie dich, wie einen Hofnarren, nur ohne Mütze und Glöckchen, und das Lamm musste warten, bis du fertig gesungen hattest. Du warst gar nicht mal schlecht, wenn ich mich recht entsinne. Vielleicht würde es ihr gefallen.«

Klein holte tief Luft. »Was ihr gefallen würde, wären Ländereien, die ihrem Titel angemessen sind. Sie erwähnte den Doppelsee...«

»Zwei ganze Seen?«

»Oder nur einen davon«, fügte Klein schnell hinzu und neigte das Haupt. »Wie es Euch beliebt.«

»Eine etwas üppige Gabe für eine weibliche Erbin, deren Vater noch lebt und die nach ihrem Bruder erst an zweiter Stelle kommt.«

»Sie ist die einzige Zinnober in Abrogan, und da sie bleiben soll, wünscht sie, hier sesshaft zu werden, wie es sich geziemt.«

»Dafür braucht sie einen Mann und Kinder. Oder sie holt ein paar ihrer Verwandten und Vasallen nach, wenn sie ihre Dynastie hier fortsetzen will. Ich kann einer Jungfrau, die allein in ihrem Turm sitzt, nicht einfach so Ländereien schenken.«

»Ich hätte diesbezüglich eine Idee.«

»Hast du?«

»Ja. Wir haben nicht wenige Soldaten von der Roten Stadt abgezogen und sie auf die hiesigen Kompanien, die Stadtwache, die Palastwache und die Garnison verteilt. Diese Männer fühlen sich ohnehin der Dame Zinnober verpflichtet, und ich dachte, wir könnten sie zu einer kleinen Garde vereinen...«

»Wir werden sie nicht vereinen. Wir haben sie eigens voneinander getrennt, damit sie der Krone treu sind und nicht ihrem einstigen Fürsten. Du weißt das. Bei Morah, es war *deine* Idee.«

»Es wäre nur eine kleine Garde, einzig und allein zu dem Zweck, die beiden Seen zu bewachen.«

»Dann soll ich ihr jetzt also ein eigenes Heer geben?«

»Eine Leibgarde. Ich habe hier eine Liste.«

»Soll ich diese Leibgarde vielleicht mit Rüstung und Waffen versehen und die Dame Zinnober zum Hauptmann der Roten befördern?«

»Ihr macht Euch über mich lustig, Euer Majestät.«

»Exakt! Selbstverständlich mache ich mich über dich lustig. Du schreist ja geradezu danach. Gib ihr Stoff für Kleider und diese Vorhänge und überlass die Verteilung von Ländereien und Soldaten Männern, die etwas davon verstehen. Geh!«

»Kleider und Vorhänge. Sehr wohl, Euer Majestät.« Klein rang sich ein weiteres äußerst schmerzhaftes Lächeln ab und wandte sich zum Gehen. Vor der Tür blieb er noch einmal stehen. »Die Dame wird sehr enttäuscht sein, wenn ich nicht wenigstens mit...«

»Raus!«

38

Kerr machte einen Purzelbaum in der Luft und landete, die Füße voran, mit einem großen Spritzer im Wasser wie eine angeschossene Ente. Das Flussvolk begrüßte seinen Sprung mit lautem Jubel und herzhaftem Gelächter, dass es nur so von der Felswand widerhallte.

»Wieder einmal macht unser Bruder uns lächerlich«, brummte Dano.

»Nein«, widersprach Ian, »wieder einmal gewinnt er Herzen für uns.«

Kurz darauf – und sehr zu Damons Verdruss – folgten sowohl Klansmänner als auch Stadtsoldaten Kerrs Beispiel. Nur die wenigen, die Höhenangst hatten, und die Reiter nahmen mit Damon und Ian den Fußweg nach unten zum Strand.

»Unser erster Auftritt verläuft weit weniger einschüchternd, als ich gehofft hatte«, murrte der Fürst.

Ian beobachtete, wie das Flussvolk die lachenden und tropfnassen Männer an Bord der Boote zog. Manche der fahrenden Händler sprangen selbst in den See. Ein Mädchen mit rabenschwarzem Haar machte einen Salto in der Luft, tauchte wie ein Speer ins Wasser und hinterließ dabei kaum eine Welle. »Es kommt mir auch nicht so vor, als müsste man sie einschüchtern«, entgegnete er.

Kurze Zeit später schlug das Flussvolk am Südufer des Sees ein Lager auf. Sie zogen ihre Boote an Land, drehten sie um und breiteten ihre Schlafstätten darunter aus. Gleichzeitig dienten die Boote auch als Tische, Waschzuber, Karren und Vorratslager. Flosse wich den beiden Kommandanten der Grünen nicht von der Seite und übersetzte, aber die Flussmenschen kannten bereits viele fretische Wörter und lernten die Sprache schnell. Außerdem begannen sie sofort mit dem Tauschen – trotz Damons Warnung, dass die Soldaten bei Geschäften mit den gewieften Händlern wahrscheinlich den Kürzeren ziehen würden.

»Schwerter und Rüstung sind keine Tauschwaren!«, bellte er, aber die Flussmenschen hörten nicht auf, den Soldaten glitzernden Plunder und wundersame Elixiere anzubieten. Als Ian dann einen von ihnen mit den Beinschienen eines Klansmanns verschwinden sah, wurde es selbst ihm zu bunt, und er erklärte die Ausrüstung der Männer für tabu.

Sie verhandelten hart, schienen den Handel aber eher als eine Art Spiel zu betrachten denn als Methode, um reich zu werden, und sie verschenkten ebenso viel, wie sie einem arglosen Gegenüber abschwatzten. Das Essen wurde in einem großen Kessel gereicht oder einfach auf dem Boden eines Kanus ausgebreitet, aus dem alle aßen – auch die Gäste.

Eine große Barke war in der Mitte des Sees geblieben, bis das Lager vollständig aufgeschlagen war. Erst als das große Lagerfeuer in der Mitte entzündet wurde, tauchten fünf Gestalten aus der Kajüte auf und ruderten das Schiff ans Ufer.

»D-D-Die Dida kommt«, übersetzte Flosse.

»Dida? Ist das ihr Wort für Schiff?«

»N-N-Nein. Es ist ihr Wort für D-D-Drottin.«

Ian und Damon wurden gebeten, ihre Schwerter abzulegen, und sie gehorchten. Dano nahm die Waffen an sich und ging damit zum Feuer.

Als die Barke näher kam, erkannte Ian vier muskulöse Ruderrinnen und eine Steuerfrau, die die Pinne am Heck bediente. Auch sie war groß und stämmig. Mit geübten, kräftigen Bewegungen im perfekten Gleichtakt manövrierten sie die Barke schneller durchs Wasser, als selbst Ians Klanskrieger es gekonnt hätten. Die Frau an der Pinne war beinahe genauso breit wie groß, was Ian sagte, dass auch sie lange Jahre an den Rudern gestanden haben musste. Ihr Haar war so lang wie seines und so dunkel wie Kerrs. Sie trug ein weites Seidengewand in Regenbogenfarben, das jeder ihrer Bewegungen sanft folgte. Ihr Gesicht war von Sonne und Alter gezeichnet, doch der Blick, mit dem sie das Ufer und ihre Gäste inspizierte, war klar und wach.

»Die Dida«, erklärte Quist.

»Sei gegrüßt, Dida«, sagte Ian.

»Du ebenso, und wenn du hier bist, um Geschäfte zu machen, dann sei auch willkommen«, erwiderte sie in makellosem Fretisch und kam an Land. In ihrem Lächeln lag eine Mischung aus Gastfreundlichkeit und Vorsicht.

»Du sprichst Fretisch?«, fragte Ian beeindruckt.

»Ich spreche alles, was ich sprechen muss, um entlang dem Fluss Handel treiben zu können. Seid ihr auf der Durchreise, auf der Suche nach Neuigkeiten, oder wollt ihr tauschen?«

»Auf der Durchreise«, antwortete Ian.

»Zum Meer, wie ich annehme.«

»In der Tat.«

»Fischgrund oder Dredhafen?«

»Was gibt es Neues aus den Fischerdörfern?«, fragte Damon.

»Also seid die auf der Durchreise *und* auf der Suche nach Neuigkeiten.«

»So scheint es«, antwortete Ian. »Was willst du im Gegenzug für ein paar Informationen haben?«

»Für ein Pferd sage ich euch alles, was ihr wissen wollt.«

»Dein Volk reitet?«

»Nein, aber wir essen.«

Ian schüttelte den Kopf. »Ich fürchte, in diesem Fall dürfte unsere Pferdemeisterin etwas gegen das Tauschgeschäft einzuwenden haben.«

»Dann lasst uns einen eurer jungen Männer da. Wir haben zu viele starke Frauen, als dass die unseren sie ausreichend beschäftigen könnten.«

Ian überlegte. In Plynth hatte er es schon einmal so gemacht, aber er wollte nicht noch einen seiner Vettern verlieren. »Damon, könnt Ihr einen Eurer Männer entbehren?«

Damon blickte über die Schulter. Seine Soldaten waren voll und ganz mit Essen beschäftigt und mit einem stark riechenden Trank, den ihre Gastgeber bereitwillig aus einem im Fluss treibenden Fass ausschenkten. Wie es schien, waren die Grünen nach all den Wochen, in denen Seraphina die einzige weibliche Gesellschaft gewesen war, durchaus interessiert an den Frauen im Lager. Die Frauen wiederum gaben sich sehr aufgeschlossen, und die Männer schienen kein bisschen eifersüchtig, ganz im Gegenteil: Das Gelächter, das über den See schallte, seit sie von der Klippe gesprungen waren, wollte gar nicht mehr abreißen.

»Nicht Klayt«, flüsterte Ian ihm zu. Die Flussmenschen schienen ein friedfertiges und fröhliches Volk zu sein, das weder Waffen noch Feinde kannte, und Ian wollte, dass das auch so blieb.

»Ich denke, ich werde nach Freiwilligen fragen«, überlegte Damon. »Wie es aussieht, dürfte es nicht schwierig werden, einen zu finden. Sag uns, Dida, haben alle Fischer der Küsten König Schwarzwasser die Treue geschworen? Wie wir hörten, hat die Rote Kompanie ein ganzes Dorf niedergemacht.«

Das Lächeln der Dida verschwand. »Schlimmer als das. Die Männer haben sie getötet und die Jungen kastriert, damit sie keine Nachkommen zeugen können. Die Erblinie wurde komplett ausgelöscht. Die Frau, die diese Roten anführt, ist eine Teufelin.«

»Sie werden nicht von einer Frau angeführt«, widersprach Ian. »Fürst Zinnober hat das Kommando über sie.«

»Hat er nicht.«

»Und ob. Bryss selbst hat ihn eingesetzt. Er ist der Stellvertreter des Königs hier.«

»Nicht immer befiehlt der, der die Krone trägt.«
Petrich, der die ganze Zeit über zugehört hatte, kam heran und flüsterte Ian etwas zu.
»Mein Vetter sagt, die Dame Zinnober habe während der letzten Zusammenkunft der Lordschaften am Ohr ihres Vaters geklebt wie eine Zecke.«
»Hat diese Zeckenfrau ein spitzes Gesicht und ist so dünn, dass die Knochen durch ihre Haut scheinen?«
»Genau die«, bestätigte er. »Das ist die Tochter des Fürsten Zinnober.«
»Sie hat das Massaker befohlen, haben die Fischermädchen mir erzählt. Ob sie die Befehle nun persönlich gegeben hat oder nicht. Ihr Vater ist ein Krüppel an Geist und Körper, eine leere Hülle, die das Wort der Tochter spricht wie ein Papagei.«
»Gut zu wissen«, murmelte Damon.
»Die Toten wurden durch Männer aus Fretwitt ersetzt, also könnt ihr euch denken, wem sie die Treue halten. Dredhafen und alle anderen Dörfer in der Umgebung haben sich eurem König bereits angeschlossen. Sie hoffen wohl, damit einem ähnlichen Schicksal zu entgehen.«
»Gibt es Groll in der Bevölkerung?«
»Ich kenne euch nicht gut genug, um mit euch über derlei Dinge zu sprechen. Wir geben Auskunft, wir bieten Fährdienste, und wir handeln. Wir schlagen uns nicht auf irgendjemandes Seite.«
»Früher oder später muss jeder sich für eine Seite entscheiden.«
»Wenn ihr dort seid, könnt ihr sie ja selbst fragen, ob sie Groll verspüren.«
Die Dida hatte sie zwar vordergründig willkommen geheißen, aber Ian merkte deutlich, wie sie versuchte, hinter ihre wahren Absichten zu kommen.
Kurz darauf saßen die beiden Kommandanten mit der Dida

auf einem Floß, um bei einem Abendmahl die Details ihrer Weiterreise auszuhandeln. Es wurde heftig um den Preis für die Überfahrt gestritten. Mehr als einmal stand die Dida auf und erklärte, sie könnten ja auch nach Fischgrund schwimmen, wenn ihnen ihre Bedingungen nicht gefielen. Sie wirkte mal wütend, mal gekränkt, dann wieder gleichgültig, und einmal fragte sich Ian, ob sie ihn gleich ohrfeigen würde. Als sie sich dann endlich einig wurden, war alle Feindseligkeit wie weggeblasen. Die Dida schloss sie beide strahlend in die Arme, nannte sie ihre Freunde, und erst in diesem Moment fiel Ian auf, dass er soeben seine eigene Regel gebrochen und zwei volle Rüstungen hergegeben hatte.

Damon sah seine Verstimmung und klopfte ihm auf den Rücken. »Sie versteht was von ihrem Geschäft, nicht wahr?«

Der weltgewandte Fürst war während der Verhandlungen beinahe ebenso hilflos gewesen wie Ian. Die Dida hatte ihnen zwei Rüstungen, fast alle Pelze, die sie den Banditen abgenommen hatten, sowie zwei von Damons Männern – einen gesunden und einen Bauernsohn aus Farntal mit einem Hinkebein – abgeschwatzt. Ein stattlicher Preis. Doch die Passage nach Fischgrund war wichtiger. Außerdem hatte die Dida zugestimmt, ihnen bei einer Flasche Apfelwein alle Fragen zu beantworten, solange die Auskunft sie selbst nicht in Gefahr brachte.

In den Hügeln gab es eine Redensart: Zwei Becher Bier machen stark, jeder weitere schwächt, und Ian hatte bereits vier Becher Apfelwein getrunken, als er die Dida schließlich nach seinem Vater fragte.

»Als wir damals von der Ankunft seines Klans hörten, suchten wir das Weite«, antwortete sie. »Wir haben ihn und seine Männer kaum gesehen.«

»Hat er euch auch vertrieben?«

»Er kam, wir gingen.«

»Aber ihr seid später zurückgekehrt.«

»Wir sind ein neugieriges und ruheloses Volk, also kam ich vor etwa zehn Jahren in aller Stille mit der Hälfte meiner Leute wieder her. Mein Mann blieb jenseits der Rauchhöhen.«

Ian leerte noch einen Becher und legte die Hand aufs Herz – nicht auf den Bauch, wie er hoffte, aber in seinem Zustand konnte er sich da nicht sicher sein. »Das bedaure ich aufrichtig«, lallte er. »Und ich bin hier, um wiedergutzumachen, was mein Vater getan hat.«

»Es gibt nichts zu bedauern«, erwiderte die Dida. »Wir leben noch. Es gibt genug andere Seen und Flüsse, und die Welt selbst verändert sich ständig wie ein Fluss. Lange Jahre im selben Bett können einen Flusslauf ebenso verändern wie ein heftiger Sturm. Alles, was wir tun müssen, ist, ihm zu folgen. Wir kämpfen nicht gegen die Strömung an, denn den Lauf der Dinge kann man nicht ändern. Meine Tochter Adara mag anderer Meinung sein, aber sie ist noch jung. Am besten sagst du ihr erst gar nicht, wer du bist, denn eigentlich spielt es auch gar keine Rolle.«

»Für mich spielt es eine Rolle.«

»Du sagst es ihr trotzdem besser nicht.«

»Was hast du sonst noch über meinen Vater gehört?«

»Er hat die Haine des Kleinen Volks geplündert, wie du bereits weißt. Auch sie gingen – aber nur die Männer. Die Frauen wurden entführt, wie ich gehört habe. Dann folgte dein Vater dem Fluss bis zum Meer, wie die meisten es tun. Die Fischer dort stellten sich ihm entgegen, und einige von ihnen wurden getötet. Darauf folgte eine kurze Zeit der Fremdherrschaft in Dredhafen. Die Klansleute setzten sich dort fest, ein paar in jedem Dorf. Dann hat ein Fischerjunge, dessen Vater und Bruder im Kampf gegen den Klan gefallen waren, einen Aufstand organisiert. ›Möwe‹ nannten sie ihn, weil er so lange rief, bis alle anderen ihn erhörten und sich um ihn scharten. Als sie zahlreich genug waren, eroberten sie die Dörfer eines nach dem anderen zurück und töteten die Klansleute. Das Heer der Aufständischen wurde immer größer, und schließlich ist dein Vater mit einem schnellen Schiff geflohen.«

»Er hat sie erobert, und sie haben ihn dafür gehasst«, murmelte Ian.

»Ja. Natürlich haben sie ihn gehasst.«

Ian legte sich unter einem der Kanus schlafen. Regen trommelte gegen den Rumpf, als wollte er Ian wachhalten, damit er die Schuld seines Vaters nicht vergaß. Ian konnte tatsächlich nicht einschlafen, aber er war zu benebelt vom Apfelwein, um sich eine andere Bettstatt zu suchen, und wenn er doch einmal kurz einnickte, plagten ihn verstörende Träume. Im letzten schleifte ihn jemand an den Haaren zum See.

Ian wachte auf, weil jemand ihn an den Haaren zum See schleifte. Er erhaschte noch einen Blick auf seine Gegenspielerin, da waren sie schon im Wasser. Das Mädchen war schnell und geschmeidig wie ein Seehund, tauchte ihn unter, und alles wurde still. Die Welt schien sich zu verlangsamen, und Ian überkam ein eigenartiges Gefühl des Friedens ...

Dann war er plötzlich wieder frei, tauchte auf und schnappte keuchend nach Luft.

Dano hielt das Mädchen von hinten gepackt und drehte ihr mit seinen kräftigen Händen die Arme auf den Rücken. Ihr Haar war schwarz wie das Gefieder eines Raben, und sie war blutjung, aber auch wild und zornig und vor allem stark. Eine Ruderin.

»Adara, nehme ich an«, sagte Ian hustend.

Statt zu antworten, spuckte sie aus.

Ian spuckte ebenfalls, aber aus seinem Mund kamen nur Wasser und Schlamm vom Grund des Sees. »Anscheinend hat jemand dir erzählt, wer ich bin.«

Die Tochter der Dida mochte siebzehn Jahre alt sein; also war sie auf der anderen Seite der Rauchhöhen gezeugt worden, wo ihr Vater nach wie vor weilte. Dennoch lebte die Dida nicht in Keuschheit. Noch in derselben Nacht hatte sie einen von

Damons Soldaten mit auf ihre Barke genommen. Die Ehen des Flussvolks schienen ohnehin eher lose, praktische Gemeinschaften zu sein, und mit einer Rückkehr des Dido war in naher Zukunft nicht zu rechnen.

Adara hatte noch einen älteren Bruder, wie sich herausstellte, der nun zum See gerannt kam und Dano anflehte, er möge seiner Schwester nichts zuleide tun.

»Lass sie gehen, Dano«, sagte Ian hustend. »Aber sorge dafür, dass sie kein Messer in die Finger bekommt. Und sag der Dida, ich will ihre Tochter auf der Überfahrt nicht auf meinem Boot haben.«

39

Der Tag dämmerte bereits, und nachdem die Aufregung sich gelegt hatte, machte sich das Flussvolk daran, das Lager abzubrechen. Die Soldaten packten ihre Sachen, und Seraphina versammelte die Pferde, um sie auf ein Floß von der Größe einer kleinen Insel zu treiben. Waffen und Rüstungen wurden sorgfältig in einem breiten Dingi aufgestapelt, und Damon schärfte den beiden Ruderern, die scherzend auf dem Dollbord balancierten, ein, dass er fünf Jahre harten Arbeitsdienst von ihnen verlangen würde, falls eines der kostbaren Ausrüstungsstücke über Bord ging. Petrich war erstaunt, wie schnell die Flussmenschen bereit zum Aufbruch waren. Noch bevor die Grünen überhaupt begonnen hatten, sich nach dem Frühstück umzusehen, hatten sie bereits alles zusammengepackt und die Boote zu Wasser gelassen.

Petrich fiel die Ehre zu, mit Ian und Damon auf der Barke der Dida zu fahren. Es war ein großes Schiff mit einem kleinen Haus in der Mitte – etwas, was Petrich noch nie gesehen hatte. Die Bänke im Innern der Kajüte waren mit Fuchsfellen und Nerzen bezogen, und zwischen ihnen stand ein einfacher Holzblock, der als Tisch diente. Die Wände waren aus einem weichen Holz und mit den verschiedensten Schnitzereien verziert. Petrich entdeckte Spiralen, die aussahen wie Wasserstrudel, scharfkantige Ausbuchtungen, die Flügel darstellten, Ovale, die ihn anstarrten wie Augen, und vieles mehr. Es waren Hunderte, vielleicht Tausende. Jede Handbreit der Kajüte war voll davon, und Petrich fragte sich, wie viele Jahre der Künstler wohl daran gearbeitet hatte. Er würde wahrscheinlich einen ganzen Tag brauchen, nur um sie zu zählen.

Eine der Ruderinnen kam heran, zog ein kleines Messer hervor und fügte mit schnellen Schnitten über zwei der Ovale etwas hinzu – Augenbrauen, wie es schien. Dann steckte sie das Messer wieder weg und griff nach einem der am Boden liegenden Ruder, als hätte sie sich gerade nur am Kopf gekratzt.

In diesem Moment begriff Petrich, dass sie die Künstlerin war. Sie war zwar nicht die Einzige, die an dem Kunstwerk arbeitete – den Witterungsspuren nach waren manche Schnitzereien schon Generationen alt –, aber ihre Bewegungen waren so mühelos und sicher gewesen, als hätte sie das schon tausendmal gemacht. *Wie ich, wenn ich ins Klansbuch schreibe, oder Damon, wenn er an seiner Karte zeichnet. Sie ist es.*

Das Boot mit dem Proviant fuhr direkt neben der Barke. Schagan, Garman und alle Tiere, die keine Pferde waren, waren ebenfalls an Bord. Dano hatte einen der Ehrenplätze auf der Barke bekommen, nur Kerr musste mit einem engen Kanu mit Zwillingsrumpf vorliebnehmen. Ian merkte zu spät, dass Kerr sich das Boot mit voller Absicht ausgesucht hatte, weil auch Adara darauf fuhr. Die übellaunige Tochter der Dida gefiel ihm offensichtlich, und das Boot war schon zu weit weg, um ihn noch einmal zurückzuholen.

»Ich halte das für keine gute Idee«, sagte er und rieb sich den Nacken, der noch von Adaras Überfall schmerzte.

»Es ist der Leichtsinn der Jugend«, kommentierte Petrich. »Er lässt sich nicht durch gutes Zureden austreiben.«

»Richtig«, bestätigte Dano. »Nur herausprügeln.«

Wie Entenküken, die ihr Nest verlassen, legten die Boote ab und reihten sich in einer langen Linie auf. Die Barke der Dida hatte einen Platz am hinteren Ende der Flotte, und das Floß mit Seraphina und den Pferden fuhr vor ihnen. Sechs kräftige Flussmänner und -frauen stießen es mit ihren Stangen vom Boden ab.

Damon hatte es sich mittlerweile in der Kajüte auf einer der Bänke bequem gemacht und breitete seine Karte auf dem Tisch aus. Sie war so groß, dass sie an allen vier Ecken über die Kante hing.

»Ich werde während der Fahrt diesen Fluss kartografieren, Petrich. Hast du etwas Tinte für mich?«

»Aber natürlich«, antwortete er erfreut. Der Fürst behandelte ihn mit einer gewissen Ehrerbietung, einem Respekt, den er von seinen Vettern nie bekommen hatte. Sofort wühlte er in seinem Sack nach dem Beutel mit der Tinte. Den anderen Beutel, den mit seinem Geheimnis, trug er nach wie vor zwischen den Beinen. Petrich hatte sich so sehr an ihn gewöhnt, dass er sich beinahe anfühlte wie ein Teil seines Körpers, und die Dunkelheit strahlte eine Kälte aus, die seine Lenden angenehm kühl hielt, egal wie lange sie marschierten.

»Flüsse müssen ganz besonders exakt verzeichnet werden«, erklärte Damon, als die Dida eintrat. »Jede Biegung ist ein Orientierungspunkt, jedes Stauwasser eine mögliche Gefahr; selbst aus dem Wasser ragende Baumstümpfe müssen markiert werden.«

»Was ist das?«, fragte die Dida und warf nur einen kurzen Blick auf Damons Werk, während sie einen Hammer und mehrere Ruderdollen aus einer Kiste holte.

»Eine Karte«, erklärte er stolz. »Ich verewige euren Fluss in einem Kunstwerk, und zwar auf einer Tierhaut, wie es keine zweite gibt auf dieser Welt!«

Die Dida war schon wieder auf dem Weg nach draußen gewesen und blieb kurz stehen. »Tatsächlich? Was für eine Haut mag das wohl sein?«

Damon hob eine der Ecken an und zeigte ihr die grünen Schuppen an der Unterseite.

Die Dida sah genauer hin und kniff die Augen zusammen. »Wo habt ihr das her?«

»Von einem Baum«, antwortete Petrich vorsichtig, weil ihm auffiel, wie beunruhigt ihre Gastgeberin mit einem Mal war. Damon hingegen merkte nichts. »Ein stattlicher Baum, so groß wie ein Berg!«, prahlte er.

Die Dida hob die Hand und beschrieb ein Zeichen in der Luft, wie man es in manchen Gegenden Abrogans machte, um das Böse abzuwehren, und Petrich sah, wie alle Selbstsicherheit aus ihren Zügen wich. »Ihr habt hoffentlich nicht den Frieden des Baums gestört«, flüsterte sie.

»Ein bisschen vielleicht«, antwortete Damon. »Sagen wir, wir haben ein vermülltes Nest ausgeräumt.«

Die Dida rannte aus der Kajüte, und Damon schaute Petrich fragend an. »Ist der Baum ihnen etwa heilig?«

Von draußen ertönte eine ohrenbetäubend laute Glocke, und Damon warf verärgert die Hände in die Luft. »Was ist das für ein Theater?«

Durch die halb offen stehende Tür sahen sie, dass es die Dida war, die wie von Sinnen läutete.

»Sie tut ja so, als hätten wir ihr Heiligtum mit der Axt entweiht!«

»Ich glaube nicht, dass Wut der Grund für ihre Reaktion ist«, erwiderte Petrich sachlich. Er kannte den Ausdruck auf dem Gesicht der Dida nur zu gut. *Wir sind alte Bekannte, ich und dieses Gefühl.* »Sie hat Angst.«

Die anderen Boote, die schon auf dem Weg zur Flussmündung waren, machten sofort kehrt. Petrich hörte, wie Ian zu erfahren verlangte, was der Grund für den Lärm war und warum die Schiffe plötzlich umdrehten.

»Wir müssen uns sammeln!«, keuchte die Dida. »Sofort. Ihr werdet noch Verda über uns bringen!«

Diesmal war es Petrich, der Damon fragend anschaute. »Vielleicht ist sie doch wütend«, sagte er und trat aus der Kajüte.

»Beruhige dich, Frau!«, bellte Dano und packte die Dida an

den Schultern, während sie hektisch in ihrer Muttersprache zu den anderen Schiffen hinüberrief.

Die Dida fuhr herum, schlug seine Hände weg, und eine der Ruderinnen hob ihren Riemen aus der Dolle und machte sich bereit, Dano damit den Schädel einzuschlagen.

Ian konnte gerade noch rechtzeitig dazwischengehen. »Was soll das alles?«, fragte er die Dida.

»Wir ziehen uns in die Felshöhlen zurück. Dort verstecken wir uns, bis wir wissen, dass die Gefahr vorüber ist.«

Ian schien nun von Petrich eine Erklärung zu erwarten, was in der Kajüte vorgefallen war, aber Petrich zuckte nur die Achseln. Er wusste auch nicht mehr.

Unterdessen sprach die Dida so schnell weiter, dass selbst Flosse nur die Hälfte verstand. Das Einzige, was er aufschnappte, war das Wort Verda. Es schien sich um eine Art Gottheit des Flussvolkes zu handeln.

»Wie lange wird das dauern?«, fragte Ian schließlich geradeheraus.

»Eine Woche, zwei oder drei vielleicht. So lange eben, bis es wieder sicher ist. Die warme Jahreszeit neigt sich dem Ende zu. Vielleicht ist sie ja schon fort. Beten wir, dass es so ist.«

»Sie?«

»Verda!«

Als die Dida sicher war, dass alle Boote kehrtgemacht hatten, wandte sie sich ihren Gästen zu und versuchte, die Situation zu erklären.

Petrich hörte mit wachsendem Entsetzen zu. Der Baum war doch nicht heilig. Das Flussvolk war eher praktisch veranlagt als abergläubisch. Für sie zählten Dinge wie Wasserströmungen oder das Wetter, Dinge, die sie mit eigenen Augen sehen oder mit den Händen greifen konnten, und ihrer Meinung nach hatte der Nestraub die riesenhafte Kreatur erzürnt, die das Nest gebaut hatte. Petrich dachte an die Karte. Das Stück Haut hatte zweifellos einmal zu einem großen Tier gehört, und die wichtigste Frage lautete jetzt: wie groß?

»Wir sind insgesamt über hundert«, versuchte Ian die Dida zu beruhigen. »Ich weiß, dass ihr keine Waffen habt, aber meine Männer sind bestens ausgerüstet und wild wie Bären. Damons Soldaten sind diszipliniert und kämpfen wie ein gepanzertes Wolfsrudel. Auch wir sind gefährlich.«

Die Dida hätte beinahe gelacht, aber nur beinahe. Das Geräusch, das sie machte, war eher eine Mischung aus Kichern und Mitleidsbekundung. »Wir verstecken uns unter den Felsen«, wiederholte sie nur und machte sich daran, mit genau choreografierten Armbewegungen den Rückzug der Flotte zu dirigieren.

Petrich nahm Flosse beiseite. »Suchen wir uns einen anderen Vertreter ihres Volkes, der uns vielleicht mehr erzählen kann.«

Die Barke verharrte bewegungslos, während die übrigen Boote sich um sie sammelten, und Petrich ging zu einer der Ruderinnen, die im Moment nichts zu tun hatten. Es war die Künstlerin, die zuvor die Augenbrauen geschnitzt hatte. Als Petrich genauer hinsah, entdeckte er weitere Muster auf ihren Unterarmen: Tätowierungen. Sie stellten weit aufgesperrte Fischmäuler dar, die aussahen, als wollten sie die Hände der Frau verschlingen. Der Rest der Fischleiber war unter den Ärmeln ihres Gewandes verborgen. *Geheimnisvoll. Und schön.* Petrich hatte schon von diesen Körperverzierungen gehört, aber noch nie welche gesehen. Er fragte sich, wie sie wohl gemacht wurden, und ertappte sich sogar bei dem Gedanken, sich selbst welche machen zu lassen.

Die Ruderin war einen ganzen Kopf größer als er, doch als sie seinen Blick bemerkte, schaute sie schüchtern weg. Ihre Verlegenheit bildete einen derart faszinierenden Gegensatz zu ihrer kräftigen Statur und den kühnen Tätowierungen, dass Petrich sich augenblicklich in sie verliebte.

»Man nennt mich Petrich«, ließ er Flosse sagen und wartete. Als keine Reaktion kam, sprach er weiter. »Wie wirst du genannt?«

»Groß. Still. Seltsam«, übersetzte Flosse die Antwort.
»Ich meinte deinen Namen«, versuchte es Petrich noch einmal.
Anscheinend verstand die Frau ein paar Brocken von seiner Sprache, denn diesmal antwortet sie sofort. »Zo.«
»Zo?«
»Das ist mein Name.«
»Was ist diese Verda, Zo?«, fragte Petrich.
»Sie ist ein Vogel, eine Schlange oder ein Baum, der fliegen kann.«
»Welches davon?«
»Alles zugleich, heißt es.«
»Hast du sie schon einmal gesehen?«
»Das haben nur wenige. Sie hat ihr Nest im Gott aller Bäume und fliegt über die Berge, wenn es kalt wird. Die Kälte kommt bald, aber...« Zo verstummte kopfschüttelnd.
»Woher weißt du, dass Verda eine Sie ist?«
Zo schien verwirrt über die Frage. »Verda war immer eine Sie.«
»Wie du«, erwiderte Petrich. Er hatte das Gefühl, dass er jetzt lächeln sollte, merkte aber, dass er genauso schüchtern war wie Zo. Also schaute er weg, hinüber zu den Felsen. Am oberen Ende der Wand erhob sich ein fast symmetrischer Vorsprung, und Petrich fragte sich, warum ihm die Formation nicht schon am Vortag aufgefallen war. Er beschattete seine Augen und blinzelte gegen die Sonne an, um mehr zu erkennen. Der Felsvorsprung war grün, als wäre er mit Moos überwachsen. Außerdem bewegte er sich.
»Zo, was ist das?«
Die Flussfrau folgte seinem Blick. Die keilförmige Formation war größer als die Barke, auf der sie fuhren. Sie hatte sich ganz langsam hinunter in Richtung Wasser gesenkt und streckte nun so etwas wie Fühler, jeder davon so lang und dick wie ein Mensch, links und rechts über die Felswand aus. *Das ist kein Felsen...*
Zo schnappte nach Luft. »Verda!«

Petrich verstand nicht, wie Zo wissen konnte, dass es sich um Verda handelte, wenn sie die Kreatur laut eigener Auskunft noch nie gesehen hatte. Dennoch schien sie absolut sicher.

»Dida!«, schrie Zo aus vollem Hals. »Verda kommt!«

Petrich beobachtete, wie die grüne Silhouette sich vom Felsen löste und den langen Hals reckte wie den Ausleger eines der Kräne, die er in Skye gesehen hatte. Jetzt, da sie entdeckt war, brauchte die Kreatur sich nicht länger zu verstecken. Neugierig schwang sie den Kopf hin und her und verfolgte jede Bewegung auf den Booten. Die riesigen gelben Augäpfel saßen nicht seitlich am Kopf wie bei einem Vogel, sondern vorne, direkt unterhalb der flachen grünen Stirn. *Die Augen eines Raubtiers.*

»Zu den Höhlen!«, brüllte die Dida.

Flosse übersetzte die Kommandos für die Soldaten, während Ian seine eigenen gab und alle anderen einfach durcheinanderschrien. Nur Petrich schien vergleichsweise ungerührt in all dem Chaos. Die Boote setzten sich jetzt in Bewegung; in vollem Bewusstsein der drohenden Gefahr arbeiteten alle an den Rudern, so gut sie konnten. Nur einer der Flussmenschen sank auf die Knie, als würde er beten, und zwei weitere sprangen ins Wasser. Seraphinas Floß drehte ab und hielt aufs Ufer zu.

»Nicht da lang!«, rief Ian ihr zu. »Du lenkst nur ihre Aufmerksamkeit auf dich!«

»So können wenigstens die Pferde fliehen!«, schrie sie wütend zurück.

Petrich sah Ians Verzweiflung. Der junge Drottin wollte Seraphina beschützen. *Wie ein wahrer Held.* Er wandte sich Zo zu.

»Ich möchte dich beschützen, Zo«, sagte er.

»Bei Gefahr gehen wir in die Höhlen. Das ist der beste Schutz. Nicht du.«

Sie hatte natürlich recht. Er, Petrich, ein Held? Wie denn? Er konnte schlecht das Klansbuch hervorziehen und die Bestie einfach aus der Welt schreiben. Genauso wenig wie Damon eine

Stadt entstehen lassen konnte, indem er sie auf der Karte einzeichnete.

Zo nahm ihr Ruder, und die Barke setzte sich in Richtung der größten Höhle in Bewegung. Ein paar der kleineren Boote hatten die rettenden Felslöcher bereits erreicht.

In diesem Moment stieß Verda sich von der Felswand ab. Ihre Flügel verdeckten die Sonne, so groß waren sie, aber was Petrich am meisten überraschte, war der mühelose Sprung, mit dem sie sich in die Luft geschwungen hatte. Der lange, mächtige Körper, der sich an ihren Hals anschloss, schien kein Ende nehmen zu wollen. Als Verda den dünnen, peitschenartigen Schwanz vollständig ausgerollt hatte, hatte ihr Kopf die Boote bereits erreicht.

Ein mittelgroßes Schiff mit drei Flussmenschen und fünf Soldaten an Bord erwischte es als Erstes. Eine grüne Klaue fuhr durch den Rumpf und den beindicken Kiel wie eine Axt durch Reisig. Körper wirbelten wie blutige Holzspäne durch die Luft und fielen klatschend ins Wasser. *Dabei hat sie noch nicht einmal richtig zugeschlagen.* Es hatte eher ausgesehen wie ein freundschaftlicher Klaps. *Was, wenn die Bestie erst richtig wütend wird?*

Drei weitere Boote wurden samt Insassen in Stücke gerissen, Klansmänner, Freter und Flussmenschen starben Seite an Seite. Ein paar Männer und Frauen hatten sich noch ins Wasser retten können, bevor das Ungeheuer zuschlug, die anderen sanken auf den Grund des Sees hinab. Petrich hörte Schreie und Ruder, die klatschend aufs Wasser schlugen.

Seraphina hatte es inzwischen ans Ufer geschafft und machte die Pferde los. *Sie sind in Sicherheit,* sagte sich Petrich. Er hatte noch nie etwas gesehen, das so schnell war wie Seraphinas Herde in vollem Galopp. Quist war ebenfalls bei ihr. Er kroch gerade aus dem Uferschlamm ins Trockene. *Auch er kann laufen wie kein Zweiter.* Der Rest der Flotte bewegte sich inzwischen weiter auf die Höhleneingänge zu, als Verda sich aufbäumte, hoch in die Luft schoss und erneut herabstieß. *Zo hatte recht,* dachte Petrich, als er den zerfurchten braunen Bauch und die geschuppten grünen Flügel sah. Die Bestie sah in der Tat aus wie ein fliegender Baum. Ein Baum mit Klauen und Zähnen.

Nachdem sie wertvolle Zeit damit vergeudet hatte, mit Ian hin und her zu rufen, floh Seraphina schließlich das Ufer hinauf und hielt mit ihrer Herde übers offene Gras auf den Wald zu.

Verda fegte ein zweites Mal über die Flotte hinweg. Sie zog die hinteren Klauen durchs Wasser wie Sensen und zerstörte drei weitere Schiffe, doch als sie das Ufer erreichte, drehte sie nicht um, sondern jagte geradeaus weiter.

Quist raste auf seinen starken Beinen hinter Seraphinas Herde her, sprang über Felsen und schlug Haken wie ein Hirsch, doch es war vergebens. Verdas Hinterbein traf ihn in den Rücken wie die Faust eines Riesen. Er überschlug sich mehrmals und blieb dann regungslos liegen. Verda sah sich nicht einmal um und stieß kurz danach auf die Pferde hinab.

»Nein!«, brüllte Ian, aber es war zu spät.

Seraphinas Pferde waren nicht mehr die schnellsten Tiere, die Petrich je gesehen hatte. Verda holte sie mühelos ein und packte zwei mit ihren Vorderklauen. Seraphinas kastanienbrauner Hengst war einer von ihnen. Er galoppierte einen Moment lang in der Luft weiter, während das andere Tier bereits leblos und mit zerfetzten inneren Organen im Griff der riesigen Klauen hing. Petrich konnte die Pferdemeisterin nicht mehr sehen und wagte beinahe zu hoffen. Doch er wusste nur zu gut, dass sie bis zuletzt auf ihrem Pferd gesessen hatte. Der Gedanke, sie würde nicht zerquetscht zwischen ihrem Reittier und Verdas schraubstockartigem Klauengriff kleben, war geradezu kindisch. Petrich schaute hinüber zu seinem Drottin und sah ihn niedergeschmettert, beinahe wie in Trance an der Kajüte der Barke lehnen.

Die restlichen Schiffe hatten die Gelegenheit genutzt und waren inzwischen in den Höhlen verschwunden, aber auch das half nichts. Verda landete oben auf der Felswand und kletterte kopfüber daran hinunter wie eine Eidechse. Sie griff in eine Öffnung und zog ein Boot heraus. Anscheinend unzufrieden mit ihrem Fund, zerschmetterte sie es achtlos am Fels und ließ sich ins Wasser fallen. Die Welle, die ihr Aufschlag verursachte, warf eins der Kanus um, und Verda tauchte hinterher.

»Sie ist abgestürzt und ertrunken!«, rief eine Stimme. Es war Klayt. Der idiotische Kommentar passte zu ihm. Ian hatte inzwischen aufgehört, Befehle zu geben. Mit ausdruckslosem Gesicht stand er da, die Arme hingen schlaff an seinen Seiten. Er hatte nicht einmal sein Schwert gezogen. Petrich tat der Anblick in der Seele weh. Die Frau, die sein Drottin begehrt hatte, war tot. *Mut, mein Drottin. Auch Zo braucht einen Helden, wie du einer bist.*

Der Gedanke hallte noch in ihm wider, als das Wasser um die Barke herum in einer großen Fontäne hochschoss. Petrich spürte, wie er emporgehoben wurde und mit ihm das gesamte Schiff – Verda hatte es gepackt und schlug heftig mit den Flügeln. Schließlich löste sie sich vom Wasser, drehte die Barke auf den Kopf und schüttelte sie mit aller Kraft.

Die Dida, Ian, Dano, Zo und Petrich selbst fielen wie überreife Pflaumen von einem Ast und stürzten in den See zwanzig Meter unter ihnen.

Petrich schlug auf und kam sofort wieder an die Oberfläche. Die anderen tauchten ebenfalls auf, nass, aber am Leben. Verda zog inzwischen über ihnen ihre Kreise und schüttelte unablässig die Barke durch. Adaras Doppelrumpfkanu und das Floß mit den Vorräten kamen in Windeseile heran, und alle Überlebenden wurden schneller an Bord gezogen, als Petrich es je für möglich gehalten hätte.

»Die Höhlen bieten keinen Schutz!«, schrie jemand.

Eine zweifellos richtige Beobachtung, dachte Petrich und tastete nach seinem Beutel. Er bot ihm Trost, selbst im Angesicht des Todes. Zu wissen, dass seine Freundin, die Dunkelheit, immer noch bei ihm war. *Die Dunkelheit ist mein Schutz...*

Die Verschnaufpause währte nicht lange. Verda hatte die Barke oben auf dem Felsen abgesetzt und hielt von dort nach weiterer Beute Ausschau. Das Gebrüll der Flussmenschen war ein unverständliches Durcheinander, nur die Soldaten und Klanskrieger schienen sich noch klar ausdrücken zu können: »Wir sind verloren!«

Floß und Doppelrumpfkanu trieben, inzwischen mit einer Kette aneinandergezurrt, vor dem Eingang einer der größeren Höhlen, doch die Dida war unentschlossen. Verda hatte bereits eins der Boote aus seinem Versteck geholt, und wenn sie erst einmal in der Höhle waren, saßen sie in der Falle. Drinnen war es zwar duster, aber von draußen kam immer noch so viel Licht herein, dass das Ungeheuer sie wahrscheinlich entdecken würde.

Nicht dunkel genug.

Zo kniete neben Petrich und sah aus, als ob sie weinte, aber bei all dem Wasser, das an ihr herunterlief, war das schwer zu sagen. Es machte ihn zornig, sie so verzweifelt zu sehen. Zo hielt das Ruder mit beiden Händen fest umklammert und von sich weggestreckt, als könnte sie Verda damit durchbohren, wenn sie angriff. Und angreifen würde sie.

Ich möchte sie beschützen.

»Hört mich an!«, rief Petrich unvermittelt. Als niemand dem Aufruf Folge leistete, versuchte er, so laut zu schreien, wie er, der stille Petrich, es noch nie in seinem Leben getan. »Hört mich an! Ich kann uns retten!«

Der Erste war Ian, dann drehten auch die anderen sich in seine Richtung.

Als Petrich ihre Blicke auf sich spürte, wurde ihm plötzlich mulmig.

»Vielleicht«, fügte er hinzu.

Er hatte keine Zeit für lange Erklärungen. An Bord lag die Leiche eines jungen ronnischen Soldaten, die sie aus dem See gezogen hatten. Aus einem Armstumpf quoll immer noch Blut.

Petrich packte den Toten, zerrte ihn an den Rand des Floßes und drückte mit aller Kraft auf seinen Brustkorb. Sofort schoss eine Blutfontäne ins Wasser, wo sie wie eine rote Wolke auf den Höhleneingang zutrieb. Petrich stand auf, öffnete seinen Gürtel und ließ die Hosen fallen. Dann griff er nach dem Beutel zwischen seinen Beinen.

Die Dunkelheit schien hungrig, ungeduldig. Petrich fingerte nervös an dem Bändchen herum, das den Beutel verschlossen hielt. Als er schließlich offen war, trat Petrich ganz an den Rand des Floßes, was mit der offenen Hose nicht einfach war – und wegen der verdutzten Blicke, mit denen die anderen ihn beobachteten und sich fragten, was er vorhatte. Er wusste es ja nicht einmal selbst genau.

Aber manchmal bietet eben nur die Dunkelheit wirklichen Schutz.

Seine Freundin quoll aus dem Beutel und floh vor dem Sonnenlicht in die Höhle. Gleichzeitig streckte sie sich nach dem Blut im Wasser, genau wie Petrich gehofft hatte. So groß hatte er seine Freundin noch nie gesehen, und auch nicht so tief. *Undurchdringlich*. Er versetzte dem Leichnam einen Tritt, sodass er ins Wasser fiel und auf den Höhleneingang zutrieb, dann drehte er sich um.

Alle starrten ihn an. Ian, die Dida, Zo, jeder. *Ich habe sie verblüfft.* »Hinein!«, rief Petrich stolz.

Keiner rührte sich, und Petrich fragte sich, worauf sie noch warteten. Da hörte er das Rauschen von Flügeln und spürte einen leichten Wind – Verdas Schwingen. Sie hatte sie entdeckt.

Einer der Männer an Bord des Floßes tauchte seinen Riemen ins Wasser und begann auf die Höhle zuzurudern. Adaras Doppelkanu setzte sich unterdessen in die Gegenrichtung in Bewegung, und die Kette zwischen den beiden Gefährten spannte sich.

Dano erwachte als Erster aus seiner Schockstarre und packte die Kette. »Kerr! Spring, Bruder!«

Stattdessen war es Adara, die sprang. Kopfüber tauchte sie ein, brach von unten wieder durch die Wasseroberfläche wie eine Forelle, die nach einer Fliege schnappt, und landete direkt neben ihrer Mutter.

Endlich bewegte sich auch Kerr. Mit einem langen Schritt sprang er genau in dem Moment auf das Floß, als Verdas Schatten über sie fiel.

40

Der neue König von Abrogan hielt Hof im Großen Saal. Der Saal war einer der wenigen fertigen Komplexe innerhalb des halb fertigen Palastes der halb fertigen Stadt Skye. Fronk hatte viel Zeit auf Planung und Vorbereitungen verwendet, und jetzt, da der Berggipfel abgetragen und die Fundamente gelegt waren, hatte Tyco die Arbeiten beträchtlich beschleunigt.

Der erste Bittsteller war ein Greis aus Plynth, das Oberhaupt der Felis. *Ein Priester, ausgerechnet.* Sein Name war der reinste Zungenbrecher, und Schwarzwasser versuchte erst gar nicht, ihn auszusprechen. Das war ohnehin Lunes Aufgabe. Der Priester hatte ein Tuch um den Hals geschlungen, das aussah wie ein sagenhaft teurer blauer Pelz. Bis es sich bewegte.

Eine Katze!

»Tritt vor, senke den Blick, und dann sprich«, wies Lune ihn an.

Der Katzenpriester stellte sich in die Mitte des Mosaiks vor dem Thron, verneigte sich und blickte zu Boden, wie es sich geziemte. Nur die Katze starrte Schwarzwasser mit ihren gelben Augen unverwandt an.

Für eine Katze mag das angehen, dachte Schwarzwasser. Dennoch war es absurd und irgendwie unangenehm: Der Mensch zeigte Demut, der pelzige kleine Gott auf seiner Schulter nicht.

»Wir sind kein Volk, das sich ständig beklagt, Euer königliche Exzellenz«, sagte der Katzenpriester in stockendem Fretisch.

»Dann solltet ihr vielleicht auch gar nicht erst damit anfangen«, erwiderte Schwarzwasser, der immer noch die Katze musterte.

Lune beugte sich heran. »Es ist besser, Ihr hört ihn zumindest an, bevor Ihr ihn wieder wegschickt«, flüsterte er.

»Ganz recht«, brummte Schwarzwasser und gab dem Priester mit der Hand ein Zeichen. »Sprich. Aber die guten Nachrichten zuerst.«

Der Priester überlegte kurz. »Die gute Nachricht lautet, dass es in Eurer Macht steht, die schlechte zu beheben.«

Schwarzwasser verdrehte die Augen. »Nun gut. Worum handelt es sich?«

»Fast alle unsere jungen Männer wurden in die Teergruben und Steinbrüche geschickt, und die Arbeit dort ist hart.«

Schwarzwasser zuckte die Achseln. »Sie bekommen zu essen, oder etwa nicht? Sag es mir, falls es anders ist, dann kümmere ich mich darum.«

»Das Essen ist es nicht, Hoheit. Aber zu essen hatten sie auch schon, bevor diese Stadt entstanden ist.«

»Nun haben sie Essen *und* eine prächtige Stadt.«

»Das, so fürchte ich, ist das Problem: Sie haben nicht das Gefühl, dass die Stadt auch die ihre ist.«

Hört, hört, dachte Schwarzwasser und blickte zu seinen Beratern hinüber.

Sie nickten, und der Katzenpriester sprach weiter. »Der Strom von Adligen aus Fretwitt, die hierherkommen, um in Eurer Stadt zu leben, reißt nicht ab. Mein Volk darf nur die Ringmauer bauen, um sie dann von außen zu bewundern.«

Schwarzwasser runzelte die Stirn. »Du bist ihr Priester.«

»Das bin ich.«

»Ihr braucht einen Ort für eure Zeremonien, nicht wahr?«

»Dafür haben wir unseren Dorfplatz.«

»Aber nein, ich spreche von einem angemessenen Bauwerk. Einem Tempel, wie er einem Gott gebührt. Wäre das nicht angemessen?«

»Das wäre es in der Tat.«

»Und du selbst wirst dort selbstverständlich ein Quartier bekommen, ein luxuriöses Quartier.«

Der Alte nickte. »Wenn wir in Eurer Stadt einen Tempel für unseren Gott Schnurrer hätten, würde ich... würden ich und mein Volk uns weit heimischer in Eurem neuen Reich fühlen.«

»So sei es«, verfügte Schwarzwasser. »Kümmere dich darum, Tyco. Bau ihnen einen Tempel. Bau ihn in der Nähe des Schreins des Morah.«

»So lautet der Wille des Königs!«, verkündete Lune und geleitete den Priester zu einer Bank, wo er auf den neuen Stadtingenator warten durfte.

»Der nächste Bittsteller soll seine Aufwartung machen«, sagte Schwarzwasser.

Ein Offizier namens Harston trat in den Rednerkreis. Er trug einen langen spitzen Schnauzbart. Ein penibler Feldwebel der Roten, dem Anschein nach.

»Hinter den Baracken der Blauen wurden Spielsäle eingerichtet«, erklärte Harston mit ernster Miene. »Allerlei Ruchlosigkeiten gehen dort vor.«

Schwarzwasser schnaubte verärgert. »Ich denke nicht, dass die anwesenden Lordschaften etwas davon hören wollen.«

Aber genau das wollten sie. Die hochwohlgeborene Zuhörerschaft spitzte die Ohren und kicherte amüsiert angesichts der Aussicht, von dem Feldwebel Genaueres über die Ausschweifungen zu erfahren.

Harston ignorierte Schwarzwassers Hinweis und sprach weiter. »Es wird gewürfelt, und die Männer schließen Wetten auf Kämpfe ab. Ich habe sogar einen meiner eigenen Soldaten dabei erwischt. Für einen Beutel voll Silberlinge kämpfte er gegen einen kräftigen Maat aus Saavedras Flotte...«

Während Harston noch weiter vor sich hin schimpfte, beugte Schwarzwasser sich an Kleins Ohr. »Finde heraus, wer den Kampf gewonnen hat.«

»…und es gibt Berichte, dass Frauen dort ungebührliches Betragen über sich ergehen lassen mussten.«

Schwarzwasser kannte die Geschichten bereits. Die Männer würfelten oder spielten Karten, und Bauernmägde, die es mit der Moral nicht so genau nahmen, trieben sich auf der Suche nach schnell verdientem Geld bei den Baracken der Blauen herum. Eigentlich hatten die Frauen eine eigene Taverne ganz in der Nähe ihres Quartiers. Männern war der Zutritt dort verboten, doch manchmal, so schien es, wurde den jungen Damen langweilig, und dann suchten sie die weniger ehrbaren Etablissements auf. Die Richter und Priester sahen es zwar nicht gern, aber Männer brauchten nun mal einen Ort, an dem sie ihre Laster ausleben konnten. Außerdem trieb Klein in aller Heimlichkeit eine kleine Steuer von den Besitzern der Spielsäle ein. Was dachte sich dieser dienstbeflissene Witzbold Harston nur dabei, die Nase in Dinge zu stecken, die seine Kompetenz bei Weitem überstiegen?

Schwarzwasser blickte hinüber zu der Bank, auf der neben einem Richter mit der traditionellen gelben Kopfbedeckung auch ein Priester des Morah saß. Beide schauten pikiert drein, und Schwarzwasser musste sich ein Lächeln verkneifen. Dass es mittlerweile auch Spielsäle gab – ob sie nun gegen Gesetz und Moral verstießen oder nicht –, war ein untrügerisches Zeichen, dass seine neue Stadt sich mit Leben füllte.

»Dergleichen kann ich selbstverständlich nicht offiziell dulden, und jetzt, da du mir davon berichtet hast, Feldwebel, ist es an der Zeit, etwas dagegen zu unternehmen. Verhafte ein paar der Frevler und lass sie auf dem Marktplatz mit faulem Obst bewerfen. Beim nächsten Mal jedoch bemühe dich um eine Privataudienz bei Graf Klein, anstatt hier in aller Öffentlichkeit solch schmutzige Wäsche zu waschen.«

»So lautet der Wille des Königs!«, rief Lune und schickte Harston fort.

»Tyco«, sagte Schwarzwasser. »Tritt vor und berichte den edlen Herrschaften, wie deine Arbeit vorangeht.«

Tyco war ein fetter Kerl, der statt Wams und Hose eine knielange gegürtete Tunika trug, die seinen beachtlichen Bauch aber auch nicht recht bändigen konnte. Schleppenden Schrittes trat er in den Rednerkreis und sprach beinahe genauso laut, wie er es tat, wenn er draußen an der Ringmauer die Steinmetze anbrüllte.

»Die Waffenkammer und den Übungsplatz habe ich bereits fertiggestellt. Der Kerker der Schuldigen steht. Er umfasst das Gefängnis und fünf eigens gesicherte Einzelzellen für die Schlimmsten unter den Missetätern. Zwei Torhäuser sind ebenfalls fertig, die Außenmauer ist mittlerweile doppelt so hoch, wie Fronk sie hinterließ, und das alles in der Hälfte der Zeit, die er gebraucht hätte. Das Haupttor wird in zwei Tagen fertig sein. Es sollte gebührend eingeweiht werden, mit Speis und Trank!«

»Das wird es, mein Guter, das wird es. Mein Neffe Bryss hat ein Händchen für solche Gelegenheiten. Feiern liegt ihm weit mehr als Herrschen. Er soll sich darum kümmern.«

»So lautet der Wille des Königs!«

Bryss ertrug die Schmähung wie ein gescholtenes Kind. *Er hat die Schelte mehr als verdient*, dachte Schwarzwasser. Seit es im Palast keinen Wein und keine leichten Mädchen mehr gab, gehörte sein Neffe offenbar ebenfalls zu jenen, die regelmäßig die Spielsäle aufsuchten.

Auch die Dame Zinnober war anwesend – wie bei jedem offiziellen Anlass –, und Schwarzwasser warf ihr heimlich Blicke zu. Sie war etwas mager, aber das tat ihrer Erscheinung keinen Abbruch. Im Gegenteil. Die vorstehenden Wangenknochen unterstrichen ihre scharfen Züge durchaus vorteilhaft. Sie war eine schöne Frau mit einem starken Willen, wie Kleins mehrmals vorgetragene Bitte nach eigenen Ländereien für die Dame eindrucksvoll bewies. *Zu stark für Klein. Ich werde ihr die Ländereien geben.* Wenn er sie mit Besitzungen ausstattete, wie sie einer Fürstin gebührten, würde sie eine umso angemessenere Königin abgeben, wenn Schwarzwasser sie dem überforderten Klein wieder wegnahm.

Die Vorstellung, all die neuen Möglichkeiten Skyes mit der ehrwürdigen Geschichte der Roten Stadt zu verbinden, war verlockend. Ronna, Garroth und Carte würden neben dem Ruhm der zwei Städte zu beiden Seiten des Meeres geradezu verblassen – und mit ihnen die Fürsten, die dort herrschten. Noch wichtiger jedoch war, dass Schwarzwassers Macht dann nicht mehr an das unweigerlich versinkende Asch gekettet war.

Und dann gibt es noch diesen Baum!

Schwarzwasser konnte es kaum erwarten, ihn zu sehen. Fronk war mittlerweile seit Monaten dort und hatte die unglaubliche Beschreibung bestätigt, die der Vogel des Klansmanns überbracht hatte. Der Ingenator schickte alle zehn Tage Nachricht und informierte seinen König über die erzielten Fortschritte. Die Stadt in den Bäumen war ein ehrgeiziges und langwieriges Unterfangen, aber Fronk war eindeutig der Richtige dafür. Er hatte genau das Genie, das es brauchte, um Schwarzwassers extravagante Vision in dem hoch aufragenden Geäst Wirklichkeit werden zu lassen. Als Nächstes würde er seine Lordschaften ausschicken, einen als Statthalter und die anderen, um das umliegende Land zu bevölkern. Zweitgeborene Söhne und unverheiratete Töchter aus der fretischen Adelsschicht, Nicht-Erben, die sich hier etwas Eigenes aufbauen konnten. Dazu ein atemberaubendes Schloss, das Fronk in Schwarzwassers Namen für sie errichtete. Die Lehen, die er ihnen geben würde, sollten als Entschädigung dafür genügen, dass er sie nach Norden schickte.

Die übrigen Bittsteller kamen mit weiteren Problemen, doch es waren keine darunter, von denen Schwarzwasser nicht schon gehört hatte oder die er nicht lösen konnte. Abrogan brauchte mehr Richter, die an des Königs statt Anhörungen für die Bürgerlichen abhielten, weil er selbst zu wenig Zeit dafür hatte. Doch die feisten fretischen Rechtsgelehrten waren nicht gerade begierig darauf, ihre Heimat zu verlassen, in der sie sich alles bequem eingerichtet hatten.

Saavedra brauchte mehr Schiffe, um all die Menschen heranzuschaffen, die Abrogan bevölkern sollten. Drei hatte er an das Lebende Riff verloren, nachdem die Kapitäne vom Kurs abgekommen waren und den Kanal verlassen hatten. Und die Siedler, die es schafften, füllten die offenen Abwasserkanäle Skyes mit einer Geschwindigkeit, die Schwarzwasser nicht für möglich gehalten hätte. *Wer hätte geahnt, wie viele Exkremente der Mensch produziert?* Wenn es warm war und der Wind vom Meer her blies, roch man den Stinker in der ganzen Stadt.

Den ganzen Tag lang hörte Schwarzwasser sich die Klagen an, aber mit nichts anderem war in einer neuen Stadt zu rechnen, und bei jedem Problem konnte Abhilfe geschaffen werden. Schiffe konnten gebaut werden, in der neu entstehenden Halle der Gelehrten würden die Einheimischen bald in fretischem Recht unterwiesen, und die heraufziehende Kälte würde den Gestank seiner Untertanen zumindest für den Winter aus der Stadt verbannen. Schwarzwasser wusste genau, was zu tun war und wem er die jeweilige Aufgabe übertragen konnte. Die schnellen Entscheidungen, die er in so vielen unterschiedlichen Belangen treffen musste – so profan sie auch sein mochten –, machten ihm sogar Spaß. Sie gaben ihm das Gefühl, wahrhaft König zu sein. *Endlich trägt die lange Zeit in Asch noch andere Früchte als ein gebrochenes Herz und Albträume!*

Er erhob sich von dem Lammfell, mit dem der provisorische Thron aus grünem Stein gepolstert war, und wandte sich in Richtung der dicken Eschenholztür dahinter. Die Tür war auf der Innenseite mit einem schweren Eisenriegel versehen für den Fall, dass Schwarzwasser sich während einer Audienz vor einem aufgebrachten Untertan in Sicherheit bringen musste.

»Komm, Klein, berichte mir von den wahren Problemen in meinem neuen Reich«, raunte er seinem Berater im Vorbeigehen zu.

Klein humpelte gehorsam hinterher, und die Dame Zinnober machte ebenfalls Anstalten, ihm zu folgen. Schwarzwasser blieb stehen. »Wenn Ihr uns bitte entschuldigen würdet, Dame Zinnober.«

Die junge Frau versuchte nicht einmal, ihre Verärgerung zu verbergen, doch bevor sie etwas sagen konnte, eilte Klein zu ihr und flüsterte ihr etwas ins Ohr. Die ganze Zeit, während Klein zu ihr sprach, fixierte sie über dessen Schulter hinweg ihren König. Sie sagte kein Wort, nickte nicht einmal, doch irgendwann schien Klein der Meinung, er dürfe sich nun entfernen, und kam zurück zu Schwarzwasser.

»Sie hat dich in ihren Bann geschlagen«, sagte der König wissend.

»Ganz und gar«, bestätigte Klein. »Ich kann nichts Schlechtes über sie sagen.«

»Das hatte ich dir auch nicht aufgetragen.«

»Nein, selbstverständlich nicht.« Klein hinkte zur Tür und öffnete sie für seinen König. »Die Plynther werden unruhig«, erklärte er, »aber das habt Ihr ja bereits von dem Priester gehört.«

»Habe ich.«

»Fronk hat all ihre gesunden jungen Männer abgezogen. Die Greise bestellen jetzt die Felder.«

»Sprießt das Korn noch?«

»Im Moment, ja.«

»Wo liegt dann das Problem?«

»Es gibt keines. Es ist nur ein gewisser Unmut. Graf Everli vom Einsamen Turm plant, heimlich und ohne Eure Erlaubnis nach Fretwitt zurückzukehren.«

»Ich brauche meine Lordschaften hier. Nur wenn sie hier sind, werden nach und nach auch ihre Untertanen und Soldaten kommen.«

»Und Graf Semars Ankunft verzögert sich.«

»Schon wieder.«

»Ja, schon wieder.«
»Wie mir scheint, ist er nicht besonders erpicht auf die Reise. Auf Semar kann ich verzichten, aber nicht auf Hyatt, seinen Rechtsgelehrten. Er muss meine Beamten ausbilden. Sag ihm, er kann in Fretwitt bleiben, solange er mir Magister Hyatt schickt.«
»Aber Hyatt ist sein Mentor, schon seit seiner frühesten Kindheit.«
»Dann soll Semar eben mitkommen. Die Entscheidung liegt bei ihm.«
»Und Graf Everli?«
»Lade seinen jüngsten Sohn und dessen Frau hierher ein. Er hat noch zwei andere Erben, die sich um seinen klammen Turm kümmern können. Ist ohnehin ein trostloser Ort. Gib ihnen etwas Land hier, wir haben genug. Etwas in der Nähe, in Plynth vielleicht. Sie haben keine eigenen Besitzungen im Nasswald. Es wird ihnen gar nichts anderes übrig bleiben, als mein großzügiges Angebot anzunehmen. Sag dem ruhelosen Grafen Everli, dass ich für eine sichere Überfahrt seiner Kinder garantiere und dass ich ihn hier im Palast brauche, um ihnen einen gebührenden Empfang zu bereiten. Er wird bleiben und noch mehr von den Seinen nachholen. Familienbande sind nicht zu unterschätzen, Klein.«

Nachdem auch das erledigt war, zog sich Schwarzwasser in sein Schlafgemach zurück und beobachtete vom Fenster aus den Sonnenuntergang. Die Monate, die vergangen waren, seit der Vogel von dem Riesenbaum berichtet hatte, waren äußerst produktiv gewesen. Der Baum hatte sich als wahrer Segen für seine Expansionsbestrebungen herausgestellt, und nun hatte er endlich auch im Norden Fuß gefasst. Der Baum gehörte ihm, und er hatte eine neue Garnison: Furtheim. Nur sein Voraustrupp blieb verschollen. Jede auch noch so kleine Bucht wurde überwacht, selbst Fischgrund und Dredhafen, und trotzdem gab es nicht den geringsten Hinweis auf den Verbleib von Damon und dem Klansmann. *Oder meinen Grünen.* Dass eine ganze Kompanie einfach so vom Erdboden verschwand, war ausgeschlossen, und Schwarzwasser fragte sich, was wohl aus ihnen geworden sein mochte.

41

Er schwamm, aber nicht im Wasser, sondern in Dunkelheit. Petrich versuchte sich zu bewegen. Seine Glieder gehorchten, aber nur langsam, als stecke er in einem Fass Zuckersirup. Gleichzeitig war der Raum um ihn herum eigenartig leer. Alles war einsam und friedlich. *Sicher.* Er hatte sich schon öfter unter dem Schleier der Dunkelheit versteckt, aber noch nie *in* ihr. Es war anders, als er es sich vorgestellt hatte. Nicht besser oder schlechter, einfach anders. Vielleicht war er ja auch tot, überlegte er, vielleicht hatte Verda sie doch noch erwischt, und er befand sich jetzt im »Danach«. Er glaubte es allerdings nicht. Genauso wenig glaubte er, dass die Klauen ihn und die Seinen hier erreichen konnten. Petrich konnte seine Gefährten zwar nicht sehen, aber damit hatte er gerechnet. Vollkommene Dunkelheit verlangte die Abwesenheit von Licht. *Ein bereitwillig dargebrachtes Opfer.* Eigenartigerweise gab es auch keine Geräusche. Petrich roch nichts und spürte nichts. Seine Gedanken flossen, ohne von Sinneseindrücken verfälscht zu werden, und die geistige Klarheit war überwältigend. Statt dass die Panik von vorhin seine Gedanken verwirrte, sah er vor seinem geistigen Auge überdeutlich, was soeben passiert war: Er hatte sie gerettet. Die Dida. Seinen Drottin. Zo. Jeden Einzelnen auf dem Floß. *Ich bin ein Held!* Petrich glaubte, jeden Moment in Tränen auszubrechen vor Glück, aber seine Gefühle waren ebenfalls wie betäubt. Sobald das Monster fort war und sie die Höhle wieder verlassen konnten, würden sie ihn nach all den Jahren der Verachtung endlich als vollwertiges Klansmitglied akzeptieren. Darüber, wie sie aus der Höhle und der Dunkelheit wieder herauskommen sollten, musste er allerdings erst noch nachdenken.

Grelles Tageslicht brach jäh in Petrichs Gedanken und ließ ihn vor Schmerz zusammenzucken. Als er die Augen wieder einen Spaltbreit öffnen konnte, sah er, wie sich Dano, die Füße fest zwischen die Bohlen gestemmt, an der Kette entlanghangelte und das Floß aus der Höhle zog. Ein letzter kräftiger Ruck, und sie waren wieder im Freien.

Petrich schnappte nach Luft. *Noch nicht!* Sein Blick schoss panisch nach oben. Erst vor wenigen Momenten hatte die Bestie sich von dort auf sie gestürzt, doch er konnte sie nirgendwo entdecken. Auch der See schien vollkommen ruhig. Verda war spurlos verschwunden, ebenso die Schiffe des Flussvolks. *Eigenartig.* Zumindest Trümmer hätten auf den Wellen treiben müssen. Das andere Ende der Kette, an der Dano sie nach draußen gezogen hatte, zeigte schräg nach unten zum Grund des Sees. Es war wohl noch an Adaras Doppelkanu befestigt, das mittlerweile gesunken war. Die Sonne hatte sich ein gutes Stück übers Firmament bewegt. *Es sind mehr als nur ein paar Momente vergangen.*

Petrich wandte sich den anderen zu. Er hatte erwartet, dass auch sie nach dem Ungeheuer Ausschau hielten, stattdessen starrten sie alle nur ihn an. Der Ausdruck auf ihren Gesichtern sagte ihm, dass er soeben etwas ganz Außerordentliches vollbracht hatte. Petrich breitete die Arme aus, um ihre Dankbarkeit und Huldigung entgegenzunehmen.

Doch sie starrten ihn nur an. Er sah genauer hin und merkte, dass etwas nicht stimmte. Seine Gefährten sahen weder glücklich noch erleichtert aus.

Kerr sprach als Erster. »Was hast du getan, Vetter?«

»Ich habe euch gerettet!«

»Er hat einen Fluch über uns gebracht«, flüsterte einer der überlebenden Soldaten, ein Freter aus Asch mit kohlschwarzem Haar.

»Ich habe den Tod gesehen«, murmelte einer von den Großen Muschelinseln.

Außer der Dida, Adara und Zo hatten sieben weitere Flussmenschen überlebt. Sie alle riefen wild durcheinander und deuteten mit weit aufgerissenen Augen auf Petrich.

»Die Dunkelheit ist mein Freund«, versuchte Petrich zu erklären, was soeben passiert war, aber die Worte schienen nur noch mehr Entsetzen bei den anderen hervorzurufen.

»Bestimmt ist sie das, du hast sie ja aus deinem Gemächt geholt«, höhnte Klayt.

»Ja, ich hab gesehen, wie er seine Hose fallen ließ und seinen Sack rausgeholt hat«, stimmte einer der Grünen zu.

»Es war ein Lederbeutel«, korrigierte Petrich.

Alle gingen rückwärts von ihm weg, aber das Floß war zu klein; es gab kein Entrinnen.

Petrich streckte eine Hand nach Zo aus, um sie zu trösten, aber sie zuckte zurück und überhäufte ihn mit harschen Worten, die nichts anderes als eine Beschimpfung sein konnten.

»Was hat sie gesagt, Flosse?«, fragte Petrich fassungslos.

Flosse wand sich.

»Sag's mir!«, beharrte Petrich.

Flosse gehorchte, ob aus Pflichtgefühl oder nackter Angst konnte Petrich nicht erkennen. »Sie s-s-sagt, wir wurden g-g-gerettet.«

»Genau!«

»... v-v-vor Euch.«

»*Von* mir. Du hast falsch übersetzt. Frag sie noch mal.«

Flosse redete zitternd auf Zo ein, die sich hinter Dano versteckte und immer wieder entsetzt zu Petrich hinüberschaute. »Sie s-s-sagt, D-D-Dano ist unser R-Retter.«

Petrich wurde schwindlig. »Nein! Ich habe gehört, wie sie meinen Namen gesagt hat. Sie hat von mir gesprochen. Was hat sie gesagt?«

Flosse zögerte und blickte hilfesuchend zu Ian hinüber, doch der Drottin schwieg wie alle anderen. »D-D-Das m-möchte ich nicht s-s-sagen.«

»Du erzählst mir jetzt genau, was sie gesagt hat!«, rief Petrich mit bebender Stimme.

Flosse holte tief Luft. »D-D-Der Starke hat uns vor dem v-v-verrückten Schwächling Petrich gerettet.«

Ian sah die großgewachsene Frau ihre tätowierten Arme um Danos Schultern schlingen, und er sah die Tränen in Petrichs Augen. Eine lief über die Wange, aber Petrich wischte sie schnell weg. Dann neigte er den Kopf und schlurfte an den Rand des Floßes. Alle, auch die Klansmänner, wichen vor ihm zurück und starrten Petrich mit derselben Furcht, demselben Unbehagen an, wie sie es ihr Leben lang getan hatten. Doch nun war auch noch tiefe Abscheu hinzugekommen.

Endlich fand Ian die Kraft zu sprechen. »Wir müssen hier weg. Das Ungeheuer könnte immer noch in der Nähe sein.«

Jeder hatte eine andere Meinung, wie viel Zeit vergangen war. Manche hatten das Gefühl, sie wären nur Momente von der Dunkelheit umhüllt gewesen, anderen war es wie Stunden vorgekommen. Die Sonne hatte bereits die Hälfte ihres Weges übers Firmament zurückgelegt, also müssten es mehr gewesen sein als nur ein paar Augenblicke. Aber mehrere Stunden? Dano hatte die Kette in der Hand gehalten, als sie in die Dunkelheit eintauchten, und sie daran auch wieder herausgezogen. Er war stark wie ein Bär, stärker sogar als Barsch, aber bei der Größe des Floßes musste es ihn einige Kraft – und Zeit – gekostet haben. Der Anteil der Kette, der sich außerhalb der Höhle befunden hatte, war verrostet, wie Ian bemerkte. *Eigenartig. Vorhin war sie noch blank gewesen.*

Schließlich zählten sie die Überlebenden durch. Die Aufgabe war nicht schwierig, denn es waren nur wenige: Petrich, Ian, Kerr und Dano sowie die drei, die schon auf dem Floß gewesen waren, Jenor, Garman und Schagan. Von anderen Klansmännern schienen es nur Barsch und Frehman geschafft zu haben. Vom Rest fehlte jede Spur. Sechsundzwanzig Vettern und Freunde – tot.

Die Stadtsoldaten hatte es noch schlimmer getroffen. Damon, das Narbengesicht Klayt, der Ascher, der etwas von einem Fluch gemurmelt hatte, und der Mann von den Großen Muschelinseln, mehr war nicht übrig von der einst so prächtigen Grünen Kompanie. Von den Flussmenschen hatten die Dida, Adara, Zo, die drei Ruderinnen der Barke und vier Männer vom Floß überlebt. Flosse zitterte immer noch von Kopf bis Fuß, während Schweinebacke und die blaue Raubtaube träge über den See blickten, als wäre nichts geschehen. Lediglich die rote Katze schien genauso durchgerüttelt von den Ereignissen wie Garman, was aber vielleicht nur daran lag, dass sie tropfnass war und Wasser nicht mochte.

Schweigend ruderten und stakten sie ans Ufer und hielten Ausschau nach irgendwelchen Hinweisen auf den Verbleib ihrer Gefährten, aber es gab keine. Keine Boote, keine Trümmer, nichts. Das schwere Floß schob sich langsam über den See, kaum eine Welle kräuselte die spiegelglatte Wasseroberfläche. Damon und seine Soldaten waren todernst, und Ian sah, wie seine Klansmänner mit der in ihnen aufsteigenden Trauer kämpften. Adara weinte offen. Er selbst war noch nicht bereit, sich mit dem grässlichen Schicksal abzufinden, das sie alle vermuteten. *Wenn mehrere Stunden vergangen sind, haben sie sich vielleicht in Sicherheit gebracht und halten sich irgendwo versteckt.* Doch er wusste, dass das nicht sein konnte. Vielleicht waren ein paar wenige entkommen. Die Frage lautete: Wer?

Als sie anlegten, sprang Ian sofort vom Floß und rannte zu dem Stück Wiese, wo Verda über Quist und Seraphina hergefallen war. Er suchte das hohe Gras ab, entdeckte aber nur ein paar nackte Schädel. Pferdeschädel.

»Ist das überhaupt die Stelle?«, fragte Dano, der von hinten herbeieilte.

»Genau hier wurde die Herde niedergemacht. Pferde sind in diesem Land so selten, dass die Schädel nur von ihnen stammen können.«

»Aber sie sind kahl.«

»Könnten irgendwelche Geschöpfe aus den Wäldern sie in diesen wenigen Stunden abgenagt haben?«, fragte Damon.

»Außer den Schädeln ist überhaupt nichts mehr da«, bemerkte Jenor.

Damon schüttelte den Kopf. »Und all das in so kurzer Zeit…«

»Dies ist ein seltsames Land mit seltsamen Geschöpfen«, murmelte der junge Ingenator.

»Sie könnte immer noch am Leben sein«, sagte Ian.

Schweigen senkte sich über die Gruppe. Seraphina war tot. Alle wussten es, aber keiner wagte es auszusprechen. Das Ungeheuer hatte ihren Hengst gepackt und die Reiterin dabei einfach zerquetscht.

»Sie ist nicht mehr am Leben«, sagte Petrich schließlich.

Ian verübelte seinem Vetter die ungeschminkten Worte nicht. Es lag sogar eine gewisse Gnade in ihnen, denn sie halfen ihm, das Unausweichliche zu akzeptieren – den Tod, den sein Vetter so gut kannte.

»Kann er jetzt auch noch mit den Toten sprechen?«, höhnte Klayt und deutete mit dem Daumen auf Petrich.

»Nein, aber er hat als Einziger von euch den Mut, die Wahrheit zu sagen«, blaffte Ian.

»Ho!«, rief eine feste und laute Stimme von einem der umliegenden Hügel. Sie gehörte einem Reiter, der direkt auf sie zuhielt.

Es hat doch einer überlebt, dachte Ian. Der Mann trug ein knielanges Kettenhemd, Beinschienen und einen Helm. Offensichtlich ein Soldat. Doch seine Rüstung war nicht grün, sondern blau.

Außerdem hatten seine Augen die unverkennbare Mandelform der Garrer. *Keiner von den Unseren.*

»Wer seid Ihr, und was bringt Euch nach Furtheim?«, fragte der Reiter. Er schien weder freundlich noch feindlich gesinnt, auch wenn er die Hand auf dem lederumwickelten Knauf des Kurzschwerts an seinem Gürtel ließ. Die Waffe sah sorgfältiger geschmiedet aus als die, die Ians Grüne bekommen hatten.

»Und wer bist du?«, fragte Ian barsch zurück.

»Pone von den Blauen«, antwortete der Reiter und beäugte Ians langes Haar.

»Pone?«

»So lautet mein Name«, erwiderte sein Gegenüber leicht gereizt. »Habt Ihr einen besseren?«

»Ian von den Grünen.«

Pone nickte. »Die Grüne sollte mehrere Wegstunden weit entfernt sein.«

»Wie du siehst, stehen wir direkt vor dir.«

»Seid Ihr Deserteure?«

»Nein. Fürst Bryss sandte uns nach Norden. Wir gerieten in einen Kampf.«

»Bryss?«

»Mittlerweile unterstehen wir dem König, aber... Genug davon. Warst du Zeuge des Unheils, das über uns kam? Hast du die Bestie gesehen oder Überlebende? Eine Frau vielleicht?«

»Ihr bestürmt mich mit Fragen, während mein Hauptmann Euch eigentlich verhören sollte.«

Dano stieß Ian in die Seite. »Wir sollten verschwinden. Ich traue dem Kerl nicht... und er uns offensichtlich auch nicht.«

Damon nickte stumm. »Wenn er wirklich zu den Blauen gehört, ist er bestimmt nicht allein hier. Wir sind zu wenige, um ihnen Widerstand zu leisten, falls sie uns zwingen, mit ihnen nach Skye zu kommen.«

Ian schnitt den beiden mit einer Handbewegung das Wort

ab. »Wir stehen alle in den Diensten des Königs. Wir haben die gleiche Aufgabe und den gleichen Rang wie der Hauptmann der Blauen. Wir werden mit ihm sprechen.« Er wandte sich wieder an Pone. »Wir mussten Schweres erdulden, Soldat. Wir sind nass, wir haben Hunger, und wir trauern. Ist euer Lager hier in der Nähe?«

»Unser Lager?«, wiederholte Pone höhnisch. »Wir haben eine Garnison!«

Pone führte sie den Hügel hinauf zu den Klippen, auf denen sie am Tag zuvor noch gestanden hatten.

Als sie oben ankamen, sahen sie eine hohe Holzpalisade und blieben wie angewurzelt stehen. Die Dida begann aufgeregt mit ihren Leuten zu flüstern, und Ians Männern fiel die Kinnlade herunter.

»Das ist unmöglich!«, rief Dano.

Die Baumstämme der Palisade waren lang und oben angespitzt. Auf der Innenseite der hölzernen Mauer befand sich ein Wehrgang, groß genug für zehn oder mehr Soldaten, die von dort den gesamten See überblicken konnten.

So was kann man nicht an einem einzigen Tag errichten. Ian starrte noch kurz auf das Fort und wandte sich dann in Richtung des Sees: Am anderen Ufer erhoben sich Gebäude, die gestern ebenfalls noch nicht da gewesen waren. Ein ganzes Dorf, wie es schien. Hatte der Soldat nicht etwas von »Furtheim« gesagt? Das musste es sein. Und es waren keine eilig errichteten Hütten. Ian glaubte sogar eine Mühle zu sehen und eine Ratshalle. Auch diese Siedlung konnte kaum in wenigen Stunden entstanden sein.

Pone bedeutete ihnen, durch das offene Tor zu treten, und die Grünen nahmen verwirrt, aber dankbar an. Sie waren froh, wieder normale Gebäude mit schützenden Mauern und einem wärmenden Feuer um sich zu haben. Hinter dem Tor standen drei Männer, und Pone eilte ihnen entgegen. Einer davon war offensichtlich sein Hauptmann.

»Ich habe einen Trupp der vermissten Grünen gefunden«, erklärte Pone stolz.

»Das sehe ich«, erwiderte der Hauptmann. »Haben unsere Gäste auch Namen?«

»Ian von den Grünen«, antwortete Pone.

»Nur Ian?«

Pone zögerte. »Mehr hat er nicht gesagt.«

»Und du hast nicht nachgefragt?«

Pone trat mürrisch zur Seite, als sein Hauptmann sich an ihm vorbeischob und entschlossenen Schrittes auf Ian zuging.

»Raspard«, stellte der Offizier sich vor. »Und Ihr seid Ian ohne Nachnamen, wie ich höre.«

»Ian Krystal von den Grünen«, erklärte Ian, froh, mit jemandem zu sprechen, der offensichtlich etwas wacher im Kopf war.

»Sagtet Ihr Ian Krystal? Der Grüne Klansmann?«

»Genau der.«

»Tatsächlich?« Raspard betrachtete Ians langes Haar und nickte schließlich, während die anderen Soldaten am Tor tuschelten und gafften. Einen von ihnen schickte der Hauptmann mit ein paar leisen Worten fort, den anderen befahl er, sich um Ians Männer zu kümmern. Sie wurden gebeten, es sich auf den mit Fell gepolsterten Bänken bequem zu machen, während die Garnisonssoldaten Wasser für sie holten.

Klansmänner wie Stadtsoldaten hatten sich immer noch nicht von den Ereignissen des Vormittags erholt und waren mehr als nur ein wenig verwirrt wegen all der Gebäude, die auf wundersame Weise aus dem Boden geschossen waren, während sie sich in der Dunkelheit verkrochen hatten.

»Das Ungeheuer werden diese Pfähle nicht aufhalten können«, brummte Dano düster, und Jenor nickte.

»Was reden Eure Männer da von einem Ungeheuer?«, fragte Raspard an Ian gewandt.

»Wir hatten eine unliebsame Begegnung mit einem großen Tier«, antwortete Ian. »Das größte, das ich je gesehen habe.«
»Größer als ein Bär?«
»Größer als zehn Bären. Und es kann fliegen.«
Raspards Blick sagte Ian, dass er ebenso gut hätte behaupten können, sie seien dem plynthischen Katzengott Schnurrer begegnet. Dennoch nickte der Hauptmann verständnisvoll. »Und das ist erst wenige Stunden her?«
»Möglicherweise.« Ian war verunsichert. Er traute seinem eigenen Zeitgefühl nicht mehr. »Ihr habt nichts gesehen?«
»Nichts. Und ich bin seit über hundert Tagen hier.«
Ian lief ein eiskalter Schauer über den Rücken. »Wie lange gibt es diesen Vorposten schon?«
Raspard wandte sich an seinen Wachsoldaten. »Was meinst du, Pone? Du bist schon länger hier an diesem öden See stationiert als ich.«
»Sie haben das Fort noch vor Furtheim errichtet.«
»Also ein Jahr etwa?«, hakte Raspard nach.
»Ja. Mehr oder weniger.«
Ein Jahr! Ians Kopf begann sich zu drehen.
Alle hatten es gehört. Die Reaktionen der Männer waren überdeutlich, sie reichten von Verwirrung bis zu nackter Panik. Nur Petrich stand mit versteinertem Gesicht da, aber Ian konnte sehen, wie er fieberhaft nachdachte. *Ich bin ihr Anführer*, sagte er sich. *Ich muss eine Antwort auf ihre Fragen finden, und zwar schnell.* Die Flussmenschen hatten zwar ihre Dida, aber Ian hatte sie in diese Lage gebracht und fühlte sich für sie ebenso verantwortlich.
»Pone«, fragte er schließlich, »warst du schon hier, als dieses Fort gebaut wurde?«
»Den ganzen Winter über. Wir mussten mit Hacken das Eis auf dem See aufbrechen, wenn wir Wasser brauchten.«
Ian zog sich mit Damon zu einem Gespräch unter vier Augen zurück. »Habt Ihr das gehört?«

»Habe ich. Aber du hast *mir* nicht zugehört. Wir müssen hier weg, dringender denn je. Die Dinge stehen nicht gerade gut für uns, wie es aussieht. Etwas ist im Gange. Etwas Übernatürliches *und* etwas vonseiten dieser Blauen.«

Als Ian kurz über die Schulter blickte, sah er Petrich direkt hinter sich stehen, und wäre beinahe vor aller Augen zusammengezuckt. Es war unheimlich, wie lautlos sein Vetter sich bewegen konnte. Ian war immer noch aufgewühlt von der Tragödie – selbst Petrich wirkte mitgenommen –, aber er wusste auch, dass sein Vetter nichts Böses im Schilde geführt hatte. »Weißt du, was hier vorgeht?«, fragte er schließlich.

»Nein«, antwortete Petrich und wandte sich an Damon. »Aber das Fort und die Stadt sehen exakt so aus, wie Ihr sie gezeichnet habt.«

Er hat recht. Ian hatte die Karte mit eigenen Augen gesehen: Damon hatte einen befestigten Vorposten oben auf dem Felsen und eine Siedlung unterhalb am Seeufer gezeichnet, und während sie in dieser Dunkelheit gefangen gewesen waren, war all das Wirklichkeit geworden.

»Ich werde Suppe für Euch bringen lassen«, rief Raspard zu ihnen herüber. »Und Brot.«

Ian winkte ab. »Wir kommen zurecht. Wir haben ein Floß voller Vorräte, die es zu sichern gilt. Und die Nacht über werden wir irgendwo in Furtheim unterkommen.«

»Wollt Ihr nicht noch etwas länger bleiben? Euch ein bisschen erholen und mir den Rest Eurer Geschichte erzählen?«

Raspards Tonfall kam Ian eigenartig gezwungen vor. Er sprach zu einfühlsam, zu freundlich für einen Hauptmann aus Schwarzwassers Heer. *Der Rest meiner lächerlichen Geschichte interessiert ihn einen Dreck. Er glaubt mir ohnehin kein Wort.* Der Grund, warum Raspard sie hierbehalten wollte, war ein anderer, aber den verschwieg er.

»Diese Flussbewohner unterstehen nicht meinem Befehl. Ich muss sie zuerst fragen«, erklärte Ian.

»Wie Ihr wünscht.«

Ian nahm die Dida beiseite. »Wir machen uns Sorgen über die wahren Absichten unserer Gastgeber. Möglich, dass wir besser schnell verschwinden. Was denkt Ihr?«

Die Dida war eine starke Frau. Die Falten in ihrem Gesicht sprachen von langer Lebenserfahrung und großer Ernsthaftigkeit, und sie schwieg eine Weile, bevor sie antwortete.

»Ihr macht euch Sorgen?«, sagte sie schließlich. »Wir waren nur wenige Momente in der Höhle, und als wir wieder herauskamen, waren diese blauen Männer da, die den ganzen See für sich beanspruchen, den die Götter uns allen zum Geschenk machten. Sie hüllen sich in Panzer wie diebische Krabben, sie tragen Waffen und bringen uns in ihr hölzernes Gefängnis. Bis auf meine Tochter und eine Handvoll anderer ist meine Sippe wie vom Erdboden verschwunden. All das habe ich schon einmal erlebt. Männer mit Rüstungen und Waffen sind leicht zu durchschauen. Wenn sie uns zu ihrem Vorteil benutzen können, werden sie es tun. Wenn nicht, werden sie uns töten oder vertreiben. Nichts anderes haben sie im Sinn. Was glaubst du also, was ich denke?«

»Ich habe verstanden.« Ian nickte wie ein geprügelter Hund und wandte sich wieder an den Hauptmann. »Raspard, ich werde Euer Angebot nicht vergessen und danke Euch hiermit für Wasser und Gastfreundschaft, doch wir müssen weiter. Die Grüne Kompanie hat Befehl, nach Skye zurückzukehren, und diesem Befehl müssen wir nun unverzüglich Folge leisten.«

»Dann nehmt am besten die Erste Straße. Sie verläuft ein Stück westlich von Furtheim. Wir werden Euch bis dorthin eskortieren.«

Die Erste Straße, so weit im Norden? Wie kann das sein? »Wir haben unsere Marschroute bereits festgelegt, vielen Dank. Die Menschen vom Fluss werden uns führen.«

Als Ian das Zeichen zum Aufbruch gab, unternahm Raspard nichts, um sie aufzuhalten. Ian war überrascht. *Vielleicht war unsere Besorgnis unbegründet.*

Sie gingen durchs Tor und standen einer Wand aus Soldaten in blauer Rüstung gegenüber: zwanzig oder noch mehr Bewaffnete, neben ihnen der junge Soldat, den Raspard zuvor weggeschickt hatte. Er keuchte noch, so schnell war er gerannt, um die Verstärkung zu holen.

»Ich habe den abtrünnigen Klansmann gefangen genommen!«, ertönte Raspards Stimme von hinten. »Und den Verräter Fürst Damon.«

42

Gehorsamsverweigerung gegenüber dem König war eine schwere Anschuldigung. Jeder Adlige aus den Fluren zuckte zusammen, wenn er dergleichen hörte. Im Falle eines Schuldspruchs würde Damon hingerichtet werden. Ian konnte von Glück reden, dass er lediglich »einen Befehl ignoriert« hatte, wie Raspard es nannte, was zwar zweifellos ebenfalls ein Vergehen war, aber zumindest kein Verbrechen gegen die Krone.

Die Wagen fuhren auf der Ersten Straße, die sich mittlerweile zwanzig Wegstunden weiter nach Norden erstreckte, als Ian gedacht hatte. Sie waren Gefangene. Zwar nicht gefesselt, aber auch nicht frei, fuhren sie auf drei Wagen verteilt: die Frauen im ersten, die vier Männer vom Flussvolk im nächsten, und in dem größten folgte Ian mit seinen Soldaten. Er saß auf einer Holzpritsche und spürte jedes Schlagloch.

»Hätten sie nur ein weicheres Holz für die Achsen genommen, wäre die Fahrt viel angenehmer«, fluchte Jenor.

Sie wurden nach Norden gebracht, zu einer weiteren Stadt, von deren Existenz Ian noch nichts gewusst hatte und die sogar noch größer war als Furtheim. Die Soldaten der Blauen sprachen ständig von ihr, wenn sie die Wagen wieder einmal fluchend aus einem der vielen Schlammlöcher ziehen mussten.

»Wir haben bessere Arbeit geleistet«, murmelte Jenor. »Vielleicht lassen sie uns ab jetzt ja wieder Straßen bauen.«

Ian nickte. »Vielleicht.«

Der naive Ingenator ahnte nicht, in welcher Gefahr sie alle

schwebten. Adlige entschieden nicht nach Vernunft, und es waren Adlige, die über sie richten würden. *Adlige und ihr König.*

Adara war nicht mehr bei den Frauen. Sie hatte sich über die Klippen in den Tod gestürzt, als die Blauen sie gefangen nehmen wollten. So hatte es zumindest ausgesehen, aber Ian hatte beobachtet, wie die Dida ihrer Tochter etwas zugeflüstert hatte. Unter den amüsierten Blicken der Blauen hatten die beiden daraufhin angefangen, laut zu streiten, bis Adara plötzlich losrannte und über die Felskante sprang. Blaue und Grüne hatten das Wasser abgesucht, aber Adara war nicht mehr an die Oberfläche gekommen. Die Dida hatte ein Klagelied angestimmt und sich die Haare gerauft, aber Petrich hatte sich nicht täuschen lassen.

»Sie ist zu den Höhlen getaucht«, hatte er Ian zugeflüstert. »Dort ist es dunkel und sicher.«

Das klang vernünftig. Kerr und die anderen hatten den Sprung ebenfalls überlebt, und sie konnten nicht annähernd so gut schwimmen wie die Tochter der Dida, die auf dem Wasser aufgewachsen war. Aber das wussten die Blauen nicht.

»Ich glaube, sie wird das Gebirge überqueren und sich ihrem Vater, dem Dido, anschließen«, raunte Petrich.

»Allein?«

»Sie sind ein Wandervolk. Sie tun ihr Leben lang nichts anderes.«

Er ist klug, mein Vetter, dachte Ian nicht zum ersten Mal. *Seltsam und eigen, aber klug.*

Raspard ritt dem Tross voran, die Brust gebläht wie ein balzender Truthahn. Anscheinend rechnete er mit einer großzügigen Belohnung für seinen Fang. Schwarzwasser hatte offensichtlich verzweifelt nach Fürst Damon suchen lassen. Ian hatte keine Ahnung gehabt, wie verzweifelt, und auch sein eigenes Schicksal war nun ungewiss.

Sie würden vor den Fürsten gebracht werden, der als Statthalter des Königs in dieser neuen Siedlung regierte, zu der sie unterwegs waren. Und dort sollte Damon vor Gericht gestellt werden. Soldaten mit blauen Schärpen, Mänteln und Kettenhemden marschierten neben ihnen her. »Eine bewaffnete Eskorte«, hatte Raspard es genannt, aber die Soldaten waren eindeutig Bewacher und keine Eskorte. Die meisten von ihnen stammten aus Garroth, aber es waren auch fünf Ronner unter ihnen, wie ihre hellblauen Augen verrieten. Garrer und Ronner hassten einander. Die gegenseitige Verachtung reichte zurück bis weit vor die Tage, als Fretwitt unter einem gemeinsamen König vereint wurde, und die Ronner marschierten ein gutes Stück abseits von den anderen. Insgesamt bestand die Eskorte aus dreißig Mann, und das, obwohl sie das Hauptkontingent am See zurückgelassen hatten. Der Großteil der Blauen war allerdings an ihrem Zielort stationiert, wie Ian aus den Gesprächen der Soldaten heraushörte. Schwarzwassers Heer in Abrogan wuchs schnell. »Und jeden Tag kommen Neue an«, hatte Bryss einmal zu Ian gesagt. Die Frage lautete: Wie viele Tage waren seitdem vergangen?

»Es ist jetzt über dreihundert Tage her, dass Ihr den letzten Vogel sandtet«, sagte Morgan de Terbia von seinem Holzthron herab. »Nennt Ihr das Pflichterfüllung gegenüber Eurem König?«
»Wir gerieten bei Furtheim in einen Hinterhalt«, erklärte Damon. »Wir marschierten direkt von den Verstreuten Hügeln dorthin.«
»Schwarzwasser befahl Euch, unverzüglich nach Skye zurückzukehren. Ihr erwartet doch wohl nicht von mir, dass ich ihm sage, Ihr hättet dreihundert Tage in einer Höhle an einem See ausgeharrt?«
Morgan sah vornehmer aus, als Ian ihn in Erinnerung hatte. Er war groß und schlank, hatte ein nobles, scharf geschnittenes Gesicht. Wie Wasser floss der azurblaue Mantel von seinen Schultern herab und umhüllte den hölzernen Thron. Hier, abseits des kriecherischen Haufens Adliger, die Bryss in Skye um sich ver-

sammelt hatte, sah Morgan wahrhaft so aus, als gehöre er auf diesen Thron. Er war durch und durch ein Adliger. *Im Gegensatz zu mir.* Der Mann hatte eine königliche Ausstrahlung, er war älter als Ian, selbstbewusst und gepflegt. Nicht ein Haar stand unordentlich vom Kopf ab oder hing gar bis zur Hüfte hinab. Er wählte seine Worte sorgsam und wie ein Rechtsgelehrter. Wahrscheinlich hatte er zu Hause in Terbia sogar einen festen Sitz im Gericht. Hier im Saal hatte er eine beachtliche Zahl fretischer Adliger samt Gattinnen um sich versammelt, die Schwarzwasser offensichtlich nach Norden geschickt hatte, um seine neue Stadt zu bevölkern.

Auch Bürgerliche waren hier, und das ebenfalls in weit größerer Zahl, als Ian für möglich gehalten hätte. Auf den ausgedehnten Freiflächen draußen hatte es nur so von Arbeitern gewimmelt. Maurer hatten an Flaschenzügen befestigte Körbe von der Größe eines Langschiffs mit frisch geschnittenen Steinen beladen. Der Lärm von bestimmt hundert Zimmermannshämmern hatte durch die Luft geschallt, Ausrufer hatten Befehle gebrüllt, zwölf Köche hatten aus riesigen Kesseln dünne Suppe an die beständig zwischen Baustelle und Baracken hin und her strömenden Arbeiter verteilt. Es waren Fischer von der Küste unter ihnen gewesen, sogar Katzenanbeter aus Plynth. Zwangsverpflichtete, wie Ian wusste. Schwarzwasser sandte seine Ingenatoren in Begleitung von Soldaten in die Dörfer, um neue Arbeitskräfte auszuheben.

Als Ian und die Seinen schließlich ratternd an ihnen vorbeigefahren waren, hatten nicht wenige mitten in der Arbeit innegehalten und die Überreste der einst so prächtigen Grünen begafft, und Ian hatte verblüfft zurückgegafft. Denn das Bauwerk, das sich vor ihm erhoben hatte, war beinahe genauso groß gewesen wie der Berg Skye. Nur dass dieser Berg hier lebendig war.

Sie hatten eine Stadt in dem Riesenbaum errichtet.

Die Arbeiten fanden sowohl im als auch um den Baum statt. Um die gigantischen Wurzeln, die aus dem Boden ragten, war eine Ringmauer errichtet worden. Am Stamm waren Dutzende Leitern befestigt, zwischen den Ästen spannten sich lange Hängebrücken. Auf etwa der Hälfte der Höhe entdeckte Ian ganz in der Nähe der Stelle, wo sie Verdas Nest gefunden hatten, in einer Astgabel eingekeilt die Barke der Dida. Ein Boot auf einem Baum war ein seltsamer Anblick. *Wenn auch bei Weitem nicht der seltsamste, der mir in diesem Land begegnet ist.* Die Rumpfplanken waren vom kalten Winter aufgesprungen, und Sonne und Regen hatten das Holz zusätzlich verwittert, seit Ian die Barke das letzte Mal gesehen hatte. Über dreihundert Tage war das laut Fürst Morgan de Terbia jetzt her, und in dieser Zeit hatte König Schwarzwasser als nördlichen Vorposten seines neuen Reichs eine Stadt im größten Baum errichten lassen, den die Welt je gesehen hatte.

Sie hatten also fast ein ganzes Jahr in Petrichs Dunkelheit verbracht. Es gab keinen Zweifel mehr. Während sie wenige Momente in diesem finsteren Wahnsinn schwebten, waren draußen die Jahreszeiten gekommen und gegangen. Die Welt hatte sich gleichsam ohne sie weitergedreht. *Wie bist du an diese finstere Macht gekommen, Vetter?* Der Gedanke daran jagte Ian einen eiskalten Schauer über den Rücken. Dennoch war ihm klar – war ihnen allen klar –, dass der schwarze Schleier sie vor den Klauen des Ungeheuers gerettet hatte. Andernfalls hätten Ians Gefolgsleute Petrich wahrscheinlich längst getötet. Doch wie die Dinge standen, gingen sie ihm einfach aus dem Weg, wie sie es immer getan hatten. Dano würdigte ihn keines einzigen Blickes mehr. Sie verachteten ihn wie eh und je, hielten ihn aber wenigstens nicht für einen Dämon, also musste Ian auch nicht einschreiten, um Petrichs Leben zu schützen. Gleichzeitig hatte er das Gefühl, dass die Dunkelheit etwas in ihm berührt hatte. Sie war in ihn eingedrungen und hatte... etwas in ihm *verändert*. Aber was das war, konnte er nicht sagen.

Der Große Saal war aus dem Herzen des Baums geschnitten. Dort stand Damon nun allein vor Morgans Thron, in seinem

Rücken die adlige Zuhörerschaft, und strahlte die gleiche blaublütige Erhabenheit aus wie de Terbia.

»Wir gerieten in einen Hinterhalt«, antwortete er ruhig. »Die Grünen haben sich dem Willen des Königs nicht widersetzt.«

»Ihr seid nicht der Kommandant«, rief Morgan ihm ins Gedächtnis.

»Selbstverständlich nicht. Der Klansmann führte das Kommando, ganz wie Bryss es verfügte.«

»Ach ja. Ihr sprecht von Bryss' Narretei. Dann wollt Ihr also sagen, dass der große Fürst Damon von Carte sich den Befehlen eines Klansmanns gefügt hat?« Morgan verzog keine Miene, als er das sagte, aber die in Samt und Seide gekleideten Zuhörer kicherten.

»Ich ritt mit seiner Kompanie, unterstand aber nicht seinem Befehl. Und seine Gesellschaft stellte sich als weit angenehmer heraus als die so mancher Fürsten, die zu kennen ich die Ehre habe...«

»Ich zweifle nicht daran, dass Ihr Euch dem Befehl des Königs nicht offen widersetzt habt. Das wäre Verrat. Dennoch ist es meine Pflicht, ihm Euer vorübergehendes Verschwinden zu erklären. Helft mir dabei. Hat der Klansmann Euch nahegelegt, aus Skye zu fliehen?«

Damons Augen verengten sich. Er durchschaute die Falle. »Ich bin nicht geflohen. Ich habe ihn lediglich gebeten, mich mitzunehmen. Ich bin ein wissbegieriger Mann und Kartograf.«

Er sagt die Unwahrheit. Damon hatte ihn *nicht* gebeten, mitkommen zu dürfen. Ian wollte schon dazwischenrufen, aber er war nicht sicher, was Damon vorhatte, also zügelte er seine Zunge.

»Es war meine eigene Idee«, log Damon weiter. »Als Fürst habe ich von Rechts wegen einen Besitzanspruch auf alles, was ich in einem neuen Land entdecke, die Zustimmung und Anerkennung des Königs vorausgesetzt, selbstverständlich. Oder anders ausgedrückt: Sobald ich etwas kartografiere, gehört es mir.«

»Ihr seid mit einem Klansmann ausgezogen, um neue Ländereien in Besitz zu nehmen?«

»Der Klansmann ahnte nichts davon, wie Ihr Euch vorstellen könnt. Ganz egal, was er sagt, er kannte meine wahren Absichten nicht.«

»Ihr wart beinahe ein Jahr lang mit ihm unterwegs und habt ihn die ganze Zeit über zum Narren gehalten?«, fragte Morgan nach, ohne Ian anzusehen.

»Es ist nicht besonders schwer, einen einfachen Hügelbewohner hinters Licht zu führen«, erwiderte Damon, und diesmal hatte *er* die Lacher auf seiner Seite.

Ian schäumte. Er hatte seine Männer nicht geopfert, damit Damon seine Besitzungen vergrößern konnte. Wütend trat er vor, hinaus in den Sprecherkreis, wo Morgan über Damon zu Gericht saß.

Petrich eilte hinter ihm her, fasste ihn am Haar und flüsterte: »Nimm ihm nicht übel, was er sagt. Hier geht es um Dinge, die größer sind als du. Diese beiden sind Riesen, die sich mit Wörtern duellieren.«

»Aber der adlige Kartograf lügt!«, zischte Ian seinem Vetter zu.

»Er tut es nur dir zuliebe!«, fauchte Petrich zurück. »Du kannst von Glück reden, dass sie dich gar nicht zur Kenntnis nehmen. Damon versucht, seinen Kopf aus der Schlinge zu ziehen und dich gleichzeitig aus der Sache herauszuhalten. Sei nicht der tumbe Klansmann, als den er dich zu deinem eigenen Schutz hinstellt.«

»Ihr habt vor, hier Ländereien zu beanspruchen?«, fragte Morgan mit einem Seitenblick in die Zuhörerschaft. Die Verhandlung hatte eine unerwartete Wendung genommen, die ganz und gar nicht nach seinem Geschmack war.

Damon neigte den Kopf, als überlege er. »Nicht die Verstreuten Hügel. Sie sind zu nichts zu gebrauchen. Furtheim ist bereits besiedelt, und ich habe nicht vor, die Ansprüche des jungen Hynde dort anzufechten.« Er blickte in den Saal. »Aber dass König Schwarzwasser diese ungewöhnliche Stadt Euch zugesprochen hat, scheint mir zumindest... interessant.«

»Diese *unglaubliche* Stadt«, korrigierte ihn Morgan. »Sie ist absolut einzigartig. Oder seid Ihr anderer Meinung?«

»Ganz und gar nicht. Vielleicht sollte ich tatsächlich mein Besitzrecht auf diesen Baum geltend machen.«

Morgan blinzelte. »Und dieses Besitzrecht gründet sich auf...?«

»Ich hieß den Klansmann einen Vogel nach Skye senden, als ich den Baum entdeckte. Außerdem ließ ich das Ereignis im Klansbuch dokumentieren.«

Im Saal erhob sich Gemurmel. Morgans Miene ließ keine Gefühlsregung erkennen, aber er beugte sich etwas zu ruckartig nach vorn. Was Damon soeben gesagt hatte, war also keine leere Drohung.

»Ihr wart nicht hier, um Euer Recht geltend zu machen, als Fronk mit dem Bau der Stadt begann«, sagte Morgan, doch selbst Ian wusste, dass dieses Argument kaum triftig war.

Damon hatte nun die Oberhand und sprach weiter. »Aber jetzt bin ich hier, und wie ich sehe, ist ein Vertreter der königlichen Richterkammer anwesend, der über die Angelegenheit entscheiden kann.« Er deutete auf einen Mann mit einem lächerlich hohen gelben Hut. »Soll ich Euch bitten, Fürst Morgan de Terbia, den Platz freizumachen, der eigentlich mir zusteht?«

Morgans Stimme zitterte nicht direkt, aber er klang, als spreche er durch zusammengebissene Zähne. »Noch konntet Ihr Eure lange Abwesenheit nicht hinreichend erklären. Der König befahl Euch vor einem Jahr zurück nach Skye. *Vor einem Jahr.* Damit habt Ihr seinen Willen zumindest ignoriert; wahrscheinlicher jedoch habt Ihr Euch ihm absichtlich widersetzt oder gar offen rebelliert.«

»Ich entschuldige mich vor der Krone für meine Abwesenheit.

Doch kehre ich zurück mit vielen Berichten und Entdeckungen, sowohl gewöhnlichen als auch äußerst interessanten. Ich habe im Namen des Königs neue Lande erforscht, habe einen verborgenen See und einen überaus fruchtbaren Hain entdeckt. Außerdem ist, soweit ich weiß, der Krone durch meine Abwesenheit kein Schaden entstanden.«

»Oh, und ob Euer Verschwinden Schaden angerichtet hat. Eure Untertanen in Fretwitt witterten eine Verschwörung. Als der König keine Auskunft über Euren Verbleib geben konnte, vermuteten sie ein schändliches Verbrechen, und selbst Euer müßiger Bruder stellte Fragen. Monatelang hielt er die Tore von Carte verschlossen und stellte die Getreidelieferungen an Asch ein. Das brachte fürwahr großes Ungemach über alle, vor allem da König Schwarzwasser nicht im Land war.«

Ian sah, wie Damon grinste. Nur ganz kurz, aber doch deutlich erkennbar. *Er ist stolz auf seinen Bruder.*

»Ich werde einen Vogel schicken«, erklärte Damon. »Noch zu dieser Stunde kann er aufbrechen und meinem Volk die Kunde von meinem Wohlergehen überbringen. Und Eure Garantie für meine Sicherheit. Euer Wort, gegeben vor diesen Lordschaften und einem königlichen Richter als Zeugen, wird die Getreidelieferungen wieder zum Fließen bringen.«

Als nun Morgan de Terbia zufrieden lächelte, war Ian klar, dass der terbische Fürst noch einen Trumpf in der Hinterhand hatte, von dem Damon nichts ahnte.

Morgan lehnte sich zurück. »Aber nein, die Getreidespeicher von Carte sind längst wieder geöffnet«, sagte er. »Seit dem Tag dieser unsäglichen Tragödie.«

»Tragödie?«

»Haben Euch während Eurer Flucht denn gar keine Nachrichten erreicht?«

»Ich war nicht auf der Flucht. Wie gerieten in einen Hinterhalt.«

»Dann bedaure ich, dass Ihr die Nachricht nun von mir erfahren müsst. Es geht um Eure Tochter. Sie ist gestürzt. Von Hochfels.«

Ian schnappte nach Luft. Im Gegensatz zu einem Sprung von den Felsklippen bei Furtheim konnte man einen Sturz von Hochfels nicht überleben. Der Schwarzsee war dort gerade einmal knietief.

»Mittchen!«, keuchte Damon.

Morgan bedachte ihn mit einem traurigen Blick. »Der Schmerz um den Verlust seiner Nichte machte Euren Bruder weniger ... aufsässig.«

Selbst Ian begriff die Bedeutung der Worte: Damons Tochter war ermordet worden, und zwar als Warnung. Damons Bruder hatte entsprechend reagiert und jeden Widerstand umgehend eingestellt. In Artung gab es ein geflügeltes Wort dafür, wenn ein Heer der Schlacht aus dem Weg ging: Sie brachen ihre Zelte ab.

Damon strauchelte unter dem Gewicht der schrecklichen Nachricht, und Ian sah seinen stolzen Freund welken wie eine Blume in einem Herbststurm.

»Wohlan«, sprach Morgan weiter. »Ihr habt die Wahl. Dem König ist sehr daran gelegen, die Spannungen in Fretwitt beizulegen, und dafür braucht es besänftigende Worte von Euch an Euer Volk. Alles, was Ihr tun müsst, um Eure Treue unter Beweis zu stellen, ist zuzugeben, dass Ihr den Befehl Eures Königs *ignoriert* habt. Im Gegenzug werde ich beim König ein gutes Wort für Euch einlegen und ihn wissen lassen, dass Ihr ab jetzt kooperiert. Eine einfache Wahl, sollte man meinen.«

Damon sagte nichts. Stattdessen spuckte er auf den Boden.

Das, dachte Ian, *war eine schlechte Wahl.*

Es wurde so still in dem kuppelförmigen Saal, dass alle hörten, wie Damons Speichel auf den Boden klatschte. Einen Moment lang hing das Geräusch in der Luft, dann verhallte es genauso wie alle Hoffnung, die Ian noch für den Fürsten gehegt hatte.

Ignorieren, widersetzen, missachten, lauteten die drei Schweregrade von Gehorsamsverweigerung. Fürst Morgan hatte Damon die mildeste davon angeboten, doch damit war es jetzt vorbei. Er wandte sich an den Mann mit dem lächerlichen Hut. »Ihr habt es gesehen, Richter?«

»Jeder hat es gesehen, mein Fürst.«

»Euer Urteil?«

»Ich muss die Beweise abwägen und...«

Morgan sprach nicht lauter, sondern nur langsamer und betonte gezielt jede einzelne Silbe. »Eure... Entscheidung.«

Der Richter rückte seinen Hut zurecht und blickte mit einem Hüsteln in die Runde. »Nun, angesichts der einjährigen Abwesenheit des Fürsten Damon und angesichts seiner Weigerung, seine Treue unter Beweis zu stellen, sowie angesichts der vulgären Geste, mit der er Euch, hochwohlgeborener Fürst Morgan de Terbia, den Stellvertreter des Königs, bedachte, glaube ich, auch so zu einer Entscheidung gelangen zu können.«

»Dann trefft sie. Jetzt. Um der Gerechtigkeit und um der Geduld der noblen Zeugenschaft willen!«, blaffte Morgan.

»Missachtung«, sagte der Richter und verurteilte Damon mit einem einzigen Wort zum Tod.

Die anwesenden Lordschaften schnappten kurz nach Luft und plapperten dann drauflos wie ein Theaterpublikum zwischen zwei Akten einer unterhaltsamen Vorführung. *Für sie ist das alles nur ein Spiel*, dachte Ian angewidert.

Damon stand unterdessen teilnahmslos da und sagte nichts mehr. Nicht ein Wort zu seiner Verteidigung. Sein Leben schien ihm nichts mehr wert zu sein.

»Halt!«, rief Ian unvermittelt. »Ich möchte für Fürst Damon sprechen.«

»Nein!«, keuchte Dano.

Petrich flüsterte aufgeregt in Ians Richtung, aber sein Drottin war bereits auf dem Weg zur Mitte des Rednerkreises, und plötzlich waren alle Blicke auf ihn gerichtet statt auf den Angeklagten.

Morgan sah Ian an wie eine Katze, die in der Mittagssonne träge eine Fliege beobachtet. »Klansmann, du hast kein Recht, vor diesem Tribunal zu sprechen.«

»Ich habe alle fraglichen Vorgänge mit eigenen Augen bezeugt und wünsche, um das Leben des Fürsten von Carte zu verhandeln«, beharrte Ian unbeeindruckt.

Morgan schüttelte den Kopf. »Ich verstehe deine Verwirrung. Ein trunkener Jüngling hat dich in den Rang eines Kommandanten erhoben. Er gab dir Soldaten des Königs, als wären sie Spielzeuge. Du hast sie gegen einen unorganisierten Banditenhaufen ins Feld geführt und einen kleinen Sieg errungen. Dafür willst du nun Ruhm und Anerkennung. Ich bin ein gerechter und großzügiger Mann, und als solcher sage ich, du sollst sie haben.« Er wandte sich an die versammelten Zuhörer, und sein Publikum ließ ihn nicht im Stich: Alle applaudierten und riefen in mehreren Sprachen ihre Zustimmung, bis Morgan sie mit einer Handbewegung zum Schweigen brachte. »Doch kann ein einfacher Mann aus den Hügeln vor diesem hochehrwürdigen Gericht nicht um das Leben eines Angeklagten feilschen. Ich verfüge hiermit, dass du und die Deinen von nun an wieder Straßen bauen werden. Die Erste Straße wird nach Norden erweitert, und ihr seid gute Arbeiter. Groß und stark. Erzählt den Menschen von eurem Feldzug und euren Abenteuern mit den Grünen, erzählt ihnen von Räubern und Kannibalen. Es ist eine gute Geschichte, gebt sie weiter und lasst sie wachsen, aber behauptet vor dieser noblen Zusammenkunft *nicht*, der Fürst wäre kein Verräter ...«

»Fürst Damon ist kein Verräter«, sagte Ian.

Erst jetzt merkte er, dass Morgan ihn soeben davor gewarnt hatte, sich einzumischen. Zu spät. Der Richter hatte das Urteil an Schwarzwassers statt gefällt, und Ian hatte es angezweifelt.

Die Menge keuchte erschrocken auf – erschrocken deshalb,

weil nun auch ein einfacher Klansmann sich dem Willen des Königs widersetzte. Ian wartete vergeblich auf Unterstützung aus seinen Reihen. Petrich schüttelte nur den Kopf, und Dano hatte das Gesicht in den riesigen Händen vergraben. Die Dida schlug ihre Fäuste gegeneinander und starrte hinauf zur Kuppeldecke, als bete sie um göttlichen Beistand. Selbst seine engsten Vertrauten waren entsetzt.

»Wir begegneten einem Ungeheuer«, sagte Ian leise.

»Einem Ungeheuer?« Morgan zog die Augenbrauen nach oben.

»Soweit ich weiß, nistet es in diesem Baum. Wir haben sein Nest gestört, und es ist uns nach Furtheim gefolgt, wo es uns schließlich auflauerte.«

»Ein ganzes Jahr lang?«, erwiderte Morgan trocken.

»Dafür gibt es eine Erklärung.« Ian wandte sich an Petrich, der jedoch schnell hinter Barsch verschwand.

Morgan hob den Kopf und ließ den Blick über die versammelten Grafen und Herzöge schweifen. »Hat irgendjemand von Euch ein Ungeheuer gesehen?«

Alle schüttelten feixend den Kopf.

»Meine Freunde vom Flussvolk sagen, dass es den Winter jenseits der Berge verbringt«, erklärte Ian.

Unter den Zuhörern ertönte nun Gelächter. Nur Morgan lachte nicht.

Trotzdem sprach Ian weiter. Doch je länger er redete, desto finsterer wurde die Stimmung im Saal, und schon bald verlangte Morgan zu wissen, warum die Dida Fürst Damon gegen den ausdrücklichen Befehl des Königs nach Fischgrund hatte bringen wollen. Die Dida versuchte sich zu verteidigen, brachte aber kaum etwas Verständliches heraus. Flosses stotternde Übersetzung half auch nicht viel, und als Ian schließlich in die Bresche springen wollte, hob Morgan wütend die Hand.

»Ruhe!«, rief er und wandte sich, des Spektakels offensichtlich überdrüssig, an den anwesenden Richter. »Wir alle haben nun weit mehr zu dieser simplen Angelegenheit gehört, als ich je beabsichtigte. Das Urteil über Fürst Damon steht fest, doch sehe ich mich gezwungen, nun auch eines über den Klansmann und die Anführerin des Flussvolks einzufordern.«

Ians Herz wurde kalt wie Stein, Dano und Kerr stöhnten, und Petrich stand zwischen ihnen allen, eine zitternde Hand in den Schritt seiner Kniehose gesteckt.

Der Richter zuckte kurz zusammen, doch diesmal zögerte er nicht, das Urteil zu sprechen: »Befehlsmissachtung, beide, mein Fürst.«

»So sei es«, sagte Morgan. »Fürst Damon, Klansmann Krystal und Anführerin Dida, bei Anbruch des nächsten Tages werdet ihr für eure Vergehen zur Rechenschaft gezogen. Mit eurem Leben.«

43

»Es ist nicht mein Wille, sie alle zu töten! Was, in Morahs Namen, treibt Graf Morgan da oben im Norden?«, rief Schwarzwasser und lief wütend auf und ab.

»Vielleicht fühlt er sich bedroht?«, riet Klein.

»Von einem Klansmann? Falls dem so ist, sollten wir ihn durch jemanden ersetzen, der sich weniger schnell in die Hose macht.«

»Ich glaube, es ist Fürst Damon, den er für die Bedrohung hält.«

»Ich weiß, ich weiß. Und ich weiß auch, dass ich im Scherz davon gesprochen habe, wie praktisch es doch wäre, wenn der verdammte Kartenfürst auf der Überfahrt hierher über Bord ginge. Aber jetzt, da er wieder aufgetaucht und am Leben ist, stellt mich sein gewaltsamer Tod vor ein ernst zu nehmendes Problem. Wir hatten seinen aufsässigen Bruder gerade erst besänftigt. Morgan handelt in seinem eigenen Interesse, nicht in meinem.«

»Das tut er in der Tat. Die Terbier mögen die Menschen aus den Fluren nicht, und Morgans Geschlecht kann von Damons Tod nur profitieren.«

»Sag dem Kommandanten der Blauen, er soll dieses Gerichtsverfahren sofort beenden. Lass Damon und den Klansmann hierherschicken, zu mir.«

»Was ist mit der Flussfrau?«

»Mit ihr kann er tun, was immer ihm gefällt.«

»So sei es, aber ich fürchte, es könnte bereits zu spät sein, wenn unser Botenvogel eintrifft«, sagte Klein.

44

Petrich wachte früh auf an dem Tag, an dem sein Drottin sterben würde. Er war froh, dass es noch dunkel war. Seine Kammer war eine in den Baum geschnittene Höhle mit einer Tür am Eingang. Er hatte es nicht überprüft, wusste aber auch so, dass sie verriegelt war. Morgan bemühte sich, nach außen hin so zu tun, als wären sie seine Gäste, doch in Wahrheit waren sie genauso Gefangene wie die drei verurteilten Anführer. Das Holz des Baumes war außergewöhnlich weich. Mehr als einen Metalllöffel braucht es nicht, um es auszuhöhlen. Entsprechend viele Kammern waren bereits hineingeschnitten und dienten seinen Begleitern nun als Schlafplätze. *Und Zo ist eine von ihnen.*

Die Stadt, falls man sie als solche bezeichnen konnte, war unglaublich. Fronk, der geniale Baumeister, hatte an den Enden von zwei mächtigen Ästen, die jeder so dick waren wie eine ausgewachsene Riesenkiefer, zwei große Windmühlen errichten lassen. Ihre langsam rotierenden Flügel trieben die Mühlen auf den benachbarten Ästen an, wo Getreide und Kies gemahlen wurden. Eine findige Konstruktion saugte über ein Rohr Wasser an und pumpte es in eine Zisterne in der Mitte des Baumes, die allein so groß war wie ein Haus. Dort, wo der Stamm sich in seine Hauptäste aufgabelte, ragten die Gerüste noch unfertiger Gebäude empor. Die provisorischen Unterkünfte der Arbeiter befanden sich im oberen Blätterdach, und überall baumelten Seile in der Brise wie zerrissene Spinnennetze.

Petrich stand auf und streckte sich. Er war enttäuscht, dass er wieder nicht als Held erwacht war. Er träumte fast jede Nacht davon, aber nur davon zu träumen war nicht genug. Im grellen Tageslicht konnte niemand den Helden in ihm sehen. Er hatte sie alle gerettet, aber nur einmal, und das genügte nicht. Es war töricht von ihm gewesen zu glauben, er könnte sie mit einer einzigen Tat alle für sich gewinnen, nachdem sie ein Leben lang nichts anderes für ihn übriggehabt hatten als Hohn und Spott. Ein Held wurde nicht an einem einzigen Tag geboren, sondern er vollbrachte Tag für Tag Heldenhaftes. Genauso wie wahre Meisterschaft in einem Handwerk nicht einfach über Nacht zu erringen war. Künstler, Köche, Ingenatoren, sie alle verdienten sich ihren Ruf durch harte Arbeit, und das über Jahre hinweg. *Ich muss nur dranbleiben.* Und in der Zwischenzeit wartete genug Schreibarbeit auf Petrich.

Also setzte er sich, um festzuhalten, was zwischen Ian und dem mitleidlosen Fürsten Morgan de Terbia vorgefallen war. Ians Einspruch hatte nicht gefruchtet. Im Gegenteil. Ians Plädoyer war teilweise ungeschickt gewesen. Nüchtern betrachtet hatte sein Drottin damit selbst das Todesurteil über sich verhängt. Und über die Dida. *Aber er wollte nur das Gute.* Vielleicht konnte Petrich die Ereignisse so niederschreiben, dass Ians Verhalten zumindest nicht ganz so ungeschickt aussah. Petrich brauchte kein Licht zum Schreiben, er konnte es auch im Dunkeln, also tastete er nach dem Federkiel und dem Beutel voll Blut. Das Klansbuch wog schwer in seinen Händen, als er es aufklappte und die Stelle seines letzten Eintrags suchte. Er fand sie blind, und blind begann er zu schreiben:

»An jenem verzweifelten Tag stand Drottin Krystal tapfer für seine Freunde und den edlen Fürsten Damon ein«, begann er. *Das klingt schon besser*, dachte er und hoffte, dass jemand eines Tages etwas Ähnliches auch über ihn schreiben würde.

Drei Soldaten der Blauen eskortieren Ian aus seiner verriegelten Schlafhöhle. Den kräftigen Kieferknochen und buschigen Augenbrauen nach stammten sie von den Felsspitzen. Alle drei waren kleiner als er, wie Ian mit einiger Befriedigung feststellte; trotzdem war an Flucht nicht zu denken. Sie hatten ihm Obry abgenommen. Als sie es taten, hatte Ian den überwältigenden Drang verspürt, das Schwert zu ergreifen und den Soldaten die Hände abzuhacken, aber sich durch einen ganzen Baum voller Soldaten zu kämpfen war aussichtslos. Außerdem hatte Morgan Ians Brüder und die anderen Klansmänner als Geiseln. Selbst wenn Ians Flucht gelingen sollte – das Leben der anderen wäre verwirkt. Die Hängebrücken schwankten unter jedem seiner Schritte, doch Ian konnte nicht sagen, ob das unangenehme Gefühl in seinem Bauch von der Höhe kam und vom Schaukeln der Planken oder von der Tatsache, dass er auf dem Weg in seinen sicheren Tod war.

»Euer Fürst ist ein strenger Mann«, sagte Ian zu den Soldaten.

»Aber gerecht«, erwiderte der größte der drei, und Ian fiel die Pflichtbeflissenheit in seiner Stimme auf. *Es ist die Treue gegenüber seinem Herrn, die aus ihm spricht, und nicht sein Herz.*

»Dieser Terbier ist nicht mein Fürst«, erklärte der kleinste. »Ich diene König Schwarzwasser.«

»Und Fürst Morgan ist sein Stellvertreter«, wies der andere ihn zurecht.

»Wie ich zu meinem Leidwesen feststellen musste«, sagte Ian. »Mein Leben ist verwirkt. Doch ihr leistet den Terbiern gute Dienste, wie mir scheint.«

»Pah!«, schnaubte der kleine. »Wie ich schon gesagt habe: Ich habe mit den Terbiern nichts zu schaffen. Der König hat diesen Morgan nur eingesetzt, damit jemand hier seinen Willen vollstreckt.«

»Das Kontingent der Blauen hier im Norden ist ein wild zusammengewürfelter Haufen aus allen möglichen Ländern«, mischte sich nun auch der dritte ein.

»Aber er behandelt euch doch gerecht, oder?«, fragte Ian. »Er zieht die Seinen nicht etwa vor?«

Das Lachen, das daraufhin erschallte, sagte Ian alles, was er wissen musste, aber der kleinste der drei konnte einfach nicht an sich halten: »Wenn du mit gerecht meinst, dass wir in den Bergen auf Patrouille gehen, während seine Männer die Frauenquartiere bewachen, dann ist Morgan der gerechteste Fürst, dem zu dienen ich je die zweifelhafte Ehre hatte.«

»Die *un*zweifelhafte Ehre«, korrigiert der große.

»Such dir aus, was du willst«, brummte der andere.

Der dritte blickte sich kurz um, dann flüsterte er: »In diesen Rauchhöhen hausen unheimliche Geschöpfe. Manchmal verschwinden Männer dort einfach.«

»Und Frauen«, murmelte der große und stimmte zum ersten Mal in die Klagen der anderen ein.

»Ich bin nur ein einfacher Klansmann, der von den Ausläufern der Rostberge kommt, so wie ihr«, erklärte Ian. »Und als solcher würde ich mir nie anmaßen zu behaupten, euer Dienstherr wäre in seinem Urteil nicht gerecht. Doch gestern hat er einen Drottin aus den Hügeln östlich eurer Heimat und einen Fürsten aus den Fluren nur ein Stück westlich von euch zum Tode verurteilt. Zwei Konkurrenten in der Heimat weniger, und ihr liegt genau dazwischen. Wer weiß, wer als Nächstes dran ist?«

»Es war der Richter, der das Urteil gesprochen hat, nicht Morgan«, entgegnete der Großgewachsene etwas verunsichert.

Ian schüttelte traurig den Kopf. »Selbst ein einfacher Klansmann aus den Rostigen Bergen wie ich kann sehen, dass das nicht stimmt.«

Sie brachten Ian nach unten und gingen dann weiter in den Vorhof, der sich zwischen den fünf Mann hoch aus dem Boden ragenden Wurzeln erstreckte. Von dort marschierten sie durch das große Tor, das an Eisenbolzen befestigt in den Baumstamm eingelassen war. Die Bolzen allein waren so lang wie Ians Arme und damit so groß, dass sie bestimmt in Skye hergestellt und dann über die Erste Straße hierher transportiert worden waren.

Das Tor selbst, das den Zugang zur Baumstadt sicherte, bestand aus hartem Stechfichten- und Riesenkiefernholz. Die Eskorte führte Ian weiter durch einen schmalen Gang, und die ganze Zeit über unterhielt sich der kleinste der drei mit ihm über das Fischen in den Rostigen Bergen, als würden sie einen Spaziergang machen und nicht einen Gefangenen zum Scharfrichter führen. Hauptsächlich ging es darum, ob die Goldpulken nun östlich oder westlich des Hauptkamms größer waren.

»In den Felsspitzen werden sie so groß wie mein Unterarm«, prahlte der Soldat.

»Mag sein«, erwiderte Ian mit einem Grinsen, »aber dasselbe kann ich von denen sagen, die wir auf unserer Seite der Rostigen Berge fangen, und meine Arme sind länger als deine.«

Bei etwa der Hälfte des schmalen Durchgangs hing ein großer Eschenblock direkt unter der Decke – laut dem Kleinen eine von Fronks Erfindungen, mit der sich bei Bedarf der Durchgang verschließen ließ. Man musste nur an einem Seil ziehen, dann fiel der Quader den Eindringlingen vor die Füße oder auf den Kopf. Trotz der offensichtlichen Genialität der Konstruktion und obwohl Ian kein Eindringling war, beschleunigte er seinen Schritt, als sie direkt darunter waren.

Schließlich mündete der Gang in den Großen Saal. Für die Hinrichtungen war eigens eine Arena errichtet worden, komplett mit Absperrung und Bänken für die Zuschauer, auf denen die gleichen Adligen Platz genommen hatten wie am Tag zuvor, nur dass diesmal auch Fronk und ein paar andere hochgestellte Persönlichkeiten dabei waren. Der Richter trug wieder seinen gelben Hut und saß auf dem Stuhl der Gerichtsbarkeit gleich neben Morgan de Terbias Thron.

In einem zweiten abgegrenzten Bereich, der aussah wie ein Schweinepferch, warteten Ians Klansmänner und das Flussvolk. Nur Damon hatte als Adliger ein Anrecht auf einen eigenen Stuhl. Dort saß er allein, aber von zwei Wachen flankiert. Ian war überrascht, Klayt unter den Zuschauern zu sehen, aber dann begriff er, dass Klayt weder zum Klan noch zu Damons Geschlecht gehörte. Das Narbengesicht war Damon nur verpflichtet, solange er Kommandant der Grünen war, und genau das hatte Damon erst am Tag zuvor ausdrücklich verneint.

Kerr und Dano kamen Ian am Eingang zu ihrem Pferch entgegen.

»Willkommen beim Rest der Herde, Schweinchen«, sagte Kerr und klopfte Ian auf die Schulter.

»Das ist nicht der Moment für Scherze«, knurrte Dano. »Dieser wildgewordene Terbier will unseren Bruder töten.« Danos Stimmung war so finster, wie sie nur sein konnte, und Ian wusste, dass er besser nichts erwiderte. Er tat es trotzdem.

»Ein kleiner Scherz könnte mich jetzt durchaus aufheitern.« Danos Augen verengten sich. »Ach ja? Ich kann nichts Lustiges an unserer Lage erkennen. Du schuldest Damon nichts, überhaupt nichts. Du hast ihm aus der Patsche geholfen, als sein Hals bereits in der Schlinge steckte. Du verhandelst, wenn du kämpfen solltest, und reißt selbst dann noch den Mund auf, wenn diese Adelsbrut ihren Schuldigen schon gefunden hat. Ich hätte dir gestern meinen Stiefel in den Mund stopfen sollen, statt dich sprechen zu lassen!«

Ian betrachtete die um ihn Versammelten. Es war das letzte Mal, dass er sie alle sehen würde. Garman und Schagan standen mit vor Trauer versteinerten Gesichtern da, und Flosses Augen waren feucht. Jenor war zu abgelenkt von der Architektur um ihn herum, aber Ian verzieh ihm seine jugendliche Neugier. So waren junge Männer nun mal. Schweinebacke saß ganz ruhig neben Kerr. Der Tiermeister der Blauen hatte den riesigen Hund nicht bändigen können und ihn daraufhin wieder zurückgegeben. Barschs Gesicht war undurchdringlich, aber der Bär von einem Klansmann war noch nie berühmt für seine Sentimentalität gewesen. Petrich stach wie immer hervor als der, der nicht hineinpasste, und trotzdem war er wahrscheinlich der Loyalste von allen. *Gute Männer*, dachte Ian. Jeder Einzelne von ihnen. Er wollte nicht sterben, aber wenn es schon sein musste, dann mit ihnen an seiner Seite.

Morgan rief Damon auf, aber der Kartenfürst bewegte sich erst, als eine der beiden Wachen ihn unmissverständlich dazu aufforderte. Teilnahmslos und mit leerem Blick stand er schließlich in der Mitte der Arena. Es folgte eine lange Erklärung, in der der Richter darlegte, warum und weshalb de Terbia zu Recht Anklage erhoben hatte, gefolgt von einer Erklärung seitens de Terbias, warum der Richter das Urteil sprechen durfte, und schließlich einem Vortrag über die Unantastbarkeit des königlichen Ratschlusses. Nichts davon interessierte Damon auch nur im Geringsten. Das Urteil war gesprochen, die Strafe verhängt, und das Ritual, das ohnehin nur dazu da war, den Weg zur Vollstreckung zu ebnen, änderte nichts daran. Auch nicht für Ian, der als Mann der Hügelkuppen mit den höfischen Gepflogenheiten herzlich wenig anfangen konnte.

»Auf Euch wartet der Tod, Fürst Damon de Carte«, verkündete Morgan. »Doch jeder, der vor einem terbischen Gericht verurteilt wird, hat das Recht, um sein Leben zu kämpfen.« Er wandte sich der Menge zu. »Mein Recke steht bereit, um Euch dieses Recht zu gewähren!«

Ian war entsetzt über den Jubel, der plötzlich ausbrach. Alle Ernsthaftigkeit war wie weggeblasen und wurde verdrängt von Jahrmarktsgeschrei und Gejohle. Wie ein Zeremonienmeister deutete Morgan mit großer Geste auf die Eingangstür des Großen Saals.

»Er darf kämpfen?«, fragte Ian an Petrich gewandt.

»Das sieht nur so aus«, entgegnete sein Vetter, und seine leise Stimme war trotz des Aufruhrs deutlich zu hören. »Die Terbier veranstalten öffentliche Kämpfe nicht, um einem Verurteilten die Möglichkeit zu geben, sich am Ende doch noch zu befreien. Für sie sind diese Kämpfe reine Belustigung. Eine inszenierte Schau.«

Trotzdem ist eine Chance zu einem Kampf auch eine Chance zu überleben. Ian war jung und stark. Mit Obry in der Hand standen die Aussichten nicht schlecht, dass er seine Heimat doch noch wiedersehen und eines Tages selbst Kinder haben würde. Er tastete nach seinem Gürtel, aber natürlich war die Schwertscheide leer.

Alle Zuschauer beugten sich nach vorn, um zu sehen, wer Morgans Kämpfer war. »Bestimmt kommt Render de Terbia gleich durch diese Tür!«, rief ein frischgebackener Baron aus dem Süden Abrogans aufgeregt.

»Dieser Damon ist selbst ein Adliger«, entgegnete ein Mann in einem kurzen, aber dafür mit umso mehr Taschen besetzten Rock – wahrscheinlich ein Geldwechsler oder ein Heiler. »Jemand aus seinem Gefolge wird für ihn kämpfen.«

»Nein. Er ist der einzige Carter hier, und niemand dürfte begierig darauf sein, an Damons Stelle gegen diesen Render anzutreten.«

Ian dachte an den blassen Riesen mit dem gefiederten Helm. Render war genauso groß wie Barsch und zu nichts anderem als zur Schlacht ausgebildet. Außerdem war er zwanzig Jahre jünger als der Kartenfürst, stärker und schneller. Damon hatte nicht den Hauch einer Chance. Doch als Morgans Kämpfer schließlich die Arena betrat, sah Ian, dass es *nicht* Render de Terbia war.

Die graue Rüstung zeigte an, dass er zu den Reihen des Königs gehörte; seine Bewegungen waren flink und grazil, jeder Schritt gemessen und überlegt. Das schlanke Rapier hatte er bereits halb gezogen, und sein vernarbtes Gesicht kam Ian seltsam bekannt vor.

»Der Spieler«, keuchte Petrich.

Es war tatsächlich der Bühnenkämpfer aus Skye mit den Blumenkohlohren. Ein gefährlicher Mann, wie Ian sich erinnerte.

Damon blickte seinen Herausforderer nicht einmal an. Kettenhemd und Schwert lagen auch für ihn bereit, aber er machte keine Anstalten, sie anzulegen. Stattdessen fixierte er Morgan und wartete auf den Tod. *Wie ein gebrochener Mann,* dachte Ian. Ein Mann und Vater, der seine Kinder liebte. Ein Mann, der den Tod nicht verdient hatte. Ein Mann, der sich auf Ians Drängen hin dem König entzogen hatte, und jetzt war seine Tochter tot und er selbst schon auf halbem Weg zu ihr. *Es ist meine Schuld, und sterben muss ich heute so oder so.*

»Ich werde für ihn kämpfen!«, rief Ian über den allgemeinen Trubel hinweg.

Einen Moment lang herrschte verblüfftes Schweigen, dann brachen alle in erneuten Jubel und sogar Applaus aus. Die Begeisterung hallte von den Wänden wider wie ein Hohnlachen.

Morgan de Terbia sorgte mit einer gebieterischen Geste für Ruhe. »Wie mir scheint, steht jemand in diesem Raum in einem bisher geheimen Dienstverhältnis. Richter, nehmt ihm den Eid ab.«

Der Richter erhob sich auf wackligen Beinen und rückte seinen gelben Hut zurecht. »Wirst du, Klansmann, die Last des Grafen Damon de Carte tragen, an seiner statt kämpfen und für ihn die Freiheit gewinnen oder mit ihm sterben, ganz wie das Schicksal entscheidet?«

»Das werde ich«, erklärte Ian.

Dano packte ihn an der Schulter, und Ian glaubte schon, sein Bruder würde ihn niederschlagen, doch er schob sich nur an ihm vorbei und trat hinaus in die Arena.

»Nein«, sagte Dano mit durchdringender Stimme. »*Ich* werde es tun.«

Sofort wurde es wieder laut im Saal.

»Das kannst du nicht!«, brüllte Ian über den Lärm der Menge hinweg.

»Ich kann, und ich muss. Ich bin deine Starke Hand, Drottin. Es ist meine Ehre und Pflicht, für dich zu kämpfen.«

Ian begann zu stottern wie Flosse. »A-A-Aber ich will nicht, dass du meinen Platz in dieser Arena einnimmst.«

»Als unser Vater dich zum Drottin machte, wolltest du *meinen* Platz auch nicht einnehmen und hast es trotzdem getan. Was ich jetzt tue, ist mindestens genauso gerecht. Außerdem bin ich stärker als du. Ich werde diesen Kampf gewinnen.« Mit diesen Worten trat er vor Morgan und sagte: »Gebt mir das Schwert meines Vaters.« Morgan ließ Obry bringen, und Dano nahm das Familienschwert mit beiden Händen entgegen. Die mächtige Klinge war lang und schwer, nur für wenige Kämpfer geeignet, aber geradezu ideal für einen starken Klansmann aus den Hügeln. Ian sah, wie Danos Gesichtsausdruck sich veränderte, sobald er Obry in der Hand hielt. Das finstere Stirnrunzeln wich einem fast schon perversen Grinsen, und Dano führte sofort zwei mächtige Hiebe aus, als wollte er die Luft selbst zerteilen. Als Nächstes reichte man ihm ein robustes, ungefärbtes Kettenhemd, in das Dano gerade so hineinpassen würde. Das Kettenhemd war ein unverzichtbarer Schutz gegen Schnittwunden am Oberkörper – und Dano lehnte es ab.

»Nein! Nimm es!«, schrie Ian vom Pferch aus, und die anderen Klansmänner fielen mit ein.

Selbst Damon fand für einen Moment die Sprache wieder. »Das Kettenhemd. Du musst das Kettenhemd anlegen.«

Doch Dano ließ sich nicht beirren. Er schritt in die Mitte der Arena und bedeutete seinem Gegner, das Gleiche zu tun. »Komm schon, Spieler, dann zeige ich dir, was ein echter Kampf ist! Das hier ist etwas anderes als die Holzbühnen, die du kennst.«

Aber der Boden ist aus Holz, und diese Arena ist nichts anderes als eine Bühne, dachte Ian. Es war eigenartig, seinen Bruder solche Reden schwingen zu hören. Dano überwältigte seine Gegner normalerweise mit schierer Kraft – und ohne davor auch nur ein einziges Wort zu verlieren.

Ian beobachtete, wie einer der Zuschauer einen Beutel mit Goldstaub auf eine Waage legte, und währenddessen begann der Rest des Publikums, Danos Gegner anzufeuern.

»Frett-chen! Frett-chen! Frett-chen!«, schrien sie.

»Klans-mann! Klans-mann!«, hielten andere dagegen, aber niemand rief »Dano«. Sie wussten nicht einmal, wer er war. »Klansmann« schien ihnen vollkommen zu genügen.

Dano sprang mit einem mächtigen Schlag vorwärts, und der Mann, den sie Frettchen nannten, wehrte ab – aber nicht ganz. Obry hämmerte Frettchens zierliche Klinge gegen dessen Brust, und der Spieler wurde gegen die hölzerne Begrenzung der Arena geschleudert.

Der Aufschrei der Menge war ohrenbetäubend.

»Der Riese aus den Hügeln wird ihn zermalmen!«, rief ein fetter Kerl, und Ian betete, dass er recht behalten würde.

»Das wird sich noch zeigen«, sagte der Mann mit dem Goldstaub. »Seht...«

Frettchen war immer noch beeinträchtigt durch die wilde Attacke und hatte Mühe, wieder auf die Beine zu kommen. Als Dano jedoch zum Todesstoß ausholte, sprang Frettchen zur Seite und zog sein Rapier über Danos ungeschützte Brust. Der Stoff platzte auf, und ein roter Strich erschien, so gerade, als wäre er mit einem Pinsel gezogen. Danos Angriff hingegen ging fehl. Obry grub sich an der Stelle, wo Frettchen noch einen Wimpernschlag zuvor gestanden hatte, ins Holz und blieb stecken.

Ian rang um Atem und musste hilflos zusehen, wie Dano vergeblich versuchte, das Langschwert wieder freizubekommen.

Anstatt den Vorteil zu nutzen, stolperte Frettchen zu Morgans Thron, fuhr sich mit der Hand über die Stirn und schüttelte theatralisch den Kopf ob seines Beinahe-Todes.

Das Publikum geriet nun vollends in Ekstase und jubelte ihm lauthals zu.

Unterdessen versuchte Dano unter größten Schmerzen, Obry aus dem Holz zu ziehen. Das Rapier seines Gegners hatte Brust- und Oberarmmuskeln teilweise durchtrennt. Dano wechselte die Hand und zog erneut. Splitter flogen auf, er bekam Obry endlich frei und reckte es triumphierend in die Luft. *Er ist zu verwegen, zu leichtsinnig.* Dano wirbelte herum, sah Frettchen vor dem Fürsten stehen und marschierte direkt auf ihn zu.

»Er muss nur einen einzigen Treffer landen«, hörte Ian Schagan sagen, und für einen Moment fasste Ian wieder Mut.

»Nein«, widersprach Petrich. »Sein Gegner ist ein Spieler, und das alles ist nur Schau.«

Frettchen blickte panisch von links nach rechts, als suche er verzweifelt nach einer Fluchtmöglichkeit, rannte hin und her und schaute flehend ins Publikum. Doch als Dano ihn erreichte, sprang er flink wie eine Maus zur Seite. *Oder wie ein Frettchen.* Danos Schlag verfehlte ihn erneut um Haaresbreite, und Frettchens Konter streifte diesmal die Rückseite von Danos Bein.

Dano setzte seinem Gegner nach, doch nach zwei Schritten blieb er hinkend stehen und fasste sich an den Oberschenkel – Frettchens scheinbar harmloser Gegenangriff hatte seinen Zweck erfüllt. Auch das Publikum sah es.

»Frett-chen! Frett-chen!«, riefen sie wieder.

Morgans Kämpfer drehte sich mit gespielter Überraschung um, winkte seinem Publikum zu und ging dann – zum ersten Mal – selbst zum Angriff über.

Dano folgte Frettchens Bewegungen, so gut es ging, drehte sich mühsam um die eigene Achse, während sein Gegner ihn umkreiste. »Komm her und stirb wie ein Mann!«, brüllte er.

Frettchen zog die Augenbrauen nach oben und riss den Mund wie zu einem Angstschrei auf, und das Publikum lachte schallend.

Dano hatte genug. Er stieß sich mit dem verletzten Bein ab und schlug mit seiner ungeübten Hand zu. Wie ein Scharfrichterbeil sauste Obry in einem glitzernden Bogen auf seinen Gegner zu und hätte wohl jeden Mann in zwei Hälften gespalten, der nicht so schnell war wie Frettchen.

Aber Frettchen *war* schnell. Er duckte sich unter dem Schlag hindurch, umarmte Dano wie zum Tanz und hauchte ihm einen Kuss auf die Wange.

Dano packte den Spieler, konnte ihn mit dem verletzten Arm aber nicht festhalten, während er mit der anderen Hand immer noch Obry hielt, was auf diese Distanz wirkungslos war.

Frettchen entwand sich seinem Griff und sprang erneut, die Klinge hinter sich herziehend, zur Seite. Diesmal öffnete sich ein roter Strich auf Danos ungeschütztem Bauch. Eine Blutpfütze bildete sich zu seinen Füßen, Dano rutschte aus und sank auf ein Knie.

Wieder nutzte Frettchen die Gelegenheit nicht. Er ging seelenruhig einmal im Kreis um die Arena und ließ sich von den johlenden Zuschauern begrapschen. Ein besonders begeisterter Herzog berührte Frettchens Rapier; die Klinge war so scharf, dass zwei Finger sofort aufplatzten.

Als Frettchen bei Morgans Thron angekommen war, hob er das Kettenhemd auf, das Dano abgelehnt hatte, und bot es ihm erneut an. Dano funkelte ihn nur wütend an, und schließlich hängte Frettchen sich das Kettenhemd um den Hals wie einen verkehrt herum sitzenden Brustlatz.

Die Zuschauer versuchten, den grausamen Scherz zu übergehen, schafften es aber nicht. Ihr Gelächter dröhnte in Ians Ohren.

Frettchen kostete den Moment in vollen Zügen aus, dann ging er langsam auf den immer noch am Boden knienden Dano zu und blieb gerade außerhalb von Obrys Reichweite stehen.

Die Zeit schien sich zu verlangsamen. Dano beugte sich ein Stück vor und drückte sich mit dem unverletzten Bein vom Boden hoch. Ein Blutschwall drang aus seinem Bauch, Dano taumelte auf wackligen Beinen vorwärts und schlug mit der schwächeren Hand noch einmal zu. Doch der Hieb prallte an dem Kettenhemd ab, das Frettchen sich um den Hals gehängt hatte und das eigentlich Dano hätte tragen sollen. Der Spieler machte einen Schritt zur Seite, Dano fiel vornüber aufs Gesicht, und

Obry entglitt seinem Griff. Frettchen breitete die Arme aus, um sich bejubeln zu lassen.

Dano hatte das Schwert kaum losgelassen, da veränderte sich etwas in seinem Gesicht. Aller Zorn und alle Aggressivität waren gewichen, und er blickte Ian nur unendlich traurig an, während die Menge schrie und der stumme Spieler seine Klinge niederfahren ließ. Sie schnitt durch Danos langes Haar und in sein Genick. Im ersten Moment glaubte Ian nicht, was er da sah, meinte, er würde jeden Moment aus diesem Albtraum erwachen. Da hörte er seinen Vetter etwas sagen.

»Er ist tot«, stellte Petrich sachlich fest.

»Er ist ein Held«, erwiderte Ian nach einer schieren Ewigkeit.

»Und genau das wirst du ins Klansbuch schreiben.«

»Ein Held...«, wiederholte Petrich. Ian konnte förmlich sehen, wie er das Wort im Geist hin und her wendete. Schließlich nickte sein Vetter. »Ja. Das ist er.«

45

Danos Leichnam war kaum aus der Arena geschleppt, da wurde Damon vor Morgan gerufen. Es gab keinen Richtblock. Die Soldaten pressten den Kartenfürsten einfach mit dem Gesicht nach unten auf den Boden.

Ein erbärmliches Ende für einen so fähigen Mann, dachte Petrich.

»Der Ausgang des Duells ist angemessen und gerecht«, erklärte Morgan, als der Scharfrichter vortrat. »Die anwesenden Lordschaften sind meine Zeugen, dass die Missachtung des Königs und die einjährige Flucht, während derer sein Bruder in Fretwitt den Aufstand probte, dem Fürsten Damon den Tod gebracht haben, den auch der Gottesentscheid nicht abwenden konnte.«

In diesem Moment kam ein großer Vogel in den Saal geflogen.

»Der terbische Falke«, flüsterte Petrich. »Eine Botschaft von Schwarzwasser!«

Morgan bedeutete dem Scharfrichter zu warten, während er dem Falken lauschte. Der Vogel sprach so leise, dass Ian und seine Gefährten nicht ein Wort verstanden.

»Sieht aus, als gebe es Neuigkeiten«, sagte Petrich. »Und Morgans Gesichtsausdruck nach scheinen sie ihm nicht zu gefallen.«

Ian reagierte nicht, aber das hatte Petrich auch nicht erwartet. Der Drottin hatte soeben seinen älteren Bruder sterben sehen. Dennoch musste die Nachricht des Falken wichtig sein, wichtig genug, um den unerschütterlichen Fürsten aus der Fassung zu bringen.

Morgans Blick verfinsterte sich. Er winkte seinen Berater zu sich und schickte ihn, noch bevor er den Thron erreicht hatte, wieder weg. Auch wenn kaum einer außer Petrich es zu merken schien: Es tobte ein Kampf in dem Terbier. Petrich sah es so deutlich, als würde der Fürst vor einem Spiegel stehen und sich selbst anschreien. Schließlich schickte Morgan den Falken wieder weg und wandte sich dem Saal zu.

»Weiter«, befahl er durch zusammengebissene Zähne, und der Scharfrichter hob das Beil.

Petrich verzweifelte. Er hatte gehofft, die Nachricht des Falken könnte den Lauf der Dinge noch einmal ändern. *Das war dumm von dir*, schalt er sich. Das Glück kam nicht einfach herbeigeflogen, um einen Haufen verzagter Männer zu retten. *Das Glück ist mit den Tapferen. Die Mutlosen enden durch die Axt.*

Es war schnell vorüber. Petrich befürchtete, Ian würde jeden Moment genauso zusammenbrechen wie einige der anwesenden Damen. Er sorgte sich, dass sein Drottin durch den Tod seines Bruders und den des Fürsten allen Mut verlieren könnte. Für Petrich war Damon der größere Verlust. *Die Karte!* Sie war immer noch bei ihren Vorräten. *Der Graf hat eine Siedlung an diesem See eingezeichnet, und sie erschien.* Auf geheimnisvolle Weise hatte Damon eine ganze Stadt erschaffen – mit einem Zeichenkiel, einer Tierhaut und etwas Blut. »Mit Karten finden die Menschen die Dinge dieser Welt«, hatte Damon gesagt, und kurz nachdem er Furtheim gezeichnet hatte, hatte die Welt die Stadt tatsächlich gefunden. *Darin liegt große Macht.* Petrich beschloss, die Karte an sich zu bringen und Damons Arbeit weiterzuführen.

»Stammesfürst Krystal«, sagte Morgan schließlich. Es war das erste Mal, dass er Ian mit einem anderen Titel als »Klansmann« ansprach. Es war zwar immer noch nicht die korrekte Anrede, doch das Publikum wusste auch so, dass nun der Drottin der Gerechtigkeit zugeführt werden sollte.

Der Spieler namens Frettchen saß auf einem Ehrenplatz neben Morgans Thron. Anscheinend würde er heute nicht mehr kämpfen, auch nicht gegen Ian. An seiner statt betrat Render de Terbia, der hünenhafte Hauptmann der königlichen Leibgarde, die Arena. Er trug ein graues Kettenhemd, und in der Hand hielt er eine Hellebarde mit Spieß, Beil und Haken.

Ian war immer noch bei seinen Leuten im Pferch. Schweinebacke knurrte. Vielleicht erinnerte er sich an die unangenehme erste Begegnung mit dem Terbier. Ian hingegen zeigte keinerlei Gemütsregung. »Ja?«, sagte er nur, ohne den Blick von Render zu nehmen.

»Auf dich wartet der Tod, Stammesfürst Krystal«, erklärte Morgan, wie er es zuvor bei Damon getan hatte. »Doch jeder, der vor einem terbischen Gericht verurteilt wird, hat das Recht, um sein Leben zu kämpfen. Mein Recke steht bereit, um dir dieses Recht zu gewähren.«

Render schlug sich mit der Faust auf die Brust, und die Menge jubelte.

»Das Schwert deines Vaters gehört wieder dir. Hast auch du einen Recken, der es für dich führen wird, oder willst du meinem Kämpfer selbst gegenübertreten?«

Die Zuschauer verstummten und warteten gespannt auf Ians Antwort. Petrich sah, wie sein Drottin angestrengt nachdachte. *Gut.* Ian war nicht gelähmt wie Damon, nachdem er vom Tod seiner Tochter erfahren hatte. *Ein guter Anführer trauert nach der Schlacht.* Ian hatte noch einen weiteren Bruder, für den er verantwortlich war, dazu noch die überlebenden Klansmänner und die Dida, die er mit ins Unglück gezogen hatte. Ian blickte seine Gefährten an in dem sicheren Wissen, dass jeder von ihnen bereitwillig für ihn sterben würde, und Petrich war erleichtert. Erleichtert, aber nicht optimistisch. Der groß gewachsene Wachhauptmann würde das Duell beinahe ebenso sicher gewinnen wie der flinke Spieler Frettchen. Ian und seine Klanskrieger waren wild und stark, aber sie waren nicht vertraut mit der Schwertkunst. Geübt vielleicht, aber nicht vertraut. Es gab Techniken, wie Petrich mittlerweile wusste, und tödliche Tricks. Falls die anderen es nicht schon damals bemerkt hatten, als Damons Grüne die Banditen in den Hügeln zurückdrängten, dann war es ihnen spätestens jetzt aufgefallen, als sie zusehen mussten, wie Frettchen die Starke Hand ihres Drottin niedermachte.

Ian dachte weiter nach, bis die Menge allmählich unruhig wurde.

»Nun…?«, fragte Morgan schließlich.

Ian wartete, bis sich eine angespannte Stille über den Saal senkte. Als Morgan erneut etwas sagen wollte, schnitt er ihm das Wort ab. »Darf ich meine Waffe frei wählen?«

»Ja«, antwortete Morgan. »Du willst das Schwert deines Vaters nicht?«

Ian schaute hinüber zu Obry. »Gegen eine mehr als mannshohe Stangenwaffe?«, sagte Ian. »Nein. Darf ich jede Art von Waffe wählen?«

»Wie ich bereits sagte: ja«, erwiderte Morgan kurz angebunden.

»Und einen Recken nach meinem Belieben?«

»Ja«, knurrte Morgan beinahe. »Wen du willst.«

»Eine beliebige Waffe und einen beliebigen Recken?«

»Ja und ja! Wie oft soll ich es noch sagen?«

»Dann könnte ich also auch Frettchen erwählen!«

Morgan schüttelte ungeduldig den Kopf. »Dein Recke muss willens sein, für dich zu sterben, Hügelbewohner. Ich würde also jemanden aus deinen eigenen Reihen vorschlagen.«

»Eure höfischen Gesetze sind verwirrend für uns Hügelbewohner. Ich will nur sichergehen, dass ich mich hier, unter den Augen des königlichen Richters, auch ans Gesetz halte. Deshalb wiederhole ich noch einmal: Wie die anwesenden Lordschaften bezeugen können, sagtet Ihr, ich darf jede beliebige Waffe wählen und jeden beliebigen Recken aus meinen eigenen Reihen?«

»Ja! Es hieß, du wärst ein kluger Wilder, aber allmählich beginne ich daran zu zweifeln. Entscheide dich nun!«

Render stand schmunzelnd in der Mitte der Arena. Der dreifach tödliche Kopf seiner Hellebarde zeigte Richtung Decke.

Der Drottin bedeutete den Wachsoldaten, die Tür zum Pferch zu öffnen, und sagte etwas, das Petrich zutiefst überraschte. Es war nur ein einziges Wort:

»Thax!«

Ian verspürte nicht den Hauch eines schlechten Gewissens, als er zur Seite trat und Schweinebacke an ihm vorbeipreschte. Render hatte gerade noch genug Zeit, die Hellebarde zu senken, da schlossen sich die Kiefer des Kriegshundes bereits um den Holzschaft und bissen ihn mit einem lauten Krachen durch. Dann stürzte er sich auf den verdutzten Hauptmann und brachte ihn zu Fall. Der Kampf war vorüber, noch bevor Morgans Wachen eingreifen konnten.

»Tötet das Vieh!«, brüllte Morgan seine Blauen an, aber der Anblick des riesigen Vierbeiners, der Renders leblosen Körper am Hals gepackt hatte und ihn immer noch schüttelte wie einen Hasen, hielt sie zurück. Einige der Soldaten brachten sich sogar hinter der Barriere in Sicherheit. Es waren Kerr und Garman, die Schweinebacke schließlich beruhigten und ihn zurück in den Pferch holten.

Morgan war inzwischen – ob aus Angst oder Zorn war schwer zu sagen – auf seinen Thron gesprungen. Sein Kopf ragte hoch über der Menge auf, als er schrie: »Was hast du getan, Hügelbewohner?«

Ian bedachte den Fürsten mit einem kalten Blick. »Ich habe meinen Recken und meine Waffe gewählt.«

Eine Weile herrschte pures Chaos. Die Zuschauer riefen aufgeregt durcheinander. Etwas Derartiges hatten sie noch nie gesehen. Morgan beriet sich mit dem Richter, der verzweifelt die faltigen Hände rang und den Gottesentscheid schließlich für rechtmäßig erklärte. Selbst wenn der Hund nicht als Recke gelten konnte, so erklärte er, war er doch zumindest eine Waffe. Morgan schien widersprechen zu wollen, aber der greise Gelehrte hatte das Urteil schon verkündet, und die versammelten Lordschaften schrien ihren Fürsten einfach nieder. Die wenigen, die ihr Geld auf Ian gesetzt hatten, forderten bereits ihren Gewinn ein, und kleine Beutel voll Goldstaub gingen zögerlich von Hand zu Hand.

Ian beobachtete, wie Morgan allmählich die Fassung zurückgewann und sich setzte. Dann wartete der Fürst, bis auch die Menge sich beruhigt hatte. *Ein erfahrener Mann weiß, wann es Zeit ist, die Zelte abzubrechen.* Ian beschloss, ebenfalls zu warten. Es stand noch ein weiteres Duell aus, noch ein Todesurteil, das der Terbier verhängt hatte. Ian musste einen klaren Kopf bewahren. Dass er nicht für die Dida kämpfen würde, wusste er jetzt schon, denn dann würde wiederum Kerr für ihn einstehen wollen, und Ian hatte bereits einen Bruder verloren.

»Welch einzigartiger Sieg!«, polterte Morgan und bedachte Ian mit einem großmütigen Lächeln. »Meine Anerkennung, Stammesfürst. Du hast deine Begnadigung verdient.«

Ian nickte pflichtschuldig, dankte dem Fürsten aber nicht. Morgan hatte ihn erst beglückwünscht, als klar war, dass die Menge es von ihm erwartete.

»Ich bitte darum, den Leichnam meines Bruders ausgehändigt zu bekommen, damit wir ihn in den Wäldern mit dem Gesicht zum Himmel aufbahren können.«

»Das ist zwar ein heidnisches Ritual, aber es sei dir gewährt.« Morgan schickte ein paar Männer los, die sich darum kümmern sollten, dann fiel sein Blick auf die Dida. »Die Heimatlose soll vortreten.«

»Wir sind ein fahrendes Volk, Baumfürst«, erwiderte sie. »Meine Heimat ist überall dort, wo ich mich aufhalte. Ich habe eines meiner Schiffe in den Ästen dieses Baums entdeckt. Könnt Ihr mir sagen, wie es dorthin gekommen ist?«

Die Barke. Ian erinnerte sich, dass sie auf halber Höhe im Geäst des Baumes hing. Zweifellos hatte Verda selbst sie dorthin gebracht – als weiteres kostbares Stück ihrer Schatzkammer oder was auch immer das Nest gewesen war.

»Versuche nicht, mich mit deinen Geschichten abzulenken, Frau. Du bist angeklagt, dem Fürsten Damon de Carte geholfen zu haben, sich dem Willen König Schwarzwassers zu widersetzen.«

»Er ist nicht mein König.«

Die Aussage der Dida war so klar und unleugbar richtig, dass Ian schon glaubte, der Richter würde sein Urteil als ein Missverständnis zurückziehen. Aber Morgan kam ihm zuvor. »Die Entscheidung wurde bereits getroffen«, sagte er. »Sie kann nicht rückgängig gemacht werden. Welche Macht hätte ein Gericht, dessen Urteile widerrufen werden können? Nur der König kann das tun.«

»Dann lasst mich mit ihm sprechen«, erwiderte die Dida vollkommen zu Recht, wie Ian fand.

»Er ist in Skye, über fünfzig Wegstunden südlich von hier. Du wirst sehr laut sprechen müssen.« Morgan blickte ins Publikum, und ein paar der Zuhörer lachten pflichtschuldig.

»Ich habe selbst erlebt, wie ein Vogel mit einer Botschaft innerhalb von zwei Tagen zum Berg und wieder zurück geflogen ist. Der Hügelmann hier, der so schlecht für mich gesprochen hat, hat eine hässliche blaue Taube, die die Aufgabe übernehmen könnte.«

»Die Verurteilte bittet mich, ihre Exekution aufzuschieben?«, fragte Morgan.

»Das Warten macht mir nichts aus.« Die Dida war eine kluge Frau mit einer flinken Zunge und hatte es nicht nötig, mit Blicken um den Beifall der Menge zu heischen. Die Zuhörer brachen auch so in lautes Gelächter aus.

Ian lachte nicht. *Dano hatte recht. Nichts an alledem ist lustig.*

»Hast du einen Recken?«, fragte Morgan.

»Habt Ihr einen?«, erwiderte die Dida. »Oder soll ich gegen Euch kämpfen, Herr?«

Wieder Gelächter. Die Vorstellung, wie Morgan de Terbia gegen die Dida antrat, war vollkommen absurd. *Sie lieben sie jetzt schon*, dachte Ian. Doch die Lacher gingen auf Morgans Kosten, und dafür hasste er die Dida. Er schäumte innerlich, aber die Flussfrau ließ nicht locker.

»Vielleicht möchte der gute Raspard, der mich liebenswürdigerweise hierhergebracht hat, für mich kämpfen«, sprach sie weiter.

Raspard blieb das Lachen im Hals stecken, und er sah mit einem Mal ernsthaft besorgt aus, doch Morgan winkte ab. »Raspard ist Soldat der Blauen und steht unter meinem Kommando. Außerdem ist er ein miserabler Schwertkämpfer. Hiermit benenne ich Frettchen für den König, und du betest besser, dass du schnell jemanden findest.«

Zum ersten Mal wirkte der Ausdruck auf Frettchens Gesicht echt und nicht aufgesetzt: Er war sichtlich erschüttert. *Anscheinend muss er nie zweimal hintereinander kämpfen*, dachte Ian.

Aber auch die Dida hatte diesmal keinen Scherz als Erwiderung. Die Aussicht, dass Frettchen noch einmal kämpfen würde, war zu niederschmetternd. Morgan wollte sein Gesicht nicht verlieren und das nächste Duell auf jeden Fall für sich entscheiden. *Wenn Dano ihn nicht besiegen konnte, dann kann es keiner von uns*, dachte Ian. Nicht einmal Schweinebacke würde an dieser schnell geführten Klinge vorbeikommen, und einer vom Flussvolk schon gar nicht. Sie hatten nicht einmal Waffen.

Trotzdem trat jeder Einzelne von ihnen vor, auch Zo und die anderen Frauen. Sie würden genauso bereitwillig für ihre Dida in den Tod gehen wie Ians Klanskrieger für ihren Drottin, auch wenn sie keine Kämpfer waren. Sie waren ein beherztes Volk.

»Ich werde für sie kämpfen«, hörten alle im Saal eine leise, aber klare Stimme verkünden.

Ian fragte sich, wer gesprochen hatte. Das Flussvolk war bekannt für seine Taschenspielertricks. Angeblich konnten viele von ihnen sogar bauchreden. Doch auch die Flussmenschen blickten sich nur verdutzt um.

»Ich werde kämpfen«, wiederholte Petrich und schob sich nach vorn.

»Du?«, höhnte Morgan. »Du willst in die Arena treten?«

»Das ist mein aufrichtiger Wunsch.«

Ian konnte es nicht fassen. Sein Vetter sprach mit einer geradezu unheimlichen Gelassenheit. Ohne viel Aufhebens trat er seinem Tod entgegen. Selbst die Zuschauer schienen verunsichert. Es wurde geflüstert und getuschelt, aber keiner jubelte. Ian fragte sich immer noch, was in seinen Vetter gefahren war, als er sah, wie Petrichs Augen für einen winzigen Moment zu Zo hinüberschossen. *Das ist es! Er will diese Frau beeindrucken.* Sein Vetter hatte nie auch nur das geringste Interesse an Frauen gezeigt, und jetzt wollte er sein Leben opfern für eine, die er nicht einmal kannte. *Edel, heldenhaft, dumm.* Doch die Launen der Leidenschaft entzogen sich jeder Vernunft, und es gab nichts, was Ian jetzt noch für ihn tun konnte.

»Der Hund wird nicht noch einmal antreten, Klansmann.«

»Mein Name ist Petrich, nicht Klansmann, und ich bin kein Hund.«

»Und welche Waffe wirst du führen, Klansmann Petrich?«

»Ich werde im Dunkeln kämpfen. Lasst die Fackeln löschen.«

Das Gemurmel in der Menge wurde lauter.

Morgan runzelte die Stirn und schüttelte ungläubig den Kopf. »Halt«, sagte er schließlich. »Es steht dir nicht zu, die Regeln des Duells zu ändern.«

»Ich ändere die Regeln nicht. Ich erwähle die Dunkelheit als meine Waffe.«

Morgan überlegte. »Du darfst keine weitere Waffe benutzen. Du kannst nicht darum bitten, im Dunkeln kämpfen zu dürfen, und dann noch einen verborgenen Dolch hervorziehen.«

»Akzeptiert.«

»Du hast also vor, blind und mit leeren Händen gegen einen Spieler mit Rapier anzutreten?«

»Ja.«

Verblüfftes Schweigen senkte sich übers Publikum, unterbrochen nur von Frettchens Lachen. Es war ein hässliches, bellendes Geräusch, wie es bloß ein Mensch machen konnte, der keine Zunge mehr hatte. Er nickte Morgan zu und schien schon viel begieriger auf den Kampf, als er es noch bei seiner Ernennung gewesen war.

»So sei es«, verkündete Morgan. »Ganz Abrogan soll wissen, dass Morgan de Terbia der gerechteste aller Fürsten ist und an seinem Hof die außergewöhnlichsten Duelle stattfinden! Durchsucht ihn. Er darf keine anderen Waffen haben. Dann löscht die Fackeln. Sobald wir einen Siegesschrei hören, entzündet sie wieder, auf dass wir sehen, wer gewonnen hat.«

Der Saal hatte keine Fenster, und als die letzte Fackel aus war, wurde es trotz des hellen Tageslichts draußen stockfinster. Das Publikum wurde einen Moment lang unruhig, dann senkte sich Stille über alle, und sie lauschten gespannt dem Kampf.

Ian hörte das Rapier durch die Luft sausen und wartete jeden Moment auf das schmatzende Geräusch, mit dem die Klinge in Petrichs Fleisch schnitt. Jeder Möglichkeit zur optischen Darstellung beraubt, untermalte der Spieler seine Angriffe mit wildem Keuchen und Ächzen. *Er macht Lärm. Er mag gefährlich sein, aber er ist auch ein närrischer Angeber.* Ians stiller Vetter konnte die Geräusche, die Frettchen machte, ebenso hören. Wie Dano hatte auch Petrich das Kettenhemd abgelehnt, was Ian für den Gipfel der Torheit gehalten hatte, doch jetzt verstand er. *Das Kettenhemd ist zu laut.*

Dennoch standen seine Chancen in etwa so gut wie die eines Goldfischs gegen einen Hai. Selbst wenn es Petrich gelang, Frettchen im Dunkeln zu stellen: Im Gegensatz zu Renders Hellebarde, die diesem gegen Schweinebacke denkbar schlechte Dienste erwiesen hatte, war Frettchens Rapier auch im Nahkampf tödlich. Außerdem war Ians Vetter weder stark noch ein geschickter Ringer. Die Dunkelheit verbesserte seine Chancen zwar ein klein wenig, aber das Duell würde er trotzdem verlieren, und Ian stellte sich darauf ein, ein weiteres Familienmitglied zu verlieren.

Alle lauschten angestrengt. Die Stille war unfassbar tief und machte das Warten beinahe unerträglich. Ian spürte, dass er nicht allein war, aber die stumme Gegenwart der anderen hatte etwas Geisterhaftes. Sie vermittelte ihm das Gefühl, als wäre Frettchen, der wie ein einsamer Tänzer keuchend seine choreografierten Schritte ausführte, das einzig Lebendige im Saal. Dann, nach einem besonders lauten Ächzen, hörte Ian ein Schlurfen und Poltern aus der Arena. Es folgte ein Rascheln, als das gesamte Publikum sich nach vorn beugte und angestrengt lauschte, und schließlich das Klappern von Stahl auf Holz. Es ertönte kein Siegesschrei, aber etwas war passiert.

»Die Fackeln!«, rief Morgan in die Dunkelheit.

Feuersteine spuckten Funken, Flammen züngelten aus den ölgetränkten Fackeln, und Dutzende Gesichter drehten sich zur Mitte der Arena. Dort stand Petrich so ruhig wie zuvor, die Hände in die Hose gesteckt. Er war allein.

46

Die Straße nach Skye war öde und klamm wie Ians Gemüt. Er hatte seinen Bruder verloren, und das nur, weil Dano versucht hatte, ihn vor seinen eigenen Fehlern zu beschützen. Und er hatte einen Freund verloren, einen Adligen, den einzigen blaublütigen Freund, den er je gehabt hatte. Es war nur wenig Zeit zum Trauern geblieben. Sie hatten Danos Leichnam eilig in den Wald gebracht und eine kurze Zeremonie abgehalten, dann hatte Morgan sie zusammentreiben lassen und mit einer bewaffneten Eskorte nach Skye geschickt.

Anfangs hatte es so ausgesehen, als ärgere Morgan der Verlust von zwei Kämpfern grenzenlos. Doch das Publikum hatte die außergewöhnliche Darbietung in vollen Zügen genossen und laut gejubelt. Ein besonders begeisterter Baron hatte Morgan sogar auf den Rücken geklopft; zwei Wachen hatten ihn packen und fortschleifen müssen. Ian hatte gesehen, wie Morgan die begeisterte Menge beobachtete und sich seine Miene allmählich aufhellte, bis er schließlich lächelte: Es hatte ihnen gefallen; Morgan hatte ihnen eine gute Vorstellung geboten. Der Preis von zwei Kämpfern war die Geschichten und Lieder wert, in denen das Ereignis schon bald besungen werden würde. Noch im Saal hatte ein Barde auf seiner Laute eine Melodie über den »Grimmigen Hund von Baumstadt« angestimmt. Die Spekulationen über das spurlose Verschwinden des Spielers hatten kein Ende genommen. »Er hat sich davongemacht!«, behaupteten manche. Andere sagten, er hätte sich verkleidet und unters Publikum gemischt. Ein kleiner Teil jedoch rückte nicht davon ab, dass der Wilde aus den Hügeln ihn gefressen habe, was in Ians Ohren wie blanker Hohn klang – Petrich war mit Abstand der Gebildetste und am wenigsten Wilde des gesamten Hügelkuppenklans.

Für Ian hingegen konnte nichts auf der Welt den Preis aufwiegen, den er bezahlt hatte. Der Regen, der vom Himmel fiel, fühlte sich an wie Tränen, die selbst zu vergießen er sich nicht gestattete. Sie durchnässten ihn bis auf die Haut und ließen ihn eiskalt werden. *Die Tränen der Götter*, dachte er und fragte sich, ob er irgendwo hier in Abrogan dem Wächter begegnet war und die zurückliegenden Ereignisse eine Strafe für seine Verfehlungen waren. Allerdings konnte er sich nicht vorstellen, wen er ungerecht behandelt haben sollte. Die gehenkten Räuber vielleicht. Aber sie hatten den Tod verdient. Kein Einziger von ihnen konnte sich beschweren, dass er am Galgen geendet war. Ian verstand diese Welt nicht mehr, und als ihm echte Tränen in die Augen traten, merkte er, dass sie in dem Regen niemandem auffallen würden, also ließ er sie strömen. Er zitterte und schluchzte haltlos, und doch sah es aus, als schlottere er lediglich vor Kälte. Niemand bekam etwas mit, vor allem nicht sein jüngerer Bruder. Kerr war erst siebzehn. Zumindest für ihn war er immer noch der große starke Bruder. Die kurze und lautstarke Trauer während der Aufbahrungszeremonie hatte zum Ritual gehört, sie wurde sogar erwartet. Aber auf einem Ochsenkarren zu sitzen und den ganzen Tag hemmungslos zu weinen war ein Zeichen unverzeihlicher Schwäche.

Ian spürte eine Hand auf seinem Rücken. *Petrich.* Sein Vetter hatte die gesamte Familie verloren, als er noch ein Kind war, und die Trauer seines Drottin instinktiv gespürt. Aus irgendeinem Grund machte es Ian nichts aus, wenn Petrich davon wusste, also ließ er die tröstende Hand, wo sie war.

Schließlich versiegte der Regen genauso wie Ians Tränen, und nach ein paar Tagen erreichten sie den Teil der Ersten Straße, der bereits versiegelt war und wo die Wagenräder nicht mehr im

Matsch versanken. Unterwegs aßen sie trockenes Brot und Hartkäse, und die ersten Reisenden kamen ihnen entgegen, unter ihnen viele zerknirscht aussehende Jünglinge aus Plynth und Buchtend. Einige gingen zu Fuß, doch die meisten waren in Wagen gesperrt wie Ians Klansmänner und die wenigen Überlebenden des Flussvolks. Hier und da standen kleine Häuser, und irgendwann passierten sie den Abschnitt, den Ian und seine Krieger gebaut hatten. Frisch ausgehobene Abwasserkanäle erstreckten sich zu beiden Seiten der Straße, und die Wildnis dahinter war noch ein Stück weiter zurückgedrängt, als Ian sie zuletzt gesehen hatte. Sogar einen Hühnerstall gab es jetzt am Straßenrand. Ein Mann rief sie von dort aus an und wollte ihnen frische Eier verkaufen. Auch Frauen in langen Kleidern waren nun auf der Straße unterwegs, manche zu Pferd, andere auf Maultieren. Noch vor einem Jahr hatte es in Abrogan kaum Reittiere gegeben, doch mittlerweile war jeder Zehnte beritten, an dem sie vorüberkamen, und Ian musste an Seraphina denken.

In der Außenwelt waren über dreihundert Tage verstrichen, aber für Ian lag der Moment, in dem seine Geliebte den Tod gefunden hatte, nicht einmal eine Woche zurück. Es war eine andere Trauer als die um Dano oder den Fürsten. Es war die Trauer um Hoffnung, um Schönheit und Verlangen und um eine glückliche Zukunft. Seraphina hatte ihm das Gefühl gegeben, ein Mann zu sein, statt nur *irgendein* Mann. Sie hatte ihn allen anderen in der Kompanie vorgezogen: seinem stärkeren Bruder, seinem hübscheren Bruder und einem Fürsten, der über eine ganze Stadt herrschte. Zu Hause in Artung gab es keine, die Ian sein Mädchen nennen konnte. Alles, was er bisher gekannt hatte, waren die flüchtigen Küsse der rauen und nicht besonders hübschen Klansmädchen gewesen. Sie waren gute Mädchen, die hart arbeiteten, aber keine von ihnen konnte sich mit der wilden Schönheit und Leidenschaft Seraphinas messen.

Ich habe sie geliebt. Die Erinnerung daran musste genügen.

Der Karren schaukelte weit über die Straße, und Kerr schlug Ian scherzhaft auf die Brust. »Du hast die ganze Zeit nur vor dich hin geträumt, Bruder, und jetzt sehe ich endlich ein Lächeln auf deinem Gesicht! Woran denkst du gerade?«

Ian zögerte, doch schließlich sagte er sich, dass ein wahrer Drottin sich vor nichts zu fürchten brauchte – schon gar nicht davor, von einer glücklichen Erinnerung zu erzählen.

»An Seraphina«, sagte er. »Es waren schöne Gedanken.«

Der letzte Satz hing bedeutungsschwer in der Luft, und Kerr grinste. »Eine trauriges Ende, aber eine schöne Erinnerung. Sie war eine so starke Frau, voller Leidenschaft. Genau wie ihre Pferde.«

»Ja, eine gute Frau, glaube ich.«

»Herausragend sogar.« Kerr lachte leise.

»Wenigstens hatte ich noch Gelegenheit, sie ein bisschen näher kennenzulernen, bevor sie sterben musste.«

»Ach ja?«

Ian zuckte die Achseln. »Ich werde dir bestimmt keine Einzelheiten erzählen, nur so viel: Sie war in jeder Beziehung eine außergewöhnliche Frau.«

»Und ob! Ich bin froh, dass sie dir am Ende doch noch verziehen hat. Sie war so wütend, als du sie geschlagen hast.«

»Allerdings.« Ian musste beinahe lachen.

»Ich habe schon gedacht, dich würde sie als Einzigen nie an sich ranlassen.«

Ian spürte einen Kloß im Hals. »Wie meinst du das?«

»Na, komm schon. Denkst du, wir hätten nicht gesehen, wie du mit ihr im Wald verschwunden bist? Alle wussten, was das bedeutet. Ich hatte sie das Gleiche schon mit Dunkan und Omy tun sehen, sogar mit Klayt.«

»Sie ist mit ihnen in den Wald gegangen?«

»Ja. Im Fort von Haselzahn hatte sie allerdings ein schönes weiches Bett, und ich musste erst gar nicht in den Wald mit ihr. Nur Damon war gegen ihren Charme gefeit, wie es scheint.«

»Damon?«

»Sie war zweimal bei ihm, und jedes Mal hat er sie wieder weggeschickt. Du weißt doch, dass er verheiratet war. Ein Mann mit eisernen Prinzipien, würde ich sagen.« Wieder lachte Kerr. »Aber wenn du mich fragst, hat er was verpasst.«

Ian glaubte, er müsse sich gleich übergeben, aber er nickte nur und rang sich ein Lächeln ab, als hätte er all das schon längst gewusst. »Eine schöne Erinnerung«, murmelte er.

»Und ich bin froh, dich endlich wieder lächeln zu sehen.«

Ian verfiel erneut in Schweigen. Er lächelte nicht mehr, und die Tage auf der Straße wurden wieder düster. Kerr plapperte und scherzte, wie es nun mal seine Art war, Petrich hingegen sprach nur wenn nötig, wenn ihm etwas aufgefallen war oder Ian seinen Rat brauchte. Die Dida blieb mit ihren Leuten unter sich. Sie unterhielten sich in ihrer eigenen Sprache, von der keiner außer Flosse ein Wort verstand. Schwarzwasser hatte sie nicht nach Skye befohlen, und als Ian sie fragte, warum sie überhaupt mitkamen, antwortete die Dida, dass sie ein neugieriges Volk seien und sie die Stadt sehen wolle, die auf diesem mächtigen Berg errichtet wurde. Flosse, Jenor, Garman, Schagan, Frehman und Barsch gingen direkt neben der Eskorte der Blauen, was die Soldaten sichtlich beunruhigte. Dass Schweinebacke mit von der Partie war, der nur auf Kerr hörte, behagte ihnen noch viel weniger. Als Schagan jedoch für sie alle kochte, aßen sie mit großem Appetit mit, und am dritten Tag lachten auch sie über Kerrs ständige Witzeleien. Klayt war in Morgans Dienste getreten und in der Baumstadt geblieben. Eine glückliche Wendung, die ganz nach Ians Geschmack war. Der Mann hatte etwas Grausames. Der Soldat aus Asch war ebenfalls von der Grünen zur Blauen übergetreten. *Noch eine Ratte, die unser sinkendes Schiff verlässt.*

Nur der Soldat von den Großen Muschelinseln war noch dabei. Er hatte zwar einen Namen, aber wegen seines seltsamen Gangs – drei Schritte und dann ein kleiner Hüpfer – nannten alle ihn nur Hase. Wenn Hase neben dem hinkenden Garman lief, fühlte sich Ian unwillkürlich an den Anblick eiernder Wagenräder erinnert. Hase hatte sich ihnen wortlos angeschlossen, und Ian wurde nicht recht schlau aus dem stillen Mann, bis Petrich ihm erklärte, dass er einer der Überlebenden aus Hox' Kompanie war, die Ian vor Braks Kannibalen gerettet hatte. Es war eine unausgesprochene, tief im Herzen empfundene Treue, der Hase folgte. *Vielleicht die stärkste Art von Treue, die es überhaupt gibt*, dachte Ian.

Zo ging ab und zu ein Stück neben ihrem Wagen her. Ian fiel auf, wie sie dabei jedes Mal ihr kleines Messer hervorzog und etwas ins Holz schnitzte. Petrich schien es ebenfalls aufzufallen, und Ian merkte, wie Petrich sie oft beobachtete.

Nachdem sie die Täler eilig passiert hatten und in der Ferne schon den Berg Skye aufragen sahen, tauchte am Rand der Straße ein Lager auf, dessen feuerrote Zelte wie Wegweiser auf den Gipfel deuteten.

»Die Roten«, murmelte einer aus der Eskorte.

»Aber nicht die ganze Kompanie«, erwiderte ein anderer. »Nur ein kleines Kontingent.«

»Mehr als wir jedenfalls.«

»Dann setz besser deinen Helm auf und fang vor allem keinen Streit mit ihnen an.«

Die Roten lagerten so nahe an der Straße, dass es unmöglich war, unbemerkt an ihnen vorbeizukommen. Über dem größten Zelt wehte ein tiefrotes Banner – die Farbe des Zinnober-Geschlechts und gleichzeitig die Farbe der Roten Armee des Königs. Ein Wachmann, der offensichtlich nicht viel auf sein Äußeres gab, kündigte ihr Kommen an und eilte dann los, wahrscheinlich um seinen Vorgesetzten zu holen.

Ian fiel auf, wie Petrich sich sofort versteifte, dann sah auch er es: Der Großteil der Roten bestand aus Kriegern des Talklans. Die dicken Bärte und geschorenen Köpfe waren selbst aus der Entfernung unverkennbar. Genauso wie ihr Gestank. Sie saßen um ein prasselndes Feuer und kauten an Spießen mit halb verbranntem Fleisch. *Wie die Tiere. Und nichts anderes sind sie,* dachte Ian.

Petrich umklammerte das Holzgitter des Wagens so fest, dass seine Knöchel weiß hervortraten. Sein Gesichtsausdruck war schwer zu deuten, eine Mischung aus tief verwurzelten, hässlichen Gefühlen. Wut, Furcht, Abscheu, Hass. Vielleicht auch alles zugleich. Jetzt war Ian an der Reihe, seinem Vetter beruhigend eine Hand auf die Schulter zu legen, und er spürte, wie Petrich zitterte.

»Keine Angst, Vetter. Wir sind immer noch Soldaten von Schwarzwassers Heer. Das hier sind unsere Verbündeten, so abstoßend sie auch sein mögen.«

»Ho, Blaue!«, rief ein Mann mit orangefarbenem Haar, während er noch damit beschäftigt war, eine rote Tunika über sein Untergewand zu streifen. »Ich bin Lewig von der Roten. Was führt Euch hierher?«

Der Kommandant von Ians Eskorte stammte aus Ronna. Sein Name war Edrik. Er war etwas penibel, aber kein schlechter Mensch. »Ich bin Edrik von der Blauen und eskortiere diesen Klansmann zum Königspalast«, antwortete er mit einem dünnen Lächeln.

Lewig nickte. »Den ehemaligen Kommandanten der Grünen? Diesen Krystal?«

»Ja. Ich habe gehört, Fürst Zinnober ist nach Fretwitt zurückgekehrt. Wer befehligt die Rote jetzt?«

»Immer noch Zinnober, nur dass er jetzt eine Sie ist.«

»Und was soll das bedeuten?«

»Seine Tochter hat jetzt das Kommando«, flüsterte Petrich. »Die Frau mit dem Adlergesicht.«

»Wir sollten weiterziehen«, riet Ian.

»Du befiehlst nicht über die Blauen«, raunte Edrik.

»Das war kein Befehl. Nur ein gut gemeinter Vorschlag.«

»Still, Klansmann. Ich habe hier das Kommando.«

»Die Nacht bricht bald herein«, sagte Lewig. »Ich werde Euch zum Doppelsee bringen.«

»Ich danke Euch, Lewig, aber wir marschieren weiter bis zum Berg«, erwiderte Edrik und befolgte schließlich doch Ians Rat.

»Ich bestehe darauf.«

»In wessen Namen?«

»Im Namen der Dame Zinnober, Baronin vom östlichen Doppelsee, und Graf Kleins, dem persönlichen Berater des Königs.«

Es kam Ian eigenartig vor, dass der Soldat die Dame Zinnober als Erste nannte. Immerhin hatte sie den niedrigeren Rang. Jeder wusste, dass Klein einer von Schwarzwassers wichtigsten Vertrauten war. Mindestens genauso eigenartig war, dass Zinnober anscheinend einen Anspruch auf diesen See besaß oder zumindest den Teil, den Männer gern »die linke Zitze« nannten. Ian war noch nicht zu Ohren gekommen, dass die Freter nun auch Grund außerhalb der Stadt zugesprochen bekamen.

Inzwischen hatten die Soldaten der Roten sie umstellt. Die Talklankrieger tuschelten leise miteinander und deuteten auf Ian. *Sie wissen, wer ich bin.* Tatsächlich erkannte auch er manche der hässlichen Gesichter wieder. Ein paar der Mutigeren lachten sogar und machten Witze über Ians langes Haar. Ihr Humor war allerdings so tumb, dass er sich nicht einmal beleidigt fühlte und seine Aufmerksamkeit lieber auf ihren Kommandanten konzentrierte. Er war derjenige, der diese Männer zur Räson bringen musste, falls es nötig werden sollte. *Die dämlichen Glatzköpfe sollten lieber stolz sein, dass ein Klansmann es zu etwas gebracht hat.* Stattdessen fiel ihnen nichts Besseres ein, als sich über Ian lustig zu machen – oder Schlimmeres.

Edrik ließ den Blick über die Soldaten der Roten schweifen. Es waren dreißig, und seine Blauen waren nur zu fünft. »Ich nehme das großzügige Angebot der Dame Zinnober an«, sagte er schließlich.

47

Petrich saß in dem Karren neben seinem Drottin, aber sein Blick wanderte oft zu Zo, die nebenher auf der Straße ging. Sie erwiderte seine Blicke, jetzt, da er die Dida gerettet hatte. Zo schien immer noch nicht zu wissen, was sie von ihm halten sollte, aber zumindest schaute sie nicht mehr weg. Er und Ian waren Gefangene, auch wenn Edrik, der Kommandant der Blauen, behauptete, sie würden lediglich »eskortiert«. Edrik hatte Obry in »Gewahrsam« genommen, und auch alle anderen Waffen hatten sie ihnen abgenommen. Nachts, wenn sie schliefen, standen Wachen neben ihnen. Man glaubte ihnen nicht, dass sie auch aus freien Stücken vor den König treten würden, was für Petrich keine Überraschung war: Das letzte Mal, als der König sie zu sich rief, waren sie für beinahe ein ganzes Jahr verschwunden geblieben. *Wenigstens werden sie uns nicht töten.* Ian hatte mit einer klugen Entscheidung seine Freiheit zurückgewonnen. *So wie ich.* Sie waren rechtmäßig begnadigt.

Petrich hatte Ian um die Gefallenen weinen sehen. Sein Drottin war ein guter Anführer, er sorgte sich um seine Brüder. Das war keine Schwäche, wie manch andere es wohl genannt hätten – vorausgesetzt, sie hätten es überhaupt bemerkt. Ian führte nicht mit Stärke allein, sondern mit Verantwortung. *Wie ich.* Und jetzt hatte sein Drottin das Gefühl, dass er versagt hatte, auch wenn er sie vor dem Untier gar nicht beschützen *konnte*. *Aber ich habe es gekonnt.* Dano hatte seine Pflicht als Starke Hand erfüllt und war anstelle seines Drottin einen ehrenvollen Tod gestorben. Mehr konnte sich ein Klansmann aus den Hügeln nicht wünschen.

Damon war ein unsäglicher Verlust. Das Scheintribunal war nichts anderes gewesen als eine inszenierte Hinrichtung. Morgan de Terbia hatte mehr als nur einen Menschen ausgelöscht, er hatte den Fortschritt getötet, einen genialen Geist, in dessen Händen Handel und ganze Ländereien gediehen. *Und Karten!* Aber Petrich hatte sich die Karte verschafft und in seinem Gepäck versteckt. Jede Nacht, wenn er die Dunkelheit aus seinem Beutel ließ, zog er sie hervor und betrachtete sie, fuhr mit dem Finger die feinen Linien darauf nach. Sie waren exakt und frei zugleich. *Ein Kunstwerk.* Auch Petrich konnte mit einem Federkiel Wunder wirken, aber seine Wunder waren anderer Art. Er konnte keine ganzen Wälder, Weiler, Häfen und Berge entstehen lassen wie Damon. *Ich male mit Worten.*

Und dann kam das Lager der Roten.

Petrich sah die rasierten Schädel als Erster, und sein Atem ging sofort schneller. Als sie so nahe heran waren, dass auch die langen Bärte nicht zu übersehen waren, beschleunigte sich sein Puls so stark, dass Petrich ihn bis in die Ohren pochen hörte. Sie waren ein unansehnliches, verwildertes Volk. Mit Messern schabten sie sich das Haar vom Kopf, aber das Gesicht vergaßen sie. Kerr hatte vor langen Jahren einmal gesagt, beim Talklan wachse das Haar am falschen Ende aus dem Kopf, und Petrich hatte beinahe gelacht. Doch nun lachte er nicht. Er zitterte und hoffte mit aller Macht, dass Edrik einfach weiterziehen würde. *Und zwar schnell.*

»Ich nehme das großzügige Angebot der Dame Zinnober an«, sagte der Kommandant der Blauen stattdessen.

Verzweifelt und machtlos musste Petrich zusehen, wie Lewig sie weg von der Ersten Straße führte, weg vom Schutz des Königs. Die Wilden aus dem Tal verhöhnten sie lautstark, als sie vorbeifuhren, bis Lewig die Hand hob, um ihnen Einhalt zu gebieten, und selbst dann hielten sie nicht den Mund.

»Wie? Ein bisschen Spaß wird doch wohl noch erlaubt sein?«,

höhnte einer. »Die Hügelhasen freuen sich doch bestimmt, hier ein paar alte Bekannte zu treffen!«

»Sie sind Gäste der Dame Zinnober«, erwiderte Lewig. »Würdest du die Angelegenheit gerne mit ihr persönlich besprechen?« Wollte er offensichtlich nicht, denn er verstummte abrupt. Dafür ergriff sofort ein anderer das Wort und deutete auf die Flussfrauen.

»Und was ist mit denen?«

»Die kümmern mich nicht«, sagte Lewig. »Macht mit ihnen, was ihr wollt.«

Sofort stürmten sie vor, an den Wachen der Blauen vorbei, und grapschten nach den Frauen. Der einzige Ort, an den sie sich flüchten konnten, war der Karren, also sprangen sie hinauf. Aber auch hier waren sie vor den lüsternen, verdreckten Händen nicht sicher. Petrich sah die bärtigen Fratzen, die er so gut aus seinen Albträumen kannte. Sie grunzten und schnaubten im Licht der untergehenden Sonne, und Petrich konnte nicht weg.

Ian brüllte, Lewig brüllte und Edrik ebenso, aber nicht ein Wort davon drang durch. Alle Stimmen verschmolzen zu einem ununterbrochenen, entsetzlichen Schrei, die Gesichter verschwammen. Hilflos tastete Petrich nach seinem Beutel, aber seine Hände zitterten zu stark, verfingen sich im Bund seiner Hose, und schließlich kauerte er sich auf dem Boden des Karrens zusammen. Diesmal gab es keinen hohlen Baumstamm, in dem er sich verstecken konnte, keine Dunkelheit, die ihn beschützen würde.

Es war Ians Stimme, die schließlich alle anderen übertönte. »Hände weg von meiner Frau!«

Sein Drottin redete wirr. Ian hatte keine Frau. Trotzdem kehrte mit einem Schlag Stille ein, und die bärtigen Gesichter zogen sich zurück. Petrich setzte sich langsam auf und sah, wie Ian Zo in den Armen hielt.

Edrik nutzte das vorübergehende Schweigen und schrie: »Krystal steht als Kommandant der Grünen immer noch im Dienst des

Königs. Wer sich Schwarzwassers Zorn zuziehen will, möge vortreten und seine Frau noch einmal belästigen!« Dann wartete er. Keiner trat vor, im Gegenteil. Sie schreckten zurück und wagten auch nicht mehr, die anderen Frauen zu betatschen.

Edrik wandte sich an den Kommandanten der Roten: »Falls es zu keinen weiteren Zwischenfällen dieser Art kommt, Lewig, werde ich davon absehen, dies beim König zu melden.«

»Verstanden«, erwiderte Lewig hastig. Er war erleichtert, dass die Ordnung in seinen Reihen wiederhergestellt war, und befahl seine Männer zurück ins Lager.

Ihre Eskorte schien ebenso erleichtert, als der Karren sich endlich wieder in Bewegung setzte. Alles war vorüber, noch bevor Petrich überhaupt begriffen hatte, was passiert war. Sein Schädel pochte, er bebte immer noch am ganzen Körper, und das Lager der Roten lag ein gutes Stück hinter ihnen, als er sich endlich weit genug beruhigt hatte, um zu begreifen, dass Ian sie alle gerettet hatte. Einen Moment lang fragte er sich lächerlicherweise noch, ob sein Drottin tatsächlich vorhatte, die einzige Frau zu heiraten, die Petrich je gewollt hatte. Doch als er wieder halbwegs klar denken konnte, begriff er, dass Ian sich lediglich einer schlauen Lüge bedient hatte. Eine kluge Taktik. Sein Drottin hatte gehandelt, während er selbst hilflos am Boden des Karrens gekauert hatte.

Er hat Zo gerettet, während ich mich verkrochen habe.

48

Verglichen mit dem Palast von Skye und Fronks Baumstadt war die Garnison am Doppelsee ein unansehnliches kleines Dorf. Sie war nicht von einem Ingenator entworfen und errichtet, sondern hastig von Soldaten zusammengezimmert worden. Jenor entdeckte zahlreiche Schwachstellen in den Verteidigungsanlagen, während der Karren über den mit nur grob behauenen Steinen gepflasterten Weg holperte, die zumindest verhinderten, dass die schmale Straße sich vollends in ein Schlammloch verwandelte. Sie fuhren durch das Tor und sahen die einfachen Baracken aus entasteten, von Seilen zusammengehaltenen Baumstämmen. Es wurde bereits dunkel, und die Sägemühle am Seeufer stand still. Nur ein einziges Bauwerk zeugte von etwas mehr Qualität und Geschmack. Es thronte auf einem Steg über dem See und hob sich wie ein Miniaturpalast von den anderen Gebäuden ab. Ein Schloss konnte man es wohl nicht nennen, aber auf die Konstruktion war eindeutig mehr Sorgfalt und Arbeit verwendet worden als auf den Rest der Garnison. Der Baustil erinnerte an den der Roten Stadt. Über den mit waagrechten Holzpaneelen verkleideten Mauern ragte ein steiles Giebeldach auf, auf dessen Spitze ein rotes Banner wehte.

Die Anfänge von Dame Zinnobers Roter Stadt in Abrogan, dachte Ian bei dem Anblick.

Die überlebenden Grünen und Flussmenschen wurden gemeinsam mit Edrik und den Blauen zu einem künstlichen Teich geschickt, um sich den Straßendreck vom Leib zu waschen. Das

Wasser für das Bassin wurde vom See abgezweigt, durch ein Eisenrohr gepumpt und dabei über einem Feuer erhitzt. Am anderen Ende des Beckens floss es wieder hinaus und zurück in den See. Sogar Seife gab es. Danach wurden sie zum sogenannten Seehaus gerufen. Edrik schien nun genauso »Gast« der Dame Zinnober zu sein wie Ian und hatte keine Befehlsgewalt mehr über ihn.

Kerrs Haar glänzte wie Obsidian, und selbst Ian genoss, wie seidig sich seine Mähne anfühlte, nachdem sie am Feuer halbwegs getrocknet war. Petrich *roch* nach dem Bad zwar besser, sah aber auch nicht besser aus als vorher. Man brachte ihnen frische Kleidung, die sie zum Abendmahl tragen sollten. Ihre eigenen Kleider wurden inzwischen in die Obhut eines alten Wäschers gegeben.

»Wo sind die Frauen?«, fragte Kerr und fuhr sich gedankenverloren durchs schimmernde Haar.

»Ich habe nicht eine einzige gesehen, außer unseren Freunden vom Flussvolk«, antwortete Petrich.

Beim Seehaus wurden sie von Wachen in roter Uniform in Empfang genommen. Sie trugen die gleichen Rüstungen wie die Palastwache der Roten Stadt. Keine ausgehobenen Bauern in roten Kettenhemden also, sondern die Leibgarde der Dame Zinnober. Die Gardisten bedeuteten ihnen, in der Vorhalle zu warten, und sie gehorchten, bis schließlich ein schaurig aussehender, wenn auch gut gekleideter Mann kam, um sie zu begrüßen.

Er wusste sich gewandt auszudrücken, lispelte aber etwas, da ein Stück der Oberlippe fehlte. Außerdem schmatzte er bei jedem Wort. Selbst wenn er den Mund geschlossen hatte, waren die Vorderzähne zu sehen, außerdem zwei hintere auf der linken Seite, von denen einer abgebrochen war. Obendrein hinkte er, und der eine Arm stand in einem eigenartigen Winkel von der Schulter ab. *Er muss in einer Schlacht schwer verwundet worden sein*, dachte Ian.

»Ich heiße Euch im Seehaus der Dame Zinnober willkommen, meine Herren. Ich bin Graf Klein, oberster Berater von König Schwarzwasser.«

Ian war nicht in der Stimmung für höfisches Geplänkel, also überließ er Edrik diese Aufgabe. Graf Klein ließ sich alle Namen sagen, nicht nur die der Kommandanten, und Ian sah deutlich, wie Klein sie sich sorgfältig einprägte.

»Ihr werdet heute Abend mit uns speisen, und ich wünsche, über alles informiert zu werden, was sich in der Baumstadt zugetragen hat. Klansmann, du wirst gegenüber der Dame Zinnober sitzen.«

»Der Mann, den ich in einem Ochsenkarren hierher eskortiert habe, bekommt den Ehrenplatz, und nicht ich?«, fragte Edrik irritiert.

»Er steht im Moment höher in der Hierarchie als du«, entgegnete Klein. »Aber so etwas kann sich schnell ändern...«

Ian war überrascht zu erfahren, dass er tatsächlich noch Kommandant der Grünen war, wie Edrik behauptet hatte.

»Wie ich höre, darf man dir gratulieren, Klansmann«, sprach Klein verschmitzt weiter. »Welche der zarten Damen ist die glückliche Braut?«, fragte er und deutete mit dem Kinn auf die Ruderinnen der Dida.

Gesund und stark sind sie, aber nicht zart. Sie sahen sogar ziemlich unförmig aus in den schnittlosen Kitteln, die man ihnen gegeben hatte. Zo am meisten von allen. Graf Klein machte sich über ihn lustig. Über ihn *und* die Frauen.

»Ein Missverständnis«, antwortete er. Ian hätte gerne noch mehr gesagt, hielt sich aber zurück, denn an de Terbias Hof hatte er auf brutale Weise gelernt, was passieren konnte, wenn er sich mit einem Adligen auf ein Wortduell einließ.

»Dann ist die Hochzeit also abgesagt? Keine wilden Küsse, keine zügellose Klanszeremonie? Wie schade.«

Es war Petrich, der nicht länger an sich halten konnte, und

seine leise Stimme drang klar und deutlich durch die kleine Halle. »Eigenartig, dass gerade Ihr das sagt. Ihr seht mir nicht aus wie jemand, der viel Erfahrung mit wilden Küssen hätte.«

Klein tastete nach seiner Oberlippe, und seine Augen verengten sich einen Moment lang zu zornigen Schlitzen, dann hatte er sich wieder im Griff.

Ein erfahrener Politiker und Intrigant. »Sei auf der Hut, Vetter«, flüsterte Ian Petrich zu.

»Du«, sagte Klein mit einem grotesken Lächeln und bedeutete Petrich vorzutreten. »Du bist doch der, der im Dunkeln gekämpft hat, wie mir zu Ohren kam. Ja, ganz unverkennbar. Du hast etwas Verstohlenes. Es heißt, du hättest den Spieler einfach verschwinden lassen. Puff! Es würde mich durchaus interessieren, wie. Du bekommst den zweiten Platz gegenüber der Dame.«

Edrik seufzte und senkte den Kopf.

Der Bankettsaal war übermäßig groß für eine so kleine Garnison, sodass die meisten Tische leer blieben. Ian und Petrich saßen dem Platz der Dame Zinnober gegenüber, Edrik neben ihnen. Kerr und die anderen nahmen an den Enden der Tafel Platz, während die Dida und die vier Ruderinnen an einen Tisch am anderen Ende des Raumes gebeten wurden. Ian warf ihnen einen verwirrten Blick zu.

Die Dame Zinnober betrat den Saal durch ihren eigenen Eingang. Ein Diener öffnete eine Geheimtür direkt hinter ihrem Stuhl, dann schwebte sie herein wie ein in rote Seide gehülltes Gespenst. Die lange Schleppe berührte die polierten Holzdielen kaum, so fein war der Stoff. Ian hatte sie im noch halb fertiggestellten Großen Saal von Skye schon einmal gesehen. Dort war sie ihm vorgekommen wie ein Geier, der auf der Schulter des Grafen Zinnober saß, aber hier, auf ihrem eigenen Anwesen, war ihr Auftreten würdevoll und königlich. Sie war groß für eine Frau, wenn auch nicht so groß wie Zo, die aber so weit weg saß, dass der Umstand nicht auffiel. Außerdem war sie so schlank, dass ihre Haut sich zwischen den Knochen regelrecht spannte wie eine Tierhaut auf einem Trockengestell.

»Die liebliche Dame Zinnober!«, sagte der Diener.

Kerr beugte sich zu seinem Sitznachbarn hinüber und flüsterte ihm kichernd etwas ins Ohr. Klein warf ihm sofort einen missbilligenden Blick zu, und Ians jüngerer Bruder verstummte abrupt.

»Seid willkommen, meine Gäste«, sagte die Dame. »Ich bin geschmeichelt, dass so wackere Offiziere, grimmige Soldaten und Männer des Flussvolks mich aufsuchen, um die Annehmlichkeiten meines wunderbaren Bankettsaals mit mir zu teilen.«

Eine seltsame Begrüßung, fand Ian. Weder er noch Edrik hatten sie freiwillig aufgesucht. Sie waren gezwungen worden. Außerdem hatte sie nur die Männer begrüßt. Die Dida und die anderen Frauen ignorierte sie völlig.

»Ich glaube, sie bekommt nicht oft Besuch hier draußen«, flüsterte Kerr.

Klein nickte einem Gardisten zu, der sich daraufhin hinter Kerrs Stuhl stellte. Die Botschaft war eindeutig, und Ian hoffte, sein Bruder würde ab jetzt den Mund halten.

Ohne weitere Unterhaltung wurde das Essen aufgetragen, denn wie deutlich zu sehen war, musste die Gastgeberin kurz vor dem Verhungern sein. Der erste Gang bestand aus Süßwassermuscheln in der Schale. Die Gäste knackten sie mit den dazu gereichten Messern auf, Sienna hingegen benutzte einen kleinen Holzhammer. Der Kopf war vom jahrelangen Gebrauch spiegelglatt poliert und hatte jegliche Farbe verloren. Sie nahm eine Muschel und schlug sie mit einem lauten Knacken entzwei. Ian hatte erwartet, dass einer der Diener das für sie tun würde, aber als Klein Anstalten machte, ihr zur Hand zu gehen, verscheuchte sie ihn gereizt, schlug mit Eifer zu und löffelte das Muschelfleisch mit der bloßen Hand. Dazu wurden Brot und ein dicker Beerenaufstrich gereicht, aber die Dame zog es vor, ihr Brot in eine bereitstehende Schale Fischbrühe zu tunken. Der Hauptgang bestand aus einer Art Seehecht mit erstaunlich vielen Gräten. Die Dienerschaft reichte roten Wein in Holzkelchen, und Sienna langte mit ebenso großem Appetit zu wie die ausgehungerten Männer an der Tafel.

Dann brachte ein Diener einen Eimer.

Ian ging davon aus, dass er für die Essensabfälle war, die der Diener zum Schweinestall bringen würde. Doch zu seiner Überraschung warf Sienna Zinnober nicht die abgenagten Gräten von ihrem Teller hinein, sondern steckte sich einen langen dünnen Finger in den Hals und erbrach sich. Ian zuckte zusammen und hörte sie dreimal lautstark würgen, dann war Siennas Magen leer und der Eimer voll. Die Dame Zinnober spülte sich den Mund mit einem Schluck Rotwein aus und rief nach dem nächsten Gang, als wäre nichts geschehen.

»Ist Euch nicht wohl, Dame Zinnober?«, fragte Ian, noch bevor Klein es verhindern konnte.

»Nein, nein, nein!«, fiel ihm der Graf ins Wort. »Die Dame erfreut sich bester Gesundheit. Seht nur, wie schlank und schön sie ist!«

Sienna blickte auf und tupfte sich mit einer Serviette das Kinn. Ihr Gesicht schien spitzer und rattenartiger denn je, als sie Klein fixierte. »Du hast es ihnen nicht gesagt?«

Klein geriet ins Stammeln. »Die Dame Sienna vom See wünscht lediglich, so lange mit euch zu speisen, wie auch ihr speist. Zweimal, wenn es sein muss, oder auch dreimal.«

»Ich weiß nicht, ob ich noch irgendetwas essen will«, murmelte Kerr, dem der säuerliche Geruch aus dem Eimer in die Nase gestiegen war. Der Kommentar brachte ihm einen verstohlenen Schlag auf den Kopf mit der Zierhellebarde des Gardisten in seinem Rücken ein – eine letzte Warnung.

»Sprechen wir über euren Unschuldsbeweis vor dem Tribunal«, sagte Klein, um das Thema zu wechseln. »Was müsst ihr für Geschichten zu erzählen haben, von Intrigen, von Kämpfen, von Ruhm und Ehre!«

»All diese Geschichten enden mit dem Tod meines Bruders«, erwiderte Ian. »Außerdem habe ich nicht meine Unschuld bewiesen, sondern einen Mann getötet, mit dem ich keinen Streit hatte... den ich nicht einmal kannte.«

»Dein Bruder ist einen tapferen Tod gestorben. Ein Vogel berichtete, es sei ein famoses Spektakel gewesen.«

»Ein barbarisches Ritual, meint Ihr.«

»Barbarisch? Und das sagt der Mann, der in einer Hütte irgendwo in der Wildnis Artungs aufgewachsen ist. Man hätte dich auch einfach hinrichten können. Morgan de Terbia ist der Herr der Baumstadt; es wäre sein gutes Recht gewesen, so mit dir zu verfahren. Der Gottesentscheid muss dir doch entgegengekommen sein. Du und die Deinen, ihr seid Krieger, nicht wahr? Wie ich hörte, war deine Verteidigungsrede nicht allzu überzeugend.«

Klein lachte herzlich. »Ein Ungeheuer? Ein Jahr in einer finsteren Höhle? Es gibt vielerlei Arten, sich aus etwas herauszureden, Klansmann, aber derlei Phantasmen werden vor Gericht nur akzeptiert, wenn sie aus dem Munde eines Priesters kommen.«

»Wir *wurden* von einem Ungeheuer angegriffen. Es war...«

»Unsinn! Vor dem König wirst du dir etwas Besseres einfallen lassen müssen.«

Ein lauter Knall ertönte, und alle blickten auf. Die Dame Zinnober saß da, den Hammer, mit dem sie soeben auf die Tafel geschlagen hatte, noch in der Hand, und deutete auf Klein. »Lass ihn sprechen, Graf Plappermaul. Ich wünsche, seine Geschichte zu hören, und du hast nichts Besseres zu tun, als ihm ständig ins Wort zu fallen. Widersprechen: Das ist alles, was du kannst, und ich bin es leid! Du möchtest doch nicht, dass *Onkel* wieder auf Besuch kommt, oder?«

Kleins selbstzufriedener Blick verschwand. »Nein, meine

Dame. Ich habe mich einen Moment lang vergessen.« Mit einem Nicken forderte er Ian zum Weitersprechen auf.

»Wir wurden von einem Ungeheuer angegriffen«, wiederholte er.

»Das hast du bereits gesagt. Aber kannst du es uns beschreiben?«

»Es war größer als jedes Tier, das ich je gesehen habe. Groß wie ein Wal.«

»Ein Wal in einem See?«

»Nein. Es ist uns bis zum See gefolgt. Wir glauben, dass es in dem Baum nistet.«

»In unserem Baum?«

»Nachdem ich nun weiß, wie gefährlich und grausam diese Bestie ist, würde ich sagen, es ist ihr Baum, nicht unserer.«

»Die Blaue Armee ist jetzt dort stationiert, und niemand hat dieses walgroße Ungeheuer gesehen. Außerdem, so möchte ich glauben, sind unsere Soldaten durchaus in der Lage, sich gegen einen etwas zu groß geratenen Bären zu verteidigen.«

»Ich spreche nicht von einem zu groß geratenen Bären. Die Bestie hat Flügel, Klauen und Zähne, so lang wie Schwerter. Sie ist über die Felswand am See geklettert wie eine Eidechse.«

»Oho! Soll ich dem König berichten, ihr hättet einen feuerspeienden Drachen gesichtet?«

»Die Kreatur hat kein Feuer gespien.«

»Und wo ist der feuerlose Drache jetzt? Er wurde von euch tapferen Recken besiegt, wie es sich bei einer Gutenachtgeschichte für Kinder gehört, nehme ich an.«

»Nein«, sagte Ian. »Wir haben uns in einer Höhle vor ihm versteckt.«

»Beinahe ein ganzes Jahr lang, wie ihr vor Morgan behauptet habt?« Klein räusperte sich. »Meine Frage gilt noch immer: Wo ist das Ungeheuer? Wenn etwas von dieser Größe in unserem Baum lebte, hätte jemand es gesehen.«

»Während der kalten Jahreszeit fliegt es nach jenseits der Berge.«

»Wie die sorgsamen Studien der Gewohnheiten des Drachen ergaben, die ihr während der wenigen Momente durchführen konntet, die ihr ihn gesehen habt...« Der Graf schüttelte verächtlich den Kopf.

»Komm her, Klein«, sagte Sienna Zinnober ruhig und ohne seinen Titel zu benutzen.

Klein zögerte.

»Ich sagte, komm her«, wiederholte sie. »Muss *Onkel* dir erst die Ohren putzen?« Sienna stand auf und nahm den Hammer wieder zur Hand.

Klein blickte sich hilflos um, doch die Gardisten schauten alle weg. Schließlich entschuldigte er sich und begleitete die Dame Zinnober durch die Geheimtür aus dem Saal.

Nach dem Verschwinden der beiden Gastgeber herrschte betretene Stille. Es war Kerr, der sie schließlich brach.

»Wir sollten die Flussfrauen an unsere Tafel holen, solange wir hier sitzen und warten. Dann können wir endlich richtig feiern!«

Der Gardist in seinem Rücken packte ihn an der Schulter und flüsterte: »Sprich nicht von anderen Frauen, wenn die Dame zugegen ist.«

Kerr schäumte. »Ich bin hier nur Gast, also werde ich ruhig sitzen bleiben, statt dir eine runterzuhauen, aber zu befehlen hast du mir gar nichts. Und den Schlag mit der Hellebarde werde ich nicht vergessen!«, knurrte er und stieß den Soldaten weg. Kerr war ein junger Krieger aus den Hügeln, dessen Kräfte gerade erst erblühten, und der Gardist war sichtlich überrascht, wie weit er aufgrund des Stoßes rückwärtstaumelte.

Petrich griff Kerr am Arm. »Du solltest ihm für seinen Rat danken, junger Vetter. Er will dir nur helfen, und auch ich glaube nicht, dass du unsere Gastgeberin erzürnen solltest.«

Da verstand Ian: Sienna Zinnober duldete keine weibliche

Konkurrenz. Deshalb bekamen die Dida und ihre Begleiterinnen unförmige Wollkittel und einen Platz weit weg von der Tafel. Außerdem hatte er nicht eine einzige Frau gesehen, seit sie hier waren. Eine Stadt ohne Frauen war keine Stadt... außer sie war nur für eine Frau allein erbaut worden.

Von hinter der Tür drang ein überraschter Aufschrei in den Saal, gefolgt von einem schrillen Kreischen.

Ian sprang auf und Edrik ebenso. Da gerade keine andere Waffe zur Hand war, griff der Kommandant der Blauen nach seinem Löffel.

Kerrs Aufpasser bedeutete den beiden, sich wieder zu setzen.

»Aber die Dame...«, begann Ian. In dem Moment stellte sich einer der Gardisten vor die Tür, und Ian hielt es für das Beste zu gehorchen.

Kurz darauf kam Sienna Zinnober zurück in den Saal, als wäre nichts geschehen, nahm ihren Platz wieder ein und legte das Hämmerchen neben ihren Teller. »Ich würde gerne mehr über dieses Ungeheuer hören«, sagte sie und stürzte sich mit Appetit auf den nächsten Gang.

Ian schilderte Verdas Angriff und beschrieb den Drachen, so gut er konnte. Als Klein mit einer Hand über dem Ohr in den Saal zurückgeschlichen kam, redete er einfach weiter. Es fiel ihm schwer, über das Massaker am See zu sprechen. Aus Angst, er könnte wieder in Tränen ausbrechen, ließ er die Namen der Toten weg. Als seine Schilderungen immer fantastischer wurden, nickten seine Männer, um die Worte ihres Drottin zu bestätigen.

»Und was ist in der Hölle passiert?«, fragte Sienna. »Wie kam es, dass ihr entwischen konntet, wo das Ungeheuer doch alle anderen getötet hat?«

Ian warf Petrich einen kurzen Blick zu. »Ich weiß es nicht.«

Klein trat hinter Zinnobers Stuhl hervor und ließ die Hand sinken. Ian sah, dass das Ohrläppchen feuerrot war. Und zu Brei zerschlagen.

»Ich spreche als Stellvertreter des Königs«, warnte ihn Klein, »und ich befehle dir, die Frage zu beantworten, die die Dame dir gestellt hat.«

Ian wand sich; er wollte Zeit gewinnen, sich weigern oder zunächst weiter so tun, als wüsste er nichts. Er hätte alles getan, um das dunkle Geheimnis seines Vetters nicht preisgeben zu müssen. Petrich erledigte das für ihn. »Ich werde die Frage beantworten«, sagte er, »und den Willen meines Königs erfüllen.«

»Ah«, gurrte die Dame Zinnober. »Noch mehr Geschichten.«

»Dies ist keine Geschichte, edle Dame«, erwiderte Petrich. »Ich kann sie beweisen.« Er stand auf, rückte seine Kleidung zurecht und hielt die Hände vor seinen Schritt. »Doch muss ich Euch bitten, alle anderen aus dem Saal zu entfernen und mir einen Vogel bringen zu lassen. Ich wünsche, direkt mit meinem König zu sprechen.«

49

Sie fuhren weiter nach Skye, zu ihrem König. Edrik hatte die weniger befahrene Route gewählt, die mitten durch die Hügel südlich des Doppelsees führte, um das Lager der Roten zu umgehen. Petrich inspizierte den Karren. Die Bretter waren über und über mit feinen Schnitzereien bedeckt, die sich bei näherem Hinsehen als Wälder, ein Drache, ein riesenhafter Baum, zwei direkt aneinandergrenzende Seen, ein einzelner hoher Berg und ein Netz aus Flüssen herausstellten. Über Nacht hatte Zo den Wagen mit nichts als ihrem kleinen Messer in einen Holzschnitt verwandelt, der von ihren Abenteuern erzählte.

Im Moment schnitzte sie einen gehörnten Hasen in eine der Seitenwände.

»Ich schreibe, Damon hat gezeichnet, und du schnitzt die Welt«, sagte Petrich. Zo konnte ein paar Brocken Fretisch, und auch Petrich hatte einige Wörter in ihrer Sprache gelernt, sodass sie sich ohne Flosse ein bisschen unterhalten konnten.

»Das tue ich.«

»Was kommt als Nächstes?«

»Das weiß ich, wenn ich fertig bin.«

Wieder herrschte Schweigen zwischen ihnen, und Petrich hätte so gerne etwas Kluges gesagt oder etwas Schmeichelhaftes, wie Kerr es an seiner Stelle getan hätte. Aber wenigstens sprach Zo mit ihm. *Statt bei meinem bloßen Anblick zusammenzuzucken.* Er hatte ihr Sicherheit geben wollen, und das war ihm gelungen. Jetzt wollte er sie zum Lächeln bringen.

»Wenn wir in der Stadt sind, kaufe ich dir ein Kleid«, erklärte er unvermittelt. »Du wirst genauso schön sein wie die Rote Dame.«

Zo schaute ihn verdutzt an. »Sie hat mich eine große Kuh genannt. Kühe brauchen keine Kleider.«

»Unsinn. Du bist groß und stark und... keine Kuh.« Am liebsten hätte Petrich sich die Zunge abgebissen für das, was er soeben gesagt hatte. *Was soll eine Flussfrau mit einem Kleid anfangen?* Er hätte ihr besser ein gutes Messer anbieten sollen oder eine Schale voll erlesenem Fisch.

Zo warf ihm einen wehmütigen Blick zu. »Ich hatte noch nie ein Kleid. Kein echtes. Tragen die dünnen und schönen Frauen in der Stadt so was?«

»Ja, und du auch. Wenn du möchtest.« Er wartete auf eine Antwort und beobachtete Zo genau, bis er es nicht mehr aushielt. »Möchtest du?«

Zo vervollständigte das Geweih des Hasen, dann blickte sie auf. »Du versprichst mir ein Geschenk. Mir hat noch nie ein Mann etwas geschenkt außer Werkzeug oder Essen. Tara bekommt alle schönen Geschenke. Ich bin zu groß, und mein Kiefer ist zu breit. Deshalb schnitze ich den ganzen Tag. ›Seltsam‹ nennen sie mich.«

»Deine Schnitzereien faszinieren mich. Ich bin zu klein für einen Klansmann, und ich werde dir ein schönes Geschenk geben.«

Um ein Haar hätte Zo gelächelt – Petrich sah, wie ihre Mundwinkel kurz zuckten –, doch dann wurde ihr Blick wieder traurig. »Ich sollte dir danken und froh sein, dass ein Mann mir seine Aufmerksamkeit schenkt. Aber ich habe Angst vor der Dunkelheit zwischen deinen Beinen.«

Da war es wieder: Die eine Sache, die ihn besonders machte, machte ihn gleichzeitig abstoßend. *Aber gerade sie müsste das verstehen*, dachte Petrich. *Ich werde ihr mehr Zeit geben. Und ein Kleid.*

Als sie die Tore Skyes erreichten, waren die Flussmenschen überwältigt. Selbst Zo warf Petrich einen kurzen, erwartungsvollen Blick zu. Petrich war ebenfalls beeindruckt, wie sehr die Stadt während des Jahres, das sie fort gewesen waren, gewachsen war. Die Ringmauer ragte hoch in den Himmel auf, und dahinter erhoben sich sogar noch höhere Gebäude, alle aus Stein. Allein das Tor war riesig. Es bestand ganz und gar aus mächtigen Baumstämmen – eine abroganische Eschenart, dem Anschein nach – und wurde von drei dicken Eisenbändern zusätzlich verstärkt. Unten befand sich eine kleine Metalltür, durch die sie eingelassen wurden, ohne dass eigens das Tor geöffnet werden musste.

»Tyco ist jetzt der Ingenator hier«, sagte Schagan. »Er arbeitet um einiges schneller, wie ich gehört habe.«

»Das sieht man«, erwiderte Jenor und deutete auf die Stadtmauer. »Bis dahin hat Fronk sie gebaut, darüber Tyco. Die Steine sind nicht mehr so gerade gesetzt. Manche stehen ein gutes Stück vor.«

»Ich sehe nur eine prächtige Stadt auf einem Berggipfel!«, rief Kerr begeistert. »Sie ist umwerfend! Bryss wird jede Nacht feiern.«

»Das tut er gewiss«, murmelte Petrich.

Sein Drottin schien die allgemeine Freude nicht zu teilen. Er hatte sich mit weit ernsteren Dingen zu beschäftigen. Die Begnadigungen waren sie teuer zu stehen gekommen und mussten noch vom König bestätigt werden, was er normalerweise auch tat. *Aber ein König kann tun, was immer ihm beliebt. Wer weiß, was das in diesem Fall ist?* Außerdem hatte Klein mehr als deutlich durchschimmern lassen, dass Ian sein Kommando schnell wieder verlieren könnte. *Oder Schlimmeres.* Im Moment war er ohnehin nur noch Kommandant über drei Klanskrieger, einen Inselbewohner, einen stotternden plynthischen Bauernjungen und einen einarmigen Koch.

»Der König wird entweder im Großen Saal sein oder im Moderturm«, sagte Ian. »Wir müssen sofort zu ihm.«

»Im Smaragd-Donjon«, korrigierte Petrich. »Gewöhne dir gar nicht erst an, ihn Moderturm zu nennen. Schlechte Gewohnheiten können in den unpassendsten Momenten unangenehm zum Vorschein kommen.«

»Du hast viel im Klansbuch gelesen, Vetter«, erwiderte Ian. »Es ist gut, dich an meiner Seite zu haben.«

Der Karren war vor den Stadttoren geblieben, und sie gingen zu Fuß durch die belebten Straßen. Petrich spürte das vibrierende Leben in ihnen. Beim letzten Mal hatte Skye leer und leblos gewirkt, bevölkert nur von Baugerüsten und Arbeitern. Jetzt gab es Obststände, und an einer Ecke sah er einen Artisten, der seine Künste zum Besten gab. Damen in vornehmen Kleidern flanierten, um die Aufmerksamkeit der flanierenden Edelmänner zu erregen. *Ich muss herausfinden, wo man solche Kleider kaufen kann.* Auf halbem Weg über den Hauptplatz, auf dem mittlerweile ein Markt entstanden war – eine kleinere Version des Marktes unten am Hang, auf dem Ian den Mantel aus Rattenfell gekauft hatte –, wurden sie aufgehalten.

Der Mann, der sich ihnen in den Weg stellte, trug Palastgewänder und war flankiert von zwei Soldaten der Grauen Garde des Königs. »Ich bin Graf Lune, Botschafter des Königs. Ian Krystal von der Grünen und dessen Vetter Petrich werden mich zu seiner königlichen Exzellenz König Schwarzwasser begleiten. Kerr Krystal, Kronprinz Bryss wünscht, dich unverzüglich zu sehen. Der Rest eurer Gruppe wird inzwischen in den Baracken der Grünen untergebracht, außer den Frauen, die jemand zum Quartier der Fräulein geleiten wird.«

»Ich bin verheiratet«, sagte Dida.

»Welcher von ihnen ist dein Mann?«

»Von diesen halbwüchsigen Lockenköpfen?«, fragte sie lachend. »Keiner. Er ist im Norden, jenseits der Rauchhöhen, und genauso reifen Alters wie ich.«

»Dann werden wir ein Gemach im Palast für dich finden.«

Auf ein Fingerschnippen von Lune hin führten die Soldaten die Dida und die anderen weg.

Schagan warf Petrich und Ian einen besorgten Blick zu, fügte sich aber. Nur Kerr hüpfte regelrecht vor Freude, als sie sich entfernten.

Der König war nackt. Ian stand mit Petrich am Rand des Badehauses an den Klippen und genoss die Aussicht – nicht auf die Hinterbacken des Königs, sondern auf die Lande westlich des Berges.

»Ich komme gern zum Nachdenken hierher«, sagte Schwarzwasser. Dampf stieg aus dem Becken auf, dessen Wasser eigens in einem Kessel erhitzt und dann in das große Bassin gepumpt wurde. »Und um Dinge zu besprechen, die von größter Wichtigkeit sind. Wie ich festgestellt habe, ist ein Mann umso ehrlicher, je weniger er sich hinter seiner Kleidung verstecken kann.«

Ian und Petrich nickten pflichtschuldig, wussten aber nicht recht, was sie gegenüber einem nackten König erwidern sollten.

»Worauf wartet ihr? Zieht euch aus und kommt rein«, sprach Schwarzwasser weiter.

Sie blickten Lune fragend an.

»So lautet der Wille des Königs«, sagte der Botschafter.

Kurz darauf saß Petrich Krysalis nackt seinem König gegenüber. Ein Knabe hatte ihre Kleider fortgebracht, nur Petrichs Beutel lag noch in Griffweite am Rand des Beckens. Neben Petrich saß der Drottin, und gemeinsam schauten sie über die Klippen nach Westen. Vier Wegstunden weit reichte der Blick in der Mittagssonne, und der Himmel war so hell und offen, dass es Petrich Angst machte.

Schwarzwasser verbarg seinen Körper nicht, und Petrich sah die vielen Narben darauf. Dass er hart um seinen Thron gekämpft und selbst das Schwert geführt hatte, war bekannt. *Und er ist nicht ungeschoren davongekommen.* Sie befanden sich an den Stellen, wo alle Schlachterprobten sie hatten, an Händen und Gelenken, wo die Rüstung den Körper des Kämpfers ungeschützt ließ. Die größte jedoch war direkt über dem Herzen. *Eigenartig.* Schwarzwasser konnte keine Rüstung getragen haben, als er sie sich zuzog, denn der Harnisch hätte die Klinge abgehalten.

»Es ist etwas passiert, Klansmann«, sagte Schwarzwasser, »und du spielst eine entscheidende Rolle darin. Alles begann, als mein Neffe dir aus einer ungebührlichen Laune heraus ein Kommando gab. Danach schienst du desertiert zu sein, und ich hatte nichts weiter mit dir vor, als dich deines Kommandos zu entheben und dich zurück in deine verwilderten Hügel zu schicken. Einen Klansmann, der meine Männer anführt, wollte ich nicht haben. Doch dann hast du vor Morgan deine Begnadigung erkämpft, noch bevor mein Botenvogel ihn erreichte und ich seinem verfluchten terbischen Tribunal ein Ende machen konnte.«

Petrich spitzte die Ohren. Der Falke *hatte* Morgan noch vor dem Ende des Tribunals erreicht. Sogar noch vor Damons Hinrichtung. *Und Morgan hat den Befehl ignoriert.*

»Ich könnte dich immer noch aus dem Verkehr ziehen, aber nun haben die Dinge sich erneut verändert.« Schwarzwasser spritzte etwas Wasser über den Beckenrand und beobachtete, wie die Tropfen im gähnenden Abgrund hinter der Klippe verschwanden. Er lachte traurig. »Ein König ist so mächtig, er kann es sogar regnen lassen, siehst du?«

Ian hob die Hand und spritzte ebenfalls. »Ein Drottin auch, wie es scheint.«

Schwarzwasser nickte bedächtig. »Ihr seid ein stolzes Volk. Das beste unter all den Klans. Ich weiß das, denn sie stehen alle in meinen Diensten, und ich kenne deinen Vater.«

Petrich sah, wie Ians Haltung sich versteifte, doch der König ließ die Angelegenheit auf sich beruhen und stieß einen tiefen Seufzer aus. »Es gibt ein Ungeheuer in meinem neuen Reich«, sagte er schließlich.

Petrich und Ian blickten einander unsicher an.

»Ich mache mich nicht über euch lustig, wie Graf Klein es — so vermute ich doch — getan hat. Als ich Fronk zu diesem Riesenbaum entsandte, gab ich ihm einen meiner Vögel mit. Gestern kam er zurück, und der, der ihn schickte, ist tot.«

Die Nachricht traf Petrich unerwartet hart. Fronk war das zweite Genie, das innerhalb weniger Tage bei diesem Baum den Tod gefunden hatte. Er war ein großer Mann gewesen, wie Damon. Wenn Männer wie sie starben, blieb dem Rest der Menschheit nichts anderes übrig, als auszuharren, bis der Nächste von ihrer Art geboren wurde. Erst dann konnte die Welt wieder voranschreiten. Fronk war nicht zu ersetzen, auch nicht durch hundert andere seiner Zunft.

»Was Fronks Falke beschrieb, war nichts anderes als der ›Drache‹, von dem Kleins Botenvogel heute Morgen sprach, kurz bevor ihr hier ankamt. *Dein* Drache.«

»Er hat Fronk getötet?«, fragte Petrich, während Schwarzwasser weiter hinaus über die Klippen starrte.

Der König seufzte erneut. »Er hat alle getötet.«

50

»Nicht einer hat überlebt«, betonte Schwarzwasser, und das Schweigen der Klansmänner sagte ihm, was er wissen wollte. *Sie haben die Schwere der Situation begriffen.* Er betrachtete seine nackten Untertanen. Klansmann Krystal – Ian, der Drottin und Kommandant seiner Grünen – war zutiefst erschüttert. *Gut.* Doch der andere, dieser Petrich, zuckte mit keiner Wimper, und das war eigenartig.

»Wusstet ihr, dass wir in den Vorhügeln dieser Berge fünf Männer verloren, und das noch vor dem Angriff? Morgan fand Knochen. Kahlgefressen und zerschmettert.«

»Das Untier?«

»Nein. Er fand auch Fußspuren dort. Sie sahen aus wie die von Menschen und auch wieder nicht. Sie waren kaum größer als meine oder eure, aber sie hatten Klauen statt Zehen. Sie gehen wie Menschen und sind doch keine. Es sind seltsame und gefährliche Lande; etwas Bösartiges treibt dort sein Unwesen. Zweibeinige Ungeheuer, Kolonien von Menschen mit Fleischfäule, Räuber, Flussvagabunden, die unsere Händler betrügen, sogar Zwerge soll es geben. Und jetzt auch noch ein Drache? Was ist das für ein Ort, zu dem unsere Erste Straße führt?«

Ian nickte. »Es ist ein ungezähmter Ort. Vielleicht haben wir dort nichts zu suchen.«

Schwarzwasser runzelte die Stirn. Der Kommentar war frech, aber nicht dumm. Die Aufgabe eines Königs war, zu beherrschen, was nach Herrschaft verlangte, aber Eitelkeit konnte selbst einen

König dazu verführen, es zu weit zu treiben. Schwarzwasser hatte sein Reich schon einmal erweitert, und er hatte den Preis dafür bezahlt.

»Wir brauchen den Norden nicht«, sagte er schließlich. »Sollen die Götter behalten, was jenseits dieser zornigen Berge liegt. Der Rest gehört mir.«

»Soweit ich weiß, nennen die Einheimischen sie Rauchhöhen, Euer Majestät«, sagte Petrich.

»Ich habe sie soeben umbenannt«, erklärte Schwarzwasser herablassend. »Mein Heer wird die Unerwünschten vertreiben.«

»Die Unerwünschten?«, wiederholte Ian.

»Ich lasse dieses Land säubern und die, die mir nicht passen, hinter das Gebirge treiben. Wir werden sie durch rechtschaffene Freter ersetzen, und vielleicht werden sogar welche aus deinem Stamm darunter sein. Aber dieser Drache...« Schwarzwasser stand auf und blickte über sein Reich. Es war groß, weit größer als seine Heimat. Von hier oben sah es aus, als könnte er damit tun, was immer ihm beliebte. Doch wie sich nun herausstellte, würde er genauso darum kämpfen müssen wie damals um Fretwitt. »Der Vogel sagte, du hättest den Drachen überlistet, Klansmann Petrich. Zeig mir, wie.«

Petrich versicherte sich, dass sie allein waren, dann nickte er. »Ja, Euer Majestät.«

»Vetter...«, begann Ian, aber Schwarzwasser warf ihm einen scharfen Blick zu. »Sei vorsichtig«, beendete er seinen Satz.

»Das werde ich. Einen Moment, Euer Majestät. Ich brauche meinen Beutel. Er liegt am Rand des Beckens.«

Petrich stand auf, und Schwarzwasser musterte ihn. Er war dünn für einen Klansmann, kein Krieger, und er sah gewiss nicht aus wie ein Drachentöter. Andererseits hatte Schwarzwasser schon gebrechliche Ingenatoren und einäugige Schiffsbauer mithilfe ihrer Maschinen große Schlachten gewinnen sehen. »Bewahrst du ein starkes Gift in diesem Beutel auf?«

»Nein.«

»Was dann?«

»Dunkelheit.« Der Klansmann öffnete das Säckchen und hielt es seinem König hin. »Bei Tageslicht kommt sie nicht heraus.«

»Wie stark kann diese Waffe sein, wenn sie im Licht nichts ausrichten kann?«

»Seht hinein.«

Schwarzwasser spähte über den Rand des Säckchens. Es war dunkel darinnen, dunkler als es am helllichten Tag irgendwo sein konnte. Aber das mochte nicht mehr sein als ein billiger Trick. »Der Inhalt ist schwarz. Und?«

»Berührt ihn.«

Schwarzwasser zögerte instinktiv. Seit Anbeginn der Menschheit war die Dunkelheit der Feind des Menschen. »Was wird geschehen?«

»Das weiß ich nicht.«

Schwarzwasser runzelte die Stirn und tauchte einen Finger hinein. Die Dunkelheit gab nach und wölbte sich, umfloss seine Fingerspitze wie zäher Sirup, und als er die Hand schnell wieder herauszog, zog auch die Dunkelheit sich zurück, doch sein Finger war trocken wie zuvor. Also konnte es keine Flüssigkeit sein.

Petrich hob eine Augenbraue. »Sie ist hungrig. Sie dürstet nach Blut.«

»Warte, Vetter«, warf Ian ein. »Wir sollten nicht...«

»Was meinst du mit ›Blut‹?«, fiel Schwarzwasser ihm ins Wort.

»Ich nähre sie aus meiner Fingerkuppe«, antwortete Petrich.

Schwarzwasser nickte und tauchte eine Hand ins Wasser. Als sie wieder zum Vorschein kam, hielt er einen Dolch darin und begutachtete grinsend die scharfe Klinge. »Eine Vorsichtsmaßnahme, falls ihr Klansleute auf dumme Gedanken kommt...«, erklärte er. Schwarzwasser hatte selbst auf dem Schlachtfeld gekämpft, wie seine Narben bezeugten; er war kein verweichlichter König, der seinen Palast nie verlassen hatte. Er drehte die Spitze des Dolchs nach unten und stach sich in den kleinen Finger der linken Hand. Blut tropfte herab und verteilte sich wie eine aufgehende Blüte.

Schwarzwasser glaubte zu sehen, wie der Beutel zuckte, aber das konnte auch Einbildung gewesen sein. »Und jetzt?«

»In den Beutel damit.«

Schwarzwasser hielt die Hand über das Säckchen. Ein Tropfen fiel hinein, und die Dunkelheit bewegte sich. Diesmal war es eindeutig. *Das ist keine Einbildung.* Er senkte den Finger ein Stück und drückte noch einen Tropfen heraus.

In diesem Moment sprang die Dunkelheit hinaus ins Sonnenlicht, streckte sich wie die Tentakel eines vorzeitlichen Dämons. Sie öffnete sich nicht nur, um den Tropfen zu verschlingen, sondern umschloss seinen Finger und krallte sich daran fest. Schwarzwassers linke Hand war bereits in dem Beutel verschwunden, bevor er überhaupt begriff, was geschah.

Krystal schrie, und Petrich redete aufgeregt auf den Beutel ein, als versuche er, die Dunkelheit zu beruhigen. Unterdessen spürte Prestan Schwarzwasser, wie ihm durch den Schnitt in seinem Finger der Lebenssaft ausgesaugt wurde. Der Sack hatte sich schon bis zu seinem Ellbogen hochgearbeitet, als Petrich endlich aufsprang und nach Leibeskräften daran zog. Krystal fasste den König von hinten um die Hüfte und zerrte in die andere Richtung. Immer weiter bewegte sich der Beutel nach oben, war bereits an der Schulter, als wäre Schwarzwassers Arm nichts als Luft, und gleichzeitig spürte er deutlich die unendliche dunkle Leere in dem Säckchen. *Das Nichts.*

Die wilden Klansmänner aus den Hügeln von Artung waren stark, vor allem dieser Krystal. Langsam und unerbittlich zogen sie seinen Arm aus dem Beutel. Die Schwärze hing hartnäckig daran und gab nicht nach, genauso wenig wie der Drottin und Petrich. Es war wie ein mit unerbittlicher Härte ausgefochtenes Tauziehen, und Schwarzwasser selbst war das Seil. Schließlich drehte

Petrich den Rand des Beutels nach außen und setzte die Dunkelheit dem grellen Sonnenlicht aus.

Die Schwärze fuhr zusammen und zog sich zurück, ließ ihn genauso unvermittelt los, wie sie ihn gepackt hatte, und alle drei fielen. Nackt klatschten sie ins Wasser, die zwei Klansmänner und ihr König, und genauso fand Lune sie.

51

Ian sprang auf. Schwarzwasser war erschreckend blass, und er fragte sich, wie viel Blut die Dunkelheit seinem König durch den kleinen Schnitt ausgesaugt haben konnte. *Dafür kommen wir auf den Richtblock!* Lune starrte mit weit aufgerissenen Augen auf das Blut im Becken, das Messer, die beiden nackten Klansmänner und seinen König. »Wachen!«

»Keine Wachen«, keuchte Schwarzwasser.

Petrich zog bereits den Beutel zu, während Ian versuchte, dem König auf die Beine zu helfen.

Lune funkelte die beiden grimmig an; er war außer sich. Entsetzt hob er die Robe seines Königs auf und machte Anstalten, erneut zu rufen.

»Keine Wachen!«, wiederholte Schwarzwasser.

»Euer Majestät, Ihr werdet diese langhaarigen Klansmänner doch nicht ungeschoren davonkommen lassen, nachdem sie Euch angegriffen haben!«

»Nein«, sagte Schwarzwasser. »Diese langhaarigen Klansmänner werden nach Norden gehen und mein neues Reich retten.«

Lune brauchte am längsten, um sich zu beruhigen, aber schließlich waren alle wieder angezogen, und sie schafften es unbemerkt an den Spielsälen vorbei, wo es tagsüber ohnehin ruhig war, und hinein in den Moderturm. Lediglich zwei Soldaten der Stadtwache hatten ihnen vom Felsentor aus verwunderte Blicke zugeworfen. Sie betraten das runde Audienzzimmer, und Petrich erklärte, was es mit seiner Dunkelheit auf sich hatte – wie er sie gefunden hatte, was danach geschah und wie sie schließlich versucht hatte, den König zu verschlingen.

»Du hast Frettchen in diesen Sack gesteckt, nicht wahr?«, fragte Schwarzwasser.

»Das habe ich«, antwortete Petrich.

»Wo ist er jetzt?«

»Immer noch in dem Beutel, nehme ich an.«

Der König fuhr sich nachdenklich übers Kinn. »Kannst du auch einen Drachen in diesen Sack stecken?«

»Das weiß ich nicht.«

Ian hörte dem Gespräch mit wachsendem Entsetzen zu. Dass die Dunkelheit in dem Beutel einen Menschen einfach verschlungen hatte, war schlimmer als alles, was er sich in seinen wildesten Fantasien hätte ausmalen können. Und nun hätte Petrich um ein Haar auch noch den König darin verschwinden lassen! Dass sie, wenn auch aus freien Stücken, ein ganzes Jahr im Schoß dieser Finsternis verbracht hatten, war unheimlich genug. Aber zu wissen, dass dieses Ding selbst die Unfreiwilligen verschlang, jagte ihm einen eiskalten Schauer über den Rücken.

»Diese Dunkelheit hat etwas Monströses, Vetter«, sagte Ian. »Du hättest sie in den Tiefen der Täler lassen sollen.«

Schwarzwasser schüttelte den Kopf. »Manchmal braucht es finstere Mittel, um das Gute zu erreichen. Ich habe ihre Macht gespürt. Nur das Licht konnte sie besiegen. Sie könnte uns helfen, den Norden zu befrieden. Stell dir nur vor, was erst passiert, wenn man sie in der Nacht freilässt.«

»Daran denke ich lieber erst gar nicht.«

»Du bist der Kommandant meiner Grünen, und ich erwarte von dir, mir mit allen Mitteln zu dienen, die dir zur Verfügung stehen.«

»Ich habe nicht das Gefühl, dass die Mächte der Dunkelheit mir zur Verfügung stehen. Und meinem Vetter auch nicht. Petrich, sag Seiner Majestät, dass du deinen Beutel ab jetzt fest verschlossen halten wirst.«

Petrich blickte zwischen den beiden hin und her. »Ich liebe und ehre euch beide, und du bist mein Drottin. Aber dein Vater hat dem Thron die Treue geschworen, und Schwarzwasser ist mein König.«

Ian gab nach und bedachte seine Möglichkeiten. Es blieben nur wenige, und jede davon war schlecht. Er war der erste und einzige Klansmann, dem je ein Kommando übertragen worden war, und obwohl – oder gerade weil – er seinen Offiziersrang von einem betrunkenen Halbwüchsigen erhalten hatte, war es eine Ehre, dass der König ihm nun nahelegte, sein Kommando weiterzuführen. Er hatte noch keine Gelegenheit gehabt, seinem Vater zu berichten, was er erreicht hatte. Ian war zu Ruhm und Ehre gekommen. Schon jetzt erzählten Lieder von seinem Sieg über die Banditen und das blutige Tribunal des Morgan de Terbia. Schon jetzt war Ian ein Held, aber der Preis, den er dafür bezahlt hatte, war hoch.

Und ich weiß nun, was wahre Leere ist.

»Mein Vetter wird tun, worum Ihr bittet«, sagte er schließlich. »Ich hingegen habe beinahe alle Männer verloren, die mit mir kamen, Freunde und Blutsverwandte. Mein Bruder, er war der älteste Sohn meines Vaters, ist tot. Ich fürchte den Tod nicht, aber ich darf nicht auch noch meine Seele verlieren. Hiermit trete ich von meinem Kommando zurück.«

»Das kannst du nicht.« Der König sprach leise und mit felsenfester Überzeugung, als wüsste er etwas, von dem Ian noch nichts ahnte. »Du wirst mit deinem Vetter nach Norden gehen müssen.«

Ian zögerte. »Warum?«

»Weil du noch einen Bruder hast.« Er ging zur Tür und rief nach Lune. »Jetzt dürft Ihr die Wachen schicken«, sagte er zu seinem Botschafter.

»Ja, Euer Majestät«, erwiderte Lune und kam binnen weniger Augenblicke in Begleitung von sechs Hellebardenträgern in grauen Kettenhemden und mit Schwertern am Gürtel zurück.

»Weißt du, Klansmann«, erklärte Schwarzwasser, »du scheinst mir ein Mann zu sein, der sich zutiefst um die Seinen sorgt. Eben erst hast du es selbst gesagt. Und daher weiß ich auch, dass du, solange Kerr Krystal hier in Skye mein Gast ist, bereitwillig jeden meiner Befehle ausführen wirst. Außerdem braucht dein Vetter Petrich deinen Schutz. Er ist kein Krieger. Jeder in diesem Raum weiß das.«

»Ihr wollt meinen Bruder als Geisel festhalten?«

»Ich könnte euch alle in Ketten legen und in den Kerker werfen lassen, wenn ich wollte, Klansmann. Doch ich schlage vor, wir bleiben stattdessen Verbündete im Kampf gegen unsere wahren Feinde, gegen Ungeheuer, Aussätzige und Gesetzlose. Sorge dich nicht. Dein Bruder ist Gast des Königshauses. Mein edler Neffe Bryss höchstpersönlich wird sich um sein Wohlergehen kümmern. Das ist eine Ehre für einen Wilden aus den Hügeln, findest du nicht? Bei deiner Rückkehr wird er gesund und wohlauf sein. Und aller Wahrscheinlichkeit nach betrunken.«

Ian verließ den Smaragd-Donjon mit hängenden Schultern. Er war immer noch Kommandant der Grünen und wurde ausgesandt, um ein Königreich zu retten. Das war mehr Ehre und Ruhm, als ihm gebührte, und doch hatte er eine dunkle Vorahnung.

»Ich habe eine dunkle Vorahnung«, sagte er zu Petrich.

»Natürlich hast du die«, erwiderte sein Vetter. »Wir müssen gegen das Ungeheuer kämpfen, das unsere Gefährten getötet hat.«

»Ich habe keine Angst«, blaffte Ian, »aber es fühlt sich irgendwie ... falsch an.« Er hatte kein besseres Wort dafür. Diese Säuberung war nicht das, weswegen er nach Abrogan gekommen war.

Und die Aussicht, dabei Petrichs Dunkelheit als Waffe einzusetzen, erschreckte ihn. In dem Becken hatte Petrich sie selbst im grellen Tageslicht nicht kontrollieren können, und in der Höhle hatte sie ihnen beinahe ein ganzes Jahr ihres Lebens gestohlen. *Stell dir nur vor, was erst passiert, wenn man sie in der Nacht freilässt.*

»Vielleicht fühlt es sich bloß deshalb falsch an, weil ich diesmal der Held bin und du nur mein Beschützer«, sagte Petrich.

Jetzt war es ausgesprochen.

»Ich bin dein Drottin und Kommandant.«

»Ja, das bist du. Ich habe es selbst ins Klansbuch geschrieben. Dort steht es, auf vielen seiner Seiten. Aber versuche nicht, mich um meinen Ruhm zu betrügen, nur weil er den deinen überstrahlen könnte.«

Es war Flosse, der das Streitgespräch unterbrach.

»K-K-Kommandant!«, rief der stotternde Bauernjunge über den Großen Platz. »Wir h-h-haben ihn gefunden!«

»Wen?«

»V-V-Viktor.«

Schagan hatte ihn gesehen, wie er am Stadtmarkt um Obst feilschte, und Frehman war ihm von dort zur Baumeisterschenke gefolgt, wo er jetzt Wache stand. Garman wartete inzwischen in Sichtweite, damit sie ihm notfalls folgen konnten. Im Moment hielten sich so viele Klansmänner in Skye auf, dass Viktor die beiden kaum wiedererkennen würde, falls er sie entdeckte. Hofften sie zumindest.

Sie warteten, bis die Stadtwache schließlich wegen der hereinbrechenden Dunkelheit die Fackeln an den Mauern entzündete. Die Burghöfe im Süden, Osten, Norden und im Zentrum Skyes waren gut beleuchtet, genauso wie der Weg unterhalb der Mauerkrone, der einmal um die Stadt herumführte. Aber die schmalen Gassen zwischen den noch unfertigen Gebäuden waren so dunkel wie der Teer, den Tyco als Mörtel benutzte. Dort harrten sie geduldig an einer Ecke aus, gleich gegenüber der Schenke. Ein

Klansmann aus den Hügeln konnte eine ganze Nacht lang regungslos vor einer Schlingenfalle sitzen, bis sich endlich ein Hase darin verfing. Sollte der Verräter ruhig noch ein paar Krüge Bier leeren. Er würde ihnen nicht entwischen.

Schagan deutete mit seinem einen Arm auf einen Mann, der gerade die Schenke verließ. Er sah Viktor zumindest ähnlich, und sie überlegten noch, ob er es auch wirklich war, aber Viktor machte es ihnen leicht: Er torkelte durch die Tür, drehte sich noch einmal um und rief denen, die drinnen weitertranken, etwas zu, wandte sich dann an den Wachsoldaten neben dem Eingang und richtete das Wort an ihn und sprach schließlich mit sich selbst, während er die Gasse entlangtaumelte. Viktor. Es konnte niemand anders sein.

»Das ist er«, flüsterte Ian Barsch und Jenor zu.

Barsch schlug sich die Kapuze über den Kopf und trat hinaus auf die Gasse.

»Heda, Hüne«, sagte Viktor. »Ich komme gerade aus dieser Schenke dort. Ist ein feiner Ort, und wenn du willst, kann ich dir noch ein paar Dinge mehr erzählen. Zufälligerweise weiß ich nämlich, dass der Besitzer einen Mann kennt, der eine Schwester hat, die genauso groß ist wie du. Für ein paar Kupferstücke könnte ich arrangieren...«

Barsch machte einen Schritt auf Viktor zu und hob ihn mit einem Arm um die Brust hoch.

»Das ist überaus freundlich von dir«, röchelte Viktor. »Mit scharfem Blick hast du erkannt, dass ich auf dem Weg zu meinem bescheidenen Quartier am unteren Hang etwas Hilfe gebrauchen könnte, aber bitte, drück nicht so fest zu. Ich beabsichtige nicht, irgendwelchen Ärger zu machen.«

Barsch erwiderte nichts und ging los zu den Baracken der Grünen.

Viktor hing unter seinem Arm wie eine Stoffpuppe, blickte ab und zu auf und runzelte schließlich die Stirn. »Zum Hang vor dem Haupttor geht es in die andere Richtung... glaube ich zumindest. Im Dunkeln ist das schwer zu sagen. Außerdem schwanken die Mauern so eigenartig. Nimmst du den Weg übers Schneiderviertel?«

Ian hatte davon gehört, dass die Stadtwache betrunkene Bauern einfach zum nächstgelegenen Tor trug und sie dort hinauswarf. Dass Viktor Barsch offenbar für einen dieser Wachsoldaten hielt, spielte ihnen hervorragend in die Hände, denn so machte er wenigstens kein Geschrei, während er durch die dunklen Gassen getragen wurde. Im Moment gab es in der noch jungen Stadt mehr Ordnungshüter als Diebe, aber Diebe trugen niemanden umher, weshalb Viktor auch keinen Verdacht schöpfte, dass er soeben entführt werden könnte. Doch irgendwann kam ihm das Ganze trotz seiner Trunkenheit eigenartig vor.

»Kenne ich dich? Ich kenne nämlich die meisten, und ein Soldat der Stadtwache, der so groß ist wie du, kann eigentlich niemand anders sein als Render de Terbia, der sich im Moment jedoch im Norden aufhält. Wie ist dein Name, mein Freund?«

Ian und die anderen folgten Barsch leise, obwohl Viktor sie in seiner Bierseligkeit wahrscheinlich kaum bemerkt hätte.

»Warte! Das ist der Weg zum Kerker der Schuldigen«, rief Viktor, als er die Orientierung wiedergefunden hatte. »Ich habe nichts getan, womit ich das verdient hätte. Zumindest nicht heute Nacht.«

Barsch schwieg – etwas, das er mit am besten konnte –, und Viktor führte weiter Selbstgespräche, spekulierte über seine Lage und beantwortete schließlich alle Fragen selbst. Ian und die anderen entdeckte er erst, als Barsch ihn quer über den südlichen Burghof trug.

»He! Wer ist da? Sieh mal, wir werden verfolgt, o Hüne!«

Die Baracken der Grünen lagen nicht weit von der Stinker-Pforte entfernt, und als sie die Ringmauer erreichten, erkannte Viktor Ian im Schein der Fackeln.

»Klansmann Krystal!«, rief er und blickte zu seinem Häscher auf. »Und du bist der Große, der Bruder!«

Darin täuschte er sich zwar, aber Viktor wusste nun, dass er in ernsthaften Schwierigkeiten steckte, und begann sich entsprechend zu wehren. Zu seinem Unglück überquerten sie gerade den Stinker-Kanal, und als der zappelnde Viktor sich Barschs Griff entwand, landete er mitten in der übelriechenden Brühe. Ian war nicht sicher, ob Barsch nicht absichtlich losgelassen hatte.

»Narr!«, zischte Petrich.

»Ganz recht«, stimmte Ian zu. »Jetzt ist er nicht nur betrunken, sondern stinkt auch noch zum Himmel.«

Petrich blickte hinauf zur Mauerkrone und hielt Ausschau nach der echten Stadtwache. Falls ausgerechnet jetzt eine Patrouille vorbeikam, würden sie unweigerlich entdeckt werden. Zu hören waren sie ohnehin mindestens eine Furchenlänge weit.

»Holt ihn da wieder raus.« Ian blickte sich hektisch um. »Zu den Baracken können wir ihn jetzt nicht mehr bringen. Die anderen Soldaten würden uns bemerken, und es gibt zu viele dort, die mir nicht gehorchen.«

»Noch nicht«, sagte Petrich.

»Jedenfalls nicht vor morgen, wenn sie erfahren, dass ich ihr Kommandant bin.«

»Zur Spielerbühne«, schlug Jenor vor. »Sie ist ganz in der Nähe, und nachts ist es dort stockfinster.«

»Gut. Barsch, Frehman, zieht ihn aus dem Dreck und bringt ihn zum Schweigen.«

»Sollen wir ihm die Zunge rausschneiden?«, fragte Barsch.

»Nein! Stopft ihm einen Strumpf in den Mund.«

Kurz darauf überquerten sie den Burghof ein zweites Mal und trugen den geknebelten Viktor zur Bühne der Spieler.

»Ich werde jetzt den Strumpf aus deinem Mund nehmen«, erklärte Ian, als sie angekommen waren. »Dann kannst du wieder reden, was du ohnehin ohne Unterlass tust, und deshalb warne ich dich: Sobald du mehr als nur flüsterst, lege ich den Strumpf um deinen Hals und ziehe zu, bis du für immer schweigst. Nicke, wenn du mich verstanden hast.«

Viktor nickte, und als der Strumpf fort war, sprudelten die Worte aus ihm heraus, als hätte Ian die Schleusen des Stinkers geöffnet.

»Wie mir scheint, bedarf die Situation einiger Erklärung, und die werde ich euch geben, ganz zweifellos! Doch zuerst müssen wir uns über die Bedingungen einig werden.«

Viktor sprach noch immer viel zu laut, und Ian war nicht in der Stimmung für Feilschereien.

»Soll ich?«, fragte Barsch.

»Ja.«

Barschs Faust krachte gegen Viktors linke Wange. Der Kopf des Informationshändlers schlug wild nach rechts, seine Augen rollten in den Höhlen, und als er wieder geradeaus schauen konnte, schlug Barsch ihm auf die andere Seite. Diesmal dauerte es länger, bis Viktors Augen wieder klar wurden, aber er war endlich still.

»Dies sind die Bedingungen«, sagte Ian. »Wenn du mir nicht leise und ohne Umschweife auf jede Frage antwortest, wirst du morgen auf dieser Bühne den Schurken in Ebrons ›Stunden des Ruhms‹ geben, nur dass das Schafott ein echtes sein wird.«

»Ich bin kein Schurke.«

Barsch hob die Faust, und Ian sagte mit einem Seufzen: »Habe ich dich etwas gefragt? Nein.«

Barsch schlug zu.

»Ich habe dir gutes Geld bezahlt, und du hast mir dafür schlechte Informationen verkauft«, sprach Ian weiter, und diesmal wartete Viktor tatsächlich, bis eine Frage an ihn gerichtet wurde. »Das war kein faires Geschäft, oder? Was hast du dazu zu sagen?«

»Na gut. Ich gebe dir deine zwei Silberlinge zurück, wenn du darauf bestehst.«

Ian schnaubte. Viktor war nicht so leicht zu kleinzukriegen. *Der Mann ist mehr als nur ein verweichlichter Händler und Betrüger.*

Viktors Zunge schnellte vor wie eine Schlange, und er leckte sich über die Lippen, wie er es so oft tat.

»Deine lange Zunge wird eines Tages dein Tod sein, Viktor«, knurrte Ian, da kam ihm ein Gedanke. Er überlegte – und schnappte plötzlich nach Luft.

Petrich begriff es im selben Moment und sprach aus, was sein Drottin dachte: »Langzunge...«

»Er ist es!« Ian zog sein Schwert und packte Viktor an den Haaren. Obry verlangte mit aller Macht danach, es sofort zu Ende zu bringen, hier und jetzt, und Ian holte aus. *Dano würde es tun.* Doch Ian war nicht Dano. Er verstand selbst nicht ganz, was ihn zurückhielt – vielleicht das Verlangen, die Wahrheit zu erfahren –, doch schließlich steckte er das Schwert zurück in die Scheide, und das mordlüsterne Geflüster in seinem Kopf verstummte.

»Du hast deinem erbärmlichen Haufen befohlen, uns aufzulauern!«, blaffte er.

»Nein. Ich habe ihnen gesagt, sie sollen fliehen. Ich habe sie darüber informiert, welche Route ihr nehmen würdet und wie sie euch am besten aus dem Weg gehen, was ihnen ja auch wochenlang gelungen ist, oder etwa nicht? Aber ihr musstet sie ja so lange verfolgen, bis ihr sie in die Enge getrieben hattet und ihnen gar keine andere Wahl mehr blieb, als zu kämpfen.«

»Aber du warst ihr Anführer. Du hast ihnen gesagt, wie und wo sie uns am besten in einen Hinterhalt locken können.«

»Anführer? Ha! Ich habe Geschäfte mit ihnen gemacht wie mit vielen anderen auch. Sie gaben mir Informationen, und ich gab ihnen welche. Räuber gab es schon immer, und es wird sie auch immer geben. Ich bin nur ein Zwischenhändler und trage dafür nicht die Schuld. Genauso gut könntest du die Krüge in der Baumeisterschenke für die Kopfschmerzen verantwortlich machen, die ich morgen haben werde. Außerdem hast du sie doch besiegt, oder? Zumindest hat dein Vogel damit geprahlt.«

»Ich habe Männer dabei verloren, gute Männer. Und du hast den Banditen gezeigt, wie sie gegen uns kämpfen sollen.«

»Wenn du in den Krieg ziehst, kannst du schlecht erwarten, keine Verluste zu erleiden. Und, ja, ich habe ihnen die Informationen verkauft, die sie brauchten, um sich gegen euch zu verteidigen. Nichts Besonderes, ein paar Taktiken, die mir ein Parther beibrachte, dem ich einmal begegnet bin. Hätte ich ihnen speziellere Anweisungen gegeben, wie sie euch am besten aus dem Hinterhalt niedermachen, hättet ihr einen weit höheren Blutzoll bezahlt. Die Räuber haben gekämpft, so gut sie konnten, mehr nicht. Ich war nicht einmal dabei, und trotzdem gibst du mir die Schuld.«

Ian geriet ins Grübeln. Langzunge hatte seinen Namen nicht umsonst. Er war berüchtigt dafür, sein Gegenüber um den Verstand zu reden. Ian wollte Langzunge zur Rechenschaft ziehen, doch andererseits stimmte, was er sagte: Banditen waren Banditen, und auch wenn sie Langzunge ihren Anführer nannten, er hatte nie an ihren Raubzügen teilgenommen. Sie waren seine Kunden gewesen wie viele andere auch. Trotzdem...

»Du hast Schatten die Beine abgeschnitten«, sagte Ian. »Rechtfertige dich.«

»Ach, der Läufer. Damals war ich noch jung, und er mochte meine unverbindliche Art nicht. Als er herausbekam, dass ich auch seinen Feinden Informationen verkaufte, forderte er mich zum Duell. Ich versuchte in aller Höflichkeit abzulehnen, aber er bestand darauf. Ich habe ihn besiegt, im fairen Kampf Mann gegen Mann, mit einem tiefen Schnitt über beide Oberschenkel, und ließ ihn am Leben. Das war durchaus großzügig von mir, wenn du mich fragst, auch wenn er dadurch beide Beine verlor. Wie ich höre, behauptet er immer noch, ich hätte sie ihm abgeschnitten. Na ja, vielleicht ist das seine Sicht der Dinge. Menschen sind wie Vögel, jeder sieht die Welt aus seiner eigenen Perspektive.«

Ian hatte die Diskussion satt. In einem Wortgefecht konnte er dem geschwätzigen Schlitzohr nicht das Wasser reichen, und es war Zeit, die Sache zu Ende zu bringen. »Mein Auftrag lautete, dich nach Skye zu bringen.«

»Und hier bin ich, in Skye. Auftrag erfüllt! Wollen wir gemeinsam einen darauf trinken?«

»Nein. Kein Bier mehr für dich. Das hier ist dein Ende. Ich werde dich in den Kerker werfen und Schwarzwasser wissen lassen, dass du hier bist. Direkt vor seiner Nase.«

Viktor schüttelte lächelnd den Kopf. »Ich gebe dir noch eine letzte Information, umsonst, wie ich betonen möchte, weil du im Moment die Oberhand hast: Auch ein König braucht Informationen, und Schwarzwasser weiß sehr wohl, dass ich hier bin.«

52

Schwarzwasser ging unruhig auf und ab. Das Feuer im Kamin des Smaragd-Donjons schien sich mit seinem Prasseln über ihn lustig zu machen.

»Still!«, befahl er, aber die Flammen kümmerte der Wille des Königs nicht. *Genauso wenig wie so manchen dreisten Klansmann. Oder den Drachen.* Schwarzwasser nahm eine Karaffe und leerte sie über dem Feuer aus. Die Flammen züngelten und zischten, dann war endlich Ruhe. »Stille…«, seufzte er zufrieden.

Die Grüne war mit einem verwegenen Auftrag unterwegs nach Norden, das Gelingen fraglich, aber diese Klansmänner waren ersetzbar. Fronk hatte dem Falken seine letzte Nachricht übermittelt, während das Ungeheuer um ihn herum bereits alles in Stücke riss. Ein Fehlschlag lag also durchaus im Bereich des Möglichen. Falls es der Grünen tatsächlich nicht gelang, das Untier zu vertreiben, bestand immer noch die Hoffnung, dass es oben im Norden blieb. Jedes Raubtier hatte sein Revier. Man konnte ihnen aus dem Weg gehen. Schwarzwasser würde die Nordgrenze seines Reichs mit einem schwarzen Stein am Rand der Ersten Straße markieren, und damit wäre die Sache erledigt. Alle anderen Säuberungen waren bereits in vollem Gang: Widerspenstige Dörfler, das flüchtige Flussvolk und diese schwer aufzuspürenden Zwerge, sie alle wurden mit jeder Stunde weiter nach Norden gedrängt. Mit Viktors Hilfe hatten die Späher der Blauen das Kannibalendorf ausfindig gemacht, und sobald genug Verstärkung aus Fretwitt da war, sollte Schwarzwasser auch dieses Problem lösen können.

Die Kinderkrankheiten seines neuen Reiches sollten nun bald der Vergangenheit angehören, und dann würde das Volk ihm für das danken, was er vollbracht hatte. Falls nicht, konnte er es zumindest in den Geschichtsbüchern so aussehen lassen, als wäre es so gewesen.

Jemand betätigte zaghaft den Eisenklopfer an seiner Tür.

»Komm herein, Neffe«, sagte Schwarzwasser.

Bryss schlich durch den Türspalt wie ein Hund, der so oft geschlagen worden war, dass er nicht mehr wusste, wo er überhaupt noch hintreten durfte.

»Es ist kalt in diesem modrigen Turm«, sagte der junge Kronprinz. »Warum brennt kein Feuer im Kamin?«

»Ist das die korrekte Anrede für deinen König?«

»Nein, Euer königliche Majestät.«

»Du wirst diese Dinge lernen müssen. Du bist mein Neffe. Zwar nicht mein fähigster, aber der einzige, den ich hier am Hof habe und der sich eines Tages durchaus auf dem Thron wiederfinden könnte. Ich hoffe, wenn es so weit ist, wirst du meinen Platz besser ausfüllen, als du es beim letzten Mal getan hast.«

»Das werde ich.«

»Genießt du die Gesellschaft des jungen Klansmanns?«

»Kerr?«

»Von wem sollte ich wohl sonst sprechen?«

»Ja. Er ist amüsant. Und hübsch. Sogar gut auf dem Kampfplatz. Wenn er Euch nachahmt, ist er beinahe genauso gut wie Euer Hofnarr.«

So genau wollte ich es gar nicht wissen, dachte Schwarzwasser. »Dann ist er also dein Freund?«

»Ja.«

»Nein! Er ist ein Werkzeug, mit dem wir den Gehorsam eines Mannes erwirken, dessen Loyalität mehr als fraglich ist.«

Bryss' Gesichtsausdruck sagte Schwarzwasser, dass sein Neffe überhaupt nichts begriffen hatte.

»Das hier ist kein Spielsaal, Neffe! Wir errichten ein neues Königreich, keine Sandburgen. Etwas, das seit der Expansion des altehrwürdigen Asch nicht mehr getan wurde! Soll ich dich zurückschicken, damit du zu Hause betrunken auf deinem Bett herumliegen kannst, oder ist es dein Wunsch, eines Tages König zu sein?«

»Es wäre eine große Ehre für mich, wenn...«

»Ist es dein Wunsch?!«

»Ja! Ich möchte König werden.«

»Dann stell es dir vor! Du brauchst nur ein paar Jahre in die Zukunft zu blicken. Du könntest hier an meiner statt stehen, aber nur, wenn ich dich für tauglich erachte. *Ich* bestimme die Thronfolge. *Ich* bin es, den du beeindrucken musst, und nicht einen hübschen Wilden aus den Hügeln, der mich nachäfft. Die Klans sind unsere Untertanen, keine Spielgefährten. Sie sind von niederem Geblüt, und auch wenn ich deine Narretei mit meinen Soldaten nach Norden ziehen ließ, sind sie keine Kommandanten. Nun frage dich, in wessen Gunst du stehen möchtest. Siehst du Klein oder Lune etwa um diese Klansleute herumscharwenzeln?«

»Lune und Klein sind langweilig.«

»Sie sind Männer! Und was bist du? Ein verspielter Welpe. Was wird aus Welpen?«

Bryss schwieg.

»Antworte deinem König!«

»Ein Hund.«

Auf Bryss' Gesicht spiegelte sich ein Kaleidoskop von Gefühlen wider. Er sehnte sich nach Anerkennung, die Frage war nur: von wem? Gleichzeitig schämte er sich. Das war überdeutlich. Und mit Scham ließ sich etwas anfangen, denn Scham war die verstoßene Schwester des Stolzes.

»Bist du also ein Hund wie sie? Oder bist du ein Adliger wie ich?«, fragte Schwarzwasser.

»Ich bin ein Adliger und Kronprinz.«

»Du wurdest geboren und dazu erzogen, über Geringere zu herrschen. Wie ihn. Hast du das verstanden?«

»Ja«, erwiderte Bryss. »Kerr ist nicht mein Freund.«

»Exakt. Und wenn dieser amüsante Wilde eines Tages einen Spaziergang auf den Klippen vor der Stadt machen soll, wirst du dann bereit sein, ihn dorthin zu bringen? Oder werde ich ihn betrunken als Gast in deinem Privatgemach vorfinden?«

»Ich werde bereit sein.«

Die Stimme des Jungen war fest, aber als Schwarzwasser seinem Neffen in die Augen blickte, schaute er weg. »Ich habe meine Zweifel. In der Tat sandte ich deinem Vater erst kürzlich einen Vogel mit genau dieser Botschaft, und er antwortete, falls du mich enttäuschen solltest, hätte er zu Hause ebenso wenig Verwendung für dich. Dann wärst du einer von diesen streunenden Hunden, von denen du so beeindruckt bist.«

»Zweifelt nicht an mir, Onkel... Onkel Exzellenz... und königlich.«

»Sieh an, zumindest die Worte hast du behalten, wenn auch nicht die Reihenfolge. Diese Klansleute sind eine Prüfung, eine Lektion in Herrschaft. Wir wollen sehen, ob du sie lernst. Die Familie eines Mannes ist seine größte Stärke und gleichzeitig seine größte Schwäche. Doch die Bande müssen eng sein. Falls du sterben solltest, würde ich dich einfach durch Errols Sohn ersetzen. Ein Bruder oder eine Schwester hingegen ist unersetzlich. Sie sind unfehlbare Verbündete und entsetzliche Schwachstellen zugleich.«

»Wie Frau und Kinder.«

Schwarzwasser zuckte innerlich zusammen. Sein Neffe war klüger, als er sich anmerken ließ. Er hatte Schwarzwassers Schwachpunkt erkannt und, als sich die Gelegenheit bot, erbarmungslos zugeschlagen. Es schmerzte noch immer.

»Exakt.«

53

Die durch dreiundzwanzig Klansmänner aus den Ebenen ergänzte Grüne Kompanie war ganz nach Ians Geschmack. Die Flachländer waren der facettenreichste und beliebteste Klan in Artung. Sie trugen ihr Haar zwar etwas kurz, aber abgesehen davon kamen sie Ian beinahe vor wie Familienangehörige. Frehman und Barsch verstanden sich auf Anhieb mit ihnen, als wären sie alte Freunde. Schagan war ebenfalls wieder als Koch dabei, was gut für die Moral war. Garman hingegen schien sich von der Katze zusehends um den Verstand bringen zu lassen. Mittlerweile sprach er schon von »ihm«, und als Ian drohte, das Vieh in Skye zu lassen, brach Garman gar in Tränen aus. Um ihnen beiden die Schande vor den anderen zu ersparen, ließ Ian ihn die Katze behalten. Nachdem Kerr nicht mitkonnte, fiel die Aufgabe, sich um Schweinebacke zu kümmern, nun Flosse zu. Der Hund stellte die Autorität seines neuen Aufsehers sogleich auf die Probe und zog ihn eine halbe Furchenlänge weit auf dem Bauch liegend hinter sich her, als Flosse versuchte, ihn an die Leine zu nehmen. Siebzig weitere ausgebildete Soldaten aus den fretischen Küstenstädten Asch, Ronna und Garroth verstärkten Ians Reihen. Aus den Fluren, den Fürstentümern von Hox, Damon und Morgan, war kein Einziger dabei. Auch nicht aus der Roten Stadt oder gar vom Talklan.

Er ist zumindest kein dummer König, dieser Schwarzwasser.

Im ersten der drei Wagen, die sie mitführten, lagen die Rüstungen, die die Klansmänner jedoch nicht anlegten. Sie hatten das Ungeheuer mit eigenen Augen gesehen und wussten, dass Kettenhemden ihnen nicht viel helfen würden. Falls es zum Kampf kam, war es wichtiger, möglichst schnell laufen zu können. Statt der Rüstung trugen sie ihre weißen Wolfshäute aus Artung, die immerhin einen gewissen Schutz boten und trotzdem leicht waren. Der zweite Wagen war mit Proviant beladen, hauptsächlich Grundnahrungsmittel, die lange haltbar waren. Sie schmeckten zwar fast nach nichts, aber Schagan hatte zusätzlich fünf Säcke mit Gewürzen angefordert. Im dritten schließlich saß, die Hände auf den Rücken gefesselt, Viktor Langzunge. Seine Beziehungen zum König hatten ihm nicht viel genutzt. Barsch hatte ihn einfach in einen Sack gestopft und gut verschnürt auf dem Proviantwagen versteckt, um ihn aus der Stadt zu schmuggeln. Ein Bein hatten sie zusätzlich am Karren festgebunden, und als Ian des ununterbrochenen Geplappers überdrüssig wurde, kam noch ein Knebel hinzu. Insgesamt zählte die Grüne Kompanie nun hundert Mann. Verglichen mit den Heeren Fretwitts war das zwar immer noch wenig, aber hier in Abrogan stellte die Grüne nun das größte Kontingent dar.

Ian ritt mit Petrich an der Spitze des Trosses, während zwei Späher die Straße voraus erkundeten.

»Du solltest noch einmal mit ihm sprechen«, sagte Petrich.

»Ich will nicht mit ihm sprechen.«

»Sein Wissen ist wertvoll. Sowohl in Bezug auf dieses Land als auch, was unseren König angeht. Das weißt du ebenso gut wie ich.«

»Ich weiß, dass er lügt.«

»In jeder guten Lüge steckt auch ein Körnchen Wahrheit. Andernfalls würde niemand sie glauben. Du musst versuchen, das eine vom andern zu unterscheiden.«

Ian verdrehte die Augen. »Na gut. Hol ihn her.«

Der Wagen kam nach vorn, Ian übergab sein Pferd an Flosse, kletterte in den Karren und setzte sich neben Viktor. »Ich brauche Informationen von dir, Tratschmaul.«

»Sehr witzig.« Viktor war wieder nüchtern und seine Augen hellwach, wenn auch beide grün und blau unterlaufen von Barschs Schlägen. Aus der Ferne sah er beinahe aus wie ein Gesetzloser mit Augenbinde, was von der Wahrheit ja auch gar nicht so weit entfernt war.

»Vom Banditen zum Berater des Königs. Dein Aufstieg ist fast so beeindruckend wie meiner.«

»Bei einem Herrschaftswechsel ergeben sich zwangsläufig neue Möglichkeiten. Das liegt in der Natur der Sache.«

»Gab es davor einen anderen Herrscher?«

»Fragen kosten Geld.«

»Der König bürgt für mich«, antwortete Ian. »Und dieser große Kerl mit den übereifrigen Fäusten. Du kannst dir aussuchen, welche Währung dir lieber ist.«

»Abrogan brauchte nie einen Herrscher«, antwortete Viktor zähneknirschend. »Es regiert sich selbst. Die Zähen und die, die am besten mit den Launen dieses Landes zurechtkommen, überleben. Wer keine der beiden Kriterien erfüllt, stirbt. Abrogan ist ein einfaches Land. Es braucht keinen König, der die Dinge verkompliziert. Und es braucht dich nicht. Um ehrlich zu sein, braucht es nicht einmal mich, aber wie ich bereits sagte: Es hält Möglichkeiten für jeden von uns bereit. Verschwende sie nicht, indem du Prügel verteilst und dir Feinde machst. Diese Antworten sind drei Silberlinge wert.«

»Du bekommst zwei. Dass Abrogan dich nicht braucht, wusste ich bereits.« Ian hüllte sich wieder in Schweigen und merkte, wie sein Gefangener allmählich ungeduldig wurde.

»Ist das alles, was du wissen willst?«, fragte Viktor schließlich.

»Im Moment, ja.«

Beinahe eine ganze Wegstunde war das einzige Geräusch das Rattern der Räder auf der holprigen Straße, bis Viktor es schließlich nicht mehr aushielt.

»Du bist anders als dein Vater.«

»Was du nicht sagst.«
»Aber ja.« Viktor wartete darauf, dass Ian nachhakte, aber er tat es nicht. »Er war hier, als ich noch jung war.«
»Ich weiß.«
»Er hat nicht verhandelt, wie du es tust.«
»Er war mehr wie mein älterer Bruder Dano.«
»Und trotzdem hat er nicht ihn zum Drottin ernannt, sondern dich. Interessant.«
»Wenn du meinst.«
»Welchen Grund mag er wohl dafür gehabt haben?«
»Das frage ich mich auch manchmal.«
»Es ist ihm damals nicht gelungen, dieses Land zu erobern.«
»Auch das weiß ich bereits.«
»Es steht in eurem Klansbuch, nicht wahr? Das Buch, in das Petrich jede Nacht schreibt.«
»Alles wird dort hineingeschrieben. Du erzählst mir nichts, was ich nicht schon wüsste. Die einzige Frage, die ich mir stelle, ist, warum du immer noch redest, obwohl ich dich schon seit fast einer Stunde nichts mehr gefragt habe.«
»Dann weißt du also auch schon, dass es unser verehrter König war, der den Talklan gegen die Hügelbewohner aufgehetzt hat.«
Na also. Langzunge konnte einfach nicht anders. Er *musste* reden und gab seine Informationen auch umsonst preis, wenn der Kunde nur geduldig war und lange genug wartete.

»Schwarzwasser hat die Klanskriege beendet«, widersprach Ian, wenn auch mit einem unguten Gefühl im Bauch. *In jeder Lüge steckt ein Körnchen Wahrheit.*

»Nein. Er hat sie ausgelöst. Und dann hat er sie beendet. Und nebenbei gewaltig davon profitiert, indem er ganz Artung unter seine Herrschaft brachte. Alle Klans haben ihm die Treue geschworen, oder täusche ich mich?«

»Diese Fehden, von denen du sprichst, tobten schon lange bevor er nach Artung kam.«

»Was es umso leichter machte, sie zusätzlich zu befeuern.«
Der Kloß in Ians Bauch war zu einem faustgroßen Stein angewachsen. Was die Schlangenzunge da behauptete, war durchaus möglich. Trotzdem war Vorsicht geboten.
»So leicht gehe ich dir nicht in die Falle«, sagte er. »Du willst mich nur gegen meinen König aufbringen.«
»Zu welchem Zweck?«
»Um deine Freiheit zu erlangen. Um mich in Ungnade zu bringen. Oder um für genau das Chaos zu sorgen, an dem Schlangen wie du sich eine goldene Nase verdienen.«
»Pah! Glaub, was du willst. Da du nicht zahlst, kannst du dir die Antworten gern selbst überlegen.«
»Beim letzten Mal habe ich dich bezahlt, und du hast mich belogen. Du hast behauptet, die Banditen in den Verstreuten Hügeln würden sich nie zu größeren Gruppen als zwanzig zusammenrotten.«
»Das war keine Lüge! Ihr habt sie wochenlang verfolgt und zusammengetrieben. Wenn ihr ein bisschen mehr Ahnung vom Spurenlesen hättet, wäre es viel schneller gegangen, und die Gruppe wäre so klein gewesen, wie ich gesagt habe.«
Ian kochte innerlich. Was Viktor sagte, war durchaus möglich, genauso möglich wie Schwarzwassers Intrige, aber bei einem Mann, der nicht umsonst den Namen Langzunge trug, war eben alles möglich. Er war ein genauso gerissener Redner wie die Rechtsgelehrten, die mühelos richtig in falsch verdrehten und umgekehrt. Ian blieb nichts anderes übrig, als zu versuchen, das Körnchen Wahrheit in Viktors Lügen herauszufiltern, genau wie Petrich gesagt hatte.
Petrich... »Ob du nun lügst oder nicht«, sagte Ian, »erzähle Petrich nichts davon. Vor allem nicht, dass es Schwarzwasser war, der den Talklan auf seine Sippe gehetzt hat. Er liebt unseren König.«
Viktor zuckte die Achseln. »Vielleicht zu Unrecht.«

Sie lagerten zwei Wegstunden von dem Baum entfernt, jenseits der Abzweigung nach Furtheim, aber noch bevor die Straßenbefestigung endete und die Erste Straße sich in ein Schlammloch verwandelte. Regenfälle hatten sie schwer passierbar gemacht. Wenn sie schnell vorwärtskommen wollten, mussten sie die Wagen zurücklassen. Sie hatten ein paar Zelte dabei, aber die meisten Männer schliefen im Freien. Das Zelt des Kommandanten wurde in der Mitte des Lagers aufgeschlagen. Ian und seine Berater waren dort bis spät in die Nacht versammelt: Petrich und je ein Vertreter der Flachländer, der Männer aus Ronna, Garroth und Asch.

»Wir werden nachts zum Baum marschieren. Petrich wird hinaufklettern und, falls die Bestie dort ist, das Gift auslegen.«

Abolast, ein untersetzter Garrer mit breiten Schultern und riesigen Muskeln, sprach als Erster. »Warum vergiften wir nicht einfach einen Hirschkadaver und lassen ihn liegen? Irgendwann wird das Ungeheuer ihn schon fressen«, sagte er mit dem kehligen Akzent, der typisch für den Süden Fretwitts war.

Ian zögerte, Abolast in Petrichs Geheimnis einzuweihen.

»Was, wenn ein anderes Tier den Köder frisst?«, entgegnete er. »Willst du derjenige sein, der dort bleibt, um zu berichten, ob es die Bestie war oder irgendein anderes Tier?«

Abolast war ein mutiger Mann, aber er hatte die Geschichten über das geflügelte Untier gehört. Er wusste, dass der König sie ausgesandt hatte, um einen »Drachen« zu töten, der jeden Mann, jede Frau und jedes Kind in der Baumstadt getötet hatte. Glücklicherweise war es nicht schwierig, den Vorschlag zurückziehen, ohne dabei das Gesicht zu verlieren. »Ich habe dir und dem König Treue geschworen, Kommandant der Grünen, und werde mich nicht widersetzen. Ich schließe mich deinem Vorschlag an.«

»Ich brauche Blut, wenn mein Plan gelingen soll«, erklärte Petrich.

»Dann ist es also beschlossen. Unsere Verbündeten werden meinen Vetter heute Nacht...«

Lärm erhob sich im Lager und schnitt Ian das Wort ab. Laute Schreie, vermischt mit dem Klappern von Waffen auf hölzernen Schilden – das Warnsignal vor einem Angriff. Eine der Wachen riss die Zeltklappe auf, und alle stürmten nach draußen.

In der mondlosen Nacht war ein Schatten nicht mehr als noch tiefere Schwärze. Das Licht des Feuers reichte nur ein paar Schritte weit, und dahinter verfinsterte eine dunkle Wand alle Sterne, die im Norden standen. Wie eine Welle aus Finsternis kam sie auf das Lager zu, und alle, die sahen, was es war, ergriffen die Flucht. Nur ein bärtiger Ronner war töricht genug, seinen Speer zu heben. Der Schatten änderte die Richtung und jagte auf den Mann zu, dann ertönte eine Art Knacken, und der Mann war fort.

Als Nächstes verschwand das Zelt. Als wären ihm plötzlich Flügel gewachsen, flatterte es wie eine Fledermaus davon in die Nacht. Ian stand da und starrte über die Feuerstelle hinweg in zwei leuchtende Kugeln, die so groß waren wie die Melonen vom Grünsee. Es dauerte einen Moment, bis er begriff, dass diese Kugeln Augen waren. Tödliche Augen, die er schon einmal gesehen hatte. Soldaten rannten umher und brüllten durcheinander, doch die Augen waren einzig und allein auf ihn gerichtet, starrten ihn an, und er starrte zurück. Die Anspannung steigerte sich so weit, bis er seinen eigenen Herzschlag spüren konnte und der Rest der Welt um ihn herum verschwand. Obry sprang wie von allein in seine Hand. Neben ihm stand Petrich und fingerte nach seinem Beutel.

Der Moment vor der Schlacht ist immer der längste…

Das große Maul unterhalb der leuchtenden Augen öffnete sich. Ian sah die riesigen Zähne der Bestie, wie Tropfsteine ragten sie vor ihrem höhlenartigen Schlund auf. Er erwartete nichts anderes als ein schnelles Zuschnappen und dann…

So endet meine Expedition nach Abrogan, dachte er, während der letzten Augenblicke, die ihm noch blieben. Er hatte seine Aufgabe gut gemacht für einen Klansmann und hoffte, sein Vater würde erfahren, was er alles erreicht hatte. Überraschenderweise empfand er sogar Dankbarkeit gegenüber seinem König. Hätte Schwarzwasser Kerr nicht in Skye behalten, müsste Kerr jetzt mit ihm sterben. Ians letzter Gedanke galt dem Buch. Er war froh, dass das Biest kein Pergament fraß, denn das bedeutete, dass ihre Geschichten überleben würden. *Wenn schon nicht wir...*

Doch das Maul schnappte nicht zu, und der Tod blieb aus. Ian hörte auch kein ohrenbetäubendes Gebrüll, sondern lediglich eine unfassbar tiefe Stimme, die mit ihm zu sprechen schien, nur leider verstand er kein Wort. Petrich hatte seinen Beutel inzwischen hervorgeholt und zog an dem Band. *Jetzt, Vetter! Schnell!* Doch Petrich, ungeschickt wie immer, war zu langsam. Noch bevor er den Beutel aufbekam, schnippte eine riesige Klaue ihn um wie einen Grashalm. Der Angriff war jedoch erstaunlich sanft, und das Ungeheuer hielt Petrich lediglich auf den Boden gedrückt, sodass er sich keine Handbreit mehr bewegen konnte.

Dann hörte Ian die Stimme wieder, und diesmal gab es keinen Zweifel: Der Drache sprach zu ihm und wartete auf eine Antwort.

Ian blickte sich um. »Flosse...!«

Er hatte keine Ahnung, wo der Junge sich versteckt hatte – auf einem der umstehenden Bäume vermutlich –, aber er kam, und zwar allein. Alle anderen waren anscheinend entweder geflohen oder tot. Am Rand des Feuerscheins sah Ian mehrere Leichen liegen, über die der plynthische Bauernjunge nun zitternd hinwegstieg.

»Ja, Drottin?«

»Verstehst du, was es sagt?«

»Das t-t-tue ich, aber ich k-kann nicht glauben, d-d-dass...«

»Glaub es einfach, Junge! Sag mir, was du gehört hast!«

Flosse nickte. »Es s-s-sagte: B-B-Bist du der Anführer des neuen V-V-Volks?«

»Sag ihm, dass ich es bin.«

»Es m-meinte P-P-Petrich.«

»Sag ihm, dass ich, Ian Krystal, hier der Drottin und Kommandant bin.«

Flosse übersetzte, woraufhin das Ungeheuer zunächst ihn für den Anführer hielt, aber nachdem auch das geklärt war, sprach es schließlich zu Ian. Den Soldaten, die nicht geflohen waren und sich in den Schatten versteckt hielten, befahl Ian, sich einstweilen ruhig zu verhalten. Leider ignorierten zwei den Befehl und griffen in einem Anfall von törichtem Heldenmut an. Der eine zielte mit dem Speer auf die leuchtenden Augen des Monsters, der andere zog sein Schwert und preschte vor, doch von irgendwo aus der Dunkelheit fuhr ein Schwanz nieder wie eine Peitsche. Ian hörte, wie Rippen und andere Knochen brachen, dann sah er einen der beiden Angreifer davonfliegen wie ein Stück Müll. Wenigstens war der Mann sofort tot gewesen. Der andere hatte nicht so viel Glück. Eine Klaue schnellte vor und spießte ihn auf, dann stopfte der Drache den Soldaten in seinen Schlund. Die braunen, schwertlangen Zähne schnappten zu, die Kiefer mahlten, und es schien eine Ewigkeit zu dauern, bis die Schreie des Soldaten endlich verstummten.

Die ganze Zeit über stand Ian regungslos da. Er ließ sogar Obry sinken als Zeichen, dass er nicht die Hand erheben würde.

»Ich bin Verda«, ließ der Drache Flosse sagen. »Ich muss mit dir sprechen.«

»Auch ich wünsche mit dir zu sprechen«, log Ian.

»Und dazu kommst du mit hundert Mann hierher? Das wird aber eine lange Unterhaltung. Ich habe nicht vor, so viele Worte zu wechseln.«

»Dann sprich, damit wir es hinter uns haben.«

»Deine Leute haben meinem Baum das Herz herausgeschnitten. Wie Termiten haben sie ihn ausgehöhlt, und ich habe sie bestraft, doch der Schaden ist bereits angerichtet.« Verda stieß einen donnernden Klagelaut aus. »Er stirbt.«

Ian dachte an den Großen Saal der Baumstadt, wo Dano sein Leben für ihn gelassen hatte. Der Saal, die vielen Kammern, ja die ganze Stadt war ein Wunder der Baumkunst gewesen, aber der Schaden, den eine lebendige Pflanze davontragen musste, war offensichtlich, wenn auch erst in der Rückschau.

»Die Mutter aller Bäume war so alt wie ich«, sprach Verda weiter. »Vielleicht sogar noch älter. Es gibt nur wenige von seiner Art, und keiner davon ist auch nur annähernd so groß. Genau wie ich. Ich habe die meisten von euch und den Flussmenschen getötet, nachdem ihr mein Nest entweiht habt, doch dann, als ich den Baum allein und schutzlos zurückließ, seid ihr noch zahlreicher zurückgekehrt. Auch jetzt könnte ich euch alle hinwegfegen, aber ich frage mich, ob nicht noch mehr von euch kommen und weitere von meinen schutzlosen Bäumen töten werden. Ich frage mich, ob ihr vielleicht nicht verstanden habt, was ich euch mit Klauen und Zähnen mitzuteilen versuchte. Deshalb rede ich mit dir.«

»Jetzt habe ich es verstanden«, erwiderte Ian.

»Dann verstehe auch dies: Du und die Deinen, ihr werdet dieses Land verlassen. Nur wer hier geboren wurde, darf bleiben. Ich kann sie am Geruch unterscheiden. Ich werde nach Norden fliegen, nach jenseits der Berge, und dir Zeit geben, mit deinen Leuten zu sprechen. In zehn Tagen kehre ich zurück, und wenn ihr dann noch hier seid, werde ich euch auslöschen. Endgültig. Und wenn es hundert Tage braucht, um jeden Einzelnen von euch aufzuspüren. Aber auslöschen werde ich euch, verlass dich drauf. Das wäre alles.« Verda verstummte und hob den mächtigen Schädel.

Ein kräftiger Windstoß fuhr in Ians Haar, und er sah aus dem Augenwinkel, wie Petrich aufsprang. Den Beutel hatte er noch in der Hand, aber das Ungeheuer war bereits fort. Einen Moment lang sprach keiner ein Wort, dann brach Ian das Schweigen. »Ihr alle habt es gesehen und die Worte gehört. Nur... wie in aller Welt sollen wir dem König erklä...?«

Die Sterne verdunkelten sich erneut, und Verda landete, sanft wie eine Feder, neben dem Kochfeuer. Mit einer Klaue spießte sie einen großen Kupferkessel auf. »Das hier…«, sagte sie, und Flosse übersetzte, ohne dass Ian ihn erst bitten musste.

»Was ist damit?«, fragte er vorsichtig.

»Es ist so rund. Und es glänzt!«

»Durchaus, aber…?«

»Ich will es haben.«

Ian zuckte die Achseln. »Nimm ihn mit. Er gehört dir.«

Verda klopfte mit einer Klaue gegen den Kessel und bekam große Augen, als sie den Klang hörte, der daraufhin ertönte. Wie einen Schatz drückte sie den Kessel an die Brust, erhob sich in die Luft und war einen Moment später verschwunden.

54

Schwarzwasser wartete nervös in den königlichen Vogelvolieren und beobachtete, wie die hässliche blaue Taube näher kam. Begleitet vom wilden Kreischen des terbischen Falken in dem Käfig daneben, landete die Taube endlich auf ihrer Stange. Schwarzwasser hielt ihr einen schleimigen Wurm vor den Schnabel und befahl ihr zu sprechen.

»Euer königliche Majestät«, krächzte das Tier in einer schlechten Imitation der Stimme des Klansmanns. Schwarzwasser erkannte den rauen Akzent der Hügel kaum, aber die Botschaft war auch so deutlich genug.

»Der Drache ist fort, aber er sagt, dass er zurückkehren wird und dann keiner der Unseren mehr hier sein darf. Wir haben mindestens zehn Männer verloren und werden ihn nicht verfolgen.«

»Sie werden ihn nicht verfolgen?«, fragte Bryss.

Schwarzwasser drehte sich um. Er hatte seinen Neffen gar nicht kommen hören.

»Dieser Klansmann widersetzt sich erneut Eurem Willen«, sprach Bryss weiter, »Euer königliche Onkel-Exzellenz.« Er verengte die Augen zu bedrohlichen Schlitzen und schürzte die Unterlippe, um sein äußerstes Missfallen zum Ausdruck zu bringen.

Schwarzwasser runzelte die Stirn. »Mag sein. Doch bin ich nicht sicher, welche Umstände ihn dazu veranlassten.«

»Vielleicht ist es ja an der Zeit, ihm den haarigen Kopf abzuschlagen!«

»Er hat zehn Männer verloren, und der Drache ist geflohen.«
»Zuerst vertreibt er ihn, und dann ergreift er die Flucht? Er hat doch noch neunzig Soldaten, und trotzdem flieht er! Er ist ein elender Feigling.«
»Dessen bin ich mir noch viel weniger sicher.«
»Und was soll dieses Gerede von einem sprechenden Drachen? Lächerlich!«
»Genauso lächerlich wie die bloße Existenz des Ungeheuers, und trotzdem existiert es.«

Bryss starrte ihn verständnislos an, und das Einzige, was Schwarzwasser wahrhaft lächerlich fand, war die kindisch nach vorn gestreckte Unterlippe seines Neffen. Sein Kronprinz begriff so gut wie gar nichts. Wie ein Pendel schlugen seine Interessen nun ins andere Extrem aus – von Dauertrunkenheit und Hurerei zu Angelegenheiten, die seinen Horizont bei Weitem überstiegen. Schwarzwasser legte ihm eine Hand auf die Schulter. Die Geste hatte beruhigend wirken sollen, aber er spürte, wie sich Bryss' Muskeln sofort verkrampften.

»Du hast den Körper eines erwachsenen Mannes, aber im Kopf bist du noch ein Kind«, sagte er. »Du bist noch nicht bereit für die schwierigen Aufgaben, die die Königskrone mit sich bringt, aber du wirst Zeit haben, dich zu beweisen. Doch diese Zeit ist noch nicht gekommen. Geh jetzt, und spiele mit deinem jungen Freund.«

Bryss überlegte fieberhaft, was er darauf erwidern könnte. Die innere Zerrissenheit war ihm deutlich anzusehen.

Noch etwas, was er lernen muss. Schwarzwasser wandte sich um und drehte seinem Neffen den Rücken zu – ein unmissverständliches Zeichen.

Bryss schnaubte gekränkt und verschwand.

55

Ians Männer waren in alle Windrichtungen verstreut; nur fünf lagen im Schein der Flammen, zerschmettert oder zerfetzt oder beides. Mit einer Fackel in der Hand fand er noch fünf weitere im Wald und auf der Straße, wo sie Wache gestanden hatten. Die Bestie war also nicht nur riesengroß und unfassbar stark, sie konnte sich offensichtlich auch noch lautlos anschleichen. Und während des ungleichen Kampfes war es seinen Männern, soweit er wusste, nicht gelungen, ihr auch nur einen Kratzer beizubringen. Die wenigen Speere, die sie geschleudert hatten, waren einfach an der dicken Haut abgeprallt, und wer mit dem Schwert angegriffen hatte, war längst tot gewesen, bevor er irgendetwas damit hätte ausrichten können. Im Moment war Verda zwar fort, aber sie würde wiederkommen.

Er schickte die Botentaube sofort los. Sie würden dem Drachen nicht nachsetzen, sondern unverzüglich nach Süden reiten, um die Bevölkerung zu warnen. Die Männer und Frauen von Skye und Buchtend mochten fliehen oder nicht, aber sie sollten zumindest die Wahl haben. Ian war immer noch damit beschäftigt, seine Soldaten zusammenzurufen, als Petrich ihn am Ärmel zupfte.

»Ich komme nicht mit, Vetter.« Petrich zitterte immer noch am ganzen Leib und hielt seinen Lederbeutel umklammert.

»Natürlich kommst du mit. Wir hatten unsere Chance und haben versagt. Jetzt kehren wir nach Skye zurück.«

»Nein. Ich werde das Ungeheuer verfolgen.«

»Willst du dir Flügel wachsen lassen und Verda hinterherfliegen?«

»Nein. Ich werde auf den Bergkamm dort steigen und sehen, was ich tun kann. Aber ich brauche Blut, viel Blut, und ich muss oben sein, bevor die Sonne aufgeht. Die Kreatur hat mich berührt, ich konnte sie spüren... Hätte ich Gelegenheit gehabt, die Dunkelheit aus meinem Beutel zu lassen, hätten wir gewonnen. Ich weiß es.«

»Aber jetzt ist sie fort. Willst du dort oben zehn Tage auf sie warten und hoffen, dass sie in deine Falle tappt, bevor ihre Zähne dich zermalmen?«

»Nein. Ich werde die Dunkelheit auf sie hetzen.«

Ian zögerte. Es war ein mutiger und verlockender Plan. Nachts konnte Petrichs Dunkelheit sich frei bewegen, vielleicht sogar fliegen. Ian hatte mit eigenen Augen gesehen, wie sie am See der Flussmenschen in die Höhle gekrochen war. Im abgedunkelten Großen Saal der Baumstadt war sie herausgekommen und hatte Frettchen verschlungen. Selbst im grellen Tageslicht hatte sie ihre Fühler ausgestreckt und versucht, dasselbe mit dem König zu machen. *Stell dir nur vor, was erst passiert, wenn man sie in der Nacht freilässt.*

»Ich habe Angst um dich, Vetter. Kannst du sie kontrollieren?«

»Ich habe uns mit meiner Dunkelheit mehr als einmal den Hals gerettet. Vielleicht solltest du um Verda Angst haben, nicht um mich.«

Ian nickte. »Dann müssen wir sofort los.«

»Das müssen wir. Den Hang hinauf. Wir haben nur das Sternenlicht, aber die Dunkelheit ist meine Freundin. Wir erklimmen einen Gipfel, der nach Norden blickt, wohin das Monster geflogen ist, und mindestens einer der Männer muss mit uns kommen. Einer, der absolut treu und ergeben ist.«

Ian drehte sich nach dem verwüsteten Lager um. »Flosse!«

Sie nahmen drei Pferde und brachen auf. Ian wusste immer noch nicht, wie viele überlebt hatten. Aber um die überall verstreuten Männer zusammenzutreiben blieb nicht genug Zeit, also sagte er den wenigen, die er sah, wohin sie unterwegs waren, und hoffte, dass ein paar von ihnen nachkommen würden. *Zumindest werden sie die Kunde verbreiten.*

Selbst zu Pferd war der Aufstieg über die dicht mit Hartriegel-Gestrüpp bewachsenen Hänge beschwerlich.

»Ich h-h-habe Angst«, sagte Flosse.

»Wo keine Angst ist, kann es auch keinen Mut geben«, zitierte Ian eine alte Weisheit aus den Hügeln. In den Fluren waren die Worte ebenso bekannt, genau wie an der Küste. Wahrscheinlich kannte man sie sogar in ganz Fretwitt, aber der plynthische Bauernjunge hatte sie offensichtlich noch nie gehört, und die Worte schienen ihm Mut zu geben – immerhin genug, dass er von da an den Mund hielt.

Als sie den ersten Kamm erreichten, entzündete Ian eine Fackel, um denen, die ihnen folgten, ein Zeichen zu geben. Sie ritten weiter, bis der Weg schließlich so steil wurde, dass die Pferde nicht mehr genug Halt fanden und sie absteigen mussten.

»Jemand folgt uns«, sagte Petrich.

Ian seufzte erleichtert. »Zu Pferd oder zu Fuß?«

»Zu Fuß.«

»Und trotzdem holen sie uns jetzt schon ein? Beeindruckend.«

Ian drehte sich um, um die Nachzügler zu begrüßen. »Seid gegrüßt, tapfere Soldaten der ...«

Das Knurren, das Ian entgegenschlug, verwirrte ihn. Er sah noch, wie ein dunkler Umriss aus dem Dickicht brach und auf ihn zustürmte, doch im selben Moment sprang Obry in seine Hand und schlug ohne Vorwarnung zu.

»Nein!«, brüllte Ian, noch während das Schwert niederfuhr.

Die Klinge schnitt durch Fleisch, und der Schatten ging zuckend zu Boden.

Ian warf das Schwert weg und kniete sich mit der Fackel in der Hand über den Gefallenen. Zu seiner unendlichen Erleichterung und zu seinem grenzenlosen Entsetzen zugleich war der Tote kein Soldat der Grünen. *Es ist nicht einmal ein Mensch!* Es hatte zwei Arme und Beine und war aufrecht gegangen, aber da endeten die Ähnlichkeiten auch schon. Der Kopf war vollkommen kahl, die klauenbewehrten Finger und der kreisrunde, vor scharfen Zähnen nur so starrende Mund ließen das Ding aussehen wie ein Ungeheuer. Seine letzten Atemzüge stanken erbärmlich nach fauligem Fleisch. Obry, das angriffslustige Schwert seines Vaters, hatte ihn gerettet. Ian hob es eilig auf und taumelte entsetzt von dem toten Wesen zurück. »Was ist das?«

»Eines von Morgans zweibeinigen Monstern, vermute ich«, sagte Petrich nüchtern.

Aus dem Dickicht waren jetzt noch mehr Knurrlaute zu hören, und Ian hob das Schwert. Petrich zog seinen Dolch, und Flosse packte den Speer, der an der Satteltasche seines Pferdes befestigt war.

»Rücken an Rücken!«, bellte Ian, gerade als der nächste Angriff kam. Diesmal war Flosse das Ziel, der Kleinste von ihnen, aber der Bauernjunge ließ seinen Speer vorschnellen und traf die Kreatur im Bauch, die sich daraufhin winselnd zurückzog. Dennoch war Ian nicht erleichtert: Die zweibeinigen Bestien schienen lediglich nach dem schwächsten Punkt in ihrer Verteidigung zu suchen. *Also sind sie intelligent...*

»Die Fackel«, flüsterte Petrich. »Sie sind der Fackel gefolgt.«

»Ich kann sie jetzt nicht löschen«, erwiderte Ian. »Sonst sehen wir überhaupt nichts mehr.«

»Soll ich die Dunkelheit freilassen?«

»Nein. Die Dunkelheit ist für den Drachen.«

»Ich kann sie hören. Es werden immer mehr. Viel länger können wir nicht warten.«

»Aber sie scheinen keine Waffen zu haben. Flosse, du musst

jetzt ein Mann sein. Wenn sie angreifen, musst du kämpfen, als ob dein Leben davon abhängt.«

»Aber m-m-mein Leben *hängt* d-d-davon ab.«

»Petrich, wenn du mit dem Messer zugestoßen hast, musst du es sofort wieder herausziehen, damit du bereit für den Nächsten bist.«

»Sie kommen, Vetter.«

Einen Moment lang herrschte Totenstille. Das Knurren verstummte, und auch das Wimmern der verletzten Kreatur hörte auf. Ian spürte, wie die Angreifer sich bereitmachten. Er hörte seinen eigenen Herzschlag und die Stimme Obrys in seinem Kopf, die ihm Mut zuflüsterte. Dann griffen sie an.

»Kämpft!«, brüllte Ian. »Treibt sie zurück!«

Arme und Klauen zuckten im Schein der Fackel, Ian ließ Obry mit wilden Schlägen durch die Luft sausen, um alles niederzumähen, was in seine Nähe kam, und das Schwert lachte in seinem Kopf vor Verzückung.

»Ich hab eins erwischt!«, rief Flosse. Sein dünner Speer hatte eine große Reichweite und war einfach zu führen, aber der Holzschaft brach auch leicht ab, wenn man damit ungeschickt oder zu hart zustieß.

»Töte es, solange es noch am Boden liegt!«, rief Ian.

Flosse holte aus und stach so heftig zu, dass er vornüber auf das am Boden liegende Monster fiel.

Ian packte den Jungen mit einer blitzschnellen Bewegung am Kragen und zog ihn wieder auf die Füße. Sein Gesicht war blass, und über die Innenseite eines seiner Beine liefen fünf rote Striche.

»Es hat mich erwischt!«

»Zurück in den Kreis!«, bellte Ian.

Ian und Petrich nahmen Flosse in die Mitte. Sein Speer war zerbrochen, wie Ian befürchtet hatte. Vier der Bestien lagen bereits am Boden. Blut, so schwarz wie Tinte, quoll und spritzte aus ihren Wunden. Zwei davon hatte Obry in seiner grenzenlosen Mordlust niedergemacht, ohne dass Ian viel hatte tun müssen, aber aus dem Dickicht tauchten immer mehr auf, und Flosse war nun unbewaffnet.

»Jetzt kommt der richtige Angriff«, flüsterte Ian. Er konnte den Verlauf der Schlacht spüren, es war wie Ebbe und Flut: zuerst das Anschleichen und Abtasten, dann der erste Schlagabtausch und schließlich der Frontalangriff. Mittlerweile konnte er sie besser sehen, drei Monster, die sich gleichzeitig auf ihn stürzten. Mit einem markerschütternden Schrei schlug Ian zu; Obry grub sich in den Arm des ersten Angreifers und blieb in dem dicken Knochen stecken. Die verwundete Kreatur fiel auf ihn, und schon sprang die zweite vor. Der Aufprall riss Ian zu Boden, und er tastete nach seinem Dolch. Er bekam den Griff genau in dem Moment zu fassen, als die unverletzte Bestie die Zähne in Ians Wolfsfell grub. Er stieß die Klinge nach oben und spürte, wie das Monster über ihm erzitterte. *Das ist sein Tod*, dachte er triumphierend, doch da kamen bereits die nächsten zwei und zerrten ihren Artgenossen von ihm herunter. *Und das ist mein Tod.* Ian hatte dem Tod in dieser Nacht schon einmal ins Auge geblickt und akzeptierte das Unausweichliche, doch wenigstens einen der Angreifer, so schwor er sich, würde er noch mitnehmen. Die Fackel war zu Boden gefallen und erhellte den Untergrund ein paar Schritt weit. Am Rand des Lichtscheins sah Ian Stiefel. *Diese Kreaturen tragen keine Stiefel.* Immer drei Schritte und dann ein Hüpfer – es war Hase, der Soldat von den Großen Muschelinseln, den Ian vor Braks Kannibalenstamm gerettet hatte.

Hase stürzte sich auf den Haufen, stach blindwütig mit seinem Messer zu und riss die Angreifer von Ian herunter.

Ian sprang auf die Beine und sah, wie noch mehr Verstärkung kam: Frehman, Garman, Schagan, der eine Eisenpfanne schwang, und eine Gruppe Flachländer.

Die Monster sahen es ebenfalls und ergriffen die Flucht.

»Macht sie nieder!«, schrie Schagan und stürmte mit der Gruppe in den Wald.
»Treibt sie über die Felskante!«, rief Petrich ihnen hinterher. Er war wohlauf und unverletzt. »Wir müssen sofort weiter«, sagte er zu Ian und legte seinem Drottin eine Hand auf die Schulter. »Die Sonne hat den Horizont fast erreicht.«

Ian blickte auf. Im Osten wurde der Himmel bereits heller, und im Zwielicht sah er Hase mit aufgeschlitzter Kehle zwischen den Ungeheuern am Boden liegen, vor denen er Ian gerettet hatte, so wie Ian einst ihn gerettet hatte. Doch nun hatte der Tod ihn doch noch ereilt. »Dieser Ort ist verflucht«, murmelte er.

»Umso mehr Grund, möglichst schnell den Gipfel zu erreichen.«

»Ich k-k-kann nicht schnell laufen«, sagte eine zitternde Stimme.

Ian schaute nach unten und sah Flosse auf dem Boden kauern, eine Hand auf die Innenseite seines Oberschenkels gepresst. Zwischen den Fingern quoll mit jedem Herzschlag frisches Blut hervor.

Drei der Flachländer, die bei ihnen geblieben waren, sahen die Wunde ebenfalls. Sie blickten Ian kurz in die Augen, dann schüttelten sie den Kopf. Die Wunde war zu tief. Der Junge würde nicht durchkommen.

»Tragt ihn«, befahl Ian.

56

Erschöpft erreichte Petrich den Kamm und blickte nach Norden. Niedrig hängende Wolken verhüllten die Berge und die dazwischen liegenden Täler; die Gipfel dahinter waren nur als vage Umrisse im Dunst zu erkennen. Von seinem Standort aus wirkte die Landschaft beinahe wie eine Zeichnung. Da sah er in einiger Entfernung einen Reiter mit einer Adlernase. *Garman.*

Der zum Katzenliebhaber gewordene Klansmann hatte keinen Blick für die schroffe Schönheit um ihn herum. Er keuchte beinahe genauso schwer wie sein galoppierendes Pferd und blutete aus fünf parallel verlaufenden Schnitten an der linken Schulter. Er ignorierte die hässliche Wunde und trieb sein Reittier erbarmungslos weiter. Er musste seinen Drottin finden.

Ian hielt seine Fackel und das Schwert hoch.

Garman sah das metallische Aufblitzen, riss an den Zügeln und brach durch das Dickicht zu seiner Rechten; die langen Dornen des Gestrüpps kümmerten ihn nicht. Das kleine Kontingent aus vier Bewaffneten und seinem Drottin erwartete ihn bereits sehnsüchtig, und sie winkten hektisch mit ihren Speeren.

Garman verlangsamte das Pferd, sein blutverschmiertes Schwert klatschte gegen die Flanke der erschöpften Stute, bis sie schließlich an der Felskante vor Petrich und Ian zum Stehen kam. In dem derben weißen Wolfsfell war sein Drottin kaum von den anderen Männern zu unterscheiden, doch strahlte er eine über jeden Zweifel erhabene Befehlsgewalt aus. Mit kraftvollem Griff packte er die zottige Mähne der Stute und gebot ihr stillzuhalten.

»Sag, dass es getan ist, Garman.« Seine Stimme klang schwer vor Sorge und voller Hoffnung zugleich.
»Ja. Wir haben sie bis hinter die Berge zurückgedrängt, Drottin. Aber es kam uns teuer zu stehen.«
»Wie viele Tote?«
»Weit über die Hälfte der Männer. Schagan und Frehman sind auch darunter.«
Petrich sah, wie sein unerschütterlicher Vetter zusammenzuckte.
»Noch keine Namen«, sagte Ian. »Wir werden trauern, wenn Zeit dazu ist. Wurden alle Unerwünschten vertrieben?«
»So gut wie.«
»Und der Drache?«
»Fort. Kein Anzeichen von ihm weit und breit.«
»Das wird genügen müssen.« Er holte tief Luft und wandte sich an Petrich. »Der Großteil der Unerwünschten ist fort, und der Drache ist nach Norden geflohen. Es ist Zeit. Wirke deine Teufelei, Vetter. Und möge der Wächter uns vergeben, dass wir deine Dienste in Anspruch nehmen.«
Der Argwohn und die Furcht, die die anderen vor ihm empfanden, machte Petrich nichts mehr aus. Zu viel stand auf dem Spiel, als dass deren Aberglaube ihn noch gekümmert hätte. Außerdem unterstützte Ian sein Vorhaben, sein weiser und starker Drottin, der in derselben Nacht einem Drachen und diesen zweibeinigen Monstern gegenübergetreten war, ohne zu verzagen. *Wie ich.* Ian Krystal, der Klansmann, der zum Kommandant der königlichen Grünen aufgestiegen und in der Lage war, Abrogan für die Frauen und Kinder der Rechtschaffenen sicher zu machen. Ian Krystal, Sohn des Kellen Krystal, der vor fünfzig Jahren mit zehn Schiffen voller Klanskrieger an der Küste Abrogans gelandet war, um die ungezähmte Wildnis des Landes in ein zivilisiertes Königreich zu verwandeln. Kellen war gescheitert, doch jetzt, da es bald getan war – das heißt, falls es *überhaupt* getan werden

konnte –, würde Schwarzwasser Ian wahrscheinlich in den Adelsstand erheben. Petrich wünschte es ihm. Sein Vetter war ein guter und gerechter Mann. Er hatte den Ruhm verdient. *Und ich ebenso.*

Er trat an den Rand der Klippe und legte die Rolle ab, die er nicht mehr aus den Augen gelassen hatte, seit sie Skye verlassen hatten. »Hilf mir, die Drachenhaut auszubreiten«, sagte er.

Ian ging Petrich zur Hand, und gemeinsam entrollten sie Damons riesige Karte.

»Ich brauche jetzt das Blut«, sagte Petrich, und Ian streckte den Arm aus, doch Petrich schüttelte den Kopf. »*Viel* Blut«, sagte er und warf einen traurigen Blick über die Schulter in Richtung des Jungen.

Ian hatte verstanden. Er drehte sich um. »Flosse...«

Der Junge wusste, was kommen würde. *So ein kluger, vielversprechender Knabe. Es ist ein Jammer.*

Auf wackligen Beinen stand Flosse da und wollte gehorchen, doch im letzten Moment überkam ihn noch einmal große Angst, und er versuchte zu fliehen. Der Blutverlust hatte ihn allerdings schon so sehr geschwächt, dass er nicht weit kam. Sein aufgeschlitztes Bein gab nach, und er stürzte.

Ians Männer waren schnell bei ihm. Sie fesselten Flosse und hoben ihn hoch.

»Bringt ihn mir«, drängte Petrich. »Wir müssen handeln, solange die Lande im Norden noch im Schatten liegen.«

Ian gebot ihnen mit der Hand, stehen zu bleiben, und kniete sich neben seinen jungen Übersetzer. »Flosse, du weißt, dass du bereits im Sterben liegst...«

»Das weiß ich«, antwortete Flosse. »Ich fürchte mich nicht vor dem Tod. Aber ich fürchte die Dunkelheit.«

»Wo keine Angst ist, kann es auch keinen Mut geben, und du warst unglaublich mutig auf dieser Reise. Du brauchst dich nicht zu schämen.«

Flosse nickte, und die Männer trugen ihn zu Petrich.

Petrich seufzte. Der Junge mit den olivgrünen Augen erinnerte ihn an sich selbst, als er vor so langer Zeit in seinem Heimatdorf der Dunkelheit und dem sicher geglaubten Tod gegenübergetreten war. *Er ist ein guter Junge und weit tapferer, als ich es damals war.*

»Er ist noch ein Kind, ein Bauernjunge von unseren plynthischen Verbündeten«, murmelte Ian.

»Sie gaben ihn freiwillig«, rief Garman ihm ins Gedächtnis. »Die Familie hat noch andere Söhne.«

Flosse wehrte sich nicht länger und ließ sich entkräftet zu Boden sinken.

Petrich zog seinen Beutel hervor und überprüfte noch einmal Flosses Wunde. Aus den klaffenden Schlitzen, die die Klauen der Kreatur ihm beigebracht hatten, floss unvermindert Blut. Es gab keine Rettung für ihn. Petrich bedeutete einem Soldaten, den Beutel für ihn zu halten, während er selbst sein Messer zog und es an Flosses Hals legte. Mit einer schnellen Bewegung aus dem Handgelenk öffnete er eine dünne rote Linie quer über die Kehle des Jungen, und der Soldat fing den herausquellenden Lebenssaft mit dem Beutel auf.

»Muss er denn sterben?«, fragte Ian, während Flosse immer fahler wurde.

»Manchmal verlangt die Dunkelheit nun mal nach Blut«, erwiderte Petrich und nahm den Beutel wieder an sich. Er spürte, wie die Finsternis darin pulsierte. *Meine Freundin ist erwacht.*

Alle verfielen in Schweigen, und der Mord wurde ohne weiteren Protest vollzogen. Wenige Momente später sackte Flosses Leiche zu Boden wie ein leerer Wasserschlauch.

»Hast du es auch gehört?«, fragte Ian.

»Was?«

»Er hat gar nicht mehr gestottert.«

Als Zeichen der Dankbarkeit nickte Petrich seinem Opfer kurz zu, dann tauchte er die Hand in den Beutel und schöpfte, rot und warm, Flosses makabren Tribut daraus. *Und noch etwas anderes.* Er blickte hinaus über die Rauchhöhen, prägte sich den Anblick ein und beugte sich über die Tierhaut, suchte die kleinen Dreiecke, mit denen Damon die Berge verzeichnet hatte, und beschrieb mit dem Finger eine lange Linie von den Gipfeln bis zur Oberkante der Karte. Dann verschmierte er mit einer schnellen Bewegung der anderen Hand das Blut des Jungen auf dem Fell.

Einen Moment lang geschah nichts. Sein Drottin und die anderen vier Klansmänner blickten sich zweifelnd um, abwartend. Dann fiel ein Schatten über die Berggipfel im Norden. Nein, er *erhob* sich aus ihnen. Wie eine schwarze Mauer wuchs er aus dem Boden, bis er selbst die grauen Wolken am Himmel verdeckte, und breitete sich über die gesamte Länge der Bergkette aus. Dann kam er über die Kämme auf sie zugejagt wie eine Flutwelle aus purem Schwarz. Ein Schwall warmer Luft schlug ihnen ins Gesicht. Sie roch nach Fäulnis und Tod.

»Ist dies, was geschehen soll?«, rief Ian.

Jetzt war Petrich derjenige, der ins Stottern geriet. »I-I-Ich weiß es nicht.«

Ob er nun ein Held war oder nicht, konnte Petrich nicht sagen, aber er hatte etwas Großes vollbracht, das stand außer Frage. Es sollte in einem Lied besungen werden, dachte er. *Und hoffentlich bin ich darin mehr als nur Petrich der Seltsame.*

Dann sah Petrich Krysalis seinen Drottin den Hang hinunterrennen, die blutverschmierte Tierhaut fest mit der Hand umklammert. Die anderen kauerten, von Ehrfurcht und Entsetzen gepackt, neben dem toten Jungen am Rand der Felskante. Auch Petrich blieb, obwohl er hätte fliehen können. *Meine Freundin naht. Ich werde auf sie warten.*

Dann kam die Dunkelheit und fegte sie hinweg.

57

»Kommt schnell« bedeutete nie etwas Gutes. Schwarzwasser kam, so schnell er konnte, und war nicht überrascht, als es auch diesmal nicht anders war. Die Neuigkeiten waren nicht nur nicht gut, sie waren verheerend. Schwarzwasser stand in der Morgendämmerung, nur mit seiner goldbesetzten Robe bekleidet, am Felsentor und starrte in den Abgrund. Unten lag eine Leiche auf den Felsen. Die Glieder waren verrenkt, und das lange schwarze Haar ergoss sich über den steinigen Untergrund wie ein dunkler Wasserfall. Auf den Lippen des jungen Klansmanns stand ein makabres, von Weinflecken umrahmtes Lächeln.

»Bring Bryss zu mir«, sagte der König zu dem Wachsoldaten auf der Mauer. »Sag ihm, er soll sich beeilen.«

Schwarzwasser traf seinen Neffen auf dem Weg zurück zum Palast bei den Stallungen. Bryss wirkte zerzaust, als wäre er gerade aus einem unruhigen Schlaf gerissen worden, und er roch nach Wein. *Dem Wein von letzter Nacht.* Die Tat musste er am vorigen Abend begangen haben, denn das Blut auf den Felsen war bereits trocken gewesen, und wenn es bei Tageslicht passiert wäre, wäre die Leiche früher entdeckt worden.

»Euer eminente und königliche Hoheit, meine Majestät«, begrüßte ihn Bryss. »Ihr habt nach Eurem Neffen gerufen, und ich erscheine pflichtbewusst selbst zu dieser frühen Stunde.« Bryss' Augen waren blutunterlaufen, und er blinzelte heftig in dem Versuch, dem Blick seines Onkels standzuhalten.

»Warst du gestern betrunken spazieren?«

»Ich war spazieren.«
»Mit einem Freund?«
»Einem Freund? Nein. Mit unserem Gast.«
Schwarzwasser stöhnte. »Was hast du getan, Neffe?«
»Deinen Willen. Den Willen des Königs.«
»Dies war nicht, worum ich dich gebeten habe.«
»Gebeten? Ihr habt es mir praktisch befohlen, Euer Majes...«
»Nein! Ich sagte, *ob* du bereit wärst, *falls* es dazu kommen sollte. Wir spielen hier ein Spiel, in dem wir unsere Macht demonstrieren, ohne sie einzusetzen. Nur äußerst selten muss eine Drohung wahr gemacht werden, um jemanden zur Räson zu bringen.«
»Genauso wie Ihr befohlen habt, Regans Frau auf den Klippen von Hochfels spazieren zu führen.«
Da hat er recht. Schwarzwasser hatte in der Tat Mittchen de Cartes Tod angeordnet. »Das war eine Ausnahme und eine andere Situation. Ich habe mich tagelang mit meinen Vertrauten beraten, bevor ich diese Entscheidung traf. Ihr Onkel, Damons Bruder, hatte die Tore der Roten Stadt geschlossen und jeglichen Handel eingestellt. Das Volk begann zu hungern und wurde unruhig. Dieser Spaziergang hat einen Krieg verhindert: Ich gab ein Leben für das von vielen. Damons rückgratloser Bruder hat seine Zelte sofort abgebrochen, aber unser Klansmann ist alles andere als rückgratlos. Mit deiner unsinnigen Tat erreichen wir gar nichts! Krystal führte meine Befehle aus, so gut er konnte. Wir können ihn nicht dazu zwingen, sich Flügel wachsen zu lassen und einem Drachen hinterherzufliegen! Auch nicht, indem wir seinen Bruder ermorden. Jetzt hat er nicht einmal mehr einen Grund, mir zu gehorchen. Du hast uns einen Verbündeten zum Feind gemacht!«
Bryss begann zu wimmern. Dicke Tränen flossen aus seinen Augen wie bei einem Kind, das zum Unterricht sollte, wenn es doch lieber spielen wollte. »Aber Onkel, Ihr habt mir aufgetragen, es zu tun. Das habt Ihr! Ich habe genau zugehört und gehorcht. Ich lerne so zu sein wie Ihr.«

»Du bist nicht ich! Du kannst nicht an meiner statt Entscheidungen fällen! Du hast weder die Autorität noch die Erfahrung, ja nicht einmal, wie ich mit Entsetzen feststellen muss, die nötige Intelligenz!«

Bei der letzten Bemerkung drehte Bryss sich um und rannte schwankend davon. Es machte Schwarzwasser nicht einmal etwas aus, dass sein Neffe nicht um Erlaubnis gebeten hatte, sich entfernen zu dürfen.

Aufgebracht und zutiefst besorgt ließ der König sich mit dem Rücken gegen die Vogelvoliere sinken. Dann hörte er ein leises Klicken. Er drehte den Kopf und sah überrascht, wie die blaue Raubtaube versuchte, mit dem Schnabel die Tür ihres Käfigs zu öffnen. Noch bevor er etwas dagegen tun konnte, hatte sie es geschafft und hüpfte ins Freie.

»Zu mir, Vögelchen«, gurrte er, und die Taube flog tatsächlich auf. Jedoch setzte sie sich nicht auf den angebotenen Finger, sondern auf die Mauerkrone.

»Hört in dieser Stadt denn gar niemand mehr auf den König?«, fluchte Schwarzwasser und ging vorsichtig auf das Tier zu, während die Taube ihn gleichgültig beobachtete.

Einen Wurm, dachte Schwarzwasser, *ich werde ihr einen Wurm als Köder anbieten.* Nur leider befand sich die Kiste mit Vogelfutter auf der anderen Seite der Stallungen.

»Bleib, Vögelchen«, befahl er und machte sich auf den Weg. »Ich werde meine königlichen Hände für dich schmutzig machen und dir einen köstlich saftigen Wurm bringen. Ganz ruhig. Vertrau mir.«

»Euer königliche Exzellenz!«, rief Lune, der in diesem Moment durch die königlichen Gärten heraneilte. »Lasst mich Euch helfen!«

Die Taube breitete die Flügel aus und verschwand.

58

Ian erwachte, weil eine raue Zunge ihm übers Gesicht leckte. *Schweinebacke*, dachte er noch halb schlaftrunken, doch als er die Augen öffnete, sah er nicht den Hund über sich, sondern Garmans rote Katze.

»Weg!«

Er stieß die Katze von sich, setzte sich auf und merkte, dass er mitten in einem Gestrüpp lag. Der Tag war schon weit fortgeschritten. Ian musste bewusstlos gewesen sein, und er war froh, dass die Katze ihn gefunden hatte und nicht ein Bär. *Oder etwas Schlimmeres.* Ian blickte den Hang hinauf. Nur einen Steinwurf von ihm entfernt ragte eine schwarze Wand auf. Er fragte sich kurz, ob er vielleicht noch träumte, aber die Wand war echt. Im Spätnachmittagslicht ragte sie bis hinauf in die Wolken, schnitt mitten durch Wald, Fels und Gebirge. Ian hatte Glück gehabt, dass er auf die richtige Seite des Hangs geflohen war. *Dank sei dir, o Wächter.* Seine Gefährten hatten weniger Glück gehabt. Kein Anzeichen von Petrich, Garman und den treuen Flachländern. *Sie sind fort, alle.*

Erst jetzt dämmerte ihm, dass ihr Plan funktioniert hatte: Der Drache und die übrigen Ungeheuer waren auf der anderen Seite. Die Schwärze, die wie ein Vorhang vom Himmel herabhing, hatte sie verschlungen, als hätte das Land selbst sein hässliches Gesicht hinter einem dunklen Schleier verborgen. Für Ian war diese Wand jedoch gleichzeitig ein gigantisches Mahnmal, das ihn an den Preis erinnerte, den er bezahlt hatte. *Ich habe meine Männer verloren, meinen ältesten Bruder und diesen klugen, herzensguten plynthischen Bauernjungen.* Andererseits hatte er das Land von mörderischen Bestien befreit und das Leben von wenigen für das Überleben von vielen gegeben. *Ich habe den Willen des Königs erfüllt.* Schwarzwassers Dank war ihm gewiss. Zumindest diese Erkenntnis bot ein wenig Trost. Da entdeckte er einen kleinen blauen Fleck am Himmel, der sich von Süden näherte. *Die Taube...*

Jenor fand seinen Drottin: Die Knie an die Brust gezogen, kauerte er neben einem Hartriegel-Strauch, hielt die rote Katze im Arm und schluchzte wie ein Kind. Der junge Ingenator zog sofort Schweinebackes Leine stramm, damit er sich nicht auf die Katze stürzte. Die Raubtaube saß daneben, auf einem Baum und in Sicherheit. Als sie Schweinebacke erblickte, kam sie heruntergeflattert und setzte sich auf dessen breite Hinterbacken.

»Mein Drottin!«, rief Jenor. »Bist du verwundet?«

Ian blickte auf. Sein erster Impuls war, Jenor mit wilden Flüchen davonzujagen, und es dauerte eine ganze Weile, bis er sich so weit beruhigt hatte, dass er sprechen konnte.

»Mir fehlt nichts«, sagte er schließlich. »Aber Petrich ist tot. Schagan und Frehman. Garman ebenso. Welches Schicksal Barsch und die anderen ereilt hat, weiß ich nicht. Vielleicht hat der Drache sie getötet, oder sie fanden den Tod, als sie im Namen unseres verfluchten Königs diese zweibeinigen Monster jagten.«

»Barsch ist wohlauf. Er wartet unten im Lager mit den anderen Überlebenden der Grünen Kompanie. Sie kamen alle zurück und sind beschämt, dass sie geflohen sind und dich dem Drachen allein die Stirn bieten ließen. Ihre Bewunderung für dich ist grenzenlos, und sie warten auf deine Befehle.« Jenor zuckte die Achseln. »Auch wenn sie wohl nicht mehr damit gerechnet haben, dass du noch lebst.«

Jenor band Schweinebackes Leine an einem Baum fest und versuchte, Ian auf die Beine zu helfen, aber sein Drottin rührte sich nicht. »Was ist das für eine schwarze Wand?«, fragte er schließlich. »Keiner weiß etwas darüber.«

»Petrich hat sein Leben für sie gegeben und die Ungeheuer dahinter gebannt.« Beinahe hätte Ian ihm auch von der Karte erzählt, die direkt neben ihm lag, aber die Macht, die der Tierhaut innewohnte, war zu schrecklich. Er behielt ihr dunkles Geheimnis lieber für sich.

Jenors Kiefer klappte nach unten. »Gebannt? Dann gibt es also auch gute Nachrichten!«

»Nicht mehr... jetzt, da auch mein jüngerer Bruder tot ist.«

»Nein, Drottin. Du bist noch verwirrt von der Schlacht. Kerr ist in Skye und in Sicherheit.«

»Ich weiß, dass Kerr in Skye ist und jetzt dort tot auf den Klippen liegt«, erwiderte Ian tonlos. Er hatte gehofft, wenn er die Wahrheit aussprach, würde sie leichter zu ertragen sein, aber er hatte sich getäuscht.

»Woher willst du das wissen, Drottin?«

Erst jetzt begriff Ian, in welchem Zustand Jenor ihn vorgefunden hatte: zerschlagen und zerschunden von seiner wilden Flucht den Hang hinunter; wahrscheinlich blutete er sogar. Jenor hatte jedes Recht, seine Worte anzuzweifeln. Ian deutete wortlos auf die Taube. »Hör selbst.«

Nachdem der Botenvogel Schwarzwassers Gespräch mit Bryss ein zweites Mal wiedergegeben hatte, fragte Jenor ungläubig: »Der Thronfolger hat das getan?«

»Dieser Intrigant Schwarzwasser ließ meinen Bruder von einem vermeintlichen Freund ermorden. Auf einem Spaziergang über der Steilwand.« Ian schüttelte den Kopf, und weitere Tränen quollen aus seinen Augen, obwohl er geglaubt hatte, er hätte sie bereits alle vergossen. »Mein Bruder hat immer zu schnell und zu leicht Vertrauen gefasst. Die Leute mussten es sich nicht erst verdienen, er schenkte es ihnen einfach. Es war sein Geschenk an die Welt...«

Bei diesen Worten spürte Ian, wie sich etwas in ihm veränderte –

seine Verzweiflung schlug in erbitterten Hass um.« Und derselbe König Schwarzwasser hat die Klanskriege entfacht, um dann selbst als Retter aufzutreten.«

»Ich verstehe nicht, was du meinst«, sagte Jenor skeptisch. *Er ist noch jung*, dachte Ian, *und diese Dinge sind kompliziert*. Königreiche wuchsen nicht, indem man Messungen und Berechnungen durchführte. Es gab keine Formeln und Rezepte, die sich beliebig anwenden und wiederholen ließen, keine Naturgesetze, anhand derer man das Ergebnis vorhersagen konnte. Königreiche gediehen und verfielen, sie waren anfällig und veränderlich wie das Wetter. Ein Sturm, ob von den Göttern oder von Menschenhand heraufbeschworen, konnte ihren Untergang bedeuten.

»Er hat meinen Bruder ermorden lassen, um mich gefügig zu machen. Aber er hat sich getäuscht. Ich habe keinen Grund mehr, seine Befehle zu befolgen. Keinen Grund mehr, überhaupt noch weiterzumachen. Ich habe nichts mehr.«

Jenor neigte den Kopf. Er mochte jung sein, aber sein Verstand war messerscharf. »Verzeih, Drottin«, widersprach er, »aber du hast die Grüne Kompanie.«

Als sie zurück ins Lager kamen, herrschte im ersten Moment Totenstille, doch dann ertönte ohrenbetäubendes Jubelgeschrei, wie Ian es noch nie gehört hatte. Selbst seine eigenen Leute hatten ihm noch nie so begeistert und mit solcher Leidenschaft zugerufen.

»Du bist jetzt ein Held«, flüsterte Jenor.

»Petrich ist ein Held. Ich habe lediglich überlebt.«

»Und wer überlebt, schreibt die Geschichte«, entgegnete Jenor. »Petrich selbst hat das zu mir gesagt.«

»Das Buch!«, rief Ian.

»Welches Buch?«

»Das Klansbuch, wo ist es?«

Jenor schaute weg. »Viktor ist entwischt, als der Drache das Lager überfiel.«

»Schon gut, schon gut. Aber wo ist das Buch?«

»Er hat es.«

»Gestohlen?«

»Ja.«

Ian blickte verzweifelt zum Himmel, doch Jenor legte ihm die Hände auf die Schultern und drehte ihn in Richtung der Männer, die alle zusammengekommen waren, um ihren Drottin sprechen zu hören. »Ich muss jetzt deine Rückkehr verkünden«, sagte Jenor ernst.

»Mach, was du willst.«

»Männer der Grünen!«, rief Jenor. »Unser Drottin hat den Drachen verfolgt, und nun ist er zurück!« Wieder jubelten die Männer, und Jenor musste erst für Ruhe sorgen, bevor er weitersprechen konnte. »Nicht nur, dass er den Drachen vertrieben hat, er hat auch die zweibeinigen Ungeheuer verscheucht, die den Menschen in der Baumstadt nach dem Leben trachteten, bevor sie zerstört wurde.«

Ein neuerlicher Beifallssturm brach los.

»Er hat die Räuberhorden bezwungen, die Kannibalen gezähmt und bei einem terbischen Tribunal den Tod selbst überlistet. Er ist in die Dunkelheit gereist und kehrt als Drachenbezwinger und Schrecken aller Ungeheuer zurück – und als euer Kommandant! Wehe allen, die gegen Ian Krystal sind!«

Die Soldaten waren nun nicht mehr zu halten, und Jenor beugte sich an Ians Ohr: »Sie erwarten deine Befehle, Drottin.«

Ian musterte die Männer. Sie waren eine beeindruckende Streitmacht. Viele unter ihnen gehörten zu Schwarzwassers Besten, und sie bewunderten ihn jetzt – ihn, Ian Krystal, Drottin der Hügelkuppen. Durch seine Taten hatte er ihre bedingungslose Treue errungen. Sie würden für ihn kämpfen, gegen wen oder was auch immer er sie ins Feld schickte, und das war gut so, denn jetzt endlich wusste Ian, wie sein nächster Befehl lauten würde.

»Macht euch bereit, den König zu töten!«, rief er.

59

»Was?!«

Lune stand vor dem König, strich sein faltiges Wams glatt und versuchte, Haltung zu bewahren, nachdem er ihm in den Gärten die schlechte Nachricht überbracht hatte. »Euer Majestät, die Fischerdörfer stehen auf seiner Seite, ebenso die Läufer von Haselzahn.«

»Die Läufer? Ihr meint dieses knappe Dutzend Männer in den Wäldern?«

»Ja, Euer Majestät, aber sie sind Herolde und tragen die Nachricht bis in die entlegensten Weiler.«

»Können wir kein Kontingent entsenden und das unterbinden?«

»Sie haben ein gut befestigtes Fort auf einem Hügel. Wir bräuchten mindestens dreißig Mann, um es einzunehmen, dabei haben wir nicht einmal zehn, die wir entbehren könnten.«

»Verstanden. Verflucht sollen wir sein, dass wir keine Kriegsvorbereitungen getroffen haben.«

»Seit einem halben Jahr wird in der Feuerhalle nichts anderes mehr hergestellt als Schaufeln und Äxte, und unsere Soldaten haben wir zu Bau- und Straßenarbeitern umfunktioniert.«

»Dann machen wir es eben rückgängig und bewaffnen sie mit Äxten!«

»So sei es.«

»Ian Krystal ist nicht mehr als ein wütender Wilder. Er hat nicht genug Männer, um uns hier zu Leibe zu rücken«, sagte

Schwarzwasser und ließ die Hand über einen flaumigen Farnwedel streichen.

»Das Volk spricht in größter Ehrfurcht von ihm, seit diese dunkle Wand sich erhob. Es denkt, er könne zaubern.«

Das kann er tatsächlich. Schwarzwasser dachte an die schwarze Wesenheit, die versucht hatte, seinen Arm zu verschlingen. »Verstanden. Am besten, wir verhandeln mit ihm, bevor er noch mehr Unterstützer für seine Sache gewinnt. Sendet den Falken. Er ist der einzige Botenvogel, der ihn aufspüren kann. Sagt ihm, ich wünsche zu verhandeln.«

Lune schüttelte mit einem eigenartigen Gesichtsausdruck den Kopf. »Ich war bereits so frei, Euer Majestät. Er sandte ihn zurück. Gegrillt.«

»Gegrillt?«

»Ja, Euer Majestät. Mit einer Knoblauchsoße gewürzt. Ein Rezept seines einarmigen Kochs, wie es scheint.«

»Ihr habt ihn gegessen?«

»Der Vogel war bereits tot, Majestät.«

Schwarzwasser schäumte. »Nehmt Euch nicht zu viel heraus, Botschafter. Ihr mögt klug sein, aber auch Ihr könnt für Eure Worte und Taten zur Rechenschaft gezogen werden.«

»Und wenn wir die Flussfrauen als Geiseln nehmen?«, schlug Lune vor.

»Ich kann mir nicht vorstellen, dass ihn das einschüchtern würde, wenn schon der Tod seines Bruders es nicht vermag.«

»Was uns zu Eurem Neffen bringt.«

»Ich habe noch nicht über sein Schicksal entschieden, aber er wird nicht hingerichtet. Er ist mein Blutsverwandter und noch ein Junge. Wahrscheinlich werde ich ihn zurück zu seinem Vater schicken.«

»Der ihn hinrichten lassen wird.«

»Dann stirbt er zumindest nicht durch meine Hand.«

»Aber das Ergebnis bleibt das gleiche.«

»Was also sollte ich Eurer Meinung nach mit ihm tun? Er ist absolut nutzlos; schlimmer als das… Wenn er mich das nächste Mal beeindrucken will, sehe ich vielleicht *Euch* zerschmettert unten auf den Felsen liegen.«

Schwarzwasser glaubte, einen Anflug von Verunsicherung in Lunes Blick zu entdecken. *Gut.* Ein wenig Demut konnte seinem Botschafter nicht schaden.

»Vielleicht solltet Ihr darüber nachdenken, nach Fretwitt zurückzukehren.«

»Und die gefährliche Überfahrt riskieren?«

»In Hochfels herrscht Verstimmung, wenn nicht gar Aufruhr, den es zu unterdrücken gilt.«

»Regan Halbglück?«

»Er argwöhnt, Ihr könntet etwas mit dem Tod seiner Frau zu tun gehabt haben.«

»Sie hatten keine Kinder. Besorgt ihm eine andere.«

»Wie es scheint, hat er die letzte sehr geliebt. Die junge Mittchen de Carte war eine reizende Dame.«

»Mein eigenes Geschlecht wendet sich wegen einer verunglückten de Carte gegen mich?«

»Vielleicht solltet Ihr das nächste Mal eine weniger liebreizende Frau für Regan aussuchen.«

»Es reicht! Solche Entscheidungen sind auch so schon schwierig genug, ohne dass Ihr sie verdammt, nachdem sie bereits getroffen sind. Ich opfere nicht gern das Leben von Unschuldigen, aber ich habe Wichtigeres zu tun: den Frieden zu wahren. Ihr versteht davon nichts, weil Ihr nicht mehr seid als ein Sprachrohr. Ihr könnt sagen, was Ihr wollt, ohne dafür geradestehen zu müssen. Ihr müsst nicht entscheiden, ob es besser ist, zum Schwert zu greifen oder zu verhandeln. Ihr steht nicht auf den Mauern Eurer Stadt und blickt hinunter auf die Armeen, die kommen, um Euch zu vernichten. Es gibt Männer des Wortes und Männer der Tat, aber ein König muss beides sein.«

»Mein Rat wäre, Euch an einen sicheren Ort zurückzuziehen, wo Ihr reden und handeln könnt, ohne Euer Leben zu gefährden.«

»Ich werde nicht aus meinem neuen Königreich fliehen, nur weil ein Klansmann und ein paar Fischer verstimmt sind. Verflucht sei dieser Zinnober, der die Küstenbewohner so hart bestraft hat. Was ist überhaupt mit seiner Tochter?«

»Ihre Garnison am See ist nicht befestigt genug. Sie ist dort nicht sicher.«

»Bringt sie her. Klein soll inzwischen dortbleiben und die Stellung halten. Die Rote Dame bleibt bei mir, bis das Problem mit den Grünen erledigt ist.«

Schwarzwasser ließ Lune Admiral Saavedra und Graf Akram herbeirufen, um einen Rat abzuhalten.

»Saavedra, wo sind die Schiffe mit den Soldaten, die ich angefordert habe?«

»Auf See. Eine Möwe überbrachte die Nachricht von ihrer Entsendung.«

»Das liegt bereits Wochen zurück.«

»Und sie sind immer noch unterwegs.«

Schwarzwasser räusperte sich verärgert. »Graf Akram, blüht der Handel mit den Fischerdörfern noch?«

»Ja, selbstverständlich.«

»Dann stellt den Handel unverzüglich ein. Hungert sie aus. Keine Nahrungsmittellieferungen mehr an die Küste.«

»Euer Majestät, sie haben dort die reichsten Fischgründe in ganz Abrogan. Ich kann nicht die aushungern, die *uns* mit Essen beliefern. Sie könnten es allerdings mit uns tun ...«

Lune beugte sich an Schwarzwassers Ohr: »Wir brauchen ihren Fisch für unsere Arbeiter, die nun wieder zu Soldaten umfunktioniert werden sollen.«

Schwarzwasser nickte. »Beziehen sie auch Güter von uns?«

»Aber ja, den Göttern sei's gedankt«, erwiderte Akram. »In letzter Zeit sogar verstärkt.«

»Was vor allem?«
»Äxte.«
»Arrh!«
»Unsere Obstvorräte werden allmählich knapp«, sprach Akram weiter. »Die Lieferungen aus dem Norden bleiben aus, seitdem wir das Flussvolk und die Zwerge vertrieben haben. Die Transportwege auf den Flüssen sind verwaist, und die verborgenen Haine sind anscheinend unfruchtbar, seit unsere Bauern sie einmal komplett abgeerntet haben.«
»Hat denn keiner von Euch auch nur eine einzige gute Nachricht?«, blaffte Schwarzwasser.
»Bei allem gebührenden Respekt, Euer Majestät«, sagte Lune, »wir als Eure Berater haben auf diese Schicksalswendungen keinen Einfluss.«
»Dann sollte ich mir vielleicht andere Berater suchen«, entgegnete Schwarzwasser.
»Davon würde ich abraten, Majestät.«
»Selbstverständlich würdet Ihr das.« Schwarzwasser schickte sie alle drei fort, und als sie endlich außer Hörweite waren, verfluchte er wortreich ihre Familien.

Die Dame Zinnober kam schon am nächsten Tag zu Pferd in Skye an. *Eine gute Reiterin*, dachte Schwarzwasser, als er sie den Weg über die unteren Hänge heraufkommen sah. *Noch eine ganz vorzügliche Eigenschaft.* Anstatt nur Lune zu schicken, hatte er beschlossen, Sienna am Tor persönlich in Empfang zu nehmen. Trotz der kleinen Krise im Norden hatte Schwarzwasser Zeit für ein ausgiebiges Bad gefunden und sich von Irin, seinem ronnischen Barbier, den Bart schneiden lassen. Einen Parfümhandel, der diese Bezeichnung auch verdient hätte, gab es in Abrogan noch nicht, aber Irin kannte einen ronnischen Grafen, der seine eigenen Duftwässer mitgebracht hatte und ganz begierig darauf war, seinem König etwas davon abzugeben. Schwarzwasser fand zwar, dass er jetzt roch wie eine Bergkiefer, doch wusste er, dass die Damenwelt jeden Geruch dem natürlichen eines Mannes vorzog.

»Glaubt Ihr, sie wird sich zu mir hingezogen fühlen, Lune?«

»Ihr seid der König. Es ist ihre Pflicht, sich zu Euch hingezogen zu fühlen.«

»Ich spreche nicht von Pflicht. Ich wünsche, dass sie von mir verzaubert ist.«

»Nun, Wünsche sind frei, Euer Majestät.«

Klein hatte nie ein Wort darüber verloren, wie es um die Leidenschaftlichkeit der Dame bestellt war, andererseits war Klein ein Schwächling, und es war gut möglich, dass Sienna ihn einfach nicht ranließ. *Oder sie ist so ergötzlich, dass er es lieber für sich behalten hat, damit ich sie ihm nicht wegnehme.* Sienna war eine zurückhaltende Person, wie Schwarzwasser wusste, die sich hinter Vorhängen versteckte und ihren Körper vor neugierigen Augen verbarg; gleichzeitig konnte sie an keinem Spiegel vorbeigehen, ohne sich darin anzusehen, und legte offensichtlich größten Wert auf ihr Äußeres.

»Gefällt sie Euch, Lune?«

»Sie ist eine strahlende Schönheit.«

»Gut.«

Zinnobers Mantel flatterte im Wind wie die Schwingen eines blutrünstigen Tieres. *Wie die Flügel eines Drachen.* Aber die Sorgen wegen des Drachen war Schwarzwasser los. Zumindest diesen Befehl hatte der Klansmann noch ausgeführt, bevor er sich gegen ihn wandte. Nein, es war eine ganz und gar bezaubernde Frau, die sich da dem Tor näherte.

Zinnobers Tross machte Halt, und der vorderste Reiter kündigte seine Herrin an: »Die Dame Zinnober von der Roten Stadt, Herrin des Doppelsees.«

»Seine königliche Exzellenz, König Schwarzwasser von Asch, Herrscher über das Königreich Fretwitt und die befriedeten Lande Artungs!«, erwiderte Lune.

Schwarzwasser warf ihm einen verärgerten Blick zu.

»Sowie Abrogans!«, fügte der Botschafter hinzu.
»Willkommen, edle Dame«, sagte Schwarzwasser.
»Mein König, wie ich gehört habe, gibt es Unruhen«, sagte Zinnober besorgt.
»Keine Unruhen. Ich treffe lediglich Vorsichtsmaßnahmen.«
»Wenn ich daran denke, dass dieser Wilde an meiner Tafel gespeist hat...«
Schwarzwasser nahm die Zügel ihres Pferdes und führte es durchs Tor zu den königlichen Stallungen. Als die Dame absteigen wollte, fasste er sie einfach um die Hüfte, hob sie aus den Steigbügeln und stellte sie vor sich auf den Boden.
»Oh, wie stark Ihr seid! Kein Wunder, dass Ihr Euch den Thron erkämpfen konntet.«
Siennas Worte waren Kompliment und Provokation zugleich. Schwarzwasser war kein Spross eines Königshauses. Während die Halbglücks nur die unbedeutende Feste Hochfels sowie das kleine, am Fuß der Felswand gelegene Niedersee ihr Eigen nennen konnten, herrschten die Zinnobers seit fünfzehn Generationen über die Rote Stadt und ihren wichtigen Hafen. Als Prestan Halbglück dann nach dem Thron von Asch und schließlich von ganz Fretwitt griff, hielten die Zinnobers sich aus allem heraus und boten nur dann ihre Dienste an, wenn die Wirren des Erbfolgekrieges sie selbst in Bedrängnis brachten. Ihre Zurückhaltung war aber keineswegs eine Billigung von Schwarzwassers Machtbestrebungen gewesen.
»Aber ja. Als Sohn eines alten Adelsgeschlechts fiel mir das Glück zu, nachdem die Erbfolge unterbrochen war, rechtmäßig den Thron zu besteigen«, erwiderte Schwarzwasser. »Zu gütig von Euch, dass Ihr Euch noch daran erinnert.«
»An die Halbglücks von Hochfels...«
»Genau.«
Schwarzwasser mochte es nicht, an seinen Geburtsnamen erinnert zu werden. Es war ein glückloser Name, genauso unwichtig

wie Hochfels und Niedersee. Doch als er nicht auf die Provokation reagierte, hellte sich Zinnobers Gesicht unvermittelt auf, und sie legte ihm sogar eine Hand auf die Brust. Schwarzwasser merkte, wie sein Herzschlag sich beschleunigte. Seit Jahren hatte er keine Frau mehr gehabt, und jetzt spürte er die Fingernägel dieser rauen Schönheit gar bis in das Fleisch unter seinem Seidengewand.

»Oh, wie sehr ich diese Felsen und seine Ufer geliebt habe! Meine Cousine Mathi und ich sind als junge Mädchen oft über den Schwarzsee gerudert und haben die mächtigen Wände bestaunt. Wir winkten den Wachen weit oben zu, und sie winkten mir stets zurück. Mir, nicht meiner Cousine, dieser fetten Kuh.«

Schwarzwasser dachte an Mathilda Zinnober. Sie war ein gesundes Mädchen gewesen, gut genährt, aber alles andere als eine fette Kuh. »Selbstverständlich winkten sie Euch zu.« Schwarzwasser lächelte. »Ihr strahlt nur so vor Schönheit. Lune sagte es eben erst selbst.«

Die Dame Zinnober warf dem Botschafter einen finsteren, prüfenden Blick zu.

»In der Tat«, bestätigte Lune prompt. »Zu Pferd und mit wehendem Umhang seht Ihr aus wie eine der gertenschlanken Heldinnen aus den alten Sagen.«

Zinnober nickte zufrieden, und ihre Miene hellte sich genauso schnell wieder auf, wie sie sich nur einen Wimpernschlag zuvor verfinstert hatte. »Wie vortrefflich Euer Auge ist, Botschafter. Dieser jämmerliche Stoff ist ein Verbrechen an meinem Körper — man sollte dieser Schneiderin mit glühenden Zangen die Daumen abreißen lassen —, und doch seht Ihr mit scharfem Blick direkt durch die unvollkommene Hülle hindurch.«

Eine durchaus reizvolle Vorstellung, dachte Schwarzwasser und fühlte sich schon besser nach all den schlechten Nachrichten des letzten Tages — kühn sogar. »Ihr werdet in den Gemächern ganz oben im Palast residieren«, sagte er. »Direkt neben den meinen.«

60

Ian stand mit Jenor über die Karte gebeugt. Zum ersten Mal in seiner Geschichte war das Fort von Haselzahn voller Soldaten. Schatten war nicht gerade glücklich darüber, aber er musste sich in dem kommenden Krieg für eine der Seiten entscheiden, und Kerr hatte in den Wochen, die er hier als einer seiner Läufer verbracht hatte, das Herz des grimmigen Alten gewonnen. Auch bei den anderen Läufern war Kerr wegen seiner schnellen Auffassungsgabe beliebt gewesen, und Schatten sprach in wohlwollenden Tönen von der tief empfundenen Freundschaft, die zwischen ihnen entstanden war. Es war Ians jüngerem Bruder sogar gelungen, die Knaben der umliegenden Weiler und Dörfer für die Aufgabe der Läufer zu begeistern, sodass nicht wenige von ihnen in der Hoffnung trainierten, eines Tages selbst einer von ihnen zu werden. Außerdem gefiel es Schatten außerordentlich, dass Ian Langzunge eine gehörige Abreibung verpasst hatte.

»Wenn wir Schwarzwassers Stadt einnehmen wollen, brauchen wir eine Übermacht von fünf zu eins«, sagte Ian. Er nannte seinen ehemaligen König nur noch bei diesem Namen und hatte seine Männer angewiesen, es ebenso zu tun. Petrich hatte ihn diese Lektion gelehrt: Die Worte, die man für etwas oder jemanden verwendete, waren wie eine Saat, und dieses Wort würde sich verbreiten wie Unkraut.

»Außer wir reißen die Mauer nieder«, sagte Jenor.

Ian hob eine Augenbraue. »Die dunkle Magie meines Vetters ist verbraucht, und wir haben keine Belagerungsmaschinen. Was wir brauchen, sind Soldaten, und wir haben noch zu wenige. Die Buchtender halten wahrscheinlich zum König.«

Schatten schwang sich von seinem Stuhl und bewegte sich auf seinen kräftigen Armen zu dem Baumstumpf, auf dem die Karte ausgebreitet lag. »Dann geht zu den Plynthern. Sie sind das größte Volk hier.«

Dorsch, ein raubeiniger alter Fischer und der Anführer der Männer von der Küste, die sich Ians Grünen angeschlossen hatten, rümpfte die Nase. »Das Katzenvolk?«

»Katzen mögen doch Fisch, oder etwa nicht?«, sagte Ian.

Dorsch lachte polternd. »Ha! Katzen fressen Fisch, meinst du wohl.«

»Ich bitte euch nur, euch dieses eine Mal mit ihnen zu verbünden, damit wir gemeinsam das schwarze Herz aus der Brust eures Heimatlandes schneiden können.«

»Schon seltsam, wie sehr du dich ins Zeug legst, um diesen selbsternannten König zum Teufel zu jagen.«

»Warum sagst du das?«

»Weil wir aus genau dem gleichen Grund deinen Vater aus Abrogan verjagt haben. Ich war dabei. Er war kein bisschen besser.«

Dorsch blickte Ian eindringlich an. Er mochte nicht besonders weltgewandt sein, aber er hatte in seinem Leben schon viel gesehen, war misstrauisch und weise, daran hatte Ian keinen Zweifel. Dorsch verlangte Sicherheiten, und das zu Recht. Gleichzeitig *wollte* er an Ians Sache glauben, auch das spürte der Drottin.

»Aber *ich* bin besser als mein Vater«, sagte Ian schließlich.

Dorsch nickte. »Das hatte ich gehofft.«

»Die Blaue hat Männer in Plynth stationiert«, erklärte Schatten. »Wir können dort nicht unbemerkt Kämpfer anwerben. Gleichzeitig hat Schwarzwasser viele Plynther für sein Heer zwangsausgehoben, die jetzt in Skye stationiert sind. Die Verbliebenen werden Skye nicht angreifen wollen, denn sie würden in der Stadt nur ihre eigenen Brüder erschlagen.«

»Schwarzwasser wird kein ganzes Kontingent nach Plynth schicken, nur weil wir dort Kämpfer anwerben«, sagte Jenor, »sondern alle seine Soldaten in Skye zusammenziehen.«

Ian überlegte. »Unsere Grünen werden genauso wenig gegen ihre in der Stadt stationierten Kameraden kämpfen wollen wie die Plynther. Was genau erwartet uns in Plynth, Schatten?«

»Es gibt eine Garnison, die immer mit zwanzig Mann besetzt ist. Noch mal so viele patrouillieren auf den Straßen, und sie haben Späher, die nach uns Ausschau halten werden. Wenn sie uns entdecken, schicken sie sofort einen Botenvogel nach Skye. Außerdem rechnen sie wahrscheinlich schon mit uns und haben mittlerweile noch andere Vorbereitungen getroffen.«

Ian nickte. »Der Marsch nach Plynth wird also heikel... und wenn wir direkt nach Skye marschieren, haben wir die Rote Garnison vom Doppelsee im Rücken.«

»Die Rote im Rücken können wir nicht gebrauchen«, sagte Jenor.

»Dann werden wir uns wohl als Erstes um sie kümmern müssen...«

Ian sandte einen Zehnertrupp und zwei zusätzliche Späher auf den Weg nach Plynth. Sie sollten dafür sorgen, dass sie gesehen wurden, damit der Feind sie für eine Vorhut hielt. Währenddessen schlug er sich mit seiner Hauptstreitmacht auf Pfaden, die außer den Läufern kaum jemand kannte, durch die Wälder. Unterwegs griffen sie einen Späher der Roten auf und boten ihm an, im Austausch gegen ein paar Informationen sein Leben zu verschonen, was der Gefangene dankbar annahm. Kurz darauf umstellten sie den See und riegelten ihn ab.

Einer der Garrer hatte vorgeschlagen, lediglich die Dame Zinnober als Geisel zu nehmen, doch Ian hatte andere Pläne: Nach Einbruch der Nacht führte Dorsch einen Trupp zum Seeufer, und sie ließen sich mit Treibholz als Tarnung an das ungeschützte Ufer der Garnison treiben. Als Jenor die Palisade in Brand steckte, griffen sie vom Wasser aus an, während Ians Haupttrupp dem Tor mit einem Rammbock zu Leibe rückte. Zwischen der brennenden Palisade und zwei Angriffstrupps eingekeilt, kamen die Soldaten der Roten kaum dazu, die Waffen zu erheben, so verwirrt waren sie, und Ian konnte keinen Offizier entdecken, der die gegnerischen Schlachtreihen in Formation brachte. *Wie es scheint, haben wir Glück.*

Die Palisade brannte lichterloh, am Tor lauerte Ian mit seinen Soldaten, und wer in die entgegengesetzte Richtung zum See floh, fiel den Messern von Dorschs Männern zum Opfer. Entsprechend schnell war der Angriff vorüber, und die eigenen Verluste waren äußerst gering.

»Diese Zinnober ist nicht hier«, knurrte Dorsch zutiefst enttäuscht, nachdem sie alles durchsucht hatten. »Ich hatte gehofft, sie mir selbst vornehmen zu können.«

»Wir töten keine Frauen«, erwiderte Ian. »Aber, dem Wächter sei Dank, gibt es hier anscheinend keine.«

»Sie ist keine Frau«, knurrte Dorsch, »sondern ein roter Teufel. Ich habe mit eigenen Augen gesehen, was sie in dem Fischerdorf angerichtet hat.«

»Sonst irgendwelche Gefangenen?«, fragte Ian.

»Einen. Er trägt Seidengewänder, und wir haben die Finger von ihm gelassen, weil wir dachten, du willst ihn wahrscheinlich selbst erledigen.«

Dorschs Männer schleiften den Gefangenen heran. Es war Graf Klein, und er sah erbärmlich aus. Seine Oberlippe war überhaupt nicht mehr vorhanden, die Nase tiefrot und platt gedrückt wie eine zertretene Tomate. Ein Auge war zugeschwollen. »Wie es scheint, habt ihr ihn ohnehin schon halb totgeschlagen, Dorsch.«

»Nein. Seine Wunden sind mehrere Tage alt. Er sah schon so aus, als wir kamen.«

Ian musterte den Grafen. Das eine Auge war vollkommen zu, das andere blutunterlaufen und voller Tränen vom Rauch. Außerdem schielte es in einem unnatürlichen Winkel hinauf zu den Sternen. Der Mann war beinahe blind.

»Hörst du mich?«, fragte Ian und ließ Kleins Titel absichtlich weg. »Weißt du, wer ich bin?«

»Du bist der Klansmann«, nuschelte Klein. Die Worte waren kaum zu verstehen, was nicht nur an der fehlenden Oberlippe lag, sondern auch am Zustand von Kleins Zunge: Dünn wie eine Flunder hing sie ihm aus dem Mund, als wäre sie halb herausgerissen und dann mit einem Walkeisen platt gewalzt worden.

»Nein. Ich bin Ian Krystal. Du wirst meinem Ingenator alles sagen, was du über die Bauweise und Anlage des Smaragd-Donjons sowie des Königspalastes weißt.«

»Ich k-k-kann sie nicht verraten«, stammelte Klein.

Seinen König erwähnt er nicht einmal. Interessant.

»Ich weiß, dass du mit diesem zermarterten Gesicht kaum sprechen kannst, aber du strengst dich besser an, und das schnell, sonst bist du es, der für *sie* stirbt«, fauchte Dorsch.

»Nein«, sagte Ian und hob die Hand. Dann beugte er sich ganz nah an Klein heran und flüsterte: »Rede, wenn du willst, dass wir dich vor ihr *retten*.«

Die Schlacht um Plynth war blutiger. Zehn Männer verloren sie bereits auf dem Weg dorthin, und dreißig weitere starben, als sie die Verteidigungslinien der Blauen durchbrachen, die der König um die Felder und Höfe gezogen hatte. Vierzig Tote waren zu viel. Als sie sich außerhalb der Stadt zum letzten Vorstoß sammelten, war Ian zutiefst beunruhigt. Sie waren seit über einem Jahr nicht mehr hier gewesen, und die Dinge hatten sich stark verändert.

»Wenn wir versuchen, die Stadt zu erobern, verlieren wir dabei mindestens halb so viele Männer, wie wir danach anwerben können«, murmelte Ian niedergeschlagen.

»Wir können uns auch wieder zurückziehen und in den Wäldern bleiben«, entgegnete Schatten.

»Ihr Läufer könnt das. Ich kann es nicht. All diese Männer haben mir die Treue geschworen. Schwarzwasser wird sie und mich erbarmungslos jagen, bis er uns alle zur Strecke gebracht hat, damit wir uns nicht erneut gegen ihn erheben können.«

»Hört den Gesandten!«, erschallte der Ruf eines Herolds.

»Name und Titel?«, rief Ian zurück.

»Der Graf von Plynth!«, kam die Antwort.

Der Graf hätte einen Stellvertreter schicken können. Sich ins Lager des Feindes zu wagen war gefährlich, und trotzdem war er selbst gekommen. Das musste etwas zu bedeuten haben. Ian überlegte, ob es in der Stadt irgendeinen Grafen gegeben hatte, aber die einzige höhergestellte Persönlichkeit, die ihm einfiel, war der greise Priester. Außerdem war »Graf« ein fretischer Titel, verliehen vom König.

»Diese Unterredung könnte sehr wichtig für den weiteren Verlauf des Feldzugs sein«, sagte Jenor nachdenklich. »Plynth liegt im Herzen Abrogans, es ist der Puffer zwischen dem Reich und den großen Wäldern.«

Jenor ist in strategischen Dingen weit besser bewandert, als sein Alter vermuten lässt. Aber es ist die Bevölkerung dieser Stadt, die ich für mich gewinnen muss, kein Punkt auf der Landkarte. Ich muss diesen Grafen von unserer Sache überzeugen.

»Graf Fregger von Plynth!«, war die Stimme des Unterhändlers wieder zu vernehmen, und Fregger schloss Ian lachend in eine kräftige Umarmung. Tränen der Wiedersehensfreude flossen, und da wusste Ian, dass der Klansmann noch auf seiner Seite stand.

Fregger hatte mit seiner Frau Henna, die ebenfalls mitgekommen war, inzwischen zwei Kinder, ein Mädchen und einen Jungen.

»Sie ist viel klüger als ich«, erklärte er stolz.

»Was auch nicht allzu schwierig ist«, erwiderte Ian.

Fregger lachte. »So klug, dass sie mich im Rat vertritt.«

»Es ist eine Freude, dich wiederzusehen, Fregger. Du scheinst einiges erreicht zu haben. Graf Fregger? Deine Eltern werden stolz auf dich sein!«
»Und vor Überraschung tot umfallen.«
»Das wollen wir nicht hoffen. Zu viele sind in den letzten Tagen gestorben. Es gibt ernste Dinge zu besprechen: Wir haben Schwarzwassers Verteidigungslinien um Plynth durchbrochen, weil ich euch für unsere Sache gewinnen will. Aber überlege dir die Sache gut, denn wenn wir verlieren...«
Fregger nickte. »Das sehe ich auch so, und das ist auch der Grund, warum ich selbst gekommen bin. Ich bin jetzt der Graf hier und für die Menschen von Plynth verantwortlich.«
»Dann kannst du für ganz Plynth sprechen?«
»Nein. Henna wird mit dir verhandeln.«
Henna hatte das volle Vertrauen ihres Priester-Vaters und einen scharfen Verstand. Gleichzeitig war sie voll jugendlicher Energie und hatte zu Hause zwei Säuglinge zu versorgen, doch das hatte sie nicht davon abhalten können, Freggers Sprache zu lernen, die sie nun fast besser beherrschte als er selbst. Ihre erste Frage allerdings verwirrte Ian:
»Ist Lucius noch bei euch?«
»Wer ist Lucius?«, fragte Ian.
»Der Gesandte, den wir euch mitgaben.«
Ian versuchte fieberhaft, sich an einen Plynther in seiner Kompanie zu erinnern. Er musste wohl bei dem Banditenüberfall gestorben sein oder bei der Schlacht am Doppelsee. *Vielleicht habe ich ihn irrtümlich für einen Soldaten des Königs gehalten.*
»Kannst du ihn beschreiben?«, sagte Ian schließlich beschämt.
»Rotes Fell. Eigentlich ist er nicht zu verkennen.«
Ian wusste immer noch nicht, von wem sie sprach. *Rot?* Konnte sie einen von Zinnobers Soldaten meinen? Da dämmerte es ihm: Wahrscheinlich meinte sie Flosse. »Hatte er grüne Augen?«, fragte er.

»Nein. Leuchtend gelb.«

Niemand hat gelbe Augen, dachte Ian noch, dann hatte er des Rätsels Lösung. »Jenor, hol die Katze.«

Jenor tat, wie ihm geheißen, und Lucius sprang von seinem Arm direkt auf Hennas Schulter.

»Hat er mit einem der deinen eine Beziehung aufgebaut?«, fragte Henna.

Ian dachte an den armen Garman, den der schwarze Schleier verschlungen hatte. »Ja, das hat er.«

»Gut. Jetzt sag mir, was du vorhast. Dann werde ich Lucius' Rat einholen. Wenn er der Meinung ist, dass ihr gute Menschen seid, schließen wir uns euch vielleicht an.«

Ian verzog das Gesicht. Er hasste den Kater und der Kater ihn wahrscheinlich ebenso, wovon er Henna aber lieber nichts erzählte, während sie sich auf den Weg in die Stadt machten. Als sie dort ankamen, fiel Ian sofort auf, wie unglaublich viele Menschen dort zusammengekommen waren. *Aus dem gesamten Umland, ihrer riesigen Zahl nach zu urteilen.*

»Wie kommt es, dass du Fregger geheiratet hast? Er ist ein guter Mann, aber nicht besonders schlau, was er ja auch selbst zugibt...«

»Wir ergänzen einander gut«, antwortete Henna. »Ich bin klug, und er ist stark. Außerdem hat er herrliches langes Haar. Oder bist du da anderer Meinung?«

»Ganz und gar nicht, aber auf mich hat sein Haar wohl nicht dieselbe Wirkung wie auf dich.«

Henna lachte, und als sie den Hauptplatz erreichten, drängten Hunderte Neugierige sich um sie zusammen – mehr, als es in der Stadt Häuser gab. Auf dem Weg zum Platz hatten sie Ian lediglich aus der Entfernung angestarrt, aber jetzt begannen sie, aufgeregt miteinander zu tuscheln und auf ihn zu deuten.

»Warum wackeln sie ständig mit den Köpfen?«, fragte Ian verwirrt.

»Das ist eine stumme Form des Beifalls. Du bist hier eine Berühmtheit.«
»Ich bin in Plynth berühmt?«
»Die Geschichten über dich sind durchaus packend, wenn sie entsprechend vorgetragen werden.«
»Es gibt Geschichten über mich?«
»Ja, fantastische Berichte von Heldentaten, in denen du Räuberbanden besiegst, einem Drachen gegenübertrittst und in einer Arena in einem Riesenbaum um deine Freiheit kämpfst.«
»Woher kennt ihr diese Geschichten?«, hakte Ian nach.
»Dein Schreiber hat sie uns erzählt.«
»Niedergeschrieben hat er sie, aber er ist tot.«
»Eigenartig. Vor nicht einmal zehn Tagen war er hier und hat auf dem Stadtplatz aus seinem dicken Buch vorgelesen. Jeder, der drei Kupferstücke bezahlte, durfte zuhören. Dem König gefiel das gar nicht, aber dein Schreiber hat gutes Geld verdient.«
»Wie sah er aus? Er hatte doch nicht etwa rotes Fell, oder?«
»Nein. Er redete ununterbrochen, auch wenn er nicht vorlas, und er leckte sich ständig die Lippen.«
»Viktor!«
»Ja. So hieß er.«
»Er verkauft die Geschichten aus unserem Klansbuch!«
»Ebenso Rezepte und allerlei Ratschläge für die unterschiedlichsten Dinge. Aber die Lesungen waren am beliebtesten.«
Ian war sprachlos und sagte eine Weile nichts mehr, bis Henna ihm unvermittelt eine Hand auf die Schulter legte.
»Sie wollen dich«, sagte sie.
»Wie meinst du das?«
»Dich, und nicht Schwarzwasser. Als sein Neffe hier war, hat er uns reichen Profit und Handel versprochen. Dass sein Onkel bald nachkommen würde, um Säuberungen durchzuführen und das ganze Land zu unterwerfen, hat er verschwiegen.«
»Ich habe einen Teil dieser Säuberungen durchgeführt«, ge-

stand Ian, »aber es wurden nur Diebe und Ungeheuer vertrieben.«

»Über tausend Leute wurden verjagt oder getötet, und nicht alle von ihnen waren böse.«

»Über tausend?« Ian hatte Gerüchte gehört, aber mit einer so hohen Zahl hatte er nicht gerechnet. »Das ist mehr als mein gesamter Klan!«

»Die Hälfte unserer Leute schuftet jetzt für Schwarzwassers Baumeister in den Steinbrüchen. Viele nennen ihn nur noch den Sklavenkönig. Und dann ließ er vor ein paar Tagen die Jungen aus den Dörfern holen. Sie sind jetzt Soldaten in seinem Heer. Er lässt ihnen Keulen und Holzspieße geben, damit sie für ihn kämpfen. Wir haben die unseren vor ihm versteckt.« Henna schwieg kurz. »Aber dir würden wir sie geben, Ian Krystal.«

Ian konnte kaum glauben, was er da hörte.

»In jeder Geschichte, die wir über dich gehört haben, waren deine Absichten aufrichtig und edel. Du handelst stets anständig und gerecht, und unsere Leute lieben dich schon jetzt dafür. Sie werden dir folgen, auch wenn Lucius dich für einen verlausten Hundeliebhaber hält.«

»So hat er mich genannt?«

»Wortwörtlich. Aber Lucius vertraute Garman, und Garman vertraute dir, also sollten auch wir dir vertrauen können, selbst wenn Lucius seine Bedenken hat.«

»Ein roter Kater stellt meinen Charakter in Zweifel?«

»Er ist weise und gütig genug, um dir deine Unwissenheit zu verzeihen. Viele Menschen verstehen die Katzen nicht, wie er selbst sagt, aber das bedeutet nicht zwangläufig, dass sie schlecht sind. Mein Volk bewundert dich, doch bevor ich dir unsere Söhne gebe, damit sie für dich in die Schlacht ziehen, muss ich eines wissen: Sind deine Absichten wahrhaft aufrichtig und edel, Ian Krystal?«

Ian hatte nicht allzu lang über seine Absichten nachgedacht.

Seit Kerrs Ermordung hatte er nur ein Ziel gehabt: Rache. Sein Zorn hatte ihn blind gemacht. *Rache ist gerecht, aber nicht unbedingt aufrichtig und edel.* Er war nicht der Einzige, dem großes Leid widerfahren war. Viele litten, und sie sehnten sich nach einem Helden. *Genau wie Petrich.* Sein Vetter hatte das Richtige getan, während er selbst sein Ziel aus den Augen verloren hatte. Ians ursprüngliches Ziel war nicht Rache gewesen, sondern Gerechtigkeit. Durch einen glücklichen Zufall, so schien es, konnte er nun beides vereinen: den Menschen Abrogans Gerechtigkeit verschaffen *und* Rache nehmen.

»Ja«, sagte er schließlich. »Falls wir siegen, soll es der Wille des Volkes sein, der fortan Plynths Geschicke lenkt.«

61

Schwarzwasser stand schwankend auf der Aussichtsplattform des Nests, das bei jeder Böe bedrohlich wackelte, und blickte hinunter auf die Serpentinen an den unteren Hängen. Neben ihm standen der Garnisonskommandant Graf Tarpun, ein verlässlicher Mann aus Asch, der mit ihm auf der *Wahnsinn* übergesetzt hatte, und Hauptmann Elias Hack, Kommandant der Welterfeste und beinahe so alt wie Schwarzwasser selbst. Gemeinsam beobachteten sie den Aufmarsch des feindlichen Heeres vor den Toren der Stadt.

Die Horde des Klansmanns.

Er hatte ihnen sein eigenes Heer entgegengeschickt. In der Mitte wehte Schwarzwassers Banner, gleich daneben ritt Graf Karmin von der Roten Stadt, der die Verteidiger hoch zu Ross anführte. Die Verteidiger jedoch waren niemand anders als die zwangsverpflichteten Fischer und Plynther, die er in den letzten Tagen hatte zusammentreiben lassen. Mit der Sicherheit der Stadtmauer im Rücken wandten sie sich bald zur Flucht, verschwanden in den engen Gassen am Fuß des Berges oder rannten direkt zurück zum Tor, das – wie Schwarzwasser ausdrücklich befohlen hatte – unter keinen Umständen geöffnet werden durfte. Das Grüne Rebellenheer setzte den Flüchtigen nicht nach, sondern marschierte in geschlossener Formation weiter den Hang hinauf. Ein paar der Deserteure schlossen sich gar dem Klansmann an, und es dauerte nicht lange, bis Schwarzwasser sein Banner nicht mehr entdecken konnte. Graf Karmin und dessen Ross waren ebenfalls nicht mehr zu sehen.

»Sie kommen«, sagte er.

»Ja, Euer Majestät«, erwiderte Hack. »Sieht ganz so aus.«

»So bald schon?«

»Die Unterstützung in der Bevölkerung scheint groß zu sein. Sie wollen Vergeltung für die Vertreibungen.« Tarpun rieb sich das Kinn. Er war ein altgedienter Krieger, der schon viele Schlachten überlebt hatte, und schien fest entschlossen, sich nicht aus der Ruhe bringen zu lassen. Noch nicht.

»Es war ein Fehler, so früh mit den Vertreibungen zu beginnen«, sagte Schwarzwasser.

»Niemand kann Euch einen Vorwurf daraus machen, dass Ihr die Aussätzigen vertrieben habt«, entgegnete Tarpun. »Genauso wenig wegen dieser betrügerischen Landstreicher, Zwerge oder Kannibalen. Keiner wollte diese Missgeburten haben.«

Hack schüttelte den Kopf. »Aber wahrscheinlich fragen sie sich jetzt, wer als Nächstes drankommt.«

Tarpun ignorierte die Bemerkung. »Es ist Zinnobers Schuld. Er hat die gesamte Küste gegen uns aufgebracht, und Morgan hat Dutzende in seiner Baumarena abschlachten lassen. Auch Euer Baumeister Tyco ist nicht gerade beliebt. Hunderte haben sich unter ihm halb zu Tode geschuftet.«

»Es war ein Fehler, ausgerechnet die dümmsten meiner Untertanen hierherzuschicken und dann nachzukommen. Wird dieser Klansmann immer noch in Geschichten und Liedern in aller Öffentlichkeit gepriesen?«

»Der Kerker ist bis oben hin voll mit Barden und Geschichtenerzählern«, antwortete Hack. »Wir können nicht noch mehr von ihnen wegsperren.«

Tarpun wackelte mit dem Zeigefinger. »Aber einige seiner Anhänger sind desertiert und nach Skye zurückgekehrt. Alles gute und treue Männer, die...«

Schwarzwasser schnitt ihm das Wort ab. »Die glauben, dass ich den Sieg davontragen werde, und wollen am Ende nicht auf der

falschen Seite stehen. Andernfalls hätten sie sich schon Wochen zuvor von ihm abgewandt. Sperrt sie ein. Sonst fallen sie uns noch mitten während der Belagerung in den Rücken.«
»Auch dafür ist zu wenig Platz im Kerker, Euer Majestät«, sagte Hack.
»Sollen wir sie hinrichten?«, fragte Tarpun.
Schwarzwasser schlug mit der Faust auf das Geländer, an dem er sich eben noch festgehalten hatte. »Dabei wollte ich als gerecht in die Geschichte eingehen und nicht als Schlächter!« Doch dafür war es jetzt zu spät. Er hätte die Deserteure verschont, wenn es ihm etwas genutzt hätte. Aber diese Möglichkeit sah er nicht, also würde er sie einem anderen Zweck zuführen. »Hängt sie an der Mauer auf, als abschreckendes Beispiel. Schneidet ihnen Gesicht und Bauch auf, damit die Krähen sie fressen. Und hängt ihnen ein Schild um den Hals, damit jeder weiß, was mit Deserteuren passiert.«
»Euer Wille geschehe.«

Sein Privatgemach war der einzige Ort, an dem Schwarzwasser ein wenig Ruhe fand vor dem Geschrei und dem Klirren der Waffen. *Andererseits: Mehr Klirren wäre mir lieber.* Nur wenige seiner Soldaten hatten Schwerter und noch weniger eine Rüstung. Die meisten waren nur provisorisch mit angespitzten Eisenstangen oder Knüppeln bewaffnet. Die wenigen Äxte, die er noch besaß, hatte er an die Krieger des Talklans verteilen lassen. Sie konnten am besten mit ihnen umgehen, weshalb Graf Tarpun sie auch um den Smaragd-Donjon zusammengezogen hatte, in den sich Schwarzwasser flüchten würde, falls es zum Schlimmsten kam.
»Was geht hier vor?!«
Der König sah erschrocken auf und erblickte die Dame Zinnober. Er war so in Gedanken versunken gewesen, dass er nicht gehört hatte, wie sie hereingekommen war. Nicht einmal das Klicken des schweren Türschlosses hatte er bemerkt. Die Stirn zu

einer grotesken Faltenlandschaft verzogen und den Unterkiefer nach vorn geschoben wie ein Wildschwein aus dem Nasswald, stand die Dame da und schien nach einer Erklärung zu verlangen.

»Der Klansmann steht vor den Toren«, sagte Schwarzwasser. Er sah keinen Grund, es zu verheimlichen.

»Vor den Toren? Wir müssen fliehen!«

»Nein. Die Stadtmauer schützt uns vor seinem Pöbel. Sie können nicht herein.«

»Wir werden verhungern! Ich brauche etwas zu essen!«

Die Dame Zinnober sah in der Tat aus, als wäre sie kurz vorm Verhungern, aber die Belagerung konnte kaum länger dauern als ein paar Tage.

»Dann lasst Euch einen Laib Brot auf Eure Gemächer bringen.«

»Ihr werdet einen Trupp zu meinem Schutz abstellen, nicht wahr?«

Der Palast, in dem Sienna nach wie vor residierte, war schwieriger zu verteidigen als der Smaragd-Donjon, und Schwarzwasser hatte ohnehin weder genug Männer noch genug Zeit, um ihre Forderung zu erfüllen.

»Nein. Alle Kompanien verteidigen die Stadtmauer. Dort werden wir die Rebellen zur Strecke bringen.«

»Beschützt mich, Euer Majestät.«

Schwarzwasser schüttelte den Kopf. »Im Moment seid Ihr hier sicher.«

»Ich verlange einen Trupp zu meinem Schutz!«

Hat sie eben »Ich verlange« gesagt? Schwarzwasser mahnte sich zur Besonnenheit, bevor er antwortete. »Kein Trupp. Ich muss jetzt gehen.«

Er versuchte, sich an ihr vorbeizuschieben, aber Zinnober versperrte ihm den Weg. Schwarzwasser blieb verdutzt stehen. Seit er denken konnte, machten die Menschen ihm Platz, statt sich ihm frech in den Weg zu stellen.

Da streifte die Dame sich das Kleid von den Schultern und ließ es zu Boden fallen.

Der König zuckte zusammen, als er sie nackt vor sich sah: Zinnobers Rippen schienen beinahe durch die Haut zu stechen, und ihr Bauch wölbte sich so stark nach innen, dass er fast die Wirbelsäule dahinter sehen konnte. »Bei den Göttern, Dame, seid Ihr dünn!«

»Danke, Euer Majestät. Überzeugt Euch meine Schönheit, mir Männer zu meinem Schutz zu geben?«

»Das war kein Kompliment. Ihr seid krank.«

Zinnobers Augenlider flatterten. »Ich bin nicht krank. Gewiss meint Ihr, dass Ihr gesehen habt, wie ich mein Essen wieder von mir gebe. Das tue ich, um schlank und schön zu bleiben.«

»Ihr seid *nicht* schön.«

Zinnober fixierte ihn mit kaltem Blick. Ihre Augen waren so rot und die Höhlen darum so faltig wie das Kleid zu ihren Füßen. Ihre Lippen bebten, und schließlich kreischte sie: »Hört auf, mich so anzustarren!«

»Ganz wie Ihr wünscht.« Schwarzwasser machte einen Schritt zur Seite und ging Richtung Tür.

Der erste Schlag traf ihn an der Schläfe, und er taumelte. Zinnober mochte dünn sein wie ein Regenwurm, aber sie hatte die Kraft einer Würgeschlange – die Hand an seiner Kehle schnürte ihm vollkommen die Luft ab. Schwarzwasser konnte weder atmen noch um Hilfe rufen, da fiel der Hammer ein zweites Mal. Diesmal sah Schwarzwasser ihn kommen. Er war aus Holz und etwa so groß wie eine Faust. Er zertrümmerte seine königliche Nase, und Schwarzwasser sah nichts mehr außer einem weißen Aufblitzen.

Als er wieder etwas erkennen konnte, saß Zinnober rittlings auf ihm, die Hand immer noch an seinem Kehlkopf. »Sieh mich nicht an!«, fauchte sie.

Schwarzwasser drehte den Kopf weg.

»Ich bin schön! Sag es!«

»Ich bin schön«, murmelte der König benommen. Diesmal waren es drei Schläge kurz hintereinander, und Schwarzwasser schmeckte das Blut, das aus seinen geplatzten Lippen quoll.
»Ich! Nicht du!«
»Du...«
»...bist schön«, sprach Zinnober ihrem König vor.
»...bist... schön.«
»Einen Trupp. Schwöre es, sonst kommt *Onkel* dich wieder besuchen.«
»Ihr bekommt einen Trupp.«
»Schwöre es!«
»Ich schwöre.«
»Beim Grab deiner Kinder!«
Zinnober war stark, aber leicht. Als Schwarzwasser sich wutentbrannt aufbäumte, rutschte sie von ihm herunter und fiel zu Boden. Sie schlug erneut nach ihm, traf aber nur Brust und Schulter. Der König packte sie, kam hoch auf die Knie und stand dann mit ihr auf. Zinnober schrie aus vollem Hals, und Schwarzwasser fragte sich, wo die Wachen blieben. Anscheinend dachten sie, er hätte ungezügelten Sex mit der Dame. Auf der Suche nach einem Platz, wo er sie ablegen konnte, taumelte er weiter, musste mit dem Kopf aber ständig Zinnobers Hammer ausweichen, und das Blut, das aus einer Platzwunde auf seiner Stirn quoll, behinderte seine Sicht zusätzlich.

Irgendwie bekam Zinnober seinen Kehlkopf wieder zu fassen und drückte erneut mit aller Kraft zu.

Sie erwürgt mich!, dachte Schwarzwasser und wusste sich nicht mehr anders zu helfen, als blind loszurennen in der Hoffnung, dass sie beim Aufprall an der nächsten Wand das Bewusstsein verlieren würde. Er spürte noch, wie seine Füße sich in den Fenstervorhängen verfingen und der Hammer ihn ein weiteres Mal erwischte. Dann stolperte der König, der Stoff spannte sich, und die Vorhangstange brach.

Der Palast hatte weniger Stockwerke als der Donjon und war bei Weitem nicht so hoch wie die Steilwand an der Ostflanke des Berges, aber immer noch hoch genug. Sienna Zinnober flog durch das Bogenfenster, der rote Vorhang flatterte hinter ihr her wie ein Feuerschweif, dann schlug sie in den königlichen Gärten zwischen den Tomaten auf.

62

Jenor nahm Maß, trat einen Schritt zurück und wies die drei ehemaligen Straßenbauarbeiter an, das vordere Ende der Grube ein Stück zu verbreitern. Mit ein paar schnellen Schaufelstichen wurde etwas rote Tonerde ausgehoben, dann steckten sie das eine Ende eines krummen Sumpfbaums in die Grube. Mit Felsen aus Tycos Steinbruch wurde der Stamm dort verkeilt und dann mit Seilen durchgebogen, bis er gerade war.

»Was wird das?«, fragte Ian interessiert. Er war mit ein paar Männern an der Südflanke des Berges gewesen, die dort die Stinker-Pforte sichern sollten, und gerade erst zurückgekehrt.

»Sie sehen zu viel.« Jenor deutete auf das Nest, das hinter der Stadtmauer aufragte und von dem aus man das gesamte umliegende Terrain überblicken konnte. Bestimmt fünf Soldaten befanden sich im Moment dort und beobachteten sie. »Sie sehen alles, was wir hier tun, und müssen sich nicht einmal dafür anstrengen.«

»Und deshalb bauen wir jetzt unseren eigenen Aussichtsturm? Damit wir über die Mauer schauen können?«

»Nein«, sagte Jenor grinsend. »Tritt zurück, Drottin, dann zeige ich es dir. Das heißt, falls es funktioniert.«

Jenor gab den Männern ein Zeichen, woraufhin sie mit Äxten die Seile durchschlugen, die den Baumstamm hielten. Der Baumstamm federte zurück in seine ursprüngliche Form, die ruckartige Bewegung riss ihn aus der Grube und ließ ihn in hohem Bogen durch die Luft wirbeln. Er drehte sich einmal, zweimal und schlug dann am Fuß der Ringmauer etwa fünfzig Schritt links vom Nest auf.

»Zwei Schaufeln Erde wieder in das Loch. Den hinteren Felsen drei Fingerbreit nach Süden drehen. Und einen neuen Baumstamm«, sagte Jenor nach kurzem Überlegen.

Ein Stapel krummer und entasteter Bäume aus dem Totenmoor lag neben der Grube bereit. Jenor hatte ein paar Männer ausgeschickt, um sie zu holen und Brak um Unterstützung in ihrem Kampf zu bitten. Der Kannibalenkönig hatte sich jedoch geweigert, den Sumpf zu verlassen, der seit unzähligen Generationen die sichere Zuflucht seines Volkes war, also waren die Männer zwar mit Bäumen, aber ohne weitere Verstärkung für ihr Heer zurückgekehrt. Ian hatte zu viel zu tun gehabt, um Jenor zu fragen, was er mit den Baumstämmen vorhatte. Jetzt sah er es mit eigenen Augen.

Der nächste Baumstamm segelte durch die Luft und traf die Mauerkrone. Beim Aufprall zerbarst er nicht, sondern wurde lediglich nach oben abgelenkt und schlug dann mit einem lauten Krachen irgendwo in der Stadt ein.

Nach einer weiteren kleinen Korrektur war das dritte Geschoss schließlich ein Volltreffer. Zwei Männer wurden aus dem Nest geschleudert, ein Dritter konnte sich noch ein paar Augenblicke lang schreiend festhalten, dann verlor er den Halt und stürzte die Felswand hinab, an deren Fuß er klatschend aufschlug. Die restlichen beiden hatten den Baumstamm rechtzeitig kommen sehen und sich an einem Seil festgehalten, als das Projektil die Aussichtsplattform aus der Verankerung riss. Dort baumelten sie eine Weile, dann hangelten sie sich an den Überresten der Seilbrücke entlang in Sicherheit. Zwei hatten also überlebt, aber der Ausguck war zerstört.

»Hervorragend, Jenor! Wenn wir uns nur selbst über diese Mauer katapultieren könnten.«

Der junge Ingenator neigte nachdenklich den Kopf. »Eine gute

Idee, aber ich weiß nicht, wie sich unsere Landung auf der anderen Seite abfedern ließe. Wenigstens noch nicht.«

Sie waren nun in der Überzahl. Selbst mit den Soldaten der Stadtwache verfügte Schwarzwasser höchstens über halb so viele Männer, wie Ian aus Plynth und von der Küste zusammengezogen hatte. Sie waren ihm regelrecht zugelaufen, begierig darauf, den Mann zu sehen, der den Drachen vertrieben hatte. Außerdem hatten sie die Gerüchte über den dunklen Schleier gehört, und jeden Tag strömten weitere Neugierige in Ians Heerlager. Ian war zu Tränen gerührt gewesen, als die Väter der von den Banditen entführten Knaben ihre Dienste anboten – manche davon in Begleitung der Söhne selbst. Den allzu jungen unter ihnen musste er sogar verbieten, in die Schlacht zu ziehen. Zwölf der Erwachsenen, die er verschont hatte, schlossen sich ebenfalls an. »Die Neun-Finger-Kompanie« wurden sie genannt. Ians Heer war groß, aber eine alte Kriegsweisheit besagte, dass eine Festung nur mit einer fünffachen Übermacht zu erstürmen war, und die hatte er nach wie vor nicht. Außerdem verfügte sein bunt zusammengewürfelter Soldatenhaufen weder über das nötige Geschick noch über die Erfahrung, eine der steilen Felsflanken zu erklettern. Das Einzige, was Ian dort hatte ausrichten können, war, Späher aufzustellen, die verhindern sollten, dass Schwarzwasser sich über einen Korb abseilen ließ und entkam. Die hohe Ringmauer war wie ein unüberwindlicher Schutz, und seine Männer würden beim Versuch, sie zu erstürmen, nur massenhaft den Tod finden.

»Können wir sie aushungern?«, fragte Ian.

Neben Jenor stand Henna, die gerade eines ihrer Kinder stillte, während ihr Mann eine Gruppe Plynther nach Norden führte. Sie war eine kluge Frau – und mutig, hier mitten auf dem Schlachtfeld mit ihrem Kind auf dem Arm zu stehen. *Fregger hat in der Tat eine gute Wahl getroffen.*

Henna war es auch, die seine Frage beantwortete. »Wir wissen, wie viel Vorräte sie haben. Schließlich haben wir sie selbst aufgefüllt. Das Getreide reicht vielleicht für fünfzehn Tage. Aber von Getreide allein lässt es sich schlecht leben, deshalb...« Sie deutete auf Jenor, und der Ingenator blickte seinen Drottin schuldbewusst an.

»Was ist?«, fragte Ian. »Ich kenne dich. Du hast noch irgendetwas anderes ausgeheckt.«

»Wir haben einen unserer Männer mit Obst in die Stadt geschickt.«

»Damit er sie ausspähen kann?«

»Nein. Um das Obst in die Stadt zu bringen.«

Ian spürte ein eigenartiges Stechen in der Magengegend.

»Ich wollte nicht, dass du es erfährst«, erklärte Jenor. »Aber vielleicht ist es besser so. Als die Männer die Baumstämme aus dem Sumpf holten, haben sie auch etwas von diesen blauen Früchten mitgebracht.«

»Und du hast sie in die Stadt geschmuggelt?«

»Im Steinbruch fanden wir einen vom Kleinen Volk. Ich erkannte ihn aus dem Verborgenen Hain wieder. Tyco hat ihn als Steinmetz schuften lassen, aber als Soldaten wollten Schwarzwassers Männer ihn nicht haben. Wir konnten ihn für unseren Plan gewinnen und gaben ihm einen Sack voll Früchte. Dann ließ er sich von einer Patrouille aufgreifen. Die Soldaten erkannten ihn als einen der Zwergenbauern und dachten wohl, das Obst sei essbar. Sie nahmen es ihm weg und brachten es in die Stadt...«

»Beim Wächter...«, keuchte Ian.

»Dem Reifegrad nach zu urteilen dürften heute Nacht etwa fünfzig Adlige in Skye sterben. Einer davon könnte Schwarzwasser sein.«

»Aber was wird aus dem Zwerg? Sie werden ihn töten, sobald sie merken, was es mit den Früchten auf sich hat!«

»Sie haben ihn bereits wieder auf freien Fuß gesetzt und ihm befohlen, noch mehr davon zu besorgen. Jetzt ist er bei den fünf

Flussmenschen, die sich uns gestern angeschlossen haben. Ihre Sippen sind miteinander befreundet.«

»Behandelt ihn gut. Er soll eine angemessene Belohnung bekommen und auch der Rest seiner Sippe, wenn wir die Stadt eingenommen haben.«

Jenor nickte. »Und wann nehmen wir die Stadt ein, mein Drottin?«

»Bald...«

Ian betrachtete die Ringmauer. Alles war vollkommen ruhig. Doch der Sturm würde bald heraufziehen, er konnte es fühlen. Schon jetzt vibrierte Obry an seinem Gürtel. Früher oder später würde Ian den Befehl zum Angriff geben, aber noch war der Zeitpunkt nicht gekommen. Noch schwoll die Flut an, noch war sie nicht so weit, den Damm zu durchbrechen. Die Flussmenschen hatten zwei Götter, einen guten und einen bösen. Strom und Ebbe nannten sie sie, und Ian hoffte, dass jede Sippe aus seiner bunt zusammengewürfelten Armee das Wohlwollen ihrer Götter mitbrachte: Strom, der Wächter, der Fischergott Tide und selbst diese lächerliche Katzengottheit Schnurrer. Der plynthische Gott könnte sogar das Zünglein an der Waage sein, denn Hennas Vater stand auf Schwarzwassers Seite. Der Priester hatte Geschmack gefunden am bequemen Leben in Skye, an Trank und weichen Federbetten und nicht zuletzt an dem Tempel, den der König für ihn gebaut hatte. Er habe sich kaufen lassen, hieß es. Der Großteil der Männer, die Henna für Ians Heer gewonnen hatte, kam aus den umliegenden Dörfern Plynths. Die Getreuen ihres Vaters jedoch, die hauptsächlich aus der Stadt stammten, würden für den König kämpfen. Also standen Plynther gegen Plynther, und Ian hatte Henna sein Wort geben müssen, dass er den alten Priester beschützen würde, wenn sie die Stadt einnahmen.

Falls wir überhaupt bis in die Stadt vordringen...

»Wir müssen irgendwie durch oder über diese Mauer kommen, Jenor«, sagte er schließlich. »Ich will das Leben meiner Männer nicht bei einem Sturmangriff unnötig aufs Spiel setzen. Wir haben schon mehrere Späher am Fuß der Ringmauer verloren, die von herabgeschleuderten Steinen erschlagen wurden.«

»Auf der Nordseite, wo die königlichen Gärten liegen, gibt es eine niedrige Stelle, und der zweite Mauerring dahinter ist auch nicht höher.«

»Zwei Mauern direkt hintereinander?«

»Ich fürchte, ja. Außerdem haben sie ihre Verteidigungskräfte dort zusammengezogen. Die wenigen Bogenschützen der Stadt sind alle oberhalb der Gärten postiert. Schwarzwasser weiß genauso gut wie wir, dass das seine Schwachstelle ist, und hat sie entsprechend verstärkt.«

»Und über die Steilwand kommen wir nicht hinauf.«

»Nein, Drottin.«

»Was ist mit der Südseite?«

»Die ist mindestens genauso schwierig.«

»Das Haupttor?«

»Hat ein vorderes und ein hinteres Torhaus, jedes davon mit Kesseln voll siedendem Öl und noch viel mehr von diesen Steinen, mit denen die Späher erschlagen wurden. Außerdem ist es das größte Tor von allen, und es passen entsprechend viele Verteidiger auf die Wehrgänge.«

»Was ist dann der schwächste Punkt? Sag mir, wo ich angreifen soll, dann gebe ich schon morgen den Befehl. Ich werde diesen bunten Haufen nicht ewig bei der Stange halten können. Sie gehören nicht zum Klan, und ihre Begeisterung wird nachlassen. Schon in ein paar Tagen werden manche von ihnen vergessen haben, warum sie überhaupt hier sind.«

Jenors Blick schweifte übers Firmament. »Die Sonne geht unter. Lass mich eine Nacht darüber schlafen, Drottin. Am Morgen werde ich deine Antwort haben.«

Die ersten Leichen trieben im frühen Morgengrauen im Stinker. Sie trugen noch ihr Schlafgewand. Ian ließ eine davon herausziehen; dem feinen Stoff des durchnässten Rocks nach zu urteilen war es eine Adlige. Ian erkannte sie sogar wieder: Es war die Frau mit dem Korsett, die sie am Tag ihrer Ankunft in Skye gesehen hatten. Das schmerzverzerrte Gesicht und die unzähligen Löcher im Bauch waren stumme Zeugen ihres entsetzlichen Todes. Noch etwa zwei Dutzend weitere Leichen trieben langsam an ihnen vorbei – alles Lordschaften. Das Obst war also nur an die Höhergestellten verteilt worden. Der König schien allerdings nicht unter den Toten zu sein, aber das war keine Überraschung, denn selbst wenn er gestorben war, hätten sie seine Leiche wohl kaum in den Stinker geworfen.

»Deine heimtückische List hat funktioniert«, sagte Ian.

»Sie sind selbst schuld«, erwiderte Jenor. »Sie hätten das Obst ja nicht zu stehlen brauchen.«

»Und Unterhändler haben sie immer noch keinen geschickt. Es ist Zeit. Was ist die schwächste Stelle dieser Mauer?«

»Der Mörtel«, antwortete Jenor im Brustton der Überzeugung.

Den Rest des Tages verbrachten sie damit, die Giraffe zu bauen – eine Holzkonstruktion mit breitem Fundament, die sich nach oben verjüngte und, als sie fertig war, ein Stückchen höher aufragte als die Ringmauer. Ein Garrer hatte gesagt, der fahrbare Turm sehe aus wie eines dieser hoch aufgeschossenen gefleckten Tiere aus dem Wespenwald südlich des Flusses Rüssel, und der Name war hängen geblieben.

»Das ist eine Treppe!«, schimpfte Ian. »Ich habe ausdrücklich gesagt, dass ich die Männer nicht über die Mauerkrone führen kann.«

»Es sieht nur aus wie eine Treppe«, widersprach Jenor, noch während Ian die Rampe hinauf bis ganz nach oben lief.

»Und ob das eine Treppe ist!«, rief er von der Spitze herunter.

»Umso besser, wenn du es glaubst, Drottin, denn dann werden sie es auch glauben!«

Es dauerte mehrere Stunden, bis sie die Giraffe in einem Hagel von Steinen an die Mauer geschoben hatten. Die Bogenschützen waren herbeigerufen worden und hatten die fünfzehn Männer an der Giraffe ununterbrochen beschossen. Einer der Männer, ein Läufer aus Haselzahn, bezahlte mit seinem Leben, aber dann hatten sie den Fuß der Mauer erreicht. Sie verankerten die Giraffe hastig im Boden und rannten dann in die entgegengesetzte Richtung.

»Sammelt euch außerhalb der Reichweite ihrer Pfeile!«, befahl Ian. »Auf mein Signal hin greifen wir an!«

Noch während sie sich formierten, sahen sie, wie die Soldaten oben auf der Mauerkrone Dutzende Fackeln entzündeten. Dann begann die Stadtwache, die Giraffe damit zu bewerfen. Die meisten prallten an der Außenhülle ab, aber eine fand ihren Weg durch ein kleines Guckloch und blieb auf der untersten Stufe der hölzernen Treppe liegen. Rauch stieg auf, dünn und grau, und wurde schließlich immer dichter, bis die ersten Flammen aus der Giraffe schlugen.

»Noch nicht!«, rief Ian seinen Männern zu, die gebannt beobachteten, wie das Holzgerüst sich in ein flammendes Inferno verwandelte. »Wie lange noch?«, fragte er Jenor.

»Es sieht gut aus. Das Stroh im oberen Teil wird schnell Feuer fangen, und die schweren Eschenscheite darauf brennen sehr heiß. Dürfte nicht mehr lange dauern. Tun wir so, als würden wir uns zurückziehen, damit die Verteidiger oben auf der Mauer das Gleiche tun.«

Die noch verbliebenen Soldaten der Grünen waren Ians beste Kämpfer, aber nur wenige hatten sich ihm angeschlossen, und das auch nur, weil sie gesehen hatten, wie er dem Drachen gegenübergetreten war. Insgesamt waren es nicht mehr als zwanzig. Sie bildeten die Vorhut. Die Plynther konnte man kaum als Soldaten bezeichnen, aber Fregger hatte es geschafft, sie mit einer feurigen Rede zumindest in mutige Äxte, Dreschflegel und Heugabeln schwingende Kämpfer zu verwandeln. Den Fischern traute Ian schon mehr zu. Mit ihren Messern in den schwieligen Händen standen sie da und konnten es kaum erwarten, Rache zu nehmen. Die Flachländer mit ihren dicken Speeren waren geübte Krieger, und viele von ihnen trugen zumindest Lederharnische. Der Rest seiner Streitmacht bestand aus Waldläufern, Banditen und Flussmenschen, insgesamt vielleicht vierhundert Mann, von denen kaum einer ein Schwert hatte. Die hundertfünfzig bestens ausgebildeten Verteidiger würden ein harter Gegner für sie sein, selbst ohne diesen Schutzwall.

Ein lautes Knirschen ertönte von der Ringmauer.

»Macht euch bereit...!«

»Kommandant Krystal! Der hier kam soeben mit einem Pferd aus Buchtend«, sagte einer der Klansmänner aus den Ebenen.

Es war ein Junge von vielleicht gerade einmal zwölf Jahren, einer von denen, die Ian aus den Fängen der Banditen befreit hatte.

»Sprich, Junge, aber mach schnell.«

»Die Schiffe sind gelandet.«

Ian schloss für einen Moment die Augen. Saavedras Verstärkung würde sich nun ebenfalls der Schlacht anschließen, noch nicht sofort, aber sehr, sehr bald. *Noch einmal hundertfünfzig Mann. Oder sogar mehr...*

»Erzähle niemandem außer mir davon«, sagte Ian schließlich, aber es war zu spät. Schon jetzt tuschelten die Männer nervös miteinander, blickten ängstlich den Hang hinab und dem Verlauf des Stinkers folgend Richtung Buchtend. Die ersten schlichen sich bereits zwischen den Häusern am Fuß des Hangs davon.

»Waffen bereit!«, rief Ian.

In drei verschiedenen Sprachen ging der Befehl durch die Reihen, Klingen, Speerspitzen und Axtköpfe hoben sich glitzernd im Licht der untergehenden Sonne, nur Jenor hob stattdessen sein

Fernrohr ans Auge. *Wenigstens hat er ein Tischlermesser an seinem Gürtel*, dachte Ian.

Der junge Ingenator sagte: »Falls wir verlieren, sitzen wir in der Falle, sobald Saavedras Männer hier sind.«

»Dann müssen wir eben gewinnen.«

Jenor nickte ein wenig verunsichert. »Vielleicht können wir die Stadt von innen sichern, nachdem wir sie eingenommen haben.«

Unter den Verteidigern erhob sich Geschrei. Ian blickte auf und sah, wie die Ringmauer sich unter ihrem eigenen Gewicht nach außen wölbte.

»Der Mörtel beginnt zu schmelzen!«, sagte Jenor triumphierend.

Eine dunkle, zähflüssige Masse tropfte aus den Fugen zwischen den Steinen, und die einzelnen Blöcke begannen zu verrutschen. Die Wachen blickten sich verunsichert um, blieben aber auf ihren Posten.

Brave, gehorsame Soldaten.

Ians Männer brachten die letzten drei Baumstämme aus dem Totenmoor in ihren Abschusslöchern in Position und feuerten sie gleichzeitig ab. Einer traf die Giraffe, die in einem Regen aus Flammen und brennenden Trümmern explodierte. Der zweite flog etwas höher und rasierte drei Wachen von der Mauerkrone, der letzte schlug mitten in der Wand ein.

»Vorwärts!«, brüllte Ian, und sein Heer stürmte los.

Die Überreste der Mauer waren schnell überwunden. Viele Wachen waren mit den Steinen in die Tiefe gestürzt, und die restlichen waren noch zu verwirrt, um ernsthaften Widerstand zu leisten. Ians wilder Haufen erstürmte die Trümmer und brandete in die Stadt. Obry schien im Blutrausch ein Eigenleben zu entwickeln und suchte sich seine Opfer selbst – Ian musste sogar aufpassen, dass ihm die Waffe nicht den Arm auskugelte, so heftig schlug sie zu.

Noch bevor die Verteidiger sich neu formieren konnten, waren

Hunderte Abroganer auf den östlichen Burghof gestürmt. Die Stadtwache hatte sich inzwischen bei den Häusern des Schneiderquartiers an der Westseite des Haupthofs gesammelt, wo die Gassen gefährliche und leicht zu verteidigende Engstellen bildeten.

»Zum Palast!«, rief Ian. Er wollte Schwarzwasser gefangen nehmen und hoffte, die Schlacht auf diese Weise vorzeitig beenden zu können.

Die Soldaten der Stadtwache trugen volle Rüstung; immer zu zweit nebeneinander standen sie zwischen den gerade erst errichteten Gebäuden. Ian warf ihnen die Grünen entgegen, seine besten Kämpfer. Schwerter und Harnische schlugen klappernd gegeneinander wie das Geschirr in Perettas Küche, und die Männer schrien wie in der Taverne, nur dass es sie nicht nach Bier dürstete, sondern nach Blut.

Ein schweinsgesichtiger Kämpfer trat Ian entgegen, aber noch bevor er seine kurzstielige Axt heben konnte, spaltete Ians Langschwert ihm in einer roten Fontäne den Schädel. Immer weiter rückten sie vor und drängten die Verteidiger zurück Richtung Hauptplatz. Schon bald würden sie den offenen Platz erreichen, wo sie ihre zahlenmäßige Überlegenheit ausspielen konnten. Ein Horn wurde geblasen, und Schwarzwassers Männer wandten sich zur Flucht.

»Ihnen nach!«, brüllte Ian und rannte voraus, immer seinem begierigen Schwert nach.

Die Gasse öffnete sich zu dem noch ungepflasterten Platz, über dessen gesamte Breite ein Holzrost ausgelegt war, auf dem es sich besser laufen ließ. Die Luft war heiß, und es roch nach Teer, aber noch bevor Ian darüber nachdenken konnte, was das zu bedeuten haben mochte, war er mit einer kleinen Gruppe auf der anderen Seite des Platzes angelangt, und fünfzig weitere seiner Soldaten eilten über den Bohlensteg.

Mit einem Knacken brach der Rost ein.

Ian drehte sich verdutzt um und sah alle fünfzig in eine tiefe

Teergrube unter dem Steg stürzen. *Tot.* Die restlichen Männer hatten gerade noch rechtzeitig stehen bleiben können, aber Ian war von ihnen abgeschnitten, und sie starrten hilflos zu ihm herüber.

»Umgeht den Hof und schlagt euch durch die Gassen!«, brüllte Ian ihnen zu und drehte sich wieder um. Mit ganzen fünf Mann, die es mit ihm über den Steg geschafft hatten, sah er sich Schwarzwassers Stadtwache gegenüber.

63

Ians Schätzung nach waren es etwa fünfundsiebzig Soldaten. Die Zeit schien stehen zu bleiben, und Ian versuchte, den kurzen Moment des Verharrens vor der Schlacht zum Nachdenken zu nutzen.

Auf sie!, hörte er Obrys Stimme in seinem Kopf.

Lächerlich, dachte Ian und riss das Schwert wutentbrannt hoch.

»Halt endlich dein Maul, eiserner Teufel!«, brüllte er und schlug es mit aller Kraft gegen die Wand. Ein Stück brach aus der Klinge, und Ian spürte, wie das Schwert erzitterte. Wieder holte er aus und schlug zu, fünfmal, jeder Hieb begleitet von einem wilden Fluch: »Du! Verhext! Mich! Nie! Wieder!«

Und dann brach das Schwert seines Vaters entzwei. Die Klinge barst, und Ian stand da mit nicht mehr als einem stählernen Stumpf in der Hand.

Als er aufblickte, sah er, wie die Soldaten der Garnison ihn anstarrten. Sie fürchteten ihn, den Wilden aus den Hügeln Artungs, der einen Drachen besiegt, einen schwarzen Schleier über das Land gebracht und jetzt sein eigenes Schwert zerschmettert hatte. Wahrscheinlich fragten sie sich gerade, welchen Zauber er damit über sie bringen mochte.

Keinen, dachte Ian, nutzte aber die Verwirrung und rannte los.

»In die Gassen!«, rief er seinen Mitstreitern zu. »Flieht! Rettet euch!«

Einer der Männer, ein Fischer aus Dredhafen, folgte Ian Richtung Norden. Die anderen trafen die klügere Entscheidung und wandten sich nach Süden, denn der Haupttrupp würde auf jeden Fall Ian nachsetzen. Er rannte an der Feuerhalle und der Schatzkammer vorbei, wo zwei Graue Gardisten das Gold des Königs bewachten.

Als die beiden Gardisten sie sahen, sprangen sie vorwärts und stürzten sich auf Ians Begleiter. Ian konnte ihm nicht zu Hilfe eilen, denn wenn er es tat, wäre er erledigt. Die Verfolger waren ihm zu dicht auf den Fersen, und er selbst war jetzt unbewaffnet. *Ich muss meine Männer finden. Hoffentlich haben sie den Kampf nicht schon aufgegeben... Nein. Fregger wird sie führen. Oder Dorsch, wenn Fregger bereits gefallen ist.*

Ian bog nach rechts ab und fand sich auf dem nördlichen Burghof wieder, von wo aus er freien Blick auf die Ringmauer hatte. Die Wachen auf der Mauer sahen ihn ebenso, allen voran ein Schütze mit einem kleinen Jagdbogen. Ian stand ungeschützt da. Die Sehne schwirrte, und der erste Pfeil traf ihn direkt in die Brust. Die Spitze blieb zwischen den Gliedern seines grünen Kettenhemds stecken, und der Schaft brach ab – der Bogen war zu klein, um seinen Panzer zu durchschlagen. Bei einem Treffer im Auge oder am Hals würde die Sache allerdings anders aussehen. Der Schütze spannte seinen Bogen erneut, und Ian rannte weiter. In dem lächerlichen Versuch, seinen Kopf und die Augen zu schützen, streifte er sich im Laufen den Umhang aus Rattenfell über, zog die Kapuze tief ins Gesicht und bog in die nächste Gasse ab. Genau in diesem Moment spürte er den nächsten Einschlag, diesmal an seinem Hinterkopf. Die Wucht des Geschosses riss ihn von den Beinen, aber das derbe Fell, sein dickes Haar und sein noch dickerer Schädel retteten ihm das Leben. Er hatte unfassbares Glück gehabt und staunte, noch während er benommen am Boden lag, wie zäh dieser hässliche Umhang war. Doch die Schritte seiner Verfolger kamen unaufhörlich näher.

Ich sitze in der Falle.

Die Soldaten würden ihn packen und vor den König schleifen,

und der Sturmangriff wäre vorüber, noch bevor er richtig begonnen hatte. Als Nächstes würden Saavedras Truppen eintreffen und seinen Männern in den Rücken fallen. Ians Schlachtreihen würden im Chaos versinken, wenn das ohne seine Führung nicht ohnehin schon geschehen war. Falls der König gnädig gestimmt war, verschonte er die einfachen Fußsoldaten vielleicht, aber bestimmt nicht die Anführer. Fregger, Dorsch und Jenor waren so gut wie tot. Ian selbst würde auf dem Hauptplatz öffentlich hingerichtet werden, diesmal ohne Schaukampf, denn Schwarzwasser war nicht Morgan. All diese Gedanken schossen ihm durch den Kopf, während er sich auf das Eingangsportal eines großen Steingebäudes zu seiner Linken zuschleppte.

Die Soldaten kamen geräuschvoll in die Gasse gestürmt, in die Ian sich geflüchtet hatte. Er war verloren. Das Einzige, was ihm noch blieb, war, die Kapuze ein Stück aus der Stirn zu ziehen, statt die Augen vor dem Unvermeidlichen zu schließen wie ein Feigling. Da sah er sie: Sie waren zu zehnt und trugen die graue Rüstung der königlichen Garde. Die Soldaten verlangsamten das Tempo und blickten sich mit gesenkten Schwertern um.

»Die Wachposten auf der Mauer haben gesagt, er ist hier lang!«, bellte der Anführer.

»Weiter!«, brüllte ein anderer. »Wenn er da vorne rechts abgebogen ist, erreicht er seine Männer, bevor wir ihn erwischen.«

Direkt an Ian vorbei rannten sie weiter die Gasse entlang, bogen an der nächsten Gabelung auf die gepflasterte Straße ab, von der sie soeben gesprochen hatten, und waren verschwunden.

Ian konnte sich nicht erklären, was geschehen war. Mehr schlecht als recht hatte er sich hinter einer Säule des Portals versteckt, und sie hatten sogar direkt in seine Richtung geschaut, aber keine Notiz genommen. Doch zum Nachgrübeln war jetzt keine Zeit, und Ian sprang auf die Beine. Seine Häscher verfolgen konnte er schlecht, auch wenn ihn das anscheinend zurück zur Hauptstreitmacht führen würde. Außerdem war der nächste

Trupp schon im Anmarsch, also drehte er sich einfach um und öffnete die Tür in seinem Rücken.

Der Durchgang dahinter öffnete sich zu einem niedrigen Raum, der mit schweren weißen Baumwolltüchern abgetrennt war. Wie geisterhafte, halb durchschimmernde Wände unterteilten sie die Kammer in eine Art Labyrinth. Ian sah keine Möbel, nur dicke Kissen überall auf dem Boden und eine halb fertige Katzenstatue, die umgestürzt auf der Seite lag. Auf einem besonders dicken Kissen entdeckte er den plynthischen Priester, flankiert von drei Wachsoldaten.

Sie rückten sofort gegen ihn vor, warteten aber noch auf den Angriffsbefehl ihres Herrn.

»Euer Volk steht auf meiner Seite«, sagte Ian zu Hennas Vater. »Ganz Plynth kämpft draußen in den Gassen für unsere Sache, aber sorgt Euch nicht: Ich habe Eurer Tochter geschworen, Euch persönlich in den Wirren der Schlacht zu beschützen.«

»Mich beschützen?«, fragte der Greis in gebrochenem Fretisch und deutete auf seine Wachen. »Ich fühle mich hier eigentlich recht sicher. Wie es scheint, bist eher du derjenige, der Schutz braucht.«

»Befehlt ihnen, sich zu ergeben. Es ist zu ihrem eigenen Besten. Die Stadt ist unser.«

»Wenn du die Stadt schon erobert hast, warum kommst du dann ohne Waffe hier hereingeschlichen wie ein verängstigtes Karnickel?«

Das war ein guter Punkt. Alles, was Ian noch hatte, war sein Dolch – damit hatte er keine Chance gegen die mit gezogenen Schwertern gegen ihn vorrückenden Gardisten.

»Haltet ein! Die Schlacht tobt draußen, nicht hier. Dies ist ein Tempel, ein heiliger Ort des Friedens!«

Ians Worte schienen dem Priester irgendwie unangenehm, da fiel ihm die umgestürzte Katzenstatue wieder ein. Er blickte sich um. Keine Devotionalien weit und breit, stattdessen sah er nur die überall verstreuten Habseligkeiten des Greises: dreckige Kleidung, leer gegessene Teller, halb volle Trinkbecher, sogar ein Bett mit einem hölzernen Gestell.

Das hier ist kein Tempel.

Der Alte hatte die Schnurrerhöhle als sein Privatgemach zweckentfremdet, und offensichtlich stimmten die Gerüchte, dass er, seit er in Skye war, übermäßig dem Wein zusprach.

Ian sprang zur Seite, packte das nächstbeste Baumwolltuch und riss es von der Decke, dann noch eines und noch eines. Sie segelten zu Boden, versperrten kurzzeitig die Sicht und legten sich dann wie Fußschlingen zwischen die ausgebreiteten Kissen. Einer der Gardisten verfing sich prompt darin und fiel scheppernd zu Boden.

Ian hatte seinen Dolch zwar bereits gezogen, aber statt anzugreifen, tänzelte er mit hohen Schritten zwischen den Kissen hindurch und riss auch die anderen Vorhänge von der Decke, bis er den gesamten Tempel in ein großes, viel zu weiches Bett verwandelt hatte, auf dem man kaum noch das Gleichgewicht halten konnte.

Der zweite Soldat stellte sich etwas geschickter an und kam flink auf Ian zu. Ein Fehler, denn nun war er fürs Erste allein, und Ian griff den Mann sofort an.

Der Gardist ließ sein Schwert niederfahren, noch bevor Ian ihn erreicht hatte.

Ian duckte sich zur Seite; die Klinge riss an der Schulter einen Fetzen aus seinem Umhang heraus und glitt dann am Kettenhemd ab. Trotzdem spürte er die Wucht und den Schmerz des Aufpralls, ging aber sofort zum Gegenangriff über und sprang seinen Feind über die Kissen und Baumwolltücher hinweg an. Er war größer und stärker, und der Gardist ging unter der Wucht des Zusammenpralls zu Boden. Dennoch blieb Ian keine Gelegenheit, seinen Dolch einzusetzen, denn nun griffen die zwei anderen an. Er sprang auf, zog die Spitze seiner Klinge über die ungeschützte Stelle oberhalb des Knies des einen Gardisten und tänzelte dann zurück.

Die vielen langen Läufe durch die wilden Hügel Artungs, durch Sümpfe und über Geröllhänge erwiesen ihm nun gute Dienste, und es gelang ihm ein ums andere Mal, den Schwertern seiner Angreifer auszuweichen. Bald schon standen die beiden Unverletzten keuchend da und konnten kaum noch die Waffen heben, während der andere in einer Ecke kauerte und sich über sein blutendes Knie krümmte.

Der alte Priester beobachtete die Szene sichtlich verdrossen von seinem Kissen aus, als die erste Katze durch eins der niedrigen Fenster kam. Sie war grau getigert und viel zu dick, sprang aber erstaunlich leichtfüßig von dem Sims herab und setzte sich mit seitlich geneigtem Kopf dem Greis gegenüber, als würde sie ihn mustern.

Hennas Vater erwiderte den Blick erschrocken. »Simone...«, keuchte er.

Die Katze sah sich gähnend weiter um und entdeckte die halb fertige, auf der Seite liegende Statue.

Ein weiterer Vierbeiner mit gestutztem Schwanz und schwarzem Fell löste sich aus dem Schatten einer Wand, als wäre er direkt durch das Mauerwerk gegangen.

»Wo ist eigentlich deine blaue Katze, alter Mann?«, fragte Ian, aber der Priester reagierte nicht. Er schien nichts anderes mehr wahrzunehmen als die Katzen, die jetzt immer zahlreicher in den Raum geströmt kamen. Einer braun gefleckten mit einem ausgefransten Ohr folgten eine noch sehr junge schneeweiße und eine grüne mit geringeltem Schwanz, während durch ein anderes Fenster eine gelbe sprang.

Die Gardisten schnaubten verächtlich, und als die fette graue auf den Priester zuging, trat einer der Wachsoldaten mit aller Kraft nach ihr, sodass sie mehrere Meter jaulend durch die Luft flog.

»Nein!«, zischte der Priester eher verängstigt als entrüstet. Doch es war zu spät. Immer mehr kamen durch die Fenster und hinter den Vorhängen hervor: Wie eine Flutwelle aus bunten Pelzen überschwemmten sie den Tempel. Etwas Derartiges hatte Ian noch nie gesehen. *Doch,* fiel ihm ein, hatte er. Und zwar auf dem Dorfplatz von Plynth, als die heiligen Vierbeiner von den Gläubigen gefüttert worden waren...
Zwei der Wachen bekamen es offensichtlich mit der Angst zu tun und verschwanden durch die Tür nach draußen. Doch für den, der Simone getreten hatte, war der Ausgang zu weit weg. Als er versuchte, es laufend dorthin zu schaffen, sprangen drei der Tiere ihm auf den Rücken. Er stampfte weiter durch Kissen und Tücher, und immer mehr hüpften und kletterten an ihm hoch, gruben ihre Krallen in seinen Hals und ins Gesicht. Er geriet ins Taumeln, und als vielleicht zwanzig sich auf ihn gestürzt hatten, brach er zusammen und schrie. Einer hackte er noch das Bein ab, dann fiel ihm das Schwert aus der Hand. Wild um sich schlagend, wand er sich am Boden, bis sein Gebrüll zu einem leisen Wimmern wurde und schließlich ganz erstarb. Ian hörte das Schmatzen kleiner Mäuler und schaute weg. Der alte Priester musste unter dem anderen Haufen aus zuckenden Krallen und buschigen Schwänzen begraben liegen.
Zeit zu verschwinden, sagte sich Ian, und die Katzen ließen ihn tatsächlich gehen. Auf der Schwelle lag das Schwert eines der Gardisten. Ian hob es auf und trat dann durch die hölzernen Türflügel nach draußen, ohne sich noch einmal umzublicken.
Schweinebacke erwartete ihn bereits in der Gasse – selbst inmitten all des Chaos hatte der treue Kriegshund ihn gefunden. Das Blut an seiner Schnauze und die frischen Wunden an seiner Flanke zeigten, dass der Kampf um die Stadt noch in vollem Gange war, und Ian fasste neuen Mut.
»Ho, Schweinebacke!«, rief er. »Mal sehen, ob wir das Schlachtengeschick doch noch zu unseren Gunsten wenden können.«

Der innere Burghof war eine verheerte Trümmerlandschaft. Überall lagen Tote, und von denen, die noch standen, humpelten viele auf aufgeschlitzten Beinen und waren von oben bis unten mit Blut besprizt – mit ihrem eigenen genauso wie mit dem der getöteten Gegner. Ians Atem stockte, als er den Blick über das Schlachtfeld schweifen ließ. *Hier sind sie aufeinandergetroffen.* In der Ferne war immer noch vereinzelt Kampflärm zu hören, aber hier hatte die Hauptschlacht stattgefunden. Die Verteidiger hatten sich hinter einem eigens aufgeschütteten Steinwall verschanzt, und Ians Kämpfer hatten ihn erstürmt. Die Leichen am Fuß des Walls sprachen Bände. Ian suchte unter den vielleicht zwanzig Überlebenden nach bekannten Gesichtern, aber alle sahen so geschunden aus, dass Freund von Feind kaum zu unterscheiden war. Außerdem hatte er die meisten seiner Männer ohnehin nicht gekannt.

Wer hat gewonnen?

Es war Schweinebacke, der die Antwort fand. Er trabte auf einen am Boden knienden Mann zu und stupste ihn mit der Schnauze an. Als der Verwundete aufblickte, brach Ian vor Erleichterung beinahe zusammen. »Jenor…!«

Der junge Ingenator beugte das Haupt. »Es tut mir leid, Drottin.«

»Haben wir verloren?«

Jenor blickte sich um und deutete auf die Gefallenen. »Wir sind zu wenige, um auch noch mit Saavedras Männern fertigzuwerden.«

Allmählich versammelten sich die Männer um Ian, nachdem sie den Toten die noch brauchbaren Waffen abgenommen hatten. Es waren zweiundzwanzig, mit Ian dreiundzwanzig, und plötzlich dämmerte ihm, wie bizarr es war, wenn so wenige über das Schicksal von Tausenden entschieden, die irgendwo weitab in Abrogan lebten und nicht einmal an dem Kampf teilnahmen.

Das Glück ist mit den Mutigen, dachte Ian bitter und betrachtete die mutigen Männer, die mit ihm gekämpft hatten und jetzt tot auf dem blutdurchtränkten Boden lagen.

»Fregger?«, fragte er.

»Nein«, antwortete Jenor.

»Barsch?«

»Ich habe ihn nicht mehr gesehen, seit wir bei den Baracken der Roten getrennt wurden.«

»Dorsch?«

»Liegt tot in der Teergrube. Er war direkt hinter dir, als du über den Steg gelaufen bist.«

»Wo finden wir den König?«

»Im Palast«, sagte einer vom Flussvolk, der aussah, als könnte er nicht das Geringste mit dem Schwert anfangen, das er gerade erst einem erschlagenen Grauen Gardisten abgenommen hatte.

»Nein«, widersprach Jenor. »Schwarzwassers sicherste Rückzugsmöglichkeit ist der Moderturm.«

Ian nickte. Jenor hatte recht wie meistens. »Gehen wir. Jetzt. Bevor Saavedra eintrifft. Wenn wir Schwarzwasser gefangen nehmen können, kann ich sein Leben vielleicht gegen das eure eintauschen.«

Die Männer hörten zwar zu, aber zu Ians Überraschung wollten sie nichts von seinem Vorschlag wissen.

Ein Fischer mit einer großen Perle an seiner Halskette schüttelte entschlossen den Kopf. »Niemals. Ich bin hier, um das Schwein zu töten.«

»Meine Mitbürger haben ihr Leben nicht gegeben, damit ich mich dann davonstehle«, sagte einer der Plynther.

Einer mit nur neun Fingern hob die Hand. »Dieser König hier hat meinen Tod befohlen. Dabei war ich nichts weiter als ein aufrechter Dieb. Du hast mir das Leben geschenkt, und ich bin bereit, es hier und heute für dich zu opfern.«

Ians Blick fiel auf einen Jüngling, auf dessen Kinn noch kein einziges Haar wuchs. Er konnte höchstens fünfzehn sein. »Und du?«, fragte er. »Willst du die Stadt nicht lieber verlassen, bevor es zu spät ist? Du hast deinen Mut bereits ausreichend bewiesen. Keiner würde es dir verübeln.«

Der Junge nickte in Richtung des Smaragd-Donjons, der am westlichen Ende des Platzes aufragte. »Ich habe noch nie einen echten König gesehen.«

64

Schwarzwasser starrte von seinem Fenster hinunter auf das Massaker in den Gassen. »Wo bleibt Saavedra? Habt Ihr ihm kein Signal gegeben?«
»Schon vor Stunden«, erwiderte Lune.
»Was ist mit dem Botenvogel?«
»Der wurde ebenfalls ausgeschickt, aber falls er schon zurück ist, ist er wahrscheinlich zu den Volieren geflogen. Den Weg zu diesem Turm kennt er nicht.«
»Dann geht und seht nach.«
»Die Kämpfe haben sich über die ganze Stadt ausgebreitet, Majestät. Ich möchte lieber nicht gehen und nachsehen.«
Schwarzwasser drehte sich vom Fenster weg. »Wie sind sie durch die Mauer gekommen?«
»Fragt Euren Ingenator.«
Tyco erhob sich zornig aus seinem Stuhl. »Massiver Stein! Mit Bäumen kann man nicht durch massiven Stein brechen! Es war euer Künstler-Baumeister Fronk, der das Fundament für die Ringmauer gelegt hat.«
»Wie ich mich erinnere, wäre dies nicht das erste Mal, dass eines deiner Bauwerke einstürzt«, blaffte Schwarzwasser ihn an. »Oder hat Fronk auch das Fundament der Fischgrund-Türme gelegt?«
Tyco ließ sich fluchend wieder auf seinen Stuhl sinken.
Bryss saß direkt neben ihm. Er hatte noch nie einen Krieg erlebt. Das Einzige, was er bisher gekannt hatte, waren Heere, die durchs Stadttor in die Schlacht zogen und siegreich wieder zu-

rückkehrten – oder eben nicht. Das Sterben um ihn herum war mehr, als er ertragen konnte, und er war kaum zu verstehen, so sehr zitterte seine Stimme.

»Sobald Saavedra hier ist, lässt er uns auf eins seiner Schiffe bringen, und wir fahren zurück nach Hause ... so ist es doch, oder, Onkel?«

»Euer Exzellenz«, korrigierte Schwarzwasser geistesabwesend und blickte wieder aus dem Fenster. »Euer königliche Exzellenz.«

Fünf Stockwerke über dem Geschehen schwebend, hatte Schwarzwasser das Scharmützel an dem steinernen Wall im Haupthof beobachtet. Er sah die Kämpfe in den Gassen, sah, wie Soldaten beider Seiten um Häuserecken schlichen, sah Bogenschützen über die Dächer huschen, schaute zu, wie zwei seiner besten Grauen im Adelsbezirk zwischen aufgehäuften Mauersteinen zwanzig Plynther in Schach hielten, während ganz in der Nähe zehn grimmige Fischer mit ihren Ausbeinmessern drei zwangsrekrutierte Plynther niedermachten.

»Wenn wir durchhalten, können wir unsere Truppen mit fünfhundert von Saavedras Soldaten verstärken«, meldete Akram sich zu Wort.

»Können wir nicht«, erwiderte Schwarzwasser trocken.

»Aber Saavedra sagte ...«

»Mein Neffe in Hochfels grollt mir. Er führt jetzt einen Krieg gegen Asch. Als Morgan Fürst Damon in meinem Namen hinrichten ließ, hat er gleichzeitig dafür gesorgt, dass sich ganz Carte gegen mich erhebt. Alle, die beim Tribunal zugegen waren und Damons Verrat bezeugten, sind in der Baumstadt gestorben; sie können kein Zeugnis mehr über die Rechtmäßigkeit des Verfahrens ablegen. Und was passieren wird, wenn sich in Artung die Kunde des von dem Klansmann angeführten Aufstandes verbreitet, brauche ich Euch wohl nicht zu erklären: Der Hügelkuppenklan wird sich von uns lossagen, denn dieser kläffende Welpe dort unten ist der Sohn ihres Drottin. Und da wir gerade dabei sind… was wird der gute Fürst Zinnober denken, wenn ihm zu Ohren kommt, dass seine Tochter sich in den Tod gestürzt hat, während sie Gast in meinem Palast war? Vielleicht hat ja Bryss oder der zornige Wilde dort unten eine Antwort darauf. Spart Euch die Mühe, Akram. In Fretwitt herrscht nicht weniger Aufruhr als hier direkt vor unserer Nase. Unsere Linien brechen zusammen, eine nach der anderen. Mein Bruder wird all seine Kräfte um Asch zusammenziehen. Ich an seiner Stelle würde es so machen. Es kommt keine Verstärkung.«

Bryss brach in Tränen aus. *Wie ein Mädchen.* Schwarzwasser musste daran denken, wie unerschrocken die Begleiterinnen der Dida gewesen waren, als er sie in den Palast hatte bringen lassen, um sie wegen des Klansmanns zu verhören. Sie hatten sich hingestellt und einfach die Antwort verweigert. Selbst noch, als er eine von ihnen hatte töten lassen. *Ich hätte sie verschonen und stattdessen ihn köpfen lassen sollen.*

»Sie kämpfen bis zum letzten Mann«, sagte Schwarzwasser, während er das Kampfgeschehen beobachtete.

»Gut!«, rief Lune. »Und wenn es so weit ist, gehen wir hinaus und bringen den letzten selbst zur Strecke. Zuckt der durchlauchte Schwertarm schon, Euer Majestät?«

Schwarzwasser funkelte seinen Botschafter an. Er war ganz und gar nicht amüsiert. »Meine Männer werden das tun.«

»Aber die meisten von ihnen sind mittlerweile tot, und der Rest sitzt in der Falle.«

»Wohl wahr. Und ich könnte mich selbst dafür geißeln, dass ich nicht genug von ihnen hier in der Garnison behalten habe. Das Kommando dieses Klansmanns ist und bleibt Bryss' Narretei, vom Anfang bis zum Ende. Aber warum haben sich so viele diesem Aufstand angeschlossen?«

»Man hasst Euch.«

»Wie kommt es, dass Ihr trotz Eures frechen Mundwerks immer noch lebt, Botschafter?«

»Weil Ihr wenigstens einen in Eurem Rat braucht, der die Wahrheit spricht, wozu offensichtlich weder Saavedra noch Klein in der Lage ist.«

»*Ich* spreche stets die Wahrheit«, fuhr Akram erbost auf.

»Was den Füllstand der königlichen Schatzkammer betrifft vielleicht«, erwiderte Lune. »Aber mit Geld gewinnt man die Menschen nicht für sich – außer man verteilt es unter ihnen. Doch das Geld des Königs steckt bis zum letzten Kupferstück in dieser Stadt, die schon bald zu unser aller königlichen Gruft werden könnte.«

»Und selbst was den Füllstand meiner Schatzkammer betrifft, bin ich mir nicht sicher, Akram«, fügte Schwarzwasser hinzu. »Aber spart Euch die Worte, Lune. Dies wird ein hart erkämpfter Sieg, aber jeder Sieg ist ein guter Sieg, egal wie teuer erkauft. Dort unten treiben sich nicht einmal mehr zwei Dutzend von dem wilden Haufen des Klansmanns herum. Schon jetzt sind sie hauptsächlich damit beschäftigt, ihre Wunden zu lecken, und eine letzte Verteidigungslinie haben wir immerhin noch.«

65

Sie kletterten über den Wall, und auf der anderen Seite fanden sie noch mehr Leichen. Bis zu drei übereinander lagen sie da. Die Verteidiger hatten auf ihrer Seite des Walls angespitzte Pfähle in den Boden gerammt, und fünf oder sechs Angreifer, die zu schnell hinübergestürmt waren, wurden dort aufgespießt. Andere waren von Schwertern niedergestreckt worden, doch sahen sie kaum Pfeile; mehr als fünf Bogenschützen konnten die Verteidiger nicht gehabt haben. Die gefallenen Grauen Gardisten hatten kaum blutende Wunden. Ihre Kettenhemden hatten sie gut vor den leichten Speeren und Mistgabeln der Angreifer geschützt, nicht aber vor den wuchtigen Schlägen mit Äxten und Dreschflegeln, wie die eingeschlagenen Schädel und zertrümmerten Brustkörbe zeigten. Am Ende hatte die zahlenmäßige Überlegenheit den Kampf zugunsten von Ians Männern entschieden. *Nur gut, dass wir so viele waren*, dachte er beim Anblick der zahlreichen Leichen.

»Der Weg ist frei, Männer! Die Audienz beim König wartet!«

Sie mühten sich durch die Leichenberge bis zum Vorhof des Smaragd-Donjons. Der unfertige Turm bestand aus viel kleineren Steinen als die Ringmauer; jeder davon war vielleicht so lang wie die Hand eines erwachsenen Mannes. Die Tür war aus einem dunklen, schweren Holz und mit Eisenbändern verstärkt. Ian holte aus und schlug mit der Axt dagegen, aber das Blatt grub sich nicht einmal einen Fingernagel tief ins Holz. *Äußerst stabil.*

»Jenor... Axt, Feuer oder Rammbock?«

Jenor rieb sich das Kinn. »Deine Axt hat nicht viel Schaden

angerichtet, wie es aussieht, und das Holz scheint sehr dicht zu sein, weshalb Verbrennen wahrscheinlich zu lange dauern würde. Außerdem sitzt der Rahmen hinter der Tür, was bedeutet, dass sie sich kaum nach innen eindrücken lässt. Wir müssen uns wohl etwas anderes einfallen lassen.«

Kurze Zeit später erteilte der junge Ingenator seine Anweisungen: Zwei Männer befestigten die dicke Hebekette eines Tretkrans an einem Flaschenzug und diesen wiederum an den Eisenbändern der Tür. Zwei weitere trieben den Tretkran an. Alle anderen traten zurück und sahen gebannt zu, wie der Kran die Kette immer weiter spannte, bis die Tür schließlich in einem Feuerwerk aus scharfkantigen Holzsplittern und Metallteilen explodierte. Das Ganze ging so schnell, dass ihnen keine Zeit blieb, sich der Horde Talklankrieger entgegenzustellen, die sofort aus dem Moderturm gestürmt kam. Zwei von Ians Männern gingen zu Boden, noch bevor sie überhaupt ihre Speere gehoben hatten. Der Rest sprang erschrocken zurück und ging in Verteidigungsstellung.

Die zehn glatzköpfigen, Äxte schwingenden Krieger bildeten eine geschlossene Keilformation, preschten weiter vor und schleuderten Wurfbeile. Eins davon grub sich tief in den Oberschenkel eines Dredhafeners. Dann zogen sie sich wieder zum Turm zurück, und die beiden Gruppen standen einander lauernd gegenüber. Der Anführer war ein grobschlächtiger Riese. Er baute sich provozierend an der Spitze seiner Männer auf, schien sich aber durchaus bewusst zu sein, dass Ian mit seinen verbliebenen Angreifern immer noch in der Überzahl war.

»Chon...« Ian verzog die Mundwinkel zu einem abschätzigen Lächeln. Der Kerl war ein berüchtigter Plünderer. Auch an jenem Tag, als Petrichs Dorf vernichtet wurde, war er dabei gewesen. »Das Lebende Riff hat dich wohl wieder ausgespuckt, weil du so ekelhaft schmeckst!«

»Wie du siehst, bin ich hier. Andere hat's erwischt, mich aber nicht.«

»Ein Jammer.« Ian konnte Schweinebacke kaum zurückhalten, und auch seine Schwerthand zuckte, aber sie waren nicht wegen Chon hier, und er wollte weitere Tote in den eigenen Reihen um jeden Preis vermeiden. »Und auch jetzt hast du wieder Glück. Ergib dich und lass uns durch, dann verschonen wir dich.«
»Warum sollte ich? Der König bezahlt mich gut.«
»Sieh dich doch um, du Idiot! Die Stadt gehört uns.«
»Deinem kleinen zerlumpten Dutzend? Sieh dir nur den bartlosen Frischling neben dir an. Der weiß ja nicht mal, was ein Rasiermesser ist. Dafür zittert er bis in die Haarspitzen!«

Den Gegner vor der Schlacht zu verhöhnen war bei den Klans ein festes Ritual. Erst wenn eine Seite die andere genügend lächerlich gemacht hatte, kam es zum Kampf. Wer sich als Erster zum Angriff provozieren ließ, galt als Verlierer des Vorspiels. Die Krieger des Talklans zu beleidigen war allerdings gar nicht so einfach, weil sie die spitzfindigeren Bosheiten meist gar nicht verstanden.

»Wir sind mehr als ein Dutzend. Wir wissen alle, dass du nur mit den Fingern zählen kannst, also darfst du es gerne noch einmal versuchen. Ein kleiner Rat: Es könnte sein, dass du mehr als nur deine zwei Hände brauchst.« Das hatte gesessen, vor allem weil Chon an der einen Hand zwei Finger fehlten.

Chon runzelte die Stirn. »Wenigstens kann ich weiter zählen, als du noch Brüder übrig hast. Wie viele sind es noch mal... keiner, oder? Zu dritt hättet ihr es vielleicht mit mir aufnehmen können. Aber du allein? Ich lach mich tot.«

Ian biss sich auf die Zunge. *Ich werde ihn umbringen. Für meinen Vetter, für meine Brüder und für mich.* Aber die Männer an seiner Seite waren keine Krieger. Sie würden ein paar von ihnen zur Strecke bringen können, vielleicht sogar Chon. Aber verlieren würden sie trotzdem.

»Wir müssen ihre Formationen aufbrechen und unsere zahlenmäßige Überlegenheit ausspielen«, flüsterte Jenor ihm zu.

Ian nickte. »Thax!«

Schweinebacke rannte los, suchte sich ein Opfer aus und sprang. Drei Männer gingen unter dem Aufprall zu Boden – zwei riss Schweinebackes Gewicht von den Beinen, und der dritte stürzte, als sich die Kiefer des Hundes um seine Kehle schlossen. Sein Todesschrei war kurz, dafür brüllten die anderen Krieger umso lauter, als sie taumelnd vor der Bestie zurückgewichen. Die Befehle ihres Anführers hörten sie nicht einmal.

Ian preschte hinterher, schlug mit einem mächtigen Hieb nach Chon, und seine Männer folgten. Der Keil der Verteidiger war fürs Erste gesprengt, aber die erfahrenen Krieger erholten sich schnell vom ersten Schock und setzten sich heftig zur Wehr. Die Speere und Schwerter der Aufständischen reichten weiter als ihre Äxte, aber sie waren zu ungeübt in der Kriegskunst, um diesen Vorteil wirklich nutzen zu können, und es entbrannte ein erbitterter Kampf.

Ian konzentrierte sich ganz auf Chon. Sie umkreisten einander, schätzten ihren Gegner ab. Keiner der beiden ließ sich zu einem stürmischen Angriff hinreißen, um nicht in einen tödlichen Konter hineinzulaufen. Chon war zehn Jahre älter und hatte mehr Kampferfahrung, dafür war Ian jünger und stärker – und wütend. Er reagierte auf keine einzige von Chons Finten und beantwortete jeden Schlag mit einem Gegenangriff seines Langschwerts, und schon nach wenigen Momenten hatten beide die Schlacht um sie herum vergessen. Die Anführer hatten nur noch eines im Sinn: das eigene Überleben und den Tod des anderen.

Der klägliche Überrest des Aufständischenheers schien inzwischen die Oberhand über die Klanskrieger zu gewinnen. Aus dem Augenwinkel hatte Ian sogar den Eindruck, als hätte ihre Zahl sich wie durch ein Wunder wieder vergrößert, und er fragte sich schon, ob es in Wahrheit er selbst war, der nicht zählen konnte. Da stand plötzlich Barsch neben ihm.

»Lass mich deine Starke Hand sein, Drottin«, sagte er, und

Ian hätte schwören können, dass die Stimme klang wie die seines toten Bruders Dano.

Ian blickte sich verwirrt um. Im Verlauf des Duells hatten er und Chon sich bis an die andere Seite des Turmhofs vorgearbeitet, und Ian sah erst jetzt die Verstärkung, die inzwischen eingetroffen war. Fünfundzwanzig oder mehr zählten sie jetzt, und Chons Krieger lagen bis auf den letzten tot am Boden.

»Wir haben uns zuerst um die Ringmauer gekümmert«, dröhnte Barschs Stimme. »Und jetzt sind wir hier.«

Barsch überragte selbst Chon um einen ganzen Kopf. Die Reichweite, die ihm seine langen Arme und das riesenhafte Schwert in seinen Händen verliehen, war unglaublich. Er ging halb um Chon herum, dann kam auch noch Jenor hinzu und schloss den Kreis. Das Oberhaupt des Talklans saß in der Falle, genau wie Petrich damals vor so vielen Jahren.

»Ich ergebe mich«, sagte Chon und spuckte auf den Boden.

»Tust du nicht«, erwiderte Ian und preschte vor.

Diesmal gab es weder Abtasten noch Finten. Zu dritt stürzten sie sich auf den bärtigen Glatzkopf, und binnen eines Wimpernschlags war es vorbei.

Ian wischte die blutige Klinge an seiner Hose ab, dann fragte er Barsch: »Was ist mit den Soldaten von den Schiffen? Wo bleibt Schwarzwassers Verstärkung?«

»Von der Mauer aus konnten wir keine Spur von ihnen entdecken, trotzdem befürchte ich, dass sie hierher unterwegs sind.«

Ian blickte zum Moderturm hinauf. »Schwarzwasser hat sich dort oben verschanzt, aber ich weigere mich, noch mehr gute Männer durch Fallen und Tricksereien sterben zu sehen. Jenor, wenn du den König zu uns herunterbitten könntest...«

Während der folgenden Stunden beobachtete Ian erstaunt, wie viel Erde dreißig Männer mit Schaufeln bewegen konnten. Der Graben, den sie aushoben, lief einmal um den Turm herum und unter der Ostseite des Bauwerks hindurch. Als sie zu Schwarzwasser hinaufriefen, kam keine Antwort, und an der Mauer emporzuklettern war ebenfalls nicht möglich. Sie hatten einen großen Stein mit einem Seil daran durch eins der Fenster geworfen, doch der Stein kam samt Seil unversehens wieder zurück. Zumindest wussten sie jetzt, dass jemand im Turm war. Also gruben sie bei Fackellicht bis tief in die Nacht hinein weiter, und schon bald begann sich der Donjon bedenklich zu neigen, sodass Jenor die untergrabene Ostseite mit Holzbalken abstützen musste. Der Graben war nicht mehr als knietief – eine Handbreit darunter waren sie bereits wieder auf massiven Fels gestoßen –, aber Jenor hoffte, dass es auch so reichen würde, und schließlich bestrichen sie das Stützgerüst mit dem Teer aus der Grube.

»Wir wissen, dass ihr da drin seid!«, rief Ian nach oben. »Alles, was wir wollen, ist eine Audienz beim König. Die anderen können herunterkommen. Es wird ihnen nichts geschehen.«

Wieder kam keine Antwort.

»Wie ihr wollt. Dann lassen wir eben den Turm einstürzen!«

»Lächerlich!« Ein pausbäckiges Gesicht tauchte im obersten Fenster auf und betrachtete den Graben.

»Das ist Tyco«, flüsterte Jenor.

»Sag's ihm«, erwiderte Ian. Die Anwesenheit von Schwarzwassers oberstem Baumeister war der beste Beweis, dass der König im Turm war.

»Wir haben die Mauer untergraben und sie mit einem Gerüst gestützt!«, rief Jenor. »Das Gerüst brennt jetzt allerdings, und wenn das Gerüst einstürzt, wird der Turm folgen.«

Tyco lachte verächtlich. »Soll ich vor einem kleinen Jungen mit einer Schaufel etwa Angst haben? Sieh nur, wie ich zittere. Grab ruhig weiter, bis deine Hände bluten... oder bis die Verstärkung eintrifft, denn dann blutest du erst richtig!«

Ian legte Jenor eine Hand auf die Schulter. »Geistreiche Beleidigungen scheinen nicht gerade seine Stärke zu sein.«

»Ein wenig beleidigt bin ich aber schon«, erwiderte Jenor.

»Er ist ziemlich dick, dieser Tyco…«, schlug Ian vor, aber Jenor schüttelte den Kopf. Zu offensichtlich.

»Die Stadtmauer war ein Kinderspiel! Da war die Holzpalisade am Doppelsee ja noch schwerer zu überwinden«, rief er nach oben und hechtete sofort zur Seite wegen des Stuhls, der prompt aus Tycos Fenster geflogen kam.

»Du hast eindeutig gewonnen«, sagte Ian und half Jenor wieder auf die Füße.

In diesem Moment gab das Holzgerüst unter dem Gewicht des Turms nach. Die Ostseite der Turmmauer hatte nun kein Fundament mehr und rutschte ab wie ein an die Wand geworfenes Stück Torte. Das Fenstersims, auf das sich Tyco gelehnt hatte, löste sich gleichsam in Luft auf, sodass er schreiend inmitten der herabstürzenden Steine Richtung Boden raste, wo er regungslos – und stumm – liegen blieb.

Ian schaute nach oben. Der Turm stand zwar noch, aber die Ostwand fehlte, der Blick auf die dahinterliegenden Zimmer war frei. Das helle Mondlicht und der flackernde Feuerschein tauchten die Szene in ein unwirkliches Licht. Im obersten Stockwerk sah Ian vier Männer an der gegenüberliegenden Seite des Turms am Boden kauern. Der Einzige, der es wagte, aufzustehen und an den Rand des gähnenden Abgrunds zu treten, war Schwarzwasser.

»Es ist vorbei, Schwarzwasser«, rief Ian. »Kommt runter!«

»Du hast mir einen guten Kampf geliefert, Wilder. Um über ein ganzes Königreich zu herrschen, braucht es allerdings mehr, als für ein paar Tage einen wildgewordenen Pöbel zu befehlen. Du bist kein König. Deine heimischen Hügel sind nicht zu vergleichen mit diesem Berg. Selbst von hier oben sehe ich weiter, als du es jemals tun wirst.«

»Zumindest scheint er etwas schlauer zu sein als sein Baumeister«, flüsterte Jenor Ian zu.

Ian breitete die Arme aus. »Was seht Ihr denn, dass Ihr noch in der Stunde der Niederlage das Maul so weit aufreißt, Schwarzwasser?«

Der König deutete hinaus in die Nacht. »Ich sehe Fackeln, Hügelbewohner! Saavedra kommt. Deine Rebellion ist zu Ende!«

Ian drehte sich um. Schwarzwasser hatte nicht gelogen. Wie Glühwürmchen schwärmten die gelben Lichter durch die Stadt, und er hörte bereits die ersten Stimmen in den Gassen widerhallen.

»Wir kommen nicht mehr rechtzeitig an ihn heran!«, knurrte Jenor.

Vor dem heranbrandenden Lichtermeer sprang ein Junge über die Leichenberge hinweg. Er war einer der entführten Kinderbanditen. »Stiefel« hatten sie ihn genannt, wie Ian sich erinnerte, wegen des einen geflickten Stiefels, den er zu der Sandale am anderen Fuß trug. Völlig außer Atem und so grün im Gesicht, als würde er sich jeden Moment übergeben, rannte er auf den Turm zu.

»Sind Saavedras Männer gelandet?«, rief Ian ihm entgegen. Er befürchtete das Schlimmste.

»Ja!« Stiefel konnte kaum sprechen. Er rang so sehr nach Luft, dass Barsch ihn stützen musste.

»Und?«, fragte Ian.

»Die Schiffe haben in Buchtend festgemacht...«

»Das weiß ich. Sind sie schon in der Stadt?«

»Nein, Kommandant. Sie wurden im Totenmoor aufgehalten.«

»Im Totenmoor? Warum?«

»Die Kannibalen kamen an den Rand des Sumpfes. Sie haben die Soldaten mit Speeren beworfen und dann die Flucht ergriffen. Als die Soldaten sie verfolgten, waren sie plötzlich von, von... Hunderten dieser Kannibalen umstellt.«

»Brak...«

»Es gibt noch mehr Neuigkeiten, Kommandant. Die Fischer

von der Westküste sind der Flotte gefolgt. Als Saavedra und seine Soldaten von Bord waren, haben sie die Kais gestürmt. Die Schiffe gehören jetzt uns!«
»Wer sind dann all diese Leute mit den Fackeln?«
»Das Volk.«

66

Mit Henna und Schatten hatte Ian gerechnet, Peretta hingegen war eine höchst willkommene Überraschung. Vor allem, als sie sich daranmachte, mit den Palastvorräten für Ian und seine Kämpfer zu kochen, auch wenn das die traurige Erinnerung an Schagan wachrief. Die anderen waren hauptsächlich Plynther und Fischer aus den Küstendörfern. Ian warnte alle, dass er weder Plünderungen noch Lynchjustiz dulden würde. Die Adligen, die sich in ihren Häusern verschanzt hatten, sollten einstweilen bleiben, wo sie waren. Wer nichts getan hatte, war ohnehin frei, und nachdem nun auch der Hafen unter ihrer Kontrolle war, konnte keiner mehr nach Fretwitt entwischen. Die Leichen wegzuräumen war allerdings eine langwierige und grauenvolle Aufgabe: Auf Ians Befehl hin wurde jeder seinem Glauben entsprechend aufgebahrt, verbrannt oder begraben, ganz wie seine Götter es verlangten. Trauer und Wut des Volkes waren jedoch so groß, dass nicht wenige Leichen trotzdem im Stinker landeten.

In einem ruhigen Moment kam Henna zu Ian. Auf ihrer Schulter saß der rote Kater. Er bedachte Ian mit einem gelangweilten Blick und putzte dann abweisend sein Fell.

Ian war beunruhigt und fragte sich, ob das Pelztier vielleicht der Wächter war. »Lucius«, sagte er mit einem knappen Nicken, um zumindest auf der sicheren Seite zu sein. Dann berichtete er Henna vom Tod ihres Vaters und schwor, dass er nichts dagegen hatte tun können. Henna vergoss ein paar Tränen, aber sie akzeptierte das Schicksal des abtrünnigen Priesters.

»Die Rolle, dein Volk zu führen, wird nun dir zufallen«, sagte Ian schließlich, aber Henna schüttelte den Kopf.

»Mein Mann ist ebenfalls tot. Ich habe ihn beweint, aber die Zeit der Trauer ist jetzt vorbei. Ich habe zwei Säuglinge zu versorgen, in deren Adern Klansblut fließt, und ich bin nicht sicher, ob mein Volk eine verwitwete Mutter als Oberhaupt akzeptieren wird. Wahrscheinlich werden sie bald jemand anderen erwählen.«

Ian teilte ihre Trauer um den gutherzigen Fregger, und nach einigen Momenten des Schweigens hatte er eine Idee. »Ich werde einen neuen Mann für dich finden, bevor dein Volk dir einen vor die Nase setzt.«

»Das mache ich lieber selbst, wenn die Zeit reif dafür ist«, entgegnete Henna. »Ich habe ihn geliebt, deinen Klansmann mit seinem wunderschönen langen Haar...«

»Dann finde ich eben einen, den du genauso sehr lieben wirst... und der nicht nur schön ist, sondern auch klug. Jenor!«

Der Dida war nichts geschehen. Ian fand sie mit Zo und zwei weiteren Ruderinnen im Königspalast, wo Schwarzwasser sie festgehalten hatte. Zu seinem Entsetzen hörte er, dass der König die vierte hatte töten lassen. Von den Männern ihrer Sippe fehlte jede Spur, aber sobald sich die Situation in der Stadt ein wenig beruhigt hatte, würden sie schon wieder auftauchen. Die Frauen waren tagelang im Palast eingesperrt gewesen, und eins der großen Holzbetten in ihrem Zimmer war über und über mit Schnitzereien verziert – Zo hatte die Schlacht vom Fenster aus beobachtet und sie in Holz verewigt.

Lange bestaunte Ian mit ihr die exakt wiedergegebenen Kampfszenen. Er erkannte die Schlacht auf dem Haupthof und viele kleine Scharmützel in den Gassen. Zo hatte von hier oben weit mehr gesehen als er selbst und die Eroberung Skyes beinahe vollständig dokumentiert. Es war ein wundervolles und entsetzlich trauriges Kunstwerk, das die Geschichte seines Sieges erzählte.

Ian legte Zo eine Hand auf die muskulöse Schulter. Sie war eine eigenartige Frau, geheimnisvoll, beeindruckend groß und stark. Sein Vetter hatte sie begehrt, hatte sie beschützen wollen. *Der treue und kluge Petrich.* All das ging Ian durch den Kopf, als er seine Entscheidung traf.

»Dies soll unser Bett sein«, sagte er.

»Unseres?«

Ian räusperte sich. »Ich möchte eine Frau heiraten, die eine Tochter dieses Landes ist, damit das Blut meiner Kinder sich mit den Völkern Abrogans verbinden kann. Und ich möchte, dass du diese Frau bist.«

Ians Worte waren aufrichtig, und als Zo zögerte, vergaß er seinen Rang und dass er soeben eine Stadt erobert hatte. Ihm wurde flau im Magen wie einem Halbwüchsigen, und er fragte sich, ob sie ihn vielleicht nicht mochte.

Zo überlegte und schaute hinüber zur Dida, die ihr zunickte. Dann sah sie wieder Ian an, sagte aber immer noch nichts, bis er es schließlich nicht mehr aushielt.

»Wenn du einverstanden bist«, fügte Ian vorsichtig hinzu.

»Du wirst mir ein schönes Kleid kaufen müssen«, erwiderte Zo.

Das Nächste, womit er sich befassen musste, waren die Adligen. Sie waren verschüchtert und hatten Angst, waren aber bereit zu verhandeln. Wenn Ian es geschickt anstellte, konnte er vielleicht verhindern, dass ihre rachedurstigen Familien an den Küsten Abrogans landeten, bevor er ein Heer hatte, das groß genug war, um einer Invasion zu trotzen. Die meisten ihrer Forderungen waren ohnehin gerecht, und er gewährte sie. Als sie dann aber ein Gerichtsverfahren für Schwarzwasser forderten, war er ratlos.

»Ihr selbst musstet ein ungerechtes Verfahren über Euch ergehen lassen. Ich spreche von Morgan de Terbias Schautribunal in der Baumstadt«, begann Botschafter Lune vielsagend. »Falls die Geschichten, die man sich über Euch erzählt, der Wahrheit entsprechen, habt Ihr selbst den niederträchtigen Banditen eine gerechte Verhandlung angedeihen lassen. Steht Ihr in diesem historischen Moment zu Eurem Ruf als ein Mann der Gerechtigkeit, wird sich die Kunde auch in Fretwitt verbreiten. Überantwortet Ihr den König jedoch dem Schwert, wird man dort in Euch nichts anderes sehen als einen unzivilisierten Thronräuber und schon bald eine Flotte gegen Euch entsenden.«

Er hat recht. Es wäre nicht gut, nur um der Rache willen die gerechte Sache im letzten Moment doch noch in Gefahr zu bringen. Außerdem hatte er Henna geschworen, den Willen des Volkes durchzusetzen. Also sollte das Volk entscheiden, nachdem es alle Beweise zu Schwarzwassers Verbrechen gehört hatte. *Wenn Petrich nur hier wäre und mir einen Rat geben könnte.* Schließlich entschied er sich dafür, den König vor ein öffentliches Tribunal zu stellen – zusammen mit Bryss und Langzunge, den seine Männer im Kerker der Schuldigen entdeckt hatten. Schwarzwasser hatte ihn dort einsperren lassen, weil er im ganzen Reich die Geschichten von Ians Heldentaten verbreitete.

Das Tribunal fand im Freien auf dem Hauptplatz statt, damit so viele Bürger wie möglich teilnehmen konnten. Viktor Langzunge verteidigte sich selbst genauso wortreich wie vergebens. Das Volk befand ihn für schuldig, und Ian fiel die Aufgabe zu, die Strafe festzusetzen. Schatten forderte Viktors Hinrichtung. Ian hielt dem entgegen, dass Langzunge ihn damals, nach ihrem Duell, ebenso hätte töten können, es aber nicht getan hatte. Außerdem hatten die Geschichten, die er aus dem Klansbuch vorlas, Ians Feldzug gegen Schwarzwasser beträchtlichen Vorschub geleistet, und Viktor versprach zu verraten, wo er es versteckt hatte, wenn sein Leben verschont wurde. *Und ich brauche dieses Buch, denn es gibt noch viele weitere Geschichten zu erzählen. Von meinen Brüdern, von Petrich...*

»Er hat abscheuliche Verbrechen begangen und muss bestraft werden!«, beharrte Schatten.

Auf Ians Befehl hin drückte Barsch den Schuldigen auf die Knie. »Du darfst ihm antun, was er dir angetan hat«, sagte Ian zu Schatten. »Aber nimm nicht sein Leben.«

Schatten rutschte von seinem Stuhl und setzte sich neben Viktor.

»Ah, der Läufer ohne Beine«, begrüßte der Verurteilte ihn. »Sollen wir ein bisschen beisammensitzen und Tee trinken? Ich bin so viel gelaufen in meinem Leben, dass es für den Rest meiner Tage reichen sollte. Ich habe mich damit abgefunden. Du kannst meine Beine haben.«

»Nein«, sagte Schatten. »Du bist kein Läufer, sondern ein Lügenmaul. Drückt ihm den Mund auf und holt seine Zunge raus!« Dann zog Schatten ein langes Messer.

Bryss' Verhandlung ging am schnellsten. Die Raubtaube wiederholte vor allen Versammelten die vielen, oft genauso unsinnigen wie grausamen Befehle, die der junge Fürst als Statthalter des Königs gegeben hatte, und damit war die Sache entschieden. Die anderen Lordschaften waren zwar entsetzt, dass das gemeine Volk über einen Blaublütigen richten durfte, doch ihr Einspruch wurde niedergebrüllt und Bryss zum Tode verurteilt. Barsch packte den wimmernden Kronprinzen, schleifte ihn hinauf zu den Klippen und warf ihn hinunter.

Dann war Schwarzwasser an der Reihe.

Hier liegt der Fall noch eindeutiger, dachte Ian, aber er hatte sich getäuscht, denn Lune übernahm die Verteidigung des Königs. Im Wortverdrehen war er Viktor durchaus ebenbürtig, aber sein Stil war noch weit geschmeidiger. Nachdem alle Beweise vorgebracht und alle Zeugen gehört waren, hielt er sein Plädoyer:

»Die Trauer und der Kummer Ian Krystals sind gerecht, ebenso der Zorn der Fischer und die Wut der Plynther, weil ihre Söhne von Baumeister Tyco rücksichtslos ausgebeutet wurden. Sie alle fordern und verdienen Gerechtigkeit, doch die Rache, die sie nehmen wollen, trifft den Falschen. Wir alle wissen, dass es Fürst

Bryss war, der Kerr Krystal ermordete, und das genauso leichtfertig, wie er seine braven Soldaten in den Tod schickte. Wir wissen auch, dass es Lord Morgan de Terbia war, der Ian Krystals tapferen Bruder Dano zu Unrecht und zur reinen Belustigung in seiner Arena hat töten lassen. Des Weiteren war es Fürst Zinnober, der die Fischerdörfer überfiel. Seine Tochter Sienna ist Beweis genug für den Irrsinn, dem Zinnober schon vor Langem anheimgefallen ist. Graf Klein höchstpersönlich hat bezeugt, dass sie stets einen kleinen Hammer bei sich trug – sie nannte ihn *Onkel!* –, mit dem sie ihn nach Belieben schlug und misshandelte. Selbst der König blieb nicht verschont und trägt die Spuren bis heute. Seht nur die zerschlagene Nase und die gespaltene Lippe. König Schwarzwasser ist nicht Täter, sondern Opfer! Und wer war es, der die Erbauer dieser wundervollen Stadt behandelte wie Sklaven? Der fette Tyco, nicht der König! Irregeleitete Fürsten und Fürstinnen haben die Verbrechen zu verantworten, für die er nun aufgrund eines tragischen Missverständnisses gerichtet werden soll. An welche Götter ihr auch glauben mögt, ich sage euch: Die Götter haben die wahren Schuldigen bereits gerichtet und ihrer gerechten Strafe zugeführt! Ein König hat die Konsequenzen für das Versagen seiner Berater zu tragen, aber er darf nicht sterben für Verbrechen, die nicht *er* begangen hat, sondern sie. Vergesst nicht, dass es Graf Klein war, der die genannten Übeltäter in dieses Land entsandte, während unser guter König Schwarzwasser den edlen Ian Krystal zum Kommandanten seiner Grünen machte, um euch, die ihr hier versammelt seid, vor Drachen und Monstern zu beschützen. Eine wagemutige und weise Entscheidung, denn wie wir wissen, hat der edle Krystal uns alle gerettet. Diesen Klansmann vom Hügelbewohner zum Helden zu machen war das Beste, was der König für euch tun konnte. Lasst es ihn nicht bereuen.«

Als Lune zu Ende gesprochen hatte, wusste Ian kaum noch, wo oben und unten war. Der Botschafter konnte mit Worten die

Dinge auf den Kopf stellen, wie er es niemals für möglich gehalten hätte. Er schäumte vor Wut und beschloss dennoch im selben Moment, Lune in seinen Rat zu berufen.

Die Zuhörer waren unterdessen in hitzige Debatten verstrickt. Ian ermahnte sie, nicht übereilt zu entscheiden, in der Hoffnung, mit genügend Bedenkzeit würden sie Lunes Blendwerk durchschauen. Während Volk und Adlige noch berieten, bat Schwarzwasser um Erlaubnis, den Abort benutzen zu dürfen, damit er sich, falls er schuldig gesprochen wurde, bei der Hinrichtung nicht selbst beschmutzte. Ian verstand den Wunsch und gewährte ihn ohne Umschweife.

»Sie werden ihn verurteilen«, versicherte Jenor, nachdem er mit Henna zu Ian geeilt war.

»Ich bin mir da nicht so sicher«, erwiderte Ian. »Und was soll ich tun, wenn er weiterhin mein König bleibt?«

Dann erhoben sich die ersten Urteilsschreie. Sie begannen als Murmeln und wurden immer lauter.

»Schuldig!«, brüllten die Fischer einhellig, doch sie kamen von weit her an der Küste und waren nicht besonders zahlreich vertreten.

»Unschuldig!«, schrie die Adelsschicht geschlossen dagegen an, aber die Adligen waren – wie in jedem Königreich – die kleinste Gruppe überhaupt.

Die Plynther schienen nach wie vor unentschlossen. Sie hatten Tyco weit mehr gehasst als Schwarzwasser und wussten nicht recht, wie sie nun entscheiden sollten. Die Buchtender liebten die Geschichten über Ians Heldentaten, und zu diesen Geschichten gehörte nun mal ein schurkischer König. Andererseits hatten sie mit Abstand am meisten von den Gütern profitiert, die Schwarzwassers Schiffe brachten.

Sobald alle lautstark ihre Stimme abgegeben hatten, musste Ian entscheiden, welches Urteil die meisten Unterstützer hatte. Das Gebrüll erreichte seinen Höhepunkt, noch bevor Schwarzwasser überhaupt zurück war. Ian hörte genau hin. Schuldig oder unschuldig, was wurde öfter gerufen? Dabei wollte natürlich jeder das Urteil verhängt sehen, das er selbst öfter hörte. So gesehen konnte Ian nur falsch entscheiden, und er überlegte schon, ob er nicht einfach »schuldig« sagen und die Sache hinter sich bringen sollte. Andererseits zählte der Wille des Volkes, nicht seiner, und jeder der hier Versammelten konnte der Wächter sein, was die Sache noch schwieriger machte. Also hörte Ian noch einmal ganz genau hin, bis der Urteilsspruch eindeutig war.

Ian holte tief Luft und rief: »Seine königliche Exzellenz König Schwarzwasser ist unschuldig!«

Epilog

Schwarzwasser ritt in gestrecktem Galopp. Sie waren ihm dicht auf den Fersen, und sein Courser hatte bereits Schaum vor dem Maul. Das Pferd würde nicht mehr lange durchhalten, und er musste runter von der Ersten Straße.
Bestimmt sind es Krystals Männer, die mich verfolgen.
Die Flucht war überraschend einfach gewesen. Schwarzwasser hatte immer noch Freunde. Die Eskorte, die ihn auf dem Weg zum Abort bewacht hatte, war aus dem Hinterhalt schnell und lautlos erledigt worden, und das Pferd hatte schon in den königlichen Gärten bereitgestanden. Danach war es allerdings schwierig geworden. Ein Wachposten hatte ihn und seine Befreier gesehen, und seitdem ritt Schwarzwasser um sein Leben. Allein. Die gut bezahlten Mitverschwörer hatten aus Furcht, erkannt zu werden, die Flucht ergriffen, und nun war er – wahrscheinlich zum ersten Mal, seit er den Thron bestiegen hatte – vollkommen auf sich gestellt.

Schwarzwasser hatte das Urteil gar nicht erst abgewartet. Solche Tribunale waren eine reine Formalität, das wusste er aus eigener Erfahrung. Er würde verurteilt werden wie Bryss und Viktor. Lune hatte eine gute Verteidigungsrede gehalten, aber ganz egal wie die Zuhörer entschieden, Krystal würde ihn schuldig sprechen. *Ich an seiner Stelle würde es so machen.* Schwarzwasser hatte das Geschrei der Menge sogar noch gehört, aber da war er schon beim Sämannshaus gewesen und aufs Pferd gestiegen.

Schwarzwasser dirigierte den Courser weg von der Straße und

schlug sich Richtung Westen in die Wälder. Als er sich noch einmal kurz umblickte, sah er selbst durch die Bäume hindurch den Staub, den seine Verfolger aufwirbelten, so nah waren sie bereits. Sein Ross begann zu straucheln, und ihm blieb nichts anderes übrig, als das Tempo zu verlangsamen. *Tot nützt mir das Pferd nichts.* Etwas tiefer im Wald sah er mehrere dunkle Silhouetten aufragen. Sie wirkten wie große Steinhaufen oder dergleichen. Schwarzwasser hielt darauf zu und erreichte unvermittelt eine uralte, halb überwachsene Pflasterstraße. Die Lichtung, zu der sie führte, war ebenso überwuchert, aber groß. Sehr groß sogar. *Die verfallene Stadt. Die Täler, wie die Einheimischen sie nennen.* Ein Glück, dachte der König, denn die Abroganer fürchteten diesen Ort wie den Tod.

Da blieb sein Pferd ruckartig stehen. Schwarzwasser stieg ab und gab ihm einen kräftigen Klaps auf die Flanke in der Hoffnung, die Verfolger würden dem reiterlosen Ross nachsetzen, während er sich in der Zwischenzeit in Sicherheit brachte. Das Pferd bäumte sich auf und galoppierte mit einer Geschwindigkeit los, die Schwarzwasser dem völlig erschöpften Tier gar nicht mehr zugetraut hätte. *Gut. So brauchen sie umso länger, bis sie dich eingeholt haben.*

Trotzdem konnte er nicht einfach hier stehen bleiben. Die Sonne ging zwar bereits unter, aber auch der Vollmond erkletterte schon das Firmament – genug Licht, um ihn zu entdecken. Also suchte Schwarzwasser nach einem geeigneten Versteck. Das beste waren wahrscheinlich die beiden eigentümlich aneinandergelehnten Felsen ein Stück weiter vorn. Sie zogen ihn sogar regelrecht an. Als Schwarzwasser nahe genug herangekommen war, sah er, dass sich darunter ein Eingang befand.

Eine Treppe.

Die Luft, die ihm aus dem Erdloch entgegenschlug, roch schal, doch vom Rand der Ruinen hörte er bereits die Schreie seiner Verfolger. *Ihr sollt dem verdammten Pferd nachjagen, nicht mir!* Er hatte keine andere Wahl. Schwarzwasser duckte sich unter den Felsen hindurch und stieg die Stufen hinab.

Das Licht schwand schnell, und die Dunkelheit legte sich über ihn wie ein Schleier. Irgendwie erinnerte sie ihn an die Nächte in Asch, in denen er von seinen Kindern geträumt hatte. Seit er in Abrogan war, hatte er keinen solchen Traum mehr gehabt, doch jetzt glaubte er, von unten ihre Stimmen zu hören. Schwarzwasser ging weiter, tastete sich immer tiefer vor.

»Tetra? Marlin?«

Da waren die Geräusche erneut, viel näher jetzt. *Das sind nicht Tetra und Marlin.* Schwarzwasser fiel dieses Ding wieder ein, dieses Wesen in dem Beutel, das seinen Arm gepackt und versucht hatte, ihn zu verschlingen. Es hatte ihn genauso erbarmungslos angezogen wie jetzt, wie dieses Nichts, das nach ihm dürstete.

Es ist die Dunkelheit, dachte Prestan Schwarzwasser. *Und die Dunkelheit ist nicht mein Freund...*

... auch im Internet!

 twitter.com/BlanvaletVerlag

 facebook.com/blanvalet